HEYNE <

Das Buch

Captain Conrad Harris und sein Team sind auf ihren Missionen schon Hunderte Male gestorben und wieder zurückgekehrt, denn sie gehören zu einer Eliteeinheit von Weltraumsoldaten, die ihre gefährlichen Missionen mittels ihrer Avatare ausführen. Nur so haben die Menschen eine kleine Chance, den nun schon Jahrzehnte andauernden Krieg gegen die Krell, eine übermenschlich starke und bösartige Alien-Spezies, zu gewinnen. Seine jüngste Mission führt Harris und seine Mannschaft tief hinein ins Gebiet der Aliens, denn dort wurde ein Forschungslabor der Menschen angegriffen. Kaum dort angekommen, stoßen die Soldaten auf ein geheimnisvolles Alien-Artefakt – ein Artefakt, das das Schicksal der Menschheit für immer verändern könnte ...

Der Autor

Jamie Sawyer wurde in Newbury, Berkshire geboren. Er studierte Jura an der East Anglia Universität in Norwich und arbeitet heute als Rechtsanwalt für Strafrecht an den Gerichten in London und Ostengland. Wenn er nicht gerade arbeitet oder schreibt, verbringt er seine Zeit mit seiner Familie in Essex.

Mehr über den Autor und seinen Roman erfahren Sie auf:

diezukunft.de

JAMIE SAWYER

DIE LAZARUS-MISSION

Roman

WILHELM HEYNE VERLAG
MÜNCHEN

Titel der englischen Originalausgabe
ARTEFACT – THE LAZARUS WAR BOOK 1
Deutsche Übersetzung von Julian Haefs

Dieses Buch ist auch als E-Book erhältlich

MIX
Papier aus verantwortungsvollen Quellen
FSC® C014496

Verlagsgruppe Random House FSC® N001967

Deutsche Erstausgabe 05/2016
Redaktion: Sven-Eric Wehmeyer

Printed in Germany
Umschlaggestaltung: Das Illustrat, München
Umschlagillustration: Ioan Dumitrescu,
Hintergrund: Shutterstock/HomeArt
Satz: Buch-Werkstatt GmbH, Bad Aibling
Druck und Bindung: GGP Media GmbH, Pößneck
ISBN 978-3-453-31725-3

www.diezukunft.de

Für Louise – obwohl ich dich
mit der Limonade verfehlt habe,
hat sich alles zum Guten gewendet.

1

NEW HAVEN

Alle redeten durcheinander. Der Kanal war von Stimmengewirr erfüllt.

Ist es das?, fragte ich mich. *Werde ich sie finden?*

»Identifikation ist bestätigt: AFS New Haven. *Sie ist vor drei Jahren verschwunden.«*

»Nullschilde sind weggepustet. Eure Einflugschneise ist sauber.«

Immerhin war es kein feindliches Schiff. Nationalität: Freie Arabische Welten. Aber es war nicht *sie.* Ich spürte stechende Enttäuschung. *Was hatte ich erwartet?* Sie war verloren.

»Raumschiff New Haven *der Freien Arabischen Welten, hier spricht Allianz VOB* Liberty Point: *Haben Sie verstanden? Wiederhole, hier spricht VOB* Liberty Point: *Haben Sie verstanden?«*

»Vogel krächzt nicht.«

»Keine Antwort. Keine Reaktion auf automatischen oder manuellen Kontakt.«

Ich klinkte mich in die externen Kameras ein, um einen besseren Blick auf das Ziel zu bekommen. Sie war ein großes Raumschiff, tausend Meter lang. Groß prangte NEW HAVEN auf dem Rumpf, aber die weißen Buchstaben waren abgewetzt und verblichen.

Unter dem Namen standen eine numerische Identifikation und ein Barcode mit dem Logo der Sponsorenfirma – Werbung für irgendeine längst vergessene Bergbaugesellschaft. Nachträglich war etwas Arabisches neben das Logo gekritzelt worden.

New Haven war ein ziviles Kolonieschiff; eins der massenproduzierten Module, die man in den Grenzsystemen häufig sah, fähig zu Langstreckensprüngen im Quantenraum, dafür aber mit sehr begrenzten Verteidigungsmöglichkeiten. Wahrscheinlich älter als ich, von einem Dutzend Regierungen und Firmen umgerüstet, bevor sie unter ihrem jetzigen Namen lief. Mein militärisch geschultes Auge machte sofort erhebliche Schwachstellen am Schiff aus: eine große, kugelförmige Brücke mit Kommandomodul am Bug, ein schlanker Mittelteil und die hässliche Triebwerkseinheit am Heck.

In einem Kampf wäre sie völlig nutzlos, so viel war sicher.

»Lese jetzt Daten der Fernsensoren aus. Ich kriege keine saubere Analyse vom Bioscanner aus dem Innenraum.«

Bei näherer Betrachtung fanden sich Hinweise, die den leblosen Zustand des Schiffs erklärten. Schartige Risse in der Rumpfpanzerung legten nahe, dass sie mit schweren Bordgeschützen beschossen worden war. Nichts Katastrophales, aber genug, um den Hauptantrieb außer Gefecht zu setzen: Als hätte derjenige, der das Schiff angegriffen hatte – wer oder was auch immer das gewesen sein mochte –, mit ihm gespielt. Wie der Jäger, der seine Beute nur verkrüppelt, ihr aber den Todesstoß versagt.

»*AFS* New Haven, *hier spricht* Liberty Point. *Wir werden in Kürze in Übereinstimmung mit Militärcode A-Z-9 an Bord kommen. Sie sind in die Krell-Quarantänezone eingedrungen. Nach in diesem Sektor geltendem Militärrecht haben wir die Befugnis, Ihr Schiff zu betreten, um Ihre Sicherheit gewährleisten zu können.*«

Das Schiff trieb wahrscheinlich schon seit Monaten, vielleicht sogar Jahren ziellos durchs All. Im Inneren der zerschossenen Metallhülle war sicher nichts mehr am Leben.

»*Weiterhin keine Antwort auf unseren Kontaktversuch. Autorisiere Waffeneinsatz für Außenteam. Mission wie instruiert durchführen.*«

»Hier spricht Captain Harris«, sagte ich. »Laut und deutlich angekommen. Bestätige Annäherung.«

»*Verstanden. Mission ist startklar, wiederhole startklar. Übergebe an Sie, Captain. Ab jetzt Funkstille.*«

Dann riss die Verbindung ab, und ein Moment der Stille folgte. *Liberty Point* und alles, was die Station an Schutz mit sich brachte, schienen auf einmal sehr weit weg zu sein.

Unsere gepanzerte Wildcat-Mannschaftsfähre näherte sich zügig der *New Haven*. Die Fähre war ein hässliches, funktionales Gefährt – nur dafür da, um uns von der Operationsbasis zur Einsatzstelle zu bringen. Sie war schwer gepanzert, aber komplett unbewaffnet; man hoffte, dass die dreifach verstärkte Panzerung bei Feindbeschuss ausreichte, um Lecks im Rumpf so lange zu verhindern, bis wir den Zielort erreicht hatten. Verglichen mit dem zivilen Goliath von Schiff war die Fähre ein unbedeutender Klecks.

Ich saß aufrecht im Truppenabteil, fest im Sicherheitsgeschirr vertäut. Bei Annäherung ans Ziel schaltete sich der Gravitationsantrieb der Wildcat vollständig aus: Alles, was nicht festgezurrt war, driftete im freien Fall. Es gab weder Fenster noch Bildschirme, deshalb verließ ich mich auf die Übertragung der externen Kameras, um unseren Fortschritt zu verfolgen. Das war echte Holzklasse, selbst in den Tiefen des Alls.

Ich trug einen taktischen Kampfhelm, der mehr als nur Schutz lieferte. Allerlei technische Daten wurden auf die Blickfeldanzeige gespeist – direkt auf die Innenseite des Visiers projiziert. Schwärme von leuchtenden Symbolen, Warnungen und Datensätzen rollten vorbei. Für einen Rekruten wäre dieser Informationsfluss überwältigend gewesen; mir war das in Fleisch und Blut übergegangen. Dank der direkten Verbindung mit meinem Kampfanzug schaltete ich manche Datensätze mit einem Gedanken aus, während ich mir andere genauer ansah. Zufrieden mit dem, was sich mir bot, schrie ich in den Kommunikator: »Truppe, abzählen.«

Fünf Gruppenmitglieder gaben reihum Laut, wobei ihre entsprechenden Vitalwerte auf meinem Display erschienen.

»Jenkins.« Die einzige Frau im Team; klein, schnell und quirlig. Jenkins war ein Waffennarr, und wenn es um Militäroperationen ging, war Zwangsneurose als Begriff für ihre psychische Disposition noch untertrieben. Sie war Korporal der Gruppe, und anders hätte ich es auch nicht haben wollen.

»Blake.« Jüngstes Teammitglied, kaum mit der

Grundausbildung fertig, als er eingezogen worden war. Jugendlich und immer voller Eifer. Seine entscheidenden Merkmale waren ungewöhnliche Fähigkeiten im Umgang mit dem Scharfschützengewehr und ein unglaubliches Händchen beim anderen Geschlecht.

»Martinez.« Er hatte eine Vergangenheit im Marinekorps der Allianz. Mit seinen dunklen Augen und dem noch dunkleren Haarflaum war er ein typischer Venus-Amerikaner. Er bestand darauf, hispanisches Blut zu haben, aber ich bezweifelte, dass die letzten Generationen seiner Familie überhaupt einen Fuß auf die Erde gesetzt hatten.

»Kaminski.« Schlagfertig; sowohl flinker Techniker als auch guter Schütze. Kaminski war seit Beginn an meiner Seite und wie ich früher bei den Allianz-Spezialeinheiten gewesen. Er und Jenkins lagen sich ständig in den Haaren, wie Bruder und Schwester. Über dem Visier seines Helms stand sauber gedruckt BORN TO KILL.

Dann schließlich: »Wissenschaftsoffizier Olsen, ähm, am Leben.«

Unser Gast auf dieser Mission saß links von mir – der wissenschaftliche Offizier, der meinem Team zugeteilt war. Er zitterte unkontrolliert und wechselte zwischen schwerem Atmen und schwerem Würgen. Olsens Kommunikator war auf einem offenen Kanal, sodass keinem von uns sein Leiden erspart blieb. Ich überwachte seine Vitalwerte auf meinem Display – es ging ihm richtig dreckig. Ich würde ihn während des Einsatzes im Auge behalten müssen.

»Erstkontakt für Sie, Mr. Olsen?«, fragte Blake über den allgemeinen Teamkanal.

Olsen nickte vehement.

»Ja, aber ich habe umfangreiche Laboranalysen des Feindes vorgenommen.« Er machte eine Pause, um mehrfach zu würgen, dann platzte er heraus: »Und ich habe viele Einsatzberichte zu diesem Thema gelesen.«

»Das zählt hier draußen gar nichts, mein Freund«, sagte Jenkins. »Sie müssen dem Feind gegenüberstehen. Direkte Konfrontation auf unserem Territorium.«

»Das ist doch das Problem, Jenkins«, sagte Blake. »Das hier ist laut dem Abkommen nicht unser Territorium.«

»Meinst du das Abkommen, das unterzeichnet wurde, bevor du geboren wurdest, Kleiner?«, warf Kaminski mit einem trockenen Kichern ein. »Wir haben Gesellschaft bei diesem Einsatz – ein besonderer Anlass. Warum erzählst du uns nicht, wie alt du bist?«

Als Gruppenführer kannte ich Blakes Alter, die anderen aber nicht. Das Geheimnis war für den Rest der Truppe zu einem Quell der Belustigung geworden. Ich hätte Kaminski die Antwort ohne Probleme geben können, aber das hätte den Spaß verdorben. Es war ein Thema, auf das er jedes Mal zurückkam, wenn wir einsatzbereit waren.

»Wird der Witz nicht langsam alt?«, sagte Blake.

»Nein, wird er nicht – genauso wenig wie du, Kleiner.«

Blake zeigte ihm den Stinkefinger – die Hände klobig und übergroß in den schweren gepanzerten Handschuhen.

»Hört mit dem Scheiß auf«, knurrte ich über den Teamkanal. »Ich brauch euch alle eiskalt und auf Zack. Ich habe keine Lust darauf, dass wir da draußen Probleme kriegen. Wir gehen an Bord der *Haven*, laden die Reisedaten runter und hauen ab.«

Ich hatte dem Team schon auf *Liberty Point* die nötigen Anweisungen gegeben, aber kein Einsatz war Routine, wenn es um die Krell ging. Die bloße Möglichkeit einer Begegnung änderte alles. Ich überflog den Innenraum der abgedunkelten Fähre, ließ das Gesicht jedes meiner Leute auf mich wirken. Während ich das tat, zeigte mein Anzug zu jedem Einzelnen Kampfstatistiken an – genug, um zu wissen, dass sie unter Strom standen, zu allem bereit waren.

»Wenn wir zusammenbleiben und Ruhe bewahren, kommen wir da alle heil raus«, sagte ich. »Das gilt auch für Sie, Olsen.«

Der wissenschaftliche Offizier nickte erneut. Seine Biorhythmen waren ernstlich beunruhigend, aber es gab nichts, was ich dagegen tun konnte. Seine Aufnahme ins Team war schließlich nicht meine Entscheidung gewesen.

»Ihr habt den Mann gehört«, sagte Jenkins. »Soll heißen: Keine Scheiße bauen.«

Hätte ich nicht treffender sagen können. Sollte es mich während des Einsatzes erwischen, wäre Jenkins dafür verantwortlich, den Rest der Truppe nach Hause zu bringen.

Die Wildcat suchte sich eine passende Schleuse an der *New Haven*. Die Daten vom Autopiloten der Fähre zeigten mir, dass Flugbahn und Annäherungsvektor gut aussahen. Wir würden das Schiff über den Hauptkorridor betreten. Laut unseren Informationen, basierend auf den Plänen ähnlicher Raumschiffe, bildete dieser Korridor das Rückgrat des Schiffs. Er würde uns den Zugang zu allen wichtigen taktischen Zielen ermöglichen – Brücke, Triebwerksraum und Hyperschlaf-Suite.

Ein Signal ertönte in meinem Helm, und die Fähre unterrichtete mich über unseren Fortschritt – T-MINUS ZEHN SEKUNDEN BIS BERÜHRUNG.

»Los geht's!«, verkündete ich.

Die Rückstoßtriebwerke der Fähre sprangen an, und plötzlich verlangsamten wir rapide. Mein Kopf knallte gegen die gepolterte Nackenstütze, und mein ganzer Körper ratterte. Trotz der verringerten Schwerkraft in der Kabine drehte es einem den Magen um. Mein Herz hämmerte in der Brust, obwohl ich das schon Hunderte Male erlebt hatte. Mein Helm ließ mich wissen, dass eine frische Ladung synthetischer Kampfdrogen – ein Cocktail aus Endorphinen und Adrenalin, sorgfältig gemischt, um mich in optimaler Kampfbereitschaft zu halten – zur Kompensation injiziert wurde. Die Rüstung barg eine komplette medizinische Einrichtung, direkt mit meinem Körper verbunden, und leistete – wenn nötig – automatisch Hilfe. Die Entfernung zum Ziel nahm rasant ab.

»Achtung, Aufprall.«

Durch die Kameras der Fähre sah ich das grobe Andockmanöver. Die Fähre krachte buchstäblich gegen die Außenwand und brachte unsere Schleuse und die der *Haven* auf eine Höhe. Mit einem explosiven Brüllen und einer Welle kinetischer Energie verband sich die Fähre mit der Hülle. Die Luftschleuse der Wildcat fächerte sich auf.

Wir bewegten uns wie ein gut geölter Mechanismus, eine reibungslos laufende Maschine. Bis auf Olsen hatten wir das alle schon erlebt. Martinez stand als Erster, befreit von seinem Sicherheitsgeschirr. Er übernahm die Spitze. Dann kamen Jenkins und Blake; sie würden Feuerschutz geben, sollten wir auf Widerstand treffen. Dann Kaminski, der Olsen eskortierte. Ich verließ die Kabine immer als Letzter.

»Einstieg erfolgreich«, sagte ich. »Wir sind auf der *Haven.*«

Das war reine Formalität für den Rekorder meines Kampfanzugs.

Als ich hinaus auf den Gang trat, verband sich meine Waffe automatisch mit meinem Display und zeigte Zielerfassungs-Daten. Wir waren mit M95-Plasmagewehren von Westington-Haslake bewaffnet – die bevorzugte Langwaffe für Einsätze auf feindlichen Schiffen. Es war eine große und schwere Waffe, die Plasmaimpulse in Wellen abfeuerte und von einer eingebauten Energiezelle gespeist wurde. Die Reichweite war zwar eingeschränkt, dafür hatte sie aber eine unglaublich hohe Feuerrate, und die schiere Mannstoppwirkung einer Energiewaffe dieser Größenordnung war den Kompromiss wert. Außerdem hatten wir noch andere Waffen dabei, je nach Präferenz – Jenkins bevorzugte einen Armant-Flammenwerfer als Primärwaffe. Zusätzlich trugen wir alle Plasmapistolen.

»Feuerschutzpositionen einnehmen – Schusswinkel überlappen«, flüsterte ich in den Kommunikator. Das Team gehorchte. »Breite Front, und macht mir anständig Licht.«

Schaukelnde Schulterlampen sprangen an und fuhren über das ramponierte Innere des Schiffs. Die Anzüge waren mit Infrarot-, Nacht- und elektromagnetischen Sichtgeräten ausgestattet, aber die Krell sonderten kaum Körperwärme ab – und nichts konnte das gute alte Augenlicht ersetzen.

Ohne einen Befehl zu brauchen, näherte sich Kaminski einer der in die Wand eingelassenen Schalttafeln. Mit einem PDA griff er auf den Zentralrechner des Schiffs zu.

»Es werde Licht«, raunte Martinez mit schwerem Akzent.

Über unseren Köpfen gingen Lichtleisten an, blinkten in Serie, tauchten den Korridor in hässliches elektrisches Licht. Manche flackerten erratisch, andere blieben ganz erloschen. Im Bauch des Schiffs begann etwas zu brummen: vielleicht brachliegende Lebenserhaltungssysteme. Unheilvolle Stille breitete sich im Hauptkorridor aus. Er war rein zweckmäßig konstruiert, mit Wänden und Boden aus nackten Metallplatten. Mein Anzug meldete, dass die Temperatur zwar unangenehm niedrig, aber in akzeptablem Rahmen war.

»Gravitationsantrieb ist funktionstüchtig«, sagte Kaminski. »Die haben die Atmosphäre in Ruhe gelassen. Wird uns für ein paar Stunden reichen.«

»Ich hab nicht vor, so lange hierzubleiben«, sagte Jenkins.

Wir öffneten alle gleichzeitig die Siegel unserer Helme. In der Atmosphäre lagen zwei widersprüchliche Gerüche: der Gestank von brennendem Plastik und modrigem Wasser. *Im Schiff hat es gebrannt, und irgendwo in der Nähe ist ein Recyclingtank geplatzt.* Flüssigkeit *pling-pling-plingte* leise in der Ferne.

»Ich bleibe versiegelt, wenn Sie nichts dagegen haben«, fügte Olsen unbeholfen hinzu. »Die Kreaturen haben teilweise artübergreifende Erreger getragen.«

»Christo, der Kerl ist nicht zu fassen«, sagte Kaminski kopfschüttelnd.

»Ey, pass auf, was du sagst, *mano*«, sagte Martinez zu Kaminski. Er deutete auf ein krudes, weißes Kreuz, das auf den Brustpanzer seines Kampfanzuges gepinselt war. »Du sollst Seinen Namen nicht missbrauchen.«

Keiner von uns wusste wirklich, welcher Religion Martinez anhing, aber er tat es mit bewundernswertem Elan. Sie schien ihm Glücksspiel, Frauen und Trinken zu gestatten, während Blasphemie im Einsatz immer inakzeptabel war.

»Nicht der Mist schon wieder«, sagte Kaminski. »Das ist alles, was ich je von dir zu hören kriege. Wenn wir ohne dich nach *Point* zurückkommen, werde ich Gott persönlich anrufen. Ihr Venusier seid doch alle gleich.«

»Ich bin Amerikaner«, legte Martinez los. Den Venusiern waren ihre Wurzeln sehr wichtig; das war ein Streit, den ich schon viel zu oft zwischen den beiden Soldaten hatte beilegen müssen.

»Schnauze jetzt«, sagte Jenkins. »Wenn er glauben will, lass ihn.« Die anderen respektierten ihr Wort fast so wie meins und verstummten sofort. »Ist doch nett, auf irgendwas vertrauen zu können. Befehle, Cap?«

»Feuerteam Alpha – Jenkins, Martinez –, geht runter zur Hyperschlaf-Kammer und gebt mir einen Bericht über den Zustand dieser Kolonisten. Feuerteam Bravo, Formation um mich.«

Bestätigendes Nicken von der Truppe. Das war die Standard-Einsatzprozedur: Zielschiff betreten, Schlüsselstellen besetzen und so schnell wie möglich wieder verschwinden.

»Und das Quantentriebwerk?«, fragte Jenkins. Sie hatte ihren Flammenwerfer hochgefahren, und der Widerschein der Zündflamme tanzte über ihr Gesicht. Ihre Miene war geradezu blutrünstig.

»Wir sammeln uns in fünfzehn Minuten an dieser Position. Lasst uns erst mal ein bisschen erkunden, bevor wir uns verziehen.«

»Zu Befehl, Captain.«

Die Kämpfer fielen in gleichmäßigen Dauerlauf, hinein in den düsteren hinteren Teil des Schiffs. Die schweren Rüstungen und Waffen begleiteten scheppernd ihren Weg.

Es war keine Angst, die ich in der Magengegend spürte. Auch keine Beklemmung; das hier war etwas Schlimmeres. Es war Begeisterung – die meine Gedankengänge vernebelte, stark genug, um fast berauschend zu sein. Das hier war meine Bestimmung. Ich beruhigte meinen Puls und konzentrierte mich auf die vor uns liegende Mission.

Etwas rührte sich tief im Schiff – ich konnte es fühlen.

Kaminski, Blake und ich eilten Richtung Brücke. Olsen hatte Mühe, mit uns Schritt zu halten, und war den Großteil des Wegs still, aber Kaminski ließ es sich trotzdem nicht nehmen, ihn anzustacheln.

»Scheint mir so, als wären Sie nicht daran gewöhnt, in einem Kampfanzug zu rennen?«, fragte er. »Einfach Bescheid sagen, wenn Sie eine Pause brauchen.«

Kaminskis Tonfall ließ keinen Zweifel daran, dass es sich nicht um Besorgnis, sondern um eine Beleidigung handelte.

»Ist schon beeindruckend«, sagte Olsen kopfschüttelnd. Er ignorierte Kaminskis letzte Bemerkung. »Ein wahres Wunder moderner Technik. Es fühlt sich so an, als würde der Anzug mit mir herumlaufen, nicht andersherum.«

»Man gewöhnt sich dran«, sagte ich. »In jeder Einheit stecken zweieinhalb Tonnen Maschinerie.«

Der Trident-Kampfanzug Klasse IV war mit allem ausgestattet, was ein Soldat brauchte. Im Helm saß eine komplette Sensorik mit taktischer Datenerfassung, alles direkt mit dem Helm-Display verbunden. Verstärkte Ablativpanzerung schützte den Träger vor kleinkalibrigen Waffen. Er war vollständig weltraumtauglich – atmosphärisch versiegelt mit einer Sauerstoff-Aufbereitungsanlage, um im All zu überleben. Das Chassis war mit einer Fülle spezialisierter Geräte und zusätzlicher Extras vollgestopft, außerdem ließen sich Forschung und Entwicklung für jede Mission etwas Neues einfallen. Die aktuelle Ausgabe war mit einem ständig wechselnden, metallischen Flecktarnmuster überzogen, das die Silhouette des Trägers verschwimmen ließ und uns zu schwieriger zu treffenden Zielen machte. Das Beste aber war, dass die mechanischen Muskeln die Stärke des Trägers verzehnfachten.

»Man kann einen Xeno-Schädel mit einer Hand zerbröseln«, sagte Kaminski, der gedankenverloren seinen Handschuh zur Faust ballte. »Hab ich schon mal gemacht.«

»Volle Konzentration«, befahl ich, und Kaminski hielt den Mund.

Wir kamen durch einen schlecht beleuchteten Teil des Schiffs – die Krell fühlten sich wohl im Dunkeln. Ich schaltete meine Schulterlampe wieder an und sah mich genau um.

Das Innere des Raumschiffs war in erbärmlichem Zustand. Es war von den Eindringlingen zu Klump geschlagen worden. Wir passierten Kabinen, die mit notdürftigen Barrikaden verschlossen worden waren. Die Wände waren von blutigen Handabdrücken verschmiert, und dazwischen fanden sich versengte Spuren von Energiewaffen. Ich ging davon aus, dass sich Crew und Zivilbesatzung zur Wehr gesetzt hatten, allerdings mit wenig Erfolg. Sie waren wahrscheinlich mit einfachen Waffen zur Selbstverteidigung ausgerüstet gewesen – ein paar Schrotflinten, ein Schockgewehr oder Ähnliches, um das eine oder andere aufmüpfige Besatzungsmitglied in Schach zu halten, aber nichts, um gegen ein ernsthaftes Enterkommando zu bestehen. Sie waren sicherlich auf das, was über sie kam, nicht vorbereitet gewesen.

Etwas war hier passiert. Das ungute Gefühl in der

Magengegend setzte wieder ein. Ein Teil des Geheimnisses um dieses Schiff war also gelüftet. Die Krell waren definitiv hier gewesen. Aber eine Frage blieb: Waren sie noch an Bord? Vielleicht hatten sie sich ausgetobt und waren dann getürmt.

Oder sie liegen noch irgendwo im Schiff auf der Lauer.

Wir näherten uns der Brücke. Ich warf einen Blick auf die Missionszeit. Sechs Minuten waren vergangen, seit wir aufs Schiff gekommen waren.

»Los, Tür untersuchen, Blake«, befahl ich, während ich neben ihm in Position ging.

Die Tür zur Brücke war mangelhaft verschweißt worden. Ich packte eine Seite der Türverkleidung, grub mich mit den behandschuhten Fingern zwischen die dünnen Metallplatten. Blake tat das Gleiche auf der anderen Seite, und gemeinsam zogen wir die Tür auf. Hinter mir verlagerte Kaminski seine Position, um zusätzliche Feuerkraft liefern zu können, sollte uns in dem Raum eine Überraschung erwarten. Sobald die Tür offen war, spähte ich hinein.

»Scanner zeigen keine Bewegung«, sagte Blake.

Er benutzte einen Bioscanner am Handgelenk, der in den Anzug eingelassen war. Er spürte biologische Lebenszeichen auf, die Reichweite war allerdings begrenzt. Obwohl wir alle Scanner hatten – sie waren das bevorzugte Werkzeug für Krell-Jäger und Bergungsteams in der ganzen Quarantänezone –, war es wichtig, nicht allzu abhängig von dieser Technik zu werden. Ich hatte auf die harte Tour gelernt, dass nicht immer Verlass darauf war. Die Krell waren gerissene Bastarde; niemals zu unterschätzen.

Die Brücke lag im Halbdunkel, nur wenige der Kontrollkonsolen waren noch erleuchtet.

»Betreten die Brücke.«

Langsam und vorsichtig betrat ich den Raum und suchte ihn mit dem Scheinwerfer meines Gewehrs ab. Nichts rührte sich. Kaminski folgte mir. Es war kalt und roch nach Tod und Verwesung. Vertraute Gerüche. Am zentralen Kommandostand hielt ich inne. Das Terminal war voller blinkender Warnhinweise, alle unbeachtet.

»Keine Überlebenden auf der Brücke«, stellte ich fest.

Eine weitere Formalität für den Anzugrekorder. Die Besatzung war über ihre Stationen verteilt. Die Körper waren alt, verwest und größtenteils schon mumifiziert. Der Schiffskapitän – wahrscheinlich irgendein ziviler Handelsoffizier – war immer noch, an seinen Sessel geschnallt, über die Befehlskonsole gekrümmt. Etwas Scharfkantiges und Gezacktes hatte Gesicht und Oberkörper zerstört. Blut und Gewebeteile hatten die Umgebung des Leichnams großzügig benetzt, waren aber längst getrocknet.

»Was, glauben Sie, ist hier passiert?«, flüsterte Olsen.

»Die Künstliche Intelligenz des Schiffs hat höchstwahrscheinlich die Kernbesatzung geweckt, als die Krell geentert haben«, sagte ich. »Die haben sich wohl eingeschlossen und gehofft, dass sie es schaffen würden, die Krell zurückzuschlagen.«

Ich musterte die Umgebung unmittelbar über dem Sitz des Kapitäns. Eine unbewusste Handlung, für mich genauso selbstverständlich wie atmen. Ich stellte mir vor, wie sich die Szene abgespielt hatte: Die Krell waren durch die Öffnung in der Decke gekommen – hatten wahrscheinlich die Luftschächte benutzt, um sich unbemerkt im Schiff zu bewegen – und hatten den Kapitän noch im Sitzen getötet.

Ich unterdrückte ein Schaudern.

»Die anderen sind auch so«, sagte Blake, der den Rest der Crew untersuchte.

»Das Beste, was wir noch für sie tun können, ist eine anständige Seebestattung. Blake – die Schächte bewachen. Kaminski – zur Hauptkonsole und Download starten.«

»Verstanden, Cap.«

Kaminski machte sich an die Arbeit, packte seine Ausrüstung aus und schloss Geräte an den Hauptrechner des Schiffs an. Er war ein guter Hacker; das Produkt einer vergeudeten Jugend in Alt-Brooklyn.

»Wollen doch mal sehen, warum dieser alte Pott so tief in der Quarantänezone treibt«, murmelte er.

»Ich bin sehr gespannt«, sagte Olsen. »Das Schiff hätte mitten in erschlossenem Allianzgebiet sein sollen. Selbst fremdfinanzierte Zivilschiffe sind davor gewarnt worden, sich außerhalb der definierten Gebiete zu bewegen.«

Dumm gelaufen, Olsen.

Ich ging auf der Brücke auf und ab, während Kaminski arbeitete.

Die einzigen echten Bullaugen an Bord der *Haven* befanden sich auf der Brücke. Die Blenden waren geöffnet, sodass sich der majestätische Anblick der Tiefen des Alls bot. *Vielleicht wollten sie in die Leere bli-*

cken, ein letztes Mal, vor dem Unvermeidlichen, dachte ich. Das war kein Anblick, den ich gewählt hätte – der Mahlstrom dominierte die Aussicht. Aus dieser Entfernung, Lichtjahre vom Rand der Quarantänezone, sah der bösartige Sternenhaufen wie ein nach außen gewölbter Bluterguss aus – hell und blühend vor der Schwärze des Raums. Wie eine Miniatur der Milchstraße: mit wirbelnden Armen, jeder eine Myriade von Krell-Welten. Der Anblick war verführerisch schillernd, wie um unachtsame, fremde Reisende ins Verderben zu locken; als ob die Bewohner dieser Welten und Systeme eine friedfertige Spezies wären. Hin und wieder zeugten weiße Blitze von gravimetrischen Stürmen; das unerklärliche Phänomen, das die Welten des Mahlstroms beschützte, aber gleichzeitig gefangen hielt.

»Haben Ihre Leute je eine Antwort darauf gefunden, was es mit diesen Stürmen auf sich hat?«, fragte ich Olsen zerstreut, während Kaminski weiterarbeitete. Olsen gehörte zur Wissenschaftsabteilung, einem spezialisierten Arm der Allianz, nicht militärisch.

»*Das* ist in der Tat eine interessante Frage«, fing Olsen an und schlurfte zu mir herüber. »Die Forschungen dauern noch an. Die gesamte Mahlstrom-Region ist immer noch ein Rätsel. Wussten Sie, dass es in dieser Region mehr Schwarze Löcher gibt als im ganzen Rest des Orion-Arms? Professor Robins von Maru Prime glaubt, dass die Stürme miteinander zusammenhängen könnten – vielleicht das Resultat magnetischer Sterngezeiten …«

»Und bitte sehr«, sagte Kaminski, Olsen unterbrechend. Er fing an, geräuschvoll seine Geräte abzustecken, und der unvermittelte Lärm ließ den Wissenschaftsoffizier auffahren. »Ich hab die Daten über Indienstnahme, relevante Beschäftigungsgeschichte und Personalakten. Sieht aus, als wäre die *Haven* auf einem Kolonisierungsflug gewesen – ein Siedlerprogramm. Hatte Anweisung, sich auf Torfis Stern zu melden …« Er hielt inne und las etwas vom Terminal ab. Torfis Stern war ein ziemliches Stück von unserer aktuellen galaktischen Position entfernt, und kein vernünftiger Raumschiffkapitän wäre ohne einen verdammt guten Grund so weit vom Kurs abgewichen. »Jetzt verstehe ich, wo die Sache schiefgelaufen ist. Das Navigationsmodul hatte eine Fehlfunktion, und die KI hat versucht, das zu kompensieren.«

»Die Künstliche Intelligenz des Schiffs wäre für alle automatisierten Navigationsentscheidungen zuständig«, sagte Olsen. »Aber die Sicherheitsprotokolle hätten doch das Schiff bestimmt davon abgehalten, so einen katastrophalen Fehler zu begehen?«

Kaminski arbeitete weiter, zuckte aber unverbindlich mit den Schultern. »Das passiert häufiger, als Sie vielleicht denken. Sieht aus, als hätte die KI der *Haven* einen Systemfehler bekommen. Hat das Schiff dazu gebracht, mehrere Lichtjahre über ihren Zielort hinauszuschießen. Das erklärt dann, wie sie in der Quarantänezone gelandet ist.«

»Zahn zulegen«, sagte ich. Je schneller wir arbeiteten, desto früher würden wir uns mit der Fähre verkrümeln können. Falls die Krell noch immer an Bord waren, könnten wir vielleicht vor Berührung abziehen. Ich aktivierte meinen Kommunikator: »Jenkins – bitte kommen.«

»Jenkins hier.«

»Wir sind auf der Brücke, laden gerade die Blackbox runter. Euer Standort?«

»Wir sind in der Hyperschlaf-Kammer.«

»Statusreport.«

»Keine Überlebenden. Ist nicht schön hier unten. Keine Überreste groß genug für eine Identifizierung. Sieht aus, als hätte es die meisten hier im Hyperschlaf erwischt. Immer noch eingefroren, als sie hopsgegangen sind.«

»Keine Überraschung. Gebt euch keine Mühe, sie zu identifizieren; wir haben das Schiffsmanifest. Vorrücken zum Q-Antrieb. Ende.«

»Verstanden. Ankunft voraussichtlich in drei Minuten.«

Es dauerte eine weitere Minute, die Daten des Flugschreibers herunterzuladen, und noch eine, die Daten zurück nach *Liberty Point* zu senden. Missionszeit: zehn Minuten. Dann waren wir wieder unterwegs, den zentralen Korridor hinunter, und bewegten uns in Richtung des Q-Antriebs – durch die hässliche Leuchtstreifen-Passage. Der Triebwerksraum befand sich im Heck des Schiffs, also auf der anderen Seite. Olsen schlich direkt hinter mir.

»Hätten Sie jetzt nicht doch lieber eine Waffe mitgenommen, Mr. Olsen?«, fragte Blake.

»Ich habe in meinem ganzen Leben noch keine Waffe abgefeuert«, sagte Olsen abwehrend. »Ich wüsste gar nicht, wie das geht.«

»Ich kann mir keinen besseren Zeitpunkt zum Lernen denken«, antwortete Kaminski. »Wissen Sie …«

Die Oberlichter gingen aus, ein Abschnitt nach dem anderen den Korridor entlang, bis wir in absolute Finsternis gehüllt waren. Gleichzeitig erstarb das Brummen, das von den Lebenserhaltungssystemen ausgegangen war. Die plötzliche Stille war ohrenbetäubend und dehnte sich über lange Sekunden aus.

»Wie haben die das gemacht?«, fing Olsen an. Seine Stimme wurde von den Wänden des leeren Korridors wie ein Kanonenschuss zurückgeworfen, und ich zuckte heftig zusammen. Auf einem toten Schiff wie der *Haven* pflanzten sich Geräusche fort. »Das haben doch sicherlich nicht die Krell verursacht?«

Unsere Schulterlampen sprangen an. Ich gebot mit erhobener Hand Ruhe.

Irgendwo im Schiff knarrte etwas.

»Scanner!«, flüsterte ich.

Dieses langsame, deutliche Piepsen: ein vereinzeltes Signal irgendwo ganz in der Nähe …

»Kontakt!«, schrie Blake.

Im flackernden Lichtkegel meiner Schulterlampe sah ich *etwas* über uns aufspringen: nur ein Lichtblitz, nass und schnell …

Blake feuerte eine Salve aus seinem Plasmagewehr ab. Oranges Licht flutete den Korridor. Kaminski rückte vor, sicherte nach vorne ab …

»Feuer einstellen!«, rief ich. »Das ist nur ein geplatztes Versorgungsrohr.«

Mein Team gefror, voller Adrenalin, die Augen aufgerissen. Vier Schulterlampen erleuchteten die dunkle Decke, untersuchten den Schaden, den Blakes Plasmaschüsse verursacht hatten. Tatsächlich, da hing ein Bündel geborstener Plastikröhren aus der abgehängten Decke: Begleitet vom lethargischen *tropf-tropf* austretenden Wassers.

»Du dämlicher Affenarsch, Kleiner!« Kaminski lachte. »Dein Abzugsfinger juckt ja mehr als meine Eier!«

»O Christo!« Olsen schrie.

Eine Krell-Primärform schälte sich geschmeidig – viel zu geschmeidig für etwas von dieser Größe – von irgendwo über uns heraus. Es landete auf dem Deck, keine zehn Meter vor uns.

Ein Stachel durchfuhr mich. Kein physischer, ein mentaler – obwohl die Reaktion stark genug war, dass meine Medizineinheit eine weitere Ausgleichsdroge ausschüttete. Plötzlich war ich messerscharf, im Kampfmodus. Das hier war nicht länger ein Erkundungs- oder Bergungseinsatz.

Das Team verteilte sich augenblicklich, bezog Positionen um den Xeno herum. Keine Aussicht auf Fehlalarm mehr.

Das Wesen verharrte und zuckte mit allen sechs Beinen. Es war nicht bewaffnet, aber das machte es nicht minder gefährlich. Irgendetwas an den Krell war so wahnsinnig *falsch.* Ich konnte mich immer noch an das erste Mal erinnern, als ich eines gesehen hatte, und an das Gefühl völliger Unstimmigkeit, das mich befallen hatte. Im Laufe der Jahre hatte sich das Gefühl zu einer hodenfrostenden Lähmung vertieft.

Vor uns stand eine Primärform, die niedrigste

Schicht des Krell-Kollektivs, trotzdem war es immer noch größer als jeder von uns. Eingehüllt in das Krell-Äquivalent von Kampfpanzerung: gehärtete Schalenplatten, die mit der graugrünen Haut des Xenos verschmolzen waren. Es war unmöglich zu sagen, wo Technologie aufhörte und Biologie anfing. Der Rücken des Viehs war übersät mit Antennen – die sowohl Waffen als auch Mittel zur Kommunikation mit dem Rest des Kollektivs waren.

Das Krell drehte den Kopf, wie um unsere Anwesenheit zu bestätigen. Es hatte ein entfernt fischähnliches Gesicht, mit einem Paar tiefer, pechschwarzer Augen und Barteln, die aus dem Mund herabhingen. Unter dem Maul spannte sich rhythmisch ein Paar von Kiemen an, das giftige Dämpfe verströmte. Diese haiartigen Züge hatten ihnen den Spitznamen »Fischköpfe« eingebracht. Aus den Schultern entsprangen zwei Armpaare – das eine verkümmert, mit Klauenhänden; das andere mit knochigen, sägeartigen Vorsprüngen –, die Unterarme eines Raubtiers.

Das Xeno bäumte sich auf, und augenblicklich stürmte es den Korridor entlang auf uns zu.

Ich feuerte mein Plasmagewehr ab. Der erste Schuss detonierte im Brustkorb des Xenos, trotzdem rannte es weiter. Der zweite Schuss traf einen der klingenbewehrten Vorderarme, der komplett abgerissen wurde. Dann fingen auch Blake und Kaminski an zu feuern – und der Korridor war erleuchtet von gleißenden Plasmaimpulsen. Die Kreatur sackte zu einer weißglühenden Sauerei zusammen.

»Und, wie gefällt Ihnen das, Olsen?«, fragte Kaminski. »Die sind doch recht freundlich für eine Spezies, mit der wir angeblich Frieden geschlossen haben.«

Irgendwann während des Angriffs war Olsen zusammengesackt und in die Knie gegangen. Da saß er einen Moment lang, sah auf seine Hände in den Handschuhen hinab. Seine Augen waren gehetzt, die Wangen bleiern, und er wirkte um Jahre gealtert. Er schüttelte den Kopf, kam wankend auf die Beine. Aus der Sicherheit eines Labors heraus war es einfach, die Krell als eine andere, intelligente Spezies anzusehen, lediglich als Ebenbild eines fremden Gottes erschaffen. Sie aber aus der Nähe zu sehen und Zeuge ihres angeborenen Verlangens, die menschliche Rasse auszulöschen, zu werden, ließ einen begreifen, was sie wirklich waren.

»Wir haben jetzt den Ernstfall, Männer. Zusammenbleiben und alles nach Plan. *Haven* ist erwacht.«

»Verstanden«, murmelte Kaminski.

»Wir rücken zum Sekundärziel vor. Sobald die Daten vom Generator überspielt sind, ziehen wir uns durch den Hauptkorridor zur Fähre zurück. Also Laufschritt und ausrücken.«

Es gab keine Pause, um unsere Begegnung an Jenkins und Martinez weiterzuleiten. Die Krell hatten die eigentümliche Fähigkeit, Funksprüche wahrzunehmen, sogar verschlüsselte Übertragungen wie die, die unsere Anzüge benutzten, deshalb herrschte jetzt, da das Kollektiv erwacht war, komplette Funkstille.

Als ich mich in Bewegung setzte, aktivierte ich den Computer, der ins Handgelenk des Anzugs eingelassen war. *Ach du Scheiße.* Die Gänge des Schiffs wimmelten von Bewegung und Lebensformen. Unser Weg wurde in Schatten und Tod gehüllt – jede dunkle Ecke ein mögliches Krell-Nest.

Missionszeit: zwölf Minuten.

Wir erreichten die Kammer des Quantentriebwerks. Die großen, verstärkten Türen waren geschmückt mit Warnhinweisen, darüber flammte rote Notbeleuchtung auf.

Der Boden explodierte, als drei weitere Krell auftauchten – eine Masse von Chitinpanzern und Klauen. Blake ging als Erster zu Boden, das größte Krell schleifte ihn in einen Wartungsschacht. Er riss das Gewehr hoch, um zu feuern, aber es war zu wenig Platz, um in komplettem Kampfanzug zu manövrieren, deshalb konnte er die Waffe nicht ausrichten.

»Durchhalten, Kleiner!«, brüllte ich, während ich die näher kommenden Krell unter Feuer nahm und versuchte, ihn zu befreien.

Die zwei anderen Xenos kletterten über ihn hinweg und versuchten verzweifelt, zu mir zu gelangen. Ich trat nach ihnen, versenkte eine Hand im Gewimmel der Körper in dem Versuch, Blake zu packen. Er verlor sein Gewehr und stieß einen gequälten Schrei aus, als die Kreaturen ihn zu Boden rissen. Es half alles nichts – entweder war er bereits tot, oder er würde es bald sein. Selbst in der verstärkten Panzerung würden ihn die Viecher auseinandernehmen. Seine Hand rutschte mir durch die Finger, gerade als sich die anderen Krell aus der Öffnung des Schachts befreiten.

»Blake hat's erwischt!«, schrie ich. »'Ski – Granate.«

»Verstanden.«

Kaminski machte eine Brandgranate scharf und warf sie in das Nest. Sie flog den Tunnel hinunter und hüllte ihn in bernsteinfarbenes Stroboskop-Warnlicht. In dem Sekundenbruchteil, bevor sie hochging, als ich mein M95 hochriss, um zu feuern, sah ich, dass der Tunnel jetzt voller Xenos war. Viel, viel mehr, als wir mit unserem Team würden töten können.

»Passen Sie doch auf – Sie könnten ein Loch in die Hülle reißen mit solchen Sprengsätzen!«, jammerte Olsen.

Die Hülle zu durchlöchern war meine geringste Sorge. Die Granate zündete, Krell flogen in alle Richtungen. Im letzten Moment drehte ich mich von der Explosion weg und spürte, wie sich glühendes Schrapnell in meinen Kampfpanzer bohrte – und sich Granatsplitter im Kreuz einnisteten. Der Anzug kompensierte die Wand aus weißem Rauschen und dämpfte kurzzeitig meinen Toneingang.

Die Zielerfassung des M95 registrierte herumliegende Krell, und ich feuerte, ohne nachzudenken. Ein Impuls nach dem anderen fuhr in den Tunnel, spaltete gepanzerte Köpfe und riss klauenbewehrte Gliedmaßen ab. Irgendwo da hinten, inmitten des Durcheinanders aus Körpern und Trümmerteilen, war Blake; aber es dauerte ein paar lange Sekunden, bevor mein Anzug meldete, dass seine Lebenszeichen endgültig erloschen waren.

Gute Reise, Blake.

Kaminski rührte sich hinter mir. Seine technische Ausrüstung war bereits mit der Zugangskonsole zur Antriebskammer verbunden und ließ Hacker-Algorithmen laufen, um uns Eintritt zu verschaffen.

Der Rest des Teams kam im Dauerlauf in Sicht. Noch mehr Krell kletterten jetzt aus dem Loch im Boden. Martinez und Jenkins fielen mit ihren Gewehren in die Salven ein und gingen vor der Tür zur Antriebskammer in Position.

»Schön, dass ihr es auch noch geschafft habt. Läuft nicht wirklich nach Plan hier unten.«

»Na ja, wir haben unterwegs ein paar Freunde getroffen«, murmelte Jenkins.

»Wir haben den Kleinen verloren. Blake hat's erwischt.«

»Ach, Scheiße«, sagte Jenkins kopfschüttelnd. Sie und Blake standen sich nahe, aber sie hielt sich nicht länger mit seinem Tod auf. *Keine Zeit zum Trauern*, stand ihr ins Gesicht geschrieben, *wir könnten als Nächste dran sein.*

Die Zugangstür öffnete sich knarrend. Dahinter waren weitere Doppeltüren; darauf stand QUANTENTRIEBWERKSRAUM – ZUTRITT FÜR UNBEFUGTE VERBOTEN.

Eine ruhige elektronische Stimme spulte eine Nachrichtenschleife ab: »Achtung. Achtung. Sicherheitsschott zum Triebwerksraum wurde geöffnet. Extremes Strahlenrisiko. Achtung. Achtung.«

Eine Sekunde zu spät fingen die Biosensoren meines Anzugs zu pfeifen an, verzeichneten massive Strahlungswerte. Ich durfte keinen Gedanken daran verlieren. Strahlung war in so einem Einsatz immer eine Gefahr, aber das Risiko, von den Krell getötet zu werden, war unmittelbarer. Ich ratterte ein paar Schüsse in die Schatten und hörte sie in hartes Chitin einschlagen. Die Viecher schrien, und ihre Stimmen vermischten sich mit dem Alarmsystem zu lautstarker Kakophonie.

Kaminski bekam die innere Tür auf. Er und Martinez rückten vor. Ich gab zusammen mit Jenkins Deckungsfeuer, während wir uns langsam zurückzogen und die Viecher unsere Verteidigung testeten. Es war schwierig, bei dem unterbrochenen Licht etwas auszumachen: das Aufblitzen einer Klaue, ein Alienkopf, dann eine Plasmaexplosion, als ein weiteres zu Boden ging. Mein Anzug zählte zehn, zwanzig, dreißig Ziele.

»Durch die Luftschleuse«, schrie Kaminski, dann waren wir plötzlich alle drin, gebadet in Schweiß und Blut.

Die Antriebskammer barg das komplexeste Stück Technologie im ganzen Schiff – den Energiekern. Früher einmal hätte man das wohl Maschinenraum genannt. Jetzt aber war das Gerät, das die Kammer beherbergte, so weit fortgeschritten, dass es keine mechanischen Teile mehr hatte. Der Energiekern des Antriebs saß in der Mitte des Raums – eine hässlich anzusehende Metallkiste, so groß, dass sie fast den ganzen Platz einnahm, übersät mit noch mehr Warnhinweisen. Das war unser Ziel.

Olsen riskierte einen Blick in die Kammer, blieb aber dicht bei mir, als wir um die Maschine herum in Stellung gingen. An der Schalttafel neben der Tür hielt Kaminski inne und verschloss die innere Schleuse. Trotz der verstärkten Metalltüren war das Schreien und Kreischen der Krell immer noch zu hören. Mir war klar, dass sie weniger als eine Minute brauchen würden, um durch die Türen zu kommen. Dann war über uns Krabbeln und Kratzen zu vernehmen. Die Kammer war dafür vorgesehen, sicher zu sein, aber die Dinger waren wahrscheinlich schon lange genug an Bord, um jeden Zugangsschacht und jeden Raum zu kennen. Sie waren im Vorteil.

Die werden hier früh genug einen Weg rein finden, dachte ich. Plötzlich fiel mir der Anblick des toten Handelskapitäns wieder ein – immer noch auf seinen Sitz auf der Brücke geschnallt.

Auf einmal dämmerte mir die Möglichkeit, dass ich hier draußen sterben würde. Der Gedanke löste einen Wutanfall aus – nicht gegen das Allianzmilitär gerichtet, das uns hierher geschickt hatte, nicht gegen die idiotischen Kolonisten, die ihr Schiff in die Quarantänezone geflogen hatten, sondern gegen die Krell.

Mein Anzug veranlasste keine medizinische Reaktion, um meine Emotionen auszugleichen. *Zorn ist gut.* Er war rein und gab mir Klarheit.

»Jenkins, Sprengsätze anbringen.«

»Jawohl, Captain.«

Jenkins ging zum Antriebskern und fing an, ihr Zubehör auszupacken. Sie hatte drei Sprengladungen bei sich. Jede der großen Metallscheiben verfügte über ein separates Bedienfeld und enthielt eine schwache nukleare Ladung.

»W- was tun Sie denn da?«, stammelte Olsen.

Jenkins arbeitete weiter, schüttelte aber lächelnd den Kopf. »Wir werden den Generator zerstören. Sie hätten die Einsatzanweisungen lesen sollen. Das war Ihr erster Fehler.«

»Und keine Waffe mitzubringen sein zweiter«, fügte Kaminski hinzu.

»Wenn wir diese Ladungen zünden«, murmelte Jenkins, »wird die entstehende Explosion den Q-Antriebskern durchbrechen. Das nimmt das Hauptdeck auseinander. Und dann zerstört die Kettenreaktion das Schiff.«

»Kurz gesagt: *gran explosión*«, sagte Martinez.

Kaminski lachte. »Fängst du schon wieder an. Du weißt, dass ich es hasse, wenn du kein Standard sprichst. Das macht Martinez ständig – ist von irgendwas begeistert und fängt an, komisch zu reden.«

»*El no habla la lengua*«, sagte ich. Man kann nicht in Groß-Detroit aufwachsen, ohne was von dieser Sprache aufzuschnappen.

»Das ist Spanisch«, antwortete Martinez und warf Kaminski einen Seitenblick zu.

»Ich dachte, du wärst von der Venus?«, sagte Kaminski.

Olsen winselte wieder. »Wie können Sie in so einer Situation Witze machen?«

»Weil Kaminski ein Arschloch ist«, sagte Martinez, ohne zu zögern.

Kaminski zuckte mit den Schultern. »Wir sind im Krieg.«

Bumm. Bumm.

»Lass uns genug Zeit, um uns zur Fähre zurückziehen zu können«, befahl ich. »Sprengsätze mit fünf Minuten Verzögerung setzen. Ihr anderen: *cállate y trabaja* – Maul halten und an die Arbeit.«

»Zu Befehl.«

Bumm! Bumm! Bumm!

Jetzt waren sie fast durch. Auf der Metalltür bildeten sich erste Beulen.

Jenkins programmierte nacheinander die Ladungen, benutzte magnetische Klammern, um sie an der Außenwand des Kerns zu verankern. Zwei waren schon scharf, und sie arbeitete an der dritten. Sie positionierte die Ladungen sehr bedacht, sehr vorsichtig, um sicherzugehen, dass jede dem Kern maximalen Schaden zufügen würde. Falls eine von ihnen nicht hochginge, würden die anderen als Absicherung fungieren. Wahrscheinlich gab es einen ausgefeilteren Weg, das zu tun – vielleicht ließ sich der Q-Antrieb direkt hacken –, aber das würde dauern, und im Moment war Zeit genau das, was wir nicht hatten.

»Präzise wie immer«, sagte ich zu Jenkins.

»So bin ich.«

»Nimm ruhig 'n paar Abkürzungen; uns rennt die Zeit davon«, rief Kaminski.

»Fick dich, 'Ski.«

»Werden uns fünf Minuten denn reichen?«, fragte Olsen.

Ich zuckte mit den Schultern. »Das muss reichen. Bereitet euch auf heftigen Widerstand unterwegs vor, Leute.«

Mein Anzug zeigte an, dass der Hauptkorridor von den Krell überrannt war. Mittlerweile würden sie auch in der Fähre sein, wahrscheinlich darauf wartend, dass wir uns zurückzogen.

BUMM! BUMM! BUMM!

»Sobald die Ladungen fertig sind, will ich eine Verteidigungslinie an dieser Tür sehen«, wies ich an.

»Das darf nicht überstürzt werden hier.«

Das Schaben von Klauen auf Metall über unseren Köpfen verstärkte sich. Ich fragte mich, welche Deckung zuerst nachgab: ob die Krell durch die Decke oder durch die Tür kommen würden.

Kaminski warf einen erwartungsvollen Blick in Richtung Jenkins zurück. Olsen stand einfach nur da, sein Atem so schwer, dass ich ihn über Funk hören konnte.

»Und fertig!«

Die dritte Ladung rastete ein. Jenkins schnellte hoch, zusammen mit Martinez; Kaminski stand an der Türkonsole bereit. Um uns herum waren jetzt überall Geräusche, Signale überfluteten unsere Stellung. Mir blieb keine Zeit, um eine vernünftige Strategie für unseren Rückzug auszuarbeiten.

»Jenkins – bau uns eine Absperrung mit deiner Fackel. Kaminski – auf mein Zeichen.«

Ich ließ die Hand sinken, und die Türen fingen an, sich zu öffnen. Der Mechanismus bockte und stöhnte protestierend. Sofort packten die Krell die Türflügel und warfen sich gegen den Metallrahmen, um durchzubrechen.

Ein Schauer von Dornenstacheln – Pfeilgeschosse, die Krell-Variante von panzerbrechender Munition – sauste durch den Raum. Drei von ihnen durchschlugen meinen Anzug; eine gerade Linie schwarzer Stacheln stand aus meinem Brustkorb heraus, und diese Stacheln weinten Blutgeriesel. *Krelltechnik ist so viel abgefuckter als unsere.* Die Stacheln waren giftgetränkt und mein Körper augenblicklich mit genug Toxin geflutet, um einen Bullen zu töten. Vergebens versuchte mein Anzug, mit einem Cocktail aus Adrenalin und Gegengift gegenzusteuern.

Martinez schmiss die nächste Granate in die Horde. Als sie landete, knickten die vordersten Kreaturen ein, um ihre Artgenossen vor der Explosion zu schützen. *Hirnlose Wichser.*

Wir rückten in Formation vor. Schuss um Schuss bohrte sich in die Viecher, trotzdem kamen sie weiter auf uns zu. Eine Welle nach der anderen stürmte in die Antriebskammer. Plötzlich waren die Türen verschwunden. Der Lärm war unerträglich – das Hupen, die Warnungen, ein Chor von Geschrei, Gekreische und Geheule. Das Klingeln in meinen Ohren ließ nicht nach, als noch mehr Granaten explodierten.

»Wir kommen hier nicht mehr raus!«, schrie Jenkins.

»Dranbleiben! Die Fähre ist direkt vor uns!«

Vielleicht hatte Jenkins recht, aber ich würde sicher nicht aufgeben, ohne mich verdammt teuer zu verkaufen. Irgendwo in dem Chaos wurde Martinez zerfetzt. Sein Körper verschwand unter einer wimmelnden Masse. Jenkins entfesselte ihren Flammenwerfer – wie um Martinez auf eine absurde Art zu rächen. Olsen weinte und hatte jetzt seinen Helm ebenso weggeschmissen wie der Rest von uns.

Der Krieg macht alle gleich.

Ich packte das nächste Krell mit einer Hand und brach ihm das Genick. Mit der anderen drückte ich den Abzug des Plasmagewehrs durch, wollte einfach so viele von ihnen mitnehmen wie möglich. Auf meinem Display erschien auf einmal eine neue Warnung – ein Countdown, der unaufhaltsam zu Ende ging.

Zehn … neun … acht … sieben …

Dann war Jenkins am Ende. Ihr Flammenwerfer ein Leuchtfeuer und ihr eigenes Blut eine Fontäne zwischen den Körpern der Aliens. Ich hatte Mühe, mich auf irgendetwas außer den Schmerzen in meiner Brust zu konzentrieren. Mein Anzug meldete katastrophalen Schaden an zu vielen Stellen. Mein Herz fing an, langsamer und abgehackter zu schlagen.

Sechs … Fünf … Vier …

Mein Gewehr bockte protestierend. Sogar durch die verstärkten Handschuhe war der Lauf glühend heiß.

Drei … Zwei … Eins …

Die Sprengsätze zündeten.

Leckgeschlagen destabilisierte sich der Antimaterie-Kern. Die Reaktion erfolgte augenblicklich: Unkontrolliert brach weiße und blaue Energie hervor. Eine Reihe von Explosionen pflanzte sich entlang des Schiffsrückens fort. Sie wurde zu einem weißglühenden Schmutzfleck in der Schwärze des Alls.

Dann war das Schiff verschwunden, mit allem darin.

Die Krell hielten nicht inne.

Sie begriffen nicht einmal, was passiert war.

2

EXTRAKTION

GFR MICHAEL BLAKE: TOT.
GFR ELLIOT MARTINEZ: TOT.
GFR VINCENT KAMINSKI (ELEKTROTECHNIKER, 1. GRAD): TOT.
WISSENSCHAFTSOFFIZIER GORDEN OLSEN: TOT.
KORPORAL KEIRA JENKINS (SPRENGMEISTER, 1. GRAD): TOT.

WARTE AUF ANTWORT ... WARTE AUF ANTWORT ... WARTE AUF ANTWORT ...

CAPTAIN CONRAD HARRIS: TOT.

Das war der Teil, den ich am wenigsten leiden konnte.

Aufzuwachen war immer schlimmer, als zu sterben.

Ich schwebte in meinem Simulationstank – das Gesicht von einer Atemmaske bedeckt – und blinzelte Fruchtwasser aus den Augen, um den Bildschirm besser lesen zu können. Das Gebräu brannte wie die Hölle. Die Wörter liefen über einen Monitor, der oberhalb meines Tanks angebracht war. Alles war durch die Flüssigkeit in meinem Simulator in ein klares, gleißendes Blau gehüllt.

ABFLUSSPROTOKOLL EINGELEITET …

Aus dem Tank kam ein hydraulisches Zischen, und die Flüssigkeit begann sich zurückzuziehen. Sie kühlte bereits ab.

Sofort war ich kleiner, aber trotzdem schwerer. Das Atmen war anstrengend. Diese Lunge hatte nicht die Kapazität eines Simulaten, und mir war klar, dass es ein paar Minuten dauern würde, mich wieder daran zu gewöhnen. Ich sah das Spiegelbild auf der Innenseite der Plasglas-Abdeckung und erkannte es nicht sofort als *meins.* Es war das Gesicht, mit dem ich geboren worden war, und das hier war der Körper, mit dem ich seit vierzig Jahren gelebt hatte. Ich war nackt, direkt mit dem Simulator verbunden. Im Fundament des Geräts waren Kabel angeschlossen, durch die ich meinen Simulaten steuern konnte, da draußen in den Tiefen des Alls. Mein Biorhythmus erschien zusammen mit dem all meiner Teammitglieder auf demselben Monitor.

Alle am Leben, alle da. Alle heil zurückgekommen.

Ich hatte meine eigene lebende Simulation gesteuert, hergestellt aus meinem Gewebe. Das waren die sogenannten Simulaten: genveränderte Kopien, die stärker, größer, schneller waren. Die Sims bildeten die ultimate Waffe, basierend auf menschlichem Erbgut, aber beschleunigt und verändert – in jeder Hinsicht verbesserte Menschen. Im Labor gezüchtet, zielgerichtet entworfen. Und jetzt war mein Simulat tot. *Er* war auf der *New Haven* gestorben. *Ich* war lebendig und sicher auf *Liberty Point.*

Ich war ein Soldat der Allianz – genauer gesagt, im Simulatenprogramm. Nach außen hin war das Programm eine Spezialoperation, die von der Armee unterhalten wurde. Tatsächlich ging es hier aber um Kriegsführung auf einer ganz anderen Ebene als alles, was es je gegeben hatte, weshalb das Programm von allen anderen Abteilungen des Allianz-Militärs abgegrenzt war.

Ich setzte mich auf den Boden des Tanks und koppelte mich von den Kontrollkabeln ab. Die neurale Verbindung war gekappt worden, als mein Sim von den anstürmenden Krell getötet worden war, aber als ich die Klinke aus meinem Nacken zog, jagte das trotzdem einen kurzen, stechenden Schmerz durch meinen Körper. Meine Arme und Beine fühlten sich so schwach an wie die eines Babys, nutzlos. Es war schwer zu begreifen, dass ich mich einmal mehr an all das gewöhnen musste. Ich mochte diesen Körper nicht besonders: Der Sim hatte wesentlich besser gepasst.

Sobald die Flüssigkeit komplett abgeflossen war, glitt die Tür des Tanks auf. Ich riss mir die Atemmaske vom Gesicht, warf sie beiseite und stieg langsam heraus. Ich schüttelte Flüssigkeit von meinen Gliedmaßen und zitterte. Ein Sanitäter hüllte mich in eine wärmende Aluminiumdecke. Ein weiterer griff nach den biometrischen Blechmarken, die um meinen Hals hingen, um sie zu scannen.

»Erfolgreiche Extraktion, Captain«, sagte er. »Gute Arbeit.«

In Armen und Beinen machte sich dumpfer Schmerz bemerkbar. Auf meiner Brust zeigten sich drei rote Schürfwunden – Phantom-Wunden, hervorgerufen durch den Angriff der Krell. Außerdem waren auf meinen Gliedern entzündete Striemen und Abschürfungen wie von Peitschenhieben zu sehen, die mich an die Prügel erinnerten, die mein Sim bezogen hatte. Mit tauben Fingern tastete ich meinen Brustkorb ab – fast erwartete ich, dass da noch Dornenstacheln steckten. Meine Ohren dröhnten immer noch von dem Geschrei sterbender Krell.

Alles, was passiert war, war Wirklichkeit gewesen.

Nur keine Wirklichkeit für mich, zumindest nicht physisch.

Wir waren im Simulaten-Einsatzzentrum auf *Liberty Point.* So weit das Auge reichte, war die Halle mit identischen Buchten vollgestopft – in jeder eine Einsatzgruppe, die Sims auf Missionen draußen in der Quarantänezone steuerte.

Um mich herum standen die Simulationstanks meines Teams. Alle durchliefen das gleiche Entkoppelungs-Protokoll.

»Gute Arbeit, Leute«, brachte ich heraus. Es klang wie das Lallen von jemandem, der tagelang gesoffen hat; als wäre es nicht mein eigener Körper.

Ich sah mir mein Team an. Sie sahen aus wie blassere Kopien ihrer Simulaten, oder vielleicht sahen die Sims auch aus wie verbesserte Versionen meiner Leute. Alle waren athletisch gebaut, erschienen aber eher wie Ausdauersportler als wie Bodybuilder.

Sie waren alle erfahrene, gestählte Krieger – geistig wie körperlich. Aber wir waren keine regulären Soldaten. Es gab wichtige Unterschiede zwischen einem Simulatlenker und einem normalen Soldaten. Jeder von uns war übersät mit Datenbuchsen, am Steiß, am Nacken, den Unterarmen, den Oberschenkeln. Mit denen waren unsere Körper an die Simulatoren angeschlossen.

»So, vorwärts, Leute«, trieb Jenkins den Rest der Truppe an. »Raus aus den Tanks, abkoppeln. Zack, zack.«

Obwohl sie sich alle Mühe gab, das nicht zu zeigen, sah sie gut aus. Sie hatte einen kleinen, fitten Körper und die dunklen Haare der Einfachheit halber für den Aufenthalt im Tank als Bob getragen. Mit etwas über dreißig war Jenkins jetzt schon seit zehn Jahren bei der Armee und zeigte keine Scheu, nackt zwischen männlichen Soldaten zu stehen. Die nahmen ihr Aussehen kaum wahr.

»Jawohl, Frau Korporal.« Kaminski feixte.

»Ach leck mich, 'Ski. Ich bin genauso Freiwillige wie der Rest von euch.« Jenkins rubbelte sich die Haare trocken. »Den Scheiß mit dem Dienstgrad kannst du dir schenken, bis ich die Beförderung bekommen hab.«

»He, Kaminski«, sagte Blake. »Wie viele Jahre musst du noch als Gefreiter machen?«

»Ich hör dir gar nicht zu«, sagte Kaminski.

Er stolperte aus seinem Tank und fuhr sich mit der Hand über die Stoppelhaare – er war zwar erst zweiunddreißig, aber sie lichteten sich schon, deshalb trug er sie kurz. Er hatte den Großteil seiner Militärlaufbahn als Gefreiter verbracht und war so oft degradiert worden, dass ich aufgehört hatte mitzuzählen.

Kaminskis Oberkörper war komplett tätowiert, von einem stilisierten Phönix bis hin zu einem frech grinsenden Sensenmann. Alles Auferstehungssymbolik: Tod und Wiedergeburt, das war etwas, das nur Simulatlenker wirklich erlebten. Quer über die Schulterblätter prangte der Neuzugang auf seinem Fleischgemälde, FISCHFUTTER in geschwungenen Lettern. Diese besondere Markierung hatte er sich nach einer durchzechten Nacht und einer Wette mit Jenkins verpasst, die er offensichtlich verloren hatte. Er grinste albern und zeigte auf eine Phantom-Verletzung am Kopf.

»Hey, Jenkins«, sagte er, »es wäre ja wohl nicht zu viel verlangt, dass du die Sprengladungen nächstes Mal ein bisschen schneller setzt, oder? Hätte mir 'ne ganze Menge Schmerzen von den Fischköpfen erspart.«

»Mir doch egal, 'Ski«, sagte Jenkins. »Wenigstens haben sie dir direkt auf die Rübe gezielt. Da ist eh nicht viel drin, was du vermissen würdest.«

Martinez lachte. »Die Frau Korporal ist dir über.«

Der Letzte im Bunde hatte den Übergang nicht so gut überstanden. Olsen war extrem mitgenommen von der ganzen Prozedur. Das physische und mentale Abkoppeln zwischen Simulat und Lenker war keine angenehme Erfahrung, außerdem war er nicht darin ausgebildet. Genau deswegen schickte man auch nur Simulatlenker ins Feld. Nicht jeder war dazu imstande. Olsen unserer Truppe zuzuteilen war ein teures Experiment gewesen. Die Datenbuchsen an Rückgrat und Unterarmen waren vom Gewebe gerade erst angenommen worden; das umliegende Fleisch war stark gerötet, was sich von seiner schlaffen, weißen Haut auffällig abhob.

»Sie werden anfangs Probleme mit dem Laufen haben«, erklärte ihm ein Sanitäter. »Der Simulat, den Sie bis eben noch gesteuert haben, war ein gutes Stück größer als Sie. Die unterschiedliche Augenhöhe könnte Sie verwirren. Versuchen Sie, langsam und ruhig zu atmen. Gucken Sie in dieses Licht ...«

Leutnant Dyker tauchte auf, der etwas auf einem Tablet kontrollierte. Er steckte in einer Khaki-Uniform und hatte die Ärmel hochgekrempelt. Dyker war unser Betreuer; er steuerte die Missionen vom *Point* aus und gab mir die nötigen Infos durch.

»Willkommen zurück im Hoheitsgebiet der Allianz, Captain Harris«, sagte er und schenkte mir ein mattes Lächeln. Dyker sah nie ausgeschlafen aus: sein Gesicht eine immerwährende, müde Knautschzone. »Abgesehen von den sechzehn Millionen Credits an militärischer Hardware, die bei der Explosion zerstört wurden, würde ich sagen, die Mission war ein Erfolg.«

Dyker bezog sich auf den Verlust der Sims und der Wildcat-Fähre. Die Einsatzregeln waren nur grob umrissen, außerdem waren die Sims entbehrlich. Das machte sie im modernen Krieg einzigartig, denn so konnten sie Einsätze durchführen, die für reguläre Truppen Selbstmordkommandos gewesen wären. Trotzdem hatten wir Anweisung, die Sims wenn möglich heil zurückzubringen – jeder Einzelne war richtig teuer.

»Was soll ich sagen?«, fragte ich rein rhetorisch. Für Dyker nahm ich mir immer Zeit; er gab mir den nötigen Spielraum, um im Einsatz zu tun, was getan werden musste. »Das Schiff hat vor Krell nur so gewimmelt. Die haben uns nicht wirklich eine Wahl gelassen.«

Dyker zuckte mit den Schultern. »Macht nichts.« Er schob einen Daumen in Richtung Olsen. »Schätze, der wird das nicht noch mal probieren.«

»So was sollte man den Profis überlassen.«

Dyker nickte. Sein Blick wirkte irgendwie traurig. »Das werde ich an den Stab weitergeben. Ansonsten ist der Einsatz gut gelaufen. Das Schiff ist neutralisiert, das Schicksal der Besatzung geklärt. Und wir haben die Daten der Blackbox.« Er sah auf sein Tablet. »Das war dann Ihr zweihundertachtzehnter Trip. Sie sind wirklich ein eiskalter Killer. Wissen Sie, wie man Sie unten im Viertel nennt?«

»Keine Ahnung«, sagte ich und konzentrierte mich darauf, mich abzutrocknen. Das war eine Lüge – natürlich wusste ich es. Auch wenn es mir nicht schmeckte, war ich schon von vielen Lenkern so genannt worden.

»Die nennen Sie Lazarus«, sagte Dyker. »Weil Sie immer wiederkommen. Was auch passiert, Sie kommen immer zurück.« Er seufzte. Fuhr sich zerstreut über den Nacken. »Melden Sie sich auf der Krankenstation für Ihr psychologisches Gutachten und die Kontrolluntersuchung. Danach haben Sie sich sieben Tage Freigang auf der Station verdient. Genießen Sie es.«

»Ich werd's versuchen.«

»Im Ernst, Harris.«

Er rieb sich weiter den Nacken, und da fiel mir das Tattoo an seinem Handgelenk auf – die Nummer siebenundfünfzig.

Er verließ unsere Box, und ich stand da und versuchte zu vergessen, wie sich das Sterben anfühlte. Hoffentlich würde ich nie so enden wie Dyker: ausgemustert und aufgezehrt.

Die Ärzte checkten mich durch. Ich hatte die üblichen Tests und die üblichen Ergebnisse.

Keine Nachwehen im Großhirn.

Die körperlichen Schmerzen würden verblassen.

Die Stigmata würden nach und nach verschwinden.

Bleibende Hirnschäden waren unwahrscheinlich.

Alles ging seinen gewohnten Gang. Eigentlich hatten die Mediziner aufgehört, die Tests besonders ernst zu nehmen. Sie waren nur kurz und oberflächlich; ich hatte bewiesen, dass ich eine stabile Plattform für eine biologisch gezüchtete Kampfmaschine war.

Natürlich gab es reale und greifbare Gefahren für lenkende Soldaten wie mich. Ein Lenker konnte einen Herzinfarkt oder extreme Überlastung der Sinnesorgane erleiden, während er mit einem Simulaten verbunden war. Solche Vorkommnisse waren oft tödlich, aber auch extrem selten. Sehr viel wahrscheinlicher war ein schleichender geistiger Verfall, dadurch verursacht, dass man immer weniger imstande war, zwischen Realität und Simulation zu unterscheiden. Das kam häufiger vor, als das Militär zugeben wollte, aber solche Lenker wurden normalerweise schon relativ früh identifiziert. In meinem Fall war dazu nach so vielen Übergängen nicht mehr viel zu sagen. Solange ich keine Bruchlandung hinlegte, würde ich im Programm bleiben.

Ich duschte und zog mir die Borduniform der Sim-Einheit an. Da ich an die Desorientiertheit gewöhnt war, die der Übergang zurück in meinen eigenen Körper mit sich brachte, legten sich die Auswirkungen schnell. Olsen würde der ganze Vorgang wahrscheinlich außer Gefecht setzen, aber ich fühlte mich etwa zwanzig Minuten nach der Extraktion wiederhergestellt.

Ich verließ den Medizintrakt und ging hinunter auf den inneren Ring der Station. Kaminski rannte mir hinterher.

»Wart auf mich, Cap«, rief er. »Hast du ein bisschen Diensturlaub geplant? Wir könnten runter ins Viertel gehen und vielleicht noch ein paar Leute mitnehmen? Blake, Jenkins und Martinez sind auch dabei.«

»Auf einen Drink komm ich mit. Aber nicht mehr.«

Kaminski lachte. »Im Viertel wird das immer mehr.«

Eine Sirene ertönte in der Nähe. Wir waren ungerührt – das passierte häufig auf der Station.

»Dies ist ein Notfall«, sagte eine Frau über die Lautsprecher des *Point.* »Alle verfügbaren Einheiten der Militärpolizei sofort zu Sektor fünf. Terroristenangriff im Gang.«

Wir bewegten uns lässig durch die Menge von Zivilisten und Soldaten und entfernten uns von Sektor Fünf. Eine Kampftruppe in den schwarzen Uniformen der Militärpolizei kam uns mit geschulterten Karabinern entgegen.

»Sieht nach Ärger aus.«, sagte Kaminski. »Wenn wir nicht gerade gegen die Krell kämpfen, müssen wir uns untereinander bekriegen.«

»Das Direktorat wird es nie lernen«, sagte ich.

An der Monorail-Station war alles ruhig; hier trieben sich nur eine Handvoll Soldaten und Jungs von der Flotte herum, die dienstfrei hatten.

»Nimmst du die Bahn?«, fragte Kaminski. Sofort schien er seinen Fehler zu bemerken.

»Ich geh zu Fuß«, sagte ich.

Kaminski nickte nur.

Ich ließ Kaminski an der Haltestelle stehen und nahm den Aufzug hoch zu Sektor drei. Das war mein Ritual nach jedem Sim-Einsatz, und das musste ich alleine absolvieren.

Sektor drei war praktisch verlassen. Bis auf vereinzelte leidtragende Eltern sah ich nur sehr wenig Verkehr. *Mama und Papa geben ihr ganzes Erspartes für ein Q-Sprung-Ticket aus, wollen unbedingt noch von Jonny oder Joanne Abschied nehmen.* Dieser Ort gab mir Raum zum Nachdenken.

Ich ging durch die leeren Gänge in Richtung der Gedächtnishalle. Unterwegs kam ich an Bildschirmen vorbei, die *Liberty Point* in der Außenansicht zeigten. Es war die größte Operationsbasis der Allianz am Rand der Quarantänezone; hier lebten mehrere Tausend Soldaten und noch einmal so viel Personal von Luftwaffe und Flotte. Nicht so groß wie die Wolkenhabitate auf der Venus, trotzdem ein bemerkenswertes Zeugnis menschlicher Ingenieurskunst.

Die nähere Umgebung war voll von Kampfschiffen und verschiedenen Fähren, die alle ankamen oder ablegten – wie kleine Fliegen, die sich um einen Kadaver tummelten. *Es scheinen immer mehr Schiffe abzulegen, als je wieder zurückkommen,* dachte ich. Viele unterschiedliche Schiffstypen waren zu sehen; von kleinen Militärtransportern über große Schlachtschiffe bis hin zu schnittigen, experimentellen Schiffen. Das war die Flotte der Allianz – die gesammelte Anstrengung dessen, was von den Vereinigten Amerikas, Europa und einem Großteil des restlichen Westens übrig geblieben war.

Ich blieb stehen und presste eine Hand gegen das kalte Glas eines Sichtfensters. Sah zu, wie das Licht des Mahlstroms glitzernd auf die versammelte Flotte fiel. Einen Augenblick lang war mir seltsam patriotisch zumute, dann fiel mir wieder ein, wohin ich unterwegs war.

Die Gedächtnishalle war eigentlich keine richtige Halle, noch nicht einmal eine Kammer, sondern eher eine Wand im äußeren Ring der Station. Nach Bordzeit erreichte ich sie etwa gegen Mittag, und es war genauso leer, wie ich erwartet hatte.

Am oberen Rand der Mauer lief ein Text entlang: FÜR ALLE, DIE IHR LEBEN FÜR UNSERE FORTSCHRITTE IM KRIEG GEGEN DIE KRELL UND FÜR DEN FORTBESTAND DER MENSCHLICHEN RASSE GEGEBEN HABEN. Millionen von Namen waren mit Laser in die Wand geätzt; in chronologischer Reihenfolge und automatisch auf dem Laufenden gehalten, sobald neue Verluste gemeldet wurden. Die Liste nahm bereits einen Großteil der Außenwand auf diesem Deck ein.

Kleine Schreine waren am Fuß der Mauer hinterlassen worden – Blumenkränze, Räuchergefäße oder persönliche Andenken. Ehrfürchtig machte ich einen Bogen um die Schreine und kniete, als ich die Stelle gefunden hatte, nieder, um ihren Namen zu lesen.

Ich brauchte diesen Drink dringender als je zuvor.

Liberty Point befand sich ganz an der Grenze des Allianzraums. Der nächste verbündete Außenposten lag mehrere Parsec entfernt, und auch mit einem guten Q-Antrieb brauchte man bis dahin immer noch einige Wochen. Und außerdem war das nur eine abgelegene Minenbasis. Der *Point* musste autark sein und beherbergte neben dem immensen Militärkontingent auch eine beträchtliche Zivilbevölkerung.

Und da kam das Viertel ins Spiel. Es war ein notwendiges Übel – ausufernd und marode, betrunken und laut. Obwohl es offiziell als ziviler Freizeitbereich vorgesehen war, kam jeder rein, der genug Geld hatte. Als Soldat fand man hier unten alles, was das Herz begehrte – von illegalen Drogen über jegliche sexuelle Ausschweifung bis hin zu allem, was an Alkohol existierte. Es war wie eine Miniatur von Las Vegas, bevor das Direktorat die Bombe abgeworfen hatte: überall Leuchtreklamen, Kasinos, Bars, Stripschuppen.

Die Offiziere des *Point* hatten zwar eine ausgewiesene Offiziersmesse, aber ich mochte es etwas rauer und trank immer mit meiner Truppe. Unsere bevorzugte Tränke war eine heruntergekommene, altmodische Kneipe namens Depot. Sie war das Lieblingslokal der meisten Simulatlenker – über der Tür stand das Motto DU STIRBST VIELLEICHT EINMAL – ABER VERSUCH MAL, DAS JEDEN TAG ZU MACHEN. Es war aber kein exklusiver Laden, weshalb man hier auch auf normale Leute von Armee, Marine und anderen Diensten traf.

Wir saßen an unserem Stammtisch in der Nähe der Bar. Es gab eine stillschweigende Übereinkunft, dass das unser Territorium war. Ich saß mit hängendem Kopf über einem halbleeren Zweiliterkrug mit billigem Bier. Auf dem Tisch türmten sich bereits die leeren Gläser. Ich fühlte mich angenehm benebelt – gerade betrunken genug, um die Schmerzen der letzten Mission auszublenden.

Blake und Jenkins saßen neben mir, beide nicht wesentlich von meinem Zustand entfernt. Blake sah dauernd zu einer barbusigen blonden Tänzerin hinüber, die es offensichtlich darauf abgesehen hatte, seine Taschen ein bisschen leichter zu machen. Anders als ich war Blake jung genug, um sich in seinem echten Körper zu Hause zu fühlen. Er hätte hier in dem Laden jede Frau haben können – bis auf Jenkins.

Die hatte ihre eigenen Probleme; sie hatte einem Flottenleutnant schon mehrfach gesagt, er solle verschwinden, und versuchte gerade, den Augenkontakt mit ihm quer durch den Raum zu vermeiden.

»Das passiert mir jedes Mal, wenn ich mir Mühe gebe«, sagte Jenkins. »Nichts als Scherereien.«

Jenkins trug ein enges rotes Kleid; sie sah aber einfach aus wie eine Soldatin, egal, was sie anhatte. Das ging uns allen so – es war eine Geisteshaltung, ein bestimmter Blick.

Martinez und Kaminski waren irgendwo anders in der vollgestopften Kneipe – als ich sie zuletzt gesehen hatte, war Martinez gerade dabei gewesen, mit irgendwelchen Marine-Jungs auf Freigang einen Streit vom Zaun zu brechen, und Kaminski im Begriff, der überfüllten Leinwand seiner Haut noch ein weiteres Tattoo hinzuzufügen.

»Mich hat's als Ersten erwischt«, sagte Blake kopfschüttelnd. »Zweiter Einsatz in Folge, bei dem ich als Erster raus bin. Ich fass es nicht.«

»Zerbrich dir nicht den Kopf, Kleiner«, sagte Jenkins und legt ihm beruhigend eine Hand auf die Schulter. Jenkins und Blake standen sich ziemlich nah. Sie war viel älter, passte aber sowohl im Einsatz als auch in der Freizeit gut auf ihn auf. Er war für sie wie ein kleiner Bruder.

»Und wie immer hat der Captain am längsten durchgehalten«, sagte Blake und lächelte mir zu.

»Als Letzter rein, als Letzter raus«, sagte ich. »Dafür gibt's aber keinen Orden. Mach dir keine Sorgen, Blake. Du hast dich gut geschlagen.«

Ich mochte Blake. Er war ein guter Soldat und zeigte eine Menge Potenzial als Lenker. Es war nach jeder Mission das Gleiche: Er bestand darauf, alle Details durchzukauen, fragte sich, was er hätte besser machen können, wollte unbedingt überzeugen. Bei mir war es genau das Gegenteil. Natürlich war mir das Ergebnis wichtig, trotzdem versuchte ich nach jeder Mission, alles auszublenden, was passiert war – mich gegen die Details abzuschotten. Es war so wesentlich einfacher zu vergessen.

Jenkins schürzte die Lippen. »Trinken wir noch einen. Ich muss euch Jungs ja bewässert halten.«

Sie schenkte uns beiden schlampig ein weiteres Bier aus dem zerkratzten Plastikkrug ein und verschüttete einen Teil auf dem versifften Tisch. Wir schnappten uns die Gläser und hoben sie, stießen lautstark an, wobei noch mehr Bier überschwappte.

»Auf's Sterben«, verkündete Jenkins.

Wir stürzten die Gläser in einem Zug herunter. Das Bier war warm und schal.

Meine Truppe hatte eine gute Dynamik. Ich hatte in meiner langen Zeit beim Simulatenprogramm schon viele geleitet, aber die aktuelle Zusammensetzung war die bislang beste. Kaminski war von Anfang an dabei gewesen, obwohl er nicht annähernd so viele simulierte Tode angehäuft hatte wie ich. Die meisten Kämpfer nahmen zwischen Operationen gerne eine Auszeit. Jenkins und Martinez waren ungefähr gleichzeitig dazugestoßen – drei Jahre war das her. Dann hatte Blake eine unerwartete Lücke im Team geschlossen, und der Rest war bekannt.

Jenkins wischte sich mit dem Handrücken den Mund ab, um die Rückstände des verschlungenen Biers zu beseitigen.

»So eine feine Dame, Jenkins«, sagte Blake und lachte sie aus. »Genau die Sorte Frau, die meine Mutter gerne kennenlernen würde.«

»Du redest so oft von deiner Mutter«, sagte Jenkins. Sie lallte schon. »Vermisst du deine Eltern?«

Blakes Gesichtszüge verhärteten sich. Jenkins hatte, ohne es zu wollen, einen Nerv getroffen. Die Moral der Truppe war mir sehr wichtig. *Irgendwas liegt ihm schwer im Magen.* Aber bevor ich auf den Stimmungswechsel reagieren konnte, bevor ich ihn fragen konnte, hatte er sich wieder unter Kontrolle – war wieder der gleiche Angeber wie immer. *Ich sollte ihn im Auge behalten,* entschied ich. Er war ein Grübler. Manchmal war das – gerade für Lenker – keine gute Sache.

»'türlich nicht. Ist nur lange her, dass ich sie gesehen habe, das ist alles.«

Jenkins nickte weise. »Und bei mir? Drei Jahre, Tendenz steigend. Man sollte ja meinen, die Schweine könnten sich mal die Zeit nehmen, mich hier im wilden Grenzland zu besuchen!«

Blake und Jenkins gaben sich eine Faust und versanken in besoffenem Gelächter.

Wir waren alle auf der Erde geboren worden, bis auf Martinez – und der redete sich gern ein, nur eine Generation von seiner Heimatwelt entfernt zu sein. Verwandte, Familie, Freunde: Falls man so etwas hatte, waren sie hier draußen, so weit von den Kernwelten entfernt, nichts als Namen und nette Bilder auf den Holoschirmen.

»Also gut, Captain, was wird unsere nächste Mission?«, fragte Jenkins mich. Sie stupste Blake an. »Wir sollten wetten. Und Kaminski und Martinez müssen mitmachen.«

»Wir werden schon noch genug Sendezeit kriegen«, sagte ich, womit ich versuchte zu verbergen, dass ich mich schon wieder nach dem nächsten Übergang sehnte. »Der Stab trifft die Entscheidungen. Ihr solltet eure Freizeit genießen.« Ich nickte in Richtung der blonden Tänzerin, die unseren Tisch umkreiste. Sie machte Blake immer noch schöne Augen. »Ich denke doch, dass ihr hier unten was zu tun findet.«

In Blakes Gesicht war so etwas wie Gier zu erkennen, und er schien ein bisschen stolzer dazusitzen. Immerhin hatte ich ihn von der Arbeit abgelenkt.

»Wir melden uns in sieben Tagen bereit und schauen, was unser nächster Auftrag ist«, schob ich hinterher.

»Du bist gar nicht neugierig?«, fragte Jenkins.

Ich zuckte mit den Schultern. »Geht uns nichts an. Vor fünf Jahren habe ich aufgehört, Fragen zu stellen.«

Jenkins wurde rot und starrte in ihren Drink. Vielleicht war es aber auch nur die Neon-Beleuchtung.

»Ich weiß, Harris. Kann mir denken, dass das immer noch wehtut.« Mein Team wusste über alles Bescheid, besonders Jenkins. Sie war mein inoffizieller Kummerkasten: jemand, mit dem man über alles reden konnte; Vergangenes, Sorgen, die Zukunft, wenn alles zu viel wurde. Man konnte mit ihr tausendmal besser reden als mit den Test-Psychologen, die einen nur mit kalten, desinteressierten Augen ansahen.

Es gab mal eine Zeit, da hattest du nichts gegen die Psychotests, erinnerte mich eine Stimme im Hinterkopf.

Jenkins lehnte sich über den Tisch und zwinkerte mir verschwörerisch zu. »Man munkelt, dass irgendwas Großes geplant ist. Angeblich werden wir alle *mobilisiert,* und ich glaube nicht, dass es gegen die Krell geht. Wenn du mich fragst, ziehen wir gegen das Direktorat.«

Ich lachte verächtlich. »Schwachsinn. Wenn ich jedes Mal einen Credit gekriegt hätte, wo jemand behauptet hat, dass die Sims gegen das Direktorat eingesetzt werden, wäre ich ein reicher Mann.«

Jenkins nahm abwehrend die Hände hoch. »Hey, ich gebe nur weiter, was ich gehört habe. Es kommt mir einfach komisch vor, dass so viele Teams extrahiert werden und so viele einfach nur hier auf *Point* rumsitzen und auf Befehle warten. Irgendwer hat sogar behauptet, dass Old Man Cole wieder hier ist.«

»Ich würde liebend gerne gegen das Direktorat losziehen, aber das wäre kein fairer Kampf. Die haben ja schließlich keine Sims. Mit denen würden wir den Boden aufwischen.«

Jenkins und Blake lachten. Verschwörungstheorien waren für Jenkins jederzeit ein beliebter Gesprächsstoff. Sie hörte nicht nur mir und meinem Team zu, sondern schnappte überall den neuesten Klatsch auf. Man konnte sich immer darauf verlassen, dass sie das eine oder andere unseriöse Gerücht beizusteuern hatte. Ein besonders hartnäckiges, das bis jetzt noch nie gestimmt hatte, sah eine Massenmobilisierung der Sims gegen das Asiatische Direktorat vor. Und diese Geschichte erzählte Jenkins bei jeder Gelegenheit.

Unsere Unterhaltung wurde dadurch unterbrochen, dass mir jemand aufdringlich auf die Schulter tippte. Ich drehte mich um und sah jemanden hinter mir herumlungern – einen kleinen Mann mittleren Alters, der eine leuchtend blaue Schirmmütze und eine Schutzweste trug, auf der MILITÄRREPORTER stand. Er hatte eine Nachrichten-Drohne dabei – eine kleine fliegende Kamera, die über seinem Kopf herumflatterte und uns anglotzte.

»Verpiss dich!«, rief Blake und schlug nach der Kamera, als wäre sie eine Schmeißfliege.

»Soldaten, hättet ihr wohl ein paar Augenblicke Zeit für mich?«, stieß der Reporter hervor. Er schwitzte und wedelte mit einem Mikrophon unter meiner Nase herum. »Ich bin von der *Point Times* und habe hier gerade erst angefangen. Ich arbeite an einem Beitrag über das Simulatenprogramm. Als ich nach erfahrenen Lenkern gefragt habe, die mir etwas über das Programm erzählen können, sind Ihre Namen gefallen.«

»Hast du mich nicht verstanden?«, sagte Blake.

Der Reporter ließ sich nicht beirren. Er leckte sich die Lippen und fuhr fort. »Es geht nur um Ihre Ansichten zur Operation als solcher. Wie ist sie Ihrer Meinung nach bisher gelaufen? Vielleicht auch etwas über den Mahlstrom. Waren Sie da schon mal?«

»Wir haben frei«, sagte ich. »Such dir wen, den das interessiert.«

Er schüttelte den Kopf und ignorierte meinen Einwand. »Was ist das für ein Gefühl, einem Krell – sozusagen regelmäßig – Auge in Auge gegenüberzustehen?«

»Er hat gesagt, du sollst verschwinden«, sagte Jenkins und machte Anstalten aufzustehen.

»Captain Harris – Sie haben zweihundertachtzehn virtuelle Tode erlebt. Sie sind der erfolgreichste Lenker, der je aufgenommen wurde. Für manche im Militär sind Sie ein Held. Ein Soldat hat Sie Lazarus genannt – möchten Sie das kommentieren?« Der Reporter machte eine Pause und wartete auf meine Antwort. Als ich schwieg, hakte er weiter nach, als ob er von einem unsichtbaren Merkblatt abläse: »Wie stehen Sie persönlich zum Friedensvertrag? Sie haben damit eine ungewöhnliche Verbindung, das dürfte manchmal schwierig sein. Können Sie uns da ein paar Einblicke geben?«

Martinez tauchte neben dem Reporter auf und starrte ihn drohend an. Martinez war klein, stämmig und muskelbepackt: eine imposante Erscheinung, erst recht nach Alkoholgenuss. Die Kameradrohne schraubte sich weiter nach oben, schien zu bemerken, was dem Reporter offenbar entging.

»Ich glaube, es ist Zeit, dass du gehst«, knurrte Martinez. »Der Captain redet nicht gerne über den Vertrag, *cuate.*«

Er packte den Reporter an den Schultern und hob ihn hoch. Dann verschwand er mit ihm in der Menge.

»Sieht ganz so aus, als ob Martinez doch noch seine Schlägerei kriegt«, sagte Jenkins. »Leg dich nie mit einem Venusier an.«

»Nimm ihn nicht zu hart ran«, rief ich ihnen hinterher.

»Da sollte ich mich wohl besser drum kümmern«, sagte Jenkins und lief Martinez hinterher.

Somit waren Blake und ich allein. Er betrachtete die Tänzerin. Die hatte gerade angefangen, eine weitere Runde zu drehen – offenbar war es ihr wichtig, Blake zu zeigen, dass sie immer noch interessiert war.

»Captain«, sagte Blake, wobei er die Frau beäugte, als sie an uns vorbeikam, »wir müssen reden.«

Ich lächelte. »Aber lieber wann anders, wie mir scheint?«

»Ja. Wenn's dir nichts ausmacht.«

Ich nickte, dann war auch Blake weg.

Ich hatte Kaminski versprochen, dass ich nur bei einem Drink dabei sein würde, aber nach einem Erlebnis wie dem, das wir auf der *New Haven* mitgemacht hatten, war mit Trinken nicht zu spaßen. Nach dem ersten durchzechten Tag war auch der Rest vernebelt.

Am dritten Tag wurde ich früh geweckt. An meiner Tür wurde Sturm geklingelt. Dass ich in meinem Zimmer war und nicht im Stationsknast, war schon mal ein guter Anfang. Ich erinnerte mich dunkel, dass die Militärpolizei bei irgendwas mitgemischt hatte, aber offensichtlich war das nicht ernst genug gewesen, um eine Verhaftung zu rechtfertigen.

Ich rollte von meinem Klappbett und schüttelte mich, um wach zu werden, schnappte irgendeine herumliegende Hose und zog sie mir über. Dann schlug ich auf den Türöffner.

Draußen saß ein gedrungener gelber Wartungsroboter mit Kettenantrieb und Greifarmen. Den Brustkorb nahm ein Bildschirm ein, auf dem ein animiertes Gesicht zu sehen war. Ich kniff die Augen vor dem hellen Licht auf dem Gang zusammen, und der Roboter machte eine Pause, bevor er sprach.

»Captain Conrad Harris? Seriennummer 93778?«

Ich nickte und entblößte mein Handgelenk. Der Roboter fuhr einen Scanner aus und fuhr über das Barcode-Tattoo, um mich zu identifizieren.

»Sind die sieben Tage schon um?«, fragte ich.

»Du bist ab sofort wieder im Dienst. Dein Freigang ist mit sofortiger Wirkung beendet.«

Der Roboter stieß mit einem seiner Greifer nach mir und klatschte mir einen Umschlag gegen den nackten Oberkörper. Ich griff langsam danach und sah das Siegel des Allianz-Militärs. Auf dem Bildschirm des Roboters war jetzt ein grinsendes Gesicht zu sehen.

»Neue Befehle. General Cole erwartet dich morgen früh um acht in seinem Büro. Es gibt einen neuen Auftrag.«

»Cole?«, fragte ich begriffsstutzig.

»Richtig gehört.«

Der Roboter entfernte sich von meiner Tür. Sein elektronisches Gesicht rümpfte die Nase.

»Du siehst echt scheiße aus, Kollege. Ich sage das nur, weil ich es gut mit dir meine. Komm mal klar.«

»Du siehst auch nicht gerade toll aus«, murmelte ich.

Der Roboter rollte scheppernd den Gang entlang. Ich stand noch einen Moment im Türrahmen und spielte mit dem Umschlag. *Eine neue Mission ist eine gute Sache,* sagte ich mir. Das allgegenwärtige Verlangen, zurück in den Simulationstank zu steigen – wieder mit einem Sim verbunden zu sein –, kam wieder hoch.

Aber Befehle direkt von General Cole? Das war ungewöhnlich. Cole war ein wichtiger Mann. Es musste sich um etwas Großes, etwas Besonderes handeln.

Vielleicht hat Jenkins recht gehabt. Es gab für alles ein erstes Mal.

Meine Kopfschmerzen sagten mir, dass das jetzt nicht der richtige Moment war, um darüber nachzudenken. Ich ließ mich wieder auf das Bett fallen und wartete, bis sich mein Brummschädel ein bisschen beruhigt hatte.

Dann drehte ich mich um und betrachtete mein Zimmer. Es war ein kleines Offiziersquartier – nichts Protziges, keine Luxusunterkunft. Als Captain hätte ich darauf zwar Anrecht gehabt, aber ich wollte es nicht. Materieller Besitz war mir nicht wichtig, und mein Quartier spiegelte das wider: karg, nicht viel mehr als ein Schlafplatz. Immerhin lag neben meinem Klappbett ein loser Haufen verschiedener persönlicher Sachen – gerade genug, um mich daran zu erinnern, dass ich immer noch ein Teil der Menschheit war.

Eine konservierte Krell-Klaue, entfernt aus einem Kampfanzug von einer Mission, bei der wir lebend zum *Point* zurückgekommen waren.

Ein versengter Plastiksplitter, geborgen von einem zerstörten Plasmagewehr.

Ein paar verfeuerte Vollmantel-Patronenhülsen.

Der alte Revolver meines Vaters: ein antikes Erbstück von meinem Großvater.

Ein rosa-silberner Ring mit orangen Edelsteinen.

Ein Bild von *ihr.*

Das Foto war schon leicht verblasst: aufgenommen auf Azur. Der blaue Himmel im Hintergrund unterstrich ihre roten Lippen, ihre tiefen, mandelfarbenen Augen. Ihre langen, dunklen Haare; immer voll von ihrem Duft. Ich berührte das Bild, und es erwachte zum Leben – simulierte sie.

Da waren wir noch sehr glücklich.

Ich schloss die Augen. Ich hatte einen neuen Auftrag. Das war immerhin etwas, aber erst morgen.

Ich brauchte noch einen Drink.

3

EIN AUFTRAG

General Mohammed Cole war der Oberbefehlshaber für die Sicherung der Quarantänezone. Oberst O'Neil leitete das Simulatenprogramm – er war also mein eigentlicher Vorgesetzter und Cole seiner. Bei einer Schlüsselmission hätte ich erwartet, von O'Neil unterrichtet zu werden, aber es sah ganz so aus, als hätte man ihn komplett übergangen. Obwohl Cole eigentlich Armeeoffizier war, befehligte er die gesamten Allianzkräfte – nicht nur das Simulatenprogramm, sondern auch Armee und Flotte. Rechenschaft war er nur den versammelten Stabschefs der fernen Kernwelten schuldig.

Ich saß allein im Wartezimmer vor seinem Büro. Es war angemessen üppig, mit einer Kunstledercouch und Bildern an der Wand. Ein flackerndes Hologramm der Allianzflagge nahm einen prominenten Platz ein – unter dem Sternenbanner eine grafische Repräsentation aller Welten, die Teil der Allianz waren. Die Alte Erde lag im Zentrum, obwohl sie eigentlich nur zur Hälfte uns gehörte. Der Rest war Teil des Asiatischen Direktorats – ein Imperium, dem die Chino-Republik, das Vereinigte Korea und die Thai-Föderation angehörten. Die Planeten des Sonnensystems waren schon vor langer Zeit kolonisiert und zerbombt worden; stattdessen umkreiste das Triumvirat aus Alpha Centauri, Epsilon Ventris II und Proxima Alpha Eins die Erde. Alle drei waren entsprechend übergroße Kugeln, um ihre große Bedeutung für die Allianz hervorzuheben. Das waren die Kernwelten – dicht besiedelt, industrialisiert, würdige Nachbildungen der Erde. Es waren auch noch ein paar andere Planeten dargestellt, ich konnte sie aber nicht alle identifizieren. Über dreihundert Planeten waren Teil der Allianz. Manchmal hatte ich das Gefühl, als wäre ich schon auf zu vielen von ihnen gewesen.

Die Sekretärin am Empfangstisch guckte mit einem höflichen Lächeln zu mir herüber. Glänzende dunkle Haare, über dem geschminkten Gesicht zu einer Hochsteckfrisur aufgetürmt; über die Fingernägel tanzten LED-Muster. Sie hatte auf dem Wandbildschirm ein Nachrichtenmagazin verfolgt: etwas über Wahlen für die Marsregierung. Ich erwiderte ihr Lächeln. Ich wartete schon eine Weile.

Ein Signal ertönte. Die Sekretärin richtete sich auf.

»Der General ist jetzt bereit für Sie, Captain Harris. Bitte folgen Sie mir.«

Sie führte mich in den Konferenzraum. Nach so vielen Jahren im Einsatz fühlte sich der Kragen meiner Galauniform kratzig an, außerdem saß die Schirmmütze unangenehm eng. Die Techniker hatten es nach wie vor nicht fertiggebracht, dafür zu sorgen, dass die Uniform richtig saß: der Hemdkragen schabte ungut an der Datenbuchse im Nacken. Ich hatte diese Uniform seit Jahren nicht mehr angehabt. Fühlte mich hier fehl am Platz. Während ich dem *klick-klick* der Sekretärin auf ihren High Heels folgte, brach mir sogar kurz der Schweiß auf der Stirn aus. Sicherheitsdrohnen schwirrten um uns herum – zeichneten unsere Gesichter auf, führten Körperscans und Waffenchecks durch –, dann flitzten sie weiter.

Die Tür des Konferenzraums glitt mit einem leisen Summen auf. Zu beiden Seiten der Tür stand ein Militärpolizist mit Schockgewehr und leichter Panzerung. Weitere Soldaten erschienen, um mich mit einem Handscanner abzutasten. Die Sekretärin lächelte wieder höflich, während sie dieselbe Prozedur über sich ergehen ließ.

»Man kann ja nie wissen«, sagte sie. »Das Direktorat hat uns immer im Auge.«

Ich nickte. Die Sekretärin zog sich flink zurück, hinter ihr schloss sich die Tür.

Der Raum des Generals war schwach erleuchtet und voller Unordnung. Am Ende eines langen Ebenholztisches saßen vier Männer. Sie studierten ein Hologramm, das von einem in den Tisch eingelassenen Projektor in den Raum geworfen wurde. Ich wartete ungelenk, während sich die Obrigkeit um irgendein Detail auf dem Hologramm zankte – die dreidimensionale Darstellung eines Planeten, gefangen in einem Orbit um zwei Sonnen, die unheilvoll aussahen. Als mich niemand beachtete, räusperte ich mich.

Die Gruppe sah geschlossen zu mir hoch.

Cole war der Größte von ihnen: ein menschlicher Berg trotz seiner Jahre hinter einem Schreibtisch auf *Liberty Point*. Seine Haut hatte die Farbe von Milchkaffee, die Haare hatten sich zu einem lockigen Flaum ausgewachsen. Er war gebürtiger Hawaiianer, das erzählte man sich zumindest. Er trug eine Galauniform, auf dem Brustkorb prangten Hologramm-Orden.

Jeder auf *Point* wusste, wer Cole war und was er machte, und auch bevor er zum General befördert worden war, hatte er sich bereits einen beachtlichen Ruf als guter Befehlshaber erarbeitet. Gelegentlich skrupellos, aber mit scharfem taktischem Verstand. Sein Spitzname »Old Man Cole« war doppeldeutig – ein Überbleibsel altmodischer Militärtraditionen, aber auch ironisch gemeint. Für einen General war Cole nicht besonders alt – das war auch einer der Kritikpunkte gewesen, die ihm bei seiner Nominierung entgegengeschlagen waren. Meines Erachtens war er als Vorgesetzter ganz gut – aber für Typen wie ihn hatte ich generell eher wenig übrig.

Ich salutierte und stand stramm. Er winkte ab.

»Keine Formalitäten, Soldat«, sagte Cole mit rauer Stimme. Er schenkte mir ein breites Lächeln. »Stehen Sie bequem. Wir haben Sie erwartet. Ich glaube, wir sind uns schon begegnet – damals siebenundsiebzig, während der Evakuierung der Sigma-Basis?«

Ich nickte. »Ja, Sir.«

Formale militärische Anreden zu benutzen – *Sir, General* und der ganze Rest – fühlte sich gestelzt und unwirklich an. In den meisten Sim-Teams nahm man von Formalität aktiv Abstand, und meine Truppe war keine Ausnahme.

»Wie ich höre, haben Sie Mr. Olsen bereits kennengelernt.«

Olsen war einer der Leute, die am Tisch saßen. Im echten Leben war er ein großer, schwabbeliger Mann, bereits in den Sechzigern und von lebenslanger Laborarbeit gezeichnet. Er trug einen weißen Kittel, zugeknöpft am fetten Hals. Die grauen Haare lichteten sich, und er trug sie über die beginnende Glatze gekämmt. Trotz seines Alters zeigte er ein strahlendes Lächeln, aus dem kindlicher Enthusiasmus sprach. Obwohl ich Cole durchaus einigermaßen respektierte, hatte ich für Olsen und den ganzen Rest der wissenschaftlichen Abteilung auf *Liberty Point* überhaupt nichts übrig, denn Leute wie er hatten den Vertrag vorgeschlagen, der uns diese unmögliche Hängepartie gebracht hatte.

»Das war eine erhellende Erfahrung draußen in der Quarantänezone, Captain«, sprudelte es aus Olsen heraus. »So etwas habe ich vorher noch nie erlebt. Beunruhigend, aber interessant.«

Ich erinnerte mich an seinen zitternden Körper, sowohl an Bord der *New Haven* während des Krell-Angriffs als auch später auf der Station, nach unserer Extraktion. Olsen hatte definitiv in keiner der beiden Situationen so ausgesehen, als würde er die Erfahrung genießen. Vielleicht hatte er rückblickend seine Meinung geändert, oder es lag an der versammelten Gesellschaft. Seine beobachtende Funktion auf der *Haven* war eine Gelegenheit gewesen, mich eines Besseren zu belehren – meine Vorurteile zu widerlegen –, aber daran war Olsen kläglich gescheitert.

»Das freut mich zu hören«, antwortete ich und behielt den Rest für mich.

»Sie sind ein Problemlöser, nicht wahr, Harris? Ein

echter Problemlöser«, unterbrach Cole. Er dachte kurz über diese Worte nach. »Wir haben ein Problem, das der Lösung bedarf.«

Die beiden anderen Männer am Tisch waren Zivilisten. Einer von ihnen war in sein Tablet vertieft.

»Ich bin Jostin – ein ziviler Berater, der die aktuelle Militäroperation unterstützt. Ich habe Ihre Akte genau studiert. Sie sind sehr vertraut mit diesem Krieg, nicht wahr, Captain? Bislang an über zweihundert Militärmissionen da draußen beteiligt, viele von zentraler taktischer Bedeutung. Und Sie sind bereits dreimal im Mahlstrom gewesen, wenn ich das richtig sehe.«

»Dazu kann ich keinerlei Angaben machen«, sagte ich. »Sollte ich an solchen Operationen beteiligt gewesen sein, hätten die – streng genommen – ein Umgehen des Vertrags erfordert. Alle Operationen dieser Art würden der Geheimhaltung unterliegen.«

Er sah von seinem Tablet auf und zog eine Augenbraue hoch. »Natürlich nur, falls es sie gegeben hätte.«

»Bevorzugen Sie Captain Harris oder Lazarus?«, fragte der vierte Mann mit einem kultivierten, aber schwer einzuordnenden Akzent. Er erwartete keine Antwort; es war genug, um mir klarzumachen, dass diese Leute nicht nur aus meiner Akte vorlasen. »Sie sind schon so etwas wie eine Legende auf *Liberty Point.* Natürlich wissen wir alle von Ihrer persönlichen Verbindung mit dem Vertrag. Ihre Ansichten diesbezüglich sind dem Generalstab in mehreren Fällen bekanntgegeben worden. Wie dem auch sei – Oberst O'Neil ist voll des Lobes über Sie. Wie es scheint, kennen Sie beide sich recht gut.«

Ich hatte seit Monaten nicht mit O'Neil gesprochen, ihn noch nicht einmal gesehen. Vielleicht war das der Grund dafür, dass Cole mich einwies; weil O'Neil wusste, dass es durchaus sein konnte, dass ich nicht auftauchen würde, auch wenn er mein persönlicher Vorgesetzter war. Wir hatten eine gemeinsame Vergangenheit – eine, die ich nicht wirklich mit Zivis und anderen Militärs teilen wollte.

»So ist es«, sagte ich. Die nächsten Worte wählte ich absichtlich neutral. »Der Oberst und ich sind Kollegen.«

»Das ist mein Berater Mr. Evers«, sagte Cole und deutete auf den, der gesprochen hatte.

Evers und Jostin steckten in identischen schwarzen Anzügen mit Krawatten. Sie waren beide in den Dreißigern nach irdischer Standardrechnung und hatten das polierte Erscheinungsbild von Konzernleuten. Gegelte schwarze Haare, unnatürlich brauner Teint. Ich hatte solche Leute schon lange nicht mehr auf der Station gesehen – die Gefahren der Zeitdilatation durch die Q-Sprung-Technik und die schieren Kosten, um zivile Mitarbeiter dermaßen weit von den Kernwelten wegzuschicken, sorgten dafür, dass normalerweise andere Kommunikationsmittel bevorzugt wurden.

»Verzeihung, ich habe nicht gehört, woher Sie beide kommen«, sagte ich.

»Haben wir auch nicht gesagt«, antwortete Evers. »Das ist für Ihre Mission nicht wirklich von Belang, Captain, aber wir sind Vertreter eines Industriekonzerns. Sagen wir einfach, am Ausgang Ihrer nächsten Mission interessierte Parteien.«

Jetzt lächelte auch Evers. Seine Zähne waren perfekt angeordnet und beängstigend weiß.

Diese Leute waren mir sofort unsympathisch, sogar noch mehr als Olsen. Wahrscheinlich war es ein Zeichen der Zeit, dass die Konzerne hier draußen wieder Präsenz zeigten. Der Krieg mit den Krell war nicht mehr in der heißen Phase; jetzt würden langsam die Geier eintrudeln, begierig, noch genug Geld mit dem Kadaver zu machen, bevor er vollständig ausgekühlt war.

»Jeder von uns kennt Ihre Akte«, sagte Cole und machte eine wegwerfende Handbewegung in Richtung Evers und Jostin. »Es wird Sie sicher freuen, dass wir eigentlich nicht hier sind, um über die zu reden. Ich bin mir sicher, dass Sie und Ihr Team die richtigen Leute für diese Aufgabe sind.«

»Und was für eine Aufgabe ist das?«, fragte ich besorgt. Ich hatte in Hunderten von Briefings gesessen – in vertraulichen, hochbrisanten und jeder Menge anderen –, aber das hier gerade war alles andere als normal.

Cole zeigte auf das Hologramm.

»Willkommen zu Operation Eckpfeiler. Das hier ist das Helios-System. Elf Planeten, die zwei Sterne umkreisen, von denen einer instabil ist. Für uns ist Helios III interessant – der einzige Planet in diesem System, der irgendwelche Lebensformen beherbergt.«

Der Planet war braun-weiß. Ein Band aus Weltraumschrott umkreiste ihn träge, gerade nicht massiv genug, um einen richtigen Ring zu formen. Unterhalb der Trümmer war Helios in schwere Wolken gehüllt und von dunklen Gräben übersät. Er drehte sich langsam um die eigene Achse, und das Display lieferte allerhand technische Daten.

»Ein faszinierender Ort«, mischte sich Olsen ein. »Wirklich einzigartig. Fast vollständig Wüste, trotzdem mit einem hochkomplexen Wettersystem. Es gibt ausgedehnte unterirdische Seen und Flüsse. Einfache Insektenformen ...«

Cole unterbrach ihn wieder. »Mr. Olsen hat recht, aber nichts davon ist der Grund dafür, dass wir uns für diesen Planeten interessieren.«

Das Hologramm veränderte sich. Jetzt zeigte es verrauschte Überwachungsbilder des Planeten aus größerer Ferne. Ausgedehnte verwitterte Ebenen. Zerklüftete Berge, abgewetzt von stetigem Wind. Death Valley im Großformat. Die Sorte Planet, um die Allianz und Krell im Lauf des Kriegs unzählige Male gekämpft hatten ...

Da ist noch etwas anderes.

Ein Bild nährte meine Neugier besonders, und ich beugte mich etwas näher zum Hologramm.

Ein riesiges, kantiges Gebilde ragte aus der Wüste empor. Es stand auf einem der Berge oberhalb der Ebene. Irgendeine Art Ruine. Es war nicht leicht, sich von dem Bild her ein Gefühl für den Maßstab zu machen, aber ich hatte das Gefühl, dass das Ding *groß* war. Die Übertragung war von schlechter Qualität und farblos, aber die Ruine schien mattschwarz zu sein. *Nein, nicht schwarz: noch dunkler.* Es war eine gähnende Leere; schien alles Licht aufzusaugen.

»Das stammt von einer Spionagesonde. Wir haben

bisher nur eine Handvoll Bilder vor Ort machen können, weil das Wetter auf Helios III so unberechenbar ist.«

Das Bild flackerte und verschwand. *Es will nicht, dass man es aufnimmt,* dachte ich. Ich war mir nicht sicher, wo dieser Gedanke hergekommen war. *Es will nicht, dass man sich an es erinnert.*

»Die Bilder sind auch nicht so interessant wie der Ton«, fuhr Cole fort. »Was auch immer das für ein Ding ist, es strahlt ein Signal von größter Bedeutung aus. Das Signal wird ständig wiederholt und bleibt immer gleich.«

Jostin tippte auf sein Tablet. »Man kann es noch mehrere Systeme weit weg orten. Ein sehr starkes Signal.«

»Es kommt nicht von den Krell, verstehen Sie«, fügte Evers hinzu. »Und ist auch nicht menschlichen Ursprungs.«

»Das ist ein wissenschaftlicher Fund von ungeheurer Wichtigkeit«, sagte Olsen. »Etwas *anderes* im Universum. Wir nennen es das Artefakt. Die wenigen uns verfügbaren Hinweise legen nahe, dass es aus anorganischen Materialien erbaut ist.«

»Ergo können es die Krell nicht gebaut haben«, sagte Evers.

Ich sah zu, wie die Bilder noch einmal abliefen. Die Krell waren die unangefochtenen Meister der Biotechnologie und hatten diese Kunst auf eine geradezu absurde Stufe gehoben. Während wir unsere Technologie herstellten, züchteten sie ihre. Sie konnten alles biologisch reproduzieren, vom Messer bis zum Raumschiff – eine Spezies, die zu endloser Verbesserung, endloser Mutation fähig war. Sie hätten gar keinen Bedarf für so einen riesigen Weltraumsender gehabt.

»Noch viel interessanter ist der Effekt, den es auf die Krell hat«, sagte Cole. Er lehnte sich nach vorne, in das Holobild hinein. Auf einmal war sein Gesicht voller Licht, voll von Zahlen und Daten. »Halten Sie die Krell für eine religiöse Spezies, Captain? Glauben Sie, dass sie wie wir etwas anbeten, nach Höherem streben?«

»Nach allem, was ich gesehen habe, nicht«, erwiderte ich, ohne zu zögern.

»Vielleicht ändert das hier Ihre Meinung.«

Das Bild erschien abermals, und ich sah zu, wie es im Zeitraffer durchlief. Die Wüste rund um das Gebilde schien sich zu bewegen. Dann begriff ich, dass es nicht die Wüste war: Das waren Krell-Xenotypen, die sich mit ihren Klauen an den Sanddünen abarbeiteten, um die Ruine zu erreichen. Millionen von ihnen. Unregelmäßige Gruppen von Krell-Raumschiffen lagen um die Bergflanke verstreut; die Wüste war voller zuckender biomechanischer Strukturen.

»Dieser Ort ist eine Pilgerstätte für die Krell. Sie scheinen von dem Artefakt unwiderstehlich angezogen zu werden. Wir haben so ein Verhalten noch nie gesehen. Das könnte kriegsentscheidend sein.«

»Stellen Sie sich nur mal vor, wir könnten daraus eine Waffe machen«, murmelte Jostin, der gedankenverloren mit einem Finger auf der Konsole herumklopfte. »*Eine Waffe.*«

Vielleicht hatte er recht. Ich hatte auf über hundert

Welten Tausende Krell gesehen – und getötet. Noch nie hatte ich gesehen, dass sie von etwas so angezogen worden waren. *Motten zum Licht.*

Die militärischen Möglichkeiten mit so einem Gerät lagen auf der Hand.

Jostin und Evers lächelten sich zu; sie freuten sich offensichtlich, dass Fußvolk wie ich von ihren Funden beeindruckt war.

»Haben wir den Standort untersucht?«, fragte ich.

Cole warf mir ein schiefes Lächeln zu. »Das haben wir. Erst aus der Ferne, und vor fünf Jahren haben wir dann eine Station vor Ort eingerichtet. Mit dem besten Personal, das wir auftreiben konnten.«

»Dann ist ein Forscherteam dorthin geschickt worden, unterstützt durch Fördergelder aus der Industrie«, fuhr Evers fort, »deren Auftrag es war, das Artefakt zu studieren. Das Ganze unter der Leitung von Dr. Jarvis Kellerman, einem renommierten Xenobiologen, der das Vertrauen des Allianz-Militärs genießt.«

Ein Wandbildschirm hinter Evers ging an und zeigte einen lächelnden Kellerman. Im Hintergrund ein grüner Wald, vielleicht auf der Erde oder dem Mars. Er posierte wie für ein Pressefoto. Am Rand des Bildes liefen personenbezogene Daten durch:

DR. JARVIS KELLERMAN
GESCHLECHT: MÄNNLICH (GEBOREN)
GEBURTSDATUM: 01/03/2219
GEBURTSORT: NEU-CHICAGO, LUNA
NATIONALITÄT: VEREINIGTE AMERIKAS (VOLLE ALLIANZ-BÜRGERRECHTE)

SICHERHEITSFREIGABE: ALPHA-ALPHA-NEUN
BISHERIGE EINSÄTZE: WISSENSCHAFTSOFFIZIER AN BORD UAS BROOKLYN [2259]; BEIGEORDNETER BERATER DER ANTARES-EXPEDITION [2263]; BERATER DES KONGRESSAUSSCHUSSES [2265]
LETZTER BEKANNTER AUFENTHALTSORT: VERTRAULICH [ZUGANG FREIGEGEBEN: HELIOS III, HELIOS-SYSTEM]
BESONDERE VERDIENSTE: SIEHE AKTE A-987 (VERTRAULICH); SIEHE AKTEN A-678 (VERTRAULICH) BIS A-787 (VERTRAULICH)

Weitere relevante Daten liefen über den Schirm, und ich versuchte, so viel wie möglich aufzunehmen. Kellerman schien eine beeindruckende Figur zu sein, eine Bereicherung für die wissenschaftliche Arbeit der Allianz.

»Guter Mann«, sagte Olsen. »Bevor er nach Helios gegangen ist, habe ich seine Arbeit mit Interesse verfolgt. Seine Abhandlungen waren bahnbrechend. Wie Sie sehen, gibt es nicht den kleinsten Fleck auf seiner Vita. Eine lupenreine Akte.«

»Bevor er nach Helios versetzt wurde, war er mit äußerst wichtiger Forschung beschäftigt«, sagte Evers. Er schaute mich ausdruckslos an. »Natürlich alles geheim.«

Da begriff ich, dass Kellerman einer von *denen* war: ein Krawattenträger, ein Mitglied des Militärrats, ein Teil der *Intelligenzija.* Harvard-Abschluss, komplette Sicherheitsfreigabe. Sicher hatte er auch Orden für seine Forschungen zur Neutralisierung der Krell-Gefahr bekommen.

Evers fuhr fort: »Dr. Kellerman ist zusammen mit einem kleinen Sicherheitskontingent und einem Forschungsteam nach Helios geschickt worden. Sie sind mit ausreichend Feuerkraft ausgestattet worden, um ihre Position halten zu können, aber mit expliziten Anweisungen, sich vor den Krell zu verbergen und sie nicht anzugreifen. In den ersten paar Jahren hat das auch alles gut funktioniert.«

»Sie haben passable Fortschritte beim Erforschen der Stätte gemacht«, murmelte Cole. »Nichts Handfestes, aber trotzdem gute Arbeit.«

»Sollten Sie es für nötig halten, können Sie sich Kellermans Übertragungen durchsehen«, sagte Jostin, obwohl sein Tonfall deutlich machte, dass das reine Zeitverschwendung wäre. »Das müssen wir jetzt nicht detailliert besprechen.«

»Und was ist dann passiert, Sir?«, fragte ich.

»Vor sechs Monaten ist der Kontakt abgebrochen«, antwortete Cole. »Das Team war angewiesen, einmal pro Woche eine verschlüsselte Nachricht zu senden, um *Liberty Point* auf dem Laufenden zu halten.«

Olsen räusperte sich nervös. »Kellerman ist – war – ein akribischer Forscher; er würde nicht einfach so von der Bildfläche verschwinden, nicht ohne einen verdammt guten Grund.«

»Sind sie von den Krell überrannt worden?«, fragte ich. Das war mein erster Gedanke. Mir schien es keine besonders gute Idee zu sein, eine leicht bewaffnete Gruppe von zivilen Angestellten zu einer Alien-Ausgrabung loszuschicken, die von Krell umgeben war. Man konnte sich schließlich an einer Hand ausrechnen, dass sie entdeckt werden würden.

Cole nickte. »Das ist natürlich möglich, obwohl es eine deutliche Veränderung ihrer Gewohnheiten bedeuten würde. Der Satellitenüberwachung zufolge konzentrieren sich die Krell fast ausschließlich auf das Artefakt. Die Station ist davon ziemlich weit entfernt. Und Helios III ist zu weit abseits aller etablierten Handelsrouten, um von Piraten heimgesucht zu werden.«

»Wie weit?«, fragte ich.

Einen Moment lang senkte sich betretenes Schweigen über den Tisch. Jostin und Evers warfen sich schuldbewusste Blicke zu. In mir machte sich dunkle Vorahnung breit.

»Er liegt innerhalb des Mahlstroms, Captain«, sagte Cole, ohne mich dabei anzusehen. Dann fügte er beinahe rechtfertigend hinzu: »Aber nicht allzu weit drin. Trotz ihres großen Interesses an dem Planeten haben die Krell ihn nicht kolonisiert. Wir sind uns nicht ganz sicher, warum.«

»Das Helios-System liegt am Rand des Mahlstroms«, ergänzte Evers. »Eigentlich fast gar nicht wirklich innerhalb.«

»Aber es ist jenseits der Quarantänezone?«, fragte ich. Es gab nichts daran zu beschönigen: Ich wurde auf einen verbotenen Planeten geschickt, mitten ins Feindesland.

»Ja, so ist es«, sagte Cole. »Aber wir haben diese Operation mehrere Jahre durchgeführt, ohne von den Krell daran gehindert zu werden. Natürlich können wir das nicht ausschließen, aber es gibt keinen Grund, warum sie auf einmal ihr Verhalten geändert haben sollten.

Wir haben eine Kampftruppe bereitgestellt – alles erfahrene Sondereinsatzkräfte. Der Kreuzer UAS *Oregon* wurde zu Ihrer Verfügung freigegeben. Sie werden ein Team von Wissenschaftlern und eine voll ausgestattete Simulatorenkammer an Bord haben. Genug Simulaten, um die Mission zu erledigen. Wissenschaftsoffizier Olsen wird Sie bei dieser Expedition begleiten.«

Olsen lächelte matt. »Sollten Sie durch die Nähe zum Artefakt meine wissenschaftliche Expertise benötigen.«

»Die Entfernung, um die es hier geht – einmal quer durch die QZ –, bedeutet, dass ein Einsatz vor Ort unsere einzige Möglichkeit ist«, sagte Cole. »Wenn es nach mir ginge, könnten Sie Ihre Simulaten von *Liberty Point* aus lenken, aber mir wurde gesagt, dass die Reichweite der Neuroverbindung nicht groß genug ist, um das zu tun. Also bleibt uns nichts anderes übrig, als Ihre Leute nach Helios zu schicken.

Das Missionsziel ist eng umrissen. Begeben Sie sich zu der Basis, und finden Sie heraus, warum Funkstille herrscht. Falls es Überlebende gibt, helfen Sie. Falls nicht, tun Sie, was Sie am besten können: Zerstören Sie die Station, und ziehen Sie sich in die Umlaufbahn zurück. Einfache Sache.«

»Sie haben Anweisung, so weit wie möglich einen Bogen um das Artefakt zu machen«, sagte Jostin leise. »Das kann zu einem späteren Zeitpunkt weiter studiert werden. Viel wichtiger ist, dass alles, was Dr. Kellerman und sein Team an Forschungen durchgeführt haben, nicht in die falschen Hände gerät.«

»In *feindliche* Hände«, fügte Evers hinzu.

»Die objektive Reisezeit beträgt sechs Monate«, sagte Jostin. »Falls es dort Feindkontakt gab, ist es gut möglich, dass sich die Lage bis dahin längst wieder beruhigt hat. Sie und Ihr Team sind ideal für diese Operation: keine engen Familienbande, Erfahrung mit langwierigen Einsätzen, exzellente Dienstzeugnisse. Die Zeitdilatation wird für keinen von Ihnen ein Problem sein.«

Ich nickte mürrisch. Für alle, die Menschen hatten, die ihnen nahestanden, wären zwölf Monate Abwesenheit ein Problem gewesen. Für mich und meine Truppe nicht.

Cole hielt das Tempo des Briefings hoch. Statt *mit* mir zu reden, redete die Gruppe mich jetzt *an:* Allen war daran gelegen, dass ich nicht noch mehr unangenehme Fragen stellte.

Er fuhr fort: »Sie bekommen das Beste an Technik zur Verfügung gestellt, was wir haben. Die *Oregon* ist ein speziell umgerüsteter Kreuzer. Nach unseren Berechnungen sollten Sie innerhalb eines Jahres wieder da sein. Und wenn Sie wieder da sind, werden wir uns über richtigen Landgang unterhalten – für Sie und Ihr Team.« Er blätterte einige Zettel durch, die vor ihm lagen, und las geistesabwesend. »Dieser Einsatz wird jedem in Ihrem Team etwas bringen. Es werden alle das kriegen, was sie haben wollen.«

Jostin sagte: »Die Berichte der Marineaufklärer innerhalb des Mahlstroms legen nahe, dass es in der Nähe des Helios-Systems keine größeren Flottenverbände der Krell gibt.« Bei diesen Worten zuckte ich zusammen: Marineaufklärung war eine Fehlbezeichnung, zumal von innerhalb des Mahlstroms, aber viel wichtiger – seit wann hatten Zivilisten Zugang zu militärischen Geheimakten? »Wir hoffen, dass Sie unter dem Radar operieren können, wenn Sie einen einzelnen unauffälligen Kreuzer wie die *Oregon* benutzen.«

Auch das war ein komischer Satz – die Krell hatten kein Radar. Ich ließ den Fehler so stehen.

»Operation Eckpfeiler ist sehr wichtig für die Kriegsanstrengungen«, sagte Evers. »Das können wir nicht genug betonen. Ihr Transporter legt morgen Mittag ab. Hangar sechzehn.«

Er schob mir über den Tisch die Einsatzpapiere zu. Ich nahm sie und beäugte den Stempel; biometrisch versiegelt, darunter die Wörter OPERATION ECKPFEILER – ZUGANGSBESCHRÄNKUNG: VERTRAULICHE DOKUMENTE.

»Wegtreten«, sagte Cole, nur um deutlich zu machen, wer hier das Sagen hatte.

Ich salutierte und ging.

Ich spazierte zu meinem Quartier zurück. Die äußeren Ringe der Station entlang, den weitestmöglichen Weg, um ein bisschen Zeit zum Nachdenken zu haben.

Ich war mir nicht sicher, was ich von diesem Einsatz halten sollte. Sicher, eine neue Mission war gut. In diesem Sinne brachte es mir Klarheit und Motivation – ich hatte wieder etwas zu tun.

Aber etwas an dieser Mission fühlte sich falsch an. Old Man Cole hatte sie mir persönlich aufgetragen. Das hatte es noch nie gegeben. Dann waren da die Umstände des Einsatzes: die Reise in den Mahlstrom, das Artefakt, Dr. Kellerman. Das Bild des Artefakts, wie es aus der Wüste emporragte, kam mir wieder in den Sinn. Das Verhalten der Krell war mit nichts zu vergleichen, was ich je erlebt hatte. Es fühlte sich einfach falsch an.

Vielleicht hätte ich den Einsatz ablehnen sollen, dachte ich. *Vielleicht gab es eine Wahl, eine Entscheidung irgendwo auf dem Weg.* Das war natürlich pure Illusion: Niemals hätte ich das abgelehnt. Das Verlangen nach dem nächsten Übergang, wieder zurück an der Front zu sein, war viel zu stark. *Es bringt nichts, mir diesbezüglich in die Tasche zu lügen.* Krell zu töten war alles, was mich ausmachte. Ich hätte jede Möglichkeit wahrgenommen, wieder aufs Schlachtfeld zu kommen.

Ich seufzte und sah auf die Uhr. Mittlerweile sollten auch die anderen in den aktiven Dienst zurückgerufen worden sein, auch wenn sie noch nicht wussten, warum. Ich konnte keine Details preisgeben, solange wir noch auf *Liberty Point* waren. Ich ließ die knappen Einsatzpapiere durch die Hände gleiten.

»So wie es aussieht, geht dein Wunsch in Erfüllung, Jenkins«, sagte ich leise. Ich brauchte noch einen Drink. Ich beschloss, auf dem Weg nach Hause noch an einem Laden zu halten.

4

HINEIN IN DEN MAHLSTROM

Am nächsten Tag fand ich mich ordnungsgemäß mit meinem Team in Hangar sechzehn ein. Er war extra für unsere Mission geräumt worden – völlig leer bis auf eine Transportfähre, die geduldig auf dem Flugfeld lag. Gerade wurde sie für unseren Flug hinüber zur *Oregon* betankt.

Durch die Bullaugen in der Bordwand des Hangars sah ich zu, wie die UAS *Oregon* für die Mission beladen wurde. Eine ferngesteuerte Fähre absolvierte eilig eine Reihe von Fahrten zwischen der *Oregon* und *Liberty Point*.

Meine Leute liefen aufgeregt herum und wollten unbedingt nähere Informationen über unseren Einsatz hören.

»Ist das unser Schiff, Captain?«, fragte Martinez, die Arme vor der Brust verschränkt. »Sieht ja ganz gut aus.«

»Das ist die *Oregon*«, sagte ich. »Und ja, das ist unser Verkehrsmittel, Martinez.«

»Was zur Hölle verstehst du schon von Raumschiffen?«, mischte sich Kaminski ein.

»Mehr als du. Ich war im Marinekorps, *mano.*«

Martinez war das ruhigste Teammitglied, aber wenn er etwas zu sagen hatte, hörte ich genau hin.

»Das sollte dann ja wohl genau deine Art von Mission sein«, sagte ich. »Ein schönes, dickes Schiff und jede Menge Knarren.«

»Es könnte helfen, wenn ich wüsste, wohin wir fliegen«, sagte Martinez. Er strich sich über den sorgsam gepflegten Kinnbart und starrte aus dem Bullauge.

Martinez war nicht erbaut darüber, schon wieder im aktiven Dienst zu sein, und hatte mir das auch deutlich gesagt. Keiner in der Truppe war sonderlich froh über die Eile, mit der die Operation angelaufen war.

Die *Oregon* sah nach einem verlässlichen Schiff aus. Es war die Art von Schiff, die man dauernd in den Nachrichten und in anderen Sendungen sah, mit der die Allianz die Leute zu Hause beeindrucken wollte: ein Alleskönner. Die technische Bezeichnung lautete »Kompakter Angriffskreuzer«. Von der Seite sah sie aus wie eine Waffe – aus jedem Winkel aggressiv, kein Vergleich zur *New Haven*. Der Bug explodierte förmlich vor Antennen und Sensorschüsseln, um das Dunkel des Raums zu lichten. Das ganze Schiff wies ein poliertes, metallisches Blaugrau auf, was das Gefühl noch verstärkte, dass es sich um eine schiffsgewordene Kriegswaffe handelte.

»Sie wurde von der Flotte abgezogen und für unseren Einsatz umgerüstet«, teilte ich meinen Leuten mit. Ich hatte mir die Einsatzgeschichte des Schiffs durchgelesen. »Und sie ist ein voll bemanntes Schiff, nicht austauschbar wie die Wildcats.«

»Das heißt, das hier sollen wir zurückbringen?«, fragte Kaminski grinsend.

»Absolut«, sagte ich. »Stammbesatzung von vierzig Mann, dazu eine beachtliche Wartungscrew und der Offiziersstab.«

»Ich würde alles dafür geben, wenn dieses Ding noch ein Geschwader Dragonflies im Bauch hätte«, sagte Jenkins mit einem Nicken in Richtung Bullauge. »Oder vielleicht sogar ein paar Hornets.«

»Diesmal nicht, Jenkins.«

Jenkins quittierte das mit einem unzufriedenen Achselzucken. Offensichtlich bohrte sie nach Details über unseren Einsatz.

Das Schiff war nicht groß genug, um einen richtigen Hangar zu haben, und den Platz im Rumpf nahm bereits eine Wildcat zur Landung auf dem Planeten ein. Jenkins hatte von schwerer Luftunterstützung gesprochen. Das *MG-11 Dragonfly* war ein Mehrzweck-Kanonenboot, das sowohl gegen Ziele am Boden als auch gegen feindliche Jäger eingesetzt wurde. Die *MSK-60 Hornet* waren extrem wendige Bomber – im Verband konnten sie weitaus größere Schlachtschiffe mit Langstrecken-Plasmatorpedos ausschalten. Wir waren bei unseren Einsätzen schon von beiden Schiffstypen unterstützt worden, aber die jetzige Mission verlangte nach List statt roher Gewalt.

»Es ist nur ein weiterer Einsatz«, sagte ich zu meinem Team. »Wir waren schon im Mahlstrom. Also nichts Neues.« Unverbindliches Nicken allerseits. »Und wir haben auch oft genug Sims von einem Schiff aus gelenkt.«

»Wozu dann die ganze Heimlichtuerei?«, fragte Kaminski. »Was ist unser Auftrag, Captain? Die haben deswegen unseren Landgang abgebrochen. Das hat es noch nie gegeben.«

»Vertraulich, Kaminski«, sagte ich. »Nennt sich Operation Eckpfeiler, aber ich kann euch erst mehr sagen, wenn wir da draußen sind.«

Meine Leute nörgelten herum. Sie kannten die Rahmenbedingungen der Operation, wussten, dass wir länger vom *Point* weg sein würden und unser Ziel im Mahlstrom lag, aber sonst nichts. Ich fühlte mich schlecht, weil ich die Details der Lagebesprechung nicht mit ihnen teilen konnte, aber ich wusste, dass sie das, was ich ihnen zu sagen hatte, nicht gerne hören würden.

Ein Flottenoffizier kam mir entgegen. Er war eine weltmännische Erscheinung, mit blonder Haartolle und makelloser blauer Uniform, als wäre er gerade bei einer Parade gewesen. Stattlich – nicht so gut aussehend wie Blake, aber auch er hatte die Jugend auf seiner Seite.

»Captain Conrad Harris, Simulatenprogramm? Befehlshabender Offizier von Operation Eckpfeiler?«, fragte er. »Ich bin Captain James Atkins, die *UAS Oregon* ist mein Schiff.« Mit stolzgeschwellter Brust stand er da, als er seinen Besitz proklamierte. »Meine Crew geht eben noch das Ladungsverzeichnis durch.«

Obwohl er für einen Kreuzerkapitän schrecklich jung aussah – vielleicht höchstens dreißig Standardjahre –, hatte ich ihn bereits in der Militärdatenbank des *Point* aufgerufen; tatsächlich war er schon fast vierzig, außerdem ein erfahrener Flottenkapitän und schon seit fünf Jahren Kommandant der *Oregon*. Trotzdem machten sich Seemänner selten die Hände schmutzig – ich hoffte einfach, dass er sich draußen im Mahlstrom behaupten würde.

»Das bin ich«, sagte ich und warf meine Reisetasche auf eine der umliegenden Paletten. »Wie ist die Lage?«

Atkins lachte trocken. »Mein Schiff ist bestens ausgerüstet. Die Simulatoren sind auf der Krankenstation angeschlossen worden – also können Sie die Simulaten vom Schiff aus lenken. Es sind genug von denen verladen worden für zehn Missionen. Und in der Waffenkammer werdet ihr Jungs alles finden, was das Herz begehrt.«

»Nicht nur die Jungs«, sagte Jenkins. »Und ich hoffe, dass wir nicht so viele brauchen.«

»'n bisschen Reserve schadet nie«, sagte Martinez.

»Wir werden sicher im Orbit bleiben, während ihr Jungs …« Atkins zwinkerte Jenkins zu, »und Mädels die Schwerstarbeit erledigt. Die *Oregon* hat einen guten Q-Antrieb und ist für eine Schleichfahrt umgerüstet worden. Sie hat verschiedene Tarnvorrichtungen. Alles auf dem neuesten Stand – direkt aus der Forschungsabteilung. Wir haben einen vollen Satz Teilchenbeschleuniger, eine Railgun-Batterie und das Magazin voll mit Plasmatorpedos.« Atkins hatte sichtlich Spaß daran, mit dem Spielzeug auf seinem Schiff anzugeben. Er zeigte auf das Bullauge und zog mit dem Finger eine Linie entlang des Rückgrats der *Oregon.* »Sie hat sechzehn Laserbatterien da oben. Die können automatisch Feindbeschuss abfangen – die KI ist eine der modernsten in der ganzen Flotte.« Atkins nickte zufrieden. »Ziemlicher Overkill eigentlich – so gut haben wir es noch nie gehabt.«

»Ich hoffe nur, dass es auch reicht«, brachte ich seine Blase zum Platzen.

»Für Eckpfeiler ist nur die beste Ausrüstung ausgegeben worden«, sagte eine Stimme hinter mir.

Ich drehte mich um und sah Olsen, das Gesicht schweißnass vor Anstrengung. Er hatte ein Gefolge von Wissenschaftlern hinter sich.

»Das muss alles reibungslos ablaufen«, sagte Olsen zu mir.

»Wir geben unser Bestes«, sagte ich. »Wie immer.«

Die *Oregon* brodelte vor geordneter Aktivität. Das Flottenpersonal erfüllte eilig die vorgesehenen Aufgaben und sorgte dafür, dass wir sicher von *Liberty Point* ablegten. Die Raumflugkontrolle übermittelte die nötigen Genehmigungen zum Abflug, und das Schiff bahnte sich seinen Weg durch den Flottenverband, der den *Point* umgab.

»Freigabe von VOB *Liberty Point* erhalten«, verkündete der Bordcomputer.

Ich sah mir mein zugeteiltes Quartier an; die Kabine war in etwa so groß wie die, die ich auf dem *Point* bewohnt hatte, aber immerhin ein Raum für mich allein. Meine Leute waren achtern untergebracht, in einer Kaserne, die normalerweise für die bordeigene Marineinfanterie bestimmt war. Der Aufbau des Schiffs war etwas verändert worden, um eine vergrößerte Krankenstation einpassen zu können – denn sonst wäre für die Sims kein Platz gewesen.

Bevor ich die Chance hatte, mich auf einen Erkundungs-Rundgang zu begeben, meldete sich der Bordcomputer erneut: »Captain Harris, bitte zum Aussichtsdeck, Captain Harris zum Aussichtsdeck.«

Auf dem Weg dahin begegnete mir die Besatzung höflich mit Nicken und informellen Grüßen. Für die Flottenbesatzung war mein Rang nicht sonderlich wichtig – zumindest nicht offiziell –, aber wahrscheinlich hatten einige schon von mir gehört. Ein paar Mal hörte ich hinter mir Geflüster. Vielleicht waren die Zwiegespräche positiv, aber sie konnten auch genauso gut negativ sein. Denn wer wollte schon in den Mahlstrom fliegen? Wahrscheinlich machte man mich für die ganze Operation verantwortlich.

Das Aussichtsdeck war ein funktioneller, offener Raum mit großen Fenstern, die in die Hülle eingelassen waren. Die Flotte und der *Point* – mit der markanten senkrechten Nabe und den überlappenden äußeren Ringen; ein riesiger Kreisel – wurden bereits kleiner. Vor uns öffnete sich der Raum: sternenbestäubte Leere.

Atkins stand alleine am anderen Ende des Decks, die Hände hinter dem Rücken verschränkt. Das schien seine Lieblingspose zu sein. Er drehte sich nicht nach mir um, sondern quittierte meine Ankunft mit einem knappen Nicken an mein Spiegelbild im Fenster.

»Bis der Q-Antrieb aktiviert wird, machen wir kaum Strecke«, sagte er.

»Dann sind wir wohl sowieso schon im Hyperschlaf. Laut Flugplan kommt der Aufruf in einer Stunde.«

»Die Standardvorgehensweise sieht vor, dass die Bodencrew zuerst in den Ruhezustand gebracht wird, gefolgt von der Schiffsbesatzung«, leierte Atkins herunter. Er mochte Abläufe; die Regeln zu kennen gab ihm eine Patina von Selbstvertrauen. »Dann übernimmt die Bord-KI, und der Q-Antrieb wird aktiviert.«

»Ich gehe davon aus, dass Sie mich nicht hergebeten haben, um über den Ablaufplan zu reden?«, sagte ich. Ich war mir nicht ganz sicher, warum er meine Anwesenheit gewünscht hatte; er schien sein Handwerk zu verstehen, und ich war bereit, mit meinem endgültigen Urteil über seinen Charakter noch zu warten.

Er ließ ein bitteres Lächeln aufblitzen. »Nein, in der Tat nicht. Es geht um etwas sehr viel Persönlicheres.«

»Nur zu.«

»Die *Oregon* ist ein feines Schiff«, fing er an. Dann senkte er die Stimme ein wenig; seine Fassade schien feine Risse zu bekommen: »Meine Besatzung sind alles feine Leute. Samt und sonders.«

»Ich weiß. Ich bin vielleicht bei der Infanterie, Atkins, aber blöd bin ich nicht.«

»Ich will Sie nur bitten, gut auf sie aufzupassen. Ich bitte Sie, keine unüberlegten Entscheidungen zu treffen, solange wir *da draußen* sind.« Er zeigte auf das Fenster, auf den Mahlstrom jenseits des Plexiglases. Er war wesentlich größer als die Gebiete, die von der Allianz oder dem Direktorat kontrolliert wurden.

»Waren Sie je im Mahlstrom?«, fragte ich.

»Nein. Aber ich habe die Lagebesprechung zu Operation Eckpfeiler gelesen – zumindest, soweit ich Zugang habe. Da steht wenig Konkretes drin. Daraus kann ich nur entnehmen, dass wir hinter einer Art Geistersignal her sind – dass die Wissenschaftsabteilung ein Alien-Artefakt auf einem Provinzplaneten der Krell gefunden hat.«

»Wenn Sie das alles wissen, wissen Sie fast genauso viel wie ich. Ich werde den Rest offenlegen, sobald ich Zugangsberechtigung habe.«

Atkins schwieg für einen Moment.

»Ich weiß«, sagte er schließlich, »dass man sich an Regeln und Prozeduren halten muss. Es ist nur – na ja, bei dieser Art von Einsatz würde sich jeder Kapitän *Sorgen* machen.«

Ich kratzte mich am Kinn. »Lassen Sie uns etwas vereinbaren. Ich werde mich darauf verlassen, dass Sie dieses Schiff genauso befehligen, wie Sie es für richtig halten, und Sie verlassen sich darauf, dass ich alles tun werde, um Sie und Ihre Besatzung heil nach Hause zu bringen.«

Atkins lächelte wieder, aber jetzt war es ein erleichtertes Lächeln. Er drehte sich zackig zu mir um und streckte die Hand aus. Ich gab ihm meine; sein Griff war erstaunlich stark für einen von der Flotte. Er trug einen Ehering: schnörkellos, funktional.

»Sie können sich auf mich verlassen, Captain«, sagte er.

»Gleichfalls. Natürlich kann ich nichts versprechen – schließlich fliegen wir in den Mahlstrom –, aber ich werde niemanden verheizen.«

»Das reicht mir.«

Atkins hatte sich sofort wieder gefangen. Deshalb also hatte er mit mir unter vier Augen reden wollen; er wollte nicht, dass seine Crew – oder auch meine – sah, dass er sich Sorgen über unsere Mission machte.

Komischerweise sorgte die Entscheidung, seiner Sorge auf diese Art Luft zu machen, dafür, dass ich ihn jetzt mehr respektierte als vorher.

»Ist unser Kurs schon gesetzt?«, fragte ich, um das Gespräch wieder in alltäglichere Bahnen zu lenken – denn das war etwas, worüber er bestimmt sprechen wollte.

»Sehr präzise«, sagte er. Er verschränkte die Arme wieder hinter dem Rücken und blies die Brust auf: Ich hatte ihn gut gelesen. »Wir entfernen uns auf das Minimum von zehn AE von *Liberty Point*, dann beschleunigen wir und schalten den Q-Antrieb ein. Wir verlassen den Normalraum, und von da an übernimmt der Bordcomputer die Navigation.«

»Was ist mit dem Großen Schleier?«, fragte ich.

»Wir haben die neuesten Flottendaten, basierend auf der Turinger-Vorhersage. Extrem genau.«

Der Schleier war nur einer der Verteidigungsmechanismen des Mahlstroms: eine lose Ansammlung von Weltraumteilchen, Meteoren und Asteroiden, die sich nach und nach als enorme kreisförmige Wolke um den Mahlstrom gelegt hatten. Diese Wolke zu durchqueren war das erste Hindernis für jeden, der in den Mahlstrom vorstoßen wollte; bei der Geschwindigkeit, mit der die meisten Schiffe in dieser Region reisten, konnten die Trümmer leicht die Hülle durchschlagen. Der Schleier war das Äquivalent zur solaren Oort'schen Wolke, nur ungleich größer und tödlicher.

Atkins nickte vor sich hin. Sein Finger beschrieb einen Bogen um einen der Spiralarme des Mahlstroms. »Dann werden wir im Q-Raum den Ibanez-Sektor durchqueren, mit direktem Kurs auf das Helios-System.«

»Ich gehe davon aus, dass Sie die gravimetrischen Stürme in der Region mit einberechnet haben?«

»Natürlich, natürlich«, sagte er. »Es sind einige Stürme vorhergesagt, die aus benachbarten Systemen kommen, möglicherweise verursacht von einem kleinen schwarzen Loch irgendwo im Yabaris-Quadranten.« Er zeigte mir abermals, wo genau diese Sektoren im Mahlstrom zu finden waren; sie sagten mir nichts, aber ich ließ ihn gerne reden.

»Wir *sollten* vor ihnen sicher sein, aber natürlich gibt es keine Gewissheit.«

Ich nickte mit ihm gemeinsam. Vor uns blinkte und flackerte der Mahlstrom, funkelte verführerisch durch das Fenster. Hell und farbenfroh wie ein Edelstein. Das genaue Zentrum des Sternenschwarms schien von Stürmen zu wimmeln und mit purer galaktischer Kraft zu pulsieren.

»Wie ist dieser Anblick für Sie?«, fragte Atkins. »Ich weiß, wahrscheinlich ist das geheim, also frage ich gar nicht erst nach Details. Ich habe Gerüchte gehört, dass Sie und Ihr Team schon mal im Mahlstrom waren.«

Es war sinnlos, den Mann anzulügen, der bald für unser aller Leben verantwortlich sein würde. »Die Gerüchte stimmen. Aber das ist nicht der Grund, warum mir dieser Einsatz nicht gefällt.«

»Was dann?«

»Der Mahlstrom und ich, wir haben eine gemeinsame Vergangenheit«, sagte ich mit deutlicher Schärfe: *Ich habe keine Lust, weiter darüber zu reden, also frag gar nicht erst.*

Atkins verstand, und damit war unsere Unterhaltung beendet. Ich stand noch lange neben ihm, beide stumm, beide nur Augen für die düstere Herrlichkeit des Mahlstroms.

Zur vorgesehenen Zeit fand ich mich mit meinem Team wie geplant vor der Hyperschlaf-Kammer ein.

»Freust du dich schon auf sechs Monate Schlaf, Martinez?«, fragte Blake.

Martinez grunzte. »Solange ich nicht dauernd von deinem Geschnarche aufwache.«

Wir trugen allesamt helle Kittel und wurden von den Sanitätern umsorgt. Olsen überwachte die Prozedur: Nährlösung intravenös und eine Menge Injektionen, um uns auf den langen Schlaf vorzubereiten.

Der Raum hatte Kojen für ungefähr hundert Leute, konnte also die momentane Besatzung ohne Probleme unterbringen. Desinfektionsmittel und Formaldehyd lagen in der Luft; ein schwerer Geruch, der nicht nur von den blitzblanken Medizingeräten ausging, sondern auch von meinem eigenen Körper. Die Tiefkühler waren essenziell für bemannte Q-Sprünge, um den Anforderungen an die moderne Raumfahrt gerecht zu werden. Es gab viele verschiedene Namen dafür – kryogener Winterschlaf, Gefriertruhe, Scheintod –, die aber alle auf dasselbe hinausliefen: künstlicher Langzeitschlaf.

Atkins ging durch die Schlafkammer und überwachte die Vorbereitungen. Viele, die nicht Teil der Kernbesatzung waren – Wartungspersonal, Funker und Unteroffiziere –, wurden auch schon präpariert. Die Kammer war vollgestopft mit Personal.

»In etwas unter drei Stunden werden wir den Q-Raum betreten«, rief Atkins quer durch den Raum, worauf links und rechts die Sanitäter verstummten. »Gleichzeitig wird die Tarnvorrichtung aktiviert. Wir werden so gut wie unsichtbar sein für jeden, der vorhaben sollte, nach uns zu suchen. Genießen Sie Ihren Schlaf.«

»Alle Beteiligten sind fertig präpariert und bereit zum Übergang«, stellte der medizintechnische Leiter fest. »Bitte um Erlaubnis, die erste Gruppe schlafen zu legen, Captain.«

Atkins nickte. »Erlaubnis erteilt.«

Ich schlüpfte in meine Hyperschlaf-Kapsel – eine Röhre aus Glas und Chrom, die bereits dabei war, sich mit Konservierungsmitteln zu füllen. Es war kalt und abweisend; wie in einer Grabkammer. Das genaue Gegenteil der wärmenden Lösung in den Simulatoren.

»Süße Träume«, rief Jenkins, während sie ihre Kapsel bestieg. Der Rest der Truppe folgte.

»Na hoffentlich.«

Über meinem Kopf rastete das Verdeck der Kapsel ein, und auf der Stelle klangen die Geräusche der Außenwelt fern und gedämpft. Durch das versilberte Glas sah ich die Sanitäter zwischen den Schläfern umhereilen und letzte Checks durchführen. Ihre Gesichter begannen bereits zu verschwimmen.

Ich hatte diesen Schlaf noch nie gemocht, und das hier war keine Ausnahme. Der Hyperschlaf war eine absolut unnatürliche Sache. *Der menschliche Körper ist für so eine Erfahrung nicht gebaut.* Die Welt um mich herum verlangsamte sich. Mir war wahnsinnig kalt – meine Körpertemperatur sank rapide. Durch eine ganze Reihe von Schläuchen wurden meine Adern mit Frostschutzmittel geflutet. Ich drehte mich in der Kapsel, sah zu, wie die anderen das Gleiche durchmachten. Der künstliche Tiefschlaf, in den ich versetzt wurde, war so tief, dass er nur um Haaresbreite vom tatsächlichen Tod entfernt war.

Einen Moment lang schoss Panik in mir hoch. Ich wollte die Fäuste gegen das Glasverdeck schlagen, den Schlaf aufhalten, aber meine Arme und Beine waren wie Blei.

Die Lämpchen über mir fingen an, sich zu trüben, sahen wie Sterne aus. Ich konzentrierte mich auf sie, und endlich übermannte mich der Schlaf.

»Jeder, der behauptet, dass man im Hyperschlaf nicht träumt, ist ein Lügner.« Das waren die Worte von MA Cubbitts, meinem Vorgesetzten während der Grundausbildung. Das musste jetzt schon fast zwanzig Jahre her sein, aber jedesmal, wenn ich einen Tiefkühler bestieg, musste ich an diese weisen Worte denken. *»Der Unterschied zwischen echtem und künstlichem Schlaf ist, dass du nicht mehr aufwachen kannst, bis die KI entscheidet, dass deine Zeit gekommen ist. Wenn du einen schlechten Trip fährst, bist du damit gefangen.«*

Cubbitts war, kurz nachdem ich die Einweisung bestanden hatte, vollständig S8 gegangen – für dienstuntauglich erklärt worden aufgrund geistiger Instabilität.

Die Gänge der *Oregon* waren jetzt leer. Auch die Besatzung war schlafen gegangen und hatte den Wartungsrobotern und der KI die Führung des Schiffs überlassen. Weil von der menschlichen Besatzung niemand mehr wach war, wurden die Korridore verdunkelt – alles Licht abgeschaltet, um auf der langen Reise Energie zu sparen.

Ich verließ meinen Körper und wanderte als immaterielles Wesen durch die leeren Räume: ein ruheloser Geist. Warf Blicke auf die verstaubten kalten Konsolen; sah den automatischen Sicherheitsrobotern zu, wie sie durch die Ladebucht patrouillierten. Beobachtete die KI dabei, wie sie unseren Kurs durch die QZ absteckte, dann durch den Großen Schleier. Ein Hirn, das mir oder Atkins oder Olsen unendlich überlegen war, führte enorme mathematische Rechnungen durch, um sicherzugehen, dass wir heil durch die fluktuierenden Wirbel des Mahlstroms kamen und den zerstörerischen Sonnenstürmen auswichen.

In gewisser Hinsicht hatten Jostin, Evers und die anderen recht gehabt: Wir mussten nicht tief in den Mahlstrom hinein. Es wäre ungleich gefährlicher gewesen, bis zu den zentralen Krell-Systemen vorzudringen. Denn da gab es unglaublich viele Stürme und Pulsare und Schwarze Löcher, was ohne exakte Sternkarten und Q-Sprung-Berechnungen den sicheren Tod bedeutet hätte.

Aber es ist vorgekommen. Es ist schon vorgekommen.

Ein Gedanke plagte mich, ließ sich nicht ausblenden und lungerte irritierend am Rande meines Bewusstseins herum. Es war für mich nicht möglich festzustellen, wann genau der Punkt erreicht sein würde, aber ich wusste, dass die *Oregon* irgendwann in den Mahlstrom eintauchen würde – in den Krell-Raum. Das stellte eine direkte Verletzung des Vertrags dar.

Der Vertrag ist bereits verletzt worden. Ich war schon mal hier – schon mal im Mahlstrom.

Erstens das, und außerdem hatte die Allianz Dr. Kellerman und seinen Stab auch in den Mahlstrom geschickt.

Aber das hieß alles nicht, dass dieser Einsatz *richtig* war.

Es fühlte sich irgendwie anders an als sonst – schlechter.

Dadurch, dass ich das hier tat – in den Mahlstrom flog –, entehrte ich ihr Vermächtnis.

Ihr Opfer.

Elena.

Ich wollte nicht daran denken. Es war so viel einfacher, alles zu vergessen, nur an den nächsten Tod zu denken, als sich mit alten Erinnerungen aufzuhalten. *Schmerzhaften* Erinnerungen.

Deshalb hasste ich den Kälteschlaf. Weil ich in dem Sarg aus Glas und Stahl nicht vor den Erinnerungen davonlaufen konnte – weil sie mich heimsuchten, ganz gleich, ob ich mich an sie erinnern wollte oder nicht.

5

JEMANDEN, DER KEINE ANGST VOR DEM TOD HAT, KEINE ANGST ZU STERBEN

Zehn Jahre zuvor

Ich war Sergeant bei einer Spezialeinheit der Allianz und diente auf Torus Seigel IV, als der Befehl kam. Es war eine einfache Anweisung – UNVERZÜGLICH ZUM PSYCHOLOGIETEST MELDEN –, gefolgt von weiteren Details. Eine Transportfähre war für mich bereitgestellt worden, und ich hatte die Front sofort zu verlassen.

Nicht einmal mein befehlshabender Offizier wusste, warum ich zurückgerufen wurde. Als ich das Shuttle bestieg, konnte mir die Besatzung noch nicht einmal sagen, wohin ich gebracht wurde oder wie lange ich von meiner Einheit getrennt sein würde.

Ich wurde in einer Militärbasis untergebracht, einer Forschungsstation, die aussah und sich anfühlte wie eine Raumstation. Uhrzeit, Datum und Standort geheim. Außer mir waren noch sechs weitere Soldaten von der Front abgezogen worden – alles Sonderkommandos. Einer der Männer war ein junger Soldat namens Vincent Kaminski, der aus meiner Einheit kam.

»Das ist echt heftige Scheiße, was, Sarge?«, war alles, was er herausbrachte, als wir uns bei der Ankunft kurz trafen.

Hätte ich nicht treffender sagen können.

Die Basis war mit hochgerüsteten Militärpolizisten bemannt. Echt grimmige Bastarde, die so aussahen, als würden sie erst schießen und dann fragen. Die Art von Personal, die es nicht gewöhnt war, diskutieren zu müssen.

Nach der Ankunft wurden wir von den Wachen getrennt. Ich wurde allein in einen Raum gebracht. Auf dem Schild an der Tür stand BEURTEILUNGSRAUM. Bis auf einen Metalltisch und zwei Stühle, die in klinisch weißes Licht getaucht waren, war das Zimmer leer. Meine Augen brannten: nach sechs Monaten im Einsatz auf Seigel IV war ich nicht mehr an Licht gewöhnt. Seigel war in ewige Dunkelheit gehüllt, und es war nicht einfach, mich wieder an normale menschliche Eindrücke zu gewöhnen. Ich hatte die sechs Monate mehr oder weniger komplett im Schutzanzug verbracht, an der Front, kämpfend in der Finsternis. Ich sah an mir herunter auf meine Klamotten; der Transport war so eilig organisiert worden, dass ich immer noch im Unterzieher des Kampfanzugs steckte. Das Gewebe starrte vor Dreck und Siff von der langen Mission. Das war ein Souvenir vom Kommandobunker, von der Front. Ich war immer noch benommen vom Hyperschlaf und hatte mich nicht rasiert, seit ich das Shuttle verlassen hatte.

Ich setzte mich auf einen der Metallstühle, die fest im Boden verschraubt waren. Ich hatte schon einige

Minuten so gesessen und heimlich versucht, den Stuhl zu bewegen. *Die vertrauen mir noch nicht einmal mit den Möbeln,* dachte ich. *Fühlt sich an wie ein verdammtes Gefängnis hier.*

»Hat irgendwer da draußen vor, mit mir zu reden?«, rief ich mit einem Blick auf die Tür. Meine Stimme hallte durch den Raum, aber niemand antwortete.

Das war nicht normal. Das Fußvolk hatte zu gehorchen und zu sterben, und mehr war ich nicht. Genug aus meiner Einheit hatten das schon erledigt. Ein Rückruf für Psycho-Tests war nicht vorgesehen. Ich war wütend, weil es in diesem Raum – auf dieser Forschungsstation, oder was auch immer – nichts gab, was den Krieg voranbrachte. Draußen auf Seigel IV konnte ich immerhin etwas bewegen.

Ein Geräusch von der Tür ließ mich aufschrecken. Es klang, als würde ein mechanisches Schloss entsperrt, dann tauchten hinter dem Fenster Gesichter auf. Irgendwann öffnete sich die Tür.

Eine Frau, die hastig etwas auf ihrem Tablet zu überfliegen schien, betrat den Raum. Sofort wurde sie zum Fokus meiner Feindseligkeit. *Sie* hatte angeordnet, dass ich die Front und meine Kameraden zu verlassen hatte. *Sie* war schuld.

Die Frau war zierlich und sehr viel kleiner als ich. Sie trug ein absichtlich altmodisches Outfit: weite weiße Bluse, knielangen, perfekt sitzenden Bleistiftrock. Die Kombination schien ihre straffe Figur noch zu unterstreichen. Dunkle Haare wallten über ihre Schultern. Eine antiquierte, schwarz gerahmte Brille – das war sicher mehr Vorliebe als Notwendigkeit: Augenkorrektur war einfach, billig und überall erhältlich. Es war schwierig, ihr Alter einzuschätzen, aber ich rechnete mit etwa dreißig Standardjahren.

Sie hatte einen forschen Gang und warf mir ein leises Lächeln zu. Ihre Absätze schlugen wie Hagel auf den gekachelten Boden. Gedankenverloren versuchte sie, den festgeschraubten Stuhl mir gegenüber zu verrücken, und runzelte die Stirn, als er sich nicht bewegen wollte. Sie setzte sich.

Ein Militärposten ging an der Tür in Stellung, Schockgewehr vor der Brust. Das verstärkte den Eindruck, dass diese Einrichtung eine Art Gefängnis war, was mich noch wütender werden ließ.

»Die sind nicht ohne Grund fest verschraubt«, sagte er barsch.

»Ich glaube, Ihre Anwesenheit hier ist nicht nötig«, sagte sie und nickte der Wache zu. Sie strich sich eine dunkle Strähne aus dem Gesicht. »Ich bin mir sicher, dass sich der Sergeant benehmen wird.«

»Befehle, gnädige Frau«, sagte der Posten. »Die Probanden neigen naturgemäß zu Gewaltausbrüchen.«

Ich stand auf und spürte, wie mein Gesicht vor Ärger rot wurde.

»Du hast sicher viel Spaß bei der Arbeit. Fick dich, du Schreibtischhengst.«

Die Wache warf mir einen süffisanten Blick zu. »Sag ich doch.«

Die Frau zeigte sich von unserem Macho-Gehabe völlig unbeeindruckt und schaute nur kurz von ihrem Tablet auf.

»Er ist kein *Proband,* Gardist. Sergeant Harris ist Teil

der Spezialkräfte und ist zur Begutachtung ausgewählt worden. Ich kenne mich hier bestens aus.« Ihre Stimme war energischer, als es ihre Statur vermuten ließ. Sie war offensichtlich daran gewöhnt, dass man ihr gehorchte. »Und ich glaube nicht, dass Sie hier gebraucht werden.«

Die Wache starrte mich wütend an, hielt es aber augenscheinlich doch für sinnvoll, nicht weiter zu diskutieren, und stampfte aus dem Zimmer. Als er sich umdrehte, zeigte ich ihm den Stinkefinger.

Die Frau arrangierte ein paar Zettel auf dem Tisch und legte sich das Tablet auf den Schoß. Ich beobachtete ihre Bewegungen; sehr präzise, sehr ordentlich. Sie nahm sich ungeheuer viel Zeit, alles zu organisieren, aber die Stille, die zwischen uns herrschte, war nicht gerade unangenehm.

»Mein Name ist Dr. Elena Marceau, und ich bin leitende militärische Psychiaterin«, sagte sie. Ihre Stimme war melodisch und hatte einen leichten Akzent – Französisch, oder wenigstens Europäisch. Wenn nicht von der Erde, dann zumindest von einer der Kernwelten. »Willkommen auf der Jefferson-Forschungsstation. Vielen Dank, dass Sie an diesem Gutachten teilnehmen, Sergeant Harris.«

»Ich hatte keine Wahl.«

»Ich weiß. Aber sind Sie nicht froh, die Front und den Krieg mit den Krell einen Moment lang hinter sich zu lassen, Sergeant? In dieser Einrichtung gibt es Schwerkraft, Heizung und Luft. Das ist mehr, als Sie auf Seigel IV hatten.«

»Kann schon sein«, antwortete ich. Die Wahrheit

war weniger einfach. Die Abwesenheit des Kriegs war befremdlich: ich hatte mich an die Explosionen in der Ferne gewöhnt, an den wankenden Boden nach der nächsten Artilleriesalve. »Man gewöhnt sich an den Krieg. Man richtet sein Leben danach aus. Auf Seigel IV lernt man, die Stille zu hassen.«

»Und warum?«

»Nach den Bombardements kommt die Stille. Wenn man kein Klingeln in den Ohren hat, ist man tot.«

Sie nickte. »Ich verstehe.«

»Das ist es ja gerade – Sie verstehen es nicht. Nichts für ungut, aber was soll das hier?«

Sie lächelte. Sie hatte hohe Wangenknochen, aber ein rundliches Gesicht mit einem schmalen, lebhaften Mund.

»Ich wurde gebeten, ein spezielles Gutachten zu erstellen. Darf ich Sie Conrad nennen?«

»Nennen Sie mich, wie Sie wollen. Sind Sie Teil der Wissenschaftsabteilung?«

»Nicht ganz, aber irgendwo zwischen der Wissenschaftsabteilung und dem Militär.« Zurück zum Thema: »Conrad – das ist ein ungewöhnlicher Name, nicht wahr?«

»Mag sein.«

»Vielleicht sollte ich Ihre Eltern danach fragen. Leben sie noch?«

»Ich glaube, Sie kennen die Antwort auf diese Frage.« Elena lächelte immer noch und warf einen kurzen Blick auf ihr Tablet. Das Licht des Bildschirms spiegelte sich in den Brillengläsern und verbarg ihre dunklen Augen.

»Hier steht, dass Ihre Mutter beim Militär war. Sie hat der Allianz im dreihunderterstem irdischen Verteidigungsbataillon als Flottenleutnant gedient. Meinen Notizen zufolge ist sie, auch nachdem Sie geboren wurden, im aktiven Dienst geblieben.«

»Offensichtlich wissen Sie sowieso schon alles«, knurrte ich verächtlich. Niemand redete über meine Mutter. »Das ist doch Schwachsinn. Das können Sie sich auch durchlesen, wenn ich nicht hier sitze. Ich muss wieder zurück – den Krieg führen, der diesen ganzen Mist hier«, ich zeigte auf sie und ihr Tablet, »aufrechterhält.«

Sie schürzte die Lippen. Wie es aussah, würde die Begutachtung weitergehen, obwohl ich mich anstellte.

»Hier steht weiter, dass Ihr Vater bei der Armee war. Dass er es bis zum höchsten Mannschaftsdienstgrad gebracht hat.«

»Ja. Und?«

Feine Nadelstiche in die Wunde. Langsam kam mir die Galle hoch. Elena schien das nicht mal zu merken.

»Hier steht, dass er im Marskrieg gekämpft hat. Außerdem war er an der Niederschlagung des Charon-Aufstands beteiligt. Und hat dafür das Verwundetenabzeichen erhalten. Sie müssen sehr stolz auf ihn sein, und er muss sehr stolz auf Sie sein.«

»Wenn Sie schon so viel über ihn wissen, dann wissen Sie auch, dass er tot ist. Fünfundzwanzig Jahre lang hat er gegen das Direktorat gekämpft.«

»Seine Akte ist beeindruckend. Ich meinte das nicht respektlos.«

Ich zog Luft durch die Zähne. Ich wollte nicht an

meinen Vater denken, an die Erde, an das Direktorat. »Ich auch nicht, aber er ist schon lange tot. Hören Sie – warum kommen Sie nicht zum Punkt? Versuchen Sie, mich was Neues zu fragen – irgendwas, worauf Sie nicht bereits die Antwort kennen.«

»Hassen Sie das Direktorat?«

»Es geht hier nicht ums Direktorat, sondern um die Krell.«

»Das Direktorat hat angedeutet, eventuell Nachschub nach Seigel IV zu schicken. Wie fühlen Sie sich dabei?«

»Seit ich denken kann, gibt es Gerede, dass das Direktorat Truppen an die Front schicken will, aber passiert ist es nie.« Das Direktorat schaute gespannt dabei zu, wie sich Allianz und Krell bekriegten: Einerseits warteten sie nur darauf, uns fallen zu sehen, andererseits wussten sie, dass die Krell den Mahlstrom verlassen und zu einer umso größeren Bedrohung werden könnten.

»Die Menschheit wird sich immer im Krieg befinden, sei es untereinander oder gegen irgendwelche Aliens. Ich bin Soldat, also weiß ich das besser als jeder andere. Rein zufällig ist der Krieg gegen die Krell tödlicher als alle anderen – weil es ein Krieg ums nackte Überleben ist. Die Krell wollen uns auslöschen, von der galaktischen Landkarte tilgen.

Wenn wir beschließen, uns selber auszuradieren, dann ist das unsere Entscheidung. Meiner Meinung nach sollten wir das nicht den Krell überlassen. Ich glaube einfach an Selbstbestimmung.«

»Sehr schön gesagt. Aber Sie sind offenbar der Ansicht, dass die Personalakten der Allianz dicker sind, als es der Fall ist. Wir haben nicht über jeden vollständige Daten, ganz besonders nicht über Personal aus der Ära Ihrer Eltern. Wie und wann ist Ihr Vater gestorben, Conrad?«

Ich stand abrupt auf und schlug mit der Faust auf den Tisch. Mein Herz schlug wie wild. Plötzlich fiel mir auf, dass ich nach abgestandenem Schweiß stank. Ich konnte mich selber riechen. In der ganzen Eile hierherzukommen – zu irgendeiner beschissenen Psycho-Nummer, die man genauso gut per Satellitenverbindung hätte durchführen können – hatte ich nicht einmal geduscht.

»Haben Sie schon mal Krell aus der Nähe gesehen?«, bellte ich.

Vor der Tür tauchte ein Gesicht auf, das auf und nieder hüpfte, um hineinzusehen: der Wachmann, der sich wahrscheinlich danach sehnte hereinzukommen und mich mit dem Schockgewehr zu traktieren. Elena fixierte mich. Sie konnte nicht mehr als die Hälfte meiner Körpermasse haben, aber sie wich nicht zurück. In ihren Augen lag weder Angst noch Besorgnis. Ich kannte die Antwort auf meine Frage schon: Natürlich hatte sie noch nie ein Krell gesehen. Wahrscheinlich hatte sie sogar bis vor Kurzem noch nie die Kernwelten verlassen.

Elena bewegte sich nicht. Ihre Kiefermuskeln spannten sich an. Nicht aus Nervosität, sondern vor Entschlossenheit.

»Ich will nicht über meinen Vater reden«, sagte ich so bestimmt wie möglich.

»Dann setzen Sie sich. Wir können über andere Sachen sprechen.«

Und wie ein braver Hund setzte ich mich tatsächlich. Ich saß und gewann die Fassung wieder: schaute in die mitfühlenden Augen eines Wesens, das so vollkommen anders war als ich, dass sie ebenso gut einer anderen Spezies hätte angehören können. Hier war ich: dreckig, gepanzert, mit den Nachwehen eines chemischen Katers, Krieg die einzige Wirklichkeit, die ich kannte. Da war sie: klein, manikürt, schön, einfühlsam.

»Dann machen wir weiter«, sagte sie. »Sie sind dreißig Jahre alt. Beide Eltern verstorben. Unverheiratet. Zehn Jahre vorbildlicher Militärdienst. Geboren in Groß-Detroit, Vereinigte Amerikas. Warum sind Sie zum Militär gegangen?«

Die Frage hatte mir tatsächlich noch niemand gestellt. Ich kratzte mich nachdenklich am Kinn. Diese Frau verstand es irgendwie, mich innerlich aufzuwühlen: über Familie und Herkunft zu reden fiel mir schwer. Ein Teil von mir wollte diese Begutachtung – was immer es war – so schnell wie möglich hinter sich lassen und nach Seigel IV zurück. Aber ein anderer Teil wollte sich tatsächlich auf sie einlassen, sich öffnen. Im Moment lagen beide Teile im Wettstreit, und es war unklar, welcher gewinnen würde.

Ich antwortete wahrheitsgemäß: »Vor langer Zeit habe ich jemanden verloren. Jemanden, der mir gezeigt hat, dass das Leben mehr zu bieten hat als die Großstadt. Da, wo ich aufgewachsen bin, gab es zwei Möglichkeiten: in den Straßen sterben oder die Stadt verlassen. Sechzehn Millionen Menschen, die in den

Ruinen der alten Welt hausen. Klingt nach Spaß, nicht wahr? Ich habe das alles hinter mir gelassen. Ich habe mich fürs Leben entschieden, und einzutreten hat mir das ermöglicht, zumindest bis zum nächsten Einsatz.«

»Und dann haben Sie sich für mehrere weitere Einsätze gemeldet. Als Sonderkommando hätten Sie die ausschlagen können.«

»Nennt sich Vertragsverlängerung«

»Natürlich. Sie sind zur Verteidigung Ihrer Regierung weit gereist. Sie haben eine lange Liste militärischer Erfolge.« Sie sah wieder von ihrem Tablet auf. »Egal, was Sie von mir halten mögen, ich schätze das, was Sie tun. Das müssen Sie mir glauben.«

Ich seufzte. »Klar. Meinetwegen.«

»Man hat Ihnen eine außergewöhnlich stabile Psyche bescheinigt. Ruhig unter Beschuss. Gutes Urteilsvermögen. Scharfer taktischer Verstand. Komplette Abstinenz von Alkoholika und Drogen – legalen und anderen.«

»Die vernebeln das Hirn. Ich bin lieber wachsam.«

»Ich sehe, dass dieses Gutachten Sie frustriert, Conrad. Ich entschuldige mich dafür, aber ich habe hier eine wichtige Aufgabe zu erfüllen. Wir hätten Sie nicht abgezogen, wenn wir nicht das Gefühl gehabt hätten, dass daraus ein Nutzen entstehen könnte. Ich werde unsere Sitzung jetzt beenden.«

Ich bemerkte eine kleine Linse – eine Überwachungskamera – in einer Ecke des Raums. Unterhalb der Abdeckung erschien ein blinkendes rotes Licht, das mir folgte, als ich mit dem Kopf wackelte.

»Hat das Ding Infraschall?«, fragte ich.

Elena lachte. Es klang angenehm, aufrichtig.

»Nein, Conrad. So was benutzen wir nicht. Vielleicht tut es Ihnen einfach gut, jemandem von Ihren Erfahrungen zu erzählen.«

Vielleicht, dämmerte mir, *hat sie recht.* Infraschall wäre der einfache Weg gewesen: Befriedung durch Klang. Flute den Raum mit der richtigen Frequenz, stell die Versuchsperson ruhig. Solche Geräte wurden im ganzen Allianzraum von den Ordnungsbehörden eingesetzt. Das hier war etwas anderes. Einen Moment lang fühlte ich mich, als sei mir eine Last von den Schultern gefallen.

»Wie dem auch sei, für dieses Programm brauchen wir Veteranen«, fuhr Elena fort. »Wir suchen nach etwas Besonderem. Jemanden, der keine Angst vor dem Tod hat, keine Angst zu sterben.«

»Das sind zwei verschiedene Dinge«, sagte ich, ohne nachzudenken. »Mit dem Tod bin ich vertraut, aber Sterben ist weniger einfach.«

»Abermals gut gesagt. Ich sehe, dass Sie mehr sind als eine Uniform und eine Waffe. Ich bin Teil einer neuen Initiative. Wir befinden uns noch in der Probephase, und der Zugang zu dem Programm ist streng vertraulich. Ich habe das Gefühl, dass Sie das interessieren könnte. Meine Vorgesetzten haben Sie als potenziellen Kandidaten ausgesucht. Was halten Sie davon, den Krell die Hölle heißzumachen?«

»Das mach ich doch schon.«

Wieder lachte sie und verschränkte die Beine unterm Tisch. »Das hier ist eine ganz andere Nummer. Das wird um Welten besser sein.«

Was hatte ich schon zu verlieren? »Ich höre.«

»Natürlich wird es noch eine spezielle Ausbildung geben, aber die ist es wert. Das Ganze nennt sich Simulatenprogramm, und ich werde für Ihre Einweisung verantwortlich sein.«

6

KEINE ÜBUNG

»Zeit zum Aufstehen.«

Das Prickeln wiederaufbereiteter Luft griff meine Haut an, und durch verklebte Augen konnte ich schemenhaft die Hyperschlaf-Kammer an Bord der *Oregon* erkennen. Da war mein Team, und da waren die anderen Besatzungsmitglieder, die für diese Mission ausgewählt worden waren. Die Sanitäter waren dabei, alle zu wecken. Ich zitterte unter der knochengefrierenden Kälte des Hyperschlafs.

Ich richtete mich mühsam auf, dann schaffte ich es mit ungeheurer Anstrengung aus meiner Kapsel heraus. Der Metallboden unter den nassen Füßen war eisig. Besser, alles so schnell wie möglich hinter sich zu bringen. Ich zerrte am Tropf und an den Kabeln für die Nährlösung, die in meinen Unterarmen steckten, und spürte einen kurzen, stechenden Schmerz, als die Nadeln herauskamen. Helle Bluttröpfchen traten aus den Einstichstellen hervor.

»Morgen allerseits«, brachte ich fertig.

Meine Leute antworteten der Reihe nach mit Stöhnen oder Grunzen.

Noch einen Geburtstag im Tiefkühler verloren.

Vor mir schwirrte eine Medizindrohne herum, so

klein wie meine Hand, einen Biosensor auf der Nase montiert. Sie leuchtete mir direkt ins Gesicht, und ich zuckte zusammen. Ich hatte weder die Energie noch die Absicht, nach dem Ding zu schlagen.

»Identität verifiziert«, zirpte sie mit elektronischer Stimme. »Lebenszeichen in Ordnung. Trinken Sie viel Flüssigkeit, um nicht zu dehydrieren. Nehmen Sie Proteindrinks zu sich, um eine schnelle Erholung von der Hyperschlaf-Medikation zu gewährleisten …«

Die Drohne schwebte weiter, um nach anderen Schläfern zu sehen.

»Ich hasse Tiefkühler«, sagte Kaminski beim Abtrocknen. »Da wird mir ganz anders.«

»Hör auf zu jammern«, rief Jenkins aus der anderen Ecke der Kammer. Ihre Stimme war rau – sie hatte ihre Stimmbänder seit sechs Monaten nicht benutzt. Sie stand nackt da und trocknete sich ihren schwarzen Bob. »Wir haben das schon hundertmal gemacht. So langsam solltest du dich dran gewöhnt haben.«

Kaminski zuckte mit den Schultern. »Ja, ja, Jenkins. Denk einfach dran, wie weit wir von der Quarantänezone weg sind.« Er kratzte sich am Kopf, als müsse er einen Moment darüber nachdenken. Als er offenbar keine schlüssige Antwort auf seine eigene Frage fand, sagte er: »Lichtjahre. Wenn du hier draußen verloren gehst, kommt dich außer dem 'Ski niemand retten. Hier kriegst du keine Post von zu Hause.«

Blake kam aus seiner Kapsel, triefend vor Konservierungsflüssigkeit. Seine blonden Haare waren länger als der übliche Militärschnitt, aber in Sim-Gruppen wurde das Protokoll eher locker ausgelegt.

»Als ob Kaminski lesen könnte«, sagte er, und der Rest der Truppe lachte.

Blake und eine der Schiffstechnikerinnen sahen sich in die Augen – sie war schön, aber schüchtern –, und sie lächelte, bevor sie den Blick abwandte. Sie reichte ihm ein Handtuch, um seinen durchtrainierten Körper zu bedecken, und er zögerte geflissentlich, bevor er es entgegennahm.

»Na, da danke ich aber, junge Dame«, sagte er.

»Jetzt geht's an die Arbeit«, sagte Jenkins schroff. »Wir haben lange genug geschlafen.«

»Auf jeden Fall«, sagte ich. Ein Sanitäter gab mir einen Proteindrink, den ich herunterstürzte. Er schmeckte nach dickflüssiger warmer Pisse. »Außerdem wurden wir fürs Schlafen sogar bezahlt.«

Die Truppe grummelte wie aus einem Mund. Wir bezogen für den Hyperschlaf Gefechtszuschläge, ob einen das nun tröstete oder nicht.

Atkins war schon munter und angezogen, seine blaue Marineuniform blendete meine überanstrengten Augen. Neben mir stand Martinez, der die Armmuskeln spielen ließ, um sich von den Verspannungen aus dem Tiefkühler zu befreien.

»Wie sind Sie denn so schnell aufgestanden?«, fragte er den Captain.

»Ich lasse mich gerne schon einen Tag früher auftauen«, sagte Atkins grinsend. »Damit ich funktionstüchtig bin, bevor alle anderen aufwachen. Wenn man sich einmal dran gewöhnt hat, ist der Hyperschlaf nicht so schlimm.«

Er klatschte enthusiastisch in die Hände. Sein gutes Aussehen und seine Frohnatur ekelten mich ein bisschen an. Martinez verdrehte die Augen, sagte aber nichts: Er hatte wahrscheinlich mehr Zeit im Hyperschlaf verbracht als wir alle zusammen, aber deshalb gab er damit nicht gleich an.

»Also gut, Leute. Der Q-Antrieb ist vor drei Tagen abgeschaltet worden. Laut der Borduhr waren wir sechs Monate lang außerhalb des Realraums, genau wie vorgesehen. Wir sind im Mahlstrom. Bisher wurde kein Feindkontakt gemeldet.«

»Würden wir denn merken, wenn es einen gegeben hätte?«, krächzte Jenkins. »Die Krell hätten uns wohl einfach weggeblasen, ohne uns vorher zu warnen.«

Kaminski lachte. »Gib's ihm, Schwester.«

»Regt euch ab, Leute«, sagte ich. »Als Kommandant dieser Mission will ich euch alle mit den Einzelheiten vertraut machen, bevor wir Helios erreichen. Wir treffen uns in einer Stunde im Einsatzraum.«

Der Einsatzraum lag hinter der Brücke, war wie ein Hörsaal gebaut und hätte das Vierfache der aktuellen Besatzung der *Oregon* aufnehmen können. Mein Team war da, außerdem Atkins mit seinem Offiziersstab und Olsen mit seinen Wissenschaftlern. Insgesamt weniger als zwanzig Leute. An der Stirnseite des Raums hatte ich einen 3D-Projektor aufgebaut, die Einsatzpapiere lagen vor mir auf dem Tisch ausgebreitet.

Nachdem sie sich um mich geschart hatten, wies ich sie in alles ein, was ich über das Artefakt wusste – so wenig das auch war. Olsen musste seine Leute bereits vorbereitet haben, denn die zeigten allesamt wenig Verwunderung über die Enthüllungen. Es waren eifrige, junge Leute, die uns hier auf der Jagd nach Wissen in die Finsternis folgten. Typen wie sie hatte ich schon zu oft gesehen, und deren Geschichten gingen nie gut aus. Auf der anderen Seite waren die Flottenoffiziere geradezu erschrocken von den Informationen. Bis auf Atkins und seine direkten Stellvertreter waren dem Rest des Personals alle Details vorenthalten worden. Wir waren auf einer streng geheimen Mission.

Ich kam zum Herzstück des Briefings.

»Die Mission trägt den Codenamen Eckpfeiler, und es handelt sich um einen aktiven Einsatz. Wir werden mit der Fähre auf Helios landen. Wir gehen direkt durch den Schornstein, versuchen also, quasi auf der Station zu landen. Von da aus nehmen wir eine vorläufige Erkundung der Anlage vor. Wie immer sind die Scanner unsere besten Freunde. Wir versuchen, alle Überlebenden zu bergen. Wir ziehen keine Aufmerksamkeit auf uns. Wir sind nicht zum Kämpfen da.«

»Wie hoch ist die Wahrscheinlichkeit, da noch Überlebende zu finden, Captain?«, fragte Martinez.

»Das weiß ich auch nicht.«

»Objektiv hat sich die Station seit zwölf Monaten nicht mehr gemeldet«, fügte Atkins hinzu. Er hatte unsere Reisezeit mit einberechnet. »Während wir unterwegs waren, hat es keine neuen Übertragungen gegeben. Daraus können Sie Ihre eigenen Schlüsse ziehen.«

Jenkins nahm die Gelegenheit wahr, den Captain noch weiter auszufragen. »Wie ist es mit Energiesignaturen anderer Schiffe, die den Raum um Helios betreten oder verlassen haben? Wissen wir, ob in letzter Zeit irgendwer anders da war?«

Atkins zuckte mit den Schultern. »Das ist eine Fangfrage, Korporal. Wenn dort in den letzten Tagen ein menschliches Schiff den Q-Raum verlassen hätte, müsste man Tachyonen-Rückstände finden – den Pfad zurück in den Realraum sozusagen. Aber da ist nichts. Niemand ist da gewesen.«

»Was ist mit Krell-Schiffen?«, drängte Jenkins weiter.

»Das ist ja das Problem«, sagte Atkins. »Die hinterlassen so gut wie nie eine Signatur.«

»Das hilft uns trotzdem weiter«, murmelte ich, während ich durch die Einsatzpapiere blätterte. »Dann ist es immer wahrscheinlicher, dass die Station von einem Krell-Kollektiv am Boden überrannt worden ist.«

»Und da kommen wir ins Spiel«, sagte Kaminski. Er hatte die Hand zur Pistole geformt und erschoss ein imaginäres Ziel. »Immerhin können wir das Direktorat ausschließen.«

Diese Neuigkeit hob die Stimmung auch nicht wirklich. Uns allen war klar, dass wir hier draußen, in feindlichem Gebiet, ohne Rückendeckung oder Unterstützung operierten. Die Vorahnung war spürbar; wie eine Aura, die von der versammelten Mannschaft ausging. Ich sah in ihre besorgten Gesichter – wusste, dass ich die Moral aufrechterhalten musste, wenn das hier funktionieren sollte.

»Sobald wir festgestellt haben, ob die Anlage noch in Betrieb ist«, sagte ich, »kommen wir zu Schritt zwei der Mission. Sollte es einen triftigen Grund dafür geben, dass sich die Station nicht mehr gemeldet hat – was dem nach, was wir gerade gehört haben, immer unwahrscheinlicher wird –, helfen wir, so gut wir können. Falls die Anlage nicht mehr brauchbar ist, zerstören wir sie. Sie läuft mit einem Standardgenerator, wie er auf zivilen Raumschiffen benutzt wird. Eine wohlplatzierte Sprengladung leitet im ganzen Komplex die Kernschmelze ein.«

Ich aktivierte den 3D-Projektor und rief eine Karte der Helios-Station auf. Vor mir erstellte sich ein Gitterhologramm. Ich zeigte auf die entscheidenden Stellen.

»Auf dem Plan sind mehrere Hangars und einige Vorratssilos zu sehen. Das Kraftwerk – in dem sich der Generator und die Hauptversorgung befinden – steht im Zentrum des Außenpostens, direkt neben der Kommandozentrale.«

Das Kraftwerk war der Lebenssaft der Station, aber die Kommandozentrale das schlagende Herz – ein Turm, der die wenigen Geräte beherbergte, mit denen die Besatzung den Rest der Menschheit kontaktieren konnte.

»Hier am Rand sind die Wohnmodule. Und da steht ein Laborkomplex.«

Selbst in 3D wirkten die Gebäude und überhaupt die ganze Station nichtssagend. Zweifellos war die Station aus der Umlaufbahn errichtet worden, und wahrscheinlich war jedes der Gebäude ursprünglich ein Modul in einem Kolonieschiff gewesen – ausgekoppelt und dann auf der Oberfläche abgeworfen. In Anbetracht der widrigen Umstände, unter denen die

Station errichtet worden war, war ein Orbitalabwurf die einzige sichere Lösung.

»Sieht aus wie hundert andere Basen, um die wir gekämpft haben«, sagte Blake. »Gehen Sie weiter, hier gibt's nichts zu sehen.«

Ich nickte. »Wir sollten nicht zu selbstgefällig werden. Ich will, dass die Einsatzgruppe diese Pläne studiert, bevor wir in den Sims sind. Sie werden auch auf die Bordcomputer der Kampfanzüge geladen.«

»Wie weit ist es von der Helios-Station bis zum, ähm, Artefakt?«, fragte Blake.

»Mehrere Kilometer.« Ich öffnete eine Holo-Karte, auf der die umliegende Wüste zu sehen war, und zeigte auf die Standorte. »Aber das Artefakt spielt für unseren Plan keine Rolle. Wenn der Generalstab jemanden zum Babysitten haben will, sollen sie die reguläre Armee herschicken.«

»Wie sieht es mit der Atmosphäre da unten aus?«, fragte Martinez. »Menschlicher Standard? Oder laufen wir die ganze Zeit zugeknöpft rum?«

»Atembar, aber nicht gerade Kalifornien«, sprang Olsen ein.

»Hey, seit das Direktorat San Angeles angegriffen hat, ist Kalifornien auch nicht mehr so reizvoll«, sagte Kaminski.

»Danke dafür, 'Ski«, sagte Jenkins.

Jenkins' Familie kam aus San Angeles. Der Stadtstaat nahm einen beträchtlichen Teil der Westküste ein – oder hatte es, bevor das Direktorat anno einundsiebzig Kernwaffen eingesetzt hatte. Es hatte ungeheure Verluste an Menschenleben gegeben; und es war noch eine zu frische Gräueltat, um darüber Witze zu machen.

Olsen fuhr fort: »Die meteorologischen Satellitendaten der Station legen nahe, dass große Teile des Hauptkontinents ständig massiven Stürmen ausgesetzt sind, die oft ohne Vorwarnung hereinbrechen. Wenig Wasser an der Oberfläche, große Wüstengebiete. Nach den letzten Wettervorhersagen zieht bereits der nächste Sturm von Westen auf.«

»Sieht nach erstklassigem Grundbesitz aus«, sagte Kaminski. »Vielleicht könnte einer von uns die Farm da unten kaufen.«

Martinez und Blake kicherten, Jenkins nicht. Sie war immer noch von der Stichelei über Kalifornien angepisst.

»Hört auf mit der Scheiße, ihr Arschlöcher«, sagte sie. »Wir haben hier einen Auftrag zu erledigen.«

»Ich weiß, dass ihr alle extrem angespannt seid im Moment«, sagte ich, »Aber es gibt bei dieser Mission keinen Spielraum für Ausrutscher. Olsen, fahren Sie fort.«

Olsen lächelte dünn und fuhr fort: »Von Westen zieht ein Sturm auf. Das wird unser Zeitfenster einschränken.«

»Wie viel Zeit haben wir?«

»Zwei Tage.«

Ich zeigte auf einige ausgedruckte Bilder, die auf dem Tisch verstreut lagen. Bilder vom Artefakt, kantig und exotisch – selbst im Vergleich zu den Krell fremdartig. Ich konnte den verzerrten Aufbau nicht lange anschauen, ohne mich krank zu fühlen.

»Empfangen wir das Artefakt?«, fragte ich. »Sendet es immer noch?«

Atkins nickte. »Die KI der *Oregon* hat das Artefakt während des gesamten Fluges nach Helios überwacht. Es sendet konstant dasselbe Signal aus«

»Also wie erwartet. Haben wir versucht, die Helios-Station zu kontaktieren?«

»Seit wir hier angekommen sind, ist die Funkverbindung erratisch. Das Signal des Artefakts ist sehr stark. Wir gehen davon aus, dass es die meisten planetaren Kommunikationsmittel einfach überlagert. Aber wir haben zwei kurze Datensalven an die Station gesendet und keine Antwort bekommen.«

»Wie ist die Station ausgestattet?«, fragte Kaminski.

»Normale Überlebensausrüstung«, sagte Olsen. »Sie waren – sind – eine wissenschaftliche Einrichtung. Sie haben keine Raumtransporter vor Ort.«

»Also haben sie keine Chance, Helios zu verlassen?«, fragte Jenkins.

»So ist es. Die Basis hat eine adäquat ausgestattete Wachmannschaft«, sagte Olsen. »Außerdem haben sie einen Kommunikations- und Wettersatelliten im Orbit. Keine Luftabwehr, soweit wir wissen.«

»Funktioniert der Satellit noch?«, fragte ich.

»Scheint so«, sagte Atkins.

Das war natürlich interessant. Also war es unwahrscheinlich, dass eine Kommunikationsstörung den Abbruch der Übertragungen verursacht hatte. Ich rieb mir das Kinn und überlegte.

»Also, da habt ihr's, Leute«, sagte ich. »Eine einfache Aufgabe unter schwierigen Bedingungen. Sobald wir die Station untersucht haben, ziehen wir uns zur Wildcat zurück und verschwinden wieder.«

Atkins übernahm. »Im nahen Orbit um Helios liegt ein Asteroidenfeld. Wir müssen ein bisschen manövrieren, um in eine gute Umlaufbahn zu kommen, aber die *Oregon* wird sich bereithalten. Wir werden Ihren Fortschritt überwachen.«

»Olsen hat das Kommando über die Krankenstation«, sagte ich. »Captain Atkins, Sie haben Ihre Anweisungen auf der Brücke. Sechzehn Stunden für die Vorbereitung und letzte Checks, dann steigen wir in die Sims. Falls es keine weiteren Fragen gibt, ist diese Besprechung vorbei.«

»Eine Sache noch«, sagte Olsen mit erhobener Hand. »Bevor wir *Liberty Point* verlassen haben, habe ich Dr. Kellermans Personalakte kopiert. Sie beinhaltet auch die Übertragungen an den Generalstab.«

Ich erinnerte mich daran, dass der Firmenmensch auf dem *Point* sie erwähnt hatte. Sein abschätziger Tonfall hatte sofort mein Interesse geweckt. Falls die Sache auf Helios schiefging, war da vielleicht etwas drin, was ich gebrauchen könnte. Aus einer Tasche seines Kittels nahm Olsen eine Speicherkarte und gab sie mir.

»Ich schlage vor, dass Sie sich diese Dateien genau ansehen«, sagte er, wobei sich sein Gesichtsausdruck verfinsterte. »Dr. Kellerman war einmal ein großer Mann, aber die Dinge mögen sich geändert haben.«

Die *Oregon* flog weiter durch die Schwärze. Das Schiff wurde nach und nach langsamer, als es ins Gravitationsfeld der Helios-Sterne kam, und ich meinte es zu spüren, obwohl davon nichts Offenkundiges zu bemerken war. Statt des exotischen Q-Triebwerks flogen wir jetzt mit normalem Antrieb.

An Bord bereiteten wir uns auf die bevorstehende Mission vor.

Trotz ihrer Größe gab es auf der *Oregon* nicht wirklich Platz, um sich zu verstecken. Irgendwo war immer Lärm oder Aktivität. Selbst in den leiseren Gängen oder abgelegenen Laderäumen erinnerte mich das konstante Surren der Luftfilter daran, dass wir im All waren. Es war nicht das gleiche Hintergrundgeräusch wie auf dem *Point* – an das hatte ich mich gewöhnt –, und es brachte mich etwas durcheinander.

Das Schiff hatte keinen ausgewiesenen Schießstand oder gar eine Simulationskammer, die einen hätte nachahmen können. Auf dem Bordrechner waren fast alle Unterhaltungs- und Sportsendungen des letzten Jahrzehnts abrufbar, aber ich wollte meinen Kopf vor dem Sprung nicht mit Banalitäten füllen.

Stattdessen ging ich in die Turnhalle. Die war gut ausgestattet; die meisten Allianzschiffe hatten eine. Ich absolvierte ein paar Ausdauerübungen auf dem Antigrav-Laufrad. Die körperliche Anstrengung war gut, um die Schmerzen aus dem Tiefkühler loszuwerden. Durchgeschwitzt und leicht erschöpft stellte ich fest, dass ich den Kopf nicht so frei bekam, wie ich es wollte.

Also drehte ich eine Runde.

Die Brücke war vollgestopft mit Bildschirmen, Holo-Displays und Monitoren, sodass sie sich trotz ihrer

Größe eng anfühlte. Die Panzer-Jalousien waren geöffnet, die Aussichtsfenster boten den Anblick des leeren Raums. Die Brücke lag ganz am Bug der *Oregon*, sodass sie den besten physischen Ausblick in Fahrtrichtung ermöglichte.

Obwohl ich nicht bei der Flotte war, hatte ich als Kommandant der Mission nahezu komplette Gewalt über das Schiff, also würde es niemand in der Besatzung wagen, meine Inspektion zu unterbrechen. Als ich an den Mannschaftsständen vorbeiging, nahmen die Stabsoffiziere mit informellem Nicken meinen Rang zur Kenntnis. Captain Atkins war nicht auf der Brücke, was ich ein bisschen seltsam fand, aber der Rest seines Führungspersonals war anwesend.

Ich blieb wahllos hinter einem der Offiziere stehen. Es handelte sich um eine kleine schwarze Frau, vielleicht Mitte vierzig nach Erdstandard, mit kahlrasiertem Kopf. Sie war an die Kontrollsuite der *Oregon* angeschlossen, weshalb ihr Gesicht ab und zu zuckte, wenn sie ein neues Ergebnis empfing oder einen neuen Datensatz bearbeitete. Die knackige blaue Uniform der Frau war mit dem Namen AMELIE PAKOS versehen, darunter standen LEUTNANT und KOMMUNIKATIONSOFFIZIER.

»Guten Abend, Captain Harris«, sagte sie flüchtig.

Ein erleuchtetes Holo-Display oberhalb der Konsole zeigte die Bordzeit. Die KI der *Oregon* lief nach der universellen mittleren Zeit – basierend auf einer Atomuhr irgendwo auf der Erde –, aber das war eigentlich irrelevant. Ein Kampfschiff im Inneren des Mahlstroms schlief niemals.

»Mag sein, dass es Abend ist«, sagte ich. »Aber das Schiffschronometer hat bald keine Bedeutung mehr.«

Pakos nickte grimmig. »So ist das wohl für das Bodenteam. Die Lokalzeit auf Helios ist dann wichtiger.«

»Alles unter Kontrolle, Leutnant?«

»Keine Probleme zu melden.«

»Was tun Sie da?«

Pakos warf mir einen strengen Blick zu, als ob sie von meiner Erkundigung nicht viel hielt. Vielleicht war sie nicht daran gewöhnt, von einem Simulatlenker befragt zu werden – sie war sicher der Ansicht, dass ich mich auf mein Spezialgebiet beschränken sollte, so wie sie bei ihrem blieb.

»Die Crew führt Diagnosen durch«, sagte sie. »Die *Oregon* beginnt gerade einen neuen Bewegungszyklus, und wir sind immer noch dabei, nach dem Q-Sprung abzubremsen. Menschliche Augen überprüfen Berechnungen, die schon von der KI verifiziert worden sind. Es gibt hier draußen keinen Spielraum für Fehler.« Sie machte eine Pause, bevor sie kalt hinzufügte: »Ich hoffe, das beantwortet Ihr Anliegen.«

Ich tippte mit dem Finger vor ihr auf die Konsole. »Aber was tun *Sie?* Sie sind Kommunikationsoffizier, und das hier ist ein Langstrecken-Nachrichtenterminal.«

Pakos wurde rot und nickte gestelzt. »Das ist richtig. Sieht so aus, als verstünden Sie etwas von Raumschiffen.«

»Ich war im Lauf meiner Karriere an genug Flotteneinsätzen beteiligt«, sagte ich. Das stimmte tatsächlich: Ich hatte – in meinem Sim – schon oft Schiffe der Flotte bemannt. Manchmal wurden Sims sogar als Marineinfanterie eingesetzt. »Geben Sie mir einfach die Chance, eine Ihrer Railguns zu bedienen, und ich kann Ihnen genau zeigen, wie viel Erfahrung ich habe.«

Bei diesen Worten bröckelte Pakos' kalte Fassade ein wenig, und sie lächelte widerstrebend. »Tut mir leid, Captain Harris. Wir haben in den letzten Jahren viele Leute von der Armee an Bord gehabt. Die meisten haben keine Ahnung, wie ein Raumschiff funktioniert. Die *Oregon* hat mehrfach unter unachtsamen Kommandanten gelitten.«

Ich zuckte mit den Schultern. »Das Risiko gehört dazu. Also, zeigen Sie mir jetzt, was Sie da tun?«

Pakos nickte. »Es ist einfacher, wenn Sie zuhören.«

Sie entkoppelte sich von der Konsole und verstellte etwas an den Kontrollen.

Plötzlich erfüllte ein analoger Heulton den Raum. Ich zuckte zusammen und hatte sofort das Bedürfnis, mir die Ohren zuzuhalten. Es klang wie übersteuertes Feedback; im einen Moment nahezu völlige Kakophonie, im nächsten plötzlich fast eine Melodie. Zuerst dachte ich, es sei das radioaktive Hintergrundrauschen eines der lokalen Sterne – Helios Eins oder Helios Zwei, oder vielleicht einer ihrer entfernteren Nachbarn –, aber der Lärm war zu gleichmäßig, zu periodisch. Er verursachte ein Prickeln in meinem Hinterkopf, jenseits des Rationalen: Das war etwas Dunkleres. Es drang durch den Schleier vorm Unterbewusstsein.

Die Brückenbesatzung hielt inne und lauschte. Sie

waren verkabelt gewesen und hatten alle dieses Signal abgehört.

Es klingt vertraut, stellte ich fest. Nicht das ganze Geräusch, aber ein Teil davon. Eine vergessene Erinnerung; etwas lang Vergrabenes, das zurück an die Oberfläche kam …

»Abschalten«, befahl ich mit einer schnellen Handbewegung. Ich taumelte nach vorn und stützte mich an der nächsten Konsole ab.

Pakos tat wie geheißen, zögerte aber kurz. So etwas wie Enttäuschung huschte über ihr Gesicht – ein Schatten hinter den Augen.

»Wir haben das Signal überwacht, das vom Artefakt ausgestrahlt wird«, sagte sie. »Es erzeugt zusätzliche elektrische Hintergrundladung. Als wäre das Artefakt nicht optimal eingestellt.«

»Lassen Sie das verdammte Ding ausgeschaltet«, sagte ich. Ich zitterte und war sauer, nicht nur über den Effekt, den das Signal plötzlich auf mich gehabt hatte, sondern auch darüber, dass ich es mir hatte anmerken lassen.

»Am Anfang ist das Signal ein bisschen verstörend«, sagte Pakos. »Fähnrich Sebas hat berichtet, dass ihr schlecht geworden ist, als sie es das erste Mal gehört hat. Aber das legt sich.«

»Das will ich hoffen. Warum kann die KI es nicht überwachen?«

Pakos stöpselte sich wieder in die Konsole ein. Vor ihr erschien eine Projektion der Spektralanalyse des Signals, gezackte Spitzen und zufällige Mulden. Sie zeigte auf das Hologramm.

»Das Signal lässt sich nicht gut aufzeichnen. Die Kopien scheinen sehr schnell zu verfallen. Wir wissen nicht genau, warum. Vielleicht könnte Ihr Mr. Olsen da helfen.«

»Überwachen Sie es einfach so vorsichtig wie möglich.«

»Wie Sie wünschen, Captain«, sagte Pakos und neigte leicht den Kopf.

Ich drehte mich um und schritt gemessen aus dem Raum, während mir die Übertragung immer noch in den Ohren lag. Die Tür zur Brücke glitt hinter mir zu, aber im letzten Moment war ich mir sicher, das Signal wieder zu hören – von Pakos' Konsole her, trotz meiner gegenteiligen Anweisung.

Es ist nur ein Geräusch, sagte ich mir. *Nur ein Signal. Kümmere dich um das, was du kannst. Umgib dich mit Vertrautem.*

Nach der Brücke suchte ich der Reihe nach meine Leute auf. Jeder hatte seine eigene Methode, um sich auf einen Kampfeinsatz vorzubereiten.

Zuerst ging ich zu Kaminski, und ich wusste genau, wo ich ihn finden würde.

Auf dem Schiff gab es eine multikonfessionelle Kapelle, die eigentlich nicht mehr als eine kleine private Kammer war. Sie schmiegte sich zwischen Krankenstation und Hangar; praktischerweise hatte man auf Bullaugen oder Bildschirme verzichtet, um die Benutzer nicht daran zu erinnern, dass man sich in den Tiefen des Alls befand.

Der Raum lag im Schatten, die Lampen waren fast

komplett abgedreht, und hinter den Kirchenbänken aus Metall ging Vinnie auf und ab. Er umklammerte einen Rosenkranz und murmelte leise ein Gebet. Eine Zeit lang verharrte ich im verdunkelten Türrahmen der Kapelle und sah ihm zu.

»Vinnie«, rief ich schließlich.

Er zuckte zusammen und ließ den Rosenkranz in die Tasche gleiten, als ob er sich dafür schämte, in diesem privaten Moment ertappt worden zu sein.

»Steh bequem«, sagte ich und nickte in Richtung seiner Hand.

Er lächelte schwach und schlang sich die Perlen um die Handfläche.

Vielleicht wirkte er nicht wie der religiöse Typ, und er war definitiv an vorderster Front, wenn es darum ging, Martinez wegen seines angeblichen Glaubens zu verspotten, aber trotzdem vollzog er vor jedem Einsatz dieses Ritual: eine Stunde in der Kapelle, allein, betend. Ich hatte ihn nie gefragt, ob er einem offiziellen Glauben angehörte, aber mir kam es einfach so vor, als suche er vor jedem Einsatz einen Ort der Ruhe, wo er nachdenken konnte. Jetzt gerade konnte ich das gut verstehen. Für mich war Religion nichts, aber der Raum strahlte eine gewisse Ruhe aus, die mir nach dem seltsamen Erlebnis mit dem Signal auf der Brücke vielleicht auch guttun könnte.

»Hab dich gar nicht gesehen, Cap.«

»Ich wollte noch mal nach jedem sehen. Alles klar?«

»Ausgezeichnet, Cap. Ausgezeichnet.«

»Noch ein bisschen Privatsphäre tanken vorm Einsatz?«

Kinski nickte. Im Moment sah er wenig wagemutig aus. Einfach wie ein verlorenes Kind aus Alt-Brooklyn, dessen ganzen Horizont nur der eine Planet bildete. Bevor er diesen Job übernommen hatte und zu mehr als einem Sterblichen geworden war.

»Kannst du mir einen Gefallen tun?«, fragte Kaminski.

»Klar.«

»Erzähl Martinez nicht, dass ich hier unten bin. Er weiß nicht, dass ich in die Kapelle gehe.«

»Kannst dich drauf verlassen.«

Ich kannte Kaminski länger als jeden anderen in meinem Team – an die zwölf Jahre. Wahrscheinlich gab es niemanden, der mich so gut kannte, wenn die Zeit, die wir gemeinsam gedient hatten, etwas zu sagen hatte. Wir waren Sonderkommandos in der eigenen Haut gewesen, lange bevor wir beide vom Simulatenprogramm gehört hatten.

»Weißt du noch, wie das damals war, als wir das hier noch in den eigenen Körpern gemacht haben?«, hörte ich mich fragen.

Kaminski lachte, aber es klang mürrisch und leer. »Hand aufs Herz? Nein, ich weiß es nicht mehr. *Das hier* ist alles, woran ich mich erinnern kann.« Er klopfte sich auf den Nacken, wo eine der Datenbuchsen lag, die den Übergang in die Sims ermöglichten. »Weder für Liebe noch für Geld würde ich freiwillig ohne zweite Haut rumlaufen.«

»Manchmal denke ich immer noch daran. Vor allem in letzter Zeit. Als wir im Hyperschlaf waren, hatte ich einen Traum.« Ich schüttelte den Kopf; auf einmal kam es mir unangemessen vor, persönliche Sorgen mit einem aus dem Team zu teilen. Es war nicht richtig, Kaminski meine Selbstzweifel aufzubürden.

»Ich habe von *ihr* geträumt.«

»Du kannst ihren Namen ruhig aussprechen«, sagte Kaminski. »Sie hat mich auch ausgewählt, vergiss das nicht. Wir kannten sie beide.«

Ich seufzte. Elena hatte auch ihn ausgesucht, ihn aus der Masse potenzieller Rekruten herausgefischt. 'Ski hatte genau wie ich den Psychotest durchgemacht und war so als möglicher Kandidat identifiziert worden.

»Das hat alles mit sechs Rekruten angefangen«, fuhr er fort. »Und am Ende waren nur noch wir drei übrig.«

Ich nickte wehmütig. »Pioniere.«

»Wir haben schon lange nicht mehr über unsere Vergangenheit geredet.«

»Zu schmerzhaft«, sagte ich. »Es ist auch lange her, dass ich von ihr geträumt habe.«

Kaminski nickte unbehaglich und wusste nicht genau, was er sagen sollte. Tatsächlich gab es nichts, was er hätte sagen können – was irgendwer hätte sagen können –, um meinen Schmerz zu lindern. Ihr Vermächtnis war meine Last, und ich musste sie allein tragen. Es schien für Kaminski immer leichter zu sein zu witzeln und zu spötteln, als über solche Sachen ernsthaft zu reden. Für mich schien es einfach leichter zu sein, den nächsten Übergang in Angriff zu nehmen – in den nächsten Sim zu wechseln.

»Dann überlass ich dich mal dem hier«, sagte ich und machte eine Geste, die die Kapelle umfasste. »Was auch immer du hier treibst.«

Kaminski schürzte die Lippen und nickte. »Verstanden.«

»Du weißt, wo du mich findest. Ansonsten wie besprochen versammeln.«

»Wird gemacht.«

Ich ging den Gang hinunter. Hinter mir hörte ich, wie Kaminski das Raumfahrergebet murmelte. Langsam entfernte sich seine Stimme zu einem Flüstern.

Als Nächstes ging ich zur Kaserne. Sie bestand aus penibel gemachten Klappbetten und Spinden, die die wenigen Habseligkeiten beherbergten, die das Team mitgebracht hatte. Die ersten drei Betten waren leer, auf dem vierten lag Martinez.

Es war verwunderlich, dass er es für nötig hielt, noch mehr zu schlafen, wo wir uns gerade erst – wenn auch künstlich – sechs Monate lang ausgeruht hatten. Aber das war seine Art, mit unserer Situation, unserer Mission, umzugehen, und meine Leute hatten ein Recht auf ihre Eigenarten.

Vielleicht lag es an seiner Vergangenheit als Marineinfanterist; vielleicht war es sein venusisches Blut. Auf jeden Fall ließ sich Martinez auch tief im All überhaupt nicht aus der Ruhe bringen. Ich dachte daran, dass er auf jeden Fall eine sichere Bank bei diesem Einsatz war – eine gute Wahl für eine Mission wie diese.

Ich weckte ihn nicht auf. Ich wünschte mir, ihm ähnlicher zu sein, und mich vor dem Einsatz auch noch ein bisschen ausruhen zu können.

Blake konnte ich zuerst nicht finden. Auf dem *Point* hatte er mit mir über irgendwas reden wollen – nach meiner inneren Uhr war das erst ein paar Tage her. Ich wollte, dass meine Leute für die Mission einen klaren Kopf hatten, deshalb hielt ich die Gelegenheit für günstig, um unter vier Augen zu reden.

Ich erkundigte mich bei einigen Besatzungsmitgliedern nach ihm. Mit hochrotem Kopf erzählte mir ein Mädchen, dass er in der Kabine ihrer Freundin sei.

»Wenn Sie wünschen, kann ich ihr eine Nachricht schicken, Captain«, sagte sie. Dann fügte sie verlegen hinzu: »Die werden doch keinen Ärger bekommen, oder?«

Ich lächelte und schüttelte den Kopf. »Keiner von beiden. Ist nicht so wichtig.«

Worüber auch immer er mit mir hatte reden wollen, es würde warten müssen. Sex war oft Blakes Art, sich auf einen Einsatz vorzubereiten, und obwohl wir viele Lichtjahre vom Rest der Menschheit entfernt waren, änderten sich manche Dinge offenbar nicht.

Fehlte nur noch Jenkins. Ich wusste, wo ich sie finden würde.

Die *Oregon* hatte keine stehende Marineinfanterie-Einheit, obwohl die Waffenkammer immer bestückt war. Unter normalen Umständen blieb sie verschlossen, aber Jenkins hatte irgendwen entweder überzeugt oder drangsaliert, um ihr Zutritt zu gewähren. Das war ihre übliche Vorbereitung, und genau wie Blake wich sie nicht gern davon ab.

Der kleine Raum war vollgepackt mit Waffenständern. Ich ging davon aus, dass diese bei einem normalen Flotteneinsatz mit Standardbewaffnung wie Schockgewehren und Bord-Schrotflinten bestückt waren. Jetzt platzte der Raum fast aus den Nähten vor M95-Plasmagewehren, PG-13-Plasmapistolen, Kisten voller Granaten und Energiezellen – richtig schweres Gerät. Eine Wand war reserviert für leere, unheilvoll aussehende Kampfanzüge – direkt vor dem Übergang würden die Sims da hineingesteckt werden.

Jenkins trug Zivil, einen engen schwarzen Overall, die Haare noch nass vom Duschen. Die Ärmel waren hochgekrempelt und die Haut schweißnass. Sie knurrte mich an, als ich die Waffenkammer betrat.

»Ich wollte mal nach dir sehen. Sichergehen, dass du einsatzbereit bist.«

»Alles in Ordnung, Cap.«

»Alle Waffen überprüft?«

»Schon vor Stunden. Ich hab gerade noch mal die Energiezellen der Plasmagewehre durchgecheckt.«

»Ist das wirklich nötig?«

»Kann nie schaden«, antwortete Jenkins achselzuckend. »Außerdem musste ja auch jemand die Anzüge markieren.«

Sie zeigte mit dem Daumen in Richtung der Kampfmonturen. Tatsächlich hatte sie jeden Panzer mit Namen und den entsprechenden Abzeichen versehen. Die Anzüge waren komplett entbehrlich, obwohl sie so teuer waren, aber trotzdem hatte Jenkins mit großer Sorgfalt jeden einzelnen beschriftet. Verdienstabzeichen wie Blakes Scharfschützen-Auszeichnung oder Kaminskis Rang als Techniker standen ebenfalls auf den gepanzerten Schultern. Die Anzüge kamen nur selten zurück, und was auch immer die Sims mit ins Feld nahmen, würde höchstwahrscheinlich keine Heimreise antreten.

»Gute Arbeit, Jenkins.«

Sie zuckte wieder mit den Schultern. »Ich war an der Reihe. Letztes Mal hat Kaminski das gemacht.«

Ich hatte die Anzüge noch nie markiert. Das war eine Aufgabe für meine Leute, aber jetzt begriff ich, warum sie sich nie darüber beschwerten: weil es ihnen Klarheit brachte. Es war eine Aufgabe, auf die sie sich konzentrieren konnten und deshalb nicht dauernd ans Sterben denken mussten. Das sah ich jetzt in Jenkins' ruhelosem Blick.

Als ich das Gestell erreicht hatte, an dem meine Panzerungen hingen, hielt ich inne. Auf jedem Anzug stand *Captain,* darunter mein Name, darunter aber noch etwas anderes: LAZARUS.

»Das hättest du aber nicht machen müssen«, sagte ich leicht irritiert. Sie wusste, dass ich den Spitznamen nicht mochte; so wurde ich von anderen Leuten auf dem *Point* genannt, aber nicht von meinem Team.

Jenkins arbeitete weiter. »Aber diesmal hab ich es gemacht.«

»Warum?«

»Weil du immer zurückkommst«, sagte sie. Sie gab sich sichtlich Mühe, mir nicht in die Augen zu gucken, indem sie den Kopf in einer Kiste mit Plasma-Energiezellen vergrub. »Und wenn du zurückkommst, bringst du uns auch heil nach Hause.«

Das ist nur ein Name. Belass es dabei, dachte ich. Jenkins war offensichtlich verschreckt.

»Alles klar bei dir?«, fragte ich.

»Ja, alles in Ordnung.« Sie schaute auf ihren Armcomputer. »Um sechs Uhr schickt Olsen ein paar Sanis runter. Die fangen dann an, die Sims auszurüsten.« Sie drehte sich zum nächsten Anzug um – einem ihrer eigenen – und fuhr mit den Markierungen fort. »Ich sollte mal weitermachen.«

»Verstanden.«

Ich war nervös.

Das Signal des Artefakts hatte mich aufgewühlt, außerdem machte ich mir leichte Sorgen um Jenkins, aber weder das eine noch das andere erklärte die Besorgnis, die sich langsam in mir breitmachte. Es gab für meinen Zustand keine vernünftige Erklärung.

Angst war es nicht, die mich nervös machte; ich hatte das hier schon viel zu oft gemacht, um mich noch zu fürchten. Es war etwas Schlimmeres, etwas, das tiefer saß. Es war vor jedem Einsatz das Gleiche. Auf jeden Fall brauchte ich dringend etwas zu trinken, so viel war sicher. So unüberlegt das auch gewesen wäre, hätte ich gerne einen anständigen Whiskey oder etwas Stärkeres gehabt, um meine Nerven zu beruhigen. Genau wie Jenkins wusste ich, dass ich etwas finden musste, worauf ich mich konzentrieren konnte.

Also verbrachte ich die Zeit damit, die Einsatzpapiere noch einmal genau durchzugehen. Ich zog mich in mein Quartier zurück und saß alleine im Zimmer, das Licht abgedunkelt. Bald war der Boden übersät mit

Bildern und Plänen; ich verschlang jeden verfügbaren Fetzen an Information.

Ich packte die wenigen Habseligkeiten aus, die ich dabeihatte – meine Sammlung von Todestrophäen, eine Kopie von Elenas Foto. Das Original ließ ich immer auf dem *Point* – es war zwar alt und abgewetzt, aber es hatte einen gesteigerten ideellen Wert, weil es von ihr berührt worden war.

Zum Schluss nahm ich den alten Revolver meines Vaters aus der Reisetasche. Im Vergleich zu heutigen Pistolen war er groß; ein echtes Handgeschütz. Archaisch, aus einer Stahl-Plastik-Legierung gefertigt: Für einen Waffensammler wäre er ein Vermögen wert, obwohl ich nie auch nur daran denken würde, ihn zu verkaufen. Die Waffe war angemessen Furcht einflößend – ein langer schmaler Lauf, außerdem schwer – und hatte schon getötet. Das machte uns zu Kameraden, dachte ich mir. In die Trommel war SMITH & WESSON – MODEL 913 eingeätzt. Ich leerte eine Handvoll Magazine auf meinem Bett aus und setzte auch das Halfter zusammen.

Dann benutzte ich meinen Rechner, der einen eigenen Holo-Projektor hatte, um mir die Speicherkarte anzusehen, die Olsen mir gegeben hatte.

Vor mir entfaltete sich die Lebensgeschichte von Dr. Jarvis Kellerman. Er war sechzig Standardjahre alt und ein wissenschaftliches Wunderkind. Es schien so, als wäre jede Unterlage, die etwas mit dem Mann zu tun hatte – Ausbildung, Gesundheit, Forschung –, vom Militär gesammelt und katalogisiert worden. Er hatte keine nahen Verwandten, erst recht nicht auf irgendeiner Welt oder Station im Umkreis von Lichtjahren zur Quarantänezone. Keine nennenswerten Freunde oder Feinde. Viele Arbeitskollegen aus verschiedenen Disziplinen; in der Öffentlichkeit genoss er hohes Ansehen. Außerdem gab es Andeutungen über Verbindungen zu Mitgliedern des Generalstabs – er war ganz offensichtlich exzellent vernetzt. Genau wie ich hatte er viel Zeit damit verbracht, von Planet zu Planet zu springen, und durch die Zeitdilatation alle, die ihm nahegestanden hatten, längst überlebt.

Ich sah den Großteil des Materials durch. Teilweise fühlte ich mich dabei ein bisschen unbehaglich; als wäre ich ein Spion, der das Leben dieses Mannes durchleuchtet. In jede private Ecke eindringt und keinen Stein auf dem andern lässt.

Schließlich fischte ich eine der Personalakten heraus, und vor mir auf der Konsole baute sich ein 3D-Video auf.

SICHERHEITSZUGANG FREIGEGEBEN. AUSFÜHREN: ABSPIELEN.
Dr. Kellerman. Einsatzdatum 06/04/2263
EINSATZORT: ANTARES PRIME [SIEHE VERLINKTES DOKUMENT A/9989]

Ein Mann – Kellerman – tauchte vor der Kamera auf und winkte einem Forscherkollegen. Sein Haar war voll, aber an den Schläfen bereits ergraut. Ich kalkulierte schnell sein Alter – vierundvierzig Standardjahre. Er hatte sich gut gehalten, sein Gesicht war jugendlich, die Augen leuchteten vor Begeisterung. Er stand mitten in den Überresten eines Krell-Raumschiffs, das an einigen Stellen noch rauchte. Um ihn herum hing zerfetztes organisches Material von den fremdartigen Bäumen, der Himmel war ockerfarben. Er trug einen Kittel der Wissenschaftsabteilung der Allianz. Als er sich bewegte, spannte sich der Stoff über seiner muskulösen Brust an.

»Schnell!«, verlangte er vom Kameramann. *»Bald kommt der Bergungstrupp hier an. Das ist* die *Gelegenheit, alles an Ort und Stelle zu untersuchen, bevor die auftauchen.«*

Er bückte sich zwischen den Wrackteilen, stupste ein Stück Hornpanzer an – entweder von einem der Krell-Bioschiffe abgerissen oder der Rest einer Primärform. Schwer zu sagen, denn die Aufnahme war stark verrauscht. Kellerman schwatzte ununterbrochen mit dem Kameramann, wies auf Abweichungen im normalen Entwicklungsmuster der Krell hin. Hinter der Kamera trieb ihn ein weiterer Wissenschaftsoffizier an, aber er weigerte sich, seinen Platz aufzugeben.

Tapfer, dachte ich. *Oder idiotisch.*

Ich übersprang den Rest der Datei und widmete mich weiter Kellermans Lebensgeschichte. Es folgten noch ein paar andere Forschungseinsätze – einige davon auf Welten, von denen ich schon gehört hatte, andere nicht.

Dann fand ich das Nächste, was mir interessant vorkam, und öffnete eine weitere Datei.

Dr. Kellerman. Einsatzdatum 08/11/2270

STANDORT: EPSILON ULTRIS [SIEHE VERLINKTE DATEI A/9989]

– ASIENKONFLIKT – RANDKRIEGE [SIEHE VERLINKTE DATEI A/432]

Mittlerweile war er objektiv einundfünfzig. Die Zeit seit dem letzten Video hatte Kellerman zugesetzt. Er war auf einem Krankenbett aufgestützt und sah kleiner aus als vorher, höchstens die Hälfte der Körpermasse. Aus seinem Rumpf ragten Schläuche. Ein blütenweißes Laken, das säuberlich auf Bauchhöhe gefaltet war, verdeckte die untere Körperhälfte. Ein Teil des Brustkorbs war unter Pflastern verborgen. Ein Auge wurde von einem Verband bedeckt, der bereits ein ungesundes Rosa angenommen hatte. Offensichtlich war er in einem Krankenhaus, und seine Verletzungen waren schwer und frisch.

»*Fahre mit psychologischem Gutachten fort*«, sagte eine Stimme, deren Besitzer nicht zu sehen war. »*Gegenstand der Untersuchung ist Dr. Jarvis Kellerman.*«

»*Ich bin kein christoverdammter Gegenstand!*«, brüllte er von seinem Bett aus. »*Ich bin ein Mann. Ich bin Bürger der Allianz, und Sie haben nicht das Recht, mich so zu behandeln.*«

»*Doktor, ich bin hier, um Ihnen ein paar Fragen zu stellen. Um eine mögliche Rückkehr in den Dienst der Wissenschaftsabteilung zu beurteilen. Das ist doch das, was Sie wollen, oder etwa nicht?*«

»*Natürlich.*« Er verharrte, spannte den Kiefer an. Waren da Tränen in seinen Augen? Er seufzte und schüttelte den Kopf. »*Natürlich.*«

»*Wahrscheinlich werden Sie nie wieder gehen können.*«

»*Das weiß ich auch.*«

»Es wird dauern, sich daran zu gewöhnen. Unter diesen Umständen ist Ihr momentaner Posten unhaltbar.«

»Ich weiß«, wiederholte er. *»Das weiß ich doch.«*

Ich kontrollierte noch einmal das Datum. Das hier war vor seiner Versetzung nach Helios, und aus den Daten im Anhang ging hervor, dass er zu dieser Zeit permanent invalide gewesen war. Beide Beine gelähmt. Man hatte es mit Nano-Operationen versucht, jede Art von Regenerationstherapie angewandt, aber nichts davon hatte funktioniert.

Ich übersprang den Rest der Datei. Die Begutachtung zog sich lange hin – über Stunden, wie es schien. Kellerman wurde zusehends deprimierter. Es kam mir falsch vor, dem Mann und seinen offensichtlichen Schmerzen zuzusehen.

Es gab allerdings noch andere Bereiche in Kellermans Leben, die mich interessierten. Nachdem er verkrüppelt worden war, hatte er einige andere wissenschaftliche Unternehmungen der Allianz geleitet. Im Gutachten stand, dass – ungeachtet der Verletzungen – sein Verstand weiterhin scharf war. In einem Bericht stand sogar, er sei noch schärfer als vor dem Zwischenfall.

Endlich kam ich zu den Helios-Dateien. Er hatte sich wegen seiner speziellen Kenntnisse über die Krell für die Mission gemeldet. Und eine ganze Reihe von Artikeln zu dem Thema verfasst.

Das Krell: Eine wissenschaftliche Studie der Primärform.

Kommunikationsmethoden innerhalb eines Krell-Kollektivs verstehen.

Retrospektive: Ein Jahr seit dem Vertrag.

Mögliche Einflussfaktoren auf die Entwicklung der Krell-Subspezies.

Es gab eine Sammlung von Videobotschaften, die von Helios aus gesendet und manchmal an die regulären Statusmeldungen angehängt worden waren. Einfache 3D-Aufnahmen von schlechter Qualität, meistens von Kellerman, der allein in seinem Büro oder Labor saß. Die Übertragungen drehten sich anfangs um Theorien zu Alien-Evolution: Er stellte die Hypothese auf, die Krell seien eine uralte Rasse von Raubtieren, die möglicherweise andere intelligente Spezies ausgelöscht hatten. Er stellte Theorien über die Biotechnologien auf, die von den Krell entwickelt wurden. Am Ende redete er über das Artefakt und wie er versucht hatte, das Signal zu entschlüsseln.

Nach ein paar Stunden verlor ich das Interesse. Ich sehnte mich nach den Simulatoren; fühlte die Anziehungskraft des Sim-Körpers.

Dann änderte sich der Tonfall der Videos auf einmal abrupt.

»Ich stehe kurz davor, mein Werk zu vollenden«, sagte Kellerman.

Da war etwas Neues in seiner Stimme. Es ging über einfache Begeisterung hinaus. *Besessenheit.*

Er saß in einem dunklen Raum, das Gesicht nur von einer Taschenlampe beleuchtet. Er trug einen weißen Laborkittel, der bis zur Brust aufgeknöpft war. Ein Geräusch, das wie eine Explosion klang, lenkte ihn von seiner Aufzeichnung ab. Dann folgten Schreie.

»Dieser Ort geht mir an die Nieren«, sagte er mit be-

bender Stimme. »Ich kann nicht mehr schlafen. Die Xenos sind überall. Der Sand bewegt sich unaufhörlich. Früher haben sie uns ignoriert. Vielleicht haben sie unsere Bestimmung hier erkannt. Gemerkt, dass wir ihnen nichts tun wollen, dass wir nur nach Erkenntnis streben.«

Er stockte und sah hinter sich in die Schatten. Ich runzelte die Stirn. Als das Licht wieder in sein Gesicht schien, war er unglaublich gealtert. Das hier war kaum noch derselbe Mann wie auf Antares Prime. Er war dünn geworden, ausgezehrt, gespenstisch. Das einzige Anzeichen für eine Seele in seinem verfallenen Körper waren die Augen; hell brennend, himmelblau. Die Haare waren komplett grau und fast alle ausgefallen.

»Ich habe im Signal des Artefakts einen Algorithmus isoliert. Er *stört* die Art, wie die Krell kommunizieren. Wenn das Wetter hier gut ist, sind sie fast vollständig gelähmt.«

Die Übertragungen wurden zunehmend beunruhigender. Immer wirrer erklärte er, dass er mehr Ressourcen brauchte. Dass er bei seinen Vorgesetzten zusätzliche Ausrüstung angefordert habe. Einige Mitglieder der Wachmannschaft waren verschwunden, oder zumindest konnte er sie über Funk nicht mehr erreichen. Wahrscheinlich Deserteure, wie Kellerman sagte. Das war absurd; wo sollten die hingehen? Sein Aussehen wurde immer krankhafter, das Gesicht in jedem neuen Video noch verzerrter und gequälter.

»Es beeinflusst nicht nur *die.* Viele von uns hören den Gesang des Artefakts«, fuhr er fort. »Der Klang macht uns verrückt.«

Das letzte Video startete, und mir lief ein Schauer über den Rücken. Es begann mit Kellerman, der im Schatten saß, zurückgelehnt in seinem Stuhl. Ich konnte die Umrisse seines Körpers erkennen, die Kleidung war zerfetzt und voller brauner Flecken. Seit Wochen trug er jetzt denselben Anzug.

»Ich bin entsetzt«, fing Kellerman an. »Grenzenlose Furcht. Bin nicht mehr ich selbst, nicht mehr ich selbst, nicht mehr ich selbst.«

Das Bild flackerte, war kurz verzerrt. Kellerman lachte ausgiebig und laut. Seine Stimme war zu einem Zischen geworden, als könne er nur mit Mühe sprechen. Ich wollte den Ton zurückspulen – es war so schwer zu verstehen, was er sagte –, aber ich musste weiter hinsehen.

Er starrte direkt in die Kamera, fixierte mich mit seinem Blick. Als ich diesen Mann ansah, sagte mir etwas, dass er kein Opfer war. Ohne Vorwarnung stürzte das Hologramm mit ausgestreckten Armen nach vorne.

Ich zuckte erschreckt zurück. Musste mich daran erinnern, dass es nur eine Aufzeichnung war. Unterbewusst fiel mir auf, dass ich den Revolver meines Vaters in der Hand hatte: Das pure Gewicht war beruhigend, gewährte mir Schutz vor Kellerman, obwohl der noch weit entfernt war.

Er war ein *Widersacher.* Ich wusste nicht, warum ich mir disbezüglich so sicher war; aber hinter diesen Augen steckte Niedertracht. In den Mahlstrom zu fliegen, diese unschuldige Besatzung hinaus in die Dunkelheit des Krell-Raums zu bringen – es kam mir so falsch vor, so unglaublich falsch.

Auf einmal erwachte das Bild wieder zum Leben. Die Aufzeichnung war vorwärtsgesprungen; wahrscheinlich derselbe Tag, nach dem Zustand des Labors hinter Kellerman zu urteilen, aber irgendwann später.

»Wir kommen gut voran«, fuhr er fort, während er im Dunkeln zitterte. »Zu gut. Wir hatten einen Durchbruch.« Er lehnte sich zur Kamera. Sein altes Gesicht von Tränen und Dreck verschmiert. »Wir haben heute drei weitere Männer verloren. Ich habe so wenige übrig …«

Eine schrille Sirene ging über mir los, so laut, dass sie Kellermans Gefasel verschluckte. Ich schreckte auf, und die Lichter in meiner Kabine gingen an. Ich sprang auf.

»Alle Mann auf die Brücke«, kam Captain Atkins' Stimme aus den Bordlautsprechern. »Wiederhole: Alle Mann auf die Brücke. Das ist keine Übung.«

Völlig irrational schnappte ich mir den alten Revolver meines Vaters. Ich drehte die Trommel und schob ein frisches Magazin in den Einzug. Vollmantelgeschosse; das war echte Schmuggelware, die Sorte Zeug, für die ich mein Team zurechtweisen würde, wenn sie blöd genug wären, so etwas mit an Bord nehmen zu wollen.

Ich ließ die klobige Waffe in den Hüfthalfter gleiten, der in meine Uniformhose eingearbeitet war. Ich hatte das Gefühl, als würde ich sie brauchen.

7

JETZT WIRD ES ERNST

Die Crew der *Oregon* legte als Antwort auf Atkins' Notruf einen Alarmstart hin, und bald war die Brücke voll mit Personal. Ich stand mit meinem Team mittendrin und kam mir wie das fünfte Rad am Wagen vor. Die Besatzung verarbeitete schnell und effizient die Sensordaten und interpretierte die Funde. Trotz der Anspannung arbeiteten alle ruhig. Die meisten Offiziere waren an ihre Konsolen angeschlossen: die Augen leer und trüb, alle Konzentration ins All gerichtet. Es war ein ähnlicher Zustand wie als Sim-Lenker.

Captain Atkins hatte sich im Zentrum der Brücke auf seinem Kommandosessel niedergelassen. Er hatte seine Uniformmütze weggeworfen und die Ärmel hochgekrempelt, um die so entblößten Datenbuchsen direkt an die *Oregon* zu koppeln.

»Wozu der Alarm, Atkins?«, fragte ich, als ich zu seiner Kanzel vortrat.

Atkins nickte mir zu. »Wir sind immer noch sechs Stunden vor Erreichen der Umlaufbahn um Helios, aber die Gegend ist nicht so sauber, wie uns weisgemacht wurde. Der Asteroidengürtel ist sehr viel massiver. Unsere Informationen über den Planeten sind entweder veraltet oder ganz einfach falsch.«

Ich schlenderte zum Bug, wo die Panzerjalousien immer noch offen standen. Durch die Fenster hatte man eine gute Sicht auf den Weg, der vor der *Oregon* lag, und einen Blickwinkel von fast hundertachtzig Grad.

Draußen lag die immense Schwärze des Alls. In der Ferne hing Helios. Zwischen uns und dem Planeten drehte sich langsam ein breites Band aus Weltraumschrott – ein Gemisch aus Felsbrocken, entweder Überbleibsel der Planetenentstehung oder in den darauffolgenden Äonen von Helios' Gravitation angezogen. Überwiegend war das Zeug eher klein und harmlos. Mit dieser Sorte Material würde die *Oregon* dank ihrer Ablativpanzerung keinerlei Probleme haben. Aber ein paar der größeren Asteroiden würde man wohl mit einem Schubser der Laserbatterien oder einem Schuss aus der Railgun vom Kurs abbringen müssen. Das war schon bedenklicher; ein direkter Treffer von einem dieser Brocken könnte durchaus die Hülle durchschlagen, und Reparaturarbeiten im All würden schwierig sein. *Wenn nicht sogar unmöglich,* dachte ich. Das schmeckte mir überhaupt nicht.

Einen Moment lang war es trotz der Menge an Leuten seltsam still im Raum, bis auf das zarte *ping-ping-ping* des Radars. Das gleiche Gefühl, das ich schon auf dem *Point* gehabt hatte, als ich zum ersten Mal über die Mission unterrichtet wurde, kam wieder in mir hoch.

Sag Atkins, er soll abdrehen. Blas die ganze Veranstaltung ab. Irgendetwas stimmt nicht. Ganz und gar nicht.

»Wir sind noch einige Tausend Kilometer vom optimalen Einschwenkpunkt in die Umlaufbahn entfernt«, fuhr Atkins fort. Im Gegensatz zu den anderen Offizieren schien er in der Lage zu sein, seine Aufmerksamkeit sowohl auf das zu richten, was tatsächlich um ihn herum passierte, als auch auf das, was er im virtuellen Raum des Schiffs tat. »Leutnant Pakos, verstärken Sie die neuesten Lidar-Messungen und stellen Sie sie an meine Konsole durch.«

»Zu Befehl, Sir«, gab Pakos zurück. »Schleichfahrt aufheben?«

»Ja.«

Vor Atkins erwachte ein Holo-Projektor, der die *Oregon* und den umliegenden Nahraum zeigte. Die Umgebung war voll mit anderen Objekten, die friedlich ihre Bahnen durchs Niemandsland zogen.

»Zu viele Verstecke …«, merkte Atkins an, führte das aber nicht weiter aus.

»Das gefällt mir gar nicht«, sagte Jenkins.

»Das gefällt hier, glaube ich, niemandem«, sagte ich.

Olsen tigerte mit hochrotem Kopf auf und ab. In der Nähe drängte sich sein Team. Sie halfen nicht gerade dabei, die Anspannung im Raum zu lindern. Olsen kam neben Atkins' Leitstand zum Stehen. Erst versuchte er, Atkins über die Schulter zu gucken, überlegte es sich dann jedoch anders und ging weiter auf und ab. Eine junge blonde Sanitäterin – das Mädchen, das sich kürzlich für Blake interessiert hatte – sprang ihm aus dem Weg, als er einen weiten Bogen um den Kommandosessel beschrieb.

»Wie konnte das passieren?«, fragte Olsen laut. Er klang verzweifelt. »Warum haben Sie das nicht schon früher bemerkt? Ihre Systeme können doch wohl ein paar christoverdammte Asteroiden durchleuchten?«

Martinez zuckte bei diesen lästerlichen Worten zusammen. »Hey, *mano,* passen Sie auf, was Sie sagen.«

Olsen warf ihm einen bösen Blick zu, war aber zu verängstigt, um sich mit dem Soldaten anzulegen. »Ich verstehe nicht, wie wir so weit fliegen konnten, ohne uns über dieses Problem Gedanken zu machen.«

Atkins lehnte sich in seinem Sessel zurück. Er tippte auf den Bildschirm seiner Konsole. »Wir haben Helios beobachtet, seit wir den Q-Sprung beendet haben, aber die Sensoren haben dieses Gerümpel als Ring von kleinen Objekten interpretiert. Und was das Durchleuchten von Asteroidenfeldern angeht – das ist nicht so einfach.«

Olsen schüttelte den Kopf. Sein schwabbeliger Nacken wogte unangenehm. »Das weiß ich! Glauben Sie etwa …!«

»Hören Sie, Olsen«, sagte ich, »regen Sie sich ab. Lassen Sie den Captain arbeiten.«

PING-PING-PING-PING!

Das Feedback des Radars wurde plötzlich zu einem schrillen Piepsen. Ich verstummte. Auf jedem Terminal der Brücke blinkten Warnsignale. Das konnten nur schlechte Neuigkeiten sein. Offiziere bellten Anweisungen, und Atkins runzelte die Stirn, als er die Auswertung der Scanner las. Auf dem Holo-Display sah man etwas Großes und Finsteres hinter dem Asteroidengürtel hervorkommen.

Aber ich brauchte gar nicht auf das Hologramm zu gucken.

Ich konnte es bereits durch die Sichtfenster erkennen. Ein Krell-Schlachtschiff schälte sich aus der Schwärze des Raums und schmetterte Trümmer beiseite, als es in Position ging.

»Das ist ein Hinterhalt«, flüsterte ich.

Die Bioschiffe der Krell wurden eher gezüchtet als gebaut, darauf bestand zumindest die Wissenschaftsabteilung. Es lag jenseits meiner Vorstellungskraft, wie eine Rasse so etwas Großes und Gefährliches züchten konnte. Da die Schiffe aus organischem Material konstruiert waren, war es sehr schwierig, sie mit herkömmlichen Mitteln zu entdecken. Viele Schiffstypen der Krell waren so gut wie unsichtbar für Lidar und Radar und tauchten erst auf dem Kurzstrecken-Massenspektrometer auf. Die Hüllen bestanden aus einer organischen Legierung, deren Zusammensetzung das Verständnis von Leuten wie Olsen aktuell noch weit überstieg. Außerdem verbargen die Krell-Schiffe mit einer Methode, die wir nicht ergründen konnten, ihre Wärmesignaturen, sodass auch das Infrarot als Suchgerät ausfiel.

All das jagte mir durch den Kopf, als das enorme Bioschiff in Sicht segelte. Es war plötzlich offensichtlich, wie und warum es unsere Scanner überlistet hatte. Wir waren ihnen direkt in die Falle getappt. Seit wann hatte uns das Schiff schon beobachtet? Es hatte sich zweifellos in die bestmögliche Angriffsposition gebracht und nur darauf gewartet, dass wir ins Asteroidenfeld eintauchten.

»Ein ziemlicher Brocken«, murmelte Atkins, der

fast so klang, als bewundere er das feindliche Schiff. »Nullschilde, sofort.«

Das Schiff ähnelte einem mutierten Weichtier, mit einem langen, geschmeidigen Rumpf und einem scharfen, mit Stacheln bewehrten Kopf. Die Haut war von organischen Panzerplatten überzogen, ähnlich derer einer Krell-Primärform, aber ungleich massiver. Aus dem Heck entsprang eine Ansammlung tintenfischartiger Tentakel. Das war der Antrieb des Schiffs und dessen so gut wie einzige Schwachstelle. Die Flanken des Schiffs waren überzogen von etwas, das – aus dieser Entfernung – aussah wie geweitete Poren. Ich wusste aus Erfahrung, dass es sich um das Krell-Äquivalent zu Hangars handelte, um entweder Jagdflieger zu starten oder schwere Geschütze abzufeuern. Das Schiff war komplett schwarz und vor dem Hintergrund des Alls fast nicht auszumachen.

Es gab keinen Zweifel daran, dass es sich um ein Kriegsschiff handelte. Es war mindestens dreimal so groß wie die *Oregon*.

»Kategorie vier«, rief ein Offizier quer über die Brücke.

»Nullschilde stehen«, bestätigte ein anderer.

»Hat es uns gesehen?«, keuchte Olsen, danach folgte unverständliches Gemurmel. Er rieb sich die Schläfen. Auf seiner Stirn hatte sich ein Schweißfilm gebildet.

»Natürlich hat es uns gesehen«, sagte Atkins.

Irgendwer aus Olsens Team fing an zu weinen.

»Schaffen Sie diese Leute hier raus!«, rief Jenkins und zeigte auf das medizinische Personal. Die ließen sich das nicht zweimal sagen und hasteten zusammen mit Olsen von der Brücke.

Die Triebwerke des Bioschiffs feuerten lautlos, warfen blaue Kondensstreifen durch den Raum und brachten noch größere Teile des Asteroidenfelds durcheinander. Es bewegte sich fast majestätisch, Wellen gewaltiger Muskeln liefen über die Heckpartie. Das machte jede Hoffnung zunichte, dass wir seiner Aufmerksamkeit entronnen waren.

»Leutnant Pakos«, sagte Atkins, »bitte sagen Sie mir, dass es das einzige ist.«

Pakos zog eine Grimasse. »Ich habe noch eine zweite Biosignatur auf dem Schirm, die gerade das Asteroidenfeld verlässt, Captain.« Sie schluckte. »Noch größer als die erste.«

Ich sah es auch. Zwei Mutterschiffe im Gespann, die zwischen der *Oregon* und Helios lagen.

»Können Sie beidrehen?«, fragte ich. »Zurückziehen und den Q-Antrieb zünden?«

Besser, den Schaden zu begrenzen – dem Generalstab zu melden, dass wir auf Widerstand gestoßen waren.

Atkins schüttelte den Kopf, alle Aufmerksamkeit immer noch auf das Hologramm gerichtet. »Unmöglich. Wenn wir uns ohne sauber berechneten Kurs durch dieses Trümmerfeld zurückziehen, riskieren wir, Schaden zu nehmen, und der Q-Antrieb braucht mindestens sechs Stunden, um einen Kurs zurück zu berechnen …«

»Dann springen Sie aus dem System!«

Ich wusste, dass das genauso unrealistisch war, aber

ich wollte etwas versuchen – irgendwas –, um uns außer Reichweite der Krell-Schlachtschiffe zu bringen.

»Und direkt in ein Schwarzes Loch oder einen gravimetrischen Sturm? Nein. Wir kämpfen.« Er hob den Kopf und zeigte auf die Feuerleitstände. »Waffenoffiziere, auf Ihre Posten.«

Die Waffenbesatzung verteilte sich auf der Brücke, besetzte ihre entsprechenden Positionen am Bug des Schiffs. Ohne Umschweife klinkten sich alle in ihre Waffensysteme ein. Quer durch den Raum wurden Statusmeldungen gebrüllt, als Railgun, Laserbatterien und Plasmatorpedos online gingen.

Mit bewundernswerter Ruhe rief Atkins: »Alle Mann auf Gefechtsstation. Die Krell haben uns entdeckt.«

Meine Mutter hatte in der Flotte der Allianz gedient. Nach all der Zeit konnte ich mich nur noch vage an sie erinnern, bis auf ihr freundliches Gesicht und ihre guten Absichten. Sie war gestorben, bevor man die Krell entdeckt hatte, aber mir kam es so vor, als hätte sie schon Jahre vorher aufgehört, leben zu wollen. Damals – vor gerade einmal einer Generation – hatten Schiffsbesatzungen noch sehr unter dem Effekt der Zeitdilatation gelitten. Kurze Q-Sprünge hatten meine Mutter objektiv Jahre gekostet. Die subjektive Reisezeit nach Alpha Centauri mochte sechs Monate betragen, aber für den Rest der Menschheit waren in der gleichen Zeit drei Jahre vergangen. Ich hatte schon als Kind das Gefühl gehabt, dass mein Vater anders zu altern schien als meine Mutter; er wurde immer älter, ein Sklave der Zeit, während sie jung blieb. Ich glaube, das war es auch, was meinen Vater irgendwann dazu bewogen hat, immer weiter entfernte Einsätze anzunehmen – er versuchte auf verdrehte Weise, sich ihr anzugleichen. Dieser Frau, mit der er zwei Kinder hatte, mit der ihn aber immer weniger verband.

Meine Mutter hatte nie ein Schiff befehligt und sich auch keinen Illusionen hingegeben, je ein ranghoher Offizier zu werden. Sie war kein Karrieretyp; es war einfach nur ein Job, um die Miete für unsere kleine Hochhaus-Wohnung zahlen zu können. An diese Menge Geld kam man mit Arbeit auf der Erde nur schwer, und das Militär war immer auf der Suche nach Frischfleisch.

Aber sie lebte für die Landgänge. Dann wuchs sie über sich hinaus. Wir versuchten, per Überlicht-Videoverbindung in Kontakt zu bleiben – sie hatte uns hin und wieder an Geburtstagen oder zu anderen besonderen Anlässen angerufen –, aber das war eher die Ausnahme. Ich erinnere mich an Schnappschüsse von ihr. Als wir wuchsen, wurden meine Schwester Carrie und ich zwischen entfernten Tanten und Onkeln herumgereicht, deshalb wusste ich die Zeit, die ich mit meiner Mutter verbrachte, sehr zu schätzen.

An eine Nacht erinnere ich mich besonders gut. Ich war acht Jahre alt. Meine Mutter hatte seit zwei ganzen Wochen Landurlaub gehabt, was es so vorher noch nie gegeben hatte. Mein Vater war auf einer Mission irgendwo auf einer anderen Welt, deshalb war der Urlaub nur für Carrie und mich.

An dem Tag hatten wir trotz Fallout und örtlicher Gangs einen Ausflug gemacht. Das war noch, bevor die öffentliche Versorgung komplett abgeschaltet und über ganz Groß-Detroit das Kriegsrecht verhängt worden war, aber auch damals war das Leben dort schon finster genug. Ich kann mich nicht mehr daran erinnern, wo sie uns hinbrachte, aber wahrscheinlich war es irgendein Park oder Kaufhaus in der Gegend.

Als wir wieder zu Hause waren, hatte sich Carrie früh aufs Ohr gelegt. Ich saß mit meiner Mutter zusammen in dem kleinen Schlafzimmer, und vom Fenster aus sahen wir die ersten Sterne aufgehen. Ich war noch nie im Weltraum gewesen. Manchmal erzählte mir meine Mutter Geschichten von den Abenteuern, die sie erlebt hatte. Es war aufregend, machte mir aber auch Angst. Oft lag ich nachts noch lange, nachdem sie wieder im Einsatz war, wach und machte mir Sorgen um sie.

Aber in dieser Nacht war es anders. Obwohl ich erschöpft war, machte es mich glücklich, einfach so mit ihr dazusitzen und den Nachthimmel zu betrachten. Es war laut und heiß in der Stadt, aber in mir breitete sich eine gewisse Ruhe aus, als ich die aufziehenden Sterne betrachtete.

»Hast du schon mal gegen ein anderes Raumschiff gekämpft?«, fragte ich. »Bei Tante Beth darf ich manchmal Nachrichten gucken. Da zeigen die Bilder.«

Eine lange Zeit saß meine Mutter still da und lächelte. Aber ihr Gesichtsausdruck war nicht fröhlich, es war eher ein sarkastisches, bitteres Lächeln. Fast hätte ich die Frage wiederholt – weil ich dachte, sie hätte sie vielleicht nicht gehört –, als sie mir endlich antwortete.

»Raumschlachten sind die schlimmste Art von Kämpfen, Conrad«, sagte sie langsam. »Die Leute werden von der Leere verschlungen. Vergiss das nie. Der Weltraum ist nicht dein Freund und wird sich bei der ersten Gelegenheit gegen dich wenden.«

»Aber ich sehe doch die Filme«, bestand ich darauf, »und die Allianzkapitäne wissen doch, was sie tun. Neulich hab ich erst gesehen, wie die Allianz zwei Schiffe vom Direktorat abgeknallt hat. Ich wette, du bist klasse, wenn es einen Raumschiffkampf gibt.«

Sie schaute weiter aus dem Fenster. Hörte nicht auf zu lächeln.

»Wenn sich zwei Raumschiffe bekämpfen, geht es weder um Ehre noch um Können. Da ist nichts Besonderes dran. Es geht nur darum, wer als Erster schießt.«

Ihr Tonfall machte deutlich, dass das Thema damit beendet war, also schwieg ich.

Das war das letzte Mal, dass ich meine Mutter gesehen habe. Einen Monat später bekamen meine Schwester und ich einen Brief vom Ministerium für Extraplanetare Verteidigung, der uns darüber informierte, dass die Regierung der Vereinigten Amerikas dankbar für das Opfer war, das Jane Harris gebracht hatte. Ihr Schiff war im Orbit um den Jupiter-Außenposten bei einem Scharmützel mit einem Schiff des Direktorats zerstört worden, und bedauerlicherweise habe es keine Überlebenden gegeben.

Das führende Krell-Schlachtschiff segelte so nah an die *Oregon* heran, dass ich schon dachte, es würde uns rammen. Der Bug des Schiffs war direkt über uns.

»Panzerjalousien schließen!«, rief ein Offizier.

Als ob uns das irgendwas bringen würde, dachte ich. *Wenn das Scheißding uns trifft, sind wir am Arsch.*

»Befehl nicht ausführen«, rief Atkins scharf zurück. »Ich will den Raum mit eigenen Augen sehen.«

Ich sah in die Gesichter der Besatzungsmitglieder in meiner Nähe. Alle waren kreidebleich. Wenn das Krell-Schiff eine Bresche schlug, würde uns hier draußen – selbst wenn wir es bis zu den Rettungskapseln schaffen sollten – niemand zu Hilfe kommen. Nur ein langsames, unaufhaltsames Ende, während langsam die Vorräte zur Neige gingen – Lichtjahre vom Rest der Menschheit entfernt.

Ich fühlte mich hilflos. Das war nicht mein Kampf.

»Ausweichmanöver«, befahl Atkins. »Volle Kraft zurück.«

»Zu Befehl.«

»Nullschilde stabil?«

Wie die meisten Kampfschiffe war die *Oregon* mit sogenannten Nullschilden ausgestattet: einem Energiefeld, das Feindbeschuss zerfasern ließ. Es war vor allem gegen Energiewaffen konzipiert, konnte aber auch ballistischen Waffen standhalten. Die Krell verfügten über ähnliche Technologie, die aber irgendeinen biologischen Ursprung hatte.

»Sie ist innerhalb des Nullschilds«, erklärte Pakos.

Also war das die Strategie des Feindes. Uns so nah zu kommen, dass unsere Schilde wirkungslos waren. Dieses Spiel war so gefährlich, dass sich ein menschliches Schiff nie darauf eingelassen hätte, weil es den Angreifer anfällig für Gegenangriffe machte. Jetzt sah ich auch die Stellen, an denen sich die Nullschilde der beiden Schiffe trafen: Miniaturstürme aus flüchtigen blauen Funken.

»Sie schießt!«, schrie jemand.

Das erste Krell-Schiff eröffnete mit einer kurzen Salve aus Bioplasma das Feuer. An Bord des feindlichen Schiffs gab es spezialisierte, lebende Kanonen – hochgezüchtet, um Bioenergie zu erzeugen, die genauso tödlich war wie die Waffen, die das Militär der Allianz zu bauen imstande war. Plasma beharkte die Hülle der *Oregon*. Irgendwo an Backbord, nicht weit von uns entfernt. Das Schwerkraftfeld der *Oregon* stotterte, und die Brücke wurde heftig erschüttert, als sich Einschlag um Einschlag in die Hülle bohrte. Ich wankte unter der Kraft jedes einzelnen Treffers und krallte mich an der Verankerung einiger Monitore fest, um auf den Beinen zu bleiben. Mein Magen machte einen Satz, ich schmeckte Galle im Rachen. Ein nahes Terminal sprühte Funken. Ein Offizier sackte tot an einem der Feuerleitstände zusammen.

Mit einem Schrei wollte ich eine Schadensmeldung einfordern – um zu wissen, wie schwer wir tatsächlich getroffen worden waren –, aber ich biss mir auf die Zunge. Es war Atkins' Schiff. Er hatte hier draußen das Sagen.

»Wir haben Ablativpanzerung«, murmelte Atkins wie als Erklärung. »Leutnant, Schildenergie aufrechterhalten. So schnell kriegen die uns nicht klein.«

Ich tauschte einen besorgten Blick mit Jenkins.

»Aber nicht viel mehr«, sagte sie kaum hörbar zu mir.

»Alle noch an einem Stück?«, fragte ich.

Blake fuhr sich über eine blutige Schramme auf der Stirn, aber die war nur oberflächlich. »So gut wie.«

»Leutnant Caitlin ist tot«, rief ein anderer Offizier quer über die Brücke. »Die primäre Railgun ist außer Betrieb.«

Das war meine Gelegenheit, etwas beizutragen.

Scheiß drauf – lieber stehend sterben.

Ich flitzte über die Brücke zu ihrem Posten. Sie musste beim einsetzenden Bombardement hart mit dem Kopf auf die Konsole geschlagen sein. Entweder das, oder sie hatte eine Art Hirnschlag vom Angriff der Krell bekommen. Ich riss ihr die Kabel heraus und stöpselte ihre Leiche aus. Sie war definitiv tot: Augen und Mund waren weit geöffnet, in den Ohrmuscheln stand das Blut. Ich wuchtete den Körper vom Stuhl und setzte mich.

»Tut mir leid, Caitlin«, sagte ich. »Aber ich brauche Ihre Waffe.«

Raumschiffsbesatzungen und Simulatlenker hatten identische Datenbuchsen – die Hardware-Anschlüsse im Nacken und den Unterarmen. Die Anschlüsse waren noch warm von der Toten; einer rutschte mir aus der Hand, glitschig von ihrem Blut. Die anderen Waffenoffiziere drehten sich nach mir um, ein paar standen mit besorgten Gesichtern auf.

»Was zum Teufel machen Sie da?«, schrie Pakos mich quer über die Brücke hinweg an.

»Wonach sieht es aus?«, antwortete ich. »Ich übernehme die Railgun. Das scheint außer mir ja keiner zu machen.«

»Sie sind dafür nicht ausgebildet! Man braucht umfangreiche Einsatzerfahrung, um die Railgun bedienen zu können …«

»Und ich habe Ihnen bereits gesagt – ich hab das schon mal gemacht.« Mir war völlig egal, was sie sagte; ich hatte nicht vor, einfach herumzusitzen, während sich um mich herum die Schlacht entschied. Mit der Railgun konnte ich zumindest etwas beitragen.

»Lassen Sie ihn, Leutnant«, wies Atkins sie an. In seinem Tonfall lag Respekt – vielleicht war er doch nicht so ein Paragrafenreiter. Denn was ich hier tat, war definitiv gegen die Vorschriften.

Jedes einzelne Kabel, das einrastete, jagte mir einen stechenden Schmerz durch den Körper. Obwohl ich das schon mal *gemacht* hatte, hielt sich meine Erfahrung im Umgang mit Bordgeschützen in engen Grenzen. Grundsätzlich war es kein großer Unterschied, ob ich mich mit der *Oregon* oder einem Sim verband. Es gab allerdings viele Nuancen, die anders waren.

Es dauerte einen kurzen Moment, die neurale Verbindung herzustellen, dann war ich online.

Ich bin die Oregon.

Meine Synapsen wurden von neuen Informationen überflutet. Ich war die Maschine. Mein Kurzzeitgedächtnis füllte sich mit Zielerfassungsdaten. Ein paar Sekunden lang setzte mich die schiere Fülle an Informationen außer Gefecht – zusammen mit dem puren Rausch des Übergangs. Körperlich war ich immer noch auf der Brücke, lenkte aber die primäre Railgun mit meinen Gedanken: drinnen ein lebendes menschliches Wesen, draußen eine riesige regungslose Waffe.

Mit einem Satz wurde das Ziel-Hologramm vor mir scharf.

»Primäre Railgun online«, sagte Pakos hinter mir.

»Geil!«, schrie Kaminski.

»Vielleicht sollten Sie Sicherheitsvorkehrungen treffen«, sagte Atkins. »Das wird ein ziemlich holpriger Ritt. Laserabwehr aktivieren.«

Das Krell-Schlachtschiff lag direkt über uns und dominierte die Sichtfenster der Brücke. Die Laserbatterien der *Oregon* begannen den eingehenden Feindbeschuss abzufangen. Mit jeder Salve erleuchteten sie den vernarbten und zerbeulten Rumpf des großen Schiffs.

»Hat die Flotte diesen Gegner schon mal bekämpft?«, fragte Atkins.

Es lag nicht in der Natur der Krell, ihre Schiffe zu benennen. Auf der Hülle standen weder Name noch Seriennummer. Ich bezweifelte, dass dieses Schiff aus Sicht des Krell-Kollektivs irgendeine Persönlichkeit oder Bedeutung abseits seiner Größe und Masse hatte. Aber die Flotte führte Buch, und im Verlauf des Kriegs mit den Krell war jede Schlacht genauestens festgehalten worden. Jedes Schiff wurde studiert, jede benutzte Taktik berücksichtigt. Wenn ein Schiff eine bekannte Schwachstelle hatte, wurde sie verzeichnet. Auf allen Schiffen der Flotte gab es eine Datenbank der bekannten Feinde. Das könnte uns einen Vorteil verschaffen, wie klein der auch ausfallen mochte.

Das alles fand um mich herum statt, aber meine Aufmerksamkeit lag ganz woanders. Ich suchte draußen mit der Railgun nach Zielen. Die Maschine hatte etwas

Animalisches, Wütendes an sich. Sie hungerte nach einem Ziel, und ich musste sie an die Leine nehmen. Ich war der Herr über Feuerkraft, die eine ganze Flotte dezimieren konnte. Es war aufregend, berauschend.

Vor meinem geistigen Auge zogen Datenströme vorbei. Es hatte viele Ähnlichkeiten zum Lenken eines Sims, war aber doch gänzlich anders.

»Treffer in der Datenbank gefunden«, rief ein junger Offizier triumphierend durch den Raum. »Primärer Feind ist die *Death of Antares.* Kategorie vier. Letzter Zusammenstoß mit der Flotte war vor sieben Jahren, als sie neunhundert Mann an Bord des Schlachtschiffs *Virginia Central* das Leben gekostet hat …«

»Bleiben Sie bitte beim Wesentlichen«, antwortete Atkins. »Wir haben keine Zeit für Details.«

Ganz zu schweigen von dem Effekt, den solche Enthüllungen wahrscheinlich auf die Moral der Brückenmannschaft hatten. Schlachtschiffe der Allianz waren viermal so groß wie ein Angriffskreuzer vom Typ der *Oregon,* und die Neuigkeit, dass dieses Alienschiff ein solches ausgeschaltet hatte, war verständlicherweise wenig willkommen.

»Bekannte Schwachstelle an Steuerbord-Hangar!«, platzte sie heraus. »Lade Ihnen gerade die Daten hoch, Captain. Sie hat bei einer Sichtung über Proxima Yaris durch Flottenbeschuss einen kritischen Treffer abbekommen …«

Wieder krängte die *Oregon,* und ich wurde in meinem Sitz durchgeschüttelt. Irgendetwas anderes traf das Schiff, diesmal so hart, dass das gesamte Tragwerk erzitterte. Könnte eines der größeren Trümmer gewesen sein, vielleicht aber auch eine ballistische Waffe von der *Death.* Mittlerweile war das umliegende All gerammelt voll mit möglichen Zielen.

»Die *Death* hat eine geschwächte Arterienwand am Übergang von der hinteren Triebwerkssektion zur dritten Hangarschleuse«, sagte Atkins. »Wir haben von hier aus freies Schussfeld auf ihren Bauch.«

Ein neues Hologramm sprang an, das die *Death of Antares* zeigte – ein rotierendes Drahtgittermodell. Eine Markierung hob die Schwachstelle hervor: den Einschlag des letzten Flottenangriffs.

»Aktiviere Teilchenbeschleuniger«, verkündete ein Waffenoffizier. »Zielerfassung erfolgt.«

»Feuer frei. Beginnen Sie mit dem Beschuss.«

Die Sichtfenster blitzten auf, als ein gleißender Strahl durch das All schoss. Das Licht war im Vergleich zur umliegenden Schwärze so hell, dass es mir ein Nachbild auf die Netzhaut brannte. Der Strahl fuhr über die Unterseite der *Death of Antares* und riss ein Loch zwischen zwei der Panzerplatten. Flüssigkeit und Trümmerteile brachen aus dem Schiff hervor und ergossen sich ins All. Über uns setzte das Schiff sein langsames und unaufhaltsames Manöver fort, aber ich spürte, dass es verletzt war.

Verdammt. Für einen Moment war ich echt sauer, dass nicht ich den ersten Treffer gelandet hatte. Draußen drehte sich die Railgun verärgert.

»Haben wir es erlegt?«, fragte Blake aufgeregt.

Der erste Einschlag hatte nur kleinere strukturelle Schäden verursacht – auf meiner Station erschien ein Bericht.

»Nicht ganz«, knurrte ich. »Aber wir sind nah dran. Das ist meine Beute.«

Das Schiff über uns bewegte sich, und ich erkannte meine Chance.

Ich wartete den Befehl nicht ab, sondern entfesselte die Railgun. Sie war nichts weiter als eine krude Vernichtungswaffe – langsam und ungelenk, aber auf diese Entfernung absolut tödlich. Sie konnte dickste Panzerung durchschlagen und ein gegnerisches Schiff dem Vakuum aussetzen. Das war das Ziel: das feindliche Schiff ausbluten zu lassen. Ich feuerte eine kurze Salve hochbeschleunigter Schüsse in den Unterleib der *Death*.

Für mich als Teil des Betriebssystems der *Oregon* schien jeder Schuss eine Ewigkeit zu brauchen, um sein Ziel zu erreichen, während die *Death* ein unablässiges Sperrfeuer aus Bioplasma in die *Oregon* jagte. Tatsächlich dauerte es nur ein paar Mikrosekunden, bevor die Ladungen einschlugen.

Bevor die *Antares* wusste, dass sie geliefert war, wusste ich es.

Erst durchschlug einer, dann zwei Schüsse die Hülle am Rumpf. Dank der Unterstützung durch die KI der *Oregon* hatte ich gut gezielt, und jeder Schuss traf dieselbe geschwächte Naht auf der Unterseite. Wie in Zeitlupe durchbrachen die Projektile sauber die Panzerung. Noch mehr Trümmerteile traten aus der Wunde, mehr Flüssigkeit sprudelte ins All – gefroren, kaum dass sie das Schiff verlassen hatte. Das Schiff schien zu schwanken, das Licht des Antriebs flackerte. Die Bioplasma-Poren stellten das Feuer ein.

»Bestätigter Treffer«, stellte ich fest. »Sie verlässt den Bereich unserer Schilde.«

Auf der Brücke brach Beifall aus. Es war besser gelaufen, als ich erwartet hatte. Ich spürte Hoffnung in mir aufsteigen. Die Waffe war immer noch hungrig, und ich fühlte, wie der enorme Lauf abkühlte, aber immerhin hatte ich uns etwas Zeit verschafft.

Da draußen ist immer noch ein anderes, gab eine innere Stimme zu bedenken. Entweder war ich das oder die KI der Railgun – nachgeladen und gierig nach einem neuen Ziel.

»Haben wir einen Datenbank-Treffer zum zweiten Gegner?«, rief Atkins.

»Die *Great White,* Sir«, antwortete der gleiche Offizier wie vorher. »Hat bei der Schlacht von Gavis Prime drei von unseren Schiffen versenkt.« Warum bitte musste dieser Offizier immer schlechte Neuigkeiten verbreiten? »Kategorie sechs. Keine bekannten Schwachstellen, Sir.«

»Was heißt Kategorie sechs?«, rief Kaminski.

Niemand hielt es für nötig, ihm zu antworten. Krell-Schiffe wurden nach ihrer Bedrohung eingestuft – basierend auf gesammelten Informationen und der Größe. Ein Schiff der Kategorie sechs war *groß.*

»Was für eine Kategorie sind wir?«, warf Kaminski hinterher.

»Wir sind 'ne drei«, rief ich zurück.

»Ach du Scheiße.«

Die *Great White* schob sich bedächtig durch das Asteroidenfeld, während sie gleißende Lichtlanzen abfeuerte. Sie war weiter entfernt als die *Death* und gründlich außerhalb unserer Nullschilde. Die Schüsse verpufften an den Schilden, die jetzt stabil waren und uns wieder schützten. Das gegnerische Schiff war immer noch teilweise vom Asteroidenfeld verdeckt und schickte Trümmerteile in alle Richtungen, während es sich bewegte.

Mit dir werde ich genauso schnell fertig, schwor ich. Die Railgun gewann die Oberhand. Ich *musste* schießen.

»Ich nehme die *Death* weiter unter Feuer«, verkündete ich.

Es war, als sei die *Oregon* von einem wilden, blutrünstigen Geist besessen – und ich deshalb ebenfalls. Die Railgun feuerte. Es gab bei keinem der Schüsse einen Rückschlag oder ein Nachbeben. Um mich herum stimmten andere Waffenoffiziere mit ein. Alle Waffen konzentrierten sich auf das verkrüppelte feindliche Schiff. Torpedos starteten, und sobald der Teilchenbeschleuniger nachgeladen hatte, zog auch er nach. Die Schlacht fühlte sich seltsam entrückt an; bis auf das gelegentliche – und wahrscheinlich sehr vielsagende – Knarren und Stöhnen im Chassis der *Oregon* wurde der Kampf lautlos geführt. Das war der Unterschied zwischen dem Abfeuern von Bordgeschützen und dem Kampf in einem Sim: Es gab keine Schmerzen, keine unmittelbaren Konsequenzen meiner Handlungen. *Ich schieße, draußen im All stirbt etwas.* In meinem Sim gab es keine Distanz: Das Simulierte wurde real. Ich spürte das Verlangen, zurück in meinen Simulator-Tank zu steigen, obwohl die Sims den Kriegsschiffen nichts anhaben konnten.

Selbst als die Treibstofftanks der *Death* in einem prachtvollen und kurzlebigen Blitz detonierten, geschah das völlig lautlos. Teile der *Death* wurden über die Sichtfenster verstreut und trafen das verstärkte Glas mit dumpfen Schlägen. Kleinere Wrackteile leuchteten draußen in den Nullschilden auf. Obwohl ein Großteil des Schiffs immer noch an einem Stück war – sein Untergang war besiegelt. Der Innenraum war fast vollständig dem Vakuum ausgesetzt, und die Krell starben in der Leere genauso schnell wie wir.

»Primärbedrohung neutralisiert.«

Mir fiel auf, dass ich schweißgebadet war. Trotz der Umstände genoss ich das Gemetzel, genoss, ein Teil davon zu sein. Vielleicht gefiel es mir auch gerade *wegen* der Umstände. Mit hemmungsloser Hingabe ließ ich die Railgun weiter feuern. Die Munitionsanzeige ging langsam zur Neige und blinkte schließlich auf – ließ mich wissen, dass ich fast alle Projektile verbraucht hatte.

»Bestätige Status der *Death of Antares:* außer Gefecht«, brüllte Atkins hinter mir. »Sofort Feuer einstellen.«

Galt das mir? Ich war mir nicht sicher. Auf jeden Fall schob ich meinen Sitz zurück und hörte zu schießen auf.

»Jetzt müssen wir uns nur noch um die *Great White* kümmern«, sagte er.

Die Schlacht war noch lange nicht geschlagen. Die *Great White* feuerte einen unablässigen Hagel von Energiestrahlen auf die *Oregon.* Die Nullschilde würden nicht ewig halten. Wir mussten in die Offensive gehen, irgendwie versuchen, das andere Schiff auszuschalten.

Atkins spulte Befehle an seine Mannschaft ab. Die *Oregon* erzitterte für einen Moment, und ich merkte, wie ich nach oben schwebte. Das Schwerkraftfeld war defekt.

»Zweiter Feind bereitet weitere Maßnahmen vor«, sagte Pakos.

Die *Great White* hatte angehalten, und die Poren an ihrer Flanke fingen an, sich rhythmisch anzuspannen. Kleine Jäger wurden ausgespuckt und formierten sich zu dichten Angriffsgeschwadern.

»Ich habe dir gesagt, dass wir Hornets brauchen«, sagte Jenkins zu mir. Während des Beschusses hatte sie sich mit dem Rest meiner Leute um meinen Leitstand versammelt.

»Eine Menge Gegner im Anflug«, rief Pakos. »Weniger als zwanzig Sekunden, bis sie optimale Schussweite erreichen. Sie versuchen, durch die Schilde zu kommen.«

Die Jäger waren glatt und nadelförmig. Obwohl offensichtlich von der gleichen Machart wie die größeren Schlachtschiffe, waren sie wesentlich schneller und wendiger. Als die Triebwerke zündeten, um die Entfernung zwischen ihnen und uns zu überbrücken, hinterließen sie helle Plasmaschweife im dunklen All.

Ich suchte das Gebiet nach Zielen ab. Die Railgun visierte die entgegenkommenden Jäger automatisch an, feuerte aber nicht. Die Projektile waren langsam; gegen diese neue Bedrohung konnte meine Waffe nichts ausrichten.

»Verdammt!«, schrie ich.

Aber die *Oregon* antwortete gebührend. Ich fühlte den Ruck, als irgendwo unter uns Torpedos starteten, und sah auf dem Holo-Display, wie sie den ankommenden Jagdgeschwadern entgegenstrebten. Viele der Schiffe explodierten, bevor sie uns erreicht hatten, und verschwanden vom Schirm. Es gab eine Reihe strahlender Blitze – jeder einzelne der Tod eines Jägers. Alle wurden fast augenblicklich von der Kälte des Alls getilgt.

Aber gleichzeitig wurde die *Oregon* weiter mit gegnerischem Feuer überzogen. Energiestrahlen bohrten sich in die Nullschilde, und bei derart massiertem Feuer war es unausweichlich, dass ein paar Schüsse durchkamen. Irgendwo tief im Schiff zerplatzte etwas, und dieses Mal fühlte und hörte ich die Explosion.

Jetzt fühlt es sich wieder echt an.

Die Raumschlacht war computergesteuert und klinisch gewesen. Lautlose Explosionen, kämpfende Maschinen, die Gegner ausschalteten, die viele Kilometer entfernt waren. Aber die Explosionen, die ich um mich herum hörte, während die *Oregon* unter schwerem Feindbeschuss lag: Die waren *echt.*

Ich zog an meinen Kabeln, und sofort war die Verbindung zu den Waffensystemen der *Oregon* unterbrochen. Plötzlich war die zweite Wahrnehmungsebene einfach weg. Die gleiche Welle der Unsicherheit brach wieder über mich herein, und ich schüttelte den Kopf und versuchte, mich auf die Realität zu konzentrieren.

»Festhalten!«, schrie Kaminski. »Da kommt noch mehr!«

Das Deck schwankte unkontrolliert, dann setzte die Schwerkraft ganz aus. Dieses Mal reagierte ich sofort und krallte mich in die Armlehnen des Leitstands. Mein Team klammerte sich an alles, was irgendwie fest verschraubt war. Ich fühlte mich, als hätten sich auf einmal sämtliche inneren Organe losgerissen. Zum ersten Mal seit langer Zeit war ich froh, nicht gerade etwas getrunken zu haben. Mir wurde schlecht, und ich schaffte es nur mit Mühe, meinen Mageninhalt bei mir zu behalten.

Aus den Lautsprechern überschlugen sich die Nachrichten, als die Wartungscrews von überall Schadensmeldungen durchgaben. Ein Besatzungsmitglied schrie irgendwas über Feuer auf den unteren Decks. Es war unmöglich, den Geruch von Rauch in der Luft zu ignorieren.

Wir kommen hier nicht raus.

»Bitte um Erlaubnis, Decks drei und fünf zu fluten«, rief Leutnant Pakos.

Sie war verdammt noch mal ein Funkoffizier – nicht für die Wartung oder irgendeinen anderen Bereich der Schiffsführung zuständig. Aus dem Augenwinkel sah ich einen weiteren toten Offizier – in der aussetzenden Schwerkraft segelte er quer durch den Raum. *Sieht so aus, als wäre Pakos gerade befördert worden, ob sie nun will oder nicht.*

»Nur wenn es gar nicht anders geht!«, brüllte Atkins.

Die Schwerkraft veränderte sich wieder. Ich griff nach dem Stuhl, verfehlte ihn und segelte der Decke entgegen. Im letzten Moment gelang es mir, die Arme auszufahren, um den Aufprall abzufangen. Um mich herum ging es den anderen Leuten auf der Brücke ähnlich.

»Es ist«, rief Pakos Atkins zu. Ihre Stimme brach. »Es ist wirklich die einzige Möglichkeit.«

»Dann bitte.«

Als ich über ihm schwebte, konnte ich einen Blick auf Atkins' Gesicht werfen. Er zog eine finstere Miene. Die Decks dem Vakuum zu öffnen würde zwar das sich ausbreitende Feuer sofort ersticken, hieß aber gleichzeitig, dass jeder, der sich nicht in Sicherheit gebracht hatte, ins All gesaugt werden würde. Pakos traf eine harte Entscheidung – sie opferte jeden, der noch auf diesen Decks war, für das Wohl der restlichen Crew. Das war keine Entscheidung, die ich hätte treffen wollen.

»Wo ist der Schaden am größten?«, fragte Atkins.

»Die Lebenserhaltung hat was abbekommen«, antwortete jemand.

Das war's, dachte ich. Die Lebenserhaltung war der am stärksten gesicherte Bereich an Bord. Wenn wir da schon getroffen wurden, würden Sauerstoff und Beheizung als Nächstes dran glauben müssen.

Dann setzte die Schwerkraft so plötzlich wieder ein, wie sie ausgefallen war. Ich schlug hart auf dem Boden auf. Neben mir landete Kaminski, der aufstöhnte.

Atkins drehte ruckartig den Kopf, um etwas im Betriebssystem der *Oregon* zu überprüfen. Zum ersten Mal, seit die Schlacht begonnen hatte, schien er in Betracht zu ziehen, dass wir tatsächlich verlieren, hier draußen tatsächlich sterben könnten.

»Wir verlieren Kühlmittel aus einem der hinteren Tanks«, stellte er missmutig fest.

»Das heißt?«, fragte Jenkins, die sich festhielt, als ein weiterer Einschlag die *Oregon* erschütterte.

»Dass wir damit rechnen können, in etwa fünfundzwanzig Minuten keine Atmosphäre mehr zu haben.«

»Irgendwas müssen wir doch tun können!«, rief ich, wobei ich meinen Leuten in die Augen sah und dann Atkins anguckte.

»Das Leck ist außen«, sagte Atkins. »Falls Sie es nicht gerade fertigbringen, bei diesem Beschuss nach draußen zu kommen«, er zeigte aus dem Fenster, »gibt es nichts, was wir tun können.«

Ich grinste Jenkins an, aber sie wankte bereits in Richtung Ausgang.

»Hören Sie nicht auf, auf das Mistvieh zu schießen«, befahl ich, »dann kümmern wir uns um das Leck. Funken Sie Olsen an, und sagen Sie ihm, er soll die Tanks hochfahren.«

8

FÜNF-MANN-ARMEE

Wir nahmen den kürzesten Weg zurück zur Krankenstation. Da die Schwerkraft immer wieder ausfiel, konnten wir uns nicht einfach vorwärtsbewegen. Durch einen leeren Gang zu rennen wurde zu einer dreidimensionalen Angelegenheit. Der Boden wankte und zitterte unaufhörlich, und es kam mir so vor, als würden wir von allen Seiten gleichzeitig angegriffen. Gerade rannten wir auf dem Boden, dann waren wir gezwungen, an der Decke entlangzukriechen. Ich ließ mich nach vorn fallen, benutzte Leitersprossen als Griffe und wuchtete mich durch schließende Schotte hindurch. Die Beleuchtung flackerte und blinkte, dann wurden wir kurz in absolute Dunkelheit getaucht. Ich kam an einem Wartungsteam vorbei, das verzweifelt einen Raum mit Feuerlöschern bearbeitete. Die Luft schmeckte rauchig, gleichzeitig sank im Widerspruch dazu die Temperatur rapide. Wie ein Pesthauch lag Panik in der Luft; ungefähr so gut zu atmen wie das Vakuum draußen.

Die *Oregon* lag im Sterben, und außer uns konnte sie keiner retten.

»Nächste Kreuzung«, schrie Martinez, zielte und stieß sich von der Wand ab, um mehr Vorwärtsdrall zu bekommen.

Die Lautsprecher rauschten.

»Hier spricht Captain Atkins«, ertönte eine Stimme. »Wissenschaftsoffizier Olsen meldet, dass Ihre Tanks bereit sind. Bewegung!«

In der Krankenstation herrschte hektischer Betrieb. Die Monitore an den Wänden zeigten, wie die *Oregon* ihren Angriff auf die *Great White* fortsetzte, aber unsere Schüsse kamen jetzt seltener – und schlechter gezielt.

Die Simulatoren waren startklar. Der drohende Ausfall der Lebenserhaltung hatte Olsens Leute auf Zack gebracht, und sie reagierten mit vorbildlichem Tempo.

»Schafft mich *sofort* in diesen Tank!«, brüllte ich. Es war mir egal, wen ich beleidigte, welche Vorbereitungen ich unterbrach.

»Ich … ich beeile mich!«, antwortete ein Techniker, der mir helfen wollte.

»Lass mich – ich mach das selber«, sagte ich. Ich stieß ihn zur Seite. »Helfen Sie Blake.«

Ich nahm den Revolver meines Vaters aus dem Schenkelhalfter und hängte ihn neben meinen Tank. Ein Sanitäter rümpfte die Nase und trat vor, um die Waffe zu untersuchen, aber ich verscheuchte ihn.

»Finger weg – kümmern Sie sich um Ihre Arbeit.«

Jeder von uns wurde an seinen Simulator gekoppelt. Olsen überwachte alles. Kabel in die Buchsen am Rückgrat, an den Gliedmaßen, die gleiche Prozedur wie auf der Brücke. Die Atemmasken saßen.

Ich wurde ins Fruchtwasser des Simulators herabgelassen. Im Einsatz würde der Tank voll mit dampfender, lebenserhaltender Flüssigkeit sein; jetzt gerade war das Zeug lauwarm, wurde aber bereits heißer. Die Atemmaske pumpte meine Lungen voll mit kaltem Sauerstoff. Mein Puls raste: Ich sehnte mich wahnsinnig nach dem Übergang. Die Simulatoren waren empfindliche Geräte, die nicht dafür gebaut waren, in der Schwerelosigkeit oder unter Beschuss grob behandelt zu werden, aber wir hatten keine Wahl. Uns blieb keine Zeit für Formalitäten.

Die Kabel schmerzten in meinen Armen. *Wie ein Junkie, der sich die nächste Nadel setzt.* Und ähnlich wie der wusste auch ich, dass es ein guter Schmerz war. *Das heißt, dass du noch lebst,* sagte ich mir. Außerdem bedeutete der Schmerz, dass die ultimative Euphorie nicht mehr weit weg war und ich bald den Rausch des Übergangs spüren würde.

Komm schon! Komm schon! Jetzt macht schon!

In meinem Ohr steckte ein Kügelchen, durch das ich mit der Krankenstation und dem Rest meiner Truppe kommunizieren konnte.

»Jawoll, geil!«, brüllte Kaminski in seine Maske. »Jetzt geht's los.«

Jenkins, Blake und Martinez stimmten ein Wolfsgeheul an. Ein paar Sanitäter zuckten von den Tanks zurück.

»Sind die Sims bereit?«, fragte ich Olsen.

Außerhalb des Tanks war alles in einen blauen Schleier gehüllt. Olsen stand vor mir, hielt ein Klemmbrett oder Tablet fest und nickte.

»Jawohl, Captain Harris«, murmelte er. »Nach dem

Übergang müssen Sie dem Weg folgen, den Captain Atkins vorbereitet hat. Taktische Karten von Innenleben und Außenbereich der *Oregon* sind auf Ihre Anzüge geladen worden.«

Olsen trat zurück und zeigte auf die andere Seite der Krankenstation. Dort, gegenüber von meinem Tank, sah ich fünf Götter des Krieges. Fünf Statuen aus grauem Fleisch gegossen; umhüllt von der besten militärischen Hardware, die die Allianz zu bieten hatte. Fünf hungrige, leere Gefäße: die Augen leicht geschlossen hinter den halb verspiegelten Visieren. An Haken aufgehängt wie Schinken. An jeder Rückenplatte magnetisch ein Plasmagewehr befestigt. *Nicht mehr lange. Bald – bald.*

Der nächste ohrenbetäubende Knall kam irgendwo aus der Tiefe des Schiffs und hallte in leeren Metallgängen wieder. Die Krankenstation wurde in rote Notbeleuchtung gehüllt. Ein Techniker rannte zu meinem Tank und versiegelte ihn.

»Dieser Teil des Schiffs ist an die Notversorgung angeschlossen«, sagte Olsen. »Solange das Schiff nicht untergeht, haben wir hier bis zum bitteren Ende Strom.«

»Das hört man gerne«, sagte ich. »Jetzt machen Sie voran, und bringen Sie uns hier raus.«

Derselbe Techniker überprüfte noch einmal alle Tanks.

»Viel Glück«, rief Blake. »Wir sehen uns auf der anderen Seite.«

Die Worte wurden von uns allen wie ein Schlachtruf wiederholt.

»Verbindung zu den Simulaten wird hergestellt«, rief

ein Techniker. »Verbindung ist stabil, wiederhole: Verbindung ist stabil.«

»Sind die Lenker bereit zum Übergang?«, fragte Olsen.

Einer nach dem anderen gaben wir aus unseren Tanks Handzeichen. Olsen sah uns der Reihe nach an, dann hob er die Hand.

»Alle Lenker bestätigen Bereitschaft. Wir sind startklar, wiederhole: startklar. Übergang einleiten.«

Er konnte nicht früh genug kommen.

Es war wie meine Verbindung mit der *Oregon,* nur anders. *So viel besser.*

Ich schaute aus meinem Tank, sah Olsen und den umher hastenden Sanitätern zu. Für einen Sekundenbruchteil überlagerten beide Realitäten einander. Ich war an zwei Orten gleichzeitig. Zwei biologische Wesen kämpften um die Vorherrschaft, gesteuert von einem einzelnen Bewusstsein. Mein echtes Herz und das des Simulaten schlugen im Gleichschritt, dann nach und nach langsamer.

Meine Glieder wurden schlaff. Ich versuchte sie zu bewegen, in dem blauen Sirup einen Arm zu heben.

Ich kontrolliere jeden Teil meines Körpers. Ich hebe beide Arme, aber ich muss aufpassen, mich nicht zu hastig zu bewegen: Meine Kraft ist durch den Anzug verstärkt und kennt keine Grenzen.

Ich war vierzig Standardjahre alt.

Ich bin gerade erst geboren worden.

All meine Sinne waren messerscharf, hochsensibel. Es war so verstörend, dass es fast wehtat.

Aber mir nicht. Ich lebe wieder.

Ich war nicht im Simulaten, ich *war* der Simulat.

Die Haken, die meinen eben noch leblosen Körper festhielten, gaben nach, und zum ersten Mal stand ich. Der Körper war neugeboren, aber ich spürte kein Wanken, keine Unsicherheit.

Mein echter Körper hatte sich vor mir im Tank eingerollt. *Schwach, menschlich und voller Fehler.* So leicht zerstörbar. Er war durch etwas anderes, etwas Besseres ersetzt worden. Ich spannte Arme und Beine an, wackelte mit dem Kopf, spürte die straffen Muskeln im Nacken. Ich atmete tief ein. Alles funktionierte genauso, wie es sollte.

»Übergang bestätigt«, sagte ich.

Mein taktischer Kampfhelm aktivierte sich. Die Innenseite meines Visiers war einen Moment lang voller Wartungsanzeigen, dann wurde sie von Echtzeit-Kampfdaten der *Oregon* ausgefüllt. Der Rest der Panzerung kam online.

»Alle bereit?«, brüllte ich ins Helm-Mikro.

»Na endlich!«, rief Kaminski. »Wir sind eine Fünf-Mann-Armee.«

Die anderen bestätigten der Reihe nach.

»Na dann Abmarsch.«

Olsen und der Rest des wissenschaftlichen Teams wichen vor uns zurück, und wir stürmten los.

Zur nächsten Hauptschleuse ging es durch die Krankenstation, an den Lagerräumen vorbei, dann zurück durch die Nachrichtenzentrale. In unseren richtigen Körpern wäre das ein beschwerlicher Weg gewesen. Jetzt war es kein Problem. Die Schwerkraft veränderte sich weiterhin: Dafür hatten wir magnetische Sohlen. Die Atmosphäre war von Rauch und anderen Stoffen verunreinigt: Dafür hatten wir interne Sauerstoffversorgung.

Hin und wieder kamen wir an Besatzungsmitgliedern und anderem Personal vorbei. Trotz der Panik, trotz der allgemeinen Angst vor unmittelbarer Vernichtung blieben sie stehen und starrten uns an. Das Simulatenprogramm war kein Geheimnis, aber selbst bei der Flotte sah man nicht oft einen Sim aus nächster Nähe. Nach den Gesichtsausdrücken der Flottenbelegschaft wagte ich zu bezweifeln, dass sie so etwas noch einmal sehen wollten.

Vor uns mühte sich eine Handvoll Techniker, die Notfall-Sauerstoffgeräte trugen, mit einem Schott ab. Zwei Platten aus fünfzehn Zentimeter dickem Stahl wurden von einem Feuerlöscher offen gehalten; der Türmotor protestierte jaulend. Eine Warnleuchte an der Decke tauchte die Gegend in gelbes Licht. Die Techniker schrien sich gegenseitig an. Als wir uns näherten, war das Schott erneut zu hören – das nervenaufreibende Kreischen von Metall auf Metall –, und der Feuerlöscher zischte, als er zerriss.

»Aus dem Weg, *sofort!*«, brüllte ich über die externen Lautsprecher des Kampfanzugs. Meine Stimme war jetzt ein tiefes Grollen aus dem Brustkorb.

Auf meinem Helm-Display waren sechs Leute gekennzeichnet, leuchtende Symbole mit Biodaten. Erhöhter Herzschlag, gefährliche Kohlendioxyd-Werte.

Ich führte mein Team, und die Techniker drehten sich alle gleichzeitig um. Ihre Gesichter erstarrten vor

Schreck; das blanke Entsetzen darüber, dass irgendwer in der Allianz etwas entworfen haben konnte, das eine so präzise, feingeschliffene Kampfmaschine war. Die Leute kamen mir wie Insekten vor – wenn ich gewollt hätte, hätte ich sie einfach auslöschen können. Ich schritt zwischen ihnen hindurch. Das Einzige, worauf es ankam, war das rechtzeitige Erreichen der Schleuse.

Ich bin das Verderben, sagte eine Stimme in meinem Kopf. *Und das gefällt mir.*

»J … ja, Sir!«, brachte einer der Techniker heraus, während er stolpernd von der Tür zurückwich.

Ich schoss nach vorn und bekam das Schott zu fassen, als es sich gerade schließen wollte. Mit den Fingern stemmte ich die beiden Metallplatten auseinander. Das Metall kreischte, aber es gab nach. Der zischende Feuerlöscher fiel auf den Boden, wo er weiter Schaum versprühte. Ich wuchtete die Türflügel zurück in die Wand, und unser Weg war frei.

»Die Schleuse ist da hinten«, wies ich die anderen an. »Tempo.«

»Zu Befehl, Cap«, sagte Jenkins kichernd über Funk, während sie an der entsetzten Besatzung vorbeirannte.

Ich machte mir nicht die Mühe, Jenkins zurechtzuweisen. Das war das Schlimmste an der ganzen Sache: Als ich auf diese Männer herabschaute, gefiel mir ihre Reaktion.

Ich war nicht mehr wie sie.

Ich war etwas Besseres.

9

WELTRAUMSPAZIERGANG

Endlich erreichten wir die Hauptschleuse der *Oregon*. Ich funkte Olsen in der Krankenstation an.

»Harris hier. Wir sind an der Schleuse.«

»Verstanden«, sagte Olsen, die Stimme von Rauschen durchbrochen. »Captain Atkins meldet kontinuierlichen Beschuss des feindlichen Schiffs. Viel Glück.«

»Verstanden. Harris Ende.«

Die Luftschleuse war eine sterile weiße Kammer, deren eines Ende ins Innere der *Oregon* führte, das andere ins All. Auf der gegenüberliegenden Seite lag ein Panzerschott, auf dem überall Hinweise klebten, die vor der Gefahr des absoluten Vakuums warnten. Das war unser Ziel. Durch ein Bullauge konnte man draußen die Schwärze sehen.

Die Kampfanzüge waren für Einsätze im All genauso gut geeignet wie für Benutzung in Atmosphäre. In meinem Helm leuchteten Hinweise auf: Der Anzug war einsatzbereit und luftdicht versiegelt.

»Alles klar, Leute. Versiegelung und Waffenbereitschaft bestätigen.«

Ringsherum zustimmende Rufe.

Ich lehnte mich gegen das Schleusentor und griff

nach dem manuellen Öffnungsmechanismus. Ohne zu zögern öffnete ich das Ablassventil. Das Tor schwang reibungslos auf und gab die Kammer dem Vakuum preis. Kurz hörte man das Zischen entweichender Luft, dann absolute Stille.

»Außeneinsatz eingeleitet«, sagte ich.

Auf meinem Display erschien ein Zeitstrahl: siebzehn Minuten bis zum Ausfall der Lebenserhaltung.

Vor mir erstreckte sich das All. Ich stapfte aus der Schleuse. Sofort griffen die magnetischen Sohlen und hielten mich auf der Hülle. Die anderen folgten.

Das Schwerkraftfeld der *Oregon* erstreckte sich nicht über die inneren Decks hinaus, deshalb gab es keine Gravitation mehr, sobald wir das Schiff verlassen hatten. Meine Wahrnehmungsebene verlagerte sich: Während vorher die künstliche Gravitation vorgegeben hatte, wo unten war, hatte ich jetzt die Magnetklammern in meinen Schuhen als einzige Referenz. Die plötzliche Veränderung im Gleichgewichtssinn löste eine Welle der Übelkeit aus, aber die Medizineinheit meines Anzugs reagierte sofort. Raumkrankheit war für Simulaten ein belangloses Problem.

Die Hülle der *Oregon* war eine riesige, karge Ebene. Nacktes Metall erstreckte sich über Hunderte von Metern in jede Richtung, nur hier und da von Sendemasten oder Waffenbatterien durchbrochen. In der Ferne war die Flanke des Schiffs von Leuchtbahnen übersät. Die Luftschleuse lag ungefähr mittschiffs an Steuerbord. Sobald ich den Bereich der Schleuse verlassen hatte, flammte eine Übersichtskarte auf meinem Helm-Display auf, die den direkten Weg zum Leck anzeigte. Für den Moment ignorierte ich sie allerdings und konzentrierte mich ganz auf den gewaltigen Anblick.

Die *Oregon* lag mitten im Asteroidenfeld, auf allen Seiten trieben Felsen vorbei. Dahinter öffnete sich das All zur Unendlichkeit: ein großes Gemälde gleißend weißer Nadelstiche vor seidiger Schwärze. Jedes der Lichter war ein Stern, jeder Stern von einer Menge Krell-Planeten umgeben. Wir waren *im* Mahlstrom. Einen Augenblick lang raubte mir diese Vorstellung den Atem, mein Anzug reagierte mit einem Beruhigungsmittel. Es war einfach, hier draußen verlorenzugehen, sich vor der schieren Größe des Alls nichtig zu fühlen. Das Gefühl war aufdringlich, hartnäckig und fremd.

Darunter, jenseits der gewölbten polierten Hülle der *Oregon,* wartete Helios. Ganz kurz stellte ich mir vor, wie ich die Magnetklammern löste und ins All hinaustrieb – um von Helios und seinem Gravitationsfeld angezogen zu werden. Helios selbst war ein hässliches Chaos von einem Planeten. Eine braune, verschleierte Kugel; eingehüllt in gelbe Wolken und bedrohliche Wirbelstürme. Keine Ozeane oder andere große Wasserflächen – das monotone Braun nur von einzelnen Gebirgszügen unterbrochen. Vielleicht hatte der Planet etwas, aber mich beeindruckte das nicht. Für mich war nichts Schönes an diesem Ort. Das Artefakt war selbst aus dem All zu sehen. Es war so groß, dass es durch die Wolken ragte wie ein Finger, der wütend auf Gott zeigte.

Aber das war nicht das Schlimmste an der Aussicht.

»Christo«, sagte Kaminski über Funk. Dieses Mal machte sich Martinez nicht die Mühe, ihn zurechtzuweisen. »Seht euch das bloß an.«

Er zeigte auf die *Great White.* Von der Brücke aus, über Holo-Display oder sogar durch die Sichtfenster betrachtet sah die *White* vollkommen schwarz aus. Aus der Nähe sah man eine Vielzahl dunkler Abstufungen. Ihre Hülle war unzählige Male repariert worden, neue Panzerplatten waren über beschädigte Abschnitte gewachsen. Die ganze sichtbare Seite des Schiffs war von hässlichen Beulen und Narben überzogen, als wäre sie kein Raumschiff, sondern ein riesiges lebendes Tier. Das Ding sah aus, als hätte es *Schmerzen,* und die vernarbten Stellen erweckten den Anschein, als ginge ihm das schon lange so. Trotzdem jagte es weiter helle Ströme von Bioplasma in unser Schiff, erleuchtete das Asteroidenfeld mit gebündelten Lichtlanzen. Bei jedem Aufschlag schienen die Nullschilde so hell, dass sich mein Visier abdunkelte. Der Weltraum um uns herum wirkte wie eine Feuerwerksvorführung beim Tag der Allianz.

»Na, das ist doch mal was, *compadre«,* sagte Martinez, als er neben mich trat. »Wenn uns auch nur einer von den Strahlen trifft, sind wir nur noch Asche.«

»Ich glaube, die Krell haben gerade andere Sorgen als uns«, sagte Blake. »Hoffe ich zumindest.«

Sie hatten beide recht. Auf diese Entfernung konnte uns das feindliche Schiff wahrscheinlich nicht entdecken, aber falls wir zufällig ins Kreuzfeuer gerieten, würden wir unweigerlich sterben.

»Abmarsch. Dicht zusammenbleiben«, sagte ich, als wir uns in Bewegung setzten.

»Da habt ihr's«, sagte Jenkins. »Vorwärts.«

Die Truppe fächerte sich geübt auf, Gewehrläufe suchten die Umgebung ab. In der Schwerelosigkeit war jeder Schritt anstrengend. Ich wusste, dass ein falscher Schritt genügte, um mich ins All abtreiben zu lassen – trotzdem lief uns die Zeit davon. Unsere Kampfanzüge passten sich automatisch den Sternbildern an, und um mich herum schienen sich die Umrisse meiner Leute zu verändern. Mein Helm-Display gab durch, dass die aktive Tarnung aktiviert war. Jedes Teammitglied war auf meinem Visier hervorgehoben, obwohl ich sie mit bloßem Auge kaum erkennen konnte.

In meinem Hinterkopf hielt sich kribbelnd eine gewisse Sorge, so tief, dass keine Injektion sie erreichen konnte. Ich hatte schon Hunderte Weltraumspaziergänge hinter mir, aber es war nie ein Erlebnis gewesen, das ich genossen hatte. In den psychologischen Nachuntersuchungen hatte man mir eine latente Agoraphobie bescheinigt, angeblich daher rührend, dass ich durch das Aufwachsen in den überfüllten Wohnblöcken von Groß-Detroit mit engen Räumen einfach besser zurechtkam. Meines Erachtens gab es noch eine tiefere Ursache. Ich war einfach deshalb nicht gerne im All, weil man hier so schnell und ohne Vorwarnung sterben konnte. Und da sich mein Beruf ums Sterben drehte, hieß das schon einiges. Auch im Krieg musste man sich zwischendurch auf das Glück verlassen, aber einen Kampf im Vakuum zu überleben war reiner Zufall. Im All waren wir fast aller Vorteile beraubt, die uns die Kampfanzüge und die Simulaten brachten. Die Zuversicht, die ich direkt nach dem Übergang gespürt hatte, verebbte rapide. Hier draußen waren wir genauso verwundbar, wie es unsere fleischlichen Körper auf der *Oregon* waren. Ein vereinzeltes Trümmerteil, ein falsch angeschlossener Schlauch, ein zerbrochenes Visier: All das bedeutete im absoluten Vakuum den Tod.

Ich hatte schon unter weniger kritischen Bedingungen gesehen, wie Männer im All von wilder Panik übermannt worden waren. Die menschliche Spezies wurde zunehmend gezähmt, war mit den dunklen Innenräumen von Raumschiffen oder Stationen vertrauter als mit großen offenen Landschaften. Das Gefühl von Weite, von Einsamkeit – von Hoffnungslosigkeit – war so stark, dass es einen fast überwältigte.

Dem Universum ist es egal, flüsterte mir eine Stimme ins Ohr. *Alles, was du tust, ist bedeutungslos.*

»Wir haben noch genau sechzehn Minuten, um die beschädigte Stelle zu erreichen«, sagte ich und zwang mich, wieder klar zu denken. »Ich will keine Verzögerungen. Scanner-Suchläufe auf hundert Meter eingestellt.«

»Erwartest du Schwierigkeiten?«, fragte Jenkins, die neben mir ging.

»Ich will hier draußen nichts dem Zufall überlassen«, sagte ich. »Aber ich hoffe sehr, dass nichts passiert.«

»Die Scanner sind doch eh für'n Arsch«, sagte Kaminski. »Die Trümmer erzeugen lauter Trugbilder.«

Genau in dem Moment driftete etwas an uns vorbei, und ich blieb stehen, um dem Gegenstand nachzuschauen. Eine Leiche – ein Besatzungsmitglied in der Flottenuniform der Allianz. Der Körper war gefroren und das Gesicht zu einer ewigen, steifen Maske des Entsetzens verzogen. Die Arme waren ausgestreckt, die Finger suchten Halt. Dem schrecklichen Gesichtsausdruck des Leichnams zum Trotz schwebte der Körper in aller Ruhe an uns vorbei, dem Asteroidenfeld entgegen. Jetzt sah ich, dass tatsächlich der Großteil der Trümmer um uns herum Teile der *Oregon* waren, von beschädigten Panzerplatten bis hin zu den Körpern der Besatzung.

»Ziel im Auge behalten, Leute«, murmelte ich und zeigte geradeaus. »Das Leck ist dreihundert Meter in diese Richtung.«

Der Weg schien ewig zu dauern, und es war schwierig, sich nicht von der Raumschlacht über unseren Köpfen ablenken zu lassen. Ich hatte eine erstklassige Aussicht auf alles. Gleißende Energiestrahlen fuhren durch die Leere, bohrten sich in beide Schiffe. Die primäre Railgun – riesig, gebaut, um Städte in Schutt und Asche zu legen – war nur wenige Meter von uns entfernt. Kaum zu glauben, dass diese Waffe bis vor einigen Minuten noch meinem Willen gehorcht hatte; als ich an ihr vorbeiging, spürte ich, wie sich die Datenbuchse in meinem Nacken unwillkürlich zusammenzog, weil sie unsere Verbindung erkannte. Jetzt war das Geschütz kalt und regungslos, ohne Gebieter.

Oberhalb von uns feuerte unablässig eine Laserbatterie. Offenbar war der *Great White* mittlerweile ihr Vorrat an Jagdfliegern ausgegangen, aber ihr sonstiger Nachschub schien unbegrenzt zu sein. Die organischen Kanonen feuerten unaufhörlich ihr Bioplasma ab, vielfarbige Entladungen traten aus den Mündungen und hinterließen hübsche Regenbögen.

In gewisser Hinsicht bot das einen Ehrfurcht gebietenden Anblick. Hier waren zwei Spezies, die in vielen Belangen so unterschiedlich, sich in manchen Dingen aber auch so ähnlich waren, damit beschäftigt, buchstäblich ihr ganzes Dasein aufzubieten, um sich gegenseitig auszulöschen. *Ebenbilder in einem dunklen Spiegel.* Und aus völlig irrationalen Gründen hasste ich die Krell in diesem Augenblick mehr als je zuvor.

Wir waren in eine kontrolliert hüpfende Bewegung verfallen – *ein Fuß hoch, ein Fuß runter:* Das sorgte dafür, dass immer mindestens eine Magnetklammer mit der Hülle der *Oregon* verbunden war. Kaminski und Martinez bildeten die Nachhut. Sie trugen die Reparaturausrüstung, die auf Außeneinsätze zugeschnitten war, und mussten deshalb geschützt werden. Kaminski war der beste Techniker von uns und würde das Leck reparieren, sobald wir es erreicht hatten.

»Hundert Meter noch«, gab Blake durch – was exakt stimmte.

»Ziel absuchen.«

Vor uns war die metallische Landschaft von einem Riss in der Panzerung durchbrochen – eine Furche, mehrere Meter tief und breit. Aus dem Inneren trat Flüssigkeit aus, die sofort zu dreckigem Schnee gefror, darunter war ein heilloses Durcheinander an Kabeln zu sehen. Mein Display wies darauf hin, dass wir das Leck erreicht hatten, und zeigte sogar die nötigen Schritte an, um das Problem zu beheben.

»Ausschwärmen – kreisförmig Position beziehen.«

Die Truppe gehorchte.

»Noch zwölf Minuten, bis die Lebenserhaltung versagt.«

Tief im Inneren der *Oregon* warteten unsere echten Körper. Wenn das Schiff unterging, waren wir auch dran. Wir hatten noch nie eine persönlichere Motivation gehabt, ein Missionsziel zu erreichen.

»An die Arbeit, Kaminski.«

»Verstanden, Captain«, antwortete er, während er bereits die Reparaturausrüstung von der Schulter nahm. »Martinez, hilf mir mal mit dem Scheiß hier.«

Die beiden packten weiter Zubehör aus, jedes Teil wurde magnetisch auf der Hülle fixiert. Kaminski kletterte in die Bresche hinunter und fing an, in den beschädigten Innereien herumzustochern.

»Glaubst du, du kriegst das hin?«, fragte ich.

»Muss wohl«, rief er zurück. »Keine Sorge. Mir ist noch keine Maschine untergekommen, mit der ich nicht klargekommen bin. Gib mir mal einer das Dichtungsspray.«

Mit dem Haken, dass Kaminski kein Raumschifftechniker ist und auch nie einer war. Er war nur ein Sim-Lenker mit Spezialausbildung und damit die beste Chance, die wir hatten.

Ich kniete auf der Bordwand und suchte die unmittelbare Umgebung ab. Ich stellte fest, dass die scheinbare Offenheit des künstlichen Terrains irreführend war. Sobald ich nach ihnen suchte, sah ich überall mögliche Verstecke. Die Furchen zwischen den Panzerplatten waren wie Schützengräben. In den Schatten, die von Antennen und Geschütztürmen geworfen wurden, hätte sich eine ganze Armee verstecken können. Jeder der Asteroiden, die nur knapp außerhalb des blendenden Nullschilds über unseren Köpfen vorbeisegelten, könnte eine Horde von Krell beherbergen. Ich atmete schwer und schaltete die automatische Zielerfassung meines M95-Gewehrs ein. Die einzigen Geräusche waren mein eigener abgehackter Atem – kurze, kontrollierte Züge, wie ich es gelernt hatte – und das tiefe Summen des Sauerstoffaggregats auf meinem Rücken.

Kaminski und Martinez arbeiteten weiter an dem Leck. Ich schmeckte etwas Saures im Gaumen, wie ein Hauch von brennendem Plastik. *Ist das der Geschmack der* Oregon, *die langsam verglüht?*, fragte ich mich. Ich schüttelte den Gedanken ab. Das war unmöglich; solange ich den Simulaten kontrollierte, war es ausgeschlossen, Sinneseindrücke von meinem echten Körper zu empfangen.

Reiß dich verdammt noch mal zusammen.

»Zehn Minuten«, sagte ich. »Braucht ihr Hilfe da unten, Kaminski?«

Kaminski tauchte am Rand der Bresche auf und griff sich die nächste Dose Dichtungsspray. Er schüttelte den Kopf.

»Fast fertig. Gib mir noch 'ne Minute.«

»Cool bleiben, Leute«, murmelte ich – nur, um mich selbst reden zu hören.

»Nichts leichter als das«, gab Jenkins zurück. »Es ist verdammt kalt hier draußen.«

»Da hast du recht.«

Selbst in den Anzügen war es unangenehm kalt. Zum einen körperlich, zum anderen unbewusst: Die natürliche Abneigung des Menschen, dem Weltraum ausgesetzt zu sein, resultierte in einem Frösteln, das nur schwer abzuschütteln war. Es war eine natürliche Reaktion, so automatisch wie das Bedürfnis zu atmen. Ich fragte mich, ob es den Krell auch so ging. Neben mir verlagerte Blake sein Gewicht, suchte mit dem Gewehr einen vorbeiziehenden Schatten ab. Er war angespannt und schien immer nervöser zu werden. Auf meinem Display erschienen seine Bio-Daten, und mir fiel sofort sein erhöhter Herzschlag auf.

»Blake, Medizineinheit aktivieren«, befahl ich.

Durch das Visier erhaschte ich einen Blick auf sein junges Gesicht. Er sah besorgt aus, sogar in seinem Sim. So hatte ich ihn noch nie gesehen. Dann dunkelte sich sein Visier ab, als der Widerschein eines fernen Energiestrahls auf die verspiegelte Oberfläche traf. Eine Sekunde später beruhigte sich seine Anzeige.

»Ist schon gut«, sagte er. »Ich hab mich unter Kontrolle.«

»Sorg dafür, dass das so bleibt. Neun Minuten!«

»Noch eine Minute«, murmelte Kaminski. »Martinez, gibst du mir mal den Schraubenschlüssel?«

Immerhin trat keine Kühlflüssigkeit mehr aus, das war schon mal was. Kaminski warf eine leere Dose Dichtungsspray weg, und sie driftete träge ins All hinaus.

Ich schaltete meinen Kommunikator ein und versuchte, mit der *Oregon* Kontakt aufzunehmen.

»Krankenstation *Oregon,* Captain Harris hier – hören Sie mich?«

»Olsen hier«, antwortete eine verzerrte Stimme. »Das Feuergefecht stört die Verbindung. Wie gehen die Reparaturen voran?«

»Ganz gut. Können wir den Gegner noch in Schach halten?«

»Soweit ich weiß, ja. Captain Atkins hat alles unter Kontrolle.«

»Gut genug.« Ich drehte mich zu Kaminski um und wechselte den Kanal. »Wie lange noch, Kaminski?«

»Noch eine Minute.«

Bist du dir sicher, dass du weißt, was du da unten machst? Ich fing an, mich zu fragen, ob Kaminski mir die Wahrheit sagte. Aber das konnte niemand anders beurteilen.

Dann wieder an Olsen: »Wir sind in einer Minute fertig. Halten Sie mich auf dem Laufenden.«

»Verstanden. Olsen Ende.«

Noch eine lange, kalte Minute verstrich. ACHT MINUTEN VERBLEIBEND, blitzte es auf meinem Display auf. Dann tauchte noch etwas auf – ein weiterer Warnhinweis.

»Hast du's bald?«, fuhr ich Kaminski an. »Mein Anzug sagt, dass die Lebenserhaltung eine neue Störung hat. Was machst du da unten?«

Kaminski klammerte sich am Rand der geborstenen Panzerplatte fest und zog sich unbeholfen hoch. Er bedachte das Loch mit einem übertriebenen Nicken.

»Fast«, sagte er. »Noch eine Minute. Ist nicht meine beste Arbeit, aber es muss reichen. Ich muss nur noch den äußeren Wärmewandler neu einstellen.« Er schluckte besorgt. »Das ist die andere Störung. Dadurch, dass ich das Kühlmittel durch den äußeren Wandler umgeleitet habe, ist …«

»Sag mir einfach, was ich tun soll.«

»Ein Stückchen weiter den Rumpf entlang, unter einer externen Wartungsklappe. Irgendwer muss da hingehen und manuell das Ablassventil öffnen.«

Ich seufzte. »Ich gehe. Der Rest bewacht Kaminski. Blake, gib mir Deckung.«

»Verstanden, Cap.«

Auf meinem Display leuchtete die Stelle auf, an der sich das Ablassventil befand: von uns aus fünfzig Meter weiter achtern. Ich kam quälend langsam voran. Für alle möglicherweise beobachtenden Scharfschützen war ich ein dankbares Ziel. Ich hüpfte weiter, jeder Schritt ein Sprung ins Ungewisse. Ich wünschte mir sofort, wir wären besser ausgerüstet gewesen. Mit einem Außeneinsatz hatte niemand gerechnet; die neueren Typ-5-Kampanzüge verfügten über Steuerdüsen, die speziell für den Einsatz im All ausgelegt waren, aber da dieser Teil der Mission nicht geplant gewesen war, hatten wir nur die Typ-4-Anzüge dabei.

Eine wahre Kleinstadt von Sensormasten, in denen die Kurzstreckenverbindungen und andere Gerätschaften für die Lebenserhaltung untergebracht waren, schraubte sich aus der Hülle. Das Display wies mich auf die Stelle hin, an der sich das Ablassventil befand, verborgen hinter einer vernieteten Metallplatte auf der Hülle.

Sieben Minuten.

Unter mir tauchte sichelförmig Helios Eins hinter dem Planeten auf, groß und gelb. Dahinter, kaum zu sehen, war Helios Zwei. Der instabile Stern war fahl und weit entfernt. Die Kombination der beiden Lichtquellen warf bizarre, unbehagliche Schatten über die Bordwand; das Ergebnis war, dass dieser Bereich des Schiffs fast komplett dunkel war.

»Ich habe das Ablassventil erreicht. Werde es gleich auslösen.«

Die Zeit war zu knapp, um die Metallplatte vorsichtig zu lösen, also ergriff ich sie mit den Fingerspitzen und riss sie heraus. Schrauben und angesammelter Staub flogen ins All. Darunter lag ein Nest von elektronischen Bauteilen und Kabeln.

Kaminskis Stimme brach durch meinen Lautsprecher. »Du musst die Zufuhr des Ventils zurücksetzen. Da sollte ein Knopf sein.«

Sechs Minuten.

Ich überprüfte eilig den Wartungsschacht. Auf einer Plakette stand ACHTUNG! KÜHLMITTEL-ABLASSVENTIL. NUR BETÄTIGEN, WENN DAS AUFNAHMEBECKEN FREI IST! Darunter blinkte ein roter Knopf.

»Bist du dir da sicher, Kaminski? Hier ist alles voller Warnhinweise.«

»Ehm, ich glaube schon. Ich hoffe es. Es wird funktionieren. Es sollte funktionieren.«

»Ich aktiviere jetzt«, sagte ich und drückte den Knopf. »Ich hoffe für uns alle, dass es klappt.«

»Verstanden.«

Ich verharrte neben der Wartungstafel und wartete auf irgendeine direkte Reaktion auf meine Tat. Mein Helm-Display hatte sich nicht verändert: Die Warnung leuchtete immer noch. Das sah nicht gut aus.

»Kaminski – hat es funktioniert?«

»Ich glaube schon. Gib mir noch eine Minute, um sicherzugehen.«

»Das sagst du dauernd! Mein Display meldet immer noch ein Problem.«

Ich schaute mich nach meinem Team um. Sie waren um Kaminski und das Leck versammelt, die Läufe schwenkten vor und zurück. Unter mir bebte die ganze Hülle, als die *Oregon* einen weiteren Treffer einsteckte.

Fünf Minuten.

Ich drehte mich, um die riesige leere Landschaft der Schiffswand zu betrachten, und stapfte zum nächsten Sendemast, um den Bereich zu untersuchen, der im Schatten lag. In dem Moment leuchtete über mir eine enorme Explosion auf. Die *Great White* hatte einen ernsten Treffer am Bug abbekommen. Sie schien kurz zu taumeln und drehte sich von der *Oregon* weg, um weiteren Beschuss der beschädigten Stelle zu vermeiden. Teile des Schiffs wurden ins All hinausgeschleudert und flammten auf, als sie die Nullschilde der *Oregon* trafen. Die *Oregon* schien sich auf jeden Fall noch zu wehren.

»Weißt du, Jenkins, am Ende kommen wir hier tatsächlich raus«, sagte ich – mehr an mich gerichtet als an sie. »Das war ein sauberer Schuss. Ich glaube nicht, dass deren Schiff noch viel mehr …«

Ich sah sie, noch bevor der Bioscanner meines Anzugs reagierte.

Ach du Scheiße.

Eine Horde von Krell-Primärformen.

Um den Halt auf der Hülle der *Oregon* nicht zu verlieren, hatten sie sich an jedem denkbaren Teil der Oberfläche verankert. Manche waren in die Lücken zwischen den Panzerplatten gekrochen, um vor der Raumschlacht geschützt zu sein. Sechs oder sieben hingen an der dunklen Unterseite des Sendemastes. Es waren spezialisierte Formen, extra für den Raumkampf gezüchtet. Sie waren durch ihre Bio-Anzüge vor dem Vakuum geschützt und trugen große runde Helme und klauenförmige Handschuhe, mit denen sie sich statt unserer Magnetklammern an der Hülle festhielten – wie hochgerüstete Hummer. Dazwischen waren auch Sekundärformen – Artillerieformen –, die für den Fernkampf entwickelt worden waren. Ein sehr viel größeres Krell hing an einem Rohr und gab dem Rest Anweisungen. Mein Display identifizierte den Xenotyp sofort und markierte den Bastard als Bedrohung erster Klasse.

Eine Führerform.

Das Krell-Äquivalent eines Offiziers für die versammelten Primär- und Sekundärformen. Das war ein richtig mieser Scheißkerl; die Panzerung verwittert von der langen Zeit im All, die Rückenplatte übersät mit zuckenden Antennen.

Das Kollektiv bewegte sich langsam vorwärts, und eine Sekunde lang schienen sie mich nicht zu sehen. *Sie kriechen – bewegen sich langsam, um von den Bioscannern nicht entdeckt zu werden.*

»Kontakt«, flüsterte ich in mein Mikrofon.

Ich wusste ganz genau, dass selbst der kürzeste Funkspruch ausreichte, um der Masse von Aliens meine Position preiszugeben. Auf diese Entfernung – ich war fast genau zwischen ihnen – würden ihre feinen Sensoren fast übernatürlich gut arbeiten.

Vier Minuten, teilte mir mein Display mit. Ich würgte die Warnung ab. *Ich kann mich nur um ein Problem auf einmal kümmern.*

Die Krell enttäuschten mich nicht.

Alle starrten mich gleichzeitig an. Die Führerform betrachtete mich abschätzig mit ihren fremdartigen Augen aus dem Kugelhelm heraus: vielleicht fragte sie sich, was ein einzelner Mensch hier draußen in der Dunkelheit machte. Die Kommunikationsstacheln sträubten sich bedrohlich.

Ich muss herausfinden, wie viele von euch genau hier draußen herumlaufen, dachte ich. *Ich muss wissen, wie meine Chancen stehen.* Jedes Überraschungsmoment, das ich vielleicht gehabt haben mochte, war längst verflogen, und ich brauchte verlässliche Informationen.

Ich aktivierte mein Gewehr und feuerte eine Leuchtsignal-Nova direkt nach oben. Die Umgebung wurde in gleißend rotes Licht gehüllt, das von gepanzerten Körpern zurückgeworfen wurde, bevor das Leuchtfeuer ins All abtrieb.

Endlich reagierte auch mein Anzug und gab mir eine kurze taktische Analyse: Um mich herum waren mindestens hundert Krell. Ein erschreckendes Bild zeichnete sich ab. Langsam, aber sicher füllte sich mein Display in alle Richtungen mit Markern.

»Kontakt, drei Uhr von mir aus«, schrie ich und schoss erneut – diesmal eine Salve von Plasmaimpulsen. »Feuer frei.«

Ich drehte mich, um nach meinen Leuten zu sehen, aber die Krell hatten mich abgeschnitten. Plötzlich waren sie überall und strömten die Bordwand entlang meinem Team entgegen.

»Ich sehe dich«, schrie Jenkins. »Sie kommen von deiner Position aus schnell näher.«

»Alle bestätigten Ziele ausschalten«, befahl ich.

Drei Minuten. Ich löste die Magnetklammer und stieß mich in Richtung meiner Truppe ab. Ungehindert durch Schwerkraft segelte ich rückwärts und entfernte mich von den versammelten Krell. Ich gab eine Salve ungezielter Schüsse ab. Zum Glück hatte das M95 keinen Rückstoß, sodass ich auch aus der Bewegung schießen konnte, auch wenn meine Trefferquote miserabel war. Als die Impulse ihre schützenden Bioanzüge durchbrachen, explodierten die Körper der Krell, und sie drifteten ins All. Mein Anzug bestätigte drei Treffer.

Ich landete hart auf der Hülle, und die Magnetklammern griffen wieder. Die Kraft des Aufschlags erschütterte meine Beine, der ganze Körper fing die Landung ab.

Die Führerform trieb den Schwarm an. Trotz unseres Beschusses kamen sie unerbittlich näher und ignorierten ihre Verluste. Sie waren ihnen gleichgültig: Solange auch nur eines von ihnen überlebte, hatten sie ihren Auftrag erfolgreich ausgeführt. Sie bewegten sich buchstäblich in jede Richtung, denn jetzt, da ihre Tarnung aufgeflogen war, gingen sie zum Frontalangriff über.

War das ein Sabotageeinsatz? Hatten diese Krell den Auftrag gehabt, wichtiges Gerät am Schiffsrumpf zu beschädigen? Oder hatte man sie als Enterkommando geschickt, um ins Innere der *Oregon* vorzustoßen und uns anzugreifen, während wir noch an Bord waren? Was auch immer ihr Ziel war, die Krell waren *hier*.

Ich warf einen Blick auf die Positionsanzeige meines Visiers. Sie zeigte, dass das Team um Kaminski herum in Stellung war und gezielte Feuerstöße auf die näher kommenden Krell abgab. Immer noch trennten mich etwa dreißig Meter von meinen Leuten. Der nervtötende, allgegenwärtige Countdown überlagerte auf meinem Display alle anderen Warnungen.

»Nur noch zwei Minuten, Kaminski. Bitte sag mir, dass du fertig bist.«

Kaminski antwortete nicht.

»Die wollen *wirklich* nicht, dass wir auf Helios landen«, bemerkte Jenkins, die sich hingekniet hatte, um besser auf die Masse der vorrückenden Xenos feuern zu können.

»Das sorgt aber nur dafür, dass ich da umso dringender runter will«, antwortete ich. »Die müssen irgendwann während der Schlacht gelandet sein – wahrscheinlich haben sie schon die ganze Zeit versucht, uns einzukesseln.«

Die Artillerieformen waren mit Dröhnern ausgerüstet – biologischen Langstreckenwaffen, die Energiesprengsätze verschossen. Eine von ihnen feuerte in meine Richtung und jagte einen hellen, vielfarbigen Impuls in meine Deckung. Ich antwortete mit einem Feuerstoß in die Menge, dann machte ich mich bereit – ich musste eine bessere Position finden, um die Aliens von oben zu beschießen.

Die nahegelegenen Sensormasten waren wie kleine Türme und wurden von Antennen gekrönt, die so dick wie mein Hals waren. Ich erkannte sofort, dass mir diese Pfähle einen guten Schusswinkel über das Schlachtfeld bieten würden. Der größte versprach den besten Überblick. Ich musste da rauf.

Mir blieb keine Zeit, um den Sprung anständig vorzubereiten. Ich sprang einfach los.

Scheiße!

Ich segelte über die Krell hinweg, zu sehr auf die Landung konzentriert, um jetzt noch ihr Feuer zu erwidern. Ich merkte, dass ich mich zu schnell abgestoßen hatte – ich würde hart und schnell gegen den Mast prallen. Die Krell reagierten sofort. Ein Pfeilhagel aus Dornenstacheln erfüllte meine Umgebung. *Haben sie mich getroffen?* INTEGRITÄT DES ANZUGS NICHT BEEINTRÄCHTIGT, antwortete die KI. Ich streckte einen Arm aus, um den Sensormast zu schnappen, und schaffte es gerade eben, mich festzuhalten. Wieder war mein Aufprall markerschütternd. Ich verlagerte umständlich meine Position und eröffnete das Feuer auf die Gruppe zu meinen Füßen. Noch mehr Stacheln segelten vorbei; einige davon bohrten sich in die Hülle, andere schlugen im Mast ein.

»Kaminski!«, schrie ich. *»Sag mir, dass du fertig bist!«*

Ich guckte nach unten auf das Meer von Krell. Sie waren überall. Für jedes, das wir niedermähten, tauchten zwei neue auf. Mehr aus Frustration als aus strategischer Überlegung heraus aktivierte ich den Unterlauf-Granatwerfer des M95 und feuerte eine Brandgranate ab. Sie explodierte, schleuderte eine Welle von Xenos ins All und versengte die Bordwand. Ich lud nach; feuerte wieder und wieder.

Eine Minute. Auf meiner Blickfeldanzeige blinkte immer noch die zweite Lebenserhaltungs-Warnung – was auch immer ich mit dem Ventil angestellt hatte, es hatte das Problem nicht behoben.

Die ganze Situation versank schnell in absolutem Chaos.

Mehr Krell-Feuer sauste an meinem Kopf vorbei. Mein Anzug warnte dauernd vor möglichen Treffern. Ich gab noch eine Salve zurück und duckte mich hinter den Mast, um etwas Schutz zu haben. Nicht dass das etwas half; die Krell schwärmten um den Fuß des Mastes herum, ein paar von ihnen fingen an, langsam zu mir hochzuklettern. Noch eine Granate: noch eine Handvoll toter Krell.

»Kaminski! Lagebericht, *sofort!*«

Dann stürzte die automatische Zielerfassung der KI ab – sie zeigte zu viele potenzielle Ziele an, um noch effektiv arbeiten zu können.

Aber ich war noch nicht am Ende. Während ich über das Meer von Xeno-Formen blickte, kam mir eine Idee – eine völlig irrationale und unmögliche, aber das Einzige, was irgendeine Aussicht auf Erfolg hatte. *Schneid ihre Befehlskette ab. Anders wird das nichts. Da laufen zu viele von denen rum, um sie einzeln zu töten.*

Jetzt oder nie.

Ich sprang hinunter in die Menge, das Plasmagewehr auf Dauerfeuer. Primitive Zielstrebigkeit peitschte mich nach vorn. Dieser fremde Körper, dieser Simulat, der nur für den Krieg erschaffen worden war, folgte seiner Bestimmung. Ich visierte einen Aufschlag mitten zwischen den versammelten Leibern an – zielte auf die Führerform, die dort kauerte. Sie war mindestens doppelt so groß wie ich und bis an die Zähne mit Biotechnologie vollgepackt.

Die Wucht meiner Landung zwischen den Krell schleuderte eine Welle der Eindringlinge ins All, die verzweifelt versuchten, sich irgendwo festzuhalten. Ich schoss wild um mich. Aus dieser Nähe war es unmöglich, nicht zu treffen. Da, direkt vor mir, war die Führerform. Die Krell schlossen die Reihen vor dem unverzichtbaren Bindeglied …

Mein Anzug warnte mich davor, was es bedeuten würde, sich mit dem Anführer anzulegen, erst recht in der Schwerelosigkeit. Die entsprechenden Daten liefen über mein Display. Das Ergebnis war eindeutig: ein Rückzug war überlebenswichtig. Das Vieh war die Spitze der Evolution. Eine Ladung Beruhigungsmittel flutete meinen Blutkreislauf, senkte meinen Herzschlag.

Die Führerform brüllte in ihrem Bio-Helm und schleuderte die kleineren Krell aus dem Weg.

Mir war sofort klar, was das bedeutete: Der Anführer forderte mich heraus.

»Fast fertig, fast fertig, fast fertig«, ertönte auf einmal Kaminskis keuchende Stimme in meinem Helm.

Ich musste den Xeno beschäftigen, musste Kaminski und den anderen so viel Zeit wie möglich verschaffen.

Mein Gewehr war ausgerichtet, ich schoss …

Die Führerform stürmte mit gesenktem Kopf los. Sprang über Körper hinweg auf mich zu, schmetterte Primärformen beiseite. In Sekundenbruchteilen hatte sie mich erreicht und versetzte meinem Gewehr mit einer riesigen Klaue einen Hieb. Die Waffe glitt mir aus den Händen.

Die Führerform traf mich wie ein Rammbock in den Brustkorb. Etwas brach entweder in mir oder in der Rüstung; ich hatte keine Zeit, um herauszufinden, was es war. Der Aufprall war enorm. Ich riss einen Arm hoch und krallte mich an dem Alienkörper fest, um nicht ins All hinausgeschleudert zu werden. Gemeinsam schraubten wir uns zwischen zwei Sensormasten hindurch.

Der Kampf hatte kein System. Alle Regeln waren außer Kraft gesetzt. Mein Körper wurde zur Waffe.

Ich schlug auf der Hülle der *Oregon* auf, während ich mich immer noch an dem Xeno festhielt. Auf meinem Display leuchtete eine Warnung auf: Magnetklammern aktiviert. Irgendwie gelang es mir, auf den Beinen zu bleiben.

Geräuschlos rangen wir miteinander. Der Panzer des Monsters fühlte sich glitschig und nass an, selbst in dieser extremen Kälte. Durch den Helm sah ich sein aufgerissenes, geiferndes Maul.

Ich ballte eine Hand zur Faust und schlug immer wieder auf den Körper des Biests ein. Seine gepanzerte Schale brach an vielen Stellen. Während ich mich immer noch festhielt – *ich muss mich auf eine Stelle konzentrieren* –, riss ich ein Stück der Bio-Panzerung heraus; darunter konnte ich das fleischige, organische Material ertasten …

Das Alien stach immer wieder mit seinen Raubtierkrallen nach mir, während es die kleineren Vorderarme dazu benutzte, mich festzuhalten. Jeder Schlag jagte lähmende Schmerzen durch Brustkorb und Rumpf. Mein Anzug antwortete mit einer Dosis schmerzstillender Mittel nach der anderen, aber auch ein Sim konnte nur begrenzt einstecken.

»Fick dich!«, schrie ich, auch wenn der Bastard mich nicht hören konnte. »Dich und den ganzen Rest von euch!«

Ein plärrendes Alarmsignal bohrte sich in meinen Schädel. Das Display warnte mich davor, dass ich kurz davor stand, Sauerstoff zu verlieren. Die Versiegelung des Anzugs gab den Geist auf. Ich sehnte mich nach mehr Beruhigungsmitteln, mehr Schmerzmitteln.

Nicht aufhören!

Ich riss irgendwas hinter dem Kopf des Aliens ab. Obwohl unser Kampf lautlos war, verzog sich sein Gesicht vor Schmerzen. Weitere Schalenteile gaben nach: mehr Alienfleisch darunter. Ich bohrte meine Finger hinein, pulte darin herum.

Der Xeno schlug seinen Kopf gegen mein Visier, stach wieder mit den Krallen nach mir.

Jeder Herzschlag war ein Kampf. So nah bei einem von ihnen zu sein, Kopf an Kopf, erfüllte mich mit Abscheu. Der Gestank dieses Viehs war bestialisch – weder in der Nase noch im Mund, sondern in meinem

Kopf, in jeder Zelle meines künstlichen Körpers. Ich fühlte mich nicht mehr wie ein Gott. *Was auch immer die Allianz mir gegeben hat – diese Technik, dieser neue Körper –, es reicht nicht.*

Das Alien bäumte sich über mir auf. Ich sah mein eigenes bleiches Spiegelbild in seinen schwarzen Augäpfeln. Meine Lippen waren voller Blut, die Innenseite des Visiers ebenfalls.

Auf einmal drang ein Gewirr von Stimmen aus meinem Lautsprecher. Jenkins, Kaminski, alle in Aufruhr. *»Die Lebenserhaltung ist online!«*

Auf meinem Display zeigte eine blinkende Nachricht an, dass der Fehler behoben war; es waren nur wenige Sekunden geblieben. Ich konnte meinem Team nicht antworten, konnte mich kaum auf mein Display konzentrieren. Ich grunzte und landete mit der flachen Hand einen weiteren Treffer auf der Schale der Führerform. Meine Magnetklammern gaben nach. Das Vieh war wieder über mir, und ich rutschte nach hinten.

Wieder leuchtete über uns ein Energiestrahl auf – ich sah noch mehr monströse Aliens, die über die Bordwand kletterten und sich in der Dunkelheit abzeichneten.

In meinem Arm riss ein Muskel, ich biss mir auf die Zähne, riss noch ein Stück Schale aus dem Rücken des Anführers …

Plötzlich hielt der Bastard inne.

Ich spürte, wie das Biest sein Gewicht verlagerte. Ich rammte eine Faust in seinen Schädel und riss wieder und wieder an den Hornplatten. Noch mehr Panzerung kam frei. Ich begriff, dass es an seiner eigenen Schulter herumzerrte und versuchte, einen Riss im Bio-Anzug zuzuhalten. Aus der geborstenen Panzerung trat ein feiner weißer Nebel aus, der kristallisierte, während das Vieh anfing, von mir weg zu treiben. Sein Maul bewegte sich still hinter dem verbeulten Helm und stieß einen Schrei aus, den nie jemand hören würde. Es zuckte hilflos, während es langsam abtrieb. Es fing an, sich um die eigene Achse zu drehen, während immer mehr Flüssigkeit aus seinem Anzug quoll. Musste eine Art Fehlfunktion sein.

Mir blieb keine Zeit, mich über den Sieg zu freuen. Ich versuchte, meinen Atem in den Griff zu bekommen, und suchte hastig die Umgebung ab. Die führerlosen Krell würden kurzzeitig wie gelähmt sein – sich vielleicht sogar ein Stück zurückziehen. Ich zog meine PPG-13 Plasmapistole und machte mich bereit, den Kampf fortzusetzen …

Um mich herum herrschte hektischer Betrieb. Die Primärformen verzogen sich wieder in ihre Verstecke.

Alle schauten nach oben, an mir vorbei, über uns in den Weltraum.

Moment mal. Irgendwas stimmt hier nicht.

Sie hatten begriffen, was vor sich ging. Die *Oregon* war verloren.

»Captain, wir geben dir Feuerschutz für den Rückzug«, sagte Jenkins eindringlich. »Komm sofort zu unserer Position zurück.«

Ich ignorierte Jenkins' Bitte und guckte nach oben, um zu sehen, worauf sich die Krell konzentrierten. Ich schluckte.

»Nicht nötig, Jenkins. Wartet weitere Befehle ab.«

In meinem Ohrhörer jaulte eine Rückkopplung, sodass ich mir nicht sicher war, ob Jenkins mich überhaupt hören konnte. Vielleicht war das Gerät im Kampf beschädigt worden.

Gerade ging Helios Eins hinter dem Planeten auf und warf eine Sichel puren weißen Lichts durch den Raum. *Irgendwas* bewegte sich hinter der Wölbung des Planeten, überquerte gerade den Terminator. Es war nur eine Silhouette, aber durch die perfekte Ausleuchtung der Sonne dahinter gab es keine Zweifel.

Ein drittes Krell-Schlachtschiff.

Die *Great White* hatte nur auf Zeit gespielt, uns bis zur Ankunft der eigentlichen Bedrohung hingehalten.

Das riesige Schiff war noch weit von uns entfernt, kam aber sehr schnell näher. Sogar auf diese Distanz schäumte es vor Feindseligkeit. Außerdem war es nicht allein: ein Heuschreckenschwarm von Jägern ergoss sich aus den Flanken des Schlachtschiffs, ringsumher eine Unzahl kleinerer Kampfschiffe. Wie ein wütender Fischschwarm zog die Armada durchs All.

Das muss mindestens Kategorie zehn sein, dachte ich.

»Jenkins!«, brüllte ich. »Rückzug zur Luftschleuse – sofort wieder ins verdammte Schiff zurück!«

Es kam keine Antwort. Ich guckte auf meinen Armcomputer – er war geborsten.

Niemand kann mich hören. So geht es zu Ende.

Ich war machtlos.

All das – den Hinterhalt zurückschlagen, die *Oregon* reparieren, die Krell bekämpfen – war umsonst gewesen. Die Informationen der Flotte waren ganz einfach falsch gewesen. In diesem Moment erkannte ich, was für Narren wir gewesen waren zu glauben, dass wir es schaffen könnten. Es war eine schreckliche und präzise Falle gewesen. Wir waren im Krell-Raum, und sie waren in der Überzahl. Das Kollektiv hatte gewonnen.

An meinem Platz auf der Bordwand kam ich mir auf einmal sehr, sehr einsam vor. Ich stand da und betrachtete die herannahende feindliche Flotte. Es war die perfekte Ruhe vor dem Sturm.

Ich ging die Möglichkeiten durch, die mir blieben: Ich war umzingelt und mein Anzug schwer beschädigt. Ich versuchte, mit der Krankenstation Verbindung aufzunehmen, aber auch das klappte nicht. Mein Funkgerät war komplett hinüber. Ich war von meiner Truppe abgeschnitten.

Selbst ohne diesen neuen Angreifer hätte ich wohl kaum mehr als eine Minute in dem Simulaten überlebt. Ich würde es auf keinen Fall zurück zur Luftschleuse schaffen. Außerdem hätte ich selbst dann noch bis zur Krankenstation kommen und erst einmal extrahiert werden müssen. Das war völlig aussichtslos.

Also gab es nur eine logische Entscheidung, die ich treffen konnte, und es brachte nichts, sie noch weiter aufzuschieben.

Immerhin liegt Selbstmord ja in der Familie.

Die Spitze der Krell-Lanze war schon bereit zuzustechen. Ein Jagdgeschwader erreichte die Nullschilde, durchbrach sie und überzog die Hülle der *Oregon* mit Bioplasma. Mehrere größere Schiffe waren nur noch ein paar Sekunden entfernt. Die organischen Triebwerke des Schlachtschiffs leuchteten auf.

»Captain, ich kann dich nicht hören«, sagte Jenkins. »Die Krell haben sich zurückgezogen …«

Ich war mir nicht sicher, ob meine Leute dank der gewölbten Bordwand die neuen Angreifer von ihrer Position aus sehen konnten. Aber ich hielt es für meine dringendste Aufgabe, den Rest des Schiffs zu warnen.

Wenn du schon sterben musst, sollte es wenigstens ein ehrenhafter Tod sein.

Ich warf die Pistole weg, griff nach meinem Helm und suchte den externen Verschluss mit den Fingern ab. Ohne zu warten – noch nicht einmal, um mich auf den Schmerz vorzubereiten, der mich erwartete –, löste ich die Sicherheitsklammern auf beiden Seiten des Helms aus. Mein Anzug überschüttete das Visier mit Warnmeldungen, eine schrille Sirene piepste in meinem Ohr, bis auch diese verstummte …

Keine Zeit.

Ich riss mir den Helm vom Kopf und warf ihn weg; sah ihm durch Augen, die bereits zu kochen anfingen, hinterher. Dann löste ich die Magnetklammern und warf mich gegen die Krell.

Es ist ein Märchen, dass der menschliche Körper im Vakuum explodiert – es fühlt sich nur so an.

Tiefe Kälte füllte mich aus. Ich wusste, was jetzt folgte: sofortiger Druckverlust. Ich schrie, aber es kam kein Geräusch, und die Stimmbänder waren bereits zerstört. Meine Lunge riss. Der Schmerz in Ohren und Augen war unbeschreiblich – so viel Druck, der sich auf einmal aufbaute. Auch ein Simulat konnte das nicht überleben.

Aber ich wollte auch nicht überleben.

Ich wollte *extrahieren.*

Tod Nummer zweihundertneunzehn: durch Vakuum.

Die Schwärze währte nur kurz.

Soweit ich weiß, ist man sich in der Wissenschaftsabteilung nicht ganz einig, ob die Extraktion überlichtschnell oder augenblicklich erfolgt. Mir konnte es nicht schnell genug gehen.

Sobald der Körper des Simulaten starb, wurde die Verbindung unterbrochen.

Im einen Moment schrie ich lautlos in der Leere.

Im nächsten schrie ich lautstark im Simulator.

Es war derselbe Prozess wie der Übergang, nur umgekehrt. Bis auf die Tatsache, dass ich jetzt in ein fehlerhaftes, schwaches und menschliches Gefäß zurück extrahierte. Alle Schmerzen, die mein Simulat beim Sterben erlebt hatte, wurden in meine echte Hülle übertragen.

Schmerz ist gut, versuchte ich mir selbst vorzubeten. *Es bedeutet, dass ich am Leben bin.*

Wieder hatte ich die gleiche verstörende Wahrnehmung zweier Wirklichkeiten, das gleiche abscheuliche Gefühl von Unwirklichkeit.

Ich war zwischen den Welten. Die Kälte des Alls in meinem Kopf, in der Lunge; das Läuten von Sirenen, die Schreie der panischen Besatzung in den Ohren.

»Er hat einen Herzstillstand!«

»Notfallextraktion des Gruppenführers.«

»Cap, Bericht. Wir liegen wieder unter schwerem

Feindbeschuss. Die Krell überrennen unsere Position. Was ist hier los?«

»Hier spricht Captain Atkins von der UAS Oregon. *Alle Mann – bereitmachen, das Schiff aufzugeben. Leite Notfall-Evakuierungsprotokoll ein.«*

10

EVAKUIERUNG

Der Traum endete.

Die Realität begann.

EXTRAKTIONSPROTOKOLL INITIALISIERT …
CAPTAIN CONRAD HARRIS: TOT.

Ich war wieder auf der *Oregon.*

Ich warf mich im Tank hin und her. Eine nie da gewesene Welle von Schmerz jagte durch meinen Kopf, und sekundenlang ritt ich auf ihr. Der Tank wurde endlich abgepumpt, aber es dauerte alles viel zu lange. *Wir haben keine Zeit.* Ich schlug mit einer Hand auf den Notfallknopf im Tank, und die Tür des Simulators sprang auf. Wie eine Nachgeburt klatschte die blaue Flüssigkeit auf den Boden der Krankenstation. Mit Händen, die immer noch von der simulierten Entblößung im All schmerzten, fummelte ich an den Kabeln herum, die mich mit dem Simulator verbanden, und koppelte mich aus.

»Was ist passiert?«, schrie Olsen. »Wo ist der Rest Ihres Teams? Was zum Teufel ist da los?«

Die *Oregon* schüttelte sich wild, und ich taumelte klitschnass aus dem Tank. Ich bewegte mich, als sei ich mit meinem eigenen Körper nicht vertraut – die Beine zu schwach, der Rumpf zu klein. Panische Techniker liefen zu mir, um mir zu helfen, aber ich schüttelte sie ab. Ich zog mir irgendwelche herumliegenden Klamotten über und rannte zur nächsten Gegensprechanlage – der schnellste Weg, um Atkins auf der Brücke zu kontaktieren. Olsen und seine Leute gingen mir immer noch auf die Nerven, versuchten mich auszufragen, als tief aus dem Innern der *Oregon* die nächste Explosion zu hören war.

»Atkins!«, schrie ich in das Mikrofon. Es war eine reine Audio-Verbindung für Notfälle. »Harris hier. Ich habe extrahiert, aber meine Leute sind immer noch da draußen. Aus dem Asteroidenfeld kommt noch ein Schlachtschiff.«

»Wir haben sie schon gesehen«, antwortete Atkins. Er klang resigniert. »Und rechnen mit schwerem Beschuss.« Er schwieg kurz, und ich stellte mir vor, wie er die Holo-Anzeigen und den Schaden, den sein Schiff eingesteckt hatte, auswertete. »Es ist zwar schön, dass Sie das Leck draußen gestopft haben, aber die Nullschilde können dem, was da auf uns zukommt, auf keinen Fall standhalten. Wir sind am Ende, Harris. Die *Oregon* ist verloren.«

Ich holte tief Luft und nickte. »Verstanden.«

»Holen Sie Ihre Leute da raus. Die Krankenstation wird abgekoppelt – benutzt sie als Rettungsboot und versucht, Helios zu erreichen.«

»Was ist mit Ihnen?«

Atkins lachte trocken. »Ich bleibe, wo ich bin. Ich werde mit meinem Schiff untergehen. Die Evakuierung ist angeordnet, jetzt muss jeder sich um sich selbst kümmern.«

»Na gut.«

»Ihr Versprechen – das Sie mir auf dem *Point* gegeben haben«, sagte Atkins feierlich. »Ich möchte, dass Sie wissen, dass Sie es erfüllt haben. Mehr bleibt nicht zu tun. Waidmanns Heil, Captain Harris.«

»Gute Reise, Atkins.«

Ich unterbrach die Verbindung, und mir war klar, dass Atkins sein eigenes Todesurteil unterzeichnet hatte. Ich hatte ihn falsch eingeschätzt. Ich schlug mit der Faust auf das Terminal. Er war doch ein guter Mann. Wie viele von seiner Crew – alle anständig, alle engagiert – würden bei dieser verdammten Mission ihr Leben lassen müssen?

Ich muss jetzt handeln, sonst ist wirklich alles aus. Auf einmal lautete die Frage nicht mehr, wie viele Besatzungsmitglieder der *Oregon* sterben würden, sondern, ob ich mich ihnen anschließen wollte. Ich schaute zu den Simulatoren herüber, in denen meine Leute immer noch hingen. Ich war für sie verantwortlich.

»Wir verschwinden«, erklärte ich.

Ich ließ meine Faust auf den großen roten Knopf krachen, auf dem NOTFALL-EVAKUIERUNG stand. Die *Oregon* wankte und knirschte. Irgendwo ächzte Metall, dann folgte die nächste Explosion. Meine Zähne klapperten, und ich hatte den eisenhaltigen Geschmack von Blut im Mund.

Nicht das Blut eines Sims: mein eigenes.

»Festhalten, Olsen!«, schrie ich über die Kakofonie hinweg. »Das Schiff geht unter.«

Olsen hatte endlich begriffen, was los war; er hatte sich in einen Sicherheitsharnisch gezwängt und schrie seine Techniker an, es ihm gleichzutun. Alles bebte und schwankte, trotzdem sah ich, dass die anderen Simulatoren immer noch liefen. Über jedem Tank hing ein Bildschirm mit den jeweiligen Lebenszeichen. Bald würden die Simulatoren keine Energie mehr haben, was bedeutete, dass die Verbindung zwischen Lenkern und Simulaten nicht länger gehalten wurde.

»Bereitmachen für Notfall-Evakuierung«, sagte die ruhige Frauenstimme des Bordcomputers. Die Maschine hatte überhaupt keinen Grund, sich so entspannt anzuhören. »Die Krankenstation wird vom Schiff entkoppelt. Alle Besatzungsmitglieder haben entsprechende Sicherheitsvorkehrungen zu treffen.«

Dann ging alles sehr schnell – automatisch ausgeführt von den Überresten der Schiffs-KI. Das Gerüst der *Oregon* klaffte auseinander. Der Großteil des Schiffs war modular aufgebaut, damit man im Notfall wichtige Teile abtrennen konnte. Das hier war definitiv einer. In der Nähe waren dumpfe, metallische Detonationen zu hören. Die Explosivbolzen, die das Schiff zusammenhielten, lösten aus und trennten die Hauptmodule voneinander.

Dann wurde ich plötzlich von der Beschleunigung an die Wand gedrückt, als sich die Krankenstation bewegte – eingebaute Düsen katapultierten uns von dem angeschlagenen Schiff weg, um einen sicheren Abstand zu erreichen. Ich wankte zum nächsten Sicherheitsharnisch, der in die Wand eingelassen war, und klammerte mich auf dem Weg an allem fest, um auf den Beinen zu bleiben. Medizinische Ausrüstung wurde quer durch den Raum geschleudert; Glas zerplatzte an der Wand. Ein Techniker flog an mir vorbei und krachte in einen der Tanks. Blut spritzte an die weißen Wände. Alles, was nicht festgeschraubt war, befand sich im freien Fall. Konsolen rauchten, sprühten Funken, gerieten in Brand. Es fühlte sich an, als würde meine Welt auseinandergerissen. Als sich der Luftdruck ausglich, knackten meine Ohren erneut. Ich biss die Zähne zusammen und versuchte, das künstliche Erdbeben zu überstehen. Zu allem Überfluss klingelten und plärrten die Alarmsirenen.

»Christo – Hilfe – irgendwer!«, schrie ein Techniker.

»Anschnallen!«, schrie ich zurück.

Ich starrte zum Sichtfenster und schaute nach draußen. Die *Great White* und das neue Schiff konzentrierten ihr Feuer auf die *Oregon* – Plasmastrahlen kreuzten sich, noch mehr Jäger wurden ausgespuckt. Atkins hatte recht: Die *Oregon* war verloren. Die Nullschilde leuchteten ein letztes Mal auf, dann verschwand ihr öliger Schimmer endgültig.

Irgendetwas Schweres schlug gegen mein Bein, und ein scharfer – *echter* – Schmerz fuhr durch den rechten Oberschenkel. Blut spritzte aus der Wunde und bildete in der Schwerelosigkeit kleine Kügelchen. Einmal von der *Oregon* abgekoppelt, hatte die Krankenstation keine eigene Schwerkraft mehr.

»Nabelschnur zur *Oregon* wird unterbrochen«, sagte die Stimme des Computers, die jetzt eine andere Tonlage hatte und schwankte, als hätte der Hauptcomputer eine Fehlfunktion. Endlich spürte auch die Maschine mit uns zusammen den Schmerz.

Etwas kollidierte mit der Krankenstation, und um mich herum schrien die Techniker entsetzt auf. Auf einmal war unser Gefährt in einer Schräglage, änderte seinen Kurs, sodass ich einen Teil des Raums hinter Helios sehen konnte. Vielleicht hatte der Rest der KI, der uns noch steuerte, entschieden, dass unsere Einflugschneise zu gefährlich war.

Ich drehte mich nach der *Oregon* um. Gleißende Plasma-Lanzen und Laserstrahlen bohrten sich in die zerfetzte Hülle – ohne die Nullschilde verursachte jeder Schuss eine Explosion. Obwohl ich sah, dass sich auch andere Teile des Schiffs gelöst hatten, war der gegnerische Beschuss derart flächendeckend, dass ich mir keine Hoffnung auf weitere Überlebende machte. Rettungskapseln flogen an uns vorbei, die ihre Fracht ins All verströmten. Ich sah, wie einige von ihnen von Jägern verfolgt wurden und in kurzen Explosionen aufleuchteten, als sie zerrissen wurden.

Sollte einer der Jäger sich dazu entschließen, uns zu verfolgen, wären wir genauso hilflos. Die Krankenstation war klobig und ungelenk – sie drehte sich um die eigene Achse, während sie dem Planeten näher kam. Sie war kein eigenständiges Schiff, sondern einfach abgekoppelt worden und hatte begonnen, in Richtung der Oberfläche von Helios zu beschleunigen. Vielleicht hatten wir noch Glück, aber aus meiner Sicht fühlte sich das nicht so an.

Als das Sichtfeld wieder wechselte und wir uns von der *Oregon* wegdrehten, sah ich meine Leute – sie klammerten sich immer noch an die Bordwand, umzingelt von Krell. Das einstmals stolze Schiff der Flotte war aus seinem Orbit gerissen worden, wurde jetzt ebenfalls von Helios angezogen und rammte immer wieder Asteroiden, während es dem Planeten unkontrolliert entgegenstürzte.

Ich schrie, bis ich heiser war. Ich war so unfassbar wütend: auf die Welt, auf das ganze Universum, auf jede Gottheit, die möglicherweise zuhören mochte.

Wir haben verloren.

Die *Oregon* streifte die Atmosphäre. Ihr Rücken zerbarst. Eine gewaltige Explosion erblühte auf der Brücke, erfüllte das Sichtfenster mit weißem Licht. Dann brach sie einfach in sich zusammen und riss auseinander. Mehrere Wrackteile steuerten ihre eigenen Detonationen bei. Die Schiffe der Krell ließen nicht nach und schossen unerbittlich auf alles, was noch vom Schiff übrig war.

Ich war schon in anderen Raumschlachten gewesen, aber so etwas hatte ich noch nicht gesehen. Es war ganz einfach ein Massaker. Es gab einen Grund dafür, dass Soldaten von solchen Schlachten nicht erzählten; niemand konnte so etwas überleben.

In den Simulatoren begannen Kaminski, Jenkins, Martinez und Blake wild zu zucken, die Augen aufgerissen. Die Hände pressten sich gegen die Innenseiten der Glashüllen. In ihren eigenen Körpern waren sie genauso panisch wie alle anderen.

Ich versuchte, eine Hand zu heben, ihnen mitzuteilen, dass wir mitten in der Evakuierung steckten – ihnen etwas zu sagen, irgendwas –, aber die Krankenstation drehte sich schon wieder, und ich wurde zurück in meinen Harnisch geworfen. Wir hatten einen Affenzahn drauf. Oben und unten waren bedeutungslos. Mein ganzer Körper schmerzte von der ungeheuren Fliehkraft. Ich wünschte mir nichts sehnlicher, als meinen Leuten zu sagen, dass wir hier heil herauskommen, dass wir überleben würden …

Es wurde immer schwieriger, fast unmöglich, einen klaren Gedanken zu fassen. Es ging alles zu schnell, um sich vor dem Tod zu fürchten. Wir waren dem Zufall überlassen – mehr nicht. Es gab keinen vorherbestimmten, göttlichen Plan für unser Überleben.

Und im Ernst: Was war schon ein Tod mehr? Ich hatte genug von ihnen überlebt. Es fühlte sich unwirklich an, unmöglich. Ich würde doch sicherlich nicht hier draußen sterben, im Orbit irgendeiner christoverlassenen Staubkugel am Rand des Krell-Imperiums …

Wieder änderte sich die Sicht aus dem Fenster. Helios schraubte sich uns entgegen, so riesig, dass er das ganze Blickfeld ausfüllte. Der Planet kam rasend schnell näher, die Wolkendecke kam uns entgegen, um uns aufzunehmen. Angezogen von Helios und seiner Gravitation, drangen wir in die Atmosphäre ein und stürzten wie ein Komet aus dem Himmel.

Und für einen kurzen Augenblick war alles still.

Nichts war von Bedeutung.

Unten an der Oberfläche wirbelten die Sturmwolken um einen einzigen, alleinigen Schwerpunkt herum: das Artefakt. So schwarz, dass es das Licht aus der ganzen Umgebung absaugte. Ein perfekter Anker für all diesen Wahnsinn.

Ich hörte sein bösartiges, finsteres Signal; es durchdrang all den Lärm, der in der Krankenstation herrschte.

Das bildest du dir nur ein, versicherte ich mir. *Es ist völlig ausgeschlossen, dass du es von hier aus hören kannst.*

Dann war der Moment vorbei, und alles, was ich hören konnte, waren die Schreie der Sterbenden und das Heulen der Luftmassen an der Außenwand.

»Notfallwarnung. Achtung, Aufprall«, zwitscherte die KI der Krankenstation. »Alle Mann: Achtung, Aufprall.«

Ich schloss die Augen. Irgendwer in meiner Nähe übergab sich, dann wurde es mit einem nassen, knirschenden Geräusch abrupt still.

Schwarzblende.

11

DIESER KRIEG WIRD NICHT EWIG DAUERN

Acht Jahre zuvor

Elena und ich waren seit zwei Jahren zusammen, in denen wir beide beim Sim-Programm gearbeitet hatten. Schließlich wurde ich von der Jefferson-Forschungsstation nach Azur versetzt – astronomische Bezeichnung Tau Centauri IV. Auf Azur stand Fort Rockwell, eine Einrichtung der Allianz-Armee und die größte Militärbasis außerhalb des Sol-Systems. Sie war als Einsatzzentrale für das Sim-Programm vorgesehen.

Elena hatte hartnäckig um eine Versetzung ersucht, damit sie mir hierher folgen konnte. Endlich war dem stattgegeben worden. Sie war schon seit einer Woche auf Azur, aber immer noch unter Quarantäne im Ankunftsbereich, um sich an die Schwerkraft und den niedrigeren Luftdruck zu gewöhnen.

Ich traf sie am Tag ihrer Entlassung. Der Ankunftsbereich erinnerte an die Abfertigungshalle eines Raumhafens – ein steriles, hässliches Gebäude; sechs Stockwerke hoch, mit kleinen Kabinen, um die Immigranten unterzubringen. Ich wartete in der Halle in einem Nebenbereich namens »Sachbearbeitung für Bürger – Post-Quarantäne«. Die Halle war ebenso farblos und blass wie der Rest der Einrichtung – die einzigen Farbkleckse waren die Flagge der Freien Arabischen Welten, die an der einen Wand hing, und das Wappen der Allianz gegenüber. Um mich herum warteten noch andere Soldaten verschiedener Dienstgrade – die zweifellos ebenfalls die Ankunft ihrer Liebsten erwarteten.

Selbige kamen und gingen. Viele Umarmungen um mich herum. Ein gelangweilt dreinschauender Sachbearbeiter vom Militär rief die Namen auf, als jeder Bürger abgefertigt wurde. Ich wartete aufgeregt darauf, dass ich endlich an die Reihe kam. Fühlte mich nicht wohl in meiner Haut. So kannte ich mich gar nicht.

»Marceau, Elena«, verkündete der Sachbearbeiter endlich. »Französische Bürgerin der Allianz, unbegrenzte Aufenthaltsgenehmigung.«

Da kam sie durch die Panzerglastür.

Überwältigt hielt ich einen Moment inne. Ich konnte kaum fassen, wie glücklich ich war, sie zu sehen.

Dann rannte Elena auf mich zu und warf mir die Arme um den Hals. Keiner von uns sagte etwas: einfach nur umarmen. Ich vergrub den Kopf in ihren Haaren. Sog sie ein: die Wärme ihres Körpers, ihren Geruch. Drei lange Monate waren vergangen, seit wir uns das letzte Mal gesehen hatten.

»Hast du Hunger?«, fragte ich schließlich.

Elena nickte. »Großen.«

»Es gibt hier in der Basis einen Speisesaal. Wir könnten da sofort hingehen …«

»Das hat aber gar kein Ambiente«, sagte Elena achselzuckend. »Ich finde es hier unangenehm. Können wir nicht mal 'ne Weile raus?«

Mir war es völlig egal, wo wir aßen oder was wir taten; Elena war hier. Das reichte mir.

»Ich kenne da einen Laden.«

Wir verließen die Basis, passierten die Kontrollstellen und den Grenzzaun. Vorbei an den Rockwell-Sicherheitskräften; gereizte Soldaten mit Schutzwesten und Kampfhelmen, die Gesichter von der andauernden Hitze gerötet.

»Pässe, Leute«, sagte der Wachmann, als wir ihn erreichten. »Biometrik oder Papier, mir egal.«

Er scannte die Seriennummer an meinem Handgelenk und nickte vor sich hin.

»Was ich nicht alles für 'nen Kampfanzug mit anständiger Klimaanlage geben würde, ne?«, sagte er, während er von dem Gerät ablas. Offensichtlich galt dieser Kommentar nicht uns, sondern war ein häufiges Gesprächsthema unter den Sicherheitskräften.

»Ja, Alter«, murmelte sein Nebenmann.

Die erste Wache winkte uns durch. »Erlaubnis zum Verlassen der Basis. Da vorne am Büdchen gibt es Übersetzer. Sorgen Sie dafür, dass Sie vor zweiundzwanzig Uhr wieder da sind, und nehmen Sie sich vor den Basisratten in Acht. Die beißen.«

»Verstanden«, sagte ich.

Elena folgte diesem Austausch leicht verwirrt, aber ich zog sie hinter mir her durch den Checkpoint. Über uns kreuzten Sicherheitsdrohnen; ein paar von ihnen konzentrierten sich auf eine Gruppe von Kindern, die vor dem Grenzzaun herumlungerten: Das waren die Basisratten, vor denen die Wache gewarnt hatte.

Wir bahnten uns einen Weg durch die belebten Straßen im Zentrum von Azur-Stadt, mitten durch die Wohnviertel. Elenas zierliche Hand hielt meine fest, während wir uns durch die Massen zwängten. Dann verlangsamte ich das Tempo, damit Elena es etwas einfacher hatte. Das Einkaufsviertel war gerammelt voll.

An jeder Ecke wurden wir von Händlern bedrängt. Ich war schon geübt darin, sie zu verscheuchen, aber Elena war etwas unsicher. Sie hielt immer wieder an, um sich knallbunten Schmuck anzugucken oder dem Geplänkel eines runzligen Verkäufers zu lauschen.

»Die sehen genau, dass du gerade frisch aus der Quarantäne kommst«, sagte ich. »Du bist ein dankbares Opfer. Wie lange sollst du diesen Anzug tragen?«

Elena hatte einen schwarzen Einteiler an, der sich eng an ihren schmalen Körper schmiegte. Die Arme und Beine waren durch ein Exoskelett verbunden. Sie lief nicht ganz natürlich, sondern leicht stockend. Die Stellschrauben sorgten dafür, dass sich ihr Körper an die niedrigere Gravitation gewöhnen konnte.

»Was, das alte Ding?«, sagte Elena und hob einen Arm. Sie seufzte und schüttelte den Kopf. »Echt keine Haute Couture, oder? Die Sanis haben zwei Wochen empfohlen. Aber mal gucken.«

»Du meinst, dass die Sanis zwei Wochen *vorgeschrieben* haben?«

Elena lachte und zuckte mit den Schultern. »Wie schon gesagt, mal gucken.«

»Sag bitte Bescheid, wenn du eine Pause brauchst«, sagte ich und drückte zärtlich ihre Hand.

»Ich hätte nichts dagegen, mich kurz hinzusetzen«, antwortete Elena und errötete leicht. »Die Hitze ist schon ein bisschen drückend.«

Ich kannte Elena gut genug, um zu wissen, dass sie, wenn sie schon zugab, sich ein bisschen unwohl zu fühlen, wahrscheinlich richtig litt. Sie war zäh – zäher als ich – und gab nur ungern zu, dass sie Hilfe oder eine Pause brauchte.

»Wir sind gleich da. Wir müssen aus der Mittagshitze raus – die zehrt einen echt aus. Du wirst dich noch daran gewöhnen, die Hauptstraße zu meiden, wenn die Sonne im Zenit steht. Das ist hier anders als auf der Erde. Die Hitze von Azur macht einen fertig, wenn man sich keinen Schutz sucht.«

Elena guckte in den Himmel. Er war leuchtend blau, nirgends eine Wolke in Sicht; hoch oben hing eine große orange Sonne.

Das Café hatte keinen Namen – in dieser Gegend hatten die wenigsten einen –, aber ich hatte hier schon mal gegessen und wusste, dass es gut war. Um ein Gebäude aus Sandstein herum waren Tische und Stühle aufgestellt, und wir ließen uns nieder. Ich suchte uns einen Platz unter einer gewebten Markise, ausgefranst und verblichen vom ewigen Sonnenlicht. Das Café war ruhig. Um uns herum saßen noch ein paar Militärs und einige ortsansässige Familien.

Ich winkte dem Kellner und bestellte für uns beide. Er verschwand ins schattige Innere des Cafés.

»Das ist echt total schön hier«, sagte Elena. »Hab ich mir ganz anders vorgestellt.«

»Inwiefern?«

»Ich dachte, es wäre alles viel steriler. Ich habe nicht erwartet, dass es so an die *Erde* erinnert.«

Manchmal vergaß ich, dass sie längst nicht so viel gereist war wie ich. Sie hatte eine gewisse kultivierte Naivität, eine Aufrichtigkeit, die mich immer wieder faszinierte.

»Es erinnert auf jeden Fall nicht an die Erde, die ich kenne«, sagte ich kopfschüttelnd. »Aber ich weiß, was du meinst.«

Der Boulevard war von primitiven Gebäuden umgeben, deren Sandsteinziegel und Gips vor Ort hergestellt wurden. Auf der gegenüberliegenden Seite der Straße – die nicht mehr war als ein breiter Trampelpfad mit von vielen schweren Fahrzeugen gezogenen Furchen – saßen dunkelhäutige Männer in schattigen Hauseingängen, manche auf mürben, rostigen Stuhlgestellen aus Metall. Antike 2D-Fernseher plärrten aus fensterlosen Wohnungen, so laut aufgedreht, dass nur noch wütendes, statisches Rauschen zu hören war. Mütter rannten mit tadelnden Rufen in der Landessprache hinter ausgebüxten Kindern her.

»Die ersten Kolonisten hier waren Araber«, murmelte ich. Mich interessierte die örtliche Geschichte nicht wirklich, aber ich hatte paar Sachen aufgeschnappt, seit ich hier war. »Die Freien Welten haben Azur für sich beansprucht, damals, bevor sie der Allianz beigetreten sind, während des Zweiten Wettlaufs ins All. Dann kam der Krieg mit dem Direktorat, und es war egal, wem der Planet gehörte.«

»Wer hätte gedacht, dass so viel militärische Schlagkraft in so schöner Umgebung haust?«, sagte Elena, während sie die historischen Gebäude betrachtete. »Auch wenn wir die Erde verschleudert haben, hält der Kosmos immer noch Überraschungen für uns bereit.«

Sie lächelte. Ihre makellos weißen Zähne glitzerten im Sonnenlicht. Mein Blick verweilte auf ihrem Gesicht – rund und herzlich.

Der Kellner kam zu uns, nachdem er sich mit zwei Bierflaschen und zwei Tellern mit gewürztem Reis-Ersatz zwischen den Tischen hindurchgeschlängelt hatte. Er verbeugte sich und verschwand wieder nach drinnen.

Elena verputzte hungrig das Essen. Ich tat es ihr gleich. Es war heiß und reichlich – brauner Reis, gemischt mit echten Gewürzen und irgendeinem Kunstfleisch.

»Ich hab gelesen, dass auf Azur gerade rationiert wird«, sagte Elena. »Brauche ich einen Chip?«

»Das Militär ist ausgenommen. Einer der Vorteile, bei der Armee zu sein.«

»Gut«, sagte Elena. Sie tippte mit dem Finger an eine der Flaschen und zog verblüfft die Augenbrauen hoch. »Aber ein Lager? Ist da Alkohol drin?«

»Nur ein bisschen. Wieso? Soll ich dir was anderes bestellen?«, fragte ich. Ich nahm einen kräftigen Schluck Bier; die Flasche war warm und offensichtlich umetikettiert worden. Wahrscheinlich gegen eine billigere Marke ausgetauscht, vielleicht etwas Lokales. Die Einheimischen tranken auf keinen Fall, aber der Militärapparat auf Azur hielt den Alkoholhandel am Leben.

Elena wollte etwas sagen, aber in dem Moment jagte brüllend ein Geschwader Dragonfly-Kanonenboote über uns hinweg. Sechs Schiffe in Formation. Die Aufhängungen waren voll bestückt, unter jedem Flügel eine Menge Raketen. Wie ihre Namensvetter: schnell und tödlich. Sie flogen mit dröhnenden Triebwerken tief über der Stadt; über uns formten sich weiße Kondensstreifen. Elena zuckte unwillkürlich zusammen, als sie uns passierten.

»Schon gut«, sagte ich. »Nur eine Übung. Das machen die jeden Tag, manchmal sogar mehrfach. Du wirst dich dran gewöhnen.«

Ich hatte mich bereits an den konstanten Flugverkehr gewöhnt. Auf Azur wurde nicht gekämpft, aber es wurden regelmäßig Manöver abgehalten.

»Wenn das Sim-Programm einschlägt, brauchen wir diese martialischen Dinger vielleicht gar nicht mehr.«

»Es wird einschlagen. Da bin ich mir sicher. Du kannst dir nicht vorstellen, was ich alles erlebt habe. Wozu ich im Stande bin, wenn ich so einen Körper habe.« Ich schüttelte den Kopf. Es stimmte: Die ersten Gehversuche in einem Simulaten waren, wie neu geboren zu werden. So unglaublich waren die Leistungen in Bezug auf Beweglichkeit, Stärke, Ausdauer.

»Das wird alles verändern. Vielleicht wird die nächste Generation schon feststellen, dass wir keine normalen Bodentruppen mehr brauchen«, machte Elena weiter. »Im Krieg tatsächlich zu sterben könnte dann der Vergangenheit angehören.«

»Wollen wir's hoffen.«

»Wir sind hier draußen Teil von etwas, Conrad.

Von etwas Großem.« Sie legte den Löffel beiseite und schaute die staubige Straße hinunter. Sie lächelte vor sich hin. »Wir sind Pioniere. Wenn das Programm ausgeweitet wird – überleg mal, wo das alles hingehen könnte.«

»Ich bin nur ein Soldat. Ich tue, was man mir sagt, und geh dorthin, wo ich hingehen soll.«

Sie stupste mich gegen den Arm. »Du bist mehr als das. Was ist mit der Beförderung? Hat der Stab deinen vollen Offiziersstatus genehmigt?«

Ich kaute auf einem Mundvoll Reis herum und spülte ihn mit einem weiteren kräftigen Schluck Bier hinunter. »Ich bin mir da nicht so sicher. Das hieße, dass ich mein eigenes Team zu kommandieren hätte.«

»Du bist dafür mehr als geeignet. Das weiß ich.«

»Vielleicht. Aber lass uns nicht übers Militär reden. Du bist hier, und ich bin bei dir. Das reicht mir.«

Ein Haufen kleiner Kinder rannte an uns vorbei. Barfuß, dunkelhäutig; sie trugen viel zu große, ausgefranste, kurze Jeans und T-Shirts mit den Logos amerikanischer Firmen. Sie kickten einen Ball ins Café, den ich zurück auf die Straße bolzte.

»Was hieltest du davon, einen Beitrag zur nächsten Generation zu leisten?«, fragte ich und zeigte auf die Straßenkinder.

»Ich weiß gar nicht, wovon du redest«, sagte Elena kokett. Ihr Mund schien sich zusammenzuziehen, als sie mich so ansah; ein Blick, den sie nur mir allein schenkte. »Du musst erst noch eine ehrbare Frau aus mir machen.«

»Also willst du einen Ehevertrag, ist es das?«

»Möglich. Vielleicht will ich aber auch einfach, dass *du* einen Ehevertrag willst.«

»Aber wenn ich dich frage, woher weiß ich dann, dass du Ja sagst?«

»Das wirst du schon herausfinden müssen. Ein Mädchen muss auch seine Geheimnisse haben dürfen.«

»Als wir das letzte Mal darüber gesprochen haben, hast du gesagt, es wäre dir noch zu früh. Und wenn ich mich recht entsinne, haben wir darüber *oft* geredet.«

»Als du mich das letzte Mal gefragt hast, waren wir noch auf der Jefferson-Basis. Jetzt fragst du mich auf Azur. Das ist ein großer Unterschied.« Sie zuckte mit den schmalen Schultern, als wäre ihre Erklärung vollkommen einleuchtend und ich ein Trottel, weil ich es nicht verstand.

»Ich erinnere mich nicht daran, dich je *gefragt* zu haben – zumindest nicht direkt.«

Sie schürzte die Lippen und gab ein spöttisches Geräusch von sich. Es war natürlich alles Schauspielerei, alles Teil ihrer Darbietung. So war Elena. Theatralisch und lebensfroh.

»Und überhaupt wären da noch einige Dinge zu erledigen, bevor du mich fragen könntest. Zunächst einmal müsstest du den Segen meines Vaters einholen.« Sie schüttelte den Kopf. »Christo, der Gute hat nie auch nur die Erde verlassen.«

Ich zuckte fröhlich zusammen. »Also, nur dass ich das richtig verstehe: Ich muss zurück zur Erde fliegen – wie viele Lichtjahre auch immer zurücklegen –, mich nach Frankreich begeben und bei einem alten

Mann um deine Hand anhalten? Dein Vater ist doch alt, oder?«

»Na klar«, antwortete Elena. »Er ist dreiundneunzig. Und ich habe offenbar vergessen zu erwähnen, dass er kein Wort Standard spricht?«

»Also muss ich auch noch Französisch lernen. Und dann frage ich dich, und du sagst vielleicht Ja, vielleicht aber auch Nein. Und dann können wir hundert wunderbare Kinder kriegen und uns hier auf Azur eine eigene kleine Farm kaufen?«, sagte ich und schnaufte die letzten Worte heraus, als sei ich außer Atem.

Elena nickte weise. »Genauso ist es. Du würdest doch sicher Lichtjahre durch Raum und Zeit eilen, um bei mir zu sein?«

»Das ganze Universum würde ich durchqueren«, sagte ich. »Im Ernst.«

Elena beugte sich zu mir herüber und gab mir einen Kuss. Das war etwas Bedeutenderes als das Herzrasen einer frischen Beziehung. Ich hatte mich noch nie so gefühlt. In diesem Moment, wo ich Elena tief in die Augen schaute, wusste ich, dass ich so etwas nie wieder fühlen würde. Ihre Augen waren so groß, so tief. Ich war in ihnen verloren.

»Schöne Frau! Schöne Frau!«, wurde neben uns eine Stimme laut. »Du sprechen Amerika Standard? Du amerikanische Tourist?«

Ein Schatten fiel über den Tisch. Ein verkrümmter alter Mann mit einer Haut wie abgetragenes Leder stand neben Elena und beschwor sie, seinen Schmuck anzuprobieren. Er trug eine farbenfrohe, aber abgenutzte Robe und eine Stoffmaske, hinter der die Augen aus dem verdunkelten Gesicht hervorguckten. Über seiner einen Schulter hing ein Sauerstofftank, über der anderen ein Wasserspender. In seiner Hand, die wie eine verknöcherte Klaue aussah, hielt er ein paar Halsketten und Ringe. Er wedelte mit der Hand, und der Schmuck klimperte geräuschvoll.

»Du kaufen Kette für schöne Frau, Mr. Soldat?«, fragte der Alte und drehte sich zu mir. Er sprach gebrochenes Amerikanisches Standard mit einem mittelöstlichen Singsang. Vielleicht Ägyptisch oder Iranisch.

Elena nahm den Schmuck in Augenschein. »So schöne handgemachte Sachen.«

»Die sehen, dass du frisch vom Schiff kommst, Elena. Du redest tatsächlich mit ihnen.«

Elena war fasziniert von den Ringen und streckte die Hand aus, um einen zu berühren. Er war aus durchscheinendem, silbrigem Pink, besetzt mit kleinen Edelsteinen aus brüniertem Orange. Der Krämer nahm ihn flink aus der Hand und ermutigte Elena, ihn zu halten.

»Feinste Azur-Schmuck, nur Beste für schöne Dame. Gemacht mit echte Metalle aus Umgebung.«

Elena spielte mit dem Schmuck.

»Und natürlich«, sagte sie zu mir und zog die Worte melodramatisch in die Länge, »würdest du, *wenn* du mich um eine Eheschließung bitten würdest, selbstverständlich auch einen Ring dafür brauchen. Der hier wäre ein sehr netter Anfang, auch wenn es nur ein Platzhalter ist.«

»Nur beste Schmuck für schöne Dame – guter Preis für Soldat«, sagte der Krämer, an dem unsere Unterhaltung völlig vorbeiging, aufgeregt.

Ich kramte nach etwas Papiergeld – meine Karte brachte mir hier auf dem grauen Markt nichts – und zog eine Handvoll Scheine hervor. Durch die Andeutung von Geld wurde der Krämer noch lebhafter.

»Nehme FAW-Dollars oder Allianz-Credits«, sagte er und zeigte auf den Ring. »Bitte anziehen, bitte. Nur einhundert Credits.«

Ich bezahlte den Krämer, und er verließ uns.

»Das ist ein schönes Teil«, sagte Elena und nickte mir zu. »Wenn du die Güte hättest, Conrad.«

Ich steckte ihr den Ring an den Finger. Wie erwartet war er zu groß – Elena hatte so zierliche Finger –, aber die Geste zählte. Ich betrachtete ihr Gesicht. Sie strahlte vor Glück. Sie ergriff meine Hand noch fester.

»Ich würde«, sagte sie. In ihren Augen lag ein heller Schimmer, wie unvergossene Tränen. »Wenn du mich fragen würdest. Dann würde ich, glaube ich. Aber fürs Erste vielen Dank, dass du mich hergebracht hast, dass du mir hilfst, hier Fuß zu fassen.« Sie schob ihren mittlerweile leeren Teller beiseite. »Was hältst du davon, schon mal einen Anfang mit dem Beitrag zu machen? Zur nächsten Generation, meine ich.«

Ich ließ ein paar zerknitterte Scheine auf dem Tisch zurück, und wir verließen schleunigst das Café.

Als wir durch die Stadt gingen, beobachteten uns einheimische Jungs aus schattigen Seitenstraßen, beäugten Elenas helle Haut und meine Militäruniform. Keine Kinder mehr, aber auch noch keine Männer; schlaksige Gliedmaßen, dünne Bärtchen auf den Oberlippen. Sie observierten uns misstrauisch und vorsichtig, ihre Absichten nie ganz eindeutig. Hinter ihren dunklen Augen lauerte so etwas wie Neid, der noch nicht ganz an Ärger grenzte. Azur-Stadt wirkte manchmal ein bisschen bedrohlich, was mir aber erst jetzt auffiel, da Elena bei mir war.

Die Wände der Sandsteingebäude waren voll mit Propaganda-Postern, laut und in 3D; sie warben für den Militärapparat der Allianz. Manche Gebäude waren von riesigen Wandgemälden bedeckt – so verwittert wie der Rest des Planeten. WIR BRINGEN FRIEDEN FÜR DEN OSTSEKTOR, stand auf einem, daneben ein voll gepanzerter Soldat, der auf einem toten Krell stand. Irgendein Klugscheißer hatte die Pastellschrift mit leuchtend roter Farbe korrigiert, sodass dort jetzt WIR BRINGEN KRIEG FÜR DEN OSTSEKTOR stand. Andere Propagandabilder der Allianz zeigten Lebensmittelvergaben an die einheimische Bevölkerung oder die Kontrolle der Wasserversorgung.

Hier und da standen Türme zwischen den dicht gedrängten Wohnhäusern. Sie waren ständig beleuchtet; entweder von billigem, elektrischem Licht oder durch altmodische Kerzenleuchter. Der Azan – der Gebetsruf – tönte von den Minaretten. Das Geräusch war mir immer noch fremd; es schien Tag und Nacht verbreitet zu werden. Es erinnerte mich daran, dass ich auf dieser Welt nur zu Besuch war, dass wir unabhängig davon, was der Generalstab der Allianz dachte, als Besatzer auf Azur waren, nicht als Gäste.

Es gab mehrere Hotels auf Azur, aber für diese Nacht entschieden wir uns für das teuerste – das Weskler-

Trump International, direkt im Zentrum des Finanzviertels. Es war ein Luxushotel, wesentlich vornehmer, als ich es gewöhnt war, und empfing normalerweise eher Politiker und Geldadel. Selbst beim Einchecken kam ich mir schon wahnsinnig fehl am Platz vor, aber Elena war so selbstsicher und souverän wie immer.

Wir lagen zusammen in einem Gewirr von Bettwäsche wie Zwerge in dem enormen Hotelbett. Es war schon spät und bereits vor Stunden dunkel geworden. Die Fenster der Suite waren weit geöffnet, und eine leichte Brise kam von draußen herein. Meine Haut war klebrig und verschwitzt von unserem Liebesspiel, so wild und dringlich, wie es gewesen war. Ich döste mit Elena im Arm und einem Glas Whiskey in der anderen Hand.

»Meinst du, wir kriegen Ärger?«, flüsterte sie.

»Warum?«, fragte ich. Ich hatte die Augen geschlossen und driftete in der Halbwelt zwischen Schlaf und Erwachen.

»Wir haben fast dreiundzwanzig Uhr. Der Wachmann – er hat gesagt, wir müssten bis zweiundzwanzig Uhr wieder da sein.«

»Was sollen die denn machen, mich feuern?«

»Wirst du nicht als unerlaubt abwesend gemeldet oder so?«, fragte Elena, der die offiziellen Termini nicht so vertraut waren. Es erinnerte mich daran, dass sie eigentlich nicht zum Militär gehörte.

Wir lachten gemeinsam harmonisch.

»Ich bin mir sicher, dass sie das durchgehen lassen.«

Ich spürte, wie sich Elena aufsetzte und mit ein paar Kissen abstützte. Sie nahm mir das Glas aus der Hand und schlürfte geräuschvoll Whiskey.

»Guter Stoff«, sagte sie mit einem leisen Krächzen. »Ist sicher importiert.«

»Amerikanischer Single-Malt. Das Hotel hier hat 'ne gute Auswahl.«

Sie hielt inne. Ich öffnete ein Auge. Ich merkte, dass sie noch etwas anderes sagen wollte, aber zögerte, es mir gegenüber auszusprechen.

»Und was noch?«

»Seit wann hast du zu trinken angefangen?«, fragte sie.

»Seit es Sachen gibt, die ich vergessen muss«, sagte ich, womit mir ungewollt die Wahrheit herausrutschte. Innerlich zuckte ich zusammen; das war zu mitteilsam. Kein Thema für den gegenwärtigen Moment.

»Was für Sachen?«

Ich drehte mich im Bett um, schaute sie an und lächelte. »Nur so Sachen. Nichts Wichtiges.«

»Vorsicht, *mon cher*«, flüsterte Elena. Als sie sich zu mir herunterbeugte, roch ich den Whiskey in ihrem Atem. »Hals dir nicht zu viel auf. Wie viele Übergänge hast du inzwischen hinter dir?«

Ich rechnete kurz durch. »Sechzehn, glaube ich. Drei auf der Jefferson, den Rest hier.«

»Das ist mehr als irgendwer sonst im Programm. Bitte versprich mir, dass du vorsichtig bist.«

Ich war schon sechzehn Mal gestorben. Selbst hier, wo ich im teuersten Hotel auf Azur im Bett lag, konnte ich mich an alle sechzehn Tode erinnern, wenn ich die Augen schloss. Ohne darüber nachzudenken, nahm ich Elena das Glas aus der Hand und leerte es in einem Zug. Der Whiskey war heiß und rebellierte in meinem Magen: Er erinnerte mich sofort an das Brennen von Krell-Biosäure auf meiner Haut, an Kaminskis Gesichtsausdruck, als wir das erste Mal von Primärformen umzingelt worden waren …

Dann griff ich ins Nachtschränkchen und füllte nach. Es war ein automatischer Vorgang – keinerlei Nachdenken involviert.

Elenas sanfte Hände fuhren über meinen Oberkörper, als ich mich wieder im Bett zurücklehnte. Ich wurde schon wieder hart. Ihre nackte Brust schmiegte sich an mich. Ihr Körper war weich und aufregend; immer noch neu für mich. Eine echte Frau, nicht hergestellt und aufgerüstet und modifiziert, wie ich es gewohnt war. Ihre Unvollkommenheit war Teil ihrer Schönheit.

Wir wickelten uns ineinander, aber statt mein Verlangen zu bemerken, berührte sie die Datenbuchse an meinem linken Unterarm. Fuhr mit dem Finger um den kalten Stahlstutzen.

»Tut der Anschluss weh?«, fragte sie mich.

»Ein bisschen vielleicht«, sagte ich. Ich hatte jetzt und hier wirklich keine Lust, darüber zu reden, aber Elena offenbar schon.

»Die Haut sieht wund aus.«

Ich nippte am Whiskey. Die Haut sah wund aus, weil die Anschlüsse erst vor Kurzem gelegt worden waren. Unter Vollnarkose hatten die Militärchirurgen Muskeln, Knochen und Gewebe durchstoßen, um mir die sieben Anschlüsse zu verpflanzen. Sie waren dauerhafte Erinnerungen an meinen neuen Beruf.

»Manchmal ist Schmerz auch gut«, murmelte Elena mir ins Ohr. »Wenn du keinen mehr empfindest, bist du tot. So was in der Art hast du mal zu mir gesagt, vor langer Zeit. Es bedeutet, dass du *am Leben* bist.«

Elena streichelte nacheinander jeden Anschluss, langsam, neugierig: einen an jedem Arm, unterhalb des Nackens, an beiden Oberschenkeln, zwei auf der Brust.

»Wie fühlt sich der Übergang an?«, fragte sie mich. Ihre Stimme war wieder zu einem heiseren Flüstern geworden, und ihr französischer Akzent – normalerweise versteckt, kaum hörbar – schien schwerer geworden zu sein. »Wie fühlt sich das an, so intim mit einem Simulaten verbunden zu sein? Ist es wie eine Verbindung von Liebenden?«

Ich lachte sanft. »Nein, so ist es nicht. Der Simulat ist nur eine Maschine.«

»Aber eine Maschine aus Fleisch und Blut.«

»Lass uns jetzt nicht darüber reden. Das ist Arbeit.«

Elena seufzte. »Du redest nicht gern über dich, Conrad.«

Sie setzte sich wieder auf, schob die Decken beiseite und kletterte aus dem Bett.

»Ich dachte, die Sanis hätten dir zwei Wochen in dem Anzug verschrieben?«

Elena kicherte trocken. »Und ich hab gesagt: mal gucken. Hör auf, das Thema zu wechseln. Wir haben darüber geredet, dass du dich öffnest.«

»Wo gehst du hin?«

Sie zog Unterwäsche an und tapste zu ihrem Kleiderhaufen, um eine Packung Zigaretten hervorzuholen.

»Auf den Balkon. Ich muss eine rauchen.«

Sie warf mir einen enttäuschten Schmollmund zu,

als ich nicht sofort Anstalten machte, ihr zu folgen. Ich schaute ihr schamlos hinterher und bewunderte das sanfte Wiegen ihres Hinterns.

Kurze Zeit später folgte ich ihr durch den hauchdünnen Vorhang auf den Balkon. Die Brise draußen war angenehm auf meiner verschwitzten Haut. Obwohl Nacht herrschte, war Azur alles andere als verschlafen. Drei kleine helle Monde hingen über dem Horizont und verbreiteten genug Licht zum Lesen. Unsere Suite lag in einem der oberen Stockwerke und bot einen guten Blick auf die umliegende Stadt. Auch die war eine Lichtquelle: vom Markt, der von bunten Straßenlaternen durchzogen war, bis zum Blinken der Hindernisfeuer für den Luftverkehr, das von einigen der höheren Gebäude herüberleuchtete. Und dann weiter hinten Fort Rockwell selbst. Die Basis schlief nie; Tag und Nacht landeten und starteten Raumschiffe.

Elena lehnte am vergoldeten Metallgeländer, während sie vorsichtig an der Zigarette zog. Sie sah unwirklich aus, entschied ich. Wir waren so lange getrennt gewesen, dass es sich unglaublich anfühlte, sie hier auf Azur zu sehen.

Sie merkte, dass ich sie beobachtete, und warf mir ein leises Lächeln zu. »Was? Warum guckst du mich so an?«

»Ich wollte dich nicht beunruhigen.«

Sie schürzte die Lippen. »Ist schon in Ordnung. Ich versteh das.«

»Ich will wirklich offener sein. Ganz ehrlich.«

»Dann erzähl mir was über dich, Conrad. Erzähl mir

etwas, das von Bedeutung ist. Etwas, das du noch nie jemandem erzählt hast.«

Ich seufzte. Lange Zeit standen wir einfach nur da und guckten auf die Stadt. Das Problem war nicht, dass ich ihr nichts erzählen wollte. Das Problem war, dass es zu viel zu sagen gab.

»Als wir uns das erste Mal getroffen haben«, begann ich zögernd, »hast du mich viel nach meiner Familie gefragt. Wie ich aufgewachsen bin, wo ich herkomme.«

Elena nickte geduldig.

»Und du hast nach meinem Vater gefragt. Was mit ihm passiert ist. Ich hab dir nicht geantwortet. Soweit ich weiß, hat das Militär keine Aufzeichnungen darüber, und es steht in keiner Akte. Ich hab dir alles über meine Mutter erzählt, darüber, dass sie bei der Flotte war. Sie ist gestorben, als ich noch ein Kind war.«

Elena hörte jetzt ernst zu. Sie wusste, wie schwierig das für mich war. Ich fixierte einen Punkt am Horizont, an dem das Flackern und Leuchten ankommenden Luftverkehrs zu sehen war.

»Mein Vater war auch beim Militär. Du kennst seine Akte. Meine Eltern waren beide die meiste Zeit nicht da. Hatten genug damit zu tun, Essen auf den Tisch zu bringen, um Carrie und mich ernähren zu können. Als meine Mutter gestorben ist, ist mein Vater durchgedreht.«

»Hat er die Armee verlassen?«, fragte Elena. Ihr Tonfall war zurückhaltend. Immerhin war sie Psychologin.

»So einfach war es nicht. Ich glaube, er hat meine Mutter geliebt, obwohl sie sich gegen Ende ihres Lebens kaum noch gesehen haben. Wenn sie gemeinsam Landurlaub hatten, haben wir dauernd gehört, wie sie sich im Schlafzimmer angeschrien haben. Die Wohnungen – hatten dünne Wände. Meine Mutter hat viel geweint.

Also, meine Mutter ist im Kampf gegen das Direktorat gefallen. Kurze Zeit später hatte mein Vater seinen nächsten Landgang. Carrie und ich waren da schon bei Tante und Onkel eingezogen. Sie haben zwar versucht, für uns zu sorgen, aber sie hatten selbst Kinder, und es war wenig Platz und wenig Geld da. In der Zeit hatten wir viele Tanten und Onkel; und wenn du mich jetzt fragen würdest, könnte ich dir wahrscheinlich die meisten Namen nicht mehr nennen.

Als mein Vater auf dem Landgang nach Hause kam, wohnte er in einem Kellerzimmer in Tante Beths Siedlung. Wir konnten keine Miete für ein anderes Apartment zahlen, und selbst die Wohnwürfel waren jenseits unseres Budgets. Also hat er diese kleine trostlose Kammer vom Hausmeister gemietet. Tante Beth hat versucht, ihn davon zu überzeugen, uns zu besuchen, Zeit mit uns zu verbringen, aber es hat nichts gebracht. Ich glaube, da war er schon verloren.«

Elena griff sanft nach meinem Arm. Gab mir ein beruhigendes Lächeln.

»Eines Tages bin ich runter in den Keller gegangen, um ihn zu besuchen. Die Tür war verschlossen, aber ich wusste, dass er da war: der 3D-Fernseher lief auf Anschlag.« Ich stieß einen tiefen Seufzer aus. »Also haben Carrie und ich die Tür eingetreten.«

»Ist schon gut«, sagte Elena. »Du musst mir das nicht weiter erzählen, wenn du nicht willst.«

»Jetzt hast du die Tür aufgemacht«, flüsterte ich. »Ich will es dir ja erzählen. Ich will. Mein Vater war in dem Zimmer, er lag quer über der Werkbank des Hausmeisters. Er hatte immer noch den Revolver in der Hand. Wahrscheinlich hat der Fernseher den Schuss übertönt, sodass es noch nicht mal die Leute in der Wohnung darüber gehört haben. Die Ärzte sind davon ausgegangen, dass er sich in der Nacht davor getötet hatte: den Revolver genommen, unters Kinn gehalten und abgedrückt. Beide Hände am Abzug – er muss ziemlich entschlossen gewesen sein.«

In Elenas Augen standen Tränen, und sie hatte den Druck auf meinen Arm deutlich verstärkt. Ich schnitt eine Grimasse und löste ihren Klammergriff. Mehr war dazu nicht zu sagen: Carrie und mir zuliebe war sein Tod nicht in die Akte aufgenommen worden.

»Ich werde vom Tod verfolgt, Elena«, sagte ich. Auf einmal wollte ich die Erinnerung so schnell wie möglich hinter mir lassen: nicht mehr an den kalten Leichnam meines Vater, an die Lache aus schwarzem Blut rund um seinen Kopf denken. »Verstehst du, es ist egal, wohin ich laufe – er verfolgt mich. Hat er immer, wird er immer. Deshalb habe ich auch überhaupt keine Angst vor diesem Job. Den Tod kenne ich schon.«

Elena schmiegte sich an mich.

»Dieser Krieg wird nicht ewig dauern«, sagte sie. »Und wenn er vorbei ist, wenn wir die Krell besiegt haben, musst du vor gar nichts mehr Angst haben.«

12

SIEBEN ZIRKEL DES HADES

Schmerz.

Echter, nicht-simulierter Schmerz.

Ich versuchte mich zu bewegen. Das rechte Bein explodierte förmlich, und ich schrie auf. Meine ganze rechte Seite tat weh, es konzentrierte sich aber auf den Brustkorb. Ich kannte das Gefühl: *gebrochene Rippen.* Mehrere. Die Kleidung klebte an mir, an manchen Stellen nass. *Blut.*

Das Schlimmste war das ungeheure Dröhnen hinter den Augen, tief in meinem Kopf. Rollender Donner; drückende Kopfschmerzen wie eine Atombombe, die im Schädel hochgegangen war.

Lange Zeit lag ich einfach nur da.

Ich wollte so gerne schlafen.

Steh auf, sagte ich mir. *Das ist echt. Wenn du das hier verkackst, wachst du nicht einfach im Simulator wieder auf.*

Meine Augen nahmen nur Schnappschüsse der Außenwelt wahr. Ich befand mich im Wrack der Krankenstation, immer noch im Sicherheitsharnisch verankert. Gurte schnitten mir in die Schultern. Ich bewegte mühsam einen Arm, fummelte an der Schnalle herum, aber es überstieg meine Kräfte, mich selbst aus diesem Netz zu befreien.

Ich muss schlafen.

Nein! Bleib bei Bewusstsein!

Ein paar Sekunden war ich wach, dann wurde ich wieder ohnmächtig.

Ich atmete schwer, schmeckte einen Hauch der fremden Atmosphäre im Mund. Schwerkraft und Luft fühlten sich falsch an. Die Krankenstation stand schief. Der Boden neigte sich, und Teile des äußeren Rahmens hatten die Wände des Moduls durchstoßen. Die Notbeleuchtung an der Decke blinkte rot. Schmutziges Licht strömte durch Löcher in der Außenhülle. Jedes Fenster, jedes Bullauge war beim Aufprall zersprungen. Teile des Moduls waren während der Evakuierung abgerissen, und das ganze Gebilde ächzte und knackte vom Wind, der draußen tobte.

Wenn ich jetzt schlafe, kommt als Nächstes der Tod.

Schon in Ordnung.

Ich war auf Helios.

Durch einen heftigen, drängenden Schmerz wurde ich wieder wach.

»Bleib weg von mir!«, schrie ich und verdrehte den Arm im Sicherheitsgehänge.

Vor mir schälten sich langsam die Umrisse von Jenkins' Gesicht heraus. Sie hielt meinen linken Arm fest, und ich merkte, dass der Schmerz vom äußeren Unterarm ausging. Mein Uniformhemd war hochgerollt. Jenkins hielt eine Spritze an die Haut. Den austretenden Blutstropfen entnahm ich, dass sie mir gerade etwas injiziert hatte.

»Ich bin's, Cap.«

Ich rieb mir den Arm und stöhnte vor mich hin.

»Nur ein paar Schmerzmittel und ein Aufbaucocktail«, sagte Jenkins. »Hilft gegen die Schmerzen, und hält dich für eine Weile wach.«

Ich verlagerte meine Position, um es etwas bequemer zu haben. Die Chemikalien traten schnell in den Blutkreislauf ein, und der Nebel der Schmerzen lichtete sich. Ich fühlte mich ein bisschen lebendiger – zumindest konnte ich wieder denken.

»Ganz ruhig«, sagte Jenkins. Die Sorge in ihrem Gesicht war genug, dass ich stockte. Ich schaute auf mein rechtes Bein herunter und rupfte an der zerrissenen Hose. Sie war von heißem, klebrigem Blut verkrustet. Ein scharfer metallischer Gegenstand hatte sich in meine Hose gebohrt. Er hatte Gewebe und Muskeln durchschnitten, und ein Teil davon steckte immer noch oberhalb des Knies in meinem Bein. Ich starrte ungläubig auf die Wunde.

Warum hat die noch nicht angefangen zu verheilen?

Dann dämmerte mir die üble Wahrheit. Ich steckte in einem echten, anfälligen, menschlichen Körper, nicht in einem verbesserten Sim. Ich würde bluten, und ich würde sterben – vielleicht endgültig.

»Wie geht es dir?«, fragte Blake, der sich neben mich gestellt hatte.

Er trug seine Borduniform, aber die Haare waren immer noch nass vom Fruchtwasser des Simulators.

»Ich werd's überleben, glaube ich. War ich lange weg?«

»Ein paar Stunden«, sagte Blake unverbindlich. »Mehr oder weniger.«

Das war offensichtlich gelogen.

»Wie fühlt sich das Bein an?«, fragte Jenkins. »Wir müssen das verbinden. Ich hab's versucht, während du ohnmächtig warst, aber du hast dich dauernd bewegt.« Sie runzelte die Stirn. »Außerdem hast du im Delirium geredet – irgendwas über Elena.«

»Holt mich einfach hier raus«, sagte ich und versuchte mich aus den Resten des Geschirrs zu befreien.

Jenkins und Blake halfen mir. Ich biss die Zähne zusammen. Mein ganzer Körper tat weh; mit jeder Faser fühlte ich mich verprügelt und verbeult. Nach der Befreiung auf eigenen Beinen zu stehen war eine Aufgabe für sich. Ich sah, dass Martinez und Kaminski sich auch nur langsam zurechtfanden.

»Ich fühl mich ungefähr so scheiße, wie du aussiehst«, sagte Jenkins, die einen Schnitt auf der Stirn betupfte. »Aber es könnte schlimmer sein.«

Sie deutete in den hinteren Bereich der Krankenstation. Im schummrigen Licht sah ich Körper, die von Stützbalken durchbohrt und von schweren Geräten zerquetscht worden waren. Von einigen Technikern war nicht viel mehr als Schmierspuren an den Wänden übrig geblieben, weil bei der Landung alles dermaßen heftig umhergeworfen worden war.

»Willkommen auf Helios.« Kaminski breitete die Arme aus, um die ganze Station einzuschließen. »Erfrischungstücher und Getränke werden Ihnen an Ihren Sitzen gereicht. Sollten Sie Hilfe beim Aussteigen benötigen, warten Sie bitte auf eine Hostess. Da unsere regulären Begleiterinnen entweder tot sind oder demnächst von Fischköpfen verspeist werden, müssen

Sie mit Jenkins Vorlieb nehmen – die sieht ganz passabel aus, wenn Sie nicht zu genau hinschauen. Wir sind richtig am Arsch.«

»Halt den Rand, du kleiner Bastler«, sagte Jenkins und boxte Kaminski gegen den Arm. »Das ist weder die richtige Zeit noch der Ort.«

»Ich glaube, es hat uns das Leben gerettet, dass wir während des Aufpralls noch in den Tanks waren«, sagte Martinez. »Die haben wie ein Kissen gewirkt, oder so in der Art. Wir haben Glück gehabt. *La gracia de Dios.*«

»Der einzige andere Überlebende ist Olsen«, sagte Jenkins. »Er hat einen heftigen Schlag auf den Kopf abbekommen, aber er wird's packen.«

Sie zeigte mit dem Daumen auf Olsen, der noch in einem der Wandgeschirre hing. Sein Kittel war vorne aufgerissen, und an der Schläfe hatte sich bereits eine große eiförmige Beule gebildet. Die Haut war aschfahl, aber der Brustkorb hob und senkte sich kaum merklich.

»Jenkins hat ihn sediert«, sagte Blake. »Er ist immer hysterischer geworden. Die anderen… Na ja, man muss kein Arzt sein, um zu sehen, was mit ihnen passiert ist. Aber vielleicht haben es wie wir noch ein paar geschafft, die *Oregon* rechtzeitig in anderen Modulen zu verlassen.«

Ich hatte die fliehenden Rettungskapseln vor Augen. Auf keinen Fall hatte es außer uns irgendwer bis nach Helios geschafft: Die Krell hatten gnadenlos alles vernichtet, was unser Schiff verlassen hatte. Ich schloss die Augen. Aber die albtraumhaften Bilder der Evakuierung waren auch auf die Innenseiten meiner Lider gebrannt. Es würde nicht einfach werden, vor diesen Erinnerungen zu fliehen; das war ein Ereignis, das ich wieder und wieder würde durchleben müssen.

»Ich habe gesehen«, sagte ich, »was auf dem Weg nach unten passiert ist. Es ist niemand übrig. Wir müssen also auch kein Notsignal senden, zumindest vorerst nicht. Da war noch ein drittes Krell-Schlachtschiff. Das Asteroidenfeld – ich glaube, es war eine Falle.«

Ich schluckte und erinnerte mich daran, wie die Kälte des Alls meinen Körper ausgefüllt hatte. Das hatte sich wesentlich schlimmer angefühlt, als es mir jetzt ging, aber da hatte ich gewusst, dass der Schmerz schnell vorübergehen würde. *Diesen* Schmerzen würde ich mich nicht so schnell entziehen können.

»Wir haben es auch gesehen«, sagte Jenkins. »Die *Oregon* hatte gar keine Chance. Wir sind schon eine Weile wach, und ich habe Inventur gemacht. Die meisten Ersatz-Sims haben es überstanden.«

»Die *meisten?*«, fragte ich. Jenkins verheimlichte mir etwas.

»Ruh dich einfach aus«, sagte sie und legte mir eine Hand auf die Schulter. »Du musst dir jetzt keine Gedanken über so was machen.«

»Ich muss alles wissen«, sagte ich.

Jenkins biss sich auf die Unterlippe; ich schob sie beiseite und sah mir das zerstörte Interieur des Moduls genau an.

Gütiger Christo.

Auf der Rückseite der Krankenstation hingen zwischen zerfetzten Speicherröhren und verdrehtem Metall Parodien meines echten Körpers. Der letzte Rest an Kraft schien mich zu verlassen. Die meisten Simulaten hatten eine kränkliche Farbe – wie weiße Fischbäuche. Mehrere waren ausgeblutet. Obwohl sie unglaublich widerstandsfähig waren, waren die Körper wie Abfall durch die Gegend geworfen worden. Die inaktiven Sims hatten keine Chance gehabt.

Genauso einfach ausgelöscht wie die Sanitäter.

Ich bahnte mir vorsichtig einen Weg durch die Trümmerteile, um die Sims genauer zu untersuchen. Es war, als würde ich mich selbst in mehreren unterschiedlichen Posen betrachten. Jeder war an etwas anderem gestorben. Bei einem hatte sich ein Stützpfeiler durch den Bauch gebohrt und eine Eruption von Gedärm und anderen inneren Organen hinterlassen. Ungewollt befühlte ich meinen eigenen Bauch und spürte, wie sich meine Innereien in psychosomatischer Anteilnahme zusammenzogen. Ein anderer war sauber geköpft worden. Ein weiterer hatte sich in Stromkabeln verheddert, die sich von der Decke gelöst hatten. Sie waren in Flammen aufgegangen und hatten ihn geschwärzt und verkohlt zurückgelassen.

Ich musste mich an einer umgeworfenen Konsole abstützen, um das Gleichgewicht zu halten. Es war zum Kotzen. Hier war ich, in diesem lädierten, mangelhaften Körper: gefangen auf Helios, umgeben von Krell. Selbst wenn wir die nötige Ausrüstung für so etwas gehabt hätten, war ich mir ziemlich sicher, dass man keinen der Körper hätte retten können. Der Gedanke, auf Helios zu sein, ohne einen Sim zu haben, in dem ich mich verstecken konnte, erfüllte mich mit Grauen. Ich fühlte mich völlig ausgelaugt.

Es hat keinen Sinn mehr weiterzumachen. Wenn du deine Sims nicht benutzen kannst, was bist du dann noch für ein Soldat?

»Ich hab doch gesagt, dass du nicht hinschauen sollst«, flüsterte Jenkins.

Blake seufzte. »Zumindest haben es die anderen überstanden, auch wenn die Tanks in ziemlich schlechtem Zustand sind.«

Die Sims der anderen Teammitglieder hingen in ihren makellosen Glasbehältern. Sie trugen noch die Kampfanzüge, hatten leere Augen und warteten darauf, aktiviert zu werden. Die Simulatoren selbst waren weniger gut erhalten; an jedem Tank waren Haarrisse zu sehen. Einige der empfindlichen Verbindungskabel waren aus ihren Verankerungen gerissen worden.

»Sieht aus, als ob diese Tanks einiges an Arbeit benötigen, bevor sie wieder einsatzbereit sind«, sagte ich. Ich musste mich zusammenreißen, wenn auch nur zum Wohl meiner Leute. »Ich will, dass dieser Raum gesichert wird. Außerdem sollten wir die unmittelbare Umgebung auskundsch …«

Bumm. Bumm. Eine Reihe erschütternder Donnerschläge hallte durch das zerstörte Modul.

»Was zum Teufel war das?«, fragte Jenkins.

Etwas war draußen auf dem Dach und hatte die Hülle hart getroffen. *Bumm. Bumm.*

»Überlebende?«, schlug Blake vor.

»Wohl eher Krell«, sagte ich. Das veränderte die Situation sofort; wir mussten schnell reagieren. Hier im

Wrack zu bleiben war keine Option, wenn wir drauf und dran waren, von Krell überrannt zu werden. »Haben wir Waffen? Sind sie funktionstüchtig?«

»Ja, die haben den Fall gut überstanden«, sagte Jenkins mit hölzernem Lachen. »Anständige Allianzware, besonders langlebig. Oder so ähnlich.«

Jenkins öffnete die Metallkisten, in denen die unbenutzten M95-Plasmagewehre und die Granaten waren. Schnell verteilte sie die Waffen, und jeder von uns nahm ein Gewehr und eine Pistole.

Ich hielt das Gewehr mit beiden Händen, spürte sein Gewicht. *Wir haben keine Chance da draußen,* dachte ich. Ich steckte die Energiezelle in den Schaft – selbst die sah in menschlichen Händen lächerlich überdimensioniert aus. Als wären die Gewehre für Erwachsene gemacht und wir nur Kinder, die Krieg spielten. Ich hob die M95 und schwankte, war kaum fähig, die schwere Waffe in Betrieb zu nehmen. Es war völlig ausgeschlossen, dass ich in der Lage sein würde, das Gewehr längere Zeit zu tragen, geschweige denn es richtig zu bedienen.

»Haben wir nichts Passenderes?«

»Die Waffenkammer ist mit der *Oregon* untergegangen«, sagte Jenkins. »Die Ausrüstung hier war überzählig. Reiner Zufall, dass sie während des Angriffs auf der Krankenstation war.«

In dem Moment sah ich meinen Revolver, der in seinem Halfter neben den zerschmetterten Überresten meines Tanks hing. Er war in einwandfreiem Zustand, der polierte Metallgriff glänzte, der Patronengurt war aufgefüllt. Er neckte mich. Ich humpelte zu ihm hinüber und schnallte mir Waffe und Munition ans Bein.

Keine Zeit für Diskussionen. Draußen war noch mehr Klopfen zu hören, nur klang es jetzt so, als käme es von allen Seiten – als wären wir komplett von Angreifern umgeben. Ich ging unsere Möglichkeiten durch. Das Modul hatte keine Energie, außerdem hatten wir ohne Olsen keine Möglichkeit, die Tanks in Betrieb zu nehmen. Abgesehen davon, waren sie sowieso schwer beschädigt – ich konnte noch nicht einmal sagen, was für Reparaturen nötig waren, um sie wieder zum Laufen zu kriegen. Olsen hing immer noch komatös in seinem Geschirr, die Augen fest geschlossen; für den Moment war er außer Gefecht. Was auch immer da draußen war, wir würden uns ihm stellen müssen. Ich schluckte meine Angst hinunter und schwankte zum Ausgang.

»Du kannst vielleicht behaupten, dass du dich einigermaßen fühlst«, sagte Blake mit gerunzelter Stirn, »aber dein Aussehen sagt was anderes. Vielleicht solltest du besser hierbleiben, während wir uns umsehen.«

Noch mehr Klopfen auf der Hülle. Irgendwo draußen ertönte das Quietschen von Metall auf Metall.

Ich winkte ab. »Ich schaff das schon. Formation hinter mir; ich mach die Luke auf, dann gehen wir gemeinsam raus.«

Der Haupteingang der Krankenstation war ein Schott, dass sich allerdings durch die Wucht des Aufpralls verformt hatte und aus dem Rahmen gesprungen war. Ich trat mit dem heilen Bein dagegen, und es ging einfach auf. Die Truppe verteilte sich geübt um den Eingang und suchte mit den Läufen die Umgebung ab.

Draußen tobte ein Sturm. Der Wind war ein brüllendes Inferno voller scharfem, aufgewühltem Sand. Die Landschaft bestand aus einem verschwommenen Orange-Rot und sah fast verbrannt aus. Große Sanddünen verschoben sich und schwappten wie Wellen, darüber ein tief rotbrauner Himmel. Durch den scharfen Wind war es unmöglich, ein Gefühl für Geografie oder Maßstäbe zu bekommen: Helios sah einfach aus wie eine endlose, unerbittliche Wüste. Bauchige, tiefhängende Wolken erfüllten den Himmel. Die beiden riesigen Sonnen waren nur schemenhaft zu erkennen. Sie hingen aufgebläht über dem Horizont, hatten sich gerade erst aus ihrem Schlummer erhoben. Die Dämmerung kam.

»Ich dachte, Olsen hat den Sturm erst für später erwartet«, schrie Blake gegen den Wind.

»Ich glaube nicht, dass der Sturm schon da ist«, sagte ich. »Das hier ist Helios an einem schönen Tag.«

»Na toll«, gab Blake zurück.

In dem Moment ertönte ohrenbetäubender Donner, und blendendes Licht erhellte den Himmel. Wütende rote Blitze stachen aus den schwangeren Wolken nach unten und verästelten sich. Mit jedem Donnerschlag erzitterte der Boden heftig. Der Himmel blitzte wieder und wieder. In diesen kurzen Momenten des Lichts sah ich um uns herum überall Umrisse. Ich zog mich in den Türrahmen zurück.

Draußen im Sturm waren Gestalten, die sich dem

Wrack schnell näherten. Kaminski feuerte sein Gewehr einmal, zweimal, dreimal ab. Jeder Schuss ging daneben, aber die Gestalt, die uns am nächsten war, ließ sich bäuchlings fallen. Eine andere trat an ihre Stelle und drehte uns ihre brennenden, rot-grünen Augen zu.

»Das hat uns gerade noch gefehlt!«, schrie Kaminski und verschickte noch mehr helle Plasmaschüsse in das Miasma.

Seine Zielsicherheit war dürftig; derart schwere Bewaffnung war außer für Simulaten extrem schwierig zu handhaben. Ich war mit meinem Gewehr auch nicht besser. Ich gab mehrere Schüsse ab, die alle weit danebengingen. Das Gewehr war dafür gebaut, an einen Kampfanzug angeschlossen und nicht manuell abgefeuert zu werden. Ich verkrampfte meinen Finger am Abzug, obwohl ich sah, dass auf dem Kontrollbildschirm der Waffe mehrere Warnlichter leuchteten. Ohne ein taktisches Visier konnte ich noch nicht einmal erkennen, was das für Warnungen waren. Ich nahm das Gewehr herunter, um es aus der Hüfte abzufeuern, aber die Abmessungen waren alle falsch, und der hässliche Metallgriff klatschte gegen meine gebrochenen Rippen.

Verdammt! Ich schmiss das Gewehr weg. *So wird das nichts.* Die Mündung glühte rot und rauchte.

Ich zog meinen Revolver und schoss in den Sturm, die Augen voller Sand. Der Smith & Wesson war eine alte, ballistische Waffe, die einfache Antipersonen-Munition verschoss. Die konnten zwar einen Menschen aus kurzer Entfernung zerfetzen, aber ich war mir nicht sicher, ob sie eine Primärform stoppen würden. Mir wurde klar, dass ich die Waffe noch nie in einem richtigen Kampf abgefeuert hatte; dass ich gar nicht wusste, ob sie jemals im Ernstfall eingesetzt worden war. Ich hatte sie auf dem *Point* auf einem Schießstand benutzt, aber die letzte Person, die sie tatsächlich eingesetzt hatte, war mein Vater gewesen. Ich unterdrückte den Gedanken: Stattdessen schoss ich weiter, bis ich alle zehn Patronen verbraucht hatte. Da die Sicht derart eingeschränkt war, konnte ich mir nicht sicher sein, ob ich etwas getroffen hatte – oder wir getroffen wurden. Meine Leute waren schemenhafte Umrisse inmitten des Sturms, nur dann klar zu erkennen, wenn sie ihre Plasmagewehre abfeuerten. Ich sehnte mich nach einem Kampfanzug mit taktischem Visier.

Die Figuren kamen immer noch näher.

»Rückzug in die Krankenstation«, rief ich.

Ich drehte mich nach den geschundenen Überresten des Moduls um. An einigen Stellen rauchte die Hülle noch; um das Modul herum erstreckte sich ein geschwärzter Kraterrand, gesäumt von versengten Felsen und glasiertem Sand. Dunkle Umrisse hingen an der Außenhülle des Wracks.

Geschmeidig und weiterhin feuernd ließen sich meine Leute zurückfallen. Kurz gab mein verletztes Bein unter mir nach. Ich stolperte. Blake fing mich ab und zog mich ins Wrack zurück.

»Jenkins, Sprenggranaten vorbereiten, um den Raum hier zu sichern«, befahl ich. »Wir nehmen so viele von denen mit, wie wir können.«

Sie nickte und kniete sich neben mich, als sie die Umhängetasche mit den Granaten von der Schulter nahm. Sie verteilte eine Handvoll vor sich auf dem Boden und klemmte sich das Gewehr vor der Brust fest. Martinez und Kaminski gingen neben der geborstenen Tür in Stellung, Blake beugte sich schützend über mich.

Vor einem Bullauge erschien eine Gestalt, die ins Innere des Moduls spähte. Dann noch eine. Dann zeichnete sich schließlich ein Umriss vor der Tür ab.

Der Wind ließ gerade ein wenig nach, sodass ich eine klare, ungehinderte Sicht auf die Angreifer hatte. Die Alien-Augen drehten sich, und da sah ich, was sie eigentlich waren. Schwache Scheinwerfer an einem Sichtgerät, das über einem primitiven, ramponierten schwarzen Helm getragen wurde. Menschliche Technik. Die Gestalt – ein Mann – blieb stehen und nahm ihr Gewehr hoch. Er winkte.

»Ich bin Sicherheitsoffizier Deacon von der Helios-Station«, knurrte er in seinen archaischen Lautsprecher, der die Stimme zu einem wütenden Brummen verzerrte. »Stellen Sie sofort das Feuer ein!«

Ich hob die Hand.

»Feuer einstellen, wiederhole: Feuer einstellen«, rief ich.

Sofort unterbrach mein Team den Angriff. Wir verharrten alle, als der Mann eintrat. Er trug einen schwarzen Overall mit Sauerstofftank auf dem Rücken, das Gesicht war von einer Atemmaske verdeckt. Als wollte er bekräftigen, dass er kein Xeno war, riss er sie herunter. Sein Gesicht war zerfurcht und vernarbt. Mittleren

Alters, schätzte ich – die dunklen Haare waren von grauen Strähnen durchzogen, ebenso wie sein Vollbart. Er war ein großer, kräftig gebauter Mann; größer als ich und breitschultrig. Er beäugte uns wachsam und trat vor, wobei er seinen antiken Karabiner misstrauisch auf uns gerichtet hielt.

Eine Handvoll ähnlich gekleideter Gestalten kam hinter ihm herein. Andere tauchten hinter den zerstörten Sichtfenstern auf. Die meisten enthüllten ihre Gesichter nicht, und kaum einer nahm seine Waffe herunter. Alle waren mit Gewehren oder Schrotflinten bewaffnet. Keiner sah auch nur ansatzweise aus wie ein Krell.

Deacon sah sich im Inneren des abgestürzten Moduls um und schob den Unterkiefer vor. Er nahm einen Zug aus seinem Atemgerät, bevor er sprach.

»Wollt ihr mir vielleicht erklären, was in den sieben Zirkeln des Hades hier draußen los is?«, fragte er. Er hatte einen schweren texanischen Akzent, echt Alte Erde. »Könnt wohl alle 'n Streit in 'nem leeren Haus anzetteln. Hätte wer sterben können da draußen. Seid ihr vom Direktorat oder so?«

»Wir gehören zum Allianzmilitär«, sagte ich ausdruckslos, »und befinden uns auf einer Rettungsmission.«

»Also seid ihr wegen uns hier?«, fragte Deacon.

Er zeigte auf einen Aufnäher an der Schulter seines Overalls. Ein gelber Planet, umkreist von zwei Sonnen. Unter dem Emblem stand HELIOS-EXPEDITION. Darunter war eine kleine Flagge der Vereinigten Amerikas eingenäht.

»Sieht mir eher so aus, als ob ihr die seid, die gerettet werden müssen«, sagte er. »Wir haben euch runterkommen sehen. Muss echt 'n heftiger Kampf gewesen sein, aber das wisst ihr wohl schon.« Er zeigte mit dem Daumen auf die Reihe der zerstörten Computer. »Ich wär schwer dafür, dass ihr den Scheiß da abdreht. Ihr schreit jedem christoverdammten Fischkopf auf diesem Kontinent zu, wo ihr seid.«

Er lachte und stieß ein schrilles *piep-piep-piep* aus, das wie ein Funksignal klingen sollte. Es war ungefähr so witzig wie der ganze Rest seiner Inszenierung.

»Ich hätte gedacht, ihr Militärtypen wüsstet so was.«

Einer der anderen Männer zog Deacon am Ärmel, und er unterbrach sich, um etwas ins Funkgerät zu sprechen. Sein Gesichtsausdruck legte nahe, dass ihm das, was er gerade gehört hatte, nicht besonders mundete.

»Eure Ankunft hat die Einheimischen wachgerüttelt«, sagte er. »Die sind immer voll gereizt, wenn irgendwo was runterkommt. Ist eure Entscheidung, aber ich würde schwer empfehlen, dass ihr mit uns kommt. Wenn ihr hier draußen bleibt, seid ihr tot. So einfach.«

Dann drehte er sich zu seinem zusammengewürfelten Sicherheitsteam um und fing an, Anweisungen zu geben. Die Männer begannen schweigend, die Krankenstation auseinanderzunehmen – sie nahmen alles mit, was nicht festgeschraubt war, und selbst davon das meiste. Sie entpuppten sich als erfahrene Plünderer, arbeiteten systematisch und schnell. Es war beinahe beeindruckend.

»Sollen wir einfach zuschauen, wie die unser Zeug mitnehmen?«, fragte mich Jenkins empört.

»Als ob wir die Wahl hätten«, sagte ich. »Alle ruhig und zusammenbleiben, bis wir genau wissen, was hier los ist.«

Meine Leute stimmten grummelnd zu, aber sie klangen ungefähr so überzeugt, wie ich mich fühlte.

»Also folgen wir denen?«, fragte Blake.

»Es bleibt uns nichts anderes übrig«, sagte ich. Wir brauchten Schutz und medizinische Versorgung. Deshalb hielt ich es momentan für besser, uns bedeckt zu halten. Auch der schwere Sturm draußen nahm uns die Entscheidung ab.

Deacon drehte sich wieder zu mir und maß mich von Kopf bis Fuß. Um sein sowieso schon verwittertes Gesicht zog sich eine Kruste aus schwarzem Staub, und in seinen Augen lag tiefes Misstrauen. *Er will uns nicht hier haben. Warum?* Sein Team war auf Helios gestrandet, ohne Aussicht auf Hilfe vom Rest der Allianz, und trotzdem war das unser Empfang? Das ergab keinen Sinn.

»Wartet ihr alle auf 'ne offizielle Einladung? Bewegung, hab ich gesagt. Wir haben draußen eine Sandraupe. Dauert vielleicht noch zehn Minuten, bis die Krell hier sind.«

»Ich gehe davon aus, dass wir zur Helios-Station fahren?«, sagte ich.

»Richtig. Der Doc will euch sehen.«

»Kellerman lebt?«

Deacon lachte knurrend. »Er lebt, aber richtig gesund ist er nicht. Werdet ihr schon sehen.«

Nachdem wir uns Atemmasken und alles an Schlechtwetter-Ausrüstung übergezogen hatten, was wir im Modul finden konnten, kämpften wir uns draußen durch den Sturm. Sichtweite und Wetter wurden zunehmend schlechter. Sand stach mir in die Augen und scheuerte an jedem Zentimeter entblößter Haut. Mein Bein brannte heftig, sobald ich es belastete, und die Schmerzen im Brustkorb waren konstant, aber ich hatte keine Zeit, mich damit aufzuhalten.

Nicht weit entfernt von dem zerstörten Modul, vielleicht fünfzig Meter, standen zwei große Fahrzeuge. Beide waren halb von einer Sanddüne verdeckt, und ich war mir nicht sicher, ob das absichtliche Tarnung war, um die Krell zum Narren zu halten, oder ein unbeabsichtigter Nebeneffekt des Sturms. Obwohl ihre Scheinwerfer leuchteten, waren sie kaum zu sehen, bis wir direkt vor ihnen standen. Die vordere Sandraupe hatte ein massives, verwittertes Chassis und drei Paar enorme Räder, die Achsen waren für größtmögliche Geländetauglichkeit einzeln aufgehängt. Es waren reine Zivilfahrzeuge. Die chemischen Verbrennungsmotoren liefen noch und stießen dicke schwarze Rauchwolken aus.

Es war die Sorte Fahrzeug, die im ganzen Allianzraum auf Außenposten-Kolonien benutzt wurde – allgegenwärtig, zwischendurch verlässlich, immer billig. Aber technisch waren sie natürlich nicht das, woran wir gewöhnt waren: Das hier waren nicht nur zivile Transporter, sie waren auch noch alt und schlecht gewartet.

Jenkins nickte mir zu. »Sieht aus, als wären unsere Retter kürzlich auf Krell getroffen.«

Ich sah, dass die Seitenwände von Dröhner-Einschlägen übersät waren und im hinteren Fahrzeug Dornenstacheln steckten.

»Etwas zu kürzlich für meinen Geschmack. Ich hoffe nur, dass die wissen, was sie tun.«

»Ich dachte, wir wären die Retter?«, warf Kaminski ein.

Deacon stand neben mir und bellte Befehle, um die Beute auf die Raupen zu verteilen. Er wedelte mit dem Karabiner in meine Richtung.

»Der Sturm sorgt irgendwie dafür, dass die Signale vom Artefakt abgeblockt werden«, sagte er. »Deshalb wissen die wieder halbwegs, was sie tun, oder so ähnlich. Der Doc hat das untersucht. Sie kommen öfter in diese Richtung, wenn ein Sturm da ist, und manchmal rennen sie auch direkt gegen unsere Verteidigung an. Macht schon, rein mit euch.«

Die Sandraupen wurden von einem weiteren Sicherheitsteam bemannt. Sie trugen alle Teile von Uniformen und Schutzanzügen, die nicht zusammenpassten; nichts davon war neu, das meiste immer wieder geflickt. Sie sahen aus wie eine Straßengang auf der Alten Erde; die Gesichter von Kopftüchern und Atemmasken verdeckt. Die Uniformen boten eine bizarre Mischung von Abzeichen und Symbolen, die Einsätze auf vielen verschiedenen Planeten und Außenposten vermuten ließen. Alle waren mit dem Aufnäher der Helios-Expedition versehen, aber es handelte sich offensichtlich um eine erfahrene

Truppe. Es waren zivile Dienstleister, keine richtigen Soldaten.

»Alles nur verdammte Söldner«, murmelte Jenkins leise.

»Erst mal Ruhe jetzt«, wies ich sie an.

Wir wurden in den Passagierraum der vorderen Raupe gedrängt. An den Seiten der Kammer waren Sitze aufgereiht, genug für etwa zwanzig Leute. Im vorderen Teil war ein separates Führerhaus, das von noch mehr Wachen bestiegen wurde.

»Schafft den Fetten auch mit da rein«, fauchte Deacon mit seinem texanischen Rollen. Zwei Männer erschienen, die Olsens schlaffen Körper aus dem Wrack gezogen hatten. Sie ließen ihn hart auf einen der Passagiersitze fallen. »Lasst die Leichen da – bringt keinem was, um die Toten viel Wirbel zu machen.«

Anständige Männer und Frauen, die grundlos gestorben sind, dachte ich. *Die ihr Leben bei dem Versuch gelassen haben, uns hier runterzubringen und uns den Arsch zu retten.* Ich wechselte einen Blick mit Martinez.

»Das geht so nicht, *cuate*«, flüsterte er.

Ich antwortete ihm nicht. Schließlich starrte er böse ein Loch in die Bodenplatte. Leichen zurückzulassen war weder der Weg des Militärs noch der von Martinez. Gern hätte ich die Sicherheitsleute konfrontiert und mit ihnen gestritten; mir fehlte jedoch schlicht die Kraft.

Die Sicherheitstruppe kehrte zum Modul zurück, um medizinische Ausrüstung und die Simulatoren zu bergen, aber sie schienen eher an den versiegelten Vorräten und Schiffsrationen interessiert zu sein. Als sie damit fertig waren, schleppten sie die Waffenkisten herüber. Während ich ihnen von der offenen Laderampe der Raupe aus zusah, stellte ich fest, wie wenige sie eigentlich waren. Irgendwie schienen sie in der Lage zu sein, viel mehr Zeug zu tragen und zu ziehen, als ihre Zahl vermuten ließ, und arbeiteten äußerst zielstrebig. *Die haben Angst,* stellte ich fest. *Angst davor, hier draußen zurückgelassen zu werden, oder auf eine Krell-Patrouille zu stoßen.*

»Die nehmen wirklich alles mit«, sagte Kaminski mürrisch.

»Sogar den ganzen schweren Mist«, sagte Jenkins. »In der anderen Raupe muss die ganze Krankenstation sein. Gut, dass ich das Ding hier griffbereit hab.« Sie klopfte auf ein Plasmagewehr auf ihrem Schoß.

»Lass es gesichert, bis wir wissen, was hier vor sich geht«, befahl ich und starrte sie an. Ich hatte den Revolver behalten, der immer noch an meinem Bein hing, aber ich war nicht davon überzeugt, dass er mir etwas bringen würde.

»Die nehmen sogar die Sims mit«, fügte Blake hinzu.

Und tatsächlich rollte und hebelte die Truppe die verbleibenden Sims aus dem Wrack. Deacon schien sich von den deaktivierten Körpern überhaupt nicht aus der Ruhe bringen zu lassen, aber ein paar seiner Leute blieben stehen, um an die Scheiben zu klopfen. Die Körper im Inneren reagierten nicht, und die Männer verloren schnell das Interesse. Alle Kapseln wurden auf die Raupen verladen.

Bald war alles an Bord. Deacon schickte den Großteil seiner Wachen zum zweiten Transporter, dann ließ er sich im Führerhaus unserer Raupe nieder. Er wies einen anderen Mann an zu fahren und postierte eine Wache hinten bei uns.

»Ist nicht weit«, rief Deacon uns zu. »Einfach abwarten.«

Die Raupen setzten sich gleichzeitig in Bewegung und rumpelten querfeldein, weg von der Absturzstelle.

13

DAS IST ALLES, WAS ÜBRIG IST

Die Fahrt zur Basis war hart für mich. Das unwegsame Gelände sorgte für eine holprige Fahrt, die dauernd neue Schmerzen durch Kopf, Bein und Rippen jagte. In meinem Zustand war das auf keinen Fall die Art der Fortbewegung, die ich gewählt hätte.

»Ich glaube, Martinez macht das richtig«, sagte ich.

Er saß zurückgelehnt, Augen zu und Mund offen, fest eingeschlafen. Ein dünner Speichelfilm hatte sich zwischen den offenen Lippen gebildet.

»Der schläft auch überall«, sagte Jenkins und verdrehte die Augen. »Was machen deine Verletzungen?«

»Die Schmerzmittel lassen ziemlich schnell nach«, sagte ich. Ich setzte mich anders hin. »Mein Bein tut sehr weh.«

»Vielleicht kann sich das ein echter Doktor anschauen, sobald wir die Station erreicht haben.«

»Deacon hat Kellerman erwähnt. Klingt so, als wäre er noch am Leben.«

Unser Aufpasser saß einige Sitze von uns entfernt und hatte den Helm übers Gesicht gezogen. Er trug eine einfache Splitterschutzweste, die nicht zum Helm passte, und verbeulte Beinschienen über den Stiefeln. Als ich Kellerman erwähnte, wurde er auf einmal munter. Er nahm den Karabiner vor die Brust, zupfte an dem Segeltuchgurt, der über seiner Schulter hing, und schaute mich missbilligend an.

»Sprich nicht über den Doc.«

»Warum?«

»Weil ich das sage, Arschloch.«

Und du bist der Typ mit der Knarre, dachte ich mir.

»Ist angekommen.«

Eine Weile saßen wir schweigend da. Durch die Frontscheibe konnte ich die Außenwelt sehen. Der Himmel war ockerfarben, zerwühlt von Wolken und dem konstanten Sandsturm. Deacon unterhielt sich mit dem anderen Sicherheitsmann im Führerhaus, und ich hörte ihnen zu, weil ich sonst nichts zu tun hatte.

»Wie weit ist es noch?«, fragte der Fahrer. Seine Stimme ratterte im Takt mit dem Motor der Raupe. »Für mich sieht hier draußen alles gleich aus.«

Deacon schüttelte den Kopf. »Hör auf zu nerven. Wir sind bald da. Du kennst die Strecke gut genug.«

»Genau deshalb verlass ich die Station nicht gerne. Man weiß nie, was passiert. Der Treibstoff könnte ausgehen, wir könnten mit irgendwas zusammenstoßen, könnten überfallen werden. Wie Keres – hast du gehört, was ihr passiert ist? Sie war draußen mit 'ner Raupe unterwegs, und die Antriebsachse hat sich in 'nem Stein verhakt oder so. Ist da draußen stecken geblieben und gegrillt worden, nach allem, was man hört. Tyler hat gesagt, man hat von ihr nur noch 'n Fleck auf 'n paar Felsen gefunden.«

Deacon schien sich zu bemühen, seinen Kollegen

zu ignorieren, und hatte seine Aufmerksamkeit auf die Landschaft draußen gerichtet.

»Würdest du Tyler bumsen?«, fragte ihn der Fahrer plötzlich.

»Christo, was ist das denn für 'ne Frage? Würd ich die einzige halbwegs ansehnliche Braut diesseits des Mahlstroms vögeln? Das ist aber schwierig.«

Der Fahrer schnaubte. »Voll das Miststück. Bin mir nicht sicher, ob sie mir das überhaupt wert wäre.«

»Seit wann tut das irgendwas zur Sache?«, fragte Deacon und schüttelte den Kopf. »War mir nich klar, dass du so christoverdammt sensibel bist. Vielleicht ist sie 'ne Schlampe, aber ich hab was übrig für Blondinen. Und, wie gesagt, nicht wirklich viel Auswahl hier draußen. Obwohl das vielleicht einer von den Neuankömmlingen ändern könnte.« Deacon drehte sich um, starrte zu uns herüber und sah Jenkins hungrig an. »Alles klar da hinten, Sonnenschein?«

Er lächelte bösartig und stierte sie lange genug an, um keinen Zweifel an seinen Absichten zu lassen. Sie hielt seinen Blick.

»Wie gesagt«, wiederholte er, »nicht wirklich viel Auswahl hier draußen.«

Versuch's gar nicht erst, Deacon, dachte ich. *Die reißt dich in Stücke.*

Der Fahrer kauerte sich über die Lenkkonsole, und das Gespräch endete. Wir fuhren ein paar Minuten weiter, dann stieg der Weg an. Große Berge erschienen in der Ferne. Der Klang des Raupenmotors änderte sich.

»Nähern uns dem Ziel«, verkündete der Fahrer.

Vor uns tauchte die Helios-Station auf. Sie war von dem Staubsturm verdeckt worden, der wie ein Leichentuch über der Gegend lag, aber für einen kurzen Moment ebbte der Wind ab, sodass ich einen ungehinderten Blick hatte.

Ein zerklüfteter Ausblick auf geschwärzte Gebäude, die meisten flach und staubbedeckt. Viele neigten sich in absurden Winkeln wie alte Grabsteine auf einem Friedhof. Einige Gebäude waren komplett verschwunden, aber auch die verbliebenen sahen halb verlassen aus: gepeinigt von der Macht der Elemente. Nur wenige Lichter ließen überhaupt auf menschliche Besiedlung schließen. Ich hatte die Baupläne studiert und einen größeren Außenposten erwartet. Es sah aus, als versuche der Planet, die Gebäude zu verschlucken, jede Spur menschlicher Bewohner auszulöschen. Die beiden Sonnen hingen hinter der Station und warfen scharfe, gespenstische Umrisse.

Die Station selbst war innerhalb einer flachen Sicherheitsmauer zusammengepfercht. Sie wirkte verwittert, aber solide. Auf dem Hauptgebäude stand ein Fahnenmast, an dem ich gerade so die Flagge der Helios-Expedition mit den Farben der Allianz darunter erkennen konnte. Beide Flaggen waren ausgefranst und abgenutzt, kaum mehr als Fetzen. Als letzter Schliff war der Name HELIOS-STATION in die Grenzmauer eingraviert worden, allerdings waren die Buchstaben I, O und S übermalt worden, sodass dort jetzt HEL-STATION stand. Die Beschreibung war seltsam passend.

»Und für *das* haben wir so viele Lichtjahre zurückgelegt«, flüsterte mir Jenkins zu. »Wir haben die *Oregon* verloren, sind fast wirklich gestorben …«

»Sieht so aus«, antwortete ich, aber ich stimmte ihr zu.

Was zur Hölle ist das für ein Ort? Hätte uns der Stab wirklich so weit geschickt für das, was noch übrig war? Das Gefühl, das mich schon auf der *Oregon* beschlichen hatte, kam wieder hoch – dass Kellerman niemand war, den es zu retten galt, sondern ein Gegner. Nur war ich jetzt verletzt, brauchte dringend ärztliche Hilfe, und wir hatten die Unterstützung unseres Kreuzers verloren.

Als wir näher kamen, erwachte ein Paar Laserbatterien zum Leben, die auf der Grenzmauer installiert waren und der Raupe folgten. Ich hatte kein großes Vertrauen, dass die Maschinen die Krell effektiv fernhalten könnten; sie sahen so alt und verwittert aus, dass ich mich fragte, ob sie überhaupt funktionierten.

Deacon aktivierte ein Funkgerät an der Kontrollkonsole.

»Tyler, hier Sicherheit eins auf dem Rückweg«, sagte er. »Wir sind in Reichweite. Stell die Laser ab, und mach auf.«

Die Konsole knisterte und fiepte mit Hintergrundrauschen. Eine Frau sagte: »Verstanden, Chef.«

Die ramponierten Sicherheitstore öffneten sich stockend, begleitet vom Jaulen und Mahlen des beschädigten Getriebes.

»Sicherheit zwei kommt rein«, zischte es aus dem Funkgerät.

Die Raupe rollte durch das Tor.

»Alle raus!«, befahl Deacon.

Die Raupe kam in einem riesigen Hangar zum Stehen, der vollgestopft war mit Arbeitsfahrzeugen jeder Art – Fusionsbohrer, noch mehr Raupen, lose Bohrköpfe. Echt praktisches Zeug; die Sorte schweren Geräts zum Bewegen von Erdreich, die nicht vor Ort nachgebaut werden konnte.

Ich kletterte steif aus der Raupe und stöhnte über die Schmerzen in meinem Bein.

»Wer hat hier das Sagen?«, bellte ich, und meine Stimme hallte von den Wänden des Hangars wider. »Ich habe einen wissenschaftlichen Offizier bei mir, der ärztliche Hilfe braucht, und ich will mit Dr. Kellerman reden.«

Mein Team gruppierte sich um mich. Die Sicherheitsleute blieben plötzlich stehen und guckten Deacon an, um Anweisungen zu kriegen. Aus dem Augenwinkel sah ich, wie ein paar nach ihren Waffen griffen. Jenkins musste es auch gesehen haben.

»Ich glaube, der Mann hier hat euch eine Frage gestellt, und mein Freund hier«, rief sie, während sie auf den Metallschaft ihres Plasmagewehrs klopfte, »hätte gern eine Antwort.«

Deacon warf Jenkins einen giftigen Blick zu, aber sie rührte sich nicht. Ihre M95 fuhr mit einem schrillen Pfeifton hoch, der gerade noch zu hören war. Ich zog meinen Revolver, spannte den Hahn und versuchte, den Schmerz zu verdrängen, der in meinem Brustkorb aufflammte; ich wollte diesen Bastarden gegenüber keine Schwäche zeigen. Bis auf das Heulen des Windes im Hintergrund war es still im Hangar. Niemand machte Anstalten, sofort anzugreifen, aber ebenso wenig schien mir jemand antworten zu wollen. Patt.

»Ich benötige Zugang zur Einsatzzentrale und zu Ihrer Kommunikationsausrüstung«, sagte ich und fuchtelte mit dem Revolver herum.

Immer noch keine Antwort von der versammelten Truppe. Neben mir zog Jenkins Luft durch die Zähne – es juckte sie in den Fingern.

Eine Frau drängelte sich durch die Sicherheitsleute und winkte uns mit beiden Händen zu. Sie trug ein schwarzes Tanktop und eine abgetragene Flecktarn-Hose. Die blonden Haare steckten in einem Bandana; sie war vielleicht Ende zwanzig. Ihre nackten Arme waren dünn und ölverschmiert.

»Da ist aber jemand motiviert«, sagte sie lachend. Bei jeder Bewegung klimperte der Werkzeug-Gürtel an ihrer Hüfte. »Weiter so, Schwester. Deacon, versuch doch bitte, den Neuankömmlingen gegenüber nicht so ein Arschloch zu sein.«

»Ein bisschen Respekt, verdammt noch mal«, knurrte Deacon. »Ich bin der Sicherheitschef.«

»Ja, du bist beides.«

»Ich war immerhin mal Unteroffizier in der Armee.«

»Bist du jetzt aber nicht mehr.«

Ein paar von Deacons Leuten lachten nervös; offenbar machte ihnen das Spiel zwischen Deacon und der Frau Spaß.

»Irgendwelche Verluste?«

»Nicht bei uns«, sagte Deacon. »Aber bei unseren Gästen hier jede Menge.«

Die Frau warf mir ein brüchiges Lächeln zu.

»Mein Name ist Jenna Tyler. Ich bin die technische Leiterin hier draußen. Allianz-Systemtechnikerin Rang drei«, sagte sie und hielt mir ihre Hand hin. »Ist lange her – *sehr lange her* –, dass wir das letzte Mal Besuch hatten. Hatten Sie eine gute Reise hier runter? Ein ziemlicher Ritt da durch den Sturm, kann ich mir denken. Helios macht einem gerne das Leben schwer.«

Ich schüttelte Tylers Hand, steckte den Revolver aber nicht weg. Zumindest war das ein netterer Empfang, als der, den Deacon und seine Leute uns bereitet hatten.

»Captain Conrad Harris, Sim-Programm der Allianz. Wo ist Kellerman?«

»Ich bin Doktor Jarvis Kellerman«, tönte eine Stimme aus der Tiefe des Hangars. »Willkommen auf der Helios-Station.«

Eine kleine runzlige Gestalt rollte ins Blickfeld.

Aha, da ist er also, dachte ich. Dieselbe nagende Sorge; irgendwas in meinem Unterbewusstsein versuchte mich davon zu überzeugen, dass man diesem Mann nicht trauen konnte. Die Leute um ihn herum bildeten eine Gasse, traten respektvoll zurück – oder ängstlich.

Kellerman war hager und kantig und genauso runtergekommen wie der Rest der Basis. Fast kahl, Kopf und Gesicht von dunklen Stellen übersät – wahrscheinlich Strahlungsflecken von der langen Zeit auf Helios. Er trug einen kobaltblauen Overall mit Namensschild und dem Abzeichen der Helios-Station auf der Schulter. *Er sieht sogar noch schlimmer aus als in den 3D-Aufzeichnungen,* dachte ich. Seine Augen fesselten mich: stahlblau leuchtend, voller Entschlossenheit. *Die Augen eines Fanatikers.*

Sein Schwebesessel bewegte sich mit elektrischem Summen. Er saß ungelenk darin – nach vorn gelehnt, als wolle er das Gerät zur Eile antreiben. Er hielt vor mir an, und Deacon stellte sich neben ihn, den Karabiner vor der Brust.

»Ich würde es wirklich begrüßen, wenn innerhalb der Station keine Waffen abgefeuert werden«, sagte Kellerman mit einem irritierten Stirnrunzeln.

Jenkins blieb standhaft. Sie war ähnlich frustriert wie ich; wahrscheinlich hätte sie nichts lieber getan, als ihr Plasmagewehr einzusetzen. Das wäre allerdings sinnloses Blutvergießen gewesen, und im Moment musste ich mich darauf konzentrieren, uns am Leben zu halten.

»Waffe runter, Korporal«, murmelte ich leise.

Das hohe Fiepen der Waffe nahm langsam ab, und Jenkins' Pose entspannte sich. Tyler pfiff lange und hoch. Deacon bemühte sich, seine harte Fassade aufrechtzuerhalten, aber sogar er schien sich ein bisschen zu beruhigen. Seine Männer jedenfalls wurden sichtlich entspannter.

»Schon besser«, sagte Kellerman. Er sprach mit einem unbestimmten amerikanischen Akzent; Mittlerer Westen vielleicht, verfeinert durch das Aufwachsen auf der Chicago-Mondkolonie. »Captain Conrad Harris, richtig? Gehe ich recht in der Annahme, dass Sie der Leiter dieser Mission sind?«

Ich nickte. »Was davon noch übrig ist.«

»Wir haben Ihr Schiff beim Absturz beobachtet und

waren uns nicht sicher, auf welcher Seite Sie stehen. Wir haben Ihre Funksprüche gehört. Sie haben versucht, uns zu kontaktieren.«

Ich wedelte mit dem Revolver in Kellermans Richtung. »Warum waren Sie sich dann nicht sicher, auf welcher Seite wir stehen?«

»Der Geist kann einem Streiche spielen«, sagte Kellerman. »Wie dem auch sei – selbst wenn wir wollten, könnten wir den Kommunikationssatelliten momentan nicht erreichen. Wir hatten ein paar technische Schwierigkeiten. Und dank unserer abgeschiedenen Lage sind die nicht zu überbrücken.«

»Man hat uns hergeschickt, um herauszufinden, warum dieser Außenposten die Kommunikation mit *Liberty Point* eingestellt hat. Wir wissen schon, dass der Satellit noch funktioniert – unser Schiff hat ihn analysiert, bevor wir überfallen wurden.«

»Das tut nichts zur Sache – jetzt sind Sie hier«, sagte Kellerman herablassend. Er drehte seinen Sitz und blickte auf die voll beladenen Sandraupen. »Sicherheitschef Deacon, bitte sorgen Sie dafür, dass alle Vorräte, die Sie aus dem Fluchtfahrzeug geborgen haben, ordnungsgemäß verstaut sind. Sie werden äußerst nützlich sein.«

Ein anderer Sicherheitsmann kam der Aufforderung nach und begann, Kisten aus der Raupe zu ziehen. Ohne die Kopfbedeckung sah der Mann eindeutig kränklich aus. Fremdes Sonnenlicht, wiederaufbereitete Luft und Fertignahrung sorgten nicht gerade für einen gesunden Lebenswandel.

»Was für eine Schande«, sagte Kellerman finster, als

eine der Wachen einen Simulator-Tank an ihm vorbeirollte. »Teile der Ausrüstung scheinen beschädigt zu sein. Sind das Simulatoren? Da wird einiges an Arbeit nötig sein, bis sie wieder einsatzbereit sind.« Er wandte sich direkt an die Wache: »Ist der beim Aufprall beschädigt worden oder bei der Bergung?«

»Ähm, beim Aufprall«, sagte die Wache. »Definitiv beim Aufprall.« In seiner Stimme lag Furcht; Furcht vor Kellerman.

»Na gut«, sagte Kellerman. Er winkte den Mann weiter.

»Vielen Dank für die Vorräte«, warf Tyler ein und stellte sich zwischen Kellerman und mich. »Wir können Nahrung und Medizin sehr gut gebrauchen. Wir haben hier draußen weder schnelle Eingreiftruppen noch Luftunterstützung, keine Raumschiffe und auch sonst nichts, was man in feindlicher Umgebung gerne hätte. Einen Dreck haben wir.«

»Das ist nun wirklich die falsche Einstellung«, sagte Kellerman. Sein Gesicht war zu einer permanenten Grimasse verzogen – es war schwer vorstellbar, dass er mit irgendwem gut zurechtkam, allen voran Tyler. »Wie ich immer sage, ist eine positive Grundeinstellung der Schlüssel zum Überleben auf Helios.« Er drehte sich wieder zu mir. »Und Sie werden zur rechten Zeit alle Antworten bekommen. Bis dahin glaube ich, dass Sie unsere Einrichtung zufriedenstellend finden werden. Wir haben Wärme, Wasser und Essen – allen menschlichen Grundbedürfnissen wird entsprochen. Ihr Team kann eine der leer stehenden Wohneinheiten beziehen. Von denen gibt es mehr als genug.«

Kellerman drehte seinen Sitz und machte Anstalten, wieder in die Tiefe des Hangars zu verschwinden.

»Wie viele von Ihnen sind übrig?«, rief ich ihm hinterher. Es machte mich wütend, dass er uns so einfach entlassen wollte – meine Einheit hatte gerade enorm viele Menschenleben verloren, trotzdem zeigte Kellerman keine Anzeichen von Eile oder Besorgnis.

Er hielt inne und drehte mir halb den Kopf zu, als sei seine Antwort nicht wirklich von Belang.

»Das hier ist alles, was übrig ist. Vielleicht sind ein paar aus meinem wissenschaftlichen Stab gerade noch irgendwo anders beschäftigt, aber alle anderen sind tot. Wie Miss Tyler schon sagte – Helios ist ein hartes Pflaster. So, und jetzt muss ich mich wieder meiner Forschung widmen. Mr. Deacon – besorgen Sie eine Bahre für den verletzten Wissenschaftsoffizier. Captain Harris, vielleicht würden Sie, wenn Sie sich frischgemacht haben, die Güte haben, mich in meinem Labor aufzusuchen, damit wir meine Funde besprechen können.«

Ich sah ihm hinterher, wie er in die Dunkelheit verschwand, dann blickte ich mich nach den etwa zwanzig Überlebenden der Helios-Station um – alles, was von den rund zweitausend Mann übrig war, die hier stationiert worden waren.

14

GESTRANDET

Wie von Kellerman befohlen, führte uns die Eskorte zu einem verlassenen Wohnmodul. Für Olsen wurde eine Schwebebahre organisiert, Martinez und Blake zogen seinen schlaffen Körper auf das fliegende Bett. Die Maschine sackte sprunghaft ab, um sich an sein Gewicht anzupassen; er war immer noch nicht ansprechbar. Wir wurden durch eine Reihe überdachter Gänge geführt. Der Wind drückte gegen die billigen Plastikwände der Tunnel.

»Der Doc sagt, dass jemand rüberkommen und sich dein Bein angucken wird, sobald wer Zeit hat«, sagte der vordere Wachmann und schenkte mir ein Lächeln mit schwarzen Zähnen.

Das kann dann wohl dauern.

Ohne weitere Erklärung sperrten uns die Wachen in das Wohnmodul und verschwanden.

Wir untersuchten unsere begrenzte Behausung. In dem Modul hatten ursprünglich fünfzig oder sechzig Leute in Doppelbett-Abteilen gewohnt. Einige der Räume waren bis auf Wände und leere Bettgestelle komplett ausgeschlachtet worden, aber viele andere sahen aus, als wären sie erst vor Kurzem verlassen worden. Der Ort machte einen traurigen Eindruck;

wie eine Geisterstadt. An einer Pinnwand hingen immer noch die Dienst- und Schichtpläne. An den Wänden hingen Fotos aus der Heimat. Auf den Konsolen standen Kaffeebecher und leere Teller. Irgendein Witzbold hatte Holo-Bilder von berühmten Wahrzeichen auf der Erde an einen Computerbildschirm geklebt: die Antarktis-Stadt, das halb versunkene Opernhaus von Sydney, die Kanäle der Londoner Innenstadt. Es war verlockend, sich vorzustellen, dass die ehemaligen Bewohner des Quartiers jederzeit zurückkommen würden, ausgelaugt von der Morgenschicht. In der Mitte des Moduls – genauso abrupt verlassen wie der Rest des Gebäudes – lag eine Kantine voller verstaubter Tische, auf denen Töpfe mit modrigen Essensresten standen. Am einen Ende des Raums hing eine große Anzeigetafel, auf der stolz TAGE OHNE REGEN: 398 stand. Alle Fenster waren mit Sturmblenden verschlossen, die uns gleichzeitig vor dem Wetter draußen beschützten und einsperrten.

»Und ich dachte, die Quartiere auf dem *Point* wären mies …«, murmelte Blake.

»Es gibt Betten hier, *cuate*«, sagte Martinez, der gerade aus einem der leeren Abteile kam. »Das ist immerhin etwas. Und wir haben Licht und Essen.«

»Das klingt so, als würde es dir hier gefallen«, sagte ich.

Martinez zuckte mit den Schultern. »Solange wir schlafen können, Cap. Antworten später, nehme ich an.«

»Die Fensterläden sind abgesperrt«, sagte Kaminski. »Das ist wie im Gefängnis hier.«

»Kaminski hat recht«, rief Jenkins, die weiter hinten im Gang stand. »Die Bastarde haben uns eingesperrt. Die Tür ist elektronisch kodiert.«

Ich folgte ihr zum einzigen Ausgang des Moduls, und sie zeigte mir die verriegelte Tür.

Ich ordnete eine Besprechung in der Kantine an.

Blake saß auf einer umgedrehten Vorratskiste. Auf seinem Kinn waren erste Stoppeln zu sehen, und seine Uniform war schmutzig vom Staub. Als ich den Raum betrat, zuckte er kurz, als wollte er etwas militärische Haltung präsentieren, aber ich murmelte, er solle sich keine Mühe geben. Nichts dergleichen war hier draußen nötig: Das Protokoll war ziemlich gründlich im Eimer.

Kaminski schlenderte an mir vorbei. Er aß aus einer EFH – einer »Essfertigen Hauptspeise« –, schaufelte sich die Ration mit einem Metalllöffel in den Mund und nahm mich kaum wahr.

»Taugt das Essen was?«, fragte ich.

»Geht schon«, sagte Kaminski. »Kartoffeln mit Steak.«

Das Essen roch schwer verdaulich und so süßlich, als wäre das Fleisch nicht mehr gut, aber Kaminski aß weiter.

Jenkins saß in der Ecke des Raums, das Innenleben des Plasmagewehrs vor ihr auf dem Tisch verteilt. Sie war darin vertieft, alle Komponenten zu säubern, das Gewehr wieder zusammenzusetzen und dann die ganze Prozedur zu wiederholen. Martinez betrachtete sie und murmelte auf Spanisch vor sich hin. Ich zog einen Stuhl heran und setzte mich zu Jenkins.

»Alles in Ordnung, Cap?«, fragte sie, wobei sie sich weiter auf das Gewehr konzentrierte.

»Nicht wirklich.«

Jenkins arbeitete weiter an dem Gewehr. *Da kommt das Zielfernrohr hin. Die Linse wird an die Energieversorgung angeschlossen. Die Kammer muss sauber sein, um eine maximale Polarisierung der Ladung zu gewährleisten. Da kommt der Impulszapfen rein. Das Ladegerät wird an den Schaft angeschlossen.* Sie vergaß nie auch nur ein einziges Teil. Dieses Mal war keine Ausnahme.

Olsen hing, den Kopf in den Händen, halb zusammengefallen auf einer alten Matratze, die jemand in die Ecke des Raums gezogen hatte. Er war kurz nach unserer Ankunft im Wohnmodul aufgewacht. Wissenschaftliche Mitarbeiter, die auf Schiffen und Stationen und am sauberen Ende der Kriegsbemühungen der Allianz arbeiteten, hatten normalerweise keine Gelegenheit, die Krell-Bedrohung aus nächster Nähe zu erleben. Er hatte an Bord der *New Haven* schon einmal einen Eindruck bekommen, aber hier unten in seinem eigenen Körper zu sein war ein fleischgewordener Albtraum. Ich hatte ihm schon erzählt, wie man die Krankenstation ausgeweidet hatte. Auch von Kellermans bizarrem Auftritt im Hangar hatte ich ihm erzählt. Er sah aus wie ausgekotzt und klang noch schlimmer.

»Wir sind hier draußen gestrandet!«, sagte er und wurde auf einmal munter. An seiner linken Schläfe hatte sich eine hässliche, schwarz-blaue Beule gebildet, so groß, dass der ganze Kopf entstellt aussah. »Dr. Kellerman ist unsere einzige Möglichkeit zur Flucht, und nach allem, was der Captain gesagt hat, ist er geisteskrank. Nichts ist in Ordnung, Korporal.«

Mit kalter Präzision ließ Jenkins die Energiezelle in ihre M95 einrasten, dann sah sie den wissenschaftlichen Offizier durch das Zielfernrohr an. Sie grinste wie ein Hai.

»Hey, Olsen«, rief sie quer durch den Raum, »hätten Sie jetzt nicht doch lieber eine Waffe mitgenommen?«

»Vielleicht hat der kleine Mann nicht unrecht«, mischte Kaminski sich ein. Auf der Suche nach Zustimmung sah er Martinez und Blake an, aber keiner der beiden unterstützte ihn. »Wir sitzen auf diesem Felsbrocken in der Falle, noch dazu am Arsch der Galaxis.«

»Reißen Sie sich zusammen, Olsen, und du auch, 'Ski«, sagte ich so streng wie möglich. »Sich hier in der Scheiße zu suhlen hilft keinem. Einfach zusammenreißen. Wir sind Soldaten und müssen anhand dessen planen, was wir wissen. Wir haben die *Oregon* verloren, Fakt. Alle Notsignale vor Ort sind entweder kaputt oder würden die Krell auf unseren Standort aufmerksam machen. Der Absturz hat unsere Missionsparameter verändert. Es war nie geplant, dass wir uns in unseren eigenen Körpern hier aufhalten – ohne Haut hier unten zu sein. Unmittelbares Ziel: Wir müssen einen Weg finden, Helios zu verlassen.«

Meine Leute warfen sich Blicke zu. Alle hörten mir jetzt genau zu. Wahrscheinlich fühlte es sich gut an, sich wieder auf irgendwas konzentrieren zu können. Wir waren immer noch beim Militär, und ein Ziel zu haben half der Gruppe, sich plötzlich wieder zusammenzufinden.

»Ja, Mann«, sagte Kaminski. Seine Stimmung hatte sich schnell geändert. »Scheiß auf Kellerman. Scheiß auf alle. Die können gern auf Helios bleiben, bei den Fischköpfen.«

Meine Aufgabe war, dafür zu sorgen, dass mein Team Helios heil verlassen konnte, und jetzt war es meine *einzige* Priorität. Es waren schon genug anständige Leute gestorben.

»Nach dem, was Kellerman im Hangar gesagt hat – dass sie uns schon im Orbit gesehen haben –, muss der Kommunikationssatellit der Station noch funktionieren. Bevor die *Oregon* angegriffen wurde, hat Captain Atkins gesagt, der Satellit hätte noch Energie.«

Die Tatsache, dass Atkins und der Rest seiner Crew sich jetzt mit der *Oregon* ein kaltes Grab in den Tiefen des Alls teilten, ließ ich außen vor.

»Und wenn der Satellit Saft hat, kann er auch eine Nachricht rausschicken«, sagte Kaminski mit vollem Mund. »Aber dafür brauchen wir Zugang zur Kommandozentrale.«

Ich nickte. »Was bedeutet, dass wir die Einsatzleitung auf unserer Seite haben müssen. Diese Frau – Tyler – könnte uns da behilflich sein.«

»Sie wirkt ein bisschen weniger *neurotisch* als der Rest«, sagte Jenkins und sah von ihrem Gewehr auf.

»Das klingt doch nach 'nem Plan«, sagte Kaminski. Er nickte begeistert. »Wir können Verstärkung holen, ein Schiff klarmachen und uns verziehen!«

Er schlug mit Martinez und Blake ein.

»Und was ist, wenn wir uns keinen Zugang zur Einsatzzentrale verschaffen können – und damit zum Satelliten?«, fragte Olsen, der nervös mit blutunterlaufenen Augen blinzelte. »Wie lange dauert es, bis man uns vermisst?«

Ich kratzte mich am Kinn und überlegte, ob ich es ihm sagen sollte.

»Ich bin mir nicht sicher, ob Sie das wissen wollen.«

»Reden Sie«, sagte Olsen.

»Es wird Minimum sechs Monate dauern, bis wir überfällig sind. Dann noch mal sechs Monate, bis uns ein Schiff erreichen könnte – vorausgesetzt, dass die Flotte ein schnelles Schiff entbehren kann. Aber es kann auch gut sein, dass der Generalstab keine Verstärkung schicken wird.«

»Das kann doch nicht sein!«, winselte Olsen.

»Das ist die Sachlage. Wir sind im Mahlstrom. Es sind einfach zu viele Risikofaktoren zu berücksichtigen.«

Die Gruppe ließ das schweigend sacken. Bei dieser Art von Einsatz waren die üblichen Rettungs- und Bergungsprotokolle außer Kraft gesetzt. Wahrscheinlich hatte die *Oregon* nicht einmal einen Notruf abgesetzt. Nach allem, was dem Stab vorlag, mochten wir auf dem Weg nach Helios technische Probleme an Bord gehabt haben. Wenn man sich den Lauf der Dinge ansah, nachdem Kellerman aufgehört hatte, sich beim *Point* zu melden, war es hoffnungslos optimistisch, davon auszugehen, dass irgendwer kommen würde, um uns zu retten.

»Ganz zu schweigen von den Kosten, die ein weiterer Rettungseinsatz verursachen würde«, sagte Jenkins missmutig. »Das werden die erst mal alles durchrechnen, bevor sie noch jemanden herschicken.«

Ich zuckte mit den Schultern. »So sieht es aus.«

»Alles klar«, sagte Blake, der angefangen hatte, auf und ab zu gehen. »Wie machen wir das dann? Wie kommen wir an Tyler und die Zentrale?«

Olsen regte sich wieder. »Vielleicht können wir uns den Weg freischießen. Die Frau Korporal hat ein Gewehr.«

»Bringt nichts«, murmelte Martinez. »Die Sicherheitsleute sind bewaffnet. Sie sind in der Überzahl. Der Captain ist verletzt.« Er nickte zu mir herüber. »Wir haben nur ein Gewehr und den Revolver des Captains.«

»Ich pack die schon«, sagte Kaminski. »Gib mir einfach das Gewehr.«

»Alle zehn? In deinem eigenen Körper? Die Simulatoren sind im Eimer«, sagte Jenkins. »Diese Sicherheitsleute sind nervös. Die werden bei der ersten Gelegenheit abdrücken. Und eine Ladung von einer dieser Schrotflinten bringt dich genauso gründlich um wie ein Plasmaimpuls. Dummes Arschloch.«

Kaminski zuckte mit den Schultern. »Ich sag's nur so, wie ich es sehe. Ich könnte mit denen fertig werden.«

»Richtig hilfreich, Kaminski, richtig hilfreich. Wie immer das Hirn der Truppe«, sagte Jenkins kopfschüttelnd.

»Meistens bring ich einfach nur irgendwas um. Meistens«, sagte Kaminski. Er widmete sich wieder seiner Mahlzeit.

»Regt euch ab, ihr beiden«, sagte ich. »Niemand lässt sich da draußen umbringen. Wir gehen keinerlei Risiko ein.«

»Mir würde es schon reichen, einfach zu überleben«, mischte sich Olsen ein.

»Ja, sehen Sie, Sie sind halt nicht wie wir«, sagte Jenkins.

Olsen barg den Kopf wieder in den Händen.

»Jenkins, lass ihn in Frieden. Wir müssen abwarten. Niemand wird sich hier einfach rausballern. Wir bleiben ruhig, bis sich die richtige Gelegenheit bietet. Anders geht es nicht. Offenbar will Kellerman mit mir reden. Ich höre mir an, was er zu sagen hat, und von da aus planen wir den nächsten Zug.«

Ich stand auf und fuhr unwillkürlich zusammen, als ich mein Bein belastete. Ich versuchte es zu überspielen, aber Blake sah meinen Gesichtsausdruck.

»Vielleicht sollte Olsen sich das Bein ansehen«, sagte er und nickte dem Wissenschaftsoffizier zu.

»Ich mache mich gern nützlich«, sagte Olsen. »Wenn wir medizinisches Material hier haben, helfe ich sofort.«

»Ich hab in einem der leeren Abteile ein paar Verbände und andere Ausrüstung gesehen«, sagte Blake. »Olsen, kommen Sie mit. Captain, ich denke, du solltest dich ausruhen.«

Ich nickte widerstrebend und setzte mich wieder hin. »Der Rest von euch sollte das auch beherzigen. Schlaft ein bisschen. Sobald sich die Möglichkeit bietet, Kellerman auszuschalten, müssen wir bereit sein. In der Zwischenzeit will ich hier rund um die Uhr eine Wache haben.«

Es wurde Nacht. Um meine Leute zu beschäftigen, ordnete ich an, eine Bestandsaufnahme aller Wasserrationen und EFHs zu machen. Sie suchten die Abteile nach allem ab, was uns irgendwie nützen könnte, aber es war ein ziviles Wohnmodul, also fand sich auch nichts, was sich als Waffe geeignet hätte. Martinez und Kaminski versuchten eine der Sturmblenden aufzustemmen, um nach draußen zu kommen. Es klappte nicht. Schließlich verteilte sich die Truppe, um sichere Quartiere für die Nacht zu finden.

Wir machten eine Wachablösung aus, aber im Endeffekt konnte ich sowieso nicht schlafen, also übernahm ich die Wache alleine. Ich war froh, wenn die anderen es schafften, sich etwas auszuruhen.

Ich durchstreifte die leeren Gänge des Wohnmoduls. Obwohl der Sturm irgendwann tagsüber nachgelassen hatte, war der Wind immer noch konstant. Er heulte wie die Schreie sterbender Xenos durch die Gebäude um uns herum. Manchmal war er so stark, dass das Modul selbst zu wanken schien. Das musste meine Phantasie sein, die Überstunden machte.

Stunden nach Sonnenuntergang saß ich allein in der Kantine. Bis auf meinen alten Revolver war Jenkins' Plasmagewehr unsere einzige Waffe, also teilten wir uns das Sorgerecht. Ich überprüfte die Energiezelle zum hundertsten Mal. Der Wind und die Gesamtsituation nagten an mir. Ich bettete mein verletztes Bein auf einen Metallstuhl und ließ mich auf einem zweiten nieder. Der Schmerz in den Rippen war zu einem dumpfen Pochen geworden, und egal, wie ich lag, saß oder stand, der Schmerz war immer nah.

Hinter mir knisterte etwas. Sofort hatte ich mich halb erhoben, griff zum Gewehr und zielte ins Dunkel. *Verdammt, ist das schwer.* Wahrscheinlich würde ich damit sowieso nichts treffen.

Blake stand im Türrahmen der Kantine und hatte abwehrend die Hände gehoben. »Ich bin's nur.«

Ich nickte und legte das Gewehr vor mir auf dem Tisch ab. Es schepperte laut. »'tschuldigung, Blake.«

Blake schlenderte zu den Sturmblenden herüber und spähte zwischen den ramponierten Metallbrettern nach draußen.

»Ich kann auch nicht schlafen«, verkündete er geradeheraus. »Der Wind ist zu laut. Was glaubst du, wie die Besatzung damit zurechtgekommen ist?«

»Man gewöhnt sich dran, glaube ich. Genau wie wir.«

»Willst du 'nen Kaffee?«, fragte er und fischte ein paar Becher mit selbsterhitzendem Kaffee aus einem Eckschrank.

»Wenn du zahlst.«

Blake setzte sich mir im Dunkeln gegenüber. Wir rissen die billigen Plastikbecher auf – Dauerrationen –, und die Getränke erwärmten sich unverzüglich. Der Geruch von Kaffeebohnen-Ersatz breitete sich in der Kantine aus.

»Was ist mit dem Licht los?«, fragte er. »Ist es nicht schon schlimm genug, dass wir am hinteren Ende der Galaxis sind, von Feinden umgeben? Irgendwer muss auch noch das Licht ausmachen.«

Blake bezog sich auf den Stromausfall. Irgendwann, nachdem die Sonnen untergegangen waren – und ohne Zugang zu Computern konnten wir die Ortszeit nur anhand der Sonnenbahnen bestimmen –, hatte man die Energiezufuhr des Moduls gekappt. Das schien eine bewusste Entscheidung gewesen zu sein, denn die elektronische Verriegelung der Tür funktionierte noch.

»Kellerman will wahrscheinlich Energie sparen. Er zweigt sie offenbar dahin ab, wo er sie am dringendsten braucht. In diesem Fall sind das nicht wir.«

Blake nickte. Aber bei diesem Gespräch ging es nicht um Energie oder Licht: Er redete, weil er Gesellschaft haben wollte. Weil ihn die Situation verunsicherte und es einfacher war, sich auf Banalitäten zu konzentrieren anstatt auf das Gesamtbild.

Wir saßen schweigend da. Ich nippte an dem siedend heißen Kaffee und fühlte, wie sich das dickflüssige Gebräu im Rachen ausbreitete. Es erweckte den Anschein von Normalität.

»Hast du was auf dem Herzen?«, fragte ich so behutsam wie möglich.

»Was zum Teufel sollen wir tun, Cap?«, flüsterte er. »Ich wollte die anderen nicht verrückt machen, aber wir sitzen hier unten in der Falle. Keine Sims, keine Hoffnung. Ohne Haut.«

Deine Sims sind heil, dachte ich. *Meine sind die einzigen, die bei der Bruchlandung draufgegangen sind.* Aber es würde der Moral meiner Leute nicht helfen, meine Sorgen auszusprechen, und ich brauchte sie in Form, falls es gegen Kellerman ging. Blake wollte jetzt gerade nicht meine Sorgen hören; er brauchte Aufmunterung. Manchmal vergaß ich, dass er so tickte.

»Die Tanks können wahrscheinlich repariert werden«, sagte ich. Hoffentlich war das der Fall, aber ich war mir nicht sicher, ob es wirklich stimmte. »Wir werden hier schon heil rauskommen.«

»Wie schaffst du *das alles?*«, fragte er mich. »Sterben, meine ich, und leben, immer und immer wieder.«

Also darum geht es tatsächlich, dachte ich.

»Glaubst du, ich kann mir das aussuchen?«

»Ich träume jede verdammte Nacht vom Tod. Jedes Mal wenn ich die Augen zumache, sehe ich mich selber sterben.« Er hob eine Hand und hielt sie waagerecht. Sie zitterte sichtbar. »Weißt du, wenn ich mich anstrenge, kann ich mich daran erinnern, wie es sich angefühlt hat, von der Hülle der *Oregon* weggerissen zu werden. Ich spüre, wie *jedes* Atom in meinem Körper – jeder letzte Quadratmillimeter – auseinandergerissen wird.«

»Häng dich daran nicht auf – du musst weitermachen. Wir tun das hier, weil wir es tun müssen.«

Unbeirrt fuhr Blake fort, von meiner Antwort nicht überzeugt: »Und es ist nicht nur der eine Tod. Es ist *jeder* Tod.«

»Hast du mal mit 'nem Psychologen darüber geredet?«

Blake hob die Augenbrauen und setzte eine skeptische Miene auf. »Als würden die helfen. Wie sollten sie? Die wissen doch nicht, wie das ist. Das kann niemand, der es nicht selbst erlebt hat. Guck dir Olsen an; er begleitet uns auf eine einzige Mission, und ich wette mit dir, dass ihn das nie mehr in Ruhe lassen wird.«

»Ich bin mir sicher, dass er das nicht vergessen wird. Hör mal, sobald wir wieder auf dem *Point* sind, werde ich einen Antrag für einen psychologischen Eingriff stellen.«

»Ich bin mir sicher, wenn ein Oberarzt Olsen genau jetzt untersuchen würde, würde der von der *New Haven* träumen. Nicht von dem, was er gerade durchgemacht hat, sondern vom Sterben.«

Ich hatte auf einmal das Gefühl, dem Gespräch nicht gewachsen zu sein – dass vielleicht Blake den psychologischen Eingriff nötiger hatte als Olsen. Er zitterte, schien vor meinen Augen in sich zusammenzusacken und rieb sich nervös mit Zeigefinger und Daumen die Augen.

»Das liegt an diesem abgefuckten Ort hier«, fügte Blake beinahe zaghaft hinzu. »Tut mir leid, ich sollte da gar nicht drüber reden.«

»Wie lange kennen wir uns jetzt, Blake?«

»Drei Jahre, im Prinzip. Siebenunddreißig Einsätze.«

»Jedes Mal wenn ich dich mit raus ins All genommen hab, habe ich dich hinterher heil wieder zurückgebracht. Diese Mission ist nicht anders als die siebenunddreißig davor.«

»Ich weiß«, sagte er und machte eine wegwerfende Handbewegung, als wüsste er das wirklich schon alles.

»Du magst das jüngste Mitglied meines Teams sein, aber ich weiß, dass ich mich auf dich verlassen kann. Ich habe dich ausgesucht. Das hab ich dir nie erzählt. Ich habe dich *ausgesucht.*«

Blake verstummte, aber seine Miene hellte sich bei diesen Worten ein wenig auf. Ich hatte Blake direkt nach der Infanterie-Grundausbildung rekrutiert, von der Armeebasis am Olympus Mons auf dem Mars. Er hatte sich nicht um einen Einsatz im Sim-Programm beworben, aber sein psychologisches Profil war ideal für die Stelle gewesen.

»Es gab eine Menge Kandidaten für deine Position im Team. Als Kommandant musste ich sie alle durchgehen. Hast du gewusst, dass einige hochrangige Militärs der Meinung waren, du wärst zu jung für diesen Posten?«

Blake schüttelte den Kopf. »Nein, Cap.«

»Aber das fand ich nicht. Ich hab dein Potenzial gesehen. Deine Einsatzberichte aus der Grundausbildung waren beeindruckend. Ich habe gewusst, dass aus dir ein exzellenter Sim-Lenker wird. Und während der letzten drei Jahre hast du das bestätigt. Du hast mich nie enttäuscht.«

»Danke«, sagte Blake. »Aber ich muss dir da was sagen.«

»Ja, ich erinnere mich – als wir noch auf dem *Point* waren. Nur zu.«

Noch mal, es war für uns erst ein paar Tage her, dass wir im Viertel gesessen und getrunken hatten. Jetzt kam es mir wie eine Ewigkeit vor: Die sicheren, beruhigenden Gänge des *Point* waren verschwunden. Ich hatte das Gespräch schon fast vergessen.

Blake machte verlegen eine Pause, dann sagte er: »Ich habe eine Entscheidung getroffen. All das hier – es hat mich verändert.«

Sobald Blake das ausgesprochen hatte, war mir klar, was jetzt folgen würde. *Verdammt.* Ich hätte die Anzeichen erkennen müssen. Ich war schon mit anderen Lenkern an diesem Punkt gewesen. *Was war ich für ein Idiot, es nicht gesehen zu haben.* Blake war ausgebrannt.

»Leg dich jetzt noch nicht fest«, sagte ich. »Wir reden darüber, wenn wir das hier überstanden haben und wieder auf *Liberty Point* sind.«

»Ich habe die Papiere unterschrieben, bevor wir die Station verlassen haben. Der Generalstab wird eine Weile brauchen, um mich zu entlassen, aber es wird passieren.«

Er hatte sich entschieden. Er wollte es loswerden, damit ich wusste, dass es endgültig war. Ich verzog das Gesicht. *Cole hatte das gewusst.* Er hatte es bereits während des Briefings auf dem *Point* gewusst. Er hatte verdammt noch mal gewusst, was Blake wollte, was passieren würde, und er hatte ihn trotzdem hierhergeschickt. *»Dieser Einsatz wird jedem in Ihrem Team etwas bringen. Es werden alle das kriegen, was sie haben wollen.«* Das sollte also Blakes Ausweg aus dem Programm sein. Auf einmal war ich sehr wütend und sehr enttäuscht. Nicht wegen Blake, sondern auf die ganze militärische Maschinerie: das ganze verdammte System.

Blake schüttelte den Kopf. »Ich hab einfach genug. Ich kann das nicht, was ihr macht. Ich kann nicht weiter dauernd sterben.«

»Wir reden da später drüber.«

»Sobald wir wieder auf dem *Point* sind, bin ich raus«, sagte Blake. Er biss die Zähne zusammen und sah so entschlossen aus, wie ich ihn selten gesehen hatte. »Ich will mich irgendwo niederlassen. Ein richtiges Leben haben. Mutti und Vati wollen mich wieder bei sich haben.« Er zuckte fast beschämt mit den Schultern. »Ich vermisse die Erde.«

Ich wünschte, ich könnte das nachvollziehen: die Erde vermissen.

»Wie lange ist es her, seit du das letzte Mal dort warst?«, fragte er mich.

»Nicht lange genug. Außer schlechten Erinnerungen gibt es auf der Erde nichts für mich. Ich war nicht viel jünger als du, als ich zur Armee gegangen bin, und seitdem bin ich nicht mehr da gewesen. Ich verstehe nicht, warum du je freiwillig zurückgehen würdest, aber das ist deine Entscheidung.«

»Ich will meine Familie wiedersehen, bevor sie mir genommen wird.«

Das war etwas, das ich verstehen konnte, auch wenn es nicht um meine Familie ging. Es *gab* da jemanden, den ich vermisste, aber sie war schon verloren – war mir schon genommen worden.

Einen Moment lang fragte ich mich, ob Blake vielleicht recht hatte. Vielleicht war das alles hier wirklich Schwachsinn. Aber – *aber!* – jedes tote Krell brachte mich einen Schritt näher zu ihr. Zu Elena. Und diesen Traum würde ich nie aufgeben können.

»Ich weiß, dass du es auch nicht gerade leicht gehabt hast«, sagte Blake, als hätte er meine Gedanken gelesen. »Aber ich bin noch jung.«

»Gib der Sache einfach ein bisschen Zeit. Sag den anderen noch nichts von deiner Entscheidung. Wenn wir wieder auf dem *Point* sind, vertiefen wir das noch mal.«

»Die anderen wissen von nichts, und ich erzähl es ihnen nicht, wenn du meinst, ich sollte das lassen«, stimmte Blake zu. »Was macht das Bein?«

»Olsen hat etwas Metall entfernt, aber er sagt, dass tiefer im Muskel immer noch Bruchstücke sind. Er hat nicht die nötige Ausrüstung, um die zu entfernen.«

Ich schlug die zerrissene Hose zurück und entblößte die blutige Wunde. Selbst gesäubert und mit Medi-Gel behandelt sah der Schnitt immer noch scheußlich aus. Zum Glück war die Blutung gestoppt worden, aber das Gewebe hatte einen unangenehmen Grauton angenommen. Es war ein seltsamer Gedanke, dass ich im Lauf meiner Dienstzeit wesentlich schlimmere Verletzungen an meinem eigenen Körper gesehen hatte – an meinem simulierten Körper. Die hatten nie irgendeine Gefühlsregung hervorgerufen, aber das hier war etwas ganz anderes. Es war weniger der dauerhafte Schmerz – obwohl der schlimm genug war – als die Erinnerung an die eigene Sterblichkeit. In meinem Team war niemand in Erster Hilfe ausgebildet, nicht wie bei der regulären Armee, und wir hatten auch keinen richtigen Sanitäter in der Gruppe. Im Normalfall war das auch nicht nötig.

Blake rümpfte die Nase. »Sieht entzündet aus.«

»Christo, Junge, so viel zum Thema positive Einstellung!«, sagte ich lachend. »Erinnere mich daran, dich nicht nach guten Neuigkeiten zu fragen.«

»Es stimmt aber. Hoffentlich kann Kellerman da helfen.«

»Ich bin mir nicht sicher, ob Kellerman überhaupt irgendwie helfen wird. Wir müssen ihn sehr genau im

Auge behalten.« Ich stand auf und hielt mich am Tisch fest. »So, und jetzt holst du dir 'ne Mütze Schlaf. Das ist ein Befehl. Der Wind hat etwas nachgelassen. Ich brauche dich morgen in Bestform.«

Blake nickte. »Danke für die Aufmunterung.«

»Kein Problem, Soldat. Ich schulde dir 'nen Kaffee.«

Nach dem Gespräch mit Blake war ich angespannt. Es hatte mal eine Zeit gegeben, wo ich über jeden Übergang gegrübelt hatte. Für die meisten Sim-Lenker war das eine Hürde, die genommen werden musste. In den ersten Jahren auf Azur war mir das genauso gegangen. Bei Blake war das Problem aber wahrscheinlich ernster. Ich war mir alles andere als sicher, dass er es würde bewältigen können.

Ich wanderte wie ein Geist durch die Gänge, wie das einzig wache Besatzungsmitglied eines Raumschiffs, nachdem alle anderen längst im Hyperschlaf liegen. Anders als mein Erlebnis auf der *Oregon* war es jetzt jedoch echt.

Die Nächte auf Helios waren sehr lang. Dunkel, kalt und laut.

Aber es war nicht der Wind, der mich wach hielt. Diesbezüglich belog ich mich selbst. In meinem Kopf lauerte noch etwas anderes.

Der Schmerz im Schädel war schlimmer als die Rippen oder das Bein. Stunden, nachdem Blake sich endlich hingelegt hatte, plünderte ich die Medizinschränkchen im Wohnmodul – auf der Suche nach Schmerzmitteln.

Ich fand einen leeren Waschraum. Die Wände waren verstaubt und dreckig, die Duschkabinen längst vertrocknet. Der Raum stank nach Scheiße und Pisse; er war offenbar schon lange, bevor er aufgegeben wurde, nicht mehr gereinigt worden. Mit dem Gewehr als Krücke humpelte ich zu einem der schwarz verschmierten Waschbecken. Über mir ging flackernd ein Licht an. Offenbar war doch nicht die ganze Energie abgedreht worden. Vor mir tauchte in einem kaputten Spiegel mein zerbrochenes Abbild auf. Hundert kleine Bilder von mir sahen mich an: gebückt, zitternd, übermüdet.

Dank der Tiefkühler erst einundvierzig Jahre alt. Viel zu alt für den Scheiß.

Die Kopfschmerzen waren stechend, setzten mich fast außer Gefecht. Kurz dachte ich, ich müsste mich übergeben. Es wäre Quatsch, nach meinen Leuten zu rufen, sie nur wegen dämlicher Kopfschmerzen zu wecken. *Sind wahrscheinlich nur die Nachwirkungen vom Absturz,* überlegte ich. *Oder vielleicht zähe Nebenwirkungen vom Hyperschlaf.* Das Aufstehen nach dem Kälteschlaf war schließlich noch nicht allzu lange her.

Ich brauche dringend was zu trinken. Das war wahrscheinlich der Grund: Ich musste was trinken. Ich hatte seit Tagen keinen Alkohol mehr gesehen, das letzte Mal, als ich noch auf dem *Point* war.

Ich schraubte eins der Plastikfläschchen auf, das noch halbvoll mit Schmerztabletten war, und schüttete mir den Inhalt in die Hand. Wie wild schlang ich sie herunter, schluckte sie ohne Wasser. Alles egal. Altmodische Schmerztabletten, keine intelligenten Medikamente, wie ich sie gewöhnt war.

Lange sah ich mich im Spiegel an. Ich versuchte mir einzureden, dass die Kopfschmerzen verfliegen würden, dass es nur eine Migräne war.

Aber du weißt ganz genau, was es ist.

Sobald ich die Augen zumachte, hörte ich das Artefakt. Eine schreiende, rauschende Dauerschleife. Hinter dem Lärm verbarg sich etwas, das mir quälend vertraut vorkam, ich aber einfach nicht einordnen konnte. Wie Fragmente eines Traums, die langsam an meinem Hirn nagten.

Ein Ton, eine Melodie …

Das war es, was die Schmerzen in mir hervorrief, nicht irgendein erklärbarer biologischer Vorgang. Es war etwas, das tiefer saß, das kein Schmerzmittel erreichen konnte.

Das ist nicht einfach ein Geräusch. Das ist eine Übertragung, ein Signal. Sprache.

Ich schlug die Augen auf und starrte wieder in den Spiegel. Er war ein Insektenauge; warf kleine Bilder von jedem zurück, der auf der *Oregon* gestorben war. Atkins, Pakos, Olsens Wissenschaftler, die Brückenbesatzung und die Wartungsteams.

Und in der Mitte des Spiegels, von den konkaven versilberten Plättchen eingefangen, waren meine Simulaten. Winzige Spiegelbilder meiner selbst, in zehn verschiedenen Posen des Todes erstarrt.

Manchmal kam es mir so vor, als wäre Sterben das Einzige, worin ich wirklich gut war. Es waren die Strecken dazwischen, das *Leben,* womit ich nicht zurechtkam. Bei Blakes Gerede über Familie hatte ich wieder an Elena denken müssen.

Genau im Zentrum des Spiegels, so klein, dass ich mich anstrengen musste, es überhaupt sehen zu können – war ihr Abbild.

Eine Erinnerung – eine böse Erinnerung – stieg ungewollt in mir auf.

15

EINE AUSGANGSSPERRE IST VERHÄNGT WORDEN

Sechs Jahre zuvor

Ich war nicht an die volle Galauniform gewöhnt, aber Elena hatte darauf bestanden. Außerdem hatte der Oberkommandierende des Sim-Programms für den Anlass formale Kleidung angeordnet. Trotzdem tat ich das nur widerwillig: der gestärkte Kragen, die Bundfaltenhose. Ich hatte die komplette Garderobe so gut wie nie an.

Elena und ich standen am Rand des Bahnsteigs und waren kurz davor, Fort Rockwell zu verlassen. Es wurde langsam dunkel, und die Monorail-Station wimmelte von Personal. In Fort Rockwell lebten mittlerweile fast zwei Millionen Soldaten von Armee und Flotte, außerdem die dazugehörigen Unterstützungsverbände. Die Anlage hatte ein eigenes Nahverkehrsnetz, das bis in die zivilen Viertel reichte.

»Freust du dich?«, fragte Elena und hakte sich unter.

Sie trug ein kurzes schwarzes Kleid, auf das wiederum ich bestanden hatte. Wenn ich schon Galauniform tragen musste, sollte ihr Aufzug auch dazu passen. Es war aus schimmernder Spinnenseide, nach Azur importiert, und schmiegte sich eng an all ihre Kurven. Darüber trug sie einen langen Mantel aus schwarzem Samt. Sie war zeitlos; eine klassische Schönheit zwischen all dem falschen Lächeln und übermäßigen Körperkult.

»Worauf soll ich mich freuen?«, sagte ich. »Ich brauche keinen Titel. Medaillen oder Abzeichen haben mich nie interessiert. Das weißt du doch.«

»Aber eine Beförderung ist doch schon was Besonderes, oder?«

»Ich weiß nicht. Vielleicht nehme ich sie gar nicht an.«

»Du bist bald ein Captain«, sagte Elena und zog die Worte in die Länge. Sie gab ein heiseres Kichern von sich: ihre dreckige Lache. »Das will schon was heißen.«

Heute Abend sollte meine Verleihungsfeier stattfinden, ein Dinner, um meine Beförderung zu unterstreichen. Der Gastgeber war Oberst O'Neil – es ging nicht nur um meine Leistungen, sondern auch um den Erfolg des ganzen Sim-Programms.

Trotzdem hatte Elena recht: Die Beförderung *war* etwas Besonderes. Sie war mehr als nur ehrenhalber. Ich wurde in den vollen Offiziersstatus erhoben, weit jenseits meiner Besoldungsklasse. Das war ziemlich unüblich für eine normale Armeelaufbahn: eine absichtliche Ausnahme von den Vorschriften als Folge meines Erfolgs als Sim-Lenker.

»Da werden auch noch andere Leute befördert«, sagte ich, um ein bisschen Aufmerksamkeit von mir abzulenken.

»Ich weiß, ich weiß. Kommt Vincent Kaminski?«

Ich schüttelte den Kopf. »Der hat sich schon wieder dabei erwischen lassen, dass er Begleitung mit aufs Zimmer genommen hat.«

Elena hob eine dünne Augenbraue. »Also noch mal sechs Monate, bevor er für eine Beförderung infrage kommt?«

»*Schon wieder* sechs Monate. Das ist jetzt die dritte – äh, Indiskretion.«

»Das schmälert aber deine Erfolge nicht. Dreiundvierzig Übergänge …« Sie schüttelte den Kopf. »Und mehr als einhundert neue Rekruten im Programm. Das geht jetzt exponentiell weiter.«

Ich zuckte mit den Schultern. Heimlich gefiel es mir, dass Elena so viel Wind um meine Beförderung machte. Ich hatte sonst niemanden. Sie war mein Ein und Alles. Wir waren zusammengezogen, bewohnten ein nettes Domizil im Armeeviertel – ein Zweibett-Apartment, normalerweise reserviert für Leute mit Ehevertrag.

Noch eine Ausnahme von den Vorschriften – das war einer der Vorteile, Teil des Sim-Programms zu sein. Im Lauf der letzten paar Jahre war es zum neuen Lieblingsprojekt des Militärs geworden. Geld und Ressourcen wurden schneller ins Programm gepumpt, als neue Rekruten gefunden werden konnten.

»Ich frage mich, was das für ein Laden ist«, sagte Elena. Sie war es, die sich freute: sie strahlte. »Ich hoffe, es hat nichts mit dem Restaurant gemeinsam, wo du mich hingebracht hast, als ich hier angekommen bin.«

»Hat dir das nicht gefallen? Das hättest du mir auch sagen können.«

»Ich habe gedacht, du merkst das. Kennst du mich immer noch nicht gut genug?«

»Ich glaube nicht, dass ich dich auch nur annähernd so gut kenne, wie es mir lieb wäre.«

In dem Moment glitt der Monorail leise in die Station und kam zum Stehen. Weiß und geschmeidig; fast wie neu. Mittlerweile hatte sich eine ziemliche Menschenmenge versammelt, und Passagiere rempelten sich beim Einsteigen gegenseitig an. Arm in Arm suchten wir uns eins der weniger überfüllten Abteile im hinteren Bereich.

Elena setzte sich und machte »Tz-tz«, als sie das Schild mit RAUCHEN IM ZUG VERBOTEN sah. Sie strich den schillernden Stoff ihres Kleids glatt und schlug die Beine übereinander. Sie lehnte sich zu mir herüber, den Kopf an meiner Schulter.

»In dem Kleid seh ich fett aus«, flüsterte sie.

Ich drehte den Kopf und sah sie an. Nur für heute Abend hatte sie ihre Brille abgelegt. Ihr Make-up und der Schmuck waren dezent und naturalistisch. Sie schenkte mir ein schwer zu deutendes, schiefes Lächeln. Ihre Wangen waren plötzlich gerötet. Ich drückte ihre Hand.

»Ich kann mich nicht erinnern, dich je noch schöner gesehen zu haben. Und ich finde überhaupt nicht, dass du fett aussiehst.«

Der Zug fuhr an und beschleunigte aus dem Hauptbahnhof von Rockwell.

Die Abteile wurden voller, als wir an den nächsten Stationen noch mehr Passagiere aufnahmen, alles noch innerhalb von Fort Rockwell. Unterschiedliches Militärpersonal stieg ein und aus, aber ich war mit Elena ins Gespräch vertieft und nahm davon nur wenig Notiz.

»Ist der Sonnenuntergang nicht atemberaubend?«, fragte Elena.

Sie sah mir über die Schulter, um den Ausblick zu genießen. Tau Centauri hing knapp über dem Horizont und warf überwältigende Strahlen über die schroffe Landschaft. Das Panorama war in sattes Orange gehüllt – sauber und einladend.

»Das hat irgendwas mit der Zusammensetzung der oberen Schichten der Atmosphäre zu tun. Aber ist schon ganz schön.«

»Jetzt mach das doch nicht kaputt, Conrad!«, sagte Elena tadelnd. »Nimm es einfach so, wie es ist. Wir sind hier, zusammen, auf diesem Planeten. Wir müssen für die kleinen Dinge im Leben dankbar sein, dann ergibt sich der Rest von selbst.«

Die Lichter der Stadt flogen an uns vorbei, als der Zug mit Höchstgeschwindigkeit die Grenze zur umliegenden Großstadt erreichte. Nur die deutlich beleuchteten Türme der Skyline veränderten sich kaum. Einer von denen war das Weskler-Trump International.

»Erinnerst du dich noch, wie wir in dem Hotel waren?«, fragte sie. »Als ich gerade angekommen bin?«

Der Zug fuhr in die nächste Station ein. Die nächste Gruppe Militärpersonal und eine Handvoll abgekämpfter ziviler Arbeiter. Leere Gesichter, verwitterte Hände, dreckige verstaubte Overalls – Arbeiter vom örtlichen Raumhafen. Zwei kleine Kinder liefen um die Beine eines alten Mannes herum. Eine Frau im Hijab, die ein wimmerndes Kleinkind auf dem Arm hatte.

»Ich erinnere mich. Wir sollten da irgendwann noch mal hin.«

Ein hochgewachsener Mann in Militäruniform bestieg den Zug. Er überflog den Waggon und schaute mir kurz in die Augen: Dann wandte er sich ab und ging ans andere Ende des Waggons.

Er hatte kurze graue Haare, war aber noch nicht alt. Groß und dürr. Stechende, stahlblaue Augen; er zuckte leicht zusammen, als sich unsere Blicke erneut trafen. Er hatte ein Allerweltsgesicht und war mir nicht bekannt. Er setzte sich zielgerichtet mit dem Rücken zu mir, eine silberne Aktentasche auf dem Schoß. Die Hände schützend darüber gefaltet. Wie ein Schutzengel dräute über ihm ein Plakat der Allianzarmee: WIR REKRUTIEREN AUF EUREM PLANETEN, IN EURER STADT, IN EURER NACHBARSCHAFT, drohte es an.

Was hat er da in seiner Tasche?

Elena redete immer noch, aber jetzt hörte ich nicht mehr zu. Der Zug hatte sich wieder in Bewegung gesetzt und beschleunigte stark, während er durch die eigentliche Stadt fuhr.

Obwohl mir das Gesicht nichts sagte, erkannte ich die Uniform. *Das Simulatenprogramm.* Irgendwas war hier faul. Er trug normale Dienstkleidung, keine Paradeuniform.

Ich kenne das Sim-Programm, dachte ich. *Aber dich kenne ich nicht.*

Elena redete weiter, ohne etwas zu merken. Ich

stand auf und griff nach einer Halteschlaufe, um das Gleichgewicht zu halten. Ich schob ein paar Einheimische aus dem Weg. Ich musste mir den Mann genauer ansehen.

»Conrad!«, rief Elena. Sie versuchte aufzustehen, um zu sehen, was da vor sich ging. »Was ist los?«

Der Mann schluckte selbst auf die Entfernung sichtbar – er war noch zehn, fünfzehn Meter von mir entfernt. Er verdrehte den Hals, um in meine Richtung zu sehen, vielleicht von Elenas Stimme aufgeschreckt …

Ich sah, wie sein Ärmel ein bisschen nach oben rutschte …

Ein Tattoo am Unterarm. Eine Hydra …

»Elena – runter!«, schrie ich über die Köpfe der Passagiere hinweg, drehte mich halb zu ihr um. Mir war klar, dass es das Letzte sein könnte, was ich sagte.

»Für das Direktorat!«, schrie eine andere Stimme hinter mir.

Dann ertönte Geschrei, nur für Sekundenbruchteile, während der Zug im Chaos versank …

Die Aktentasche explodierte.

Ich lag mitten zwischen Trümmerteilen.

Bis auf das konstante Klingeln in den Ohren hatte meine Wahrnehmung komplett ausgesetzt. Es war ein unerträgliches Gefühl: eine dämonische Sinuskurve, die alles unter sich begrub, zu meiner einzigen Wirklichkeit wurde.

Fühlt sich so der echte Tod an?

Ein endloses Nichts – finster, verschleiert, allumfassend. Aber der Lärm sagte mir, dass ich noch nicht tot war. Also klammerte ich mich daran fest, versuchte, mich treiben zu lassen.

Ich wollte durchdrehen, losschreien – nicht wegen mir, sondern wegen Elena. Aber ich konnte nicht.

Während ich in den verbogenen Überresten des Waggons lag, dachte ich darüber nach, was gerade passiert war. Was war das eigentliche Ziel dieses Angriffs? War der Zug das Ziel gewesen oder jemand oder etwas anderes? Ich ließ alle Gedanken fallen, dass *ich* das Ziel hätte sein können: Ich war nur ein einfacher Soldat, unabhängig davon, wie gut ich als Lenker mittlerweile war. Es war völlig ausgeschlossen, dass das Direktorat Ressourcen opfern würde, um mich zu eliminieren. Aber war es ein Anschlag auf das Sim-Programm?

Über mir tauchten trübe, blinkende Lichter auf. Rot, blau: das Heulen einer Polizeisirene. Dann gleißendes weißes Licht, das irgendwo über mir flackerte.

Überall um mich herum riefen Leute um Hilfe. Ganz in der Nähe betete jemand – murmelte Worte in einer Sprache, die ich nicht verstand, immer und immer wieder. Etwas oder jemand brannte in der Nähe. Schwer lag der Geruch von verkohltem Fleisch in der Luft.

»Elena!«, schrie ich.

Keine Antwort.

Es war unmöglich, mich zu orientieren. Irgendetwas drückte mich nieder – ein Stück Metall. Ich mühte mich ab, um freizukommen, meinen Körper aus dem Wrack zu ziehen. In meinem Brustkorb steckten Glassplitter. Das Hemd war voller Blut, die alberne Uniformjacke zerrissen. Noch hatte ich keine Schmerzen – konnte weder sehen noch fühlen, wie schwer die Verletzungen waren. Ich *wollte* es auch nicht wissen.

Über mir hingen verformte Metallleisten, von der Stärke der Explosion geschwärzt. Schwer zu sagen, was die mal gewesen waren. Vielleicht ein Stück vom Fensterrahmen oder, der Riffelblech-Struktur nach, ein Teil der Bodenverschalung.

Noch mehr Lichter versammelten sich über mir. Helle Strahlen stachen durch das Halbdunkel, bewegten sich langsam vor und zurück. Suchten.

Von irgendwo außerhalb des Wracks ertönte laut und deutlich eine Stimme: »*Eine Ausgangssperre ist verhängt worden. Bitte kehren Sie in Ihre Wohnungen zurück. Eine Ausgangssperre ist verhängt worden. Soldaten der Allianzarmee sind zu Ihrem Schutz unterwegs.*«

»Überlebende!«, rief ich. »Hier sind Überlebende!«

Über mir tauchten Gesichter auf. Dunkelhäutig mit spitzen Polizeikappen.

»Wir haben hier unten Überlebende«, murmelte einer von ihnen. »Rettungsflieger für Opfer vorbereiten!«

Zusammen mit fünfzehn anderen Überlebenden aus dem Waggon zogen sie mich aus den Trümmern. Davon weiß ich nicht mehr viel, außer dass es der Polizeiroboter geschafft hat, die schwereren Wrackteile zu beseitigen, während Sanitäter die Leichen und Überlebenden herausholten.

Ich wurde sofort mit einem Rettungstransporter zum Krankenhaus in Rockwell geflogen.

Die Notaufnahme des Krankenhauses hatte mit dem plötzlichen Strom an neuen Fällen schwer zu kämpfen. Die sterilen weißen Gänge waren voll von den Verwundeten, die noch gehen konnten. Als immer mehr Opfer aus dem Wrack geborgen wurden, brachte man alle mit weniger ernsten Verletzungen in Warteräume und Empfangsbereiche. Nicht nur Soldaten, nicht nur Allianz-Militär: Frauen, Kinder, Junge und Alte. Überall weinten Leute, hielten verwundete Angehörige im Arm. Eine Frau schrie, während sie ein zerlumptes Bündel blutiger Klamotten umklammert hielt. Ein alter Mann mit einem Auge, an dessen frischem Verband sich bereits wieder ein Blutgerinnsel gebildet hatte. Und überall Armeesoldaten, die auf den Gängen patrouillierten – mit Karabinern über der Schulter beobachteten sie alles mit einem Ausdruck unbeteiligten Misstrauens.

Ich saß auf einem Polstersitz im Flur und trug immer noch die Reste meiner Uniform. Traumatisiert war untertrieben.

Später wurde mir gesagt, dass dreihundertfünfundzwanzig Leute an Bord des Zugs schwer verletzt worden waren. Achtundneunzig Tote. Darunter sechzehn Minderjährige und dreiundzwanzig Frauen.

Elena war nur eine Nummer in einer Statistik.

Ein abtrünniger Terrorist, der aus persönlichen Motiven gehandelt hatte. Was auch immer ich gesehen oder gehört hatte, reichte nicht, um etwas Gegenteiliges zu beweisen. Das Asiatische Direktorat leugnete offiziell jede Beteiligung. Der Agent hatte sich eigenmächtig in die Luft gesprengt. Er hatte keine Spuren hinterlassen. Es waren keine Beweisstücke übrig, anhand derer man ihn hätte identifizieren können. Auf der galaktischen Bühne war der Terroranschlag auf den Zug nur eine Randnotiz.

Der Anschlag wurde als Teil einer ganzen Reihe von Feindseligkeiten zwischen Allianz und Direktorat in die Akten aufgenommen. Er zog keine formale Kriegserklärung nach sich. In einem Universum, das sich in ständigem Konflikt verzehrte, war er schnell vergessen. Ein Tag wie jeder andere.

Die meisten hatten ihn bald vergessen.

Ich nicht.

»Sergeant Conrad Harris?«, rief eine Medizinerin, die von einem Tablet ablas.

»Ja, das bin ich.«

Sie war noch ein junges Mädchen. Kurze blonde Haare von einem erschreckend mageren Gesicht zurückgekämmt. Sie trug einen blauen Arztkittel, und das Namensschild an ihrer Brust hing schief: KASHA, A. (ASSISTENZÄRZTIN).

Noch nicht mal eine richtige Ärztin.

»Ich bin noch nicht diplomiert«, sagte sie. Musste gesehen haben, dass ich ihr Schild gelesen hatte. »Die Ärzte und Spezialisten haben alle Hände voll mit den ernsteren Fällen zu tun – mit lebensgefährlichen Verletzungen.« Sie hob eine Augenbraue. »Haben Sie ein Problem damit, dass ich Sie behandelt habe?«

Ich schüttelte stumm den Kopf.

»Sie haben einige kleine Schnittwunden in der

Brust. Wir haben das Glas entfernt und die Schnitte verbunden. Ein paar Prellungen an den Beinen. Die Röntgenaufnahmen zeigen keine Brüche. Sie sind bald wieder vollkommen gesund.«

»Meine Ohren – ich kann immer noch die Explosion hören.«

Kasha nickte. »Das geht vorbei. Aber wahrscheinlich werden Sie bei diesen Frequenzen dauerhaft leichte Einbußen des Hörvermögens davontragen.« Sie tippte mit einem Stift auf meinen Brustkorb, wo die Verbandskissen angelegt worden waren. »Ihre Datenbuchsen sind unbeschädigt. Sie werden höchstwahrscheinlich keine Probleme beim Übergang haben.«

»Das spielt keine Rolle«, murmelte ich.

Kasha warf mir einen ungläubigen Blick zu. »Natürlich spielt das eine Rolle. Ich weiß doch, wie Sim-Lenker wie Sie drauf sind. Sie werden im Handumdrehen wieder da draußen sein. Das hat Ihnen diesmal allerdings nicht geholfen, wie?«

»Ich war mit einer Frau in dem Zug – sie hat in meiner Nähe gesessen …«

»Name?«

»Marceau, Elena.«

Kasha warf einen Blick auf ihr Tablet und schnalzte beim Lesen mit der Zunge. »Wir haben sie hier. Anhand ihrer DNS identifiziert.«

Ich spürte eine Welle der Erleichterung.

»Lebt sie noch? Ist sie verletzt?«

»Sie wird gerade operiert.«

Auf einmal fühlte ich mich völlig leer. Ich ließ mich auf den Sitz zurückfallen, den Kopf in den Händen.

Ich konnte keinen klaren Gedanken fassen. Das Klirren in meinen Ohren, im ganzen Kopf, war überwältigend. Falls Elena tot war, falls ich sie wirklich verloren hatte …

»Warten Sie hier«, sagte Kasha über die Schulter, als sie wieder in Richtung Notaufnahme ging und weiter auf ihr Tablet guckte. »Glückwunsch zu Ihrer Beförderung übrigens. Ihre Personalakte hat sich gerade aktualisiert.«

Und so saß ich da und wartete, jetzt als Captain.

Nichts davon bedeutete mir etwas.

Nicht ohne Elena.

Stunden vergingen.

Ich guckte immer wieder in die gleichen Gesichter. Militärberater, die irgendwelche Familienangehörigen besuchten. Aus dem Gang und den anliegenden Familien-Besuchsräumen waren Klagelaute zu hören. »Beileidszimmer« nannte man sie.

Auf einer riesigen elektronischen Anzeigetafel im Eingangsbereich stand eine Liste aller Patienten, die gerade versorgt wurden. Die Liste änderte sich dauernd, mit Updates wie IM OP – WARTEN SIE AUF BERICHT. Manche Einträge waren von endgültigerer Natur: BESTATTER BENACHRICHTIGEN.

Durch müde, verschwommene Augen las ich ihren Namen:

MARCEAU, ELENA
IM OP: WIRD BEHANDELT
WARTEN SIE AUF BERICHT

Andere Wandschirme zeigten das Ausmaß der Zerstörung. Videobilder von Drohnen, die hoch über der Explosion geflogen waren. Der ganze Zug war entgleist, und die Wucht der Detonation hatte einige umliegende Gebäude zum Einsturz gebracht. Notdienste waren vor Ort. Flugwagen der Polizei und Ambulanzschiffe. Truppentransporter, die Soldaten in den umliegenden Straßen verteilten. Der gesamte Verkehr war zum Erliegen gekommen. Das galt auch für die Luft: Zugang zur Umlaufbahn für die nächsten vierundzwanzig Stunden ausgesetzt.

»Captain Conrad Harris?«

Ein kleiner älterer Mann stand vor mir. Verwitterte Haut, ein leuchtend weißer, herabhängender Schnurrbart. Er war Arzt: der weiße Kittel großzügig von Jod und Blut getränkt. Ein Veteran des langen Krieges. Er vergrub die Hände in den Taschen. Ungelenk, unbehaglich.

»Ja«, sagte ich. Ich hatte das Gefühl, dass ich zu laut redete, mich an den Lärm in meinem Kopf anpasste. »Ist sie …?«

Der Arzt verzog besorgt das Gesicht.

Bitte nicht …

»Wir konnten nichts mehr tun. Sie hat einen schweren Schlag in den Unterleib bekommen.«

»Ich muss sie sehen.«

Der Arzt fischte etwas aus seiner Tasche: eine Zigarette. Er ließ das Feuerzeug aufschnappen.

»Natürlich. Erlauben Sie?«

»Ich muss sie sehen – *sofort.*«

Er wackelte mit dem Kopf und zog an der Zigarette.

Scheiße nein. Scheiße nein. Scheißescheißescheiße!

Mein Blut fühlte sich so kalt an wie das Frostschutzmittel für den Hyperschlaf, aber die Datenbuchsen brannten wie Feuer. Trotz meines ganzen militärischen Könnens war ich machtlos gewesen. Hätte nichts tun können, was die Explosion tatsächlich verhindert hätte.

»Sie hat schwere innere Blutungen erlitten. Wir haben es mit einer Nano-Operation versucht, aber der Aufprall«, er schüttelte den Kopf, »war zu groß. Wir werden sie noch ein paar Tage hierbehalten müssen. Wir müssen sie weiter überwachen.«

Meine Sicht klärte sich auf einmal, kurz ließ auch das Dröhnen im Kopf nach. Ich schluckte.

»Sie lebt noch?«

Der Arzt runzelte die Stirn. »Ja, Captain. Aber ich fürchte, das Baby nicht.«

Elena lag noch nicht mal in einem richtigen Bett. Wahrscheinlich waren die Betten schwereren Fällen vorbehalten. Stattdessen war sie auf einer Patientencouch zusammengerollt, fast in Embryonalstellung – über ihr hing reglos ein medizinischer Scanner an einem Metallarm. Man hatte sie in ein Einzelzimmer gebracht, das direkt an einem der Gänge zu den OPs lag. Die Leuchtröhre über ihr flackerte, wurde heller und dunkler.

Ich stand im Türrahmen und hatte sachte den Plastikvorhang beiseitegezogen, der ihr Abteil vom Rest der Notaufnahme trennte. In mir brachen sich derartige Emotionen Bahn, so tiefe Gefühle, dass ich sie nicht alle auf einmal verarbeiten konnte. Mein Kopf hämmerte, aber ihr Anblick brach mir das Herz – für uns beide.

Elena ertrank in einem mattgrünen Krankenhemd, das ihr viel zu groß war. Ihre Haare waren struppig und zerzaust; Streifen von Make-up auf den Wangen. Sie hatte geweint – weinte immer noch, als ich sie betrachtete –, aber mittlerweile war es ein gleichmäßiges Schluchzen. Die Art Geräusch, die jemand macht, der keine Energie mehr zum Weinen hat, der nicht mehr die Kraft aufbringen kann, Tränen zu produzieren. Ihre Füße waren nackt – dreckig, voller Blut und Ruß.

Ich ging zu ihr und nahm sie in den Arm. Sie weinte ein bisschen mehr – jetzt war es ein schweres, tiefes Stöhnen. Ich hatte sie nie so weinen hören, und jedes Geräusch, das ihrem Körper entwich, fachte das wachsende Feuer in meiner Brust weiter an.

»Warum hast du mir nichts gesagt?«, fragte ich. Meine Stimme klang gestelzt, formell, halb erstickt vor Trauer.

»Ich hab es nicht gewusst. Ich hab es nicht einmal gewusst.«

Wir lagen uns lange im Arm, bis Elena sich in den Schlaf geweint hatte und das Krankenhauspersonal mir sagte, dass ich die Notaufnahme verlassen müsse.

16

WAS WIRKLICH ZÄHLT

Ein neuer Tag brach auf Helios an.

Ein Kontingent von Sicherheitsleuten las mich früh morgens auf. Mein Team blieb widerwillig im Modul zurück – da musste ich alleine durch. Mit bewaffneter Eskorte wurde ich durch die Basis geführt.

Kellermans Quartier war mit Sicherheit das größte auf Helios und hätte problemlos auf einer der Kernwelten sein können. Die eine Seite wurde von einem alten Eichentisch beherrscht, der von gepolsterten Ledersesseln umgeben war. *Echtes Holz auf einem Außenposten, der so weit vom Allianzraum wegliegt:* Die Vorstellung der Kosten war schockierend. An den Wänden und der Decke waren altmodische elektrische Lampen angebracht. Ringsherum lagen Nischen, die von Papierstapeln und Lesegeräten überhäuft waren. Die Wände waren bedeckt von Hologrammen und Luftbildern von Helios' Oberfläche. Vieles waren Bilder vom Artefakt, die allesamt etwas verzerrt oder unscharf waren.

Der klassische Stil setzte sich auch im Rest des Raums fort. Hinter dem Schreibtisch hing eine Serie von Bilderrahmen. In allen steckten ausgebleichte alte

Bilder der ehemaligen und des jetzigen Präsidenten der Allianz; sogar ein hoffnungslos veraltetes Foto von Präsident Underwood. Er sah viel jugendlicher aus, als ich ihn je gesehen hatte. Dieses bizarre kleine Detail verpasste mir einen plötzlichen Schub von Heimweh – und erinnerte mich ungewollt daran, wie weit weg von *Liberty Point* wir wirklich waren.

Am Eingang des Raums wartete Deacon auf mich, dann schob er einen Stuhl vor Kellermans Schreibtisch. Er trug sein Gewehr quer über der Brust und quittierte mein Eintreffen mit einem knappen Nicken. Dann postierte er sich stocksteif neben der Tür. Mit den verschlissenen Gesichtszügen und der Schleifpapier-Haut sah er aus wie ein Golem, den die Wüste ausgespuckt hatte.

Ich setzte mich; das Leder des Stuhls knirschte. Das Zimmer hatte drei große gewölbte Fenster, durch die das Wüstenpanorama zu sehen war. Im Moment war der Himmel in ein trübes Pink-Rot getaucht.

Kellerman trudelte ein und schwebte zu seinem Schreibtisch. Er drehte sich unbeholfen um die eigene Achse, bis er die richtige Position gefunden hatte.

»Verdammter Stuhl«, murmelte er. »Dauernd nur im Weg. Ich muss mich entschuldigen, dass ich Sie habe warten lassen, Captain. Es gibt sehr viel zu tun und nur wenig Zeit. Mein Körper ist nicht mehr das, was er mal war. Ich hoffe, dass sich jemand um Ihr Bein gekümmert hat?«

»Mein wissenschaftlicher Offizier hat geholfen«, sagte ich unverblümt. Stumm fügte ich hinzu: *Danke für nichts.*

Kellerman rümpfte die Nase und legte den Kopf schief. »Na gut. Wie Sie sehen können, ist die Menge an Personal, die ich noch zur Verfügung habe, äußerst begrenzt. Vor allem medizinisches und wissenschaftliches Personal ist rar. Aber alles der Reihe nach – warum sind Sie hier?«

»Sie haben aufgehört, dem Stab Bericht zu erstatten«, sagte ich. Die Fakten sprudelten aus mir heraus wie bei einer Anklage im Gerichtssaal. »Man hatte Sie angewiesen, einmal in der Woche ein Update zu schicken, was Sie seit zwölf Monaten nicht mehr getan haben. Der Stab war der Ansicht, dass ein Bergungseinsatz notwendig sei.«

Etwas an dieser Antwort verärgerte Kellerman, und sein Blick verfinsterte sich. »Das weiß ich bereits. Sie können aufhören, meine Zeit mit Dingen zu verschwenden, die ich schon weiß. Was *wollen* Sie hier?«

»Jetzt gerade? Nur weg von diesem verdammten Felsen«, sagte ich und sah ihm über den Tisch hinweg in die Augen. »Mein Team wird sich so bald wie möglich beim Stab melden. Ich brauche Zugang zu Ihrem Kommunikationssatelliten, um *Liberty Point* eine Nachricht zu schicken.«

Kellerman nickte abwesend – er war offensichtlich mit den Gedanken woanders.

»Wahrscheinlich verliert der Generalstab diese bedeutende Investition nur ungern aus den Augen.« Ich war mir nicht sicher, ob er die Helios-Station oder mein Team meinte. »Schließlich befinden wir uns immer noch im Krieg. Es geht vielleicht nicht mehr so heiß her wie noch zu Zeiten unserer Vorfahren, aber das macht es nicht weniger wichtig. Daran ändert auch der Vertrag nichts.«

Ganz kurz funkelten seinen Augen mit einer Eingebung, dann war es verschwunden.

»Sie bekommen Ihren Zugang zu unserer Zentrale«, sagte er. Er stockte und dachte über den nächsten Schritt nach. »Ich stehe zu meinem Wort, Captain. Wahrscheinlich haben Sie eine Erklärung verdient. Ich bin meiner Mission hier verpflichtet. Wie Sie gestern gehört haben, ist Helios eine herbe Geliebte. Die Krell sind überall. Die Station ist mehrfach verheerend angegriffen worden, und ich habe den Großteil der Besatzung verloren. Ich nehme die Verantwortung für das Wohl meiner Leute sehr ernst.«

»Wo ist dann der Rest Ihrer Leute?«, fragte ich. *Mehr als zweitausend Männer und Frauen, alle tot. Das hat mit ernst genommener Verantwortung nichts zu tun. Das ist Wahnsinn.*

»Das tut nichts zur Sache.«

»Sind sie alle tot?« Es hatte keinen Zweck, mit diesem Mann Nettigkeiten auszutauschen; mir war klar, dass er dafür nicht empfänglich sein würde.

Kellerman schüttelte den Kopf. »Das spielt alles keine Rolle. Die Ausgrabung – das Artefakt – ist alles, was zählt. Man muss es wirklich selbst sehen, um es zu glauben. Ich kann erklären, warum ich mich nicht mehr gemeldet habe.«

»Das ist nicht mehr wichtig. Ich will nur meine Leute beschützen.«

»Ich halte es für das Beste, wenn ich Ihnen das trotzdem erzähle. Denn wenn ich das nicht tue, wird der

Stab ein weiteres Team zur Untersuchung herschicken. Es könnte also noch mehr unnötige Menschenleben kosten.« Er seufzte. »Die Krell haben sich im Laufe der Zeit immer mehr für unsere Übertragungen interessiert. Durch die regelmäßigen Nachrichten haben wir sie geradezu *angelockt.* Wir haben festgestellt, dass die Menge an Krell-Überfällen dramatisch zurückgegangen ist, sobald wir nicht mehr gesendet haben. Mr. Deacon, bringen Sie mir das Tablet da.«

Deacon holte ein ramponiertes Lesegerät von einem Tisch in der Nähe. Kellerman rief ein paar biologische Diagramme auf und schob es mir über den Tisch zu. Es waren gründliche, umfassende Untersuchungen verschiedener Krell-Gattungen inklusive Anmerkungen. Gehirnwellenmuster, Aufbau der Frontallappen, Sezierungen, Untersuchungen der Kommunikationsantennen und des Rückgrats von Primärformen.

»Bestimmte Wellenlängen – bestimmte Bandbreiten von Übertragungen – *stören* die Hirnfunktionen der Krell aktiv. Das ist wahrscheinlich die Methode, mit der die Führerformen ihren Willen auf die niederen Xenoformen übertragen, die sogenannten Primär- und Sekundärformen.«

Er war jetzt erregt und in voller Fahrt: Die emotionslose Fassade war komplett verschwunden. *Was davon ist der eigentliche Mann?,* fragte ich mich. Er winkte Deacon erneut, der einen Stapel Unterlagen brachte. Der Sicherheitschef sah ausgesprochen wenig begeistert aus, von Kellerman als Assistent beansprucht zu werden, aber Kellerman schien das nicht zu bemerken. Er verteilte die Unterlagen auf seinem Tisch, suchte einzelne Seiten heraus und schob sie mir zu. Bald lag ein Stapel von Akten, Tafeln und Heftern vor mir.

»Wie schon gesagt, sie werden von bestimmten Wellenlängen angezogen. Die von verschiedenen Arealen im Gehirn verarbeitet«, er zeigte auf ein Schaubild, auf dem Teile der Schädelhöhle einer Primärform zu sehen waren, »und dann befolgt werden, als wären sie direkte Hirnimpulse aus dem eigenen Organismus.«

»Wie haben Sie das herausgefunden?«

»Dank des Artefakts«, sagte er und zog die Worte in die Länge. »Indem ich einfach dem Signal gelauscht und beobachtet habe, was für Auswirkungen das Artefakt auf die Krellpopulation auf Helios hat.«

Ich lehnte mich zurück, seufzte schwer und überflog die Dokumente. Aus meiner Sicht schienen die Dokumente nichts von dem zu beweisen, was Kellerman behauptete. Ich war zwar kein Wissenschaftler, aber der Großteil seiner Beweise sah nicht aus wie begründete Schlussfolgerungen, sondern wirkte wie das unzusammenhängende Gefasel eines Irren.

»Wenn hiervon irgendwas stimmt, kann diese Fundstelle die Allianz vernichten oder dem Direktorat zum Sieg verhelfen«, sagte ich. »Ich kann das nicht in die falschen Hände fallen lassen. Sie waren angewiesen, mit dem Generalstab in Verbindung zu bleiben.«

Kellerman schnalzte verärgert mit der Zunge. Sofort war er wieder der Alte.

»Das hier ist der wichtigste Fund in der Geschichte der Menschheit. Er ist viel wichtiger als belangloses politisches Gezänk oder Bürokratie. Ich bin mir absolut sicher, dass das Direktorat nichts von der Existenz des Artefakts weiß.«

Bei dieser Aussage sträubte sich alles in mir. Die Feindseligkeiten zwischen Allianz und Direktorat als Gezänk zu bezeichnen ging zu weit. Ich fühlte einen unerwarteten Anflug von Trauer um meine Mutter und das Leben, das mir verwehrt worden war. Kellermans Gesichtsausdruck verriet nicht, ob er die Veränderung in meinem Verhalten bemerkt hatte.

»Das Einzige, was zählt, ist das Artefakt«, wiederholte er. »Es ist *herrlich,* Captain. Einfach wunderbar. Es ist wichtiger, das Signal des Artefakts zu begreifen, als mit dem Generalstab in Verbindung zu bleiben.« Kellermans Stimmung änderte sich schon wieder, er strahlte förmlich. »Wir haben genau bestimmen können, was es tut und warum es hier zurückgelassen wurde. Aber das ist natürlich kein Vergleich zu der Möglichkeit, das Signal selbst zu *verstehen.* Das Artefakt ist uralt und so fremdartig, dass selbst die Krell es nicht begreifen.«

»Das reicht«, sagte ich leise, aber bestimmt. »Ich brauche Zugang zur Zentrale. *Jetzt.*«

»Und wie ich schon gesagt habe, Sie werden ihn bekommen. Aber das hat noch Zeit. Unser Satellit ist frühestens morgen Nachmittag wieder in optimaler Position für eine Verbindung nach *Liberty Point.* Es ist ein Übermaß an Energie nötig, um die Antenne der Station hochzufahren. Ich zöge es vor, wenn Sie das erst dann versuchen, wenn die Chance, den Satelliten zu erreichen, am höchsten ist. Ich bin mir sicher, Sie verstehen das.«

»Solange wir dem Stab eine Nachricht schicken können.«

»Ich gebe Ihnen mein Wort«, sagte Kellerman mit bereitwilligem Nicken. »Aber das verschafft uns noch etwas Zeit. Ich will die Gelegenheit nicht ungenutzt lassen. Es gibt da etwas, das ich Ihnen gerne zeigen würde – damit Sie dem Stab einen Aspekt meiner Funde übermitteln können, damit Sie ihnen sagen können, wie wichtig meine Forschung wirklich ist.«

Ich konnte mir denken, wohin das führte, und versuchte, Kellerman zuvorzukommen: »Das Artefakt? Unsere Einsatzbefehle haben einen Besuch vor Ort explizit ausgeschlossen.« Und es war mir auch sehr recht, dass es so blieb.

»Nein, ganz sicher nicht das Artefakt. Die Konzentration der Krell in der Nähe ist derart hoch, dass es nahezu unmöglich wäre, das Artefakt direkt zu erreichen. Es geht um etwas anderes.«

»Was?«, fragte ich wütend. Kellermans Spielchen hingen mir zum Hals heraus.

»Es wird einfacher sein, es Ihnen zu zeigen, statt zu versuchen, es zu erklären«, sagte Kellerman. »Aber es ist ein beeindruckender Fund. Morgen früh machen wir eine Expedition in die Wüste.«

Hinter mir hörte ich Deacon stöhnen. Kellerman guckte ihn böse an.

»Wir nehmen eine Raupe. Darin ist auch Platz genug für einige von Ihren Leuten, wenn Sie das möchten. Bringen Sie ein paar Soldaten mit. Alle mit martialischem Gemüt werden diesem Fund auf jeden Fall etwas abgewinnen können.«

»Hauptsache, ich bekomme Zugang zur Zentrale«, sagte ich und stand auf, um den Raum zu verlassen.

Kellermans Gesicht blieb unbewegt, aber in seinen Augen blitzte etwas auf. »Morgen, Captain. Morgen bekommen Sie Zugang. Bis dahin können Sie sich in der Basis frei bewegen. Sie sind hier kein Gefangener, aber ich muss mich bis morgen früh entschuldigen.«

Sobald ich das Wohnmodul wieder erreicht hatte, ordnete ich eilig eine weitere Sitzung an.

Ich traute weder Kellermans Erklärungen noch seinem aufgesetzten Auftritt. Irgendwas verschwieg er, da war ich mir sicher. Trotzdem war er die Obrigkeit auf Helios und damit der Einzige, der uns den Zugriff auf die Nachrichtenanlage ermöglichen konnte. Wir mussten also mitspielen, zumindest für eine Weile.

Ich erzählte meinen Leuten alles, was Kellerman gesagt hatte. Es war zwar meine Entscheidung, wie wir zu verfahren hatten, aber ich war noch nie jemand gewesen, der Entscheidungen traf, ohne sie vorher mit dem Team zu besprechen. Sie waren meistens mäßigende Berater.

»Das heißt also, wenn wir da mitmachen, können wir die Nachrichtenzentrale benutzen?«, fragte Kaminski.

»Das hat Kellerman gesagt.«

»Traust du diesem verrückten alten Bastard?«

»Kein bisschen. Aber er kennt den Planeten besser als wir, und ich glaube nicht, dass er lügt, was den Satelliten angeht. Wenn wir, um eine Nachricht von Helios zu senden, raus in die Wüste und uns angucken müssen, was auch immer er uns zeigen will, dann soll es so sein.«

Kaminski nickte. »Da hast du wohl recht.«

»Das schmeckt mir trotzdem nicht«, warf Jenkins ohne weitere Erklärung ein. »Hat er gesagt, was er dir genau zeigen will?«

»Das hat er unter Verschluss gehalten. Aber wahrscheinlich hat er recht, was die Nachricht an den Stab angeht. Wenn wir eine Rettung organisieren wollen, ohne uns irgendwelche Mühe zu geben herauszufinden, woran Kellerman geforscht hat, wird man uns einige Fragen stellen.«

»Kann schon sein«, sagte Jenkins und klickte mit der Zunge.

»Ich brauche für morgen ein paar Freiwillige«, sagte ich. Ich hätte auch einfach befehlen können, mich zu begleiten, aber freiwillige Begleiter waren mir sehr viel lieber.

»Ich kann nicht behaupten, mitkommen zu wollen«, sagte Blake, »aber es ist trotzdem besser, als den ganzen Tag hier im Wohnmodul rumzuhängen.«

»Ich bin dabei«, fügte Kaminski hinzu.

Diese Auswahl passte mir: Ich wollte Blake nach den Eröffnungen der letzten Nacht in der Nähe und außerdem ein Auge auf Kaminski haben, einfach so. Er hatte deutlich gemacht, dass er sich lieber den Weg freischießen würde, als mit Kellerman zu verhandeln, und ich wollte ungern zur Station zurückkommen und feststellen, dass er seinen Plan in die Tat umgesetzt hatte.

»Ich wünschte nur, wir könnten einfach in die Tanks

klettern und Sims anziehen«, sagte Blake. »Das wäre doch sinnvoll.«

»Scheiße, ja«, sagte Kaminski. »Wir sind auf einem feindlichen Planeten, umgeben von Fischköpfen. Vielleicht sollten wir warten, bis die Simulatoren repariert sind.«

»Reg dich ab. Ihr wisst beide, dass die Tanks außer Betrieb sind.« Ich rümpfte die Nase und betrachtete die Gruppe. »Wo ist Olsen überhaupt?«

Jenkins seufzte und schüttelte den Kopf. »Er hat schon einen Blick auf die Simulatoren geworfen und ist sich nicht sicher, ob sie überhaupt repariert werden können. Er sagt, es dauert mindestens ein paar Tage. Er ist mit ein paar von Kellermans Wissenschaftlern rübergegangen. Hat gesagt, dass er später wiederkommt.«

»Damit hat sich 'Skis Idee zumindest fürs Erste erledigt«, sagte Martinez.

»Deshalb muss uns das noch lange nicht gefallen«, knurrte Kaminski.

Natürlich konnte ich meine Sims nicht benutzen, selbst wenn ich gewollt hätte. Meine Datenbuchsen pochten, und ich rieb mir den Nacken.

»Also gut. Kaminski, Blake – seid morgen bei Sonnenaufgang startklar. Martinez, Jenkins – ihr bleibt in der Basis und behaltet das Wohnmodul im Auge.«

»Was machen wir bis morgen?«, fragte Martinez.

»Wir warten«, sagte ich. »Mir gefällt das noch weniger als dir, aber wenn wir aus dieser Sache ohne Blutvergießen rauskommen, ist das einiges wert.«

Auch in dieser Nacht konnte ich nicht schlafen, also schob ich wieder Wache. Meine Rippen fühlten sich wesentlich besser an, oder zumindest taub genug, dass ich mich bewegen konnte, aber das Bein schmerzte immer noch.

Ich versuchte einfach, die Zeit bis zum Morgengrauen, bis zu Kellermans Expedition zu überbrücken. Dann würden wir Zugang zur Zentrale bekommen und könnten endlich den Generalstab kontaktieren.

Jedes Mal wenn ich die Augen zumachte, sah ich Elenas Gesicht. Wenn ich wach blieb, meinte ich, in den Gängen Stimmen zu hören: Atkins und Pakos, die der Brückencrew Befehle zuriefen.

»Alle Mann – bereitmachen, das Schiff aufzugeben. Leite Notfall-Evakuierungsprotokoll ein.«

Nur der Wind.

Ich wollte nicht noch mehr schmerzhafte Erinnerungen durchleben, wollte mich nicht erinnern, aber ich wollte – musste – wirklich ein bisschen Schlaf kriegen. Also nahm ich die restlichen Schmerztabletten. Sie fühlten sich kreidig und trocken im Mund an. Ich nahm so viele, dass mein Bewusstsein betäubt genug sein würde, um nicht zu träumen.

Schließlich ließ ich mich auf das Bett eines Toten fallen.

Das Bett einer Toten, korrigierte ich mich.

An einer der Wände neben dem nicht gemachten Bett hing ein zerknittertes 2D-Foto. Zwei Frauen waren zu sehen, die sich vor einem blauen Hintergrund umarmten – nicht die Umklammerung von Liebenden, sondern ein zärtlicher Moment unter Freundinnen oder Schwestern. Die beiden sahen sich sehr ähnlich; eine war etwas jünger, beide hatten blonde Haare und blaue Augen. Die ältere kam mir bekannt vor. Die Technikerin aus dem Hangar. Tyler, so hieß sie.

Ich hoffte, ihre Schwester würde nichts dagegen haben, dass ich ihr Bett belegte. Sie war wahrscheinlich tot und brauchte es sicher nicht mehr. Als ich versuchte einzuschlafen, guckten die beiden lächelnden Frauen zu mir herunter, die Augen voller Hoffnung und Verheißung.

Helios hatte keine dieser Eigenschaften.

Wenn es still war, wenn alle anderen weg waren, spürte ich das Signal des Artefakts am deutlichsten. Kellerman hatte mir nichts über die Auswirkungen auf das menschliche Bewusstsein gesagt, zumindest nicht heute in seinem Büro, aber ich erinnerte mich daran, dass es in den Nachrichten an den Generalstab zur Sprache gekommen war.

Ich hatte beschlossen, den anderen nichts zu sagen. Sie würden sicher denken, dass ich verrückt geworden sei und mich auf demselben Weg wie Kellerman befände.

Vielleicht kann er es auch hören.

Vielleicht sollte ich ihn danach fragen, wenn es sich ergibt. Oder vielleicht sollte ich es verstecken, es verborgen halten.

Vielleicht werde *ich langsam verrückt,* dachte ich. *Ich trage schon so viel mit mir herum. Da ist kaum noch Platz übrig.*

Zwei Augenpaare beobachteten mich, als ich im

Dunkeln da lag. Ich kam zu dem Schluss, dass sie mich mit ihrem Lächeln verhöhnen wollten.

Ich muss was trinken. Ich muss dringend was trinken.

Nein, musst du nicht. Das ist etwas anderes.

Endlich fiel ich dank der Medikamente in den Schlaf.

17

DIE TÖNERNEN

Am nächsten Morgen trafen wir uns im Hangar. Ich hatte es geschafft, ein paar Stunden zu schlafen – verzweifelt und unruhig –, aber immerhin fühlte ich mich etwas besser. Der Schmerz in den Rippen war weiter zurückgegangen, und mein Kopf fühlte sich fast normal an.

Kellerman hatte Deacon, einen Fahrer namens Ray, einen Meteorologen, der sich uns als Farrell vorstellte, und ein paar Wissenschaftler versammelt. Ich hatte Kaminski und Blake bei mir.

Eine Raupe war mit Vorräten beladen worden; meines Erachtens waren es genug, um mehrere Tage draußen zu überleben, aber Kellerman bestand darauf, dass wir am späten Nachmittag wieder zurück sein würden. Die Wissenschaftler schienen begeistert zu sein, die Station verlassen zu können, Deacon war das genaue Gegenteil. Er grunzte mir eine Begrüßung zu und widmete sich weiter den Systemen der Raupe.

»Seid christoverdammt noch mal vorsichtiger!«, schrie Kellerman quer durch den Hangar. »Ich bin ein Mensch und kein Tier. Ihr behandelt mich schlechter als die Krell!«

Wir sahen uns den Fortgang der Szene an. Zwei von

Kellermans Wissenschaftlern hatten ihn aus seinem Schwebestuhl gehoben und hielten ihn an den Armen fest, um ihn abzustützen. Sie versuchten – vergebens –, seine Beine in die untere Hälfte eines Schutzanzugs zu bugsieren.

»Tut mir leid, Herr Doktor«, murmelte einer der Forscher.

Das Äußere des Anzugs war mit einem komplexen System von Dämpfern und Kolben ausgestattet worden. Es sah archaisch und kaum brauchbar aus, ein Exoskelett, das aus verschiedenen Teilen zusammengezimmert war. Als Kellerman endlich in den Anzug gehievt worden war und mit ihm verbunden wurde, fingen seine Beine zu zucken an. Ohne Hilfe stand er auf. Einer seiner Forscher bekam einen Fluch zu hören, als er ihn weiter umsorgen wollte, um sicherzugehen, dass er richtig verkabelt war. Das Exoskelett zischte wütend, als Kellerman nacheinander die Beine beugte. Während er umständlich den oberen Teil des Anzugs anlegte, steckten Forscher weitere Datenkabel in die Buchsen an seinem Nacken. Seine Leute verschraubten einen Y-Träger zwischen seinen Schulterblättern, dann legten sie weitere Komponenten an den Armen an. Er drehte die Arme und hob die Schultern.

Jedes Mal wenn ein Forscher ihn berührte oder sonst irgendwie versuchte, ihm zu helfen, schubste er ihn verärgert weg. Sein Gesicht wurde rot, als er sich langsam in Rage brachte und durch den Hangar stampfte. Seine Schritte waren ungelenk und abgehackt. Es war zwar alles andere als ein Kampfanzug, aber das Exoskelett war in der Lage, die wenigen Impulse, zu denen Kellermans Rückgrat noch imstande war, richtig zu interpretieren.

»Tut mir leid, dass Sie das mit ansehen mussten«, rief er zu mir herüber. »Meine idiotischen Forscher begreifen offenbar nicht, dass mein Zustand äußerst demütigend ist.«

Ich hatte keine Anzeichen dafür gesehen, dass Kellermans Leute ihn respektlos behandelten, aber darum ging es ihm auch eigentlich nicht. Er war wütend, weil er auf die Hilfe anderer angewiesen war, weil ihm die Beine genommen worden waren. Ich erinnerte mich an die Bilder, die ich an Bord der *Oregon* gesehen hatte – Kellerman, der im Krankenhaus lag und die psychologische Untersuchung über sich ergehen lassen musste, nachdem er bei welchem Vorfall auch immer die Beine verloren hatte. Obwohl Jahre vergangen waren, war sein Ärger nicht wirklich abgeflaut.

»Nette Montur.« Mehr sagte ich nicht.

»Die ist nach dem Unfall für mich maßgefertigt worden. So kann ich Feldstudien anstellen, die mir der Schwebesessel nicht erlauben würde. Basiert übrigens auf derselben Technologie wie die Kampfanzüge, die Ihre Simulaten tragen.«

War das nur so dahergesagt, oder kennt er sich wirklich mit den Simulaten aus? Eigentlich durfte mich das nicht verwundern – Kellerman war Mitglied der wissenschaftlichen Vereinigung der Allianz –, aber trotzdem war ich leicht beunruhigt. Aus irgendeinem Grund, den ich selbst nicht näher benennen konnte, wollte ich nicht, dass Kellerman die strategische Bedeutung der Sims bewusst war.

»Alle Mann Schutzkleidung anlegen«, sagte Deacon. »Die Atmosphäre draußen ist zwar atembar, aber es sind 'ne ganze Menge Schwebstoffe unterwegs. Lieber auf Nummer sicher gehen.«

Uns wurde bunt gemischte Schutzkleidung ausgehändigt – richtig veraltete Sachen. Ich mühte mich mit einem Schutzanzug ab, der mir viel zu groß war; komplett ohne Energieversorgung, nur mit ein paar Schutzpolstern gefüttert. Ähnlich der Anzüge, die das Wartungspersonal auf einem Raumschiff für Außeneinsätze benutzte – wie ein antiker Raumanzug. Er war irgendwann einmal weiß gewesen, hatte sich aber mittlerweile zu einem dreckigen Beige verfärbt.

»Den würd ich nicht freiwillig im Vakuum benutzen«, murmelte ich, als ich mich anzog. Die Handgelenke waren mit Klebeband geflickt, an den Knien waren Löcher notdürftig genäht worden.

»Siehst gut aus, Captain«, sagte Blake.

»Weil deiner so viel besser ist, Kleiner?«

Kaminski und er trugen ähnliche, gleichfalls schlecht sitzende Schutzanzüge und grinsten verlegen, als sie sich anzogen.

»Wir müssen uns hier draußen mit dem zufriedengeben, was wir haben«, rief uns Kellerman zu.

Jeder Anzug hatte ein Sauerstoffgerät mit Atemmaske. Der Sauerstoff reichte für mehrere Stunden außerhalb des Fahrzeugs, falls die Luft gefährlich werden sollte. Kaminski, Blake und ich trugen große, klobige Rückentanks. Das Gewicht des Tanks machte sich sofort bemerkbar; ich freute mich schon darauf, das Ding bei einem langen Einsatz zu tragen.

»Geht das bei dir?«, fragte mich Blake. »Brauchst du Hilfe?«

Ich schlängelte mich in die Halterung und zog die Riemen über Brustkorb und Schultern stramm. Ich gab mir Mühe, die Rippen nicht zu belasten. Ich wollte keine Hilfe, wollte nicht zugeben, dass ich Probleme hatte. *Genau wie Kellerman,* dachte ich wütend.

»Geht schon.«

»Passt auf die Geräte auf«, warnte Deacon uns. »Das ist die normale, zivile Ausführung. Die Sauerstofftanks sind nicht abgeschirmt. Ein Loch im Tank, und er geht hoch.«

Er klopfte auf den nackten Sauerstofftank, der auf meinem Rücken hing – schartig und verbeult, mit einem Gefahrgut-Aufkleber, der so verblichen war, dass man ihn kaum noch sehen konnte.

»Wir sind beim Militär. Wir haben so was schon mal gemacht.«

Deacon nickte mürrisch.

»Sie alle haben Funkgeräte«, fügte Kellerman hinzu und zeigte auf die Computer an den Handgelenken, »aber die Reichweite ist sehr gering. Sie sind extra isoliert, um die Gefahr zu verringern, dass die Krell mithören, und funktionieren nur von Anzug zu Anzug. Beschränken Sie die Konversation auf ein Minimum. Obwohl es sehr unwahrscheinlich ist, dass wir auf Krell treffen – seien Sie vorsichtig.«

»Kriegen wir Waffen?«, fragte Blake.

»Auf dieser Expedition brauchen wir keine schwere Bewaffnung«, sagte Kellerman stirnrunzelnd. Er sprach langsam und bedächtig. »Es ist nur ein Erkundungsbesuch. Ich versichere Ihnen, dass Ihnen nichts passieren wird. Deacon und Ray haben genug Feuerkraft dabei, um uns alle zu beschützen.«

»Wichtiger als Waffen ist Wasser«, sagte Farrell. »Sie müssen draußen darauf achten, nicht zu dehydrieren. Die Anzüge haben genug Vorrat für mehrere Stunden, aber haben Sie ein Auge auf Ihren Verbrauch.«

Farrell war ein älterer Herr. Er lief gebeugt und hatte geplatzte Blutgefäße auf der Nase. Im Geiste machte ich mir eine Notiz: Vielleicht war Alkohol auf der Basis nicht verboten. Vielleicht sollte ich herausfinden, ob Farrell mir was besorgen konnte.

»Wo genau fahren wir hin?«, fragte ich.

»Wir besuchen eine Ausgrabungsstätte von großer Bedeutung«, sagte Kellerman. »Wenn das Wetter so gut ist wie heute, ist eine Begegnung mit Krell-Patrouillen nahezu ausgeschlossen.«

»Der Doc hat recht«, mischte sich Farrell ein. »Bei gutem Wetter erreicht das Signal des Artefakts fast den ganzen Kontinent. Wenn das Signal so deutlich ist, versammeln sich alle Krell um das Artefakt.«

»Und ich bin bewaffnet«, sagte Deacon und zeigte ein seltenes Lächeln. »Wir machen einen großen Bogen um das Artefakt.«

»Das schmeckt mir alles überhaupt nicht«, murmelte Blake.

»Wir haben nicht wirklich eine Wahl«, sagte ich. »Beim ersten Anzeichen von Schwierigkeiten verschanzen wir uns in der Raupe. So einfach ist das.«

Nachdem alle Sicherheitsvorkehrungen getroffen waren, bestiegen wir schließlich die Sandraupe. Kellerman und Deacon saßen mit mir und meinen Leuten im Passagierraum, Ray fuhr, Farrell gab den Navigator.

Mit unheilvoll dröhnendem Motor rollte die Raupe aus der Basis und hinein in die Dunkelheit des Morgengrauens. Helios Eins, die schwach durch die Wolken leuchtete, fungierte als Positionslicht. Geübt lenkte Ray das Gefährt hinaus in die Wüste. Wir durchliefen die gleiche Prozedur wie bei der Ankunft, denn Tyler musste unsere Abfahrt genehmigen. Die alten Lasergeschütze folgten unserem Weg.

Kellerman stand auf und schaute ins Führerhaus. Die Beine surrten und klickten bei jedem Schritt. Er lief etwas unsicher.

»Ist der Funkmast stumm geschaltet?«, fragte er.

»Funkverkehr nach Protokoll ausgesetzt, Doktor«, sagte Farrell geistesabwesend.

»Haben Sie kontrolliert, dass auch wirklich kein Signal nach außen dringt? Tun Sie das bitte. Wir können es uns nicht leisten, hier draußen aufgestöbert zu werden.«

»Alles kontrolliert, kein Signalverlust«, sagte Farrell.

Kellerman war mit der Antwort offenbar zufrieden, setzte sich wieder hin und schnallte sich an.

Wir waren mehrere Stunden unterwegs.

Durch Schluchten und Kanäle, brutale Architektur, geschaffen von einer Welt endloser trockener Jahreszeiten, ausgedörrt von zwei fremden Sonnen. Wir befanden uns gründlich außer Reichweite der Helios-Station, was den Weg nicht nur geografisch, sondern auch psychologisch beschwerlich machte. Niemand würde uns hier draußen helfen können. Zum Glück war die Strecke größtenteils verlassen: die Welt draußen stumm und unbewegt.

»Ich bin den Weg schon oft gefahren«, prahlte Ray im Führerhaus. »Mehr, als ich zählen kann.«

Ich war mir nicht sicher, ob Ray ein Forscher oder Teil der Wartungscrew war. Er war dunkelhäutig und hatte mausgraue, ungepflegte Haare. Der herunterhängende Wanst spannte seinen Overall an, aber er schien weniger niederträchtig oder nachtragend zu sein als die meisten von Deacons Leuten. Wenn überhaupt, schien er begierig zu sein, uns mit seinem Wissen über die Topografie von Helios zu beeindrucken.

»Behalt ihn im Auge«, sagte ich leise zu Kaminski und zeigte auf das Führerhaus. Sein offensives Selbstvertrauen machte mich skeptisch.

Kaminski und Blake nickten beide.

Ich lehnte mich zurück und nutzte die Gelegenheit, um Deacon und Kellerman ein paar Fragen zu stellen.

»Wo genau ist denn jetzt diese Ausgrabung?«, fragte ich Kellerman.

»Nicht allzu weit von der Station. Es wird Sie mit Sicherheit sehr interessieren.«

»Wir sind schon stundenlang unterwegs.«

»Das Gelände ist nicht gerade förderlich für Fahrzeuge.«

»Hat die Ausgrabung etwas mit dem Artefakt zu tun?«

»Gedulden Sie sich«, sagte Kellerman. Dann unternahm er einen offensichtlichen Versuch, das Thema zu wechseln. »Ich finde Ihre Simulattechnologie äußerst faszinierend. Ich habe die Körper untersucht, die wir von Ihrer Absturzstelle geborgen haben. Soweit ich informiert bin, ist die Technologie speziell dafür entwickelt worden, der Bedrohung durch die Krell etwas entgegenzusetzen. Korrigieren Sie mich, wenn ich falschliege: Sie sind in der Lage, einen Zustand ausgesetzten … äh, Bewusstseins … in den Simulatoren herbeizuführen, und können sich so mit den Sim-Körpern verbinden?«

»Ja, so in etwa«, sagte ich – immer noch bedacht darauf, nicht zu viel preiszugeben.

»Und das hat zum Ziel, dass der Lenker nur bedingtem Risiko ausgesetzt wird. Der Sim-Körper stirbt, aber der Lenker bleibt unversehrt. Was für geistige Kapazitäten haben diese Simulaten?«

»Gar keine. Sie werden nur für den Einsatz gezüchtet. Sie haben eine spezielle neurale Schnittstelle, die es uns erlaubt, den Körper zu besetzen. Keine höheren Hirnfunktionen.«

»Fortschrittliche Biotechnologie und Gentechnik, verbunden mit Mechanik. Also war Ihr Ziel, an Bord des Raumschiffs zu bleiben und die Rettungsmission ferngesteuert durchzuführen?«

»So ist es. Hat nicht so gut funktioniert.«

»Das tut es selten, wenn die Krell im Spiel sind. Könnten Sie in den Körper eines anderen Simulaten übergehen – zum Beispiel den eines Ihrer Teammitglieder?«

Ich schüttelte den Kopf. »Die Körper sind individuell kodiert und können nur vom entsprechenden

Soldaten benutzt werden. Ich könnte keinen Sim benutzen, der für Kaminski oder Blake oder sonst irgendwen gezüchtet wurde.«

Kellerman runzelte die Stirn. »Es scheint, als wären einige Simulaten beschädigt worden, Captain.«

»Richtig. Meine Sims sind bei der Landung zerstört worden.«

»Die Simulatoren sind ebenfalls beschädigt worden. Ich habe meine Forscher angewiesen, während unserer Abwesenheit einen Reparaturversuch zu unternehmen. Ihr Mr. Olsen unterstützt sie dabei.«

»Wir brauchen die Tanks nicht. Mein Team und ich – wir sind auch ohne die Simulatoren Soldaten.«

»Natürlich. Ich dachte nur, es wäre vernünftig, sie zur Sicherheit verfügbar zu haben.« Kellerman zuckte mit den Schultern. Das Exoskelett brummte bei jeder Bewegung. »Es kann durchaus dauern, bis die Allianz Unterstützung schickt. Wir haben so wenige Sicherheitsleute vor Ort; die Hilfe eines einsatzbereiten Simulaten wäre sehr willkommen.«

»Ich fürchte, selbst Olsen kann die Tanks nicht mehr reparieren«, sagte ich und hoffte, dass die Lüge nicht auffiel. »Die Technologie dahinter ist sehr hochentwickelt und sehr spezialisiert.«

Ich wollte nicht, dass Kellerman Zugang zu funktionierenden Simulatoren hatte. Er wirkte ausgebrannt, wie er da gekrümmt im Sicherheitsgeschirr hing, eingepackt in das Exoskelett – alt, schwach und harmlos. Und alles, was er sagte, klang vernünftig und durchdacht. Aber die Augen verrieten sein wahres Wesen; und wenn er mich anstarrte, erkannte ich die Wahrheit. Hier saß ein Mann, der zu Bösem imstande war, wenn es seinen Zielen diente. *Zweitausend Leute sind einfach ohne Erklärung verschwunden.*

Hinzu kam noch, dass meine Sims alle tot waren. Selbst wenn die Tanks repariert wurden, konnte ich keinen Übergang vollziehen. Auf einmal fiel mir der bohrende Schmerz im Bein wieder auf. Ich kam mir verletzlich vor. Seit vielen Jahren war ich nicht mehr in meinem eigenen Körper in den Krieg gezogen, und der fühlte sich gerade alles andere als unfehlbar an. Rein körperlich war ich ungefähr so gut zu gebrauchen wie Kellerman.

»Ich respektiere jeden, der gegen die Krell kämpft«, warf Deacon ein. »Ihr macht's halt alle nicht nach der alten Schule. Aus nächster Nähe, das ist mein Ding. Ich hasse diese verfickten Fischköpfe.«

»Recht hast du, Bruder«, rief Kaminski und gab Blake eine Faust.

»Ich muss mich für Mr. Deacons Derbheit entschuldigen«, sagte Kellerman. »Mr. Deacon, bitte sehen Sie nach, wie wir vorankommen.«

Widerwillig schnallte Deacon sich ab und stakste ins Führerhaus. Auf dem Weg hielt er sich an den Griffen in der Decke fest. Er hatte sich bis zur Hüfte aus seinem Schutzanzug geschält, und auf den Schulterblättern und im Nacken war eine Reihe unschöner Narben zu sehen. Auf dem Rücken trug er ein Tattoo: »Tod von den Sternen – XXte Division.«

»Er ist ein Veteran der Randkriege«, sagte Kellerman, als er Deacon hinterhersah. »Er hat auf Epsilon Ultris gegen das Asiatische Direktorat gekämpft. Wurde ehrenhaft entlassen. Wenn Sie so wollen, war dieser Posten eine Belohnung, und er ist als Zivilist hier. Kaum zu glauben, wie viele Ressourcen in einem Krieg zwischen zwei menschlichen Fraktionen aufgebraucht wurden. Aber die Zeiten jetzt sind natürlich schwerer.«

»Waren Sie nicht auch auf Ultris?«, fragte ich. Ich erinnerte mich daran, dass er laut seiner Personalakte die Verletzung am Rückgrat auf Epsilon Ultris erlitten hatte.

Kellerman hielt inne und legte die Stirn in Falten. »Jetzt, wo Sie es sagen – ich glaube schon. So viele Planeten, so viele Posten – nicht leicht, sich da an alle zu erinnern.«

Hat er ernsthaft Probleme, sich daran zu erinnern?, fragte ich mich. Ich glaubte nicht daran, dass jemand wie Kellerman so ein einschneidendes Erlebnis vergessen würde. Er zeigte ansonsten keine Reaktion auf meine Frage, deshalb entschied ich, nicht weiter nachzuhaken; trotzdem fand ich seine Antwort komisch.

Deacon kletterte in den Passagierraum zurück. Er musste uns reden gehört haben, denn er zeigte auf eine abscheuliche Narbe auf seiner Brust. Ich zuckte vom bloßen Hinsehen zusammen; sie schien das Ergebnis eines Dröhners zu sein.

»Ich hab es in der Armee der Allianz bis zum Sergeant gebracht«, sagte er. In seiner Stimme lag etwas wie Selbstzufriedenheit. »Hab drei Runden auf Ultris mitgemacht. Elf bestätigte Koreaner-Abschüsse. Objektiv drei Jahre Militärdienst. Und ich hab nie einen Kratzer abbekommen, keinen einzigen. Dann bin ich nach Helios versetzt worden – nach vier Wochen hab ich *das da* abgekriegt. Es gab einen echt miesen Sturm, und eine Führerform hat es bis in die Basis geschafft. Das Vieh hat sechzehn von meinen Leuten abgeschlachtet, bis wir es erledigt haben.«

»Sie haben Glück gehabt, dass Sie mit der Narbe davongekommen sind«, sagte ich. »Ich hab gesehen, was das Zeug anrichten kann. 'nen ausgewachsenen Mann unter einer Stunde bis auf die Knochen zersetzen.«

»Sie haben gesehen, was es einem Sim antut«, spottete Deacon. Er hatte keine Ahnung von meiner Vergangenheit beim Sonderkommando, und ich hatte nicht vor, ihn zu korrigieren. »Sie können sich nicht vorstellen, was das für Schmerzen sind, wenn es der eigene Körper ist. Der Bastard war nicht besonders groß, einfach ein mieser Hurensohn. Hatte eine dieser Kanonen dabei. Hat auf mich geballert, während er schon am Sterben war. Hat sich direkt durch meinen Schutzanzug gewühlt.«

Deacons Lächeln erstarrte, und die Augen wurden gläsern, als er sich daran erinnerte.

»Wenn es eine Sache gibt, die ich mehr hasse als das Direktorat, dann sind es die verdammten Krell«, sagte er.

Wir erreichten die Ausgrabung nach Lokalzeit etwa um Mittag herum.

»Halten Sie da vorne an«, befahl Kellerman. »Neben dem Krater. Und nicht zu nah an der Kante.«

Ray gehorchte und manövrierte die Raupe. Das Fahrzeug kam zum Stehen, und Kellermans Leute begannen, einen Kampfroboter auszupacken. Es war ein kleines, vierbeiniges Modell – für unwegsames Gelände gebaut. Etwa so intelligent wie ein Hund, mit Metallplatten gepanzert und einer großkalibrigen Maschinenkanone bestückt. Am Rumpf waren verschiedene Sensoren für die Zielerfassung angebracht. Ein einfaches Sicherheitsmodell, obwohl die Armee ähnliche Typen benutzte. Irgendwer hatte SCHROTTI auf den Korpus geschmiert.

»Mr. Deacon – unmittelbare Umgebung auskundschaften«, blaffte Kellerman. »Ich will kein Risiko eingehen.«

Deacon öffnete die Rampe der Raupe. Sofort schlug mir eine Wand aus heißer, stehender Luft entgegen. Er sprang aus der Kabine und verschwand um die Ecke. Der Rest präparierte weiter den Roboter.

»Lieber auf Nummer sicher gehen«, sagte Kellerman zu mir, ohne sich weiter zu erklären.

»Natürlich.«

Deacon tauchte wieder an der Rampe auf, den Karabiner in die Hüfte gestemmt.

»Sicher«, verkündete er.

Kellerman nickte weise. »Danke für Ihren Einsatz, Mr. Deacon. Alle aussteigen.«

Seine Leute trugen den Roboter nach draußen und setzten ihn auf dem Boden ab. Er erwachte und fing an, bedächtig um die Sandraupe zu patrouillieren. Seine Metallbeine jaulten und stampften, die vielfarbigen Linsen suchten die Wüste ab.

Der Rest von uns stieg vorsichtig aus der Raupe. Ich hatte das Fahrzeug noch nicht einmal verlassen, als mir schon der Schweiß auf der Stirn stand. Der Anzug hatte keine Klimaanlage, und das Herumlaufen war Schwerstarbeit.

»Wie bereits gesagt, persönliche Kommunikation ist außerhalb der Raupe zulässig«, sagte Kellerman. »Aber versuchen Sie, so dicht wie möglich beisammen zu bleiben. Das Artefakt steht ungefähr zwanzig Kilometer westlich von hier. Deshalb lassen die Krell, wie Sie sehen können, diese Gegend eigentlich in Ruhe.«

»Wollen wir's hoffen«, sagte ich.

Ich nahm die Umgebung in Augenschein. Zwischen zwei großen Bergen befand sich ein Krater von etwa einem Kilometer Durchmesser. Hier und da lagen Geröllhaufen, die von den Elementen zu bizarren Gebilden geformt worden waren. Die beiden Sonnen warfen lange Schatten, die wertvollen Schutz versprachen. Hier und da surrten aufgeblähte, insektenähnliche Wesen durch die kühlere Luft. Verkümmerte, korallenartige Formationen – kaum noch als pflanzliche Strukturen zu erkennen – umstanden windschief die Senke. Der Horizont flimmerte vor Hitze, und da der Großteil des Windes von den Bergen abgehalten wurde, war die ganze Gegend glühend heiß.

Die Einsatzgruppe setzte sich in Bewegung. Ich ging langsam – mit großen Schritten, um die Flexibilität des Anzugs zu testen. Er war mit einer einfachen Atemmaske ausgestattet. Das Rauschen des Sauerstofftanks war mein ständiger Begleiter. Ich erinnerte mich an den letzten Sim-Einsatz, als ich mich an die kalte Bordwand der *Oregon* im Orbit um Helios geklammert hatte. Da hatte ich einen Sim gehabt und war in der Lage gewesen, den Extremen des Krieges zu widerstehen. Jetzt nicht.

Kaminski und Blake gingen neben mir und suchten den Horizont ab.

»So, warum genau sind wir hier draußen?«, murmelte Blake, die Stimme vom Summen seiner Sauerstoffversorgung überlagert. »Ich sehe nichts als Sand.«

Kaminski nickte. »Ganz genau.«

Kellerman kam unbeholfen den Abhang herunter, die Raupe im Rücken. Für ihn war das Laufen auf dem Sand noch schwieriger; die Beinmotoren des Exoskeletts protestierten lautstark.

»Eine schöne Stätte, nicht wahr?«, fragte er und zeigte auf die Wüstensenke.

»Was gibt es hier zu sehen?«, fragte ich.

Mit einer Hand zeigte Kellerman auf den Grund der Senke. »Da.«

Aus der Entfernung sah es nur wie eine weitere Felsformation aus – eine Reihe gezackter Spitzen, die aus dem Boden des Kraters brachen. Da sie mit Sand überbacken waren und die gleiche Farbe hatten wie die umliegende Wüste, sahen sie harmlos genug aus. Aber Kellerman drückte mir ein ramponiertes batteriebetriebenes Fernglas in die Hand. In Schwarz-Weiß umgewandelt sah ich, dass es ein künstliches Gebilde war, das sich dreißig oder vierzig Meter aus dem Boden erhob.

Ich setzte mich den Hang hinunter in Bewegung, und der Rest der Truppe folgte. Trotz meines Beins fing ich an zu laufen. Kellerman holte das Beste aus seinen neuen Beinen heraus, fiel aber hinter mir zurück. Deacon rannte voraus, zwei Gewehre über die Schulter gehängt. Als ich näher kam, sah ich, dass neben dem Gebilde ein kleines Zelt aufgeschlagen worden war. Der Eingang flatterte träge im Wind und schlug gegen die durchhängenden Stoffwände.

Aus dem Sand erhob sich eine halb verschüttete Konstruktion. Die skelettierte Anlage sah aus wie der Brustkorb eines gigantischen fremdartigen Wesens und war an mehreren Stellen aufgebrochen. Die Rippen waren offensichtlich aus irgendeinem metallischen Material. Allerdings schien der Großteil unter der Erde zu liegen.

»Was ist das?«, brachte ich hervor. Ich spürte tatsächlich einen Funken Erregung bei dieser Entdeckung.

Kellerman wanderte in Richtung Zelteingang. Er lag direkt vor der größten Öffnung. Drinnen war es dunkel und geheimnisvoll; es führte direkt in das Wrack.

»Wir vermuten, dass es sich um ein Raumschiff handelt«, verkündete er.

Die Rippen waren von komplizierten, verwobenen Hieroglyphen überzogen. Ich trat zurück, um das große Gebilde besser betrachten zu können. Jede sichtbare Oberfläche war von den Zeichen bedeckt. Ich konnte mich nicht auf die Schrift konzentrieren; sofort wurde mir schwindelig. Aber die Architektur war unverwechselbar: Es war auf jeden Fall von den gleichen Erbauern geschaffen worden wie das Artefakt.

»Also haben sie das Artefakt nicht einfach nur hinterlassen …«, murmelte ich.

»Leck mich am Arsch«, antwortete Kaminski. »Das ist ja wohl richtig heftig.«

»Sie haben noch so viel mehr hinterlassen«, sagte Kellerman. »Aber die Flugbahn des Schiffs legt nahe, dass es zum Artefakt unterwegs war. Vielleicht ist es beschossen worden und hier abgestürzt. Bitte, treten Sie ein. Mr. Farrell, Mr. Ray – Sie beide bewachen den Eingang. Ich möchte, dass Sie nach Eindringlingen Ausschau halten und die Systeme der Sandraupe im Auge behalten.«

Ray und Farrell trennten sich von der Gruppe. Der Rest bahnte sich vorsichtig einen Weg hinein.

Innen glich das Schiff einem Labyrinth. Die Gänge waren breit und leer; die Wände aus einem schillernd schwarzen Material gegossen – es fühlte sich sogar durch die Handschuhe kalt an.

»Wir wissen immer noch nicht, woraus das Schiff besteht«, sagte Kellerman. »Auf jeden Fall ist es keine Legierung, die der Allianz bekannt ist.«

Wir kamen nur langsam und stockend voran. Deacon bildete die Vorhut, und Kellerman gab Anweisungen. Die Tunnel waren oval, was das Laufen sehr erschwerte. Außerdem sah einer aus wie der andere. Manche endeten abrupt in Wänden aus Sand oder Stein. Es gab nur wenige Kammern oder Kontrollräume, aber wir kamen an mehreren Abschnitten mit langen Reihen längst erloschener Recheneinheiten vorbei. Jede erdenkliche Oberfläche war von den Keilschrift-Mustern erfüllt – Wände, Böden, Decken. Verschachtelte, enge Schrift: eingepresst, als sei sie wie altmodische Schaltkreise von einer Maschine gestanzt worden. Manchmal, wenn ich mit der Hand eine Wand berührte, schienen die Schriftzeichen aufzuleuchten – aber das schrieb ich einer optischen Täuschung zu.

Nirgendwo waren Spuren der Besatzung zu sehen, nicht einmal Reste von Leichen. Außerdem schien für eine Besatzung gar kein Platz zu sein; es gab weder Sitzgelegenheiten noch Leitstände. Der Aufbau des Schiffs war absolut nicht auf eine Besatzung zugeschnitten. Vielleicht war das Schiff automatisiert gewesen, dachte ich: eine riesige Künstliche Intelligenz, bemannt von Robotern.

Das Innere war komplett vom Wind draußen abgeschnitten, und in den unteren Ebenen war die Stille drückend. Wenn ein Echo durch die leeren Hallen geworfen wurde, klang es fast wie eine Reproduktion des Artefakt-Signals. Das schien sonst niemandem aufzufallen, und ich hielt es für besser, es nicht zu erwähnen. Vielleicht war es nur Einbildung; das Kreischen in meinem Kopf war verstummt, und ich war mir sicher, dass dieses Geräusch auch bald verblassen würde.

Ich folgte Kellerman tiefer in den Koloss hinein. Wir hatten Taschenlampen, und an den Wänden hingen Leuchtkugeln, die der Orientierung dienten. Kellerman konsultierte regelmäßig ein Tablet, das er unbeholfen mit Schutzhandschuhen bediente. Manchmal, wenn der Boden besonders uneben wurde, half ihm einer seiner Leute – und obwohl sie es alle gut meinten, stauchte Kellerman sie jedes Mal aufs Neue zusammen.

»Wie lange liegt es schon hier?«, fragte ich ihn unterwegs.

»Bestimmt mehrere Tausend Jahre. Wir haben versucht, Kohlenstoffdatierungen vorzunehmen, aber die Materialien, aus denen das Schiff gebaut wurde, sind sehr hochentwickelt. Wenn unsere Annahmen stimmen, dann denken Sie da mal einen Moment drüber nach. Dieses Fahrzeug, so fortschrittlich es auch sein mag, ist das Erzeugnis einer raumfahrenden Zivilisation.« Er schüttelte den Kopf. »Es ist wahrscheinlich abgestürzt, als wir noch Affen auf den Bäumen waren.«

»Nicht viel weiter«, sagte Deacon warnend. »Wir sollten bald wieder zur Sandraupe zurück.«

»Warum?«, fragte ich.

»Einige der tieferen Korridore sind eingestürzt«, antwortete Kellerman. »Ursprünglich muss das Raumschiff riesig gewesen sein. Ich glaube, dass es bei einer fürchterlichen Katastrophe abgestürzt ist und mehrere Teile abgerissen wurden. Während des langen Schlafs hat sie die Wüste verschlungen. Nur ein Bruchteil des Schiffs ist kartografiert worden.«

»Funktioniert der Antrieb noch?«, fragte Kaminski. »Wir könnten damit den Planeten verlassen.«

Kellerman guckte finster. »Nein, tut er nicht. Wir hatten zwar begrenzten Erfolg damit, die Systeme des Schiffs zu reaktivieren, aber eine Reparatur des Antriebs liegt jenseits unserer Möglichkeiten.«

»Kein Wunder eigentlich«, mischte sich Deacon ein, »wenn man überlegt, was das Ding durchgemacht haben muss.«

»Es hat sich besser geschlagen als die *Oregon,* was den Absturz betrifft«, sagte Blake.

»Das stimmt«, sagte Kellerman. »Aber trotzdem war ich besorgt, dass die strukturelle Integrität der unteren Decks nicht mehr gewährleistet ist. Und da befindet sich der Antrieb. Deshalb habe ich Ausgrabungen ab einer gewissen Tiefe verboten. Einige der Räume sind von Trümmern befreit und atmosphärisch versiegelt worden, um die Funde angemessen katalogisieren zu können, aber die meisten sind völlig verfallen.«

»Wir müssen weiter«, sagte Deacon zu Kellerman.

»Ich möchte dem Captain einige unserer Funde zeigen, bevor wir gehen«, sagte Kellerman. »Es scheint mir ein zu weiter Weg bis hierher zu sein, ohne der Militärexpedition zu zeigen, was wir entdeckt haben.«

Deacon grunzte nur.

Schließlich kamen wir in eine große Halle, deren gewölbte Decke weit über uns lag. Sie war etwa zwanzig Meter hoch und an die fünfzig im Durchmesser; bei Weitem der größte Raum, den ich in diesem fremden Schiff gesehen hatte. Außerdem war er noch stärker verziert als die meisten anderen. Große Terminals wie aus Obsidian ragten aus den Wänden. Der Boden war übersät von größeren Hieroglyphen und Schriftzeichen. Obwohl alles von Staub bedeckt war, hatten Kellermans Leute der Halle in letzter Zeit offenbar einiges an Aufmerksamkeit geschenkt. Fußspuren und Fährten verliefen über den Boden und trafen sich hier und da. Kellerman folgte einem der Pfade durch den Raum und schaltete Leuchtkugeln an der Decke ein. Über uns befand sich ein notdürftiges Beleuchtungssystem: Lampen hingen an langen Kabeln, angeschlossen an einen verbeulten Generator.

Kellerman blieb stehen. »Mr. Peters, Miss Dolan – kommen Sie her.«

Die beiden Forscher gehorchten folgsam – ihre Augen leuchteten vor Freude darüber, dass sie bei diesem Ausflug dabei waren. In der Mitte des Raums lagen einige mechanische und elektronische Bauteile auf einer ausgefransten Plastikdecke, um die sich Kellermans Gruppe versammelte. Die Teile waren mit großer Sorgfalt gesäubert und beschriftet worden.

»Mr. Peters«, sagte Kellerman mit einer Handbewegung, »Sie haben die Ehre, dem Captain zu zeigen, was wir in diesem Raum entdeckt haben.«

»Natürlich, Doktor«, sagte Peters begeistert.

Er platzierte einen Metallbehälter, den er aus der Raupe mitgebracht hatte, auf dem Boden. Langsam öffnete er die Verschlussklappen der Box und grinste, als er hineinguckte. Er nahm den Inhalt in beide Hände und stand langsam und vorsichtig auf, um den Gegenstand nicht fallen zu lassen. Dann kippte er ihn behutsam. Es sah aus wie eine Metallklinge, so lang wie mein Unterarm. Aus dem gleichen mattschwarzen Material gefertigt wie der Rest des Schiffs – offenbar auch gewissenhaft gereinigt. Es war von kleinen, kaum sichtbaren Schriftzeichen überzogen.

Nur alte Überreste, redete ich mir ein. Aber das Ding verströmte eine Bösartigkeit, die über seine physische Erscheinung hinausging: etwas, das ich mir nicht erklären konnte, das nicht logisch greifbar war. Aber Peters grinste und grinste; meine unerklärliche Reaktion bemerkte er nicht.

»Wir gehen davon aus, dass dies ein Teil vom Kontrollmechanismus des Schiffs war.«

Peters war noch ein junger Mann, hatte aber ein müdes und faltiges Gesicht. Die Haare waren zu lang und rahmten seine dunklen Augen ein. Er ging langsam zu einer der Konsolen und setzte das Gerät ein. Über uns gingen die Lichter aus, und die Halle verfinsterte sich. Kaminski und Blake regten sich sofort, aber Kellerman hob eine Hand.

»Kein Grund zur Besorgnis«, behauptete er.

Ein leiser Ton wie ein Klagelied war im Hintergrund zu hören. Dann war die Halle auf einmal wieder erleuchtet. Die Lichtkugeln über uns erwachten, gleichzeitig aber auch die Glyphen an den Wänden und am Boden. Die Konsolen rings um die Halle sprangen an. Bald war der ganze Raum erfüllt von summenden, einsatzbereiten Maschinen und leuchtenden Zeichen. Der Raum *lebte:* ich konnte die Datenströme beinahe fühlen, als die Maschinen miteinander kommunizierten. Das Bild des Schiffs, das von einer gewaltigen KI gesteuert wurde, schien mir immer wahrscheinlicher.

Ich beobachtete die nächste Konsole beim Hochfahren. Kellerman und seine Leute waren voller Ehrfurcht vor der lebenden Halle, aber ich war weniger erfreut. Es fühlte sich falsch an: als hätten wir uns in etwas eingemischt, das wir nicht verstanden, und etwas Uraltes und Unberechenbares erweckt. Blake und Kaminski schienen meine Unruhe zu teilen.

»Ist das sicher hier?«, fragte Kaminski in die Runde.

»Wir nennen die Erbauer dieses Schiffs die Tönernen«, sagte Kellerman, »weil das alles ist, was von ihnen geblieben ist – Scherben ihrer Zivilisation. Bruchstücke einer technisch brillanten Alienrasse. Sie haben von ihnen nichts zu befürchten. Miss Dolan – bitte fahren Sie die Hauptkonsole hoch.«

»Ja, Doktor«, antwortete die andere Forscherin.

»Kellerman – sind Sie sich da sicher? Verstehen Sie …?«

»Schauen Sie einfach zu. Sehen Sie sich die Wände an.«

Die Wände waren von derselben wahnhaften Schrift überzogen wie der Rest des Schiffs.

»Für mich sieht das nach 'ner Menge Gekrakel aus«, meldete sich Kaminski. »Genau wie alle anderen …«

Kaminski verstummte.

Eine helle, quecksilbrige Substanz floss in die abgesenkten Muster. Statt auf einer glatten Oberfläche Kügelchen zu bilden, wie richtiges Quecksilber es tut, ergoss sich die Flüssigkeit in jede Kerbe und jedes Muster. Wie ein lebendes, gefräßiges Wesen – sie sickerte und kroch die Wände hoch, an die Decke, in die Muster auf dem Boden.

»Nicht anfassen!«, schrie ich. Meine Stimme hallte durch den Raum. Ich sprang beiseite, weg von dem Netz, das sich unter mir bewegte.

Auch Kaminski und Blake sprangen zurück, aber es gab keinen Ausweg. Es war jetzt überall.

»Keine Sorge«, sagte Kellerman. »Es ist ungefährlich.«

Es sah aus wie ein Baum, der tiefe Wurzeln schlug und hoch über uns Äste austrieb. Ein präzises, detailliertes Bild bedeckte jede Wand, den Boden, die

Decke – erfüllte die ganze Halle. Es leuchtete hell, und ich konnte Tausende kleine Symbole ausmachen, die alle mit fremdartiger Schrift versehen waren. Jedes einzelne von ihnen wirbelte herum und veränderte sich, führte ein Eigenleben.

»Das ist eine Karte«, sagte ich.

Kellerman lächelte fanatisch. »Eine Karte des Mahlstroms. Willkommen im Planetarium.«

Bald erkannte ich die verschiedenen Sterne und Konstellationen, aus denen der Mahlstrom bestand. Sie waren unauslöschlich in mein Hirn gebrannt, aber inmitten der fließenden, wabernden Darstellung war ich kurz desorientiert gewesen. Ich verbrachte eine lange Zeit damit, einfach durch das Planetarium zu wandern.

»Die Tönernen kannten den Mahlstrom sehr gut«, sagte Kellerman. »Wir konnten Daten für die gesamte Region wiederherstellen – besser als alles, was ich je an Astrokartografie gesehen habe. Und noch viel wichtiger – die Tönernen haben eine ganze Reihe stabiler Q-Sprung-Routen durch und in den Mahlstrom verzeichnet.«

Flackernde silbrige Strähnen entsprangen bestimmten Welten wie ein Spinnennetz und verbanden sich mit anderen. Ich folgte einigen mit dem Finger, und meine Berührung verfärbte die Flüssigkeit zu roten Kapillaren. Es schien unmöglich, aber jede einzelne schaffte es irgendwie, den allgegenwärtigen Morast aus Schwarzen Löchern und gravimetrischen Stürmen zu umgehen.

Ist das endlich der Durchbruch?, fragte ich mich. Mir dämmerte eine unglaubliche Chance. Ich drehte mich um, packte Blake bei den Schultern und schüttelte ihn. Mein Herzschlag setzte aus. Die Konsequenzen waren schwindelerregend.

»Hörst du das, Blake? Das Ding hier kann uns Karten vom Mahlstrom geben!«

Kellerman schritt in die Mitte des Planetariums. Er streichelte ein paar Planeten; bei jeder Berührung verfärbte sich die silbrige Substanz für einen Augenblick. Blake guckte nur verwirrt zu und verstand meine plötzliche Begeisterung nicht.

»Theoretisch«, sagte Kellerman, »wäre es möglich, anhand der Sprungpunkte, die die Tönernen vermerkt haben, direkt ins Herz des Krell-Imperiums zu fliegen.«

»Da ist die Quarantänezone«, sagte ich und zeigte auf den großen Graben am Rand der Halle. »Was ist das da in der Mitte für ein Stern?«

Dort lag ein riesiges, pulsierendes System – eine Sonne, umgeben von vielen aufgeblähten Planeten. Ein schlagendes Herz aus Quecksilber: Es zitterte tatsächlich so, als wäre es ein lebendiges Wesen.

»Ich glaube, das ist das Heimatsystem der Krell.«

Ich schluckte, als ich versuchte, Kellermans Worte zu verdauen. Mein Mund war trocken. Auf einmal hatte ich eine neue Bestimmung. *Das ist eine zweite Chance – ein Neuanfang.* Ich ließ Blake los. Für das Militär und die Allianz war dieser Raum sogar *noch* wichtiger. Eine Flotte wäre in der Lage, die Heimatwelt direkt anzugreifen – den Krieg zu den Krell zu tragen.

»Mr. Peters, wenn Sie so freundlich wären«, sagte

Kellerman mit einer Handbewegung. »Erklären Sie den Rest.«

»Ich habe an einer der kleineren Kontrolleinheiten des Schiffs einen Entschlüsselungs-Algorithmus durchlaufen lassen«, sagte er. Ich hörte nur mit halbem Ohr zu, weil ich immer noch versuchte, das eben Eröffnete zu verarbeiten. »Dann war Dr. Kellerman – der hier das eigentliche Genie ist – in der Lage zu zeigen, dass die Schrift auf diesem Gerät die gleiche ist wie die auf einer der Konsolen da drüben.« Er zeigte auf eine abgedeckte Maschine, die in eine nahe Wand eingelassen war. »Wir sind eigentlich nur aus Versehen darüber gestolpert. Wir haben festgestellt, dass jedes einzelne als Schlüssel fungiert, um verschiedene Funktionen an Bord zu aktivieren.« Er stieß einen langen Seufzer aus. »Es gibt hier immer noch so viel zu tun. Große Teile des Schiffs sind uns noch völlig unbekannt. Bisher haben wir es nur geschafft, einen kleinen Bruchteil zu erforschen.«

»Wo sind *die?*«, fragte Blake Kellerman. »Was auch immer für Xenos dieses Schiff gebaut haben?«

Kellerman guckte böse. Er schien etwas dagegen zu haben, dass meine Leute ihn direkt ansprachen.

»Sie sind schon lange fort. Staub, alles Staub.«

»Aber woher wissen Sie das?«, fragte Blake hartnäckig.

»Weil das Schiff, wie ich schon gesagt habe, vor Tausenden von Jahren abgestürzt ist.«

»Sie haben gesagt, dass es laut Kohlenstoffdatierung Tausende von Jahren alt ist«, sagte Blake. »Das ist ein Unterschied.«

»Der Unterschied ist gering, wenn überhaupt«, antwortete Kellerman. »Ich glaube, dass die Besatzung beim Absturz ums Leben gekommen ist. Alle wissenschaftlichen Beweise unterstützen diesen Schluss.«

»Sie sollten lieber hoffen, dass die Tönernen nicht zurückkehren und nach ihrem Schiff suchen«, sagte Kaminski. »Denn ich wette, dass die extrem angepisst davon sind, dass Wilde wie wir im Wrack herumgewühlt haben.«

»Ich bin mir ziemlich sicher, dass das nicht passieren wird«, sagte Kellerman bestimmt.

Blake und Kaminski warfen sich vielsagende Blicke zu. Ich teilte ihre Bedenken, aber im Moment war es mir egal. Ich ging weiter durch die Halle und versuchte, alles in mich aufzunehmen, was ich sah.

»Ich finde, das Beste sollten Sie dem Captain erzählen«, sagte Peters mit einem kindischen Grinsen und zeigte auf Kellerman.

»Wir haben den Schlüssel in einer der tiefsten Kammern des Schiffs gefunden«, fuhr Kellerman fort. »Wir haben es geschafft, einen Teil der fremden Sprache zu enträtseln – Auszüge der Inschriften an den Wänden. Es handelt sich zweifelsfrei um ein Schlachtschiff, und ich vermute, dass sich die Tönernen irgendwann einmal mit den Krell im Krieg befunden haben. Das Gerät – der Schlüssel – enthält relativ eindeutige Anweisungen.«

»Was haben Sie herausgefunden?«, fragte ich.

»Es sind die gleichen Markierungen, die auch auf dem Artefakt und einigen anderen, kleineren Relikten in der Umgebung zu finden sind.« Beim Reden fuchtelte er mit den Armen, und die Motoren jaulten. »Wir haben das Artefakt aus dem All untersucht. Wir haben sogar unbemannte Drohnen die Gegend erkunden lassen, in der es liegt. Ich kann Ihnen die Beweise zeigen. Diese Markierungen sind exakt die gleichen. Wir können es tun – wir können das Artefakt aktivieren.«

Kellermans Enthüllung hatte auf mich vielleicht nicht den Effekt, den er geplant hatte. Das Artefakt zu aktivieren interessierte mich nicht. Ich wollte nur die Sternkarten. Ich konnte die Augen nicht von den Wänden lassen.

»Stellen Sie sich vor, Captain«, sagte Kellerman, der versuchte, mich zu fesseln, »das Artefakt *nutzbar zu machen,* das Signal zu verstehen und zu begreifen, welche Macht es über die Krell hat. Der Schlüssel kann das Artefakt aktivieren.«

»Noch mehr Grund dafür, dass der Generalstab über Ihre Funde aufgeklärt werden sollte.«

»Haben Sie es immer noch nicht verstanden, Captain? Mit den wenigen wissenschaftlichen Geräten, die ich hier zur Verfügung habe – halten Sie es da nicht für relativ unmöglich, zu den Ergebnissen zu kommen, zu denen ich gekommen bin?« Er schaute in die Gesichter meiner Leute. »Der Stab hat Ihnen nicht die ganze Wahrheit über Ihre Mission gesagt. Die haben schon lange von den Tönernen gewusst. Meine Forschung fußt auf der Arbeit großer Vorgänger.«

Ich legte die Stirn in Falten und inspizierte weiter die Karte. Ich wünschte mir, die Q-Sprung-Routen verinnerlichen zu können – ein wahnsinniges Navigationsnetz, das sich durch den gesamten Krell-Raum erstreckte …

»Helios ist eine von mehreren Stätten, die von bedeutendem wissenschaftlichen Interesse sind«, verkündete Kellerman, der jetzt frustriert klang. »Es ist nur eine von mehreren Stätten, an denen die Tönernen ihre Spuren hinterlassen haben.«

So ist das also. Endlich begriff ich.

Das Schlimmste daran war, dass ich trotz seines Wahns wusste, dass er recht haben musste. *Keinesfalls* hatte Kellerman das alles alleine schaffen können, was auch immer er an wissenschaftlicher Unterstützung gehabt hatte. Vollkommen fremde Technik, die Erkenntnisse aus der Sternkarte, die Entdeckung der Krell-Heimatwelt: Das war zu viel. *Zu viele Fragen. Vielleicht kann nicht einmal Kellerman alle beantworten.*

»Ich erzähle Ihnen alles, was ich weiß«, fuhr er fort. »Stellen Sie sich folgende Frage: Hätte der Stab tatsächlich ein Sim-Team riskiert – Sie wirklich hierhergeschickt –, wenn dieser Ort nur rein theoretisch von Interesse wäre?«

Kaminski seufzte. Blake sah völlig verstört aus. *Du bist noch jung, Kleiner.*

Ich wusste, dass ich Kellerman nicht trauen konnte, aber meine Informationen über diesen Planeten waren ganz offensichtlich falsch gewesen. Die Allianz war sich der Bedeutung des Artefakts bewusst. Kannte den Wert der Entdeckungen, die die Helios-Station gemacht hatte. Jostins Worte verfolgten mich: *»Stellen Sie sich nur mal vor, wir könnten da eine Waffe draus machen. Eine Waffe.«* Sie hatten es gewusst, und sie hatten uns hier rausgeschickt, um Kellerman zurückzubringen. Deswegen war er so wichtig. Und auf einmal war ich mir auch sicher, dass dem Stab die zweitausend Mann Besatzung, die Sicherheitstruppe und der Geldwert der Station völlig egal waren. Sie wollten Kellerman und das, was er wusste. Mein Team und ich waren nur Zahnräder in der Maschine, mehr nicht.

Plötzlich unterbrach Deacon unser Gespräch und zog Kellerman am Arm. Sein Gesicht war bleich, die Atemmaske hing ihm um den Hals, der Bart war voller Sand.

»Ich hab die Verbindung zu Farrell und Ray verloren. Wir sollten wieder an die Oberfläche.«

»Das sind sicherlich nur Interferenzen vom Schiff«, sagte Kellerman. »Machen Sie sich keine unnötigen Sorgen. Aber Sie haben recht, wir sollten gehen.«

»Ohne die Daten der Sternkarte gehen wir nirgendwo hin«, sagte ich mit erhobener Hand. »Was auch immer der Stab getan oder unterlassen hat, ich brauche sie.«

»Wir haben sie schon längst dekodiert und zur Übertragung vorbereitet«, sagte Kellerman mit einem Nicken.

Und bei diesen Worten schaltete Peters die Karte ab. Das Summen verstummte, und die Halle verdunkelte sich. Langsam zog sich die silbrige Substanz aus den Symbolen zurück: Sie schrumpfte, statt sich weiter auszudehnen. Erst an der Decke, dann auf dem Boden, schließlich an den Wänden – sie verschwand wie ein lebendiger Organismus so schnell und geheimnisvoll, wie sie aufgetaucht war. Die komplizierten Muster waren verschwunden – die Sternkarte war unmöglich in der scheinbar willkürlichen Ansammlung von Symbolen an den Wänden zu erkennen.

Aber ich bekam sie nicht aus dem Kopf. Sie war wunderschön, aber noch viel mehr als das. Es war so lange her, seit ich etwas Ähnliches gespürt hatte, dass ich das Gefühl zuerst kaum wiedererkannte, als es in mir aufstieg.

Hoffnung.

Deacon ging vor, und irgendwann hatten wir wieder die Decks nah der Oberfläche erreicht.

»Ray!«, bellte er in sein Mikrofon. »Sicherheitschef Deacon hier! Melden!«

Als das nichts brachte, versuchte er das Gleiche bei Farrell. Auf beiden Kanälen war Rauschen zu hören.

»Wahrscheinlich nur ein Problem bei der Übertragung«, sagte Kellerman bestimmt. Er keuchte und machte gequälte, wacklige Schritte in seinem Exoskelett. Trotzdem lehnte er immer noch jede Hilfe von seinen Forschern ab.

Vor uns kam der Ausgang in Sicht, und ich bahnte mir einen Weg durch die Trümmer. Helle Lichtstrahlen fielen durch das Leck in der Außenhülle. An Bord war es so dunkel gewesen, dass sich meine Augen einen Moment lang an die neuen Bedingungen gewöhnen mussten. Die Temperatur nahm kontinuierlich zu. Draußen war es jetzt fast Mittag. Über der Wüste lag tödliche Stille – was Helios auch für noch so primitive Lebensformen beherbergen mochte, sie wussten die extreme Mittagshitze zu meiden.

Ray und Farrell standen dicht beisammen, die Köpfe geneigt, als wären sie ins Gespräch vertieft. Ray hatte ein Tablet in der Hand. Farrell tippte auf dem Gerät herum und zeigte auf etwas. Wir hatten sie fast erreicht, bevor einer von ihnen uns überhaupt bemerkte. Sie standen direkt vor dem Loch in der Hülle, im Schatten des Zelts. Der Eingang war immer noch offen, und die Sonnen über uns waren so hell, dass sie direkt durch den Stoff schienen.

Christo sei Dank, dachte ich. *Keine Krell.*

»He, ihr Arschlöcher!«, schrie Deacon. »Wie wär's, wenn einer von euch mal sein verdammtes Funkgerät einschaltet?«

Ray drehte sich zu uns um, den Rücken der fremden Wüste zugewandt. Er grinste leicht.

»Kein Problem, Boss. Hab nur ein Schwätzchen mit Farrell gehalten.«

»Wollten sehen, ob's von der Basis was Neues gibt«, sagte Farrell unterstützend.

»Irgendwas zu berichten?«, blaffte Deacon. »Sagt mir wenigstens, dass ihr Wache gehalten habt.«

»Hier draußen ist alles in Ordnung«, sagte Farrell. »Der Kampfroboter bewacht die Raupe.«

Jetzt unterstützte Ray ihn: »Jawoll, absolut nix zu berichten. Totenstille sogar …«

Sirr!

Plötzlich explodierte Rays Kopf in einer Masse aus Blut und Knochen und Hirn.

Dann versank die Welt in Chaos, Geschrei und Feuer.

18

SO ALSO ENDET ES DIESMAL?

Die Instinkte übernahmen.

Ich lag auf dem Boden mit dem Bauch im Dreck. Robbte schnell in die nächste Deckung. Barbarische Schmerzen brachen in Bein und Brustkorb aus, aber ich musste sie ignorieren. Vor uns, direkt vor dem Eingang zum Zelt und dem zerstörten Raumschiff, lag ein Sandrücken. In den Sekunden, die ich brauchte, um den Kamm zu erreichen, hatte ich begriffen, dass der Angriff ungefähr aus der Richtung der Sandraupe kam.

»Blake, Kaminski!«, schrie ich. »Melden!«

Verzweifelt warf ich einen Blick zurück. Kaminski war mir gefolgt und Blake dicht dahinter.

»Verstanden«, sagten beide gleichzeitig.

»Was ist los?«, rief jemand.

Ich drehte mich um und sah, dass Deacon und Kellerman noch weiter unten am Hang waren. Immer noch im Schatten des Schiffs. Beide waren aschfahl. Deacon hatte sich zu Boden geworfen, in seinen Augen lag blankes Entsetzen. Dornenstacheln pfiffen über ihn hinweg. Donnernd ertönten die Abschüsse von Dröhnern. Feuerbälle schlugen im Schiff ein und zerrissen die Außenhülle.

»Hinlegen und leise sein«, befahl ich. »Wir werden angegriffen.«

»Artillerieformen«, fügte Kaminski hinzu. »Müssen ein paar Hundert Meter vom Wrack entfernt sein.«

»Wenigstens ist es nicht die Crew, die zu ihrem Schiff zurückkommt«, sagte Blake. Ich wusste, dass es keine unbedachte Bemerkung war. »Die Krell kennen wir.«

Über uns schlugen noch mehr Projektile ein. Ich hörte Peters stöhnen, der sich Sorgen darüber machte, dass das Schiff der Tönernen so viel Schaden nahm. Wir sprachen über den offenen Kanal von Anzug zu Anzug; ich stellte mir vor, wie die Krell unsere Übertragungen förmlich riechen konnten, wie die Datenströme von unseren Positionen aufstiegen. Zwar konnten die Krell nicht verstehen, was gesagt wurde, aber sie würden die eigentlichen Übertragungen spüren.

»Kommen Sie hier rüber in Deckung«, wies ich Kellerman und seine Leute an. »Und so wenig wie möglich reden. Die hören mit.«

Die Angst war ihnen anzusehen, als Kellerman, Deacon und die anderen langsam vom Schiff zu der Sandbank krochen, die ich als Deckung benutzte. Kellerman kam besonders langsam voran, und seine Beine surrten lautstark. Das Exoskelett war für diese Art der Fortbewegung nicht gedacht. Deacon umklammerte ein Gewehr, ein weiteres hatte er auf den Rücken geschnallt. Sein Bart war von Rays Blut verschmiert.

»Ray ist tot!«, sagte Farrell, der sich als Letzter hinterherschob. »Er ist einfach so *gestorben!* Er ist weg! Einfach so. Weggepustet.«

Farrells Stimme wurde von Schluchzen unterbrochen, und er brachte nur noch ein Wimmern heraus. Mit einer Hand erinnerte ich ihn daran, nah am Boden zu kriechen. *Wir müssen außer Sicht bleiben.*

Aus dem Augenwinkel sah ich Rays zerfetzten Körper. Er lag da wie eine groteske Marionette, gefangen zwischen den Metallknochen der geborstenen Schiffswand. Sein Anzug war voller blutiger Löcher und vom Beschuss der Dröhner geschwärzt.

»Nicht nach hinten schauen«, befahl ich. »Einfach darauf konzentrieren, hier lebend rauszukommen. Bleiben Sie hinter diesem Kamm. Wir müssen herausfinden, wie viele es sind. Erst dann können wir überlegen, wie wir zur Raupe zurückkommen.«

Farrell antwortete mit einem Schniefen, blieb aber angewurzelt liegen, wo er war, noch mehrere Meter von der Sandbank entfernt. Über uns waren neue Dröhner zu hören. Bioplasma spritzte um uns herum. Kellerman winkte Farrell, ihm zu folgen.

»Sie haben behauptet, Sie hätten den Sendemast kontrolliert, Farrell!«, zischte er. »Sie sind ein Idiot! Sie haben sie direkt zu uns gelockt!«

»Ich hab ihn überprüft! Ich hab nachgeguckt. Ich – ich bin mir sicher, dass ich ihn bei der letzten Wartung der Raupe überprüft habe. Als sie das letzte Mal draußen war, hab ich das Diagnoseprogramm über den Mast laufen lassen.«

»Nicht das letzte Mal – *dieses* Mal!« Kellerman spuckte ihm die Worte förmlich entgegen. »Die letzte Wartung war vor zwei Wochen. Die Raupe hätte heute überprüft werden müssen.«

»So oft muss das Ding nicht überprüft werden«, sagte Farrell. Seine Stimme war brüchig: Er hatte offenbar Probleme, sich selbst von der Stärke seiner Argumentation zu überzeugen, von Kellerman ganz zu schweigen.

»Sie haben mir versichert, ihn kontrolliert zu haben!«

»Ich hab's eben vergessen!«, heulte er zurück.

»Aufhören!«, befahl ich. »Wir haben jetzt keine Zeit für Vorwürfe.«

Noch mehr Schüsse pfiffen über uns hinweg. Die Dröhner hinterließen rote und grüne Schlieren in der Luft, als sie die Atmosphäre entzündeten. Kellerman tobte neben mir; er konnte es einfach nicht auf sich beruhen lassen.

»Christoverdammt!«, schimpfte er mit zusammengebissenen Zähnen. Er wandte sich wieder an Farrell. »Sie haben es *verdient,* hier draußen zu sterben. Ich habe auf Ultris durch die Inkompetenz von Leuten wie Ihnen meine Beine verloren!«

Wir haben jetzt keine Zeit für diesen Scheiß, Kellerman, dachte ich. Aber da war es: Er wusste, dass er auf Epsilon Ultris gewesen war. Wozu der vorgetäuschte Gedächtnisverlust ein paar Stunden früher? Es ergab keinen Sinn, aber auch dafür war jetzt nicht der richtige Zeitpunkt. Aus dem Augenwinkel betrachtete ich Kellermans alten Körper, wie er dort lag; das Gesicht vor kaum unterdrückter Wut gerötet, die Lippen voller Speichel. Er sah meinen Blick und wandte den seinen ab. *Er weiß, dass er schon zu viel gesagt hat.*

»Wie viele Schützen haben wir, 'Ski?«, fragte ich.

»Höchstens sechs«, sagte Kaminski.

»Vielleicht noch mehr Primärformen«, flüsterte Blake.

Mir war sonnenklar, was die Krell tun würden: uns vor dem Schiff festnageln, wo wir keinen Ausweg hatten. Und zwar so lange, bis sie Verstärkung geholt hatten, die uns einkesseln konnte. Sie würden über die Flanken kommen und unsere kleine Gruppe auseinandernehmen.

»Ich werde nicht hierbleiben!«, verkündete Farrell plötzlich.

Bevor ich reagieren konnte, kletterte er schon die Sandbank hinauf. Seine Stiefel suchten ungelenk nach Halt, und er stolperte ein, zwei Mal. Ich griff über mich und packte ihn am Stiefel.

»Sofort zurückkommen, Farrell!«, brüllte ich. »Es geht jetzt nicht darum, wer für was die Schuld trägt. Kommen Sie einfach zurück, und bleiben Sie unten.«

Farrell drehte sich halb zu mir um, zog sich aber weiter die Sandbank hoch.

»Wie, und hier draußen in der Hitze bleiben? Wir werden alle zu Tode gekocht, bevor Sie diese Viecher erledigen können. Ich renne zur Raupe.«

Mit unerwarteter Kraft drehte er seinen Knöchel aus meinem Griff. Ich versuchte, ihn wieder zu packen, aber er war schon fast oben. Er zog sich über die Kante und stöhnte vor Anstrengung. Dann verschwanden seine Beine, als er die Spitze erreichte.

»Kommen Sie zurück!«, schrie ich und versuchte, ihm zu folgen.

Nur für einen Sekundenbruchteil sah ich die Gegend jenseits der Düne. Farrell war auf den Beinen und machte einen Schritt aus der Deckung. Er keuchte und mühte sich mit dem alten Schutzanzug ab. Das zusätzliche Gewicht machte ihn langsam und angreifbar. Er drehte sich in Richtung der Raupe und tat einen weiteren Schritt, den Kopf entschlossen gesenkt.

»*Runter, verdammt!*«, schrie ich.

Aus der Gegend hinter der Raupe schossen Dornen – eine Anhöhe, von der aus man den ganzen Krater überblicken konnte. Es waren mindestens sechs – Kaminski hatte recht gehabt. Drei oder vier Stacheln bohrten sich in Farrell.

Ich war mit dem Arsenal der Krell bestens vertraut. Hatte alle möglichen Arten von Biowaffen gesehen; von Flammenwerfern, die aus Extremitäten wuchsen, bis hin zu lebender Munition, die einen von innen heraus zerfraß. Die Stacheln waren die am weitesten verbreitete Waffe – simple biologische Projektilwaffen, bestückt mit ausgehöhlten Pfeilgeschossen. Diese Dornenstacheln hatten eine Sprengladung, waren aber auch mit Gift befüllt. Sie waren geschaffen, um zu lähmen, zu entkräften.

Der erste Stachel schlug im Unterleib ein; die anderen hatten auf seine Beine gezielt. Er brach zusammen und brachte einen erstickten Schrei hervor. Sein Anzug riss auf, kostbares Blut spritzte heraus. Er rollte zur Seite, weg von der Düne, und kam mehrere Meter von unserer Position entfernt zum Liegen: sauber von den Dornenstacheln am Boden festgenagelt.

Die anderen Krell zielten auf uns. Dröhner pfiffen an mir vorbei, und ich duckte mich wieder. Auch Kaminski und Blake, die mir gefolgt waren, ließen sich fallen.

Aber Farrell war noch nicht tot. Er schrie laut genug, um deutlich zu machen, dass er wahnsinnige Schmerzen hatte. Er heulte wortwörtlich. Es war ein fast unmenschliches Geräusch, aber man konnte gerade noch Worte ausmachen.

»Christo – oh nein! Ich – habe – einen *Sohn* gehabt! Bitte – nicht so. I-irgendwer, bitte – i-i-i-irgendwer muss mir helfen! F-fuck! So – es – tut – so weh.«

Ich kannte Farrell kaum, aber als Mitglied der menschlichen Rasse war es unmöglich, sein Flehen zu ignorieren. Wahrscheinlich hatte er die ganze Expedition dem Untergang geweiht, aber das hieß nicht, dass er es verdient hatte, so zu sterben. *Niemand* hatte das verdient.

»Wir … wollten nicht …« Er würgte. »H…hätten nicht … bitte, helft m-m-mir!«

Ich spürte den Sand unter meinen Handschuhen: heiß und unerbittlich.

»Sollten wir ihm helfen?«, fragte Kaminski.

Ich wollte. Ich wollte wirklich – wenn auch nur, um ihm wenigstens eine Kugel in den Kopf zu jagen, um sein Leiden zu beenden. Das wäre gnädig. Aber die Krell-Scharfschützen hatten den Krater im Auge, und sich ihm zu nähern hieß, den Rest der Truppe dem gleichen Schicksal auszusetzen.

Ich schüttelte den Kopf. »Er ist am Ende.«

Wir warteten ein paar Minuten. Die Krell gaben vereinzelte Warnschüsse ab, um uns unten zu halten. Nach dem, was mit Farrell passiert war, versuchte keiner von Kellermans Leuten mehr, sich zu bewegen.

Farrells Schreie gingen weiter, und langsam klangen sie feuchter. Das Flehen wurde noch verzweifelter. Ich hatte das Gefühl, dass er einen Namen schrie, aber ich konnte ihn nicht mehr richtig verstehen. Ich biss die Zähne zusammen und versuchte, die Geräusche auszublenden.

»Die wollten ihn nicht töten«, sagte Deacon. »Die wollten ihn verletzen.«

Ich nickte.

Ich wusste nicht, mit welcher biologischen Grausamkeit diese Stacheln gefüllt waren. Man wusste es nie. Es schien immer etwas anderes zu sein. Manchmal brannten die Stacheln – Verätzungen in der Blutbahn. Dann waren es komplexe Cocktails, die einen verlangsamten. Immer schmerzhaft, selten schnell. Zu oft hatte ich Ähnliches am eigenen Leib erfahren. *Am simulierten Leib,* musste ich mich korrigieren. Schließlich schnappte Farrell nach Luft. Das Gift der Stacheln breitete sich mittlerweile im ganzen Körper aus. Organe, Haut, Herz. Ich kniff die Augen zu und merkte, dass mir kalter Schweiß auf der Stirn stand. Seine Schreie waren entsetzlich.

»Mit einer Sache hat Farrell richtig gelegen«, sagte ich. »Wir müssen zur Raupe zurück. Es wird heiß hier draußen. Und später, am Abend, wird es kalt – richtig kalt. Sobald die Sonnen untergehen, fällt die Temperatur schlagartig.«

»Wenn wir mehr als ein paar Stunden nach Sonnenuntergang immer noch hier draußen sind, erfrieren wir«, sagte Kellerman.

»Wie lange noch bis zum Sonnenuntergang?«, fragte ich.

»Sechs Stunden«, sagte Deacon. »Plus/minus.«

»Das sollte auf jeden Fall reichen. Geben Sie mir die Gewehre.«

Ohne Protest robbte Deacon zu mir herüber und reichte mir das Gewehr von seinem Rücken. Ich nahm es und sah es mir an. Mein Schutzanzug war nicht für den Kampf gemacht – die Handschuhe waren alt und dick gefüttert –, ebenso wenig war das Gewehr modifiziert, um es in einem Anzug zu benutzen. Ich würde unbeholfen und langsam sein. *Und in deinem eigenen Körper sogar noch langsamer,* beharrte eine Stimme in meinem Kopf. Ich sah auf die digitale Anzeige – einhundert Schuss. *Kann gut sein, dass die Knarre blockiert – ich hätte das Magazin nicht komplett gefüllt,* dachte ich. Es war ein älteres, ziviles Modell für Sicherheitskräfte, ein Karabiner, der für Wachmannschaften gebaut worden war. Ich inspizierte kurz den Mechanismus und vergewisserte mich, dass das Gewehr funktionierte. Der Schaft war mit Panzertape umwickelt und der Abzug ausgeleiert.

»Haben Sie noch mehr Munition dabei?«

Deacon stockte. »In der Raupe ist noch eine ganze Kiste.«

Das hilft uns hier draußen auch nicht weiter.

»Und das andere Gewehr?«

Deacon reichte mir das zweite Gewehr. Auch das checkte ich durch. Es war ein uraltes Modell der Allianz-Bodentruppen, viel älter als das erste, aber in besserem Zustand. Ein antiquiertes Scharfschützengewehr mit Zielfernrohr und einem Entfernungsmesser am Schaft. Ein längerer Lauf als das erste, und wahrscheinlich bessere Reichweite. Beides waren ballistische Waffen – unseren Plasmagewehren deutlich unterlegen –, aber sie würden reichen müssen.

Ich sah Blake und Kaminski an. Beide waren gute, schnelle Schützen, aber das hier war kein Feuergefecht, für das wir ausgebildet waren. Blake hatte seine Präzisionsschützen-Medaille; er war der bessere Scharfschütze. Ich winkte ihn zu mir und gab ihm das Gewehr mit dem Zielfernrohr.

»Ich kriege das hin, Cap«, bot er sich an. »Das ist ein gutes, altes Gewehr. Ruversco 950. Ein echtes Familienerbstück.«

Er nahm das Gewehr und fuhr mit der Hand den Lauf entlang, dann visierte er durch das Zielfernrohr das Schiff hinter uns an. Ich zögerte kurz – hatte Blake überhaupt jemals im Ernstfall eine Waffe abgefeuert, in seinem eigenen Körper? Ich schluckte. Er war noch nie in einem echten Krieg gewesen.

»Für so 'ne alte Waffe echt nett«, sagte er. »Anständiges Zielfernrohr, passable Reichweite.«

»Jeder Schuss zählt, Kleiner. Ich weiß, dass ich mich auf dich verlassen kann.« Es wäre unsinnig gewesen, meine Sorgen auszusprechen; Blake musste sicher sein, dass ich ihm vertraute. Ich wandte mich an Deacon: »Irgendwelche Granaten oder sonstige Waffen?«

Er schüttelte stumm den Kopf.

»Wir dachten, wir würden keine brauchen«, sagte Kellerman.

»Darüber reden wir später. Blake, kümmere dich um die Schützen. Scheuche sie auf. Ich kümmere mich um den Hang, und dann beseitigen wir sie einen nach dem anderen. Sie sind hinter der Raupe jenseits des Kraterrands.«

Blake nickte. »Ich schaffe das, Cap.«

Er schenkte mir ein brüchiges Lächeln: Seine Hose war gestrichen voll. Ich nickte nur. Er war ein guter Junge.

Ich platzierte meinen Ellbogen am Rand der Sandbank und benutzte einen Felsbrocken als zusätzliche Deckung. Ich brachte das Gewehr in Anschlag, sodass die Mündung gerade über der Düne lag. Ich suchte den Kraterrand ab und versuchte, so viel wie möglich zu erkennen. Blake fand eine geeignete Stelle und tat es mir gleich. Kaminski bezog zwischen uns Position, um als Aufklärer zu dienen.

»Sobald wir eins sehen, ist es dran«, flüsterte ich.

»Ja, Mann«, sagte Kaminski.

»Die Xenos werden sich schnell bewegen«, fuhr ich fort. »Und rechnet nicht damit, dass sie stehen bleiben, wenn sie getroffen sind.« Die Gewehre waren nicht für den Einsatz gegen Krell gebaut – ich hatte nicht nachgeguckt, was für Munition wir hatten, aber ich bezweifelte, dass es panzerbrechende war. Ich hätte in der flimmernden Luft der Sonnen anständige Hohlladungsgeschosse mit Explosionskopf bevorzugt. Sogar mit Leuchtspurmunition hätte ich mich zufriedengegeben. »Es kann gut sein, dass die versuchen, uns zu überrennen. Falls das passiert – schaltet so viele aus wie möglich.«

»Verstanden«, sagte Blake.

»Und wenn ich sage, dass die schnell sind, dann meine ich *richtig* schnell. Mit Sims sind wir auf Augenhöhe. Hier draußen sind sie uns überlegen.«

Nichts rührte sich in der endlosen Wüste. Ich präg-te mir mögliche Deckung ein. Flache Gesteinsformationen boten den Xenos soliden Schutz; es gab genug Schatten, in dem sich ein Stoßtrupp bewegen konnte …

»Linke Flanke, dreihundert Meter!«, schrie Kaminski.

Ich schwenkte die Mündung des Karabiners nach links in die Wüste. Nur ein Aufblitzen von Schale – gut getarnt im Sand –, das sich schnell zwischen zwei Felsvorsprüngen bewegte. Es war eine Primärform, langbeinig und spindeldürr. Der Schwanz bewegte sich, um das Gleichgewicht zu halten. Es wurde schneller, als es die Entfernung von einer Deckung zur anderen überbrückte. Die Beine bewegten sich so schnell, dass sie verschwammen.

»Kontakt!«

Der Karabiner bockte, als ich eine Salve abgab. Auf die Entfernung war die Waffe sehr ungenau. Jeder Schuss ging weit daneben, aber das laute Mündungsfeuer brachte das Alien durcheinander. Das Geräusch hallte von den umgebenden Felsen wider – ein hartes Bellen –, und die Kreatur drehte sich zu uns um. Die Augen waren ausdruckslos und suchten nach unserer Position. Es trug einen intelligenten Bioanzug, organische Schläuche bedeckten Rücken und Maul. Bevor ich mehr Details ausmachen konnte, war es schon wieder in Bewegung.

Blake schoss. Seine Mündung blitzte auf. Der Schuss traf das Alien am Bein. Das Vieh ruderte zurück. Blake schoss noch mal. Dieses Mal saß der Schuss. Ein einzelnes Projektil schlug im Kopf des Aliens ein. Es brach direkt durch die Panzerung und detonierte im Schädel. Eine kurze Blüte schwarzen Blutes, dann kollabierte der Körper und verschwand außer Sichtweite.

Gefahr beseitigt.

»Ziel erledigt«, murmelte Blake. Er leckte sich laut über die Lippen. »Ein Schuss, ein Treffer.«

»Eigentlich zwei. Aber gute Arbeit, Kleiner.«

Verdammt noch mal besser, als ich erwartet habe.

Der Erfolg währte nicht lange. Ein weiterer Xeno verließ die Deckung.

»Artillerieform nimmt selbe Route«, sagte Kaminski.

Es trug ein verwachsenes schwarzes Stachelgewehr, den Kopf gesenkt. Ich feuerte eine Salve ab, und es schrak in die Deckung zurück. *Selbsterhaltung – ungewöhnliche Reaktion für eine Primärform.* Vielleicht wussten sie, dass sie hier draußen genauso verwundbar waren wie wir, und scheuten sich davor, ihre Gruppe sinnlos zu verkleinern. Der Kopf drehte sich nach rechts, und es sah uns direkt an.

Blake gab einen weiteren Schuss ab. Er streifte einen Felsen in der Nähe. Die Kreatur hüpfte in die Deckung zurück.

»Runter!«, schrie ich.

Blake und Kaminski gehorchten reflexartig.

Konzertiertes Sperrfeuer aus Dröhnern regnete über uns hinweg. Die Sandbank bekam die volle Wucht des Angriffs ab. Bei jedem Aufprall bebte der Boden leicht.

Ein Fischkopf schrie in der Ferne. Das wogende Geräusch pflanzte sich in der dünnen Atmosphäre fort und ließ mich erschaudern. Bald würden sie uns holen kommen.

Die Zeit verging.

Die gleiche Prozedur immer wieder.

Keine Verluste auf beiden Seiten. Meine Waffe zeigte sechsundzwanzig Schuss an.

Blake sah erschöpft aus, aber er meckerte nicht. Ich hatte die Gruppe dazu gezwungen, die Funkgeräte abzuschalten, um so unerkannt wie möglich zu bleiben.

»Erinnerst du dich an Proxima IV?«, flüsterte ich Blake zu.

»Wie sollte ich das vergessen? Das war meine erste Mission mit dem Team, mein erster Sim-Einsatz.«

»Das hier ist genauso. Nur kälter.«

Blake lachte, blieb jedoch wachsam und suchte weiter von seiner Position aus die Wüste ab. Proxima IV war eine Dschungelwelt – glühend heiß sowohl bei Tag als auch bei Nacht. Die Erinnerung leuchtete hell durch den Sumpf anderer Sim-Einsätze hindurch.

»Gavantis Prime«, flüsterte er zurück.

»Yabaris Eins«, sagte Kaminski, ebenfalls leise.

»Die Quebec-Basis«, fügte ich hinzu.

»Stern von Kavaris«, sagte Blake.

Wir machten lange so weiter und gingen unsere Einsätze durch. Zählten die Missionen auf und dachten an einfachere Zeiten.

Sie alle hatten eins gemeinsam: Am Ende waren wir gestorben.

Als Erstes ging den Zivilisten das Wasser aus.

Dann mir.

Kurz danach Blake.

»Irgendwer könnte zum Schiff zurückgehen und Rays Flasche holen«, schlug Kaminski vor. Seine Stimme war brüchig, die Kehle trocken. »Oder du kannst vielleicht ein bisschen schießen, während Deacon und ich Farrells Leiche zurück in die Deckung ziehen.«

»Ich will keinen von euch da draußen verlieren. Abgelehnt.«

»Dann lass mich das verteilen, was ich noch übrig habe«, sagte Kaminski.

»Kümmere dich zuerst um die Zivis.«

Der Sonnenuntergang kam rasch näher. Helios Eins berührte den Horizont, und auch Zwei war bereits dabei unterzugehen. Drei schemenhafte kleine Monde gingen über uns auf und tauchten die Wüste in ein kränkliches gelbes Licht. Die Schmerzen in meinem Bein waren dumpf und nagend geworden. *Vielleicht hat Blake recht,* dachte ich, *und es ist wirklich entzündet.* Dann erinnerte ich mich an Farrells geschundenen Körper, und sofort verbannte ich die eigene Verletzung aus meinen Gedanken. Ich konnte mich nicht mit Sachen aufhalten, die nicht dringend waren und an denen ich hier und jetzt nichts ändern konnte.

Aber ein Gedanke ließ mir keine Ruhe. Warum waren die Krell überhaupt hier? Es hatte keinen Sturm gegeben. Alles hatte darauf hingedeutet, dass die Gegend frei von ihnen war. Angeblich sollten sie vom Artefakt beeinflusst werden. Irgendwas war furchtbar schiefgegangen.

Draußen in der Dunkelheit der fremden Wüste reichte die Zeit nur für eine Frage: *So also endet es diesmal?*

Ich konnte sie nicht beantworten.

Mein Schädel pochte wieder – das Signal war zurück.

Der Boden unter mir wurde immer kälter. Die stickige, trockene Hitze der Mittagszeit kam mir wie ein ferner Traum vor. Der Computer an meinem Handgelenk zeigte an, dass die Nacht angebrochen war. Als ob ich das nicht schon wusste. Die Temperaturanzeige sank bedenklich ab: minus fünf Grad Celsius, dann minus zehn. Ich fing an, im Anzug zu zittern.

Ziviles Dreckszeug.

Vor Hunger drehte sich mir der Magen um.

Ich hatte den Karabiner in beiden Händen – schussbereit. Ich hatte mich so lange nicht bewegt, dass mir sogar die Arme wehtaten. Bis auf den gelegentlichen Warnschuss hatten sich die Krell weder gezeigt noch uns angegriffen.

Was machen die?, fragte ich mich. *Warten sie auf Verstärkung? Darauf, dass uns die Kälte aufreibt? Oder hoffen sie, uns mit ihren sporadischen Stacheln und Dröhnern zu töten?*

Eigentlich war es egal. Ob uns die Umwelt oder die Krell zuerst erwischten, tot waren wir so oder so.

Nach langem Warten robbte Deacon neben mich. Bei seiner Bewegung knirschte der Sand leise.

»Wir machen's hier draußen nicht mehr lange«, sagte er.

Ich verlagerte mein Gewicht auf der Sandbank und hielt nach Bewegung Ausschau. Die Gegend jenseits des Kamms war leer und still. Ich antwortete Deacon, ohne meinen Blick von der Stellung der Krell abzuwenden.

»Ich weiß.«

»Es wird verdammt noch mal zu kalt. Wenn wir was tun wollen, müssen wir das jetzt tun.«

Er hatte recht. Uns lief die Zeit davon. Die Kälte machte sich in meinen Knochen breit und schmerzte in den Muskeln. Ich warf einen verstohlenen Blick auf den Armrechner. *Minus fünfzehn Grad Celsius.* Ich würde meine Strategie überdenken müssen.

»Planänderung«, verkündete ich und rutschte die Sandbank runter.

Der Rest der Gruppe scharte sich um mich, robbte auf dem Bauch oder kroch auf Knien zu mir. Nur Blake blieb auf seinem Posten.

»Die Fischköpfe wollen uns aushungern. Sie wollen uns aus der Deckung treiben. Sie wissen, dass wir nur begrenzte Vorräte haben. Sie wissen, dass wir hier draußen nicht lange überleben können.«

»Das ist kein normales Verhalten für Krell«, antwortete Peters. »Wenn wir sie bisher gesehen haben – sie haben immer sofort einen Sturmangriff gestartet. Wellen von Primärformen geschickt, um unsere Sicherheitskräfte anzugreifen.«

Peters sah aus, als hätte man ihm sämtliche Flüssigkeit entzogen. Die Haut war stumpf von Staub und Sand. Seine Stimme knisterte unangenehm. Ihm nur zuzuhören erinnerte mich daran, wie durstig ich war.

Kellerman nickte. »Vielleicht haben die Xenos Angst vor dem Schiff. Sie wollen ihm nicht zu nah kommen. Ein hochinteressantes Verhalten: Womöglich stößt sie das Wrack auf einer unbewussten Ebene ab.«

Kannst du es nicht mal gut sein lassen, Kellerman? Wir verrecken hier draußen, und du kannst nur an deine nächste Hypothese denken!

Stattdessen sagte ich: »Was auch immer sie für Gründe haben, es spielt keine Rolle. Wie Kaminski gesagt hat, ist es nur eine kleine Gruppe – sechs etwa. Einen haben wir erwischt. Bleiben noch fünf. Ich werde noch eine Salve in den Krater abfeuern. Blake – pass gut auf, und wenn die Krell reagieren, schalte alle aus, die sich zeigen. Sobald sie das Feuer erwidern, starten wir.«

Zustimmendes Gemurmel und verzagtes Nicken.

»Und vorher bitte aufwärmen. Muskeln dehnen, Kälte abschütteln. Wenn wir anfangen zu schießen, laufen alle links am Schiff vorbei. Nicht nach hinten sehen. Kaminski, du begleitest Kellerman und Deacon.«

Er nickte.

»Blake und ich kommen hinterher, sobald die anfangen zu schießen. Ihr bleibt dicht beim Schiff und lauft dann südlich durch die Senke.«

»Das klingt nach einem furchtbar langen Weg«, sagte eine Forscherin. »Kann nicht irgendwer vorlaufen und die Raupe zurückbringen?«

Ich seufzte. Mir war klar, dass das kein richtiger Plan war, sondern ein Selbstmordkommando. Ich dachte an mein letztes. Die *New Haven* kam mir wie ein früheres Leben vor. *So ist es ja auch; und vergiss bloß nicht, dass du bei der letzten Nummer gestorben bist.* Ich wollte der Frau nicht erklären, dass die Entfernung zwischen Kraterrand und Sandraupe zu groß war, als dass wir alle heil ankommen würden. Oder schlimmer noch: Dadurch, dass mehrere bewegliche Ziele auf die Raupe zuliefen, erhöhten wir die Chance, dass zumindest einer von uns entkommen würde. Nein, all das preiszugeben wäre zu vernichtend für die Moral, und ich musste dafür sorgen, dass alle konzentriert blieben.

Also sagte ich: »Es ist einfacher, wenn wir alle zusammenbleiben. Wenn die Krell versuchen, uns aufzulauern, haben wir immer noch die Gewehre.«

Sie nickte und schien halbwegs zufrieden mit dieser Antwort zu sein.

»Was ist mit dem Doktor?«, fragte Peters.

»Einer von Ihnen wird ihm helfen müssen.«

Kellerman errötete auf der Stelle. Selbst jetzt, wo er dem Tod ins Auge sah, war er immer noch stur und uneinsichtig.

»Meine Mobilität ist absolut ausreichend«, murmelte er.

»Nein, ist sie nicht. Lassen Sie sich dieses eine Mal helfen. Der Weg ist lang, und ich habe nicht vor, jemanden hier zurückzulassen. Wenn Ihnen die Hilfe von Deacon oder Ihren Forschern nicht recht ist, kann Kaminski das machen.«

Kellerman starrte mich mit zusammengekniffenen Augen an – ein weißes Funkeln in der Dunkelheit. *Ich versuche, uns hier heil rauszukriegen, du Arschloch!* In seinem Gesicht lag tiefste Abneigung. Aber er sagte nichts, also war die Sache für mich erledigt.

»Funkgeräte an«, sagte ich. »Nur zur Sicherheit.« Dann fiel mir etwas ein, was ich im Chaos des Angriffs fast vergessen hatte: »Wer hat den Schlüssel?«

Dolan, die Forscherin, neigte den Kopf. »Ich. Er ist sicher.«

»Gut aufpassen.«

Ich kletterte unter Zuhilfenahme einiger Felsen wieder die Sandbank hoch und machte mich bereit. Auf der Munitionsanzeige des Gewehrs blinkte ein Warnlicht – so gut wie leer. Neben mir machte Blake es sich bequem und lud nach. Kaminski huschte weiter den Hügel herunter und blieb in Deckung. Der Rest der Zivilisten, inklusive Deacon und Kellerman, befolgte meine Anweisung und lockerte die Glieder.

»Bist du bereit?«, fragte ich Blake.

Er lächelte dünn. »Immer. Ich hab diese Medaille nicht umsonst bekommen.«

»Wenn du das hier schaffst, sorge ich dafür, dass du noch eine kriegst.«

»Ich bin mir nicht sicher, ob mir Abzeichen und Medaillen noch so viel bedeuten.«

»Wer hat was von einer Medaille gesagt?«

Wir lachten leise und nichtssagend. Das Gelächter von Männern, die wussten, dass ihre Zeit gekommen sein könnte. Ich schloss kurz die Augen und merkte, wie mein Puls raste. Deacon hatte recht: jetzt oder nie.

»Los!«

Dann standen wir. Ich entlud meinen Karabiner in die Wüste. Kurze, kontrollierte Feuerstöße. Zwei oder drei schwarze Schatten tauchten auf, als Krell aus der Deckung kamen, um das Feuer zu erwidern. Blake war neben mir und gab ruhig und entspannt einige Schüsse ab. Es gab einen Blitz, und eins der Ziele verschwand.

»Los, los!«, schrie ich.

Kaminski rannte los und brüllte eigene Befehle. Ich konzentrierte mich aufs Schießen und bekam nur wenig von den anderen mit.

»Linker Felsen am Kraterrand!«, rief ich.

Blake schwenkte den Lauf. Er rotzte ein paar Schüsse auf den Felsen. Ein weiteres Krell ging zu Boden und verteilte sich über den Steinen. Dann kamen noch zwei aus der Deckung, die Augen schwach leuchtend.

»Hab einen!«, verkündete Blake.

Mein Karabiner bockte. Der Lauf war überhitzt und rauchte. Vielleicht war der Rauch nur Einbildung, das krankhafte Verlangen nach etwas Wärme. Ich hielt inne, wollte nicht mehr Munition verschwenden als nötig. Blake schoss wieder und wieder …

Dröhner heulten über uns und setzten die Luft in Brand. Überall um uns herum schlugen Projektile ein.

»Runter, runter!«

Blake ließ sich hinter den Kamm fallen …

Ein Stachel jagte an seinem Kopf vorbei, und er duckte sich weg. Zu langsam. Der nächste, wahrscheinlich als Antwort auf sein Ausweichen, bohrte sich in seine Schulter.

Eine lange Sekunde reagierte Blake nicht. Er war erstarrt, konnte es nicht glauben.

Dann rutschte er rückwärts den Hügel herunter. Ich setzte mein Gewehr ab und fing ihn auf. Er begann zu schreien.

»Ist schon gut!«, murmelte ich. »Ist schon gut!«

Ich wusste, dass das nicht stimmte.

Der Stachel steckte tief in seiner rechten Schulter. Ein Munitionssplitter aus schwarzem Knochen ragte aus seinem Körper, mit ätzendem Gel überzogen. Er hatte den Anzug sauber durchschlagen; durch den Riss im Anzug konnte ich Blut und menschliche Knochen sehen. Er hörte abrupt zu schreien auf und fing an zu hyperventilieren.

Sein Gesicht war totenblass. Ich wusste, dass sein Schmerzmanagement bald einsetzen würde. Schließlich hatte er so etwas schon erlebt: nur in einem anderen Körper. Er war darin ausgebildet, mit dieser Menge Schmerz zurechtzukommen, ihn durchzustehen, um einsatzfähig zu bleiben. Er biss die Zähne zusammen, die Augen traten hervor. Er bebte in meinen Armen.

»Kamerad getroffen!«, schrie ich – obwohl ich mir nicht ganz sicher war, zu wem oder warum ich es rief. Hier draußen war niemand, der uns helfen würde, weder jetzt noch später. *Scheiße – das kann nicht sein! Nicht Blake. Nicht der Kleine.*

»Sie haben mich erwischt«, murmelte er. Seine Stimme kam von weit weg, und auf den Lippen glänzten Blutspritzer.

»Wird alles gut«, sagte ich. Und wieder kam mir die Lüge leicht über die Lippen.

Erst in dem Moment merkte ich, dass Kaminski versuchte, mich zu erreichen – seine Stimme über Funk wurde immer fordernder. Ich musste ihn ausgeblendet haben, so konzentriert war ich auf Blake, denn auf einmal fing er zu brüllen an. Ich fummelte mit dem Ohrstöpsel und drückte ihn wieder richtig fest. Ich blickte zum Fuß des Hügels in Richtung Kaminski und der anderen. Sie hatten die entfernte Seite der Sandbank erreicht und waren kurz davor, die Deckung zu verlassen, um den letzten Sprint zur Raupe hinter sich zu bringen. Kaminski führte sie an, ging tief gebückt und winkte dem Rest, es ihm gleichzutun.

»Was ist los?«, drängte er.

»Blake hat's erwischt«, antwortete ich. Damit war es unwiderruflich ausgesprochen. »Kaminski, du musst zur Raupe durchkommen. Hol das Medikit. Schlag den Bogen zurück zum Schiff. Sorg dafür, dass Deacon Feuerschutz gibt mit allem, was er an Waffen im Transporter hat.«

Blake ächzte und versuchte sich aufzusetzen. Er hielt immer noch das Gewehr fest. Und schüttelte den Kopf.

»Negativ«, sagte er. Er hustete würgend und spuckte Blut. »Mach, dass du zu denen kommst. Ich halt hier die Stellung, solange ihr weg seid.«

»Ich gehe nicht ohne dich, Blake. Kaminski, Befehl ausführen und Tempo.«

Kaminski nickte – ich sah ihn nur als kleine Figur am anderen Ende des Wracks. Aber Blake hob die Hand.

»Befehl nicht ausführen, Kaminski«, sagte er mit aller Kraft. »Lass die Raupe da. Macht weiter. Cap – bitte geh zu ihnen.«

»Ich lasse dich hier nicht einfach zurück!«

»Ist schon gut«, sagte Blake. »Alles gut. Das ist alles nicht echt. Ich verspreche dir, dass wir wieder in den Tanks aufwachen.«

»Ich lasse dich nicht allein! Wir gehen alle zur Raupe zurück und …«

»Geh einfach«, sagte Blake. Seine Stimme hatte einen herrischen Tonfall angenommen. Er hustete wieder und setzte sich etwas gerader hin. »Ich werde alles, was noch in dem Gewehr steckt, benutzen, um euch ein bisschen Feuerschutz zu geben.«

Er zog an etwas, das ihm um den Hals hing, dann gab er es mir. Seine biometrische Erkennungsmarke. Mit einer gewaltigen Anstrengung hob Blake den Unterarm und sah auf seinen Handgelenks-Rechner. Das Modell war alt und abgenutzt – und mittlerweile auch blutverschmiert. Das Display blinkte unregelmäßig.

»Mein Sauerstofftank ist noch halb voll. Weißt du noch, was Deacon gesagt hat? Wenn er ein Leck hat, geht er hoch. Hilf mir, ihn auf die Brust zu schnallen.«

»Nein – bleib einfach ruhig. Das ist ein *Befehl!*«

»Ich mache es sowieso alleine, wenn du mir … nicht … hilfst.«

Er versuchte, den Schlauch vom Tank zu lösen, und nestelte am Verschluss herum. Er würde es ohne Hilfe auf keinen Fall schaffen. Flüchtige Rauchfahnen hatten angefangen, aus seinen Wunden aufzusteigen.

»Du musst das nicht machen.«

»Meine Entscheidung, Captain. Und jetzt, hilf … mir … bitte.«

Widerstrebend zog ich ihm den Tank aus und löste den Schlauch.

»Gut so«, sagte er.

Er umklammerte den Tank und legte das Gewehr an. Es sah unbeholfen und schwerfällig aus, aber ich begriff, was er vorhatte.

»Wenn die mir zu nah kommen, jage ich den Tank in die Luft«, sagte Blake. »Nehm so viele … von … denen mit, wie ich kann. Anfängerfehler, überhaupt … getroffen … zu werden.«

Ich nickte, konnte aber nichts sagen.

»Wir sehen uns auf der anderen Seite«, sagte er. Diese Worte: Sie hatten jetzt eine neue, bittere Bedeutung. »Gib meiner Familie die M-m-marke.«

»Was auch immer du willst, Blake.«

»Und jetzt verschwinde.«

Er machte sich bereit zu zielen, nickte aber noch in Richtung Kaminski. Der wartete ganz am Rand der Sandbank, die Zivilisten in gerader Reihe hinter ihm.

»Kümmere dich für mich um Jenkins, Kaminski«, sagte Blake über Funk. Seine Stimme war feucht und rau. »Sorg dafür, dass sie sich benimmt. Und noch was: Ich bin … dr-dr-dreiundzwanzig Jahre alt.«

Kaminski nickte. »Wir sehen uns, Blake.«

Dann war Blake wieder oben auf dem Kamm und suchte nach Zielen.

Ich hatte Michael Blake siebenunddreißig Mal sterben sehen. Ich war bei Kaminski, Jenkins und allen anderen dabei gewesen, hatte bei allen gesehen und gehört, wie sie gestorben waren. Aber das hier war anders. Es war echt; nicht simuliert. Es war Blake, dem das passierte, keine ferngesteuerte fleischliche Kopie. Ich hasste mich dafür, dass ich ihm nicht helfen konnte. Es würde sein letzter Tod sein. Als ich zum Abschied noch einen Blick auf seinen sterbenden Körper warf – den einzigen, der ihm blieb –, starb irgendwo in mir auch etwas ab.

Ich war leer. Mir war innen und außen furchtbar kalt. Ich hatte nichts mehr zu geben.

Ich bückte mich und lief zu Kaminski, so schnell ich konnte. Meine Beine schrien vor Schmerz, während ich Kaminski zubrüllte, einfach zu laufen.

Vor mir sprang Kaminski zwischen Vorsprüngen im Gelände der Raupe entgegen. Die Zivilisten folgten ihm wie eine panische Herde. Deacon hatte den Arm um Kellerman gelegt und zog den Alten hinter sich her. Die Forscher taten ihr Bestes, nicht zurückzufallen.

Ich kam langsamer voran. Jede Verletzung, die ich in den letzten Tagen erlitten hatte, suchte mich mit neuer Macht heim. Ich biss die Zähne zusammen, als ich einen weiteren Schritt machte. Mein Bein platzte fast vor Schmerzen.

Durch den wirbelnden staubigen Wind konnte ich gerade noch den dräuenden, dunklen Umriss der Raupe ausmachen. Das Krell-Nest lag zu meiner Rechten, jenseits des Kraterrands. Sie hatten sich hinter einer Ansammlung von Felsen verschanzt und nutzten die Deckung, um so schnell wie möglich in den Krater zu kommen.

Irgendwo hinter mir schoss Blake immer noch, allerdings sehr viel seltener. Dafür erwiderten die Krell das Feuer immer wütender und zunehmend abgestimmter. Bei jeder Pause von Blake sah ich die Krell weiter in den Krater vorrücken. Die Fischköpfe waren vollständig auf ihn konzentriert.

Ich hielt kurz an, um keuchend Luft zu holen und meinen Armcomputer zu befragen. Mittlerweile war ich nicht mehr in Blakes Reichweite, also stammelte ich stattdessen dem Rest der Gruppe Befehle entgegen.

»Weiter!«, schrie ich Kaminski an.

Er wurde nicht langsamer, stellte keine Fragen.

Vor uns stand die Sandraupe. Der Kampfroboter lag überall verteilt, die Reste von ätzender Krell-Munition geschwärzt.

»Kaminski – alle an Bord und Motor starten!«

Dann waren wir auf einmal an der Einstiegsluke, und ich scheuchte den Rest hinein. Hinter uns war der Himmel von blauen und roten Streifen erleuchtet: Dröhner, die auf Blake herabregneten.

»Schmeiß das Ding an. Wir holen Blake ab.«

»Verstanden, Cap«, rief Kaminski. Er war bereits im Führerhaus und fuhr die Systeme hoch.

Deacon warf die Luke zu und verriegelte sie. Der Transporter erwachte zum Leben. Kellerman hielt sich an Munitionskisten fest und verteilte Magazine quer auf dem Boden.

»Bring uns direkt in den Krater runter. Deacon, bewaffnen und die Luke sichern. Sobald wir Blake erreichen, geben Sie mir Feuerschutz. Ich geh raus und hol ihn.«

Ich stolperte ins Führerhaus und aktivierte die restlichen Systeme. *Zu langsam, zu langsam – wir müssen da runter.* Die Raupe setzte sich in Bewegung, anfangs sehr holprig, als Kaminski die Bedienung testete. Das Fahrzeug hatte eine einfache Sensorik, die ich ebenfalls einschaltete. Überall um uns herum tauchten sofort scharfe Signale auf.

»Wir haben Krell hinter uns«, murmelte ich und spähte durch die Frontscheibe. »Wir sollten uns beeilen und …«

»Christo«, flüsterte Kaminski. »Oh Christo.«

Draußen war ein blendender Blitz zu sehen, der aus Blakes Richtung kam. In der Raupe konnte ich die Explosion nicht hören, wusste aber, dass sie beachtlich sein musste.

Kaminski hielt die Raupe an. Er starrte einfach geradeaus, nach draußen in die wabernde Dunkelheit.

Die Sensorik piepte mittlerweile ununterbrochen und laut. *Sie kommen, uns zu holen.* In meinem Kopf drehte sich alles, ich sprang auf und stürzte aus dem Führerhaus.

»Ich hoffe, die Explosion hat das Schiff nicht beschädigt«, sagte eine der Forscherinnen.

Es verlangte mir einiges ab, darauf nicht zu reagieren. Ich versuchte mich zu beherrschen und starrte aus dem Fenster. Kellerman hatte da weniger Bedenken.

»Haben Sie ein bisschen Respekt, um Christo willen!«, schrie er.

Mit eiserner Kraft taumelte er durch die Kabine. Die Servos des Exoskeletts heulten auf, als er den Arm zurückzog und ihr mit dem Handrücken einen

Schlag ins Gesicht versetzte. Die Frau wurde nach hinten geworfen und hob die Hand zur Wange, sagte aber nichts. Blut tropfte auf den Boden der Kabine; reinstes Rot.

Niemand kam der Forscherin zu Hilfe. Sie hatte die Augen aufgerissen und starrte zu Kellerman hoch. Er ließ seine mechanische Hand spielen, die Hand, mit der er die Frau geschlagen hatte, und stand einfach nur da: grimmig, wütend, die Zähne gebleckt.

»Haben Sie etwas verdammten Respekt«, wiederholte er mit heiserem Flüstern.

»Ich … es tut mir leid«, stammelte die Frau.

»Lassen Sie's gut sein, Kellerman«, sagte ich und zog ihn am Arm.

Ich konnte mich damit jetzt nicht befassen. Blake war tot! Das war nicht der richtige Zeitpunkt, um den Streit zwischen diesen Fanatikern zu schlichten.

Irgendwas schlug draußen in die Raupe ein. Die Technikerin, die Kellermans Ärger abgekriegt hatte, begann zu wimmern. Der Sensor schrillte.

»Cap – wir müssen hier verschwinden«, sagte Kaminski. »Es sei denn – es sei denn, wir wollen genau so enden.«

Draußen schrie etwas.

Scheiße!

»Dann los, Kaminski. Bring uns hier raus.«

Die Rückfahrt verlief schweigend. Die Dunkelheit draußen war schwer und undurchdringlich, und Deacon half Kaminski dabei, den Rückweg zu planen. Kellermans Leute saßen stumpf und benommen da – sowohl eingeschüchtert als auch entsetzt. Entsetzt von der Vorstellung, von den Krell überfallen worden zu sein, eingeschüchtert vom Ausbruch ihres Anführers.

Irgendwer schlug vor, die Nacht über auszuharren, sich bis zum Sonnenaufgang in der Raupe zu verschanzen, aber der Vorschlag wurde schnell verworfen. Niemand wollte den Krell im Dunkeln ausgeliefert sein.

Ich war weder psychisch noch körperlich in der Lage, irgendwie zu helfen. Ich machte eine Wasserflasche auf und trank, aber die lauwarme Flüssigkeit konnte meinen Durst nicht stillen.

Alles fühlt sich falsch an.

Blake war ein unersetzlicher Teil meines Teams gewesen. Wir alle würden seinen Verlust spüren. Er war wegen mir gestorben, weil ich uns in den Mahlstrom geführt hatte.

»Ein weiterer Posten auf der Metzgerrechnung«, sagte ich leise.

Mir war alles genommen worden. Ich wollte meine Wut entfachen, meinen Hass auf die Krell, aber nicht einmal dazu war ich imstande. Es war einfach zu viel, als dass mein primitiver Verstand es hätte verarbeiten können. Die Leere, die ich gefühlt hatte, als Blake gefallen war, drohte mich zu überwältigen, zu verschlingen.

Zusammengesackt auf einem der Sitze saß Kellerman mir im Passagierabteil gegenüber. Es hatte Stunden gedauert, bis sich seine Miene entspannte, bis der Zorn zu verfliegen begann. Vielleicht war er wütend auf mich, weil ich im Krater vorgeschlagen hatte, er solle sich helfen lassen, oder weil ich eingeschritten war, als er seine Forscherin geschlagen hatte. Sie saß allein in einer Ecke und hielt sich den Kiefer. Er war geschwollen und hatte bereits eine unschöne schwarzblaue Färbung angenommen. Kellerman und ich saßen uns lange schweigend gegenüber; ich wollte mich nicht unterhalten. Eigentlich war mir relativ egal, was er von mir hielt.

»Manchmal kenne ich in diesem Anzug meine eigene Stärke nicht«, sagte Kellerman schließlich. Seine Stimme war kaum mehr als ein Murmeln. »Sie hätten das nicht sehen sollen.«

Ich antwortete ihm nicht. Zu viele Gedanken, zu viele Geister. *Hätte er sie umgebracht?*, fragte ich mich. Er hatte auf jeden Fall so ausgesehen, als wollte er sie noch mal schlagen. Das Exoskelett war plump und ungelenk, aber in dem Ding war er ungeheuer stark. Vielleicht sollte ich mir das merken. Erwartung lag in der Luft – als ob Kellerman auf einmal reden, etwas loswerden wollte.

»Ich habe auf Epsilon Ultris meine Beine verloren«, sagte er. »Die Erinnerung daran ist immer noch schwierig. Ich versuche zu vergessen, was passiert ist. Aber es ist nicht leicht. Manchmal ist es einfacher, so zu tun, als sei ich nie dort gewesen.«

»Meinetwegen«, sagte ich. Mir war alles egal.

Unvermittelt fügte er hinzu: »Ich bin mir sicher, dass Ihr Mitstreiter ein ehrbarer Soldat war und man sich an ihn erinnern wird.«

»Sie haben ihn nicht gekannt.«

Wir saßen im Halbdunkel, und ich konnte schwach den bleichen Mond von Kellermans Gesicht ausmachen. Er nickte knapp.

»Das Planetarium an Bord des Tönernen-Schiffs hat Sie sehr interessiert. Warum?«

»Etwas, das mir vor langer Zeit zugestoßen ist.«

Ich hatte das erste Mal seit viel zu langer Zeit Hoffnung verspürt. Ich konnte ihr folgen. Ich konnte sie finden. Ihr Gesicht, ihre Stimme, *sie:* Es war unmöglich, nicht an sie zu denken.

Aber Hoffnung war auch etwas Grausames. Sie hatte mich Blake gekostet. Meine Gefühle waren derart gegensätzlich, dass sie mich ausgelaugt hatten. Mit wahnsinnigen Schuldgefühlen schaute ich auf die Kiste, in der der Schlüssel lag. Sie stand unbeschädigt und harmlos auf einem der leeren Sitze. Von der geschlossenen Kiste ging Macht aus. Ich durfte keine Begeisterung fühlen, keine Freude über diesen Fund. Diese Gefühle waren mir fremd. Ich hatte es nicht *verdient,* so etwas zu fühlen.

»Sobald wir wieder in der Basis sind, will ich die Daten der Sternkarte haben«, sagte ich. Wenn man sie mir nicht freiwillig aushändigte, würde ich sie mir nehmen.

Kellerman nickte. »Und die sollen Sie haben.«

»Sie wissen, was es mit dem Artefakt auf sich hat, oder, Kellerman?«

Jetzt war Kellerman an der Reihe, schweigend dazusitzen. Er fuhr sich mit einem Handschuh übers Kinn und verzog das Gesicht, als müsse er angestrengt nachdenken.

»Ja«, sagte er langsam. »Ich weiß es schon seit langer Zeit.«

»Dann reden Sie. Ich hab da draußen heute einen guten Mann verloren und eine Antwort verdient.«

»Es ist ein Leuchtfeuer«, sagte er. Immer noch so unwillig, sich in die Karten gucken zu lassen, immer noch der Hüter des geheimen Wissens. Der Mann ekelte mich an. »Die Funktionsweise ist nach wie vor unklar, aber ich lerne dazu. Ein Leuchtfeuer, das weit ins All reicht, das in der Lage ist, ein Signal durch den ganzen Mahlstrom zu senden.«

»Ein Neutrino-Signal?«

»Wahrscheinlich nicht. Das ist etwas anderes. Es ist viel fortschrittlicher. Es kann auf ähnliche Weise empfangen werden, aber das Signal ist ganz anders aufgebaut. Wir verstehen es noch nicht ganz. In dem Signal ist noch etwas verborgen, eine andere Übertragungsmethode, auf die die Tönernen gesetzt haben. Unsere Wissenschaft ist fehlbar – sie kann nicht alles erklären.«

»Bei der Einsatzbesprechung wurde mir gesagt, dass man es aus mehreren Systemen Entfernung hören kann, nicht durch den ganzen Mahlstrom.«

»Da kommt der Schlüssel ins Spiel. Das Artefakt ist nicht vollständig einsatzbereit. Irgendwo im Inneren oder darunter gibt es eine Energiequelle. Wir haben sie mit unserem Satelliten entdeckt. Der Schlüssel aktiviert das Artefakt – und sendet dann das Signal über den ganzen Sektor. Dadurch können andere Schiffe – die der Tönernen, vielleicht auch menschliche – die Übertragung des Artefakts als Sprungpunkt benutzen.

Stellen Sie sich eine Laterne vor, die nur für jene sichtbar ist, die wissen, wonach sie suchen müssen.«

Seine Miene erhellte sich wieder, und ich sah den plötzlichen Stimmungsumschwung, der zum bezeichnenden Merkmal des Manns geworden zu sein schien. Er warf mir ein seltenes Lächeln zu.

»Was ist mit den Krell?«, fragte ich.

»Das Signal des Artefakts ist stark genug, um sie anzulocken, wenn es nicht einmal ganz funktionsfähig ist. Es setzt sie jetzt schon fast außer Gefecht. Was Ihnen das Artefakt bei voller Leistung antun würde, können Sie sich selbst denken.«

Ich merkte, wie ich bei Kellermans Worten – widerwillig – nickte. Es würde sie ganz sicher vernichten – das Kollektiv überlagern, sie in den Wahnsinn treiben. Eine ganze Welt voller Krell mit einem grausamen Schlag ausgelöscht. Vielleicht sogar mehr als eine Welt, vielleicht ein System …

Wie alle tödlichen Viren war sein Eifer ansteckend.

»Ich weiß, dass Sie es auch hören können«, sagte Kellerman plötzlich und lehnte sich vor. Sein Gesicht wirkte auf einmal besonders ausgemergelt.

Ich wollte es verneinen, Kellerman anlügen, aber meine Antwort kam automatisch: »Manchmal.«

»Ich höre es auch. Nicht jeder ist dafür empfänglich. Meinen Forschungen zufolge ist das Geräusch für jeden anders. Ich bin mir nicht sicher, warum. Seien Sie gewarnt: Es ist ein zweifelhafter Segen. Für alle, die es hören können, hat es *Konsequenzen.*«

Am Ende schlief Kellerman im Sitzen ein. Das Exoskelett war nicht zum Sitzen oder Ausruhen gebaut.

Peters deckte ihm die Beine vorsichtig zu und machte eine Kiste mit Notrationen auf. Die Kabine wurde still.

Jeder hat seine eigenen Dämonen, dachte ich.

Ich versuchte, wach zu bleiben. Ich wollte mich nicht mehr erinnern. Aber ich war so müde, so dermaßen erschöpft, dass ich wusste: Schlaf war unumgänglich. Nachdem wir schon Stunden unterwegs waren, konnte ich mich nicht länger dagegen wehren.

19

KEINEN ABKLATSCH, KEINE SIMULATION VON DIR

Fünf Jahre zuvor

Wir hatten seit drei Jahren auf Azur gelebt.

Ich erinnere mich zu gut an diesen Tag. Mit einer Klarheit, von der ich wünschte, sie würde mit der Zeit verblassen, die aber stattdessen nur noch gewachsen ist.

Unser letzter Tag.

Ich war drei Wochen ununterbrochen im Einsatz gewesen. Mittlerweile war das Sim-Programm ein unvergleichlicher Erfolg und meine Bilanz erfolgreicher Missionen unübertroffen. Ich hatte einen großen Sim-Einsatz am Rand des Allianzraums angeführt; ein Krell-Schlachtschiff unschädlich gemacht; die gestrandete Besatzung einer Raumstation gerettet. Die Grenze zum Mahlstrom war totaler Krieg, aber langsam, ganz langsam machte das Sim-Programm den Unterschied.

Es war ein kurzer Weg von den Offiziersquartieren zum Einsatzzentrum, aber ich lief wie betäubt durch Fort Rockwell. Mein eigener Körper fühlte sich widerwillig und steif an. Der Himmel hellte sich bereits auf – das Licht des nahenden Sonnenaufgangs zog aus dem Osten auf. In der Basis spannten sich die Straßen wie ein Netz von militärischer Präzision.

Ich ging direkt zum Armeeladen. Er hatte rund um die Uhr geöffnet, und ich bin überzeugt, dass ich sonst eingebrochen wäre. Ein junger Armeeangestellter verkaufte mir zwei Flaschen Scotch von der Erde – und hob eine Augenbraue, als er die Rechnung vorlegte.

»Harte Nacht?«, fragte er, als er die Flaschen einwickelte und in eine braune Papiertüte steckte. Er sah eingebildet aus, die Stirn von frischer Akne gerötet.

Ich nickte. »So in etwa. Eine Frage: Schon mal 'nen richtigen Kampf erlebt?«

»Nein, Sir«, sagte er. Seine Miene gefror, als er das Abzeichen des Sim-Programms an meinem Revers sah.

»Also hast du noch nie in die Mündung einer Krell-Biowaffe geguckt und den Blick von einem Fischkopf gesehen, wenn er dich auseinandernimmt?«

Der Junge schluckte. »Nein, Sir. Ich weiß auch nicht, ob ich das möchte.«

»Dachte ich mir«, sagte ich. »Also lieber keine Mutmaßungen. Ich habe gearbeitet. Ich wette, du hast gedacht, ich hätte gesoffen?«

Er guckte nervös auf den Boden. »Verzeihung, Sir. Ich – ich habe nicht gesehen, dass Sie beim Sim-Programm sind.«

Ich zog meine Karte durch den Schlitz und verließ den Laden.

Natürlich hatte er recht gehabt.

Als ich nach Hause kam, wartete Elena auf mich.

Unsere Wohnung lag in einem Block mit zwanzig anderen Offiziersquartieren und ging über zwei Etagen. Sie schaute nach Osten. Jeden Tag hatte man einen guten Blick auf den Sonnenaufgang von Tau Centauri. Elena hatte sie wegen der ruhigen Lage ausgesucht – der große Raumhafen lag auf der anderen Seite der Basis. Zwei Schlafzimmer. Obwohl eins davon nie benutzt worden war, hatte die Logistikabteilung uns nie angewiesen umzuziehen.

»Willkommen zu Hause, Captain Harris«, zwitscherte die hauseigene KI, als ich über die Schwelle stolperte. »Sie haben sechzehn neue Nachrichten. Wenn Sie wünschen, kann ich sie auf Ihr Rechenarmband übertragen …«

»Psst!«, zischte ich. »Nicht so laut. Und ich hab dir gesagt, du sollst mich Conrad nennen.«

»Wie Sie wünschen, Captain«, sagte die KI mit etwas leiserer Stimme, aber immer noch viel zu laut für diese frühe Morgenstunde.

»Ich bin schon wach, oder immer noch wach, je nachdem, wie du das nennen willst«, rief Elena aus dem Schlafzimmer. Ihre Stimme klang brüchig: anklagend. »Bist du betrunken?«

Ich antwortete nicht, sondern blieb beim Eingang stehen und schaute in den Spiegel im Flur. Ich hatte Elena schon oft gebeten, ihn abzuhängen, und jetzt wusste ich auch wieder genau, warum. Ich war müde und hatte Ringe unter den Augen, aber das war nicht der Grund, warum ich den Spiegel hier nicht haben wollte. Der Grund war, dass ich das Gesicht, das mich anschaute, nicht erkannte. Weil ich das Gesicht nicht länger erkennen *wollte.*

Ich schlich durch die Wohnung und holte ein Glas aus der Küche. Elena war still und hatte nicht nach mir gesucht. Ich war mir nicht sofort sicher, ob das ein gutes oder schlechtes Zeichen war. Da musste ich wohl durch. Ich ging ins Schlafzimmer.

Die Rollläden waren gekippt und der Raum erfüllt von den fahlen Streifen der Morgensonne. Einzelne Strahlen fielen durchs Zimmer und erhellten umhertreibende Staubkörner.

»Hast du nicht schlafen können?«, fragte ich, als ich sah, dass das Bett noch gemacht war und Elena eher darauf als darin saß.

»Nein«, sagte sie energisch. »Ich habe nicht geschlafen. Ich habe auf dich gewartet.« Sie saß händeringend da. Das war eine ihrer Angewohnheiten und verriet ihre Stimmung. »Du hast gesagt, du hättest um zweiundzwanzig Uhr frei. Ich habe dich was gefragt: Bist du betrunken?«

»Ich habe was getrunken.«

»Wo warst du? Es ist schon fast fünf.«

»Ja und? Ich war nirgendwo.« Ich hoffte, dass das nicht der nächste Streit werden würde. Wir hatten in letzter Zeit zu viele gehabt, und es ging immer um die gleichen Dinge. »Ich musste nur 'n bisschen Dampf ablassen. In zwei Tagen hab ich Landurlaub. Nur noch eine Mission.«

Elena wollte mir nicht in die Augen schauen. Sie wusste, dass mir der Urlaub nichts bedeutete, und ihr zu dem Zeitpunkt wohl noch weniger. Sie saß steif und aufrecht. Sie hatte einen formellen Anzug an und die Haare hochgesteckt.

»Und was willst du mit dem Urlaub anstellen?«, fragte sie.

»Du meinst, was wollen *wir* damit anstellen. Hör mal, lass uns später darüber reden. Ich bin müde. Es ist spät, oder früh, oder was auch immer.«

Ich stellte den Scotch auf den Nachttisch und packte ihn aus. Der Verschluss klickte auf, und ich schenkte mir einen Fingerbreit ein.

»Hörst du mir überhaupt zu?«, fragte Elena. »Was bringt uns denn der Urlaub? Wenn du nicht arbeitest, willst du nichts anderes als arbeiten. Du wirst wieder die ganze Zeit alles durchgehen und an die nächste Einsatzphase denken.«

Ich kippte den Scotch herunter. Konzentrierte mich auf die 3D-Karikatur auf der Rückseite der Flasche: ein tanzender Cowboy in Schwarzweiß, darüber der Schriftzug YANKEE MALT. Der Aschenbecher auf dem Nachttisch quoll fast über vor Kippen: Elena musste die ganze Nacht durchgeraucht haben.

»Du achtest immer darauf, so wenig wie möglich frei zu haben zwischen Übergängen«, fuhr Elena fort. »Und glaub ja nicht, ich hätte deine psychologischen Gutachten nicht gesehen.«

»Die sind vertraulich. Nur zwischen mir und der Person …«

»Ich bin Teil des Programms, Conrad! Ich kann alles einsehen, was ich will. Und ich habe mir deine Akte angeguckt. Ich bin nicht blöd, also bitte halt mich auch nicht dafür. Der letzte Bericht legt ein Jahr bis achtzehn Monate Dauerurlaub nah, zusätzlich zu einem Reha-Aufenthalt.«

Plötzlich fiel mir auf, dass Elena in den letzten Wochen abgenommen hatte. Ich schämte mich dafür, dass mir das nicht früher aufgefallen war. Sie hatte geweint. Ihre blasse Haut – immer blass, trotz der Hitze – war gerötet. Selbst jetzt wollte ich trotzdem nicht darüber reden – wollte nichts tun, außer an den nächsten Übergang zu denken, an meine nächste künstliche Haut.

»Es ist zu hell hier drin«, beschloss ich. »Die Rollläden sollten geschlossen sein.«

Als ich an Elena vorbeiging, merkte ich, dass sie den Ring an ihrem Finger rieb. Sie zog ihn glatt ab und verdeckte die Bewegung – fast entschuldigend – mit der anderen Hand. Das war der Ring, den ich ihr gekauft hatte, als sie mir damals nach Azur gefolgt war. Ich hatte ihn seit Monaten nicht gesehen, aber die Erinnerung an den Tag kam jetzt wieder hoch. Ich unterdrückte und versteckte sie. Die neu justierten Läden warfen Licht wie Energiestrahlen auf Elenas Beine.

»Ich muss dir etwas sagen«, murmelte sie.

»Hat das nicht Zeit? Nach dem nächsten Einsatz nehme ich mir wirklich richtigen Urlaub. Acht Uhr morgen früh. Das nächste Enterkommando auf einem Schlachtschiff. Der Generalstab ist der Meinung, dass das dem zweiten Vorstoß das Genick brechen könnte …«

»Es hat *keine* Zeit«, zischte sie. »Wirklich nicht.«

Ich schenkte mir nach und stürzte das zweite Glas herunter. Die Wärme in meiner Gurgel, die sich langsam in den Magen vorarbeitete, stand im krassen Gegensatz zu der Kälte, die sich in meinem Herzen ausbreitete. Eine lähmende Erkenntnis traf mich: *Das ist nicht einfach nur der nächste Streit. Das ist ein ganz anderes und ernsteres Biest.*

Elena seufzte und wandte den Blick von mir ab – fixierte mit glasigen Augen einen bestimmten Punkt an der Wand gegenüber. Unsere Wohnung hatte eine seltsam anonyme Stimmung angenommen; nirgendwo waren noch Verzierungen oder persönliche Gegenstände zu sehen. *Wie lange ist das schon so?* War mir die Veränderung jetzt erst aufgefallen, oder hatte Elena die Sachen schon vor Monaten weggeräumt? Selbst Elenas Hologramme von zu Hause, aus der Normandie, hingen nicht mehr an der Wand.

»Ich bin unglücklich hier. Ich habe alles zurückgelassen, um mit dir hierherzukommen. Und was ist geworden aus Heiraten, Sesshaft werden, Kinderkriegen?«

»Was würde ein Ehevertrag an unserer Beziehung ändern? Du weißt doch selber, dass wir keine Lizenz für ein Kind kriegen würden, von mehreren ganz zu schweigen. Das war doch nur Gerede. Vielleicht irgendwann mal.«

»*Irgendwann mal* ist zu spät!«

»Das war alles dahergesagt. Du wolltest das doch alles selber nie, oder?«

»Woher zum Teufel willst du das wissen? Ich *wollte* das alles. Und es gab mal eine Zeit, in der du das auch wolltest.« Elena riss erregt die Hände in die Luft. »Wann hat sich das geändert?«

Ich fuhr mit dem Zeigefinger am Rand des Glases entlang und sagte nichts. Vielleicht konnte ich das hier überstehen, indem ich sie einfach etwas Dampf ablassen ließ; vielleicht sollte ich die Wohnung verlassen, erst morgen wiederkommen …

»Wir wissen beide, wann sich das geändert hat«, sagte ich. »Und wir wissen auch beide, warum.«

»Wie oft soll ich dir das noch sagen?«, fuhr sie fort. Ihre Stimme war schrill und das Gesicht rot angelaufen. »Soll ich es dir buchstabieren: Ich habe es nicht gewusst. Glaubst du ernsthaft, ich hätte dir das verheimlicht?«

Nach dem Terroranschlag hatten uns die Mediziner nicht viel sagen können. Elena war im zweiten Monat schwanger gewesen. Machte ich sie für unseren Verlust verantwortlich? Ich wollte ihr nicht die Schuld zuschieben, wirklich nicht. Aber ich musste *irgendwen* beschuldigen.

»Ist egal, ob du das getan hast oder nicht, jetzt ist sie sowieso tot«, platzte es aus mir heraus, bevor ich darüber nachdachte, was für Schmerzen meine Antwort verursachen würde.

»Was? Und das ist meine Schuld?«, brüllte Elena und stand im Bett auf. »Ich habe nicht gewusst, dass ich schwanger bin. Da, jetzt ist es raus. Ich hätte an dem Abend nichts ändern können.«

Mit lautem Krachen schlug ich das Glas auf den Nachttisch. Es zerbrach sofort. Ein Splitter schlitzte mir den Daumen auf. *Konzentriere dich auf den Schmerz. Schmerz ist gut.*

»Ich auch nicht. Nichts, was dich oder sie gerettet hätte. Weißt du, was das für ein Gefühl war, Elena?«

»Wag es nicht, mir daraus einen Strick zu drehen!

Was wäre denn bitte an dem Abend anders gelaufen, wenn du davon gewusst hättest?«

»Die Bombe – der Zug«, stammelte ich. »Wir wären nie im Leben damit gefahren. Wir hätten ein Taxi genommen und die ganze Zeremonie über gesessen.«

»Schwachsinn.«

»Ich wollte etwas verändern. Dafür sorgen, dass es hier sicher ist für dich ...«

»Du bist ein Kriegsjunkie«, erklärte Elena und bohrte mir den Finger in die Brust. »Und wenn du nicht verarbeiten kannst, was an dem Abend passiert ist, wie soll ich das dann schaffen? Ich habe alles für dich aufgegeben. Wozu? Guck mal in deine Akte: Du hast in den letzten zwölf Monaten mehr Zeit in einem christoverdammten Sim verbracht als in deinem eigenen Körper. Du bist nie hier. Immer da draußen – im Mahlstrom – und machst bei einem Krieg mit, den wir nie gewinnen werden. Zumindest nicht so.«

Sie zitterte.

Lass sie sich einfach austoben, sagte ich mir wieder vor. *Sie wird sich schon abregen. Wir klären das alles morgen ...*

»Und immer, wenn du hier bist, willst du nichts, außer wieder *da draußen* zu sein! Und *wenn* du da draußen bist, fühlst du dich lebendig! Ich habe dich an den Krieg verloren. Und das kann ich nicht mehr ertragen. Ich muss hier weg.«

Ich war stumm. Mir fiel keine kluge Antwort ein. Die Stimme in meinem Kopf, die behauptet hatte, alles würde sich klären lassen, war plötzlich und unwiderruflich verstummt.

»Ich habe beschlossen, eine Langzeitstelle bei einem neuen Projekt anzunehmen«, sagte Elena. Die Worte sprudelten aus ihr heraus, als würde sie einen Text ablesen. Mir war klar, dass sie es geübt und daran schon eine Weile gefeilt hatte. »Ich werde Schiffspsychiaterin bei einer neuen Allianz-Initiative.«

»Alles klar. Tu, was du tun musst, und dann komm wieder zurück ...«

»So einfach ist es nicht.«

»Wenn es in der Nähe ist, kannst du trotz der Zeitdilatation in ein paar Monaten wieder hier sein. Nimm die Stelle an – vielleicht tut dir das gut.«

Natürlich wollte ich absolut nicht, dass sie irgendeine Stelle annahm. Aber ich war verdammt noch mal zu müde zum Streiten, und wenn sie das besänftigte, war es vielleicht der richtige Schritt.

»Es wird dir nicht schmecken«, sagte Elena, »aber ich muss das tun.«

Ihre Stimme war so fest, dass mir klar wurde, dass es sich keineswegs um irgendeine normale Stelle handelte, sondern um etwas ganz anderes. Elena setzte sich wieder genau so aufs Bett, wie sie vorher gesessen hatte, und rutschte verlegen herum. Da war noch etwas, das sie mir nicht sagen wollte.

»Die UAS *Endeavour* verlässt die bekannten Regionen. Ich werde lange fort sein.«

»Sag schon. *Jetzt.*« Panik überkam mich.

»Kann ich nicht. Ist alles vertraulich.«

Ich schlug mit der Faust gegen die Wand; der Schmerz in den Knöcheln tat auf einmal sehr gut.

»Sag schon. Das hab ich ja wohl verdient.«

Sie schluckte und leckte sich über die Zähne. »Die Allianz will einen Waffenstillstand mit den Krell verhandeln. Einen Vertrag. Es gab ein Gespräch zwischen dem Stab und führenden Mitgliedern des Kollektivs …«

»Ihr wollt mit diesen Ungeheuern Frieden schließen?«, schrie ich.

»Es tut mir leid, dass ich dir das verschwiegen habe. Das Programm hat dich kaputt gemacht!«, schrie Elena zurück. »Du bist nie zufrieden, es sei denn, du steckst in einem Sim. Ich brauche *dich.* Ich *habe* dich gebraucht. Keinen Abklatsch von dir und auch keine Simulation von dir!«

Ich schlug die gleiche Faust noch mal gegen die Wand. Wo sie aufkam, bildete sich ein Abdruck blutiger Knöchel.

Elena machte wie auf Autopilot weiter, wollte mir verzweifelt alle Details erzählen. »Das ist streng geheim. Eine menschliche Delegation wird sich mit den Krell treffen, um zu versuchen, eine Quarantänezone zu etablieren – zwischen uns und dem Mahlstrom. Das Team braucht einen Langzeit-Psychiater, um die Leistungsfähigkeit zu gewährleisten, solange es von den Kernwelten weg ist. Ich habe mich dafür beworben und bin genommen worden.«

Die Worte trafen mich wie Messerstiche. Jede Silbe ein Schlag in die Magengrube, jeder Satz eine Kugel. Wut überlagerte jeden logischen Gedankengang und schaltete meine Nervenbahnen aus.

»Das ist eine Beförderung für mich«, sagte sie, während ihr Tränen die Wangen herunterliefen. »Ich werde objektiv ein Jahr im Mahlstrom sein, vielleicht aber auch viel länger. Danach kehrt die Gruppe zu den Kernwelten zurück. Das Projekt wird relativ bald öffentlich bekannt gegeben. Es ist für uns alle ein wichtiger Schritt.«

»Wir werden mit den Krell niemals Frieden schließen. Lass dir das gesagt sein. Wenn du aus der Tür gehst, ist das das letzte Mal, dass ich dich sehe. Das kann ich dir versprechen.«

Elena ließ den Kopf hängen, aber ihr Entschluss war schon gefasst. Schäumend vor Wut und Verletztheit und Schmerz sah ich zu, wie sie ihre Reisetasche nahm. Sie streifte mich im Vorbeigehen, und ich roch ihren Duft, spürte ihre Haare an meinem Gesicht. Langsam und bedächtig legte sie den Ring auf dem Nachttisch ab.

Sie sah sich noch einmal nach mir um, dann war sie weg.

Ich nahm beide Whiskeyflaschen und ging direkt zum Einsatzzentrum des Sim-Programms. Ich war schnell da und fand es verlassen vor. Es waren noch mehrere Stunden, bis die Morgenschicht anfing, und ich hatte die Zentrale für mich allein.

Der Einsatzraum war dunkel und kalt. Ich setzte mich bewusst den leeren Simulatoren gegenüber. Hinter mir waren die regungslosen Sims und betrachteten mich mit geschlossenen Augen.

Ich trank direkt aus der Flasche. Saugte begierig die scharfe, rauchige Flüssigkeit auf. Soff mit Heißhunger. Verschüttete ein bisschen über meine Hand und zuckte zusammen, als der Alkohol die aufgerissene Haut traf.

Ich schrie, so laut ich konnte. Ich schmiss die Flasche gegen meinen Tank. Sah zu, wie sie zersprang und Scherben und Flüssigkeit auf dem Boden verteilte. Ich zog die Stiefel aus und merkte, wie sich die Splitter in meine Sohlen bohrten. Es war so schön, überhaupt etwas zu *spüren*.

Ich war voller Schmerzen, innen und außen. Die Frau, die ich liebte, war mir genommen worden, und ich hatte verdammt noch mal nichts dagegen tun können. Christoverdammt noch mal gar nichts.

Wie willst du etwas vermissen, von dem du nicht einmal wusstest, dass du es gehabt hast?, fragte ich mich, während ich mich der zweiten Flasche widmete.

Das Kind. *Mein Kind*. Verloren, Elena und mir von einer Bombe entrissen, die wahrscheinlich nicht einmal uns gegolten hatte. Ich wütete wieder, warf mich gegen die Simulatoren, prallte harmlos vom Plastik ab.

Voller Alkohol und Hass zog ich mein Uniformhemd aus. Es war bereits blutgetränkt und nutzlos. Ich zerriss den Stoff und warf ihn weg. Umkreiste die Datenbuchsen an den Unterarmen, im Nacken, auf der Brust.

20

ER IST GEFALLEN

Wir erreichten die Helios-Station gerade, als die beiden Sonnen aufgingen. Der erwartungsvollen Furcht des Forscherteams zum Trotz war es nicht zu einem Angriff der Krell gekommen. Nur eine lange, ereignislose Fahrt durch die Wüste mit nichts als meinen Gedanken, um mich zu beschäftigen.

Ich versammelte Jenkins, Kaminski und Martinez in der Kantine. Vor mir lag etwas, wovor ich mich immer gefürchtet und gehofft hatte, es niemals tun zu müssen. Es war etwas, das ich nicht mehr getan hatte, seit ich dem Sim-Programm beigetreten war. Aber ich war der befehlshabende Offizier, und es war meine Pflicht, ihnen zu berichten, was passiert war. Ich wusste, dass ich alles noch einmal würde erklären müssen, wenn wir wieder auf *Liberty Point* waren.

Während meines Berichts blieben Jenkins und Martinez stumm. Kaminski ging leise hinter mir auf und ab. Er fügte nichts hinzu und lenkte auch sonst nicht von dem Vortrag ab.

»Wo ist seine Leiche?«, fragte Jenkins. Mir war klar, dass es sie am schlimmsten traf. »Wir können ihn nicht einfach da draußen liegen lassen.«

Ich schüttelte den Kopf und vermied es, ihr in die

Augen zu blicken. Es war zu schmerzhaft. Sie war normalerweise immer so stark – der Grundstein meiner Truppe –, aber jetzt schien sie gebrochen. In all der Zeit, die ich sie schon kannte, hatte ich sie noch nie so gesehen.

»Wir mussten uns zurückziehen. Die Krell haben seine Stellung überrannt.«

In Jenkins' Augen flackerte wahnsinnige, unmögliche Hoffnung auf.

»Dann ist er vielleicht immer noch da draußen!«, sagte sie. Ihre Stimme überschlug sich. »Wir müssen zurück. Wir müssen. Wir lassen nie jemanden zurück.«

Kaminski schlug mit der flachen Hand auf den Tisch und seufzte.

»Du warst nicht dabei, Jenkins. Wir haben den Kleinen verloren. Verloren.«

»Fick dich, 'Ski!«, brüllte sie und stand auf, um ihn zu konfrontieren.

»Wir hätten nichts tun können. Er ist gefallen. Er hat uns alle gerettet – hat die Krell mit in den Tod gerissen, damit wir fliehen konnten. Sobald wir wieder bei der Raupe waren, sind sie über uns hergefallen. Wenn wir geblieben wären, hätten sie uns auch erwischt.«

»Also habt ihr euch einfach verpisst und den Kleinen zurückgelassen, um das allein zu regeln?«

»Das ist nicht wahr«, sagte ich und stand wacklig auf. Ich konnte sehen, wohin das führte, und es passte mir überhaupt nicht.

Jenkins sah Kaminski böse an. »Als ob dir der Tod des Kleinen überhaupt was bedeuten würde. Du hast ihn immer nur verarscht. Bist du froh, dass er weg ist?«

»Das ist doch völlig verrückt«, sagte ich. »Alle beide – Schluss mit der Scheiße. Martinez, hilf mir mal.« Ich packte Jenkins am Arm und zog sie vom Tisch weg, aber sie wehrte sich. Martinez sprang auf und legte Kaminski einen Arm um die Brust.

»Wie kannst du so was sagen?«, brüllte er. Er schubste Martinez mit aller Kraft weg. »Ich habe mich immer um ihn gekümmert.«

»Indem du ihn wegen seines Alters gestichelt hast? Das nenne ich nicht gerade kümmern.« Jenkins entriss sich meinem Griff, und ich war nicht schnell genug, um sie zu stoppen. Sie wandte mir ihren anklagenden Blick zu und hielt mir einen Finger vors Gesicht. »Und du bist auch nicht besser! Du hast ihn mit da raus genommen! Kein Sim, keine Waffen. Was hast du dir dabei gedacht?«

»Ruhe jetzt!«, bellte ich. »Ich will nicht, dass du was sagst, was du später bereuen könntest. Ich bin der befehlshabende Offizier dieser Expedition …«

»Welche Expedition?«, sagte Jenkins höhnisch. »Wir sind hier auf diesem Felsen gestrandet, ein Sim-Team ohne Sims, von Fischköpfen umgeben und mit einem Wahnsinnigen an der Spitze. Ich krieg nichts davon mit, dass du irgendwas tust, um uns aus dieser Riesenscheiße rauszuholen!«

»Was zum Teufel hast du für ein Problem?«, schrie ich. »Wir hätten nichts machen können. Glaubst du, irgendwas, das du sagst, sorgt dafür, dass ich mich noch mieser fühle? Ich bin am Ende. Mir reicht's. Ich weiß nicht mehr weiter.«

»Fick dich«, sagte Jenkins hinter zusammengebissenen Zähnen. Sie schob den Kiefer vor. Alle Muskeln in ihren Wangen zitterten vor Anspannung.

»Red nicht so mit dem Captain«, sagte Kaminski und drängte sich an Martinez vorbei, Jenkins entgegen. »Du warst nicht dabei und hast keine Ahnung, was passiert ist …«

»Ich weiß *genau,* was Blake durchgemacht hat«, sagte Jenkins sehr langsam und sehr deutlich. »Ich weiß *genau,* wie es sich anfühlen würde, da draußen zu sterben.« Sie sah uns der Reihe nach an. »Wir haben alle simulierte Tode durch Dröhner oder Stacheln erlebt. Die Scheiße in unserem Blut gespürt, gesehen, was sie anrichtet. Blake ist der Einzige, der da wirklich durchmusste, und er war noch fast ein Kind. Das geht auf eure Kappe.«

Kaminski plusterte die Brust auf und guckte von mir zu Jenkins, dann wieder zu mir. Einen schrecklichen Moment lang dachte ich, einer von beiden würde anfangen, um sich zu schlagen, so angespannt war die Lage. Das konnte ich nicht dulden, nicht in meinem Team.

»Lasst es einfach gut sein, alle beide«, rief ich und schubste sie voneinander weg.

»Leck mich«, sagte Jenkins.

Sie gab nach und trat vom Tisch zurück. Ihre Augen waren gerötet und voller Wut. Sie holte zischend Luft und stürmte aus dem Raum.

»Fick dich, Jenkins«, rief Kaminski ihr hinterher. Seine Worte verhallten in der leeren Kantine.

So einfach war unsere Einheit zerrissen, und sie würde nie wieder so sein wie vorher.

Am nächsten Tag gab es eine informelle Zeremonie in einem der Hangars. In der Zwischenzeit hatte keiner von meinen Leuten ein Wort gesagt – ich war mir nicht sicher, ob die Kluft zwischen Jenkins und Kaminski je wieder heilen würde. Ich war verdammt noch mal einfach zu müde von der ganzen Scheiße, um selbst etwas dazu beizutragen – es war unmöglich, über unsere aktuelle Lage hinaus zu denken.

Aber ich befahl allen, anwesend zu sein, und aus Respekt vor Blake taten sie es auch. Kellerman, Deacon und eine Handvoll anderer Leute waren ebenfalls da, obwohl sie sich bemühten, respektvoll Abstand zu halten.

Das alles fand in dem gleichen zweckmäßigen, schmuddeligen Vorratshangar statt, in dem wir angekommen waren, als Deacon uns das erste Mal zur Station gebracht hatte. Es war immer noch mit Erkundungs- und Ausgrabungsgeräten vollgestopft: Sandraupen, Bagger, mehrere große Fusionsbohrer. Eigentlich kein angemessener Ort für ein Begräbnis.

Ich legte Blakes Kampfanzug in eine Militärkiste, die Kaminski mit einem Lichtbogen-Handgerät verschweißte. Die Panzerung war speziell für den jeweiligen Sim maßgefertigt und würde keinem anderen mehr von Nutzen sein.

Olsen hatte in Eigeninitiative alle Sims versammelt, die Blake auf zukünftigen Missionen benutzt hätte. Auch diese waren für andere Lenker nicht zu gebrauchen, da sie nur mit seiner DNS aktiviert werden konnten. Der Reihe nach schritt Olsen an den Glasbehältern entlang und deaktivierte erst die Lebenserhaltungssysteme und drückte dann den Schalter für den Säuberungszyklus. Stumm sahen wir zu, wie sich die Glasröhren mit ätzender schwarzer Flüssigkeit füllten, die das blaue Fruchtwasser, in dem die Sims aufbewahrt wurden, zersetzte. Trotz all ihrer militärischen Macht wehrten sich die Sims nicht, krümmten sich noch nicht einmal, als sie starben.

Fünfzehn kalte Gesichter starrten auf die Särge. Mir war klar, dass ich etwas sagen sollte. Ich hatte nicht genug Kraft für eine inszenierte Rede, deshalb sagte ich einfach das, was ich fühlte.

»Lasst uns kurz innehalten. Obergefreiter Michael Blake war ein geschätztes Mitglied im Simulatenprogramm. Viel wichtiger, er war ein guter Freund. Er ist unersetzlich. Ich hatte die Ehre, ihn seit drei Jahren zu kennen. Ich wünschte, es wäre länger gewesen.«

Martinez trat neben mich und legte eine Hand auf den nächsten Tank. Die andere legte er über dem Herzen auf die Brust. Die Anwesenden folgten seinem Beispiel.

»Allmächtiger Christo«, sagte er, »behüte meinen *compadre* auf seiner letzten Reise. Und behüte auch uns in dieser schweren Zeit. Wache über alle, die bereit sind, ihr Leben für unsere Sache zu geben, für den Fortbestand der Allianz. Wir erinnern uns nicht nur an den Verlust von Michael Blake, sondern auch an alle, die an Bord der UAS *Oregon* ihr Leben gelassen haben: an Captain Atkins, seine Offiziere und Besatzung, und an die Wissenschaftler. Gib uns die Kraft, die Werte der Verfassung der Allianz zu erhalten. Schüre unseren gerechten Zorn gegen die Krell und alle, die Deine Feinde sind. Führe uns in unserer dunkelsten Stunde, damit wir das Rechte tun, damit wir sehen, was das Rechte ist. *La gracia de Dios.* Amen.«

»Amen«, schallte es durch den Hangar.

Es war kein Gebet, das ich je gehört hatte, aber es war gut genug. Martinez verstummte und senkte den Kopf, um sich still von Blake zu verabschieden. Jenkins salutierte mit eiserner Miene und Tränen in den Augen.

Es gab nichts, was ich ihr hätte sagen können, um ihren Verlust zu mindern. Es gab nichts, was ich irgendeinem von ihnen hätte sagen können.

»Wir sollten eigentlich eine Flagge und so Zeug haben«, sagte Martinez schließlich. »Du weißt schon, auf dem Sarg.«

»Wenn wir seine Leiche hätten, könnten wir sie mit zurück zum *Point* nehmen«, sagte Jenkins anklagend. »Da könnten wir dann eine richtige Zeremonie abhalten. Seine Familie würde das so wollen.«

Jenkins wusste nicht, dass Blake das Programm hatte verlassen wollen. Es würde auch nichts bringen, ihr das jetzt zu sagen. *Manche Sachen bleiben besser unausgesprochen,* entschied ich. Ich schloss die Augen und stellte mir Blakes Namen an der Wand der Gedächtnishalle vor: nichts als ein weiterer Name, der für die Ewigkeit in die kalte Stahlwand geätzt war. Würden seine Eltern die Stelle hin und wieder besuchen, um ihres verlorenen Sohns zu gedenken?

»Um den Körper geht es nicht«, sagte ich schließlich zu Jenkins. »Überhaupt nicht.«

Jenkins machte den Mund auf, entschied sich dann

aber offenbar, doch nichts zu sagen. Der vernichtende Blick, den sie mir zuwarf, sagte genug.

Ich wusste, dass ich gelogen hatte. Ich musste um Elena trauern, und da war kein Körper, von dem ich mich hatte verabschieden können. War das der Grund dafür, dass ich nicht loslassen konnte?

Nicht nur das, es ging auch um *meinen* Körper. Mir tat alles weh. Bei jedem Schritt brannte mein Bein vor Schmerz. Die Expedition in die Wüste hatte meine Verwundung verschlimmert und den alten Schmerz von der Landung wenige Tage zuvor verstärkt. Ich fühlte mich alt und müde; zu müde, um zu sehen, wie junge Männer unter fremden Sonnen ihr Leben ließen, zu müde, um Kollegen und Freunden zu erklären, dass ihre Kameraden nicht nach Hause kamen.

Und dann war da noch das Signal des Artefakts. Es lag sicher nur am Schlafmangel, aber das fremdartige Heulen schien mittlerweile auch tagsüber durch meinen Schädel zu hallen. *Wird es schlimmer?* Ich war mir nicht sicher. Ich konnte darüber mit keinem reden, mich niemandem anvertrauen.

Weder für Ray noch für Farrell gab es eine Andacht. Ich hörte noch nicht einmal, dass irgendwer ihren Tod überhaupt erwähnte. Es schien ein stillschweigender Konsens zu herrschen, dass der Zwischenfall ihre Schuld gewesen war. Ich fragte mich, ob sie irgendwo Partner oder Familie hatten – ob sie irgendwer vermissen würde –, aber schnell wurde dieser Gedankengang wieder von Wut überlagert.

Ich beobachtete Deacons Reaktion auf die Zeremonie; gesenkter Kopf und finsterer Blick. Er machte keinerlei Anstalten, von Blakes Verlust abzulenken. Es gab keine gehässige Bemerkung über den Verlust seiner vielen Leute im Vergleich zu meinem einen Soldaten. Seine Wachmannschaft machte mittlerweile kaum mehr als eine Handvoll Männer aus. Wahrscheinlich würde Deacon, sobald er nicht mehr genug Leute hatte, um überhaupt sinnvoll arbeiten zu können, Personal aus anderen Abteilungen um Hilfe bitten. Und wenn nur noch eine Rumpfmannschaft übrig war, würde die Basis am Ende den Betrieb ganz einstellen. Dann hätte Kellerman keine andere Wahl, als den verfluchten Planeten zu verlassen; es wären nicht mehr genug Forscher oder Wissenschaftler oder Techniker übrig, um ihn hier zu halten.

Hinter mir hustete jemand, und als ich mich umdrehte, sah ich Tyler im Eingang des Hangars stehen. Sie sah fast so abgekämpft aus wie Deacon. Die Haare hatten sich von ihrem verblichenen Bandana losgerissen, und sie hatte die dünnen, durchtrainierten Arme vor der Brust verschränkt. Sie lächelte betreten. Ich sah, dass wir mittlerweile allein im Hangar waren. Alle anderen hatten leise den Raum verlassen, während ich gedankenverloren dastand. Meine Hand lag immer noch auf dem Sarg von Blakes Sim.

»Sie wollen wohl auch Ihr Beileid bekunden?«

»Nicht ganz. Ihr Team kommt vom *Liberty Point,* richtig?«, fragte sie. »Sie sind doch sicher besser informiert als wir, was die aktuelle Lage angeht.«

»Mir ist gerade nicht nach Reden.«

Aber sie wich nicht zurück, sondern stand da und wirkte nervös. Sie stand im Schatten eines großen Fusionsbohrers – ähnlich wie die Raupen ein Kettenfahrzeug, dessen Schnauze in einem riesigen Bohrkopf endete. Der Bohrkopf war von einer dicken Sandschicht überzogen, aber die Brennelemente – industrielle Laser, die selbst durch massive Felsen schneiden konnten – waren sorgfältig gesäubert worden.

»Ich bin ein Speedball-Fan«, sagte Tyler und zeigte auf ein verblichenes Emblem auf ihrem Kopftuch: SAN-ANG SENTINELS. »Ich hab mich gefragt, ob Sie – oder sonst jemand aus Ihrer Truppe – mir sagen können, wie sich die Sentinels diese Saison geschlagen haben? Wir kriegen hier keine Nachrichten.«

Sie machte mich sehr wütend. *Ein verdammtes Speedball-Team – in dieser Situation?* Ich war wirklich nicht in Stimmung, mich mit ihr über Sport zu unterhalten.

»Ich weiß, dass sie in der Zweiundzwanzig-Hunderter-Serie gespielt haben – und das war vor, was, drei Jahren?« Sie ließ nicht locker.

»Holen Sie sich Ihre Sportnachrichten von wem anders.«

»Sie werden ihn vermissen, was?«, fragte sie plötzlich.

»Natürlich werde ich das.«

»Das passiert hier auf Helios oft. Leute sterben. Das macht der Planet mit einem. Am Ende erwischt er uns alle.«

Eigentlich hätte mich ihre Reaktion noch wütender machen sollen – sie war nur Zivilistin und hatte gar keine Ahnung, was es hieß, jemanden wie Blake zu verlieren –, aber irgendwas ließ mich stocken, bevor ich antwortete. Als ich ihr in die Augen sah, schien sich mein Gift langsam aufzulösen. Dann war der Augenblick vorbei – was auch immer es gewesen war –, und Tyler lächelte wieder.

»Kellerman hat mir gesagt, dass ich mit Ihnen über den Zugang zur Einsatzzentrale reden soll, um *Liberty Point* zu kontaktieren«, sagte ich. »Wir wollen hier verschwinden. Er kann gerne alles behalten, was er gefunden hat.«

So flüchtig, dass ich es fast nicht gesehen hätte, legte Tyler den Finger an die Lippen. Sie sah mich weiter fest an.

»Hören Sie, wenn Sie sich mal aufwärmen wollen hier, können Sie mich gerne jederzeit besuchen kommen«, sagte sie. »Dann können wir uns weiter über Sport unterhalten.«

Sie fuhr mit der Stiefelspitze auf dem Boden hin und her, dann zuckte sie mit den Schultern und wandte sich ab. Ich schaute ihr hinterher und legte die Stirn in Falten. Ich verstand ihr Verhalten nicht. Vielleicht wollte sie was von mir. Ich wollte zwar nichts von ihr, aber es war lange her, dass ich das Gefühl gehabt hatte, begehrt zu werden. Sie war ein hübsches Mädchen, und ich fühlte mich immerhin geehrt.

Auf dem Boden stand etwas in den Staub geschrieben. Tyler hatte etwas gezeichnet.

M11.

Modul elf. Sie wollte mich treffen. Ich verwischte mit meinem Stiefel die Zeichen und schaute mich dann vorsichtig um. Der Hangar war immer noch leer. Tyler hatte den Moment abgepasst, um auf mich zuzukommen, und was immer sie mir mitteilen wollte, konnte sie nicht vor dem Rest der Besatzung sagen. Sie hatte Codeworte benutzt: Es gab beim Speedball keine Zweiundzwanzig-Hunderter-Serie. Sie hatte eine Uhrzeit gemeint.

Ich stand still da und ließ Blakes Blechmarken durch die Finger gleiten, befühlte das gepresste Metall und den eingearbeiteten biometrischen Chip. Ich streifte mir die Kette über den Kopf und versteckte die Marken unter meiner Uniform.

In den letzten anderthalb Tagen war so viel passiert, dass ich den Funkraum fast vergessen hatte. Das war meine Gelegenheit, *Liberty Point* zu kontaktieren – und meine Leute in Sicherheit zu bringen. Ich würde dafür sorgen, dass nicht noch jemand auf Helios ums Leben kam – nicht mit mir.

Meine Leute hingen im Wohnmodul herum. Ich sagte ihnen nicht, dass mich Tyler um ein Treffen gebeten hatte, und als es dunkel wurde, machte ich mich heimlich aus dem Staub. Da alle mit ihrer persönlichen Trauer beschäftigt waren, fiel es mir leicht, unbemerkt zu verschwinden.

In Tarnanzug und notdürftiger Atemmaske stellte ich mich dem Wind und den sinkenden Temperaturen. Es war kurz vor zweiundzwanzig Uhr Ortszeit. Ich hatte eine Mischung aus Angst und Aufregung im Bauch. Endlich hatte ich das Gefühl, irgendwas richtig zu machen – das erste Mal, seit wir auf Helios angekommen waren.

Der Rest der Station lag dunkel und verlassen da. Von meinen Vorbereitungen auf der *Oregon* wusste ich noch, wo Modul elf lag, also nahm ich den kürzesten Weg. Die Sicherheitstür stand offen. *War das Teil von Tylers Plan, mich unbemerkt durch die Basis zu lotsen?* Ich hatte das Gefühl, geführt zu werden. Oder vielleicht auch *gelockt.*

Nur zur Sicherheit hing der Smith & Wesson an meinem Bein. Der Halfter fühlte sich beruhigend an, außerdem hatte ich ihn bereits entsichert. Nichts riskieren hier draußen. Ich traute Tyler ungefähr genauso sehr wie Kellerman.

Leuchtkugeln an den Wänden leiteten mich zu einer Abzweigung. Überall auf dem Gang lagen Kabel und Rohre herum, neben dem nächsten Schott war die Schalttafel herausgerissen worden. Ein paar Sekunden lang sprühte es helle Funken, dann wurde es dunkel. Ich schob mich an dem beschädigten Gerät vorbei und zuckte zusammen, als es sich zischend wieder aktivierte.

Der kurze Lichtblitz reichte aus, um die Wand dahinter zu erleuchten: LEBENSERHALTUNGSSYSTEME – T5 BIS T8.

Hinter mir hörte ich leise Schritte und fuhr herum, um mich dem Angreifer zu stellen. Ich reagierte, so schnell ich konnte. Irgendwer warf sich auf mich. Meine Rippen explodierten in frischem Schmerz. Die rauen Hände eines zweiten Angreifers packten mich am Kiefer. Sie rochen nach Schmierfett und Öl. Ich zog den rechten Ellbogen hoch und schlug ihn krachend gegen etwas Hartes hinter mir. Ein vielversprechendes Knacken ertönte, als der Schlag auf Rippen oder Brustbein traf, gefolgt von einem schmerzhaften

Stöhnen. Der Angreifer fiel hintenüber. Ich krümmte den Rücken und rang mit dem zweiten. Er versuchte sich festzuhalten, schien aber zu stocken, als der erste zu Boden ging, als hätte ihn meine Reaktion verunsichert.

Das machte ich mir sofort zunutze. In einer fließenden Bewegung packte ich den Arm des Angreifers mit beiden Händen. Ich langte über meine rechte Schulter und zog kräftig. Die Gestalt segelte über mich hinweg – dann rutschte sie aus und sackte vor mir zusammen.

Ich griff direkt nach dem Revolver, zog ihn aus dem Halfter und nahm ihn hoch, um zu schießen.

»Harris! Harris! Halt – wir sind's!«

Ich guckte auf die stöhnende Gestalt am Boden und stellte fest, dass es sich um einen Techniker handelte. Er lag quer auf einem Schutthaufen in einer Position, die garantiert alles andere als komfortabel war. Er richtete sich halb auf und rieb sich mit beiden Händen die Seite. Ich drehte mich um und sah Tyler hinter mir stehen. Sie stand an die Wand gedrückt und hatte abwehrend die Hände gehoben.

»Tolle Begrüßung. Wisst Ihr Leute nicht, wie man einfach normal Hallo sagt?«, murmelte ich und drehte mich zu dem Techniker um.

Der Mann war etwa so alt wie Tyler, hatte kurze rotblonde Haare und trug einen Overall der Helios-Expedition. An seinem Revers stand R. FLYNN. Er biss die Zähne zusammen, als er sich aufsetzte. Ich reichte ihm die Hand, um ihm zu helfen, und er nahm sie zögernd an. Tyler schien sich etwas zu entspannen, allerdings nur kurz. Sie rannte den Gang zurück, durch den ich gekommen war, und sah um die Ecke.

»Alles ruhig«, sagte sie gedämpft.

»Ich wollte verhindern, dass Sie rufen«, sagte Flynn, der sich immer noch übertrieben die Rippen rieb. »Tyler, kommst du hier ohne mich klar? Ich sollte wieder zurück zur Einsatzzentrale.«

Tyler nickte. »Ich glaube, ich bin bei diesem alten Tiger in Sicherheit. Vielleicht ist es zu spät, um sich vorzustellen, aber das da ist Flynn. Er weiß über alles Bescheid – wir können ihm vertrauen.«

»So alt bin ich gar nicht«, sagte ich, aber der stechende Schmerz in meinem Bein, den die plötzliche Anstrengung wieder verstärkt hatte, strafte mich Lügen. »Und *worüber* weiß er überhaupt Bescheid? Nur fürs Protokoll, ich bin bei gar nichts dabei, bevor ich das nicht sage, und ich traue euch beiden nicht.«

»Das kann ich gut verstehen«, sagte Tyler. Dann, an Flynn gerichtet: »Geh zurück. Du kannst uns von da aus sowieso besser helfen. Meine Schicht fängt erst in ein paar Stunden an – spring für mich ein.«

Flynn nickte und folgte Tyler zur Abzweigung. Sie winkte ihm hinterher und kam sofort zurück.

»Folgen Sie mir«, sagte sie.

Sie führte mich in einen dunklen Gang. Er sah aus, als wäre er aufgegeben worden oder befände sich im Bau. Sie nahm eine Taschenlampe aus ihrem Werkzeuggürtel, die sie hin und wieder kurz aufflammen ließ. Wir kamen an dunklen, leeren Kammern vorbei und gingen durch Räume, die vom Lärm der Lebenserhaltungssysteme erfüllt waren. An manchen

Orten war das Hintergrundsummen der komplexen Maschinen ohrenbetäubend, außerdem war es unerträglich heiß. Mein Nacken war schweißgebadet, und der Flecktarn klebte mir auf der Brust.

Gerade, als ich beschlossen hatte, Tyler ohne eine Erklärung nicht weiter folgen zu wollen, blieb sie stehen. Sie lehnte sich an eine Wand und sah sich im Gang um. An den Wänden hingen ein paar Notlämpchen, und die Decke war von mehreren großen Umluft-Ventilatoren bedeckt. Die behäbigen Rotorblätter warfen die Notbeleuchtung stroboskopartig zurück. Tylers verschwitztes Gesicht glänzte im flackernden Licht. Sie war außer Atem und sah erschöpft aus.

»Da wären wir«, sagte sie. »Hier kann er uns nicht hören.«

»Wer denn? Kellerman?«

»Natürlich – wer sonst? Er hat die ganze Basis verwanzt. Er sieht und hört alles. Ich muss irgendwem – Ihnen – erzählen, was hier passiert ist.«

»Ich höre.«

»Ich weiß nicht, an wen ich mich sonst wenden sollte. Kellerman ist völlig durchgedreht.«

»Also gut – dann schießen Sie los. Und fangen Sie vorne an: Warum hat die Basis aufgehört, sich zu melden?«

»Kellerman hat einfach eines Tages beschlossen, dass wir die Übertragungen abbrechen müssten. Es war allein seine Entscheidung. Ich leite die Einsatzzentrale, um Christos willen, und selbst mir hat er nie gesagt, warum wir aufgehört haben. Was immer dieser Planet ist, warum auch immer das Artefakt und das Schiff der Tönernen hier sind: Wir pfuschen an etwas herum, das keiner von uns versteht, er am allerwenigsten.«

»Ganz in Ruhe«, sagte ich. Ich konnte sehen, dass Tyler sich schwertat, dass sie mir eine Menge zu sagen hatte und nicht wusste, wo sie anfangen sollte.

»Ich bin eins von zweitausendzweiunddreißig Mitgliedern der ursprünglichen Besatzung.«

»Was ist mit dem Rest passiert? Ich habe Kellerman gefragt, aber der wollte mir nicht antworten.«

»Er hat sie alle verheizt. Hat sie aufgebraucht. Genauso wie Sara.«

Sie hatte angefangen, nervös auf und ab zu gehen und zwischendurch einen Blick in meine Richtung zu werfen, als wollte sie meine Reaktion abschätzen. Ich hörte mir alles an, was sie zu sagen hatte und überlegte, ob ich es glauben sollte oder nicht.

»Kellerman ist vom Artefakt besessen. Er weiß nicht, was er tut.«

»Er hat mir gesagt, dass es ein Leuchtfeuer ist, dass es ein Signal quer durch den Mahlstrom senden kann. Das Schiff der Tönernen könnte ein echter Durchbruch sein. Ich habe gesehen, was die Forscher da entdeckt haben.«

»*Alles* und *Jeder* könnte dieses Signal für einen Q-Sprung benutzen – Krell, Menschen, vielleicht sogar die Tönernen, falls die noch irgendwo da draußen sind. Wollen Sie, dass unser erster Kontakt mit einer fremden Rasse unter Kellermans Leitung stattfindet? Und nicht nur das: Wenn der Effekt auf die Krell der ist, den Kellerman voraussieht, dann hat, wer auch immer das Artefakt kontrolliert, eine planetare Vernichtungsmaschine in der Hand – einen universalen Roten Knopf.«

Ich seufzte leise. Sicher, Kellerman hatte mir einen Teil seiner Forschungen gezeigt, und seine Aufgabe auf Helios war gewesen, das Artefakt zu untersuchen. Aber das Vorhaben, es unter seine Kontrolle zu bringen, es für seine Zwecke einzusetzen, war nicht Teil des Plans gewesen. Die Vorstellung, dass ein einzelner Mann die Macht über die ganze Spezies der Krell in Händen hielt, ließ mich erschaudern.

»Erzählen Sie mir von der fehlenden Besatzung«, sagte ich.

»Kellerman konzentriert sich ganz darauf, das Artefakt zu aktivieren. Er hat Sara und den ganzen Rest dieser verdammten Basis ins Verderben geschickt.«

»Wer ist Sara?«

»Meine Schwester«, sagte Tyler. Ihre Stimme war aufgewühlt und betroffen. »Wir sind zusammen nach Helios gekommen, als wir noch fast Kinder waren. Können Sie sich das vorstellen? Sara war einundzwanzig und ich dreiundzwanzig. Wir hatten beide Abschlüsse in Kolonialtechnik und wurden eingeladen, uns vor dem Generalstab auf diesen Posten zu bewerben. Es sollte ein großes Abenteuer werden – etwas, wovon wir noch unseren Kindern erzählen könnten. Wir haben offizielle Verschwiegenheitserklärungen unterschrieben, das volle Programm. Dieses Ding – das Artefakt – sollte die nächste große Entdeckung werden.« Tyler ließ ihre Worte verhallen. »Ein Jahr nach unserer Ankunft war Sara tot.«

»Ich – ich glaube, ich habe ein Foto von ihr gesehen«, sagte ich und rieb mir die Schläfen. Ich hatte rasende Kopfschmerzen. »Bei uns im Wohnmodul. Es hängt über einem der Betten.«

»Kommt hin. Ihr Team ist in ihrem alten Quartier untergebracht. Die sind alle tot.«

Bin ich dieser Mensch? Bin ich Tylers Retter? Ich wusste es nicht. Ich wusste nur, dass ich Helios verlassen und meine Leute mitnehmen wollte. Natürlich tat Tyler mir leid – ich hatte Blake da draußen verloren, genau wie sie Sara –, aber das war nicht mein Problem. Die taktische Lage auf Helios hatte sich nach dem Sturz der *Oregon* radikal geändert, und dann mit Blakes Tod noch einmal. Ich musste mich auf meine eigenen Leute konzentrieren. Aber konnte ich Tyler hier einfach im Stich lassen? Sie war Kellermans Gegner. Vielleicht reichte das schon, um sie zu einer Verbündeten zu machen.

»Wie ist das passiert?«, fragte ich. Ich war mir sicher, dass sie es mir so oder so gesagt hätte.

»Dr. Kellerman hat irgendwann angefangen, die Sandraupen direkt zum Artefakt zu schicken. Am Anfang waren es noch automatisierte Missionen – einfach Kampfroboter oder Überwachungskameras auf Ketten. Keine von denen ist auch nur in die Nähe des Artefakts gekommen. Wenn Sie es aus dem All gesehen haben, wissen Sie, dass es von den Fischköpfen belagert wird.«

Tyler biss sich auf die Lippe, ihr Blick war entrückt. Als ob sie sich an etwas erinnerte, was zu schmerzhaft war, um sich richtig darauf konzentrieren zu können.

»So viele auf einmal haben Sie noch nie gesehen. Sie bedecken den Wüstenboden wie Sandkörner. Primär-, Sekundär- und Tertiärformen. Anführer, Artillerieformen und alles dazwischen – alle vom Artefakt in den Wahnsinn getrieben.

Dann hat er angefangen, bemannte Sandraupen loszuschicken. Wollte prüfen, wie nah er dem Artefakt kommen könnte. Jedes Team, das ausgeschickt wurde, sollte ein bisschen näher ran. Und jedes Mal wenn sie ein Stück näher kamen, mussten sie sich durch mehr und mehr Krell kämpfen.«

»Warum sind sie freiwillig da rausgefahren, wenn es so gefährlich war? Es ist doch offensichtlich, dass jeder, der durch diese Wüste fährt, auf erbitterten Widerstand trifft.«

»Das Artefakt treibt nicht nur die Krell in den Wahnsinn. Immer mehr von der Besatzung haben den Verstand verloren. Haben Sie geschlafen, seit Sie auf Helios sind? Na bitte.«

Fuck. Bei mir hat es schon angefangen. Ich holte tief Luft. *Nichts zugeben. Es ist viel einfacher, alles zu vergraben, so zu tun, als wäre nichts.*

»Es trifft nicht jeden. Und manche trifft es schlimmer als andere. Für viele bleibt es bei Schlaflosigkeit. Für andere bedeutet das Signal Wahnsinn. Es hat hier über hundert Selbstmorde gegeben. Wahrscheinlich noch mehr. Da kann man Unfälle und rätselhaftes Verschwinden noch mit einrechnen.«

Das deckte sich mit dem, was Kellerman mir erzählt hatte. Es erklärte, warum der Rest meiner Leute nicht die gleichen Symptome zeigte wie ich. Aus irgendeinem unglücklichen Grund war ich der Einzige, den der Wahn berührte. *Also wird das noch schlimmer? Werde ich genauso verrückt wie Kellerman?* Wenn sein Wahnsinn von einem Alien-Signal gespeist wurde, wo war dann die Grenze seiner Ambitionen? Ich hatte gesehen, dass er gefährlich war, aber es war noch um einiges schlimmer.

»Ihre Schwester ist draußen in der Wüste gestorben?«, fragte ich. »So wie Blake?«

»Nein«, sagte Tyler kopfschüttelnd. »Unter dem Artefakt gleicht der Planet einem Bienenstock. Alles voller Tunnel. Vielleicht natürlich, vielleicht von den Tönernen angelegt. Spielt es eine Rolle? Die Tunnel sind groß genug, um mit einer Sandraupe durchzufahren, und das hat Kellerman auf eine Idee gebracht. Er hat Teams in die Tunnel geschickt, um das Artefakt von unten zu erreichen. Bei einem von denen war Sara dabei. Sie ist freiwillig in die Tunnel gegangen. Sie *wollte* da rein; wollte das für ihn tun.«

»Was hat sie gefunden?«

»Nichts. Je näher man dem Artefakt kommt, desto stärker wird sein Gesang. Wir haben ihren Fortschritt mit einem Sender an der Raupe verfolgt, haben aber den Kontakt verloren, bevor sie unter dem Artefakt angekommen sind. Da war ihre ganze Gruppe bereits dem Wahnsinn verfallen. Ich – ich habe mir die Übertragung nicht weiter angehört …«

Tyler zitterte vor Wut und Trauer. Sie wollte nicht weinen. Sie stand einfach nur da und schaute mich mit großen, geröteten Augen an. Ich legte ihr unbeholfen einen Arm um die Schulter.

»Am Ende haben die Sandraupen-Einsätze aufgehört, weil Kellerman die Versuchskaninchen ausgegangen sind«, schloss sie.

»Mich interessiert nur, meine Leute sicher nach *Liberty Point* zurückzubringen. Sie können mitkommen. Ich brauche allerdings Zugang zur Einsatzzentrale, damit ich eine Nachricht an den Generalstab schicken kann …«

»Glauben Sie im Ernst, dass Kellerman das zulassen wird? Er wird Sie niemals gehen lassen. Deacon steckt da mit drin.«

»Was soll ich dann Ihrer Meinung nach tun?«

»Sie könnten ihn mit Ihren Leuten stürzen.«

Ich dachte über den Vorschlag nach. Tyler starrte mich aufmerksam an und wartete auf eine Antwort. Mir graute davor, dass das eine weitere Entscheidung sein würde, die ich auf dem *Point* zu verantworten hätte. Das wollte wohlüberlegt sein. Die Aussage der Einsatzleiterin würde dem Stab nicht reichen. Ich brauchte etwas Konkreteres.

»Bitte, Sie müssen mir helfen«, flüsterte sie. »Das Artefakt ist in Kellermans Händen nicht sicher. Ich kann Ihnen Beweise zeigen. Kellerman überwacht die Einsatzzentrale ständig. Er wird nach mir suchen. Ich gehe sowieso davon aus, dass er mir nicht traut, aber im Moment ahnt er noch nicht, was wir vorhaben. Flynn kann ihn noch ein paar Stunden zum Narren halten.«

»Na gut«, sagte ich. »Dann los.«

Tyler war sofort auf den Beinen und winkte mir, ihr zu folgen. Im flackernden Stroboskoplicht der Ventilatoren über uns sah es so aus, als würde sie dauernd kurz aus der Realität herausspringen. Ich hatte selber das Gefühl, nicht mehr ganz in der Wirklichkeit verankert zu sein, trotzdem folgte ich ihr.

»Wir müssen uns beeilen. Dieser Sektor ist nicht verwanzt, und ich habe Flynn gebeten, auch für den Silo die Überwachung lahmzulegen. Wenn wir jetzt gehen, kann ich Ihnen alle Beweise zeigen, die Sie brauchen.«

21

EINE ZWEITE CHANCE

Vornübergebeugt rannten wir durch den kalten, staubigen Wind über das Gelände. Tyler schien wahllos zu agieren; sie lief zwischen Gebäuden hindurch und duckte sich hinter ramponierten Fahrzeugen. Sie kauerte sich hinter eine Mauer und steckte nur den Kopf um die Ecke, um den Weg vor uns abzuschätzen. Zufrieden mit dem, was sie sah, winkte sie mich vorwärts. Wir schlichen zur nächsten Kreuzung und wiederholten das Prozedere.

»An manchen Gebäuden hat er Überwachungskameras angebracht«, sagte Tyler und zeigte auf die Ecke des Moduls vor uns. Über uns hing eine glänzend schwarze Kugel an einem Kabel. »Flynn hat die kurz ausgeschaltet, bis wir beim Labor sind.«

Tyler führte mich zu einem riesigen Silo. Ein einzelner Kampfroboter lag wie ein schlafender Hund vor einem verstärkten Doppelschott ausgestreckt. Die Tür war gerade weit genug geöffnet, um hindurchzuschlüpfen.

»Auch wieder Flynn«, sagte Tyler.

Vorsichtig gingen wir um den Roboter herum. Ich ließ ihn nicht aus den Augen – die Maschine hatte mehr als genug Feuerkraft, um uns beide umzubringen –, aber er blieb unbeweglich liegen. Vor der Tür stockte ich kurz und hatte das plötzliche und sehr deutliche Gefühl, dass es dahinter keinen Weg zurück gab: Wenn ich über die Schwelle in den Raum auf der anderen Seite trat, würde sich alles verändern. Tyler wandte sich zu mir um und lächelte dünn.

»Das hier ist, was ich Ihnen zeigen wollte.«

Hinter den Toren lag ein ausgedehntes Labor. Ich versuchte, so viel wie möglich aufzunehmen, weil mir klar war, dass ich irgendwann später über diesen Moment würde Rechenschaft ablegen müssen. Isolationszellen mit robotischen Greifarmen warteten geduldig auf neue Benutzer. Ich lief einen engen Gang zwischen Bänken voller Monitore und Holo-Displays entlang. Der Innenraum des Silos war abgedunkelt und nur von Bildschirmen und schlafenden Terminals erhellt. Hinter mir zog Tyler die Tür zu.

»Das ist Kellermans wichtigste Forschungseinrichtung.«

»Was macht er hier?«

»Sehen Sie selbst.«

Sie schlug auf den Lichtschalter, und in einer Ecke des Labors gingen tiefhängende Oberlichter an. Ich ging hinüber.

Und prallte gegen eine Wand von Gestank: moschusartig, fischig, verrottet. Unverwechselbar.

Überall lagen Krell-Kadaver. Auf Tische geschnallt, an die Wände genagelt. Tyler ging in den hinteren Bereich, wo mehrere große Krell-Skelette hingen. Es waren enorme Exemplare mit gezahnten, dornigen Schädeln. Obwohl sie tot waren und ich im Lauf meines

Lebens schon auf Legionen von Krell getroffen war, merkte ich, wie mir ein unangenehmer Schauer den Rücken hinunterlief.

Tyler öffnete in einer der Wände eine Metall-Jalousie. Sie glitt lautlos zurück und gab dahinter einen weiteren Raum preis. Ich spähte in die Schatten.

Ach du Scheiße!

Aus der Dunkelheit sprang ein Krell. Es war eine verbesserte Primärform – der Körper schwarz und geschmeidig, überzogen von Stacheln und Widerhaken. Es starrte mich an und schwang die klauenbewehrten Vorderarme. Gegen meinen Willen zuckte ich zusammen und machte einen Schritt zurück, als das Vieh mit einem schrillen Schrei angriff.

»Ruhig Blut, Tiger«, sagte Tyler und legte mir den Arm um die Schulter. »Der beruhigt sich gleich wieder.«

»Nächstes Mal bitte vorwarnen«, sagte ich und versuchte mich wieder zu beruhigen.

Der Xeno war in einem kleinen Plasglas-Kasten eingepfercht, kaum größer als er selbst. Er warf sich harmlos gegen das Sichtfenster. Dahinter stand eine lange Reihe weiterer Kästen. In jedem steckte ein anderes Exemplar.

Tyler drückte neben uns auf einer Schalttafel ein paar Knöpfe. Einer nach dem anderen gingen die Scheinwerfer über den Kästen an. Mehrere waren leer.

»Der Raum ist abgeschirmt«, sagte Tyler. »Die können nicht um Hilfe rufen.«

»Was macht er mit denen?«, fragte ich kopfschüttelnd. »Das ist unglaublich riskant. Reiner Wahnsinn.«

Kellerman musste das Leben seiner Sicherheitsleute aufs Spiel gesetzt haben, um diese Xenoformen zu fangen – und setzte das Leben aller anderen Besatzungsmitglieder aufs Spiel, indem er sie hier eingesperrt hielt.

»Ich bin mir echt nicht sicher«, sagte Tyler und zuckte mit den Schultern. »Seine Forschungsunterlagen sind alle verschlüsselt. Ich glaube, am Anfang hat er nur normale biologische Reaktionstests laufen lassen. Aber ich habe es seit Monaten nicht mehr geschafft, an seine Unterlagen zu kommen, also habe ich keine Ahnung, was er mittlerweile anstellt.«

Die Krell warfen sich gegen ihre Käfige. Die meisten waren mit einfachen Ketten angebunden. Die Viecher waren alle völlig in Rage: geifernde, schmierige, kreischende Bündel aus Hass. Viele hatten wütend auf die Scheinwerfer reagiert und versuchten vergebens, nach ihnen zu schlagen.

Ich trat von den Käfigen zurück und nahm den Rest des Labors in Augenschein. Dieser Abschnitt des Raums war anderen Forschungen gewidmet. Die dreckigen Wände waren mit Bildern des Tönernen-Raumschiffs zugeklebt. Auf verschiedenen Werkbänken lagen auseinandergebaute Fundstücke. Als Kellerman – ich hegte keinen Zweifel daran, dass er dafür verantwortlich war – seinen Vorrat an Tablets und Papier aufgebraucht hatte, war er dazu übergegangen, die Wände mit Aufzeichnungen zu beschmieren.

»Das sind Sternkarten«, sagte ich, als ich die Zeichnungen untersuchte. Je länger ich sie ansah, desto vertrauter kamen sie mir vor. »Die habe ich schon mal gesehen. Das sind Zeichnungen aus dem Planetarium – die Sterndaten des Schlüssels.«

Tyler zuckte nur mit den Schultern. »Ich weiß nicht, wo er die herhat, aber er hat eine Menge Daten über den Mahlstrom …«

»Können Sie mir die Daten kopieren?«

»Ich glaube schon.«

Diese unmögliche Hoffnung keimte wieder auf.

»Sie müssen Kellermans Forschungsergebnisse für mich runterladen – *alles.* Ich *brauche* diese Sterndaten.« Ich lächelte sie strahlend an. »Ich kann ihr folgen!«

Das ist eine zweite Chance.

Tyler warf mir einen finsteren Blick zu, der mich an Blakes Reaktion im Schiff der Tönernen erinnerte. Sie kannte den Grund für meine Begeisterung nicht, aber ich würde es ihr erzählen, sobald ich konnte. Vielleicht fragte sie sich auch, ob sie mir trauen konnte – ob ich genauso verrückt war wie Kellerman.

»Immer mit der Ruhe. Das muss warten. Sobald ich damit anfange, weiß er, dass wir etwas gegen ihn unternehmen. Dann geht alles nach hinten los. Ich habe doch gesagt, dass er Deacon und seinen Trupp auf seiner Seite hat. Und außerdem habe ich Ihnen noch nicht alles gezeigt.«

»Es muss aber jetzt sein – das kann nicht warten. Ich erkläre Ihnen alles so bald wie möglich, aber diese Sterndaten sind absolut essenziell …«

Tyler ignorierte mich, ging zu einer der Konsolen und drückte einen weiteren Knopf. Mehr Lampen leuchteten auf, die den Rest des dunklen Silos erhellten. Mir war immer noch schwindlig von der Aussicht, Elena finden zu können …

Auf der Rückseite des Silos stand ein Raumschiff.

Ich ging einmal ganz herum und untersuchte es. Es war ein kleines, gedrungenes Schiff, das auf seinem Fahrwerk saß wie ein Insekt, das darauf wartet aufzusteigen. Die reine Form des Schiffs wirkte schon bedrohlich. Es war ein sehr hoch entwickeltes Modell und sah tadellos aus – wenn überhaupt, war es nur kurz auf Helios eingesetzt worden, denn die Hülle glänzte im Schein der Silobeleuchtung.

»Drecksdirektorat …«, flüsterte ich.

Am Bug, unterhalb der Brücke, stand neben ein paar chinesischen Schriftzeichen *Pride of Ultris* eingraviert. Die Schrift war so frisch, dass es aussah, als wäre die Farbe noch nicht einmal getrocknet. Unter dem Schiffsnamen war ein Symbol aufgemalt worden: eine vielköpfige Hydra, die sich um ein Schwert schlängelte.

Mein Blut gefror. Ich hatte das Symbol auf Azur im Zug gesehen. Die Erinnerung war unauslöschlich. Auch danach hatte ich es oft gesehen. Und jetzt war das Direktorat sogar hier; hatte mich durch Raum und Zeit verfolgt.

»Direktorat-Sonderkommando«, murmelte ich. »Deacon hat mir erzählt, dass er auf Epsilon Ultris gekämpft hat. Und Kellerman war auch da – er hat dort seine Beine verloren.«

Was hat das zu bedeuten?, fragte ich mich. *War das die Situation, in der das Direktorat Kellerman rekrutiert hat? Oder hat er die Seiten gewechselt wegen dem, was auf Ultris passiert ist?*

Und in diesem Moment hatte ich mich endlich wieder im Griff. Ich war nicht mehr hohl: Ich war getrieben, motiviert, voller Zorn. Ich hasste Kellerman mehr als je zuvor. Ich wollte ihn vernichten, nicht nur töten. Die Erinnerung daran, wie Elena in Rockwell im Krankenhaus schluchzte, drohte mich kurz zu überwältigen, und ich biss mir auf die Knöchel, um meine Wut einzudämmen. Einen Moment lang hörte ich das Signal des Artefakts im Kopf – dieses schrille Heulen.

Alles ergab auf einmal einen Sinn.

Das war das Geräusch, was ich ständig hörte, eingebettet in das fremdartige, statische Rauschen. Ein Geräusch in einem Geräusch – das Ohrensausen nach dem Terroranschlag im Zug. Das war, was ich hörte, wenn das Artefakt nach mir rief. Das Signal verhöhnte mich; es erinnerte mich an mein Versagen.

Tyler war mir ums Schiff herum gefolgt.

»Alles in Ordnung?«, fragte sie. »Sie sehen krank aus.«

Ich wollte es ihr nicht erklären, also schüttelte ich einfach den Kopf. Aber jetzt wusste ich, dass ich Tyler helfen würde: Jetzt war mir klar, dass ich Kellerman beseitigen *musste.* Und ich hatte die Legitimation, ihn zu töten. Er war ein feindlicher Agent, und alle, die ihm folgten, waren keinen Deut besser.

»Ich werde tun, worum Sie mich bitten, Tyler«, sagte ich. »Ich werde Kellerman ausschalten. Aber ich brauche die Sterndaten – und wir brauchen Waffen. Wie viele Zivilisten sind auf Ihrer Seite?«

»Vielleicht vier.«

»Wir müssen das sehr genau durchdenken. Wir müssen unsere Flucht von Helios planen. Meine Leute sind Soldaten, keine Piloten. Ich bin mir nicht sicher, ob wir das Schiff gestartet kriegen, vom Verlassen des Planeten ganz zu schweigen. Kennen Sie irgendwen hier, der Flugerfahrung hat?«

»Ich bin ausgebildete Raumpilotin«, sagte Tyler stolz. »Hab eine Fluglizenz Klasse elf. Ich war auf der Akademie – habe industrielle Schlepper geflogen.«

Ich nickte und zeigte auf die vier übergroßen Düsen. »Schlepper sind anders als Militärmaschinen. Das ist ein T-89-Abfangjäger. Gebaut für kurze Sprünge innerhalb des Systems und Kampf auf engem Raum. Er hat zwar ein Quantentriebwerk, aber es ist ein ziemlich langsames.«

»Ich weiß nur, welche Knöpfe ich drücken muss. Und ich bin mir ziemlich sicher, dass ich uns damit hier wegbringen kann.«

Ich zog eine Augenbraue hoch. »Ziemlich sicher oder *sicher?*«

»Sicher genug.« Sie zeigte auf die Raketen, die unter einer der stummeligen Tragflächen hingen. »Ich kümmere mich ums Fliegen, aber Sie und Ihre Leute müssen den Rest erledigen. Die Waffensysteme sind Ihre Sache.«

Ich lachte laut. »So was wird in der Allianz gar nicht gebaut. Das sind Plasmasprengköpfe – zwölf Stück. Und unterm Bug hängt eine H-28-Laserkanone.«

»Und das heißt?«

»Dass dieses Schiff einen Großteil von Helios vernichten könnte.« Das war zwar übertrieben, aber die Sprengköpfe waren durchaus ernstzunehmendes Kriegsgerät. »Wir reden hier von Detonationen im zweistelligen Kilotonnen-Bereich. Richtig schweres Gerät. Und die Kanone vorne ist ein Anti-Infanterie-Laser – der schneidet Menschen, oder Krell, in Streifen.«

»Ah, gut«, sagte Tyler abwesend. Sie interessierte sich offensichtlich nicht für Waffen.

»Wofür braucht Kellerman so ein Schiff?«

»Vielleicht, um den Planeten verlassen zu können, wenn die Lage wirklich aus dem Ruder läuft? Oder um sicherzustellen, dass das Direktorat sein Pfund Fleisch von ihm bekommt? Es steht wahrscheinlich schon hier, seit die Helios-Basis gebaut worden ist. Ich habe es erst vor ein paar Monaten entdeckt, aber diese Sorte Luftverkehr hat es nicht gegeben, solange wir hier sind.«

»Wenn Kellerman so verdammt besessen vom Artefakt ist, warum fliegt er dann nicht einfach rüber und aktiviert das Ding? Er würde das doch bestimmt versuchen.«

»Kellerman ist vielleicht verrückt, aber nicht bescheuert. Er hat einen starken Selbsterhaltungstrieb. Das Artefakt ist das große Unbekannte. Wenn er selbst mit dem Schiff und einem Team hinfliegt, dann steckt sein Kopf mit in der Schlinge. Wenn er eine andere Gruppe rüberschickt und selber in der Basis bleibt, riskiert er seine einzige Möglichkeit, Helios zu verlassen.«

»Das stimmt wohl.« Ich ging ein letztes Mal um den

Abfangjäger herum. An Steuerbord war eine große Einstiegsluke für die Besatzung, damit Landetruppen direkt aus dem Bauch des Schiffs eingesetzt werden konnten.

»Waren Sie an Bord?«

»Nur einmal, als ich es gefunden habe. Es gibt Hyperschlaf-Kapseln und Kojen für ungefähr zwanzig Leute.«

»Dann ist das auf jeden Fall unsere Fahrkarte runter von Helios. Wir brauchen dem *Point* keine Nachricht zu schicken – wir nehmen das Schiff hier, um zu fliehen.«

Ich klopfte auf die Tragfläche. Die für den Bau verwendete Legierung war unauffällig und mit Tarnkappentechnik behandelt worden. Der Rumpf des Schiffs fühlte sich angenehm solide an. Ich war sicher, den richtigen Weg gefunden zu haben, und ein Teil von mir sehnte sich sogar danach, Kellerman entgegenzutreten. War das der von Martinez beschworene gerechte Zorn, der mich erfüllte? Der mein Blut befleckte und mich im Angesicht von Widrigkeit stärkte?

Tyler zog eine Grimasse. »Bleibt immer noch Kellerman, den Sie ausschalten müssen. Er hat die Lufthoheit. Er würde uns abschießen, sobald wir die Basis verlassen.«

Ich ging um die Wölbung der Bordwand. »Ich verspreche Ihnen, dass ich mich um ihn kümmern wer …«

»Fresse halten und runter auf die Knie!«

Der Schrei klang extrem hasserfüllt und hallte von den Wänden wider.

Über uns flackerten die Lampen.

Ich machte einen Satz in Richtung Labor – war schon in Bewegung, bevor ich richtig begriffen hatte, was los war. *Tyler hat mir eine Falle gestellt,* dachte ich sofort. *Sie hat mich verraten.* Aber dann hörte ich sie schreien und irgendwo hinter mir einen Faustschlag sein Ziel treffen. Sie verstummte.

Überall waren plötzlich Sicherheitsleute.

»Hände hoch, oder ich drück ab!«

Das war Deacon, der mir ein Schockgewehr in die Brust stieß. Ich riss den Revolver hoch und versuchte, freie Schussbahn zu bekommen.

Deacon war schneller als ich. Er feuerte das Gewehr ab. Weiße Blitze erhellten den Raum, und ich sackte zuckend und schreiend auf dem Boden zusammen. Das Gewehr war nur auf Betäubung gestellt, aber das war schlimm genug – 55 000 Volt jagten durch meinen Körper. Ich war gelähmt und von Krämpfen geschüttelt. Schockgewehre wurden für Wachpersonal gebaut und waren normalerweise nur dafür gedacht, Leute ohne tödliche Gewalt ruhigzustellen, was aber noch lange nicht hieß, dass es eine angenehme Erfahrung war, von einem getroffen zu werden. Der Revolver fiel mir aus der Hand, krachte auf den Boden und rutschte außer Reichweite. Ich versuchte, nach ihm zu greifen, die natürliche Reaktion meines Körpers auf die Schockladung zu brechen.

»Sorgt dafür, dass der unten bleibt!«, bellte jemand anders. Kellerman. Seine Stimme reichte schon, um mich wütend zu machen, und gab mir neue Kraft …

Deacon stand wieder über mir, das Gewehr im Anschlag. Er fletschte die Zähne – eine zu allem entschlossene Grimasse. Ich zwang meine Muskeln, sich zu bewegen, aber der Revolver war immer noch knapp außer Reichweite. Deacon hob das Gewehr und ließ den Kolben krachend auf meine Schläfe sausen.

Innerhalb von nur zehn Minuten war mir so viel verheißen worden, und trotzdem wurde mir all das ebenso schnell wieder genommen.

22

SIE HABEN BLAKE GETÖTET

Langsam lichtete sich die Dunkelheit.

Ich war dafür nicht besonders dankbar, weil Bewusstsein und Schmerzen gemeinsam und gleichzeitig wieder einsetzten. Große Wellen durch den ganzen Körper.

Dann kamen die Fragen, immer wieder Fragen.

»Wie werden die Simulaten aktiviert?«

»Wie lange, bevor der Stab die nächste Expedition schickt?«

Das war Deacon. Außer groben Umrissen konnte ich nichts erkennen, aber ich spürte ihn deutlich genug. Sein Gesicht, direkt vor meinem, brannte vor Wut. Ich konnte seinen heißen Atem riechen.

»Ich heiße Captain Conrad Harris, Simulatenprogramm der Allianz, Armee«, sagte ich. »Seriennummer 93778.«

»Wir wollen Antworten!«

Immer wieder leierte ich meine Identifikationsdaten herunter. Die Worte wurden zu einem Mantra; manchmal von Verweigerung und Schmerzensschreien unterbrochen. Ich war gründlich ausgebildet, Folter zu widerstehen. Die würden nicht die Genugtuung erfahren, mich zu brechen. Ich war jetzt ein Kriegsgefangener.

Dann gingen die Prügel weiter, und der Schmerz in Rippen, Rücken und Gliedmaßen war kaum zu ertragen. Hart genug, um wehzutun, aber nicht hart genug, um zu töten. Sie hätten mich sofort und ohne Probleme umbringen können, aber offenbar wollten sie mich lebend.

Mehr als einmal spuckte ich Blut. In meinem Bein hatte sich eine tiefe Taubheit ausgebreitet, die über Schmerz hinausging. *Ihr könnt mich alle. Ich kann ewig so weitermachen. Ich habe schon Schlimmeres erlebt.* Noch mehr Rippen brachen.

»Wir sind hier nicht auf einer Militärbasis, und du unterstehst nicht dem Kriegsrecht. Der Doktor kann mit dir machen, was er will.«

Unterbewusst bekam ich mit, dass um mich herum noch andere Leute schrien – wahrscheinlich aus Zellen in der Nähe. Mir kam es vor, als hörte ich Jenkins irgendwas brüllen, obwohl es auch Martinez sein konnte. Tyler erkannte ich auf jeden Fall: Sie schrie so laut, dass es von den Wänden widerhallte. Sie flehte darum, dass die Schmerzen aufhören mögen. Ich wünschte, ihr helfen zu können.

Einen Augenblick lang klang sie wie Elena, die um Hilfe flehte und darum, dass ich ihr zuhörte. Die forderte, dass ich sie daran hinderte, in den Mahlstrom zu fliegen. Ich wünschte, auch ihr helfen zu können.

Wieder wurde es dunkel, bevor alles von vorne losging.

Erst saß ich in einem Stuhl, an Händen und Füßen gefesselt. Im nächsten Moment lag ich ausgestreckt auf dem Boden der Zelle. Vielleicht waren diese Details nur in meinem Kopf – vom Unterbewusstsein erdacht, um die Lücken zu füllen. Ich wusste nicht, ob die Folter Stunden oder Tage dauerte. Zeit wurde völlig irrelevant.

»Schluss jetzt!«, schrie irgendwer schließlich. *»Ich habe euch gesagt, dass ich ihn lebend brauche!«*

Das war wieder Kellerman. Er saß in seinem Sessel am Eingang der Zelle; ein perfektes Rechteck weißen Lichts rahmte ihn ein und vertrieb die Finsternis der Folterkammer.

Alles hielt inne, als er kam. Jetzt konnte ich auch Deacons verschwitztes Gesicht ausmachen. Neben ihm standen zwei seiner Leute, hasserfüllt und mit nackten Oberkörpern. Sie waren voller Narben und Pocken von der Zeit auf Helios.

Ich lachte, aber das Geräusch erstickte in einem feuchten, schmerzhaften Krächzen, das meinen Körper durchschüttelte. *Mir ist wahnsinnig kalt.* Die Stirn, der Brustkorb nass. *Das ist Blut. Nur Blut.*

»Er hat genug. Wascht und fesselt ihn, dann bringt ihn in mein Büro.«

Ich hatte einen Sack über dem Kopf, der am Hals festgezurrt war. Nicht so fest, dass ich hätte ersticken können, aber fest genug, um zu signalisieren, dass man es ernst meinte. Der Stoff stank bestialisch nach ranzigem Blut und abgestandenem Schweiß. Der Sack war schon oft benutzt worden – andere, die Kellerman vielleicht genau so abtrünnig geworden waren, hatten Ähnliches durchgemacht.

Vielleicht hat Tyler sich geirrt. Vielleicht sind doch nicht alle freiwillig in die Tunnel gegangen.

»Nehmt die Kapuze ab.«

Irgendwer riss mir grob das Ding weg, und ich schüttelte mich, um den Kopf freizubekommen.

Wir waren in Kellermans Büro. Er saß hinter seinem Schreibtisch und ich davor – eine perverse Rekonstruktion unseres Treffens von vor wenigen Tagen. Deacon stand hinter mir. Dieses Mal waren meine Handgelenke an die Armlehnen gekettet. Ich versuchte mich zu befreien, aber kaltes Metall schnitt mir ins Fleisch, und der Versuch war fruchtlos. Ein Auge war fast zugeschwollen, das andere fühlte sich malträtiert an. Kurz verschwamm meine Sicht – ich brauchte wirklich ärztliche Hilfe.

»Sie haben ihn getötet, Kellerman«, brach es aus mir heraus. »Sie haben Blake getötet!«

Kellerman betrachtete mich kühl und verschränkte die knorrigen Finger. Das Ausbleiben einer Reaktion machte mich richtig sauer. Ich knurrte ihn über den Tisch hinweg an und versuchte abermals, mich zu befreien. Die Stuhlbeine klapperten auf dem Boden. Kellerman betrachtete mich immer noch.

»Sie haben Blake getötet!«, brüllte ich wieder.

Ich spuckte ihn an. *Na, wie gefällt dir das?* Ein Brocken aus blutverschmiertem Rotz landete auf seiner Wange. Endlich bröckelte seine Fassade ein bisschen, und er runzelte die Stirn. Er wischte die Spucke weg und schüttelte verächtlich seine beschmutzte Hand. Hinter mir konnte ich hören, wie Deacon in Fahrt kam und scheppernd das Schockgewehr anlegte.

»Kein Grund zur Sorge«, sagte Kellerman und hob die Hand. »Captain Harris ist verärgert. Wir sind alle ein wenig angespannt.«

»Fick dich! Du bist ein Verräter, Kellerman. Ein christoverdammter Spion fürs Direktorat!«

»Das Direktorat hat mir eine günstige Gelegenheit geboten.«

»Du hast uns nach Helios gelockt!«

»Nicht Sie speziell. Ich habe die Meldungen an den Stab in der Hoffnung eingestellt, dass sie ein Bergungsteam schicken würden. Ich konnte es mir nicht leisten, noch mehr von meinem Personal zu verlieren, trotzdem habe ich neue Leute gebraucht – um das Artefakt zu erreichen. Ich konnte nicht ahnen, dass der Stab ein Sim-Team schickt.«

»Fick dich!« Ich tobte auf dem Stuhl. Mir war klar, dass ich den letzten kleinen Rest meiner Kraft auch noch verbrannte, aber ich konnte diesem Schatten eines Manns – diesem Verräter – nicht tatenlos gegenübersitzen. »Blake war noch fast ein Kind. Er hat es nicht verdient zu sterben. Genauso wenig wie Sara oder sonst irgendwer …«

Oder Elena, oder unser Kind …

»Ich hatte gehofft, Sie davon zu überzeugen, mir zu helfen. Der Plan war, Sie mit der Begegnung in der Wüste zu verängstigen. Die Krell vor Ort waren Experimente, die in der Region auf mein Geheiß hin ausgesetzt worden sind – ihre biotechnologischen Kommunikationsmittel sind vorher entfernt worden. Der Tod des Gefreiten Blake war nicht vorgesehen. Trotzdem hatte ich gehofft, dass er Ihre Feindseligkeit den

Krell gegenüber verstärken könnte. Miss Tyler hat all das ruiniert. Sie hat mich dazu gezwungen, einen direkteren Ansatz zu verfolgen.«

Da wusste ich, dass ich Kellerman töten würde, sobald sich die Gelegenheit bot.

»Du bist doch völlig verrückt. Du weißt ja gar nicht, was das Artefakt ist oder wozu es imstande ist.«

»Das hat Ihnen wohl Miss Tyler erzählt?«, sagte er sanft. »Ich habe Ihnen doch schon erklärt, dass das Artefakt ein Leuchtfeuer ist und die Allianz schon lange von den Tönernen weiß. Beides war die Wahrheit. Sobald das Artefakt aktiviert ist, wird es den Zugang zu einem unsagbaren Alien-Imperium preisgeben, das sich über den ganzen Mahlstrom erstreckt. Mit Zugang zu den Q-Sprungpunkten in der ganzen Region – stellen Sie sich nur vor, was für fremde Technologien uns in die Hände fallen werden. Das ist es, was das Direktorat verlangt, und genau das werde ich ihnen geben.«

»Ich werd dich verdammt noch mal kaltmachen! Ich werde die Sterndaten nehmen …«

»Der direkte Weg zum Artefakt wird von einer großen Krell-Armee bewacht«, sagte Kellerman, der meinen Ausbruch einfach ignorierte. »Ich glaube, nicht einmal Ihre Simulaten würden damit fertigwerden. Dank Miss Tyler wissen Sie bereits von den Tunneln unter der Wüste. Es ist mir gelungen, eine durch diese Tunnel direkt zum Artefakt führende mögliche Route auszumachen. Das Sim-Team ist ideal, um diese Mission durchzuführen. Sie werden auf meinen Befehl hin dieser Route folgen und das Artefakt mit dem Schlüssel aktivieren.«

»Du bist ein Idiot!«, warf ich ihm entgegen und

grinste ihn an. »Niemals wird dir meine Truppe helfen. Du hast doch gar keine Ahnung, wie man die Sims überhaupt benutzt.«

Kellermans war die Ruhe selbst. »Sie und Ihre Soldaten mögen schwer zu knacken sein, aber Mr. Olsen war hilfsbereiter. Sie sind ausgebildete Soldaten; er ist es nicht.«

Kellerman drehte sich zu einer Reihe von Monitoren und schaltete mehrere von ihnen ein. Als die Bilder auf den 3D-Schirmen auftauchten, erstarb mein Lächeln. Es waren Zellen wie die zu sehen, in der man mich gehalten hatte. In einer von ihnen lagen, übel zugerichtet, meine Leute auf dem Boden. Die Bilder waren einfarbig und verrauscht, aber der Boden war voller dunkler Pfützen – das konnten nur Blutlachen sein. Als ich sie sah, fühlte ich eine Welle der Erleichterung. Sie waren in einem schlimmen Zustand, aber immerhin waren alle am Leben.

Das letzte Holo zeigte Olsen, der sich nervös die Hände rieb und in der Zelle auf und ab ging wie ein eingesperrtes Tier. Mit blutunterlaufenen Augen guckte er zur Kamera hoch.

»Mr. Olsen wird mir assistieren. Er wird sicherstellen, dass der Übergang Ihres Teams reibungslos funktioniert.«

Zur Hölle mit Olsen! Er war ein Feigling, das hatte ich schon immer gewusst. Mit seinem Leben als Druckmittel hatte er den Rest von uns verkauft. Das überraschte mich nicht. Er war einfach aus anderem Holz als ich; er würde sich lieber hinlegen, als aufzustehen und zu kämpfen.

»Du bist ein dummer Wichser, Kellerman! Was auch immer Olsen behauptet hat, der Übergang wird nicht klappen. Meine Sims sind alle beim Absturz zerstört worden! Danach hast du mich doch selber gefragt. Was du von mir verlangst, kann ich nicht tun, egal, wie oft du mich folterst oder quälst …«

Kellerman bat mit erhobenem Finger um Ruhe.

»Ich bin mir bewusst, dass Sie keinen Übergang machen können«, sagte er sehr leise. »Trotzdem werden Sie zum Artefakt gehen.«

Einen Moment lang saß ich stumm da und verdaute diese Andeutung. Nicht Andeutung: Befehl. Hinter mir stand ein Mann mit Gewehr, vor mir saß die einzige Autorität im Umkreis vieler Lichtjahre.

»Sie werden Ihre Leute zum Artefakt begleiten. Die werden ihre Simulaten benutzen, Sie nicht. Ich werde von der Einsatzzentrale aus alles verfolgen. Trotz der großen Nähe zum Artefakt gehe ich davon aus, dass die Simulaten gegen das Signal immun sind. Sie werden die Testperson sein. Sie werden von Ihrem Team zum Artefakt eskortiert und es einschalten. Wir werden sehen, wie es sich auf Sie auswirkt.«

»Und was ist, wenn sich meine Leute gegen dich wenden? Was, wenn ich mich weigere zu gehen?«, sagte ich herausfordernd.

»Die eigentlichen Körper Ihrer Leute werden in der Basis bleiben. Ich kann sie von hier aus hinrichten, sollte das nötig sein. Wenn ich die Technik hinter den Simulaten richtig verstanden habe, würde das zu einem Verlust des entsprechenden Sims führen. Das wäre dann einer weniger, der Sie beschützen kann,

Captain Harris, während Sie auf dem Weg durch von Krell besetztes Gebiet sind.«

Er drehte seinen Schwebesessel wieder zu den Monitoren.

»Miss Tyler wird ebenfalls in meiner Obhut bleiben. Es braucht nicht mehr viel, um sie zu töten.«

Ein Holo zeigte Tyler, die in einer anderen Zelle auf dem Boden lag. Auch sie war übel zugerichtet. Auf den nackten Armen bildeten sich bereits Blutergüsse. Sie war still und bewegte sich nicht. Mindestens bewusstlos, vielleicht tot. Ich guckte von Tyler zu Kellerman und wieder zurück.

Nur noch ein weiterer Mensch, den ich im Stich gelassen habe – nicht nur auf Helios, sondern im Leben.

Nein. Ich würde niemanden enttäuschen. Nicht mehr.

»Der Teufel soll dich holen, Kellerman!«, schrie ich. »Ich brauche die Sternkarte, und zwar *jetzt!* Und wenn du sie mir nicht gibst, werde ich sie mir verdammt noch mal nehmen.«

Kellermans Gesicht war ausdruckslos. Er war nur noch eine leere Hülle. Der Wahn hatte ihm alles genommen. Die halb geschlossenen Augen waren dunkel, wie Krell-Augen. Die Wangen hohl und eingefallen. Er war nur noch ein Gedanke, und der Gedanke war so überwältigend geworden, dass er seine nationale Zugehörigkeit, seine Persönlichkeit, seine Seele kahlgefressen hatte.

»Was wollen Sie mit der Sternkarte? Was treibt Sie so an?«

Die Erinnerung an Elena loderte hell. Immerhin

wusste er nichts über sie. Immerhin war sie immer noch *mein. Dir sage ich gar nichts.*

Wieder kämpfte ich mit den Fesseln. Dieses Mal fiel der Stuhl um. Ich ging mit ihm zu Boden und schlug mit der rechten Schulter auf. Ich warf mich herum, und der Schmerz breitete sich im ganzen Körper aus. Ein Auge füllte sich mit Blut, aber es war mir egal.

Kellerman lehnte sich über mich und wirkte völlig unbeeindruckt von meiner Vorstellung. In seinen Augen lag nicht ein Hauch von Angst oder Besorgnis.

»Wenn Sie es mir nicht sagen wollen, kann ich Ihnen nicht helfen«, schloss er. »Das ist Ihre Entscheidung, aber wir haben mehr gemein, als Sie vielleicht glauben. Wir hören beide das Artefakt. Wir sind beide Idealisten, jeder auf seine eigene Weise.« Er richtete sich im Sessel auf: Jetzt war er der Oberst, der zu seinen Leuten spricht, der Priester, der sich um seine Gemeinde kümmert. »Also werde ich Ihnen geben, was Sie haben wollen.«

Ich stockte mitten in meiner Rage. Was meinte er? Eine flüchtige – unmögliche – Hoffnung erfüllte mich wieder. *Elena! Es tut mir so leid – aber ich kann dich retten. Ich kann dir folgen.*

»Sie werden die Ehre haben, den Schlüssel zu tragen. Er wird das Artefakt aktivieren – und er birgt die Sterndaten aus dem Wrack der Tönernen.«

Ich atmete schwer und versuchte, meine Gefühle in den Griff zu bekommen und irgendeinen rationalen Weg aus dieser Misere zu finden. Sollte das dafür sorgen, dass ich mich besser fühlte, während ich für ihn die Drecksarbeit erledigte? Mich irgendwie motivieren, das tatsächlich durchzuziehen?

Kellerman ignorierte mein Zögern. »Von Mr. Olsen weiß ich, dass Sie unter Ihresgleichen einen Spitznamen haben: Lazarus. Vielleicht kommen Sie wieder zurück; vielleicht werden Sie wiederauferstehen. Das wollen wir hoffen. Ich bin mir sicher, dass Sie der richtige Mann für diese Aufgabe sind.« Er schob den Kiefer vor und nickte Deacon zu. »Bereiten Sie ihn auf das Besteigen der Sandraupe vor.«

Deacon stülpte mir wieder den Sack über.

23

DAS IST NICHT ZU SCHAFFEN

Drei Jahre zuvor

Sie war seit zwei Jahren verschwunden.

Am einen Ende des klebrigen Tresens saß ein Barkeeper, der verschlagen guckte. Ich saß allein am anderen. Die Lampen waren abgedunkelt und die meisten Tische leer – sie warteten auf das Schichtende der Minenarbeiter. Wahrscheinlich ging es hier dann ziemlich grob und rauflustig zu; es war nicht gerade ein Ort, an dem Leute vom Militär willkommen waren. Der Laden nannte sich »Yankee's Rest« und war eine richtig heruntergekommene Spelunke, die von Asteroiden-Minenarbeitern und zivilen Spediteuren frequentiert wurde. Über dem Barspiegel hing die Flagge der Nordamerikanischen Union. Anscheinend hatte es niemand für nötig befunden, dem Wirt mitzuteilen, dass die Union längst das Zeitliche gesegnet hatte.

Ich war mit einer zivilen Fähre vom *Point* zum nächsten bewohnten Außenposten geflogen – einer Asteroidenmine mit dem klingenden Namen XV-78. Es war ein derart unbeliebter Ort, dass sich niemand die Mühe gemacht hatte, ihm einen anständigen Namen zu geben. Vielleicht blieb keiner lang genug hier, um sich einen Namen auszudenken: Entweder flog man kernwärts tiefer ins Allianzgebiet oder nahm den nächsten Q-Sprung zum *Point.* Ich war noch nie hier gewesen und hatte nicht vor, noch mal zurückzukommen. Aber O'Neil hatte vorgeschlagen, uns hier zu treffen, und das reichte mir.

Nicht mehr nur O'Neil – Oberst O'Neil. Ich hatte immer noch nicht verinnerlicht, dass er mittlerweile Oberst war. Leiter des gesamten Simulatenprogramms, nur noch Old Man Cole Rechenschaft schuldig. Ich hatte alle Gefallen einfordern müssen, unsere ganze gemeinsame Vergangenheit, um dieses Treffen zu arrangieren.

Über der Bar hing ein alter Holo-Fernseher, auf dem gerade eine Nachrichtensendung lief – die Wörter DIREKT VON LIBERTY POINT FOB rollten über den flackernden Schirm. Der *Point* war nah genug, dass es fast keine Verzögerung gab.

Der zivile Nachrichtensprecher präsentierte die folgende Rubrik der nächtlichen Sendung.

»Schon fast achtzehn Monate sind vergangen, seit man sich mit dem Krell-Imperium auf die Unterzeichnung des Vertrags geeinigt hat. Präsident Underwood bezeichnete diesen Schritt als gewaltigste Errungenschaft in der menschlichen Geschichte. Das Krell-Imperium und die Allianz leben endlich in Frieden.«

Das war so natürlich nicht ganz richtig. Der Frieden war keineswegs in Stein gemeißelt. Der totale Krieg schien zwar verschoben worden zu sein, trotzdem gab es weiter gelegentliche Grenzkonflikte zwischen Sim-

Teams und Krell-Plünderern. Ich hatte mich ins Zeug gelegt und meine Arbeit gemacht; sobald ich einen Auftrag hatte, war ich unterwegs.

»Obwohl der Generalstab der Allianz den Einsatz als vollen Erfolg bezeichnet hat, ist es doch eine große menschliche Tragödie, dass die Besatzung der Expedition verschollen bleibt. Unsere Zuschauer werden sich sicherlich daran erinnern, dass sechzehn Schiffe Teil dieser umfangreichen Mission waren, darunter das Flaggschiff UAS Endeavour. *Nach der Ankunft im Mahlstrom hat das Flaggschiff, mitsamt seiner Crew von über fünfhundert Mann, noch über ein Jahr weiter Kontakt gehalten, seitdem hat man allerdings nichts mehr von dem verhängnisvollen Schiff gehört. Die Suche nach der* Endeavour *ist seit heute offiziell eingestellt. Die Besatzung wird nun offiziell als vermisst geführt.«*

Von der Besatzung war niemand zurückgekehrt. Keiner wusste, warum, oder zumindest war der Stab nicht willens, ihr Verschwinden zu erklären. Ich hegte meine eigene, persönliche Theorie: Elena und ihre Besatzung waren entbehrlich, und man hatte sie einfach an die Krell verraten.

Ich kauerte am Tresen und nahm einen Schluck schlechten Biers aus der dreckigen Flasche. Ich hatte mich so unauffällig wie möglich gekleidet und steckte zum ersten Mal seit Monaten nicht im Kampfanzug, sondern in Zivil.

»Trinkst du gern allein?«, sagte eine Stimme hinter mir. Im selben Moment krachte mir eine fleischige Pranke auf den Rücken.

Langsam richtete ich mich auf und drehte mich um.

Automatisch wollte ich salutieren, aber O'Neil warf mir einen scharfen Blick zu, das zu unterlassen.

»Gut, dass du hier bist«, sagte er feierlich.

Oberst Patrick O'Neil setzte sich neben mich. Er war größer als ich und auch ein paar Jahre älter. Sein Gesicht war eine Kraterlandschaft aus Narben von Jahrzehnten im aktiven Dienst, die kurzen ergrauten Haare lichteten sich langsam. Auch er trug Zivil – Jeans und eine abgetragene Fliegerjacke aus Leder. Er schien sich in Zivilklamotten sehr viel wohler zu fühlen als ich; fast so, als hätte er ein Leben neben dem Militär. O'Neil winkte dem Barmann mit einem Schein und bestellte sich ebenfalls ein Bier. Der gelangweilte Wirt schob eine Flasche quer über den Tresen.

»Echt scheiße, oder?«, sagte O'Neil zu mir. »So ist das leider. Je weiter man von der Erde weg ist, desto mieser schmeckt das Bier.«

»Tatsache? Dann hat *Liberty Point* wohl das schlechteste Bier von allen.«

»Und XV-78 kommt gleich an zweiter Stelle«, antwortete er. »Wie geht's dir, Conrad?«

»Könnte besser sein«, sagte ich. Ich zeigte auf den Fernseher. »Du hast dir wirklich 'nen Bombentag ausgesucht für unser Treffen. War das Absicht?«

»Bei dem ganzen Trara auf dem *Point* schien mir das 'ne günstige Gelegenheit zu sein, sich zu verkrümeln. Ein bisschen Anonymität, weißt du? Irgendwo hin, wo niemand weiß, wer du bist.«

»Du hast bestimmt 'ne Menge zu tun, oder? Mit tausend Interviews und dem ganzen Scheiß. Wie macht sich der neue Job?«

O'Neil kippte das Bier runter und schien nicht gewillt anzubeißen. Er war der Leiter des Sim-Programms gewesen und damit verantwortlich dafür, eine engagierte Truppe als Eskorte mit in den Mahlstrom zu schicken.

»Ich weiß, dass du die Mission der *Endeavour* abgesegnet hast«, sagte ich. »Ich kann mir gut vorstellen, dass der Stab die Öffentlichkeit auf seiner Seite haben will, und euer unkonventioneller Ansatz, Frieden zu schließen, ist aufgegangen.«

Für alle, außer für mich.

»Hör mal«, fing er an und atmete durch die Nase aus, »ich habe einiges an Truppen mit dorthin geschickt.«

»Und ich weiß genau, dass der Stab den Einsatz ohne so viele Soldaten niemals genehmigt hätte.«

»Das war – ist – nicht so einfach.«

Ich nickte. »Ist es nie.« Ich musste versuchen, meine Verbitterung einzudämmen, sie nicht so unverhohlen zur Schau zu stellen. Ich wollte O'Neil nicht völlig verprellen. »Danke, dass du dich mit mir triffst.«

»Christo, du bist mir lange genug auf die Nerven gegangen. Wie viele Übergänge hast du mittlerweile hinter dir?«

Ich zuckte mit den Schultern. »Keine Ahnung. Hundertfünfzig?«

Er kippte noch mehr Bier hinunter. »Das ist mehr als jeder andere im Sim-Programm. Du hast dir langsam echt einen Ruf erarbeitet, Conrad.«

»Ich brauche keinen Ruf«, sagte ich so deutlich wie möglich. »Was ich brauche, ist ein Gefallen.«

»So?«

»Du weißt genau, was ich will.«

O'Neil lächelte und fing dann an zu lachen, aber beides war völlig humorlos. Er schüttelte den Kopf und fläzte sich über dem Tresen, als ob er seine Rolle als erschöpfter Minenarbeiter wirklich ernst nähme – gerade von einer langen Schicht Untertage zurückgekehrt – und alles andere als ein Oberst der Allianzarmee wäre.

»Ich weiß, was du willst«, sagte er. »Ich habe dein Einsatzgesuch gesehen. Ich habe deine *wiederholten* Missionsprognosen gesehen. Nicht nur dein Gesuch an die Armee, sondern auch das an die Flotte.«

»Ich will nach der *Endeavour* suchen. Ich will *ihr* hinterher.«

»Dr. Elena Marceau war eine feine Frau. Eine verdammt feine Frau. Aber sie war sich absolut im Klaren darüber, worauf sie sich einließ, als sie sich für die Expedition beworben hat.«

»Wirklich? Und worauf genau hat sie sich eingelassen?«, fragte ich und erhob ungewollt die Stimme. Ich merkte, wie mir die Zornesröte ins Gesicht stieg, und ich drehte mich zu O'Neil, um ihn mit meinem Blick festzunageln.

»Seit diesem Abend wird Dr. Elena Marceau als vermisst geführt. Du hast die Nachrichten gesehen. Nichts, was du sagst oder tust, wird daran etwas ändern.«

»Warum hast du dich dann überhaupt mit mir treffen wollen?«, fragte ich. Ich war aufgestanden und hatte ihm den Finger in die Schulter gebohrt.

»Weil du mir als Freund und Kamerad wichtig bist – so schwer es dir auch fallen mag, das zu glauben. Du bist von Anfang an beim Sim-Programm gewesen, und ich weiß, wie viel du für uns getan hast. Aber du musst loslassen. Sie ist verloren.«

»Du könntest eine zweite Mission genehmigen – mir erlauben, den Mahlstrom zu infiltrieren und eine richtige Suche zu starten!«

»Kann ich absolut nicht. Selbst Old Man Cole hat solche Befugnisse nicht. Ich weiß, dass du keine Ruhe geben wirst, bis du die Antwort hast, die du hören willst, aber das wird nicht passieren. Selbst wenn wir ihr folgen wollten, würde es nicht gehen.«

»Was soll das heißen, es würde nicht gehen? Es muss gehen. Diese Leute haben ihr Leben aufs Spiel gesetzt, um den Frieden mit den Krell zu verwirklichen, und der Stab hat nichts Besseres zu tun, als sie zu verraten.«

»Der Stab hat sie nicht verraten. Elena war das Risiko klar, als sie sich beworben hat. Wir haben keine Karten vom Mahlstrom. Selbst wenn wir etwas Verlässliches hätten, sind uns die Q-Sprungpunkte ein völliges Rätsel. Ihr Schiff ist weiter geflogen als jedes andere …«

»Wir können der *Endeavour* doch einfach zu den Koordinaten des Treffens folgen«, sagte ich drängend.

»Die *Endeavour* ist da nicht mehr«, gab er zurück. »Eigentlich dürfte ich dir das gar nicht sagen, aber wenn du mich dann in Frieden lässt, ist es mir das wert. Die *Endeavour* ist von der Bildfläche verschwunden. Sie ist irgendwo anders hin, tiefer in den Mahlstrom geflogen, aber wir wissen nicht, wohin.«

»Dann könnte die Besatzung noch am Leben sein! Du weißt genauso gut wie ich, dass die Krell auch Gefangene machen.«

»Die Antwort lautet *nein*«, sagte O'Neil. »Du musst sie vergessen. Uns fehlen die Mittel, die *Endeavour* zu finden. Wenn wir Sterndaten hätten, eine richtige Astrokartografie des Mahlstroms, wäre das vielleicht eine andere Sache. Aber das sehe ich, ganz ehrlich, zu unseren Lebzeiten nicht mehr Wirklichkeit werden.«

»Danke für nichts, O'Neil.«

»Du kanntest meine Antwort, bevor du hierhergekommen bist.«

»Ich verlasse das Programm.«

»Wir wissen beide, dass das nicht geschehen wird. Das wirst du nicht tun, weil du es nicht kannst. Du bist süchtig.«

Ich sackte auf dem Barhocker zusammen. O'Neil hatte recht. Genauso wie Elena, und jetzt war sie für immer verloren.

»Mach einen Termin beim Psychochirurgen«, murmelte O'Neil. »Wenn dir das hilft, kann ich dir eine gute empfehlen, die nicht beim Militär ist. Lass dir vielleicht die Erinnerung löschen – die bewirken wahre Wunder heutzutage, indem sie einzelne Erinnerungen löschen. Das kann nur helfen. Sie war früher beim Direktorat, aber sie hat mir vor ein paar Jahren geholfen, als Sandra mich verlassen hat. Jetzt trink dein Bier aus, und dann nehmen wir die nächste Fähre zum *Point.*«

»Am Arsch. Ich werd ganz sicher nicht zu 'nem

Scheiß-Seelenklempner vom Direktorat gehen, und ich geh auch sonst nirgendwo hin. Ich will nicht vergessen!«

»Na gut, wie du willst.« Er fummelte in seiner abgetragenen Lederjacke herum und holte etwas aus der Tasche. »Vielleicht lindert das deine Schmerzen.« Er gab mir einen zerknitterten Briefumschlag, ohne ihn zu öffnen. »Das sollte ich eigentlich nicht tun. Aber, wie gesagt, du bist mein Freund und Kamerad. Vielleicht hilft dir das, ein bisschen abzuschließen, ein bisschen Frieden zu finden. Ich hoffe es.«

Dann trank er sein Bier aus, klopfte mir auf die Schulter, als wären wir alte Kumpel, und verließ die Bar.

Ich starrte den Umschlag lange an, bevor ich endlich genug Mumm hatte, ihn zu öffnen. Mit zitternden Fingern schälte ich die Plastikhülle ab.

Darin war ein einzelnes Blatt Papier. Die Kopfleiste wies es als militärische Nachricht aus, darunter standen mehrere Warnhinweise, Mahnungen und Verschwiegenheitsklauseln.

Ich drehte das Blatt um.

Drei gedruckte Wörter. Eine Nachricht von der UAS *Endeavour.* Schon Monate alt; geschickt von den ursprünglichen Koordinaten des Schiffs aus – vom Treffpunkt mit den Krell.

VERGISS MICH NICHT

Die Nachricht war mit Elenas genetischem Fingerabdruck unterzeichnet. Sie war zweifellos echt. Sie war an mich adressiert, obwohl Elena gewusst haben musste, dass die Nachricht mitgelesen werden würde.

Ich saß noch stundenlang da und las die Nachricht – wieder und wieder.

24

ICH BIN ENTBEHRLICH

Ich versuchte mir vorzustellen, was ich nicht sehen konnte.

Ein notdürftiges Labor, vollgestopft mit Simulatoren und anderen Gerätschaften, die aus der Krankenstation der *Oregon* geborgen worden waren. Vielleicht das Labor, das Tyler mir gezeigt hatte: diese dunklen Wände, vollgekritzelt mit einer uralten Sprache, die keine menschliche Zunge je würde sprechen können, mit Wissen, das kein menschlicher Geist je besitzen sollte.

Jenkins wurde in ihren Tank gezwungen, während sie sich aufbäumte und dem Sicherheitsteam Obszönitäten entgegenschrie.

Kaminski rief Jenkins zu, dass alles gut werden würde, dann den Bastarden, die sie bedrängten, dass er sich schon noch um sie kümmern werde.

Martinez, stoisch und gefasst, der abwartete und ein leises Gebet murmelte, während man ihn in seinen Tank drückte.

Weder Mitgefühl noch Anteilnahme für ihre Lage. Die Sicherheitstruppe lachte und spottete, als meine Leute die Tanks bestiegen. Und da war der Mittelpunkt der Aufmerksamkeit – Dr. Kellerman. Er hielt die Lehnen seines Schwebesessels so fest umklammert, dass seine alten Knöchel weiß hervortraten.

»Schafft sie alle in die Simulatoren«, bellte er. »Keine Zeit zu verlieren. Ich will die Tanks online und die Neuroverbindungen stehen sehen.«

Olsen befolgte ängstlich die Anweisungen. Er war so etwas nicht gewöhnt – Sachen gestern erledigt haben zu sollen, mit alter und fehlerhafter Ausrüstung arbeiten zu müssen. Aber die Angst vor dem Tod – gibt es eine größere Motivation? – trieb ihn an. Sein Arztkittel war dreckig und zerrissen, am Hals und der Schulter blutverschmiert.

Die Simulatoren standen geduldig da. Schließlich waren alle Lenker versiegelt. Keiner von Kellermans Leuten schenkte den leeren Simulatoren Beachtung – meinem Tank, Blakes Tank. Beide standen unbenutzt und verlassen da; ein Vermächtnis meines Scheiterns.

Bildschirme ermöglichten eine direkte Verbindung zur Einsatzzentrale. Die Besatzung der Basis schaute in stummer Erwartung zu.

»Viel Glück«, sagte Kellerman.

»Sind die Lenker bereit für die Verbindung?«, fragte Olsen zögernd.

»Alle Lenker sind angeschlossen«, meldete ein Techniker.

»Verbindung zur Sandraupe wird hergestellt«, sagte ein anderer. »Verbindung ist gut, wiederhole: Verbindung ist gut.«

»Sind die Lenker bereit zum Übergang?«, fragte der leitende Techniker.

Jenkins schlug mit der Faust gegen die Innenseite

ihres Tanks und zeigte Kellerman den Stinkefinger. Er ignorierte ihre vergebliche Geste. Olsen untersuchte der Reihe nach alle Tanks, dann hob er die Hand und sprach in sein Mikrofon.

»Alle Lenker bestätigen Bereitschaft. Übergang einleiten, sobald bereit.«

»Wir sind startklar, wiederhole: sind startklar. Starten Übergang in T-minus zehn Sekunden.«

Ich schreckte aus dem Schlaf hoch.

Ich war im Passagierabteil einer Sandraupe auf einen Sitz geschnallt. Auf meinem Schoß ein Glaskugel-Helm. Ich trug einen ramponierten Schutzanzug mit übergroßen Handschuhen und einem frischen Sauerstofftank auf dem Rücken – es war derselbe Anzug, den ich schon vor ein paar Tagen in der Wüste getragen hatte. Ich bewegte Arme und Beine und stellte fest, dass ich nicht mehr gefesselt war. Sobald ich mich bewegte, machten sich gemeine Kopfschmerzen bemerkbar. Vorsichtig fasste ich mir an die Augenbraue und stellte fest, dass meine Wunden versorgt worden waren – quer über die Stirn war ein Medikit geklebt.

Bin ich hier draußen alleine? Plötzlich überkam mich Panik.

Aber dann fiel mir auf, dass es nicht stimmte. Zwei riesige, gepanzerte Gestalten saßen mir stocksteif gegenüber. Eine dritte saß vorn im Führerhaus. Auch die drei waren angeschnallt, aber ihre Körper viel zu groß für die Sitze. Die Dinger waren unmenschlich, mehr als Menschen: Es waren Simulaten. Sie wirkten gleichzeitig erhaben und monströs. Ihre Haut war alabastern, fast wie reiner Marmor. Menschliche Wesen, die die Grenze zur Perfektion überschritten hatten. Abbilder ihrer Lenker – von Jenkins, Martinez und Kaminski. Weit über zwei Meter groß, mit einer Muskulatur, die ein menschlicher Körper niemals hätte entwickeln können. Perfekt für nur einen Zweck; für den Krieg erschaffen.

Ich sah zu, wie einer nach dem anderen zum Leben erwachte. In all den Jahren als Lenker hatte ich Sims noch nie aus dieser Perspektive hochfahren sehen. Auf den Innenseiten der verspiegelten Visiere gingen flackernd Statuslampen an, die die menschlichen Nachbildungen in den Kampfanzügen erleuchteten. Diese Anzüge waren schlicht und schmucklos. Niemand hatte sie beschriftet, mit Plaketten oder Kennzeichen versehen.

Den Anfang machte Jenkins, die wild mit den Armen um sich schlug, als sie die Bewegung ihres echten Körpers mit durch den Übergang nahm. Als Nächster Kaminski, der flatternd die Augen öffnete. Dann Martinez, der im Helm den Kopf schüttelte, als er erwachte.

Ich will so sein wie sie, dachte ich. *Ich will aus diesem geschundenen Körper fliehen.*

»Melden!«, sagte ich aus reiner Routine.

Ich hatte ein Funkgerät um den Hals und einen Knopf im Ohr. Als sich meine Leute meldeten, waren im Hintergrund noch andere Stimmen zu hören.

»Übergang bestätigt. Wir haben Rückmeldung von Korporal Jenkins.«

»Bestätigung vom Gefreiten Kaminski.«

»Und Rückmeldung vom Gefreiten Martinez. Übergang erfolgreich.«

Jenkins und Kaminski nahmen die gleiche rituelle Überprüfung ihrer Körper vor – sie stampften mit den Füßen auf und bewegten die Arme. Martinez im Führerhaus hatte seinen Körper bereits unter Kontrolle und beschäftigte sich mit der Steuerung der Raupe. Kaminski nahm den Helm ab und entblößte die Karikatur seines echten Gesichts.

»Was zur Hölle ist hier los?«, fragte er. Seine Stimme war ein satter Überschallknall. Er sah sich in der Kabine um, und seine Augen weiteten sich, als er mich erblickte. »Was ist passiert?«

»Ich werd's überleben«, antwortete ich stöhnend. »Wir sind in einer der Raupen. Kellerman – er will, dass wir zum Artefakt fahren und es aktivieren.«

»Das werden wir auf gar keinen Fall tun«, schrie Jenkins. Sie folgte Kaminskis Beispiel, nahm den Helm ab und schleuderte ihn hart gegen die Wand.

»Martinez, dreh die Raupe um und lass uns die Sache beenden.«

»Jenkins, beruhig dich ...!«, hob ich an.

Der Lautsprecher der Raupe läutete.

»Captain Harris, hier Dr. Kellerman. Ich spreche über Ihren allgemeinen Teamkanal, weitergeleitet durch die Raupe«, sagte er. Seine Stimme war glasklar; was auch immer seine Jungs an Technik in der Antenne der Raupe installiert hatten, war gut genug, um das Geplapper im Hintergrund auszufiltern. »Bitte halten Sie Ihr Team unter Kontrolle.«

»Ficken Sie sich ins Knie, Kellerman!«, verkündete Jenkins und drückte ihr Gesicht in Kaminskis Kamera. Jeder Anzug hatte eine eigene, sogar meiner.

»Diese Mission wird mittels der Kameraausrüstung Ihrer Kampfanzüge aufgezeichnet«, fuhr er fort. »Wir empfangen hier in der Basis Video und Audio in Echtzeit. Mir wird über den Sendemast der Raupe alles übermittelt. Die Raupe ist für diesen Einsatz adäquat ausgerüstet. Sie finden Ihre Waffen im Gepäckraum.«

»Und was sollte uns davon abhalten, zur Basis zurückzufahren und Sie und Ihre Sicherheitsleute auszuschalten?«, fauchte Jenkins. »Sie haben offensichtlich noch nie gesehen, wozu Sims imstande sind.«

»Captain Harris, bitte erinnern Sie Ihre Leute daran, dass ich ihre echten Körper hier bei mir habe. Ich kann sie alle exekutieren.«

Jenkins' Zuversicht geriet etwas ins Wanken. Sie guckte mich an, dann zurück in die Kamera und war auf einmal unsicher, was sie tun sollte. Ich bedeutete ihr, sich hinzusetzen.

»Wie ich Ihnen bereits erläutert habe, hängt Ihr Überleben von dem Ihrer Leute ab«, sagte Kellerman. »Sie *werden* das Artefakt aktivieren. Den Schlüssel finden Sie in der Raupe.«

Auf dem Boden der Kabine stand eine verstärkte Kiste; die Kiste von der Expedition zum Schiff der Tönernen. Ohne hineinzusehen, wusste ich, dass darin der Schlüssel lag.

»So eine Scheiße!«, schrie Jenkins.

Ihre Wut war noch frisch entflammt. Meine war abgekühlt. Kellerman ging wahrscheinlich davon aus, dass mich das entmutigte und meine elende Lage eher dafür sorgen würde, dass ich tat, was er wollte. Da irrte er sich: Mein Ärger war formbar, und ich hatte vor, ihn zu benutzen. Ich starrte abermals auf die Metallkiste und dachte an das, was der Schlüssel repräsentierte: *die Sterndaten.* Schon schmiedete ich Pläne, dachte über die Grenzen von Kellermans Überwachungsmöglichkeiten nach.

»Übergang erfolgreich«, murmelte ich.

»Schon besser«, ertönte Kellermans Stimme. »Ich höre Sie laut und deutlich. Ihr Signal zeigt an, dass Sie die Umgebung der Basis soeben verlassen. Ich kann Ihnen versichern, dass Sie für die nächsten paar Kilometer über Land freie Bahn haben sollten. Der Wetterbericht für die Region zwischen Basis und Tunneleinfahrt ist optimal. Sieht aus, als würden die Götter über Sie wachen.«

Also bin ich entbehrlich, dachte ich.

Ich griff nach meinem Armcomputer und unterbrach die beidseitige Verbindung. Dann warf ich Jenkins und Kaminski bedeutungsschwangere Blicke zu. Jetzt, wo die Verbindung zu Kellerman und der Zentrale unterbrochen war, besänftigte sich Jenkins' Miene. Unmögliche Trauer huschte über ihre simulierten Gesichtszüge, als sie zu mir heruntersah. Die Sims waren für so tiefe Gefühle nicht gebaut; sie waren Präzisionswerkzeuge für den Krieg und sonst nichts.

»Ist schon gut. Nur eine weitere Mission.«

»Es tut mir so leid, Harris«, sagte sie. »Wirklich.«

Ich schüttelte den Kopf. »Wir schaffen das schon. Keine weiteren Verluste. Ich versprech's dir.«

Kaminski seufzte tief. »Wir tun, was wir können, Cap. Wir beschützen dich.«

»Das ist genau das, worauf sich Kellerman verlässt.« Ich schluckte ungewollt. »Sieht nicht so aus, als hätten wir eine Wahl. Zur Basis können wir nicht zurück – er würde eure echten Körper einfach hinrichten.«

»Und wenn wir tun, was er will, und das Artefakt betreten, dann …«, sagte Jenkins und verstummte. Es war nicht nötig, den Satz mit *»bist du geliefert«* zu beenden.

»Wir schaffen das irgendwie. Ich habe zwar keinen Sim, aber ich bin immer noch euer befehlshabender Offizier. Ich will, dass ihr alle drei cool bleibt.«

Jenkins und Kaminski nickten ohne großen Enthusiasmus. Martinez warf einen Blick aus dem Führerhaus nach hinten und stimmte ein.

»Also gut, was haben wir alles an Bord?«, fragte ich Martinez.

Er warf mir ein ausdrucksloses Lächeln zu. »Sieht aus, als wären Kellermans Leute fleißig gewesen. Das Ding steuert sich wie eine Kuh, aber es hat ordentlich Zunder.« Er schlug mit der flachen Hand über sich gegen die Decke. »Auf dem Dach sind Geschütztürme. Die müssen ein paar von den Kampfrobotern ausgeschlachtet haben, die noch in der Basis waren.«

Kaminski zeigte auf die Sichtfenster in den Flanken der Raupe. »Und abgeschirmte Schießscharten. Außen auf den Fenstern sind richtig dicke Metallgitter angebracht worden. Wirkt jetzt eher wie ein gepanzerter Truppentransporter als wie 'ne Raupe.«

Aber ob das reicht?, fragte ich mich. Was auch immer

Kellerman für Zeug angebracht hatte, es war immer noch ein Zivilfahrzeug. Welches wir durch von Krell besetztes Gebiet fahren sollten. Meine Leute versuchten, das schönzureden und meine Lage rosiger darzustellen, als sie war.

»Machen wir tatsächlich, was er von uns verlangt?«, fragte Martinez.

Ich nickte demonstrativ. Wir wurden immer noch beobachtet. »Das wird alles gut, Leute. Wir fahren einfach mit der Raupe ins Artefakt, schalten es an und verschwinden wieder. Versucht einfach alle, so wenig wie möglich zu quatschen.«

Er soll das alles hören, dachte ich mir. *Und ich will, dass er es glaubt.* Ich brauchte einfach Zeit, um mir einen Plan zurechtzulegen. Das Bild nahm bereits Gestalt an. Ich würde dafür sorgen, dass Kellerman für alles bezahlte, was er hier draußen angerichtet hatte.

Ich blickte meinen Leuten der Reihe nach fest in die Augen, und alle nickten mir zu: Sie wussten genau, was ich tat. Ich musste ihnen vom Abfangjäger des Direktorats erzählen, aber nicht, solange Kellerman zuhören konnte. Ich würde diesen Trip überleben, aber nicht so, wie Kellerman sich das vorstellte. Ich war zwar der, der durch die Tunnel gehen musste, aber Kellerman war tot. Er wusste es nur noch nicht.

»Wir sind bei dir bis zum bitteren Ende«, sagte Kaminski.

»Wir sind feine, fiese Mordmaschinen«, schob Jenkins hinterher und grinste böse. »Und wir sind die verdammt noch mal besten Leibwächter, die du je finden wirst.«

»Wie sieht's aus, Martinez?«, fragte ich.

»Waffensysteme sind einsatzbereit. Bisher noch keine Ziele«, rief er nach hinten. »Wie es aussieht, ist das Navigationssystem der Raupe mit Karten der Oberfläche und der Tunnel ausgestattet worden.«

»Wie lange noch bis zur Einfahrt ins Tunnelsystem?«

»Maximal ein paar Stunden«, sagte Martinez. »Ich muss einfach nur Kellermans Route folgen.«

»Dauernde Scanner-Suchläufe«, befahl ich. »Waffen schussbereit und geladen für sofortigen Einsatz halten.«

Meine Leute knurrten zustimmend.

Durch den wirbelnden Staub im fahlen Licht der beiden Sonnen näherten wir uns langsam den unterirdischen Höhlen.

25

KEIN ZURÜCK MEHR

Sobald wir die Bergregion um die Basis hinter uns gelassen hatten, kamen wir auf der kargen Ebene schnell voran. Trotz der ständigen Wachsamkeit des Teams trafen wir nicht auf Widerstand der Krell.

Ich ging in der Kabine auf und ab und behielt die Auswertungen der Scanner im Auge. Die Landschaft draußen war unerbittlich monoton. Die Wüste war leer. Unser einziger Begleiter das wütende Heulen des Winds.

Das, und der Gesang des Artefakts.

»Glaubst du, dieser Wind kann einen verrückt machen?«, fragte Kaminski.

»Nur wenn du ihn lässt.«

Kaminski nickte zustimmend. Wie ein Kleinkind wiegte er seine M95 auf dem Schoß. Kellerman hatte die Raupe mit einer ansehnlichen Waffenkammer ausgerüstet – sämtliche geborgenen Sim-Waffen. Das Team hatte Gewehre, Pistolen und Granaten ausgepackt. Ich sah auf meine Hände hinunter und spürte, wie sie in den Handschuhen zitterten. Die Plasmagewehre waren viel zu wuchtig, als dass ich sie auf einem längeren Einsatz hätte tragen können, also hatte ich mich für eine Plasmapistole entschieden.

»Aber er hört ja nie auf«, fuhr Kaminski fort. »Überleg dir mal, für immer hier draußen zu sein. Die Besatzung muss von dem Geräusch echt die Nase voll haben.«

»Es klingt wie Geschrei«, sagte Jenkins. »Geschrei von Frauen und Kindern. Vielleicht ist das der Klang von allen, die hier draußen gestorben sind. Vielleicht ist Blakes Stimme ein Teil des Winds geworden.«

Kaminskis Gesicht kräuselte sich missbilligend.

»Auf keinen Fall. Blake ist irgendwo, wo es warm und feucht ist. So, wie er seine Frauen gemocht hat.«

Martinez johlte zustimmend.

»Ich weiß echt nicht, warum ich mir diesen Mist anhören soll«, sagte Jenkins. »Vielleicht bitte ich um eine Versetzung, wenn wir wieder auf dem *Point* sind.«

Der Kommentar war zwar nicht ernst gemeint, aber ich musste sofort an Blakes Gesuch denken. *Was, wenn sein Ausscheiden vor diesem Einsatz bewilligt worden wäre?* Er wäre schon längst auf dem Weg zurück zu den Kernwelten und würde gerade den Rest seines Lebens planen. Ich versuchte, den Gedanken zu unterdrücken, und sprach ihn meinen Leuten gegenüber wohlweislich nicht aus.

»Also ist das Kriegsbeil jetzt begraben?«, fragte ich Kaminski und Jenkins. »Zwischen euch?«

»Welches Beil?«, antwortete Kaminski. »Ich seh hier nur Knarren.«

»Du sagst es, Bruder«, sagte Jenkins. Sie gaben sich eine gepanzerte Faust, was in der geschlossenen Kabine einen lauten Knall erzeugte.

»Freut mich.«

Der Wind schwoll wieder an, und das Gespräch war beendet. Eine der Taschen am Gürtel meines Anzugs kam mir seltsam schwer vor, also machte ich sie auf.

Darin fand ich den Revolver meines Vaters, geputzt und einsatzbereit. Ans Futter des Anzugs waren Magazine geklebt.

»Was für ein fürsorglicher Bastard …«, sagte ich leise.

Kaminski ging nach vorn, um sich bei Martinez nach unserem Fortschritt zu erkundigen, und ich hörte, wie sie den Weg besprachen, der noch vor uns lag. Jenkins saß mir gegenüber, ihr Sim-Körper regungslos. Mit ihren neuen Zähnen warf sie mir ein müdes Lächeln zu.

»Übrigens wollte ich dir noch sagen«, sagte sie so leise, dass es neben dem Rütteln des Motors kaum zu hören war, »dass ich weiß, dass es nicht deine Schuld war. Blake, meine ich.«

»Danke, Jenkins.«

»Er war nur – du weißt schon – noch so jung«, sagte sie stockend. »Ich hatte mal einen Bruder.«

»Ich hatte immer das Gefühl, dass du nicht über deine Familie reden willst.« Bis auf gelegentliche Bemerkungen zwischen Einsätzen schien Jenkins weder mit mir noch mit den anderen viel über ihre Vergangenheit teilen zu wollen.

Sie zuckte mit den enormen gepanzerten Schultern. »Da gibt's nicht viel zu erzählen. Er ist gestorben.«

»Du musst mir das nicht erzählen.«

»Ist schon in Ordnung. Es macht mir jetzt nichts mehr aus. Er war nicht viel älter als Blake. Er war in San Angeles, als es zerbombt wurde. Verdammtes Direktorat. Ich glaube, ich habe Michael – Blake – immer als Bruder betrachtet.«

Ich wollte ihr unbedingt von dem Abfangjäger erzählen. Ihr erzählen, dass Kellerman ein Verräter war, ihren gerechten Zorn auf das Direktorat schüren. Aber jetzt war nicht der richtige Zeitpunkt, nicht, solange Kellerman immer noch zuschauen und zuhören könnte. Die Kamera an Jenkins' Schulter starrte mich unverwandt an.

»Und was bin ich dann?«, fragte ich lächelnd.

»Du bist dann ein Quatschkopf«, sagte sie. »Ich schau mal nach Martinez. Wenn du irgendwas brauchst, dann schrei.«

Jenkins schlenderte zum Führerhaus, und ich sah ihr hinterher. Ihre fließenden, mühelosen Bewegungen machten mich auf einmal wahnsinnig neidisch. Sie war für den Krieg gezüchtet; ich war ausgebrannt.

Tief in meinem Schädel, so tief, als sei er schon immer da gewesen, spürte ich den Ton. Ich schüttelte den Kopf und versuchte, den Würgereiz zurückzudrängen.

Es war das Artefakt, das nach mir rief.

Schließlich nahm das Tageslicht ab. Beide Sonnen brannten immer noch von weit oben herab, aber ihr Licht wurde zusehends fahl und welk. Ich verfolgte es mit einer Mischung aus Erwartung und Resignation. Der Himmel wurde von Minute zu Minute dunkler, die Wolken immer dichter. Am Ende musste Martinez nach Infrarot und Visier steuern.

»Dir passiert nichts, *jefe*«, sagte Martinez aufmunternd. »Ich beschütze dich.«

Ich stolperte durch die Kabine und musste bei jedem Schritt die Zähne zusammenbeißen. Ich hatte das Gefühl, Fieber zu bekommen. Vielleicht hatte ich eine Infektion. Ich griff nach meinem Bein und befühlte die Verletzung. Ich konnte den Schutzanzug nicht ausziehen, also konnte ich die Wunde nicht sehen, aber sie fühlte sich sogar durch das schützende Gewebe hindurch nass an.

Die Lautsprecher ertönten.

»Hier spricht Dr. Kellerman. Es tut mir leid, Ihnen mitteilen zu müssen, dass sich direkt vor Ihnen ein Sturmtief bildet. Wir sind nicht in der Lage, Entwicklung oder Richtung zu prognostizieren.«

Dieses Mal blieben meine Leute stumm. Es war sinnlos, sich mit Kellerman zu streiten und ihn noch mehr zu verärgern. Sie hatten begriffen, dass es besser war abzuwarten.

Ich nahm das mit einem Seufzer zur Kenntnis. *Einfach die Rolle weiterspielen.* »Wir fahren weiter wie geplant. Halten Sie uns über die Entwicklung des Sturms auf dem Laufenden. Wir müssen wissen, ob er das Artefakt erreicht oder in Richtung der Basis zieht.«

»Wird gemacht. Viel Erfolg. Dr. Kellerman Ende.«

»Harris Ende.«

Als ich die Verbindung unterbrach, sah ich, dass der Himmel mittlerweile schwarz war. Am Horizont zuckten Adern aus gleißend roten Blitzen. So unwirklich und fremdartig, dass der Anblick beinahe schön war.

»Das wird ein verdammt dicker Sturm«, murmelte Kaminski.

Hätte ich nicht treffender sagen können. Er war so

plötzlich aufgezogen, dass es mir unnatürlich vorkam, aber vielleicht war das auf Helios einfach so.

»Glaubst du, was Kellerman uns da auftischt?«, fragte Jenkins. »Ich nämlich bestimmt nicht. Ein Sturm zieht auf, sobald wir auf Helios abstürzen. Jetzt zieht der nächste auf, sobald wir auf dem Weg zum Artefakt sind. Das fühlt sich nach mehr als bloßem Zufall an.«

Wie als Antwort wirbelten und waberten die Gewitterwolken über uns und sperrten den letzten Rest an Licht aus.

»Vielleicht hast du recht.«

»Ziel in Sicht«, unterbrach uns Martinez und hob die Hand.

Er drehte die Suchscheinwerfer der Raupe auf. Auf dem Dach und am Bug waren starke Lichtbatterien montiert worden, die sich jetzt durch den Pesthauch von Staub und Schotter brannten, um den Pfad vor uns zu erleuchten: den Eingang zu den unterirdischen Tunneln. Neben der Höhle lag ein großer Felsbrocken, auf den ein bunter Totenkopf mit gekreuzten Knochen gesprüht war. Ein Pfeil zeigte hinein in die Finsternis. *Von hier aus gibt es kein Zurück mehr.*

»Bring uns rein, Martinez.«

Die Raupe wechselte sanft in einen anderen Gang und begann mit dem Abstieg ins Unbekannte.

26

WIR SEHEN UNS AUF DER ANDEREN SEITE

Nachdem mein Vater gestorben war, kamen Carrie und ich bei vielen verschiedenen Tanten und Onkeln unter – meistens wohlmeinend, oft fehlgeleitet, immer nur als Übergang. Da auch meine Mutter tot war, gab es sonst niemanden mehr, der sich um uns kümmerte. Wir zogen nie weit weg – immer innerhalb von Groß-Detroit, von einem Häuserblock zum nächsten.

Die meiste Zeit haben wir mit ziemlicher Sicherheit bei Tante Ritha verbracht, zumindest kann ich mich an sie am besten erinnern. Ich war mir nie ganz sicher, wie wir in Rithas Obhut gelandet sind, aber Eide, die in Armut geschworen werden, sind schwer zu brechen, und Ritha hatte meiner Mutter versprochen, sich um uns zu kümmern, sollte das je nötig werden. Ritha war eine gewaltige schwarze Frau, über eins achtzig groß und deshalb leicht gebeugt. Sie trug immer eine Schürze – dieselbe Schürze, geteert mit brauen und gelben Flecken –, aber ich hatte sie nie etwas kochen sehen. Ritha war von Haiti eingewandert – sagte sie zumindest –, und ihre verworrene Vergangenheit als illegale Einwanderin in die Vereinigten Amerikas hatte für die örtlichen Straßengangs einen gewissen exotischen Reiz. Das und die Tatsache, dass

Ritha eine Scolometh-Abhängige war – einer chemischen Weiterentwicklung von Scopolamin. Die meisten Tage verbrachte sie auf dem Sofa der kleinen Ein-Zimmer-Wohnung, wo sie berauscht 3D-Fernsehen guckte. Manchmal schlurfte sie in ihren antiken Latschen zur Tür, um den nächsten Dealer zu empfangen, dann zurück zu ihrer Delle in der ebenso antiken Couch.

Trotzdem, alles in allem war Ritha in Ordnung. Sie war natürlich keine Blutsverwandte – ich glaube, das waren keine der Tanten und Onkel –, aber sie gab sich Mühe. Sie verkaufte nebenher ein paar Drogen und sorgte dafür, dass wir immer Essensmarken hatten.

Ich mochte Ritha.

Das Problem war ihr Lebensgefährte: ein rattengesichtiger Bastard namens Leeroy.

Er war viel kleiner als sie, geboren und aufgewachsen in Detroit und so blass, dass er fast schon durchsichtig aussah. Seine Glatze war ein Teppich aus Bandentattoos, und er hatte eine Nase wie ein Rasiermesser. Genauso wie Ritha hat er in meiner Erinnerung nur eine einzige Sorte Klamotten an: ein Trikot der DETROIT WHISTLERS, den Ausschnitt so weit heruntergezogen, dass man den Großteil seiner Brust sehen konnte, und eine zu große Flecktarn-Hose, die er einem Allianzsoldaten auf Freigang geklaut hatte. Leeroy hat das Scolometh nie angerührt – und war darauf auch ein bisschen stolz –, aber die Droge seiner Wahl war genauso einfach erhältlich. Er soff alles, was er in die Finger kriegte.

Leeroy und ich waren nicht auf einer Wellenlänge,

und je mehr er trank, desto größer schien die Kluft zwischen uns zu werden. Er hasste *alles* an Carrie und mir. Wollte nicht einsehen, warum Ritha sich um uns kümmern sollte. Verstand nicht, warum sie das überhaupt freiwillig machte. Und Ritha war konfliktscheu; sie ließ ihn einfach Dampf ablassen, zetern und wüten, während die Spiegelungen des 3D-Fernsehers über ihre dicken Brillengläser spielten.

Das Geschrei konnte ich verkraften. Das Geschrei tat nicht weh.

Die Prügel hingegen schon.

Sie hatten fast sofort angefangen, nachdem wir bei Ritha eingezogen waren. Bei jedem erdenklichen Anlass schnappte Leeroy sich irgendwas, das gerade herumlag, und schlug mich damit. Sein Lieblingswerkzeug war ein Baseballschläger. Er lag zum Schutz vor Einbrechern unter seinem Bett und war vom Blut vorheriger Einsätze geschwärzt. Auf dem Griff stand AMERIKAS BESTE in verwitterten Lettern. Normalerweise zielte er bei mir auf die Arme oder den Rücken. Ich erinnerte mich daran, dass es im Gesicht am schlimmsten schmerzte.

Als ich älter wurde, floh ich regelmäßig aus der Wohnung. Falls sie es überhaupt mitbekam, zeigte Ritha nie viel Interesse für das, was Leeroy so trieb, aber manchmal erbarmte sie sich und gab mir kleine Aufträge. Etwas Geld ins Nachbarhaus bringen, mit einem Päckchen einen der Dealer treffen. Mir war jede Gelegenheit recht, der erdrückenden Stimmung in der winzigen Wohnung zu entkommen.

Oft kam Leeroy mir hinterher, worauf ein stundenlanges Katz-und-Maus-Spiel folgte. Am Ende war ich richtig gut darin. Die besten Verstecke waren verlassene oder zerbombte Häuser: leere schwarze Hüllen voller schmaler, gewundener Gänge, voller Verstecke. Ich kauerte zwischen den Trümmern der alten Welt und hörte, wie Leeroy mir nachstellte.

»Komm raus, du mieses Stück Scheiße!«, rief er dann, die Stimme unangenehm hoch und brüchig, zitternd vor Wut. »Ich hab Ritha gesagt, sie soll dir und deiner behinderten Schwester keine Essensmarken mehr geben. Wir müssen sparen, du Dreckstück, und das Geld gehört mir.«

Dann rannte ich wieder weg. Und wie gesagt, ich wurde echt gut im Verstecken. Ich beobachtete ihn von Gerüsten oder eingestürzten Treppen aus; eine hagere, bleiche Gestalt, die durch verrußte Gänge pirschte. Das einsetzende Herzrasen, sobald ich einen falschen Schritt machte: Dann ging die Jagd wieder los. Hinter mir Protestschreie, wenn ich floh und mir ein besseres Versteck suchte.

Er hat mich nie erwischt. Ich glaube, wenn er es geschafft hätte – außerhalb der Wohnung und außer Sichtweite von Ritha –, hätte Leeroy mich umgebracht. Diese Angst trieb mich an, machte mich besser – zum Besten – im Rennen und Verstecken.

Es war lange her, dass ich an Ritha und Leeroy gedacht hatte. Den Teil meiner Vergangenheit ließ ich normalerweise aus gutem Grund ruhen, aber jetzt – in den Tunneln unter der Wüste – fiel es mir auf einmal wieder ein.

Es war genau das gleiche Gefühl: *von irgendwas Bos-*

haftem durch die Dunkelheit gejagt werden, durch enge, gewundene Gänge.

Jetzt wünschte ich mir nur, dass mich statt der Krell tatsächlich Leeroy verfolgte. Aber das Gefühl, beobachtet zu werden, war nicht abzuschütteln.

Der Tunnel führte tiefer nach unten. Wir kamen nur langsam und beschwerlich voran. Da wir Kellermans spekulativer Karte folgten, stießen wir auf Sackgassen oder Lawinen, wo offene Tunnel hätten sein sollen, und Martinez war zweimal gezwungen umzudrehen.

»Das ist riesig hier unten«, sagte er, als wir weiterfuhren.

»Ich versuche die ganze Zeit, mögliche Feindrouten durch dieses Netz zu berechnen«, sagte Kaminski. »So viele Verstecke.«

»Und das hier soll noch der einfache Teil sein«, sagte ich. »Anscheinend sind diese Tunnel gut erschlossen.«

Martinez bugsierte die Raupe durch den bisher schmalsten Engpass. Dahinter kam eine riesige Höhle in Sicht, die weit über uns in der Dunkelheit verschwand. Wie eine Katze strich die Raupe um Stalagmiten, so groß wie zehn Mann. Vor uns hingen Stalaktiten, die sogar noch größer waren. Von einigen floss Wasser und sammelte sich in Tümpeln am Boden der Höhle. Große Insekten umschwärmten die lebensspendende Flüssigkeit. Als sie absanken, um aus den Teichen zu trinken, blitzte aus ihrem Inneren helles Licht auf.

»Da oben regnet's«, sagte ich. »Das Wasser hat angefangen, die tieferen Höhlen zu fluten. Wenn der Sturm nachgelassen hat, wimmelt es draußen vor Krell.«

»Dann dauert es nicht lange, bis sie hier auch sind«, sagte Jenkins nachdenklich.

Einen Moment lang saßen wir alle schweigend da. Natürlich hatte sie recht. Die Krell mochten Wasser und feuchte Umgebung. Die Wüste über uns war eigentlich grauenvoll für sie – die Gegend um das Artefakt war nur besetzt, weil es sie dazu trieb. Das Netz der dunklen, nassen, abgestandenen Tunnel hier unten: Das war ihr bevorzugter Lebensraum.

Warum also haben wir noch keine gesehen?

Ich rieb mir die Augen, müde von der dauernden Wachsamkeit.

»Wie tief sind wir?«

Kaminski schnalzte unschlüssig mit der Zunge. »Schwer zu sagen, aber über uns ist 'ne ganze Menge Gestein. Die Scanner kommen da nicht mehr durch.«

Ich studierte das Hologramm der unmittelbaren Umgebung, das die Sensoren der Raupe projizierten. Massive Gesteinsschichten. Es hatte eine hohe Dichte und würde Funkübertragungen wahrscheinlich blockieren – oder verzerrte sie zumindest stark. Ich brauchte keine chemische Analyse, um zu wissen, dass das unsere beste Möglichkeit war, die Verbindung mit Kellerman zu unterbrechen.

»Martinez, überprüf bitte unsere Verbindung zur Helios-Station.«

Alles schwieg, als Martinez die Verbindung kontrollierte. »Wir senden noch, aber das Signal ist sehr schlecht. Bin mir nicht sicher, ob wir übertragen können, wenn wir hier unten noch weiter fahren.«

Das reichte mir. Jetzt war der beste Zeitpunkt gekommen, meinen Plan umzusetzen. Ich kannte die Möglichkeiten der Sendeanlage nicht genau und war mir auch bei den Kameras der Anzüge nicht sicher. Aber der Sturm und die Felsen über uns würden die Funkverbindung stören, genauso wie das Artefakt, je weiter wir uns ihm näherten.

Ich kratzte mich theatralisch am Kinn und lehnte mich über das Navigationsgerät. *Ich muss eine Schau abziehen.*

»Also gut, wir müssen diesen Weg nehmen?«, fragte ich und zeichnete mit dem Finger auf der Holo-Karte die Route nach. »Wenn die Krell versuchen, uns nach unten zu folgen, nehmen die wahrscheinlich den gleichen Eingang wie wir. Anhalten, Martinez. Wir werden diesen Tunnel sperren.«

Sofort kam die Raupe zum Stehen.

»Aber du musst doch noch wieder rauskommen«, sagte Kaminski. Ihm dämmerte die Logistik unserer Lage. »Wir können ja extrahieren, aber du bist dann hier unten gefangen.«

»Wenn es so weit kommen sollte, muss ich mir einen anderen Weg suchen«, sagte ich – abermals laut und deutlich. *Alles fürs Publikum.* »Wir haben nicht viel Zeit, bis die Krell rausfinden, wo wir sind. Kaminski, Jenkins – Helme auf. Ich will, dass ihr nach draußen geht.«

Jenkins schnappte sich eine der Sprengladungen, die in der Kabine lagen. »Alles klar, Cap.«

Kaminski war weniger überzeugt und runzelte die Stirn – er war kurz davor, den Befehl meinetwegen zu verweigern. *Mach mir das nicht kaputt, 'Ski – jetzt nicht diskutieren.*

»Befehl ausführen, Kaminski.«

Wie erwartet, rauschte es plötzlich in den Lautsprechern.

»Captain Harris, Dr. Kellerman hier. Ich hoffe, Sie haben nicht vor, die Sprengladung zu benutzen. Das sind *nukleare* Sprengsätze.«

»Doch, genau das haben wir vor. Wenn uns irgendwas aufgrund des Sturms da draußen hier in die Höhlen verfolgen will, muss es den gleichen Weg nehmen, den wir gekommen sind.«

»Captain, das ist die direkte Route zum Artefakt! Was, wenn eine spätere Expedition den gleichen Weg nehmen muss?«

»Dann werden die einen anderen Weg finden müssen. Wir müssen diesen Schacht versiegeln. Nur so können wir uns sicher sein, das Artefakt zu erreichen.«

»Sie werden diese Tunnel nicht schließen, Captain«, sagte Kellerman bestimmt.

»Versuchen Sie, das zu verstehen: Sobald die Tunnel hier unten geflutet sind, wird es vor Krell nur so wimmeln. Wir sind nur vier Leute.«

Kellerman antwortete nicht sofort. Er schien über meine Antwort nachzudenken. Glaubte er mir? Wie viel wusste er tatsächlich über den Aufbau der Tunnel, über die Krell-Präsenz hier unten? Er hatte schon vorher Expeditionen in die Dunkelheit geschickt, aber nichts mit dieser Mission Vergleichbares gestartet.

»Versuchen Sie, den Funkverkehr so gering wie möglich zu halten, Kellerman – jedes Gespräch, das wir hier führen, könnte die Krell anlocken«, sagte ich, bevor er geantwortet hatte. »Kaminski, Jenkins – ihr seid dran.«

Ich unterbrach die Verbindung und schluckte hörbar. Ich beobachtete Kaminski und Jenkins und betete, dass sie nicht plötzlich durch einen Kopfschuss in der Basis zusammensackten. Sie hatten keine Ahnung, was ich im Schilde führte, und wussten nicht, dass ich ein enormes Risiko einging. Aber die Sekunden vergingen, und niemand wurde extrahiert. Der Plan war viel zu riskant, als dass ich mich hätte entspannen können – zumindest jetzt noch nicht.

Jenkins versiegelte ihren Kampfanzug und schnallte sich die Sprengladung auf den Rücken. Sie steckte eine Pistole in ihr Oberschenkelhalfter. Genüsslich schaltete sie ihr Plasmagewehr und den Flammenwerfer ein. Die Zündflamme leuchtete sofort auf.

»Martinez, ich will beide Geschütztürme präpariert und feuerbereit sehen. Schalt den Motor ab.«

»Zu Befehl, Sir.«

»Ich kümmere mich um die Luke«, sagte ich. »Scanner permanent laufen lassen, solange die draußen sind – Feuerschutz, falls nötig.«

»Wir wissen, was wir tun«, sagte Kaminski. Jenkins und er ließen die Helme einrasten. Sobald die Gesichter hinter den spiegelnden Visieren verborgen waren, konnte man sie kaum noch auseinanderhalten.

»Alles bereit«, verkündete Jenkins.

»Ich will schnelle und saubere Arbeit sehen«, befahl ich.

Ich stemmte die Luke der Raupe auf und war sofort

heilfroh, dass ich da nicht hinausmusste. Die Höhle war riesig, sicher mehrere hundert Meter im Durchmesser, und ich kam mir sehr klein vor. Ohne die Sensoren der Raupe war sie außerdem absolut rabenschwarz. Meine Ohren kribbelten unter dem Druckausgleich, und der feuchte, faulige Gestank, der auf einmal die Kabine erfüllte, war überwältigend. Ich griff nach meiner Atemmaske und nahm ein paar tiefe Züge vom kalten Sauerstoffgemisch.

Sofort fiel mir wieder der Allianzeinsatz auf Torus Seigel IV ein. Das war das letzte Mal gewesen, dass ich in meinem eigenen Körper gekämpft hatte. Damals noch beim Sonderkommando. Es waren ähnliche Umstände gewesen: an der Oberfläche endlose Nacht, unten ein Rattennest endloser Tunnel. Es war schon zehn Jahre her; ein anderes Leben, das plötzlich wieder auftauchte.

Jenkins und Kaminski sprangen aus der Raupe. Sie schalteten die Anzugscheinwerfer ein, und die hellen Lichtkegel fuhren über das gedeckte Grün und Grau des Höhlenbodens. Durch die regelmäßige Wasserzufuhr gab es hier unten deutlich mehr Leben als an der Oberfläche. Neben den fremdartigen Insekten waren die Steintümpel voller farbenfroher, biolumineszierender Pilze. Seltsame, dornenbewehrte Schalentiere huschten umher. Das Wasser, das von weit oben herabfiel, erzeugte ein lautes *tropf-tropf-tropf,* und in der Ferne hörte man ein Rauschen.

Eigentlich sollte hier alles voll von denen sein, dachte ich. *Und trotzdem ist die Höhle leer.*

Jenkins suchte die Umgebung mit ihrem Gewehr ab.

Die Höhlendecke war so weit über uns, dass unmöglich auszumachen war, was dort oben lauern mochte.

»Geh wieder rein, Cap«, sagte sie über Funk. »Besser, du siehst aus dem Führerhaus zu.«

»Verstanden.«

Ich schloss die Luke und ging nach vorn zu Martinez. Er saß immer noch über die Steuerkonsole gebeugt und behielt die Scanner und externen Kameras im Auge. Wir waren eine helle Insel in der Finsternis; die Scheinwerfer der Raupe reichten nicht bis zur Wand der Höhle.

»Dreh das Licht ab«, sagte ich. »Wir sitzen hier auf dem Präsentierteller. Alles Mögliche könnte uns beobachten.«

»Verstanden, Cap.«

Die Lampen erloschen. Kaminski und Jenkins hatten eigene Sensoren in ihren Anzügen – das Licht machte uns nur zu einem dankbaren Ziel. Es machte uns verwundbar.

Ich schaute auf die Uhr. Sie waren noch nicht mal eine Minute draußen, aber mir kam es wie eine Ewigkeit vor. Die Zeit schien sich elastisch auszudehnen.

Jenkins rannte den Weg zurück, den wir gekommen waren. Sie zielte mit dem Flammenwerfer in die Tunnelöffnung. Kaminski folgte ihr und schwenkte das Gewehr vor und zurück.

Mein Puls raste unnatürlich. Der Plan war extrem riskant. Ich musste die Funkverbindung zwischen der Basis und meinem Team unterbrechen. Den Tunnel zu schließen würde die Krell davon abhalten, uns nach unten zu folgen, aber es würde auch das

Signal zur Station kappen. Erstere Konsequenz hatte Kellerman vielleicht vorhergesehen, letztere womöglich nicht. Obwohl er mit einer Hinrichtung reagieren könnte, hielt ich das für unwahrscheinlich. Er würde keine Skrupel haben, meinen Leuten das Leben zu nehmen, aber ich hatte den Schlüssel; einen aus dem Team hinzurichten würde bedeuten, dass ich einen Leibwächter weniger hatte und damit meine Chancen schwanden, das Artefakt zu erreichen. Ich wollte meinen Leuten unbedingt alles erklären. Würden sie wütend auf mich sein, weil ich ein derartig hohes Risiko eingegangen war? Möglich, aber wir konnten es nicht ausdiskutieren; im Moment waren wir immer noch auf Sendung. Es war ein Risiko, das ich – *wir* – würden eingehen müssen.

»Schalte uns in die Kamerabilder der Kampfanzüge«, sagte ich.

Die Livebilder von Jenkins und Kaminski tauchten auf dem Schirm auf. Martinez änderte die Einstellungen und aktivierte den Nachtsichtmodus, was die Bildqualität verbesserte. Es waren die gleichen Bilder, die auch Kellerman in der Helios-Station empfangen würde.

»Nähern uns dem Tunneleingang«, sagte Kaminski über Funk.

Die Öffnung des Tunnels lag fünfzig Meter vor ihnen. Jenkins winkte Kaminski zu sich, dann machte sie einen Satz zwischen zwei Tümpeln, um noch ein paar Meter näher heranzukommen. Ihre Schritte hallten in der Ferne wider. So laut, dass ich zusammenzuckte.

»Verdammt gruselig hier unten«, keuchte Jenkins.

»Ich kriege mögliche Bewegung rein«, sagte Martinez. »Vielleicht aber auch nur Wasser. In dieser Ecke kommt eine ganze Menge runter. *Mucho movimiento.*«

Jenkins hatte die Öffnung des Tunnels erreicht und nahm den Sprengsatz vom Rücken, während sie den Flammenwerfer in einer Hand hielt. Eine große, klobige Waffe, aber sie ging geschickt damit um. Kaminski tauchte hinter ihr auf und kauerte sich an die Felswand. Die Lage war unglaublich angespannt. Mein Blick schoss immer wieder zwischen den Bildschirmen der Raupe und der tiefen Finsternis, die uns umgab, hin und her.

»Am besten versiegeln wir den Tunnel ein paar Meter weiter drinnen«, sagte Jenkins. »Ich stelle die Zündung auf drei Minuten ein, dann haben wir genug Zeit, mit der Raupe zu verschwinden. Du bist dir sicher, dass ich das tun soll?«

Ich zögerte einen Moment. Ich hatte keine Ahnung, wie es um die strukturelle Integrität der Höhlen bestellt war, und es hatte sicher noch keine Expedition vor uns Probesprengungen durchgeführt. Das hätte Kellerman niemals zugelassen.

»Befehle, Cap?«, fragte Jenkins wieder.

»Mach es – zehn Meter rein, drei Minuten Zünder«, entschied ich.

Jenkins kniete sich hin und bereitete den Sprengsatz vor. Kaminski spornte sie an, während er ihr Deckung gab.

In der Ferne ertönte ein hoher, klagender Schrei. Es klang wie das Geheul einer Todesfee – laut genug, um von den Anzügen gemessen und zurück an die Raupe übertragen zu werden.

»Warte!«, rief ich.

Jenkins stockte.

»Habt ihr das gehört? Dreht eure Audio-Sensoren auf.«

Ich sah durch Kaminskis Anzugkamera: Jenkins legte hinter ihrem Visier die Stirn in Falten.

»Klingt nach nichts als Wind«, sagte sie. »Pfeift vielleicht durch die Felsen runter.«

Das ist das Artefakt. Nicht in meinem Kopf, sondern laut durch die Tunnel hörbar. Reiß dich christoverdammt noch mal zusammen; diese Leute verlassen sich auf dich.

»Ignorieren. Befehl ausführen«, sagte ich zu Jenkins. Aber da hatte ich meine Bestätigung: Keiner von ihnen nahm das Signal so wahr wie ich.

Jenkins befestigte den Sprengsatz an der Wand des Tunnels. Der Stein war feucht; alles voller Wasser und Algen. Beim ersten Versuch rutschte die Ladung ab. Sie fixierte sie erneut. Das Display leuchtete auf.

»Fertig. Nuklearsprengsatz bereit.«

»Ich kriege Signale von überall um uns herum«, unterbrach Martinez sie. »Das gefällt mir gar nicht. Der Scanner zeigt eindeutig Bewegungen.«

»Zurück zur Raupe«, befahl ich. »Bewegung.«

Sie kamen zügig zurückgelaufen.

Ich starrte auf den Scanner. Die Konzentration von Feinden draußen nahm eindeutig zu. Blinkende Echos, die sich sehr schnell über die ganze Höhle verteilten.

»Verlassen den Tunneleingang!«, flüsterte Kaminski.

Er drehte sich zur Raupe um – sie sah auf dem Kamerabild sehr weit weg aus und wurde von der Optik seines Helms in pulsierendes Grün gehüllt.

Direkt vor Kaminski, der Schädel so nah, dass er beinah das Visier berührte, stand eine riesige Primärform. Sie lauerte auf einem Felsen, die kräftigen Beine angespannt, die großen, messerscharfen Klauen erhoben, bereit zum Angriff. Ich weiß nicht, ob das Bild für eine Sekunde gefror oder das Vieh wirklich so regungslos verharrte. Es wirkte wie eine finstere Alien-Skulptur. Das Maul stand weit offen, die Reihen der spitzen Zähne entblößt, und es schrie Kaminski direkt ins Gesicht – Geifer überschüttete ihn, von dem genug auf der Kameralinse landete, um die Sicht zu trüben.

Ich stellte mir vor, *dort* zu stehen, im Todesgriff der Primärform. Ich erkannte die Pose des Xeno sofort, wusste, was es vorhatte.

»Kaminski!«, brüllte ich.

Meine Reaktionszeit war langsam; menschlich.

Kaminskis war verbessert; übermenschlich.

Er reagierte bereits, hatte das Gewehr hochgerissen und schoss. Das Krell wurde überrumpelt, und zwei Plasmaimpulse traten direkt unter dem Brustkorb in seinen Körper ein. Mit einem gleißenden Lichtblitz – hell genug, um die Übertragung kurz erblinden zu lassen – kippte das Biest hintenüber. Es warf sich verzweifelt hin und her, Wasser und Flora spritzten in die Luft.

»Ich bin unterwegs!«, rief Kaminski. »Bin unterwegs!«

»Die sind überall!«, sagte Jenkins, die ihm folgte.

Im Nu war die Höhle vom charakteristischen Kreischen der Primärformen erfüllt. Ich sah, wie sie sich von der Decke fallen ließen und dabei die Stalaktiten als Anker benutzten.

»Zielerfassung überschlägt sich«, schrie Martinez.

Irgendwas Schweres knallte draußen auf das Dach. Ich griff instinktiv nach der Pistole und entsicherte sie, obwohl mir klar war, dass ich damit nicht viel würde ausrichten können.

»Abfahrt vorbereiten, Martinez«, befahl ich. »Schmeiß den Motor an. Sobald alle an Bord sind, verschwinden wir. Geschütze hochfahren!«

Die Türme der Raupe erwachten. Auf dem Dach stand ein Paar mehrläufiger Maschinenkanonen. Die Automatik erfasste sofort die nächsten Ziele und eröffnete das Feuer. Auch die Geschütze waren mit Kameras versehen; ich konnte zusehen, wie die Mündungen weiß glühten, als sie sich durch die Angreifer mähten. Mehrere Körper mit unterschiedlich schweren Verletzungen fielen um uns herum zu Boden.

Der Lärm war unbeschreiblich. Das Rattern der Türme hallte zusammen mit den Schreien der herabkommenden Krell von den Wänden der riesigen Höhle wider. Selbst im Inneren der Raupe war es ohrenbetäubend.

Fieberhaft beobachtete ich Jenkins' Kamerabild. Es passierte zu viel auf einmal, um alles gleichzeitig aufzunehmen, und wieder verfluchte ich meinen unvollkommenen Körper. Sie feuerte den Flammenwerfer aus der Hüfte. Vor ihr sprengte sich Kaminski durch feindliche Leiber. In einer weiteren Wasserexplosion landeten zwei große Xenos neben ihm. Sie rückten näher. Mit blitzartigen Reflexen machte er eine Granate scharf und warf sie.

Sie explodierte Sekundenbruchteile später. Kaminski und Jenkins wurden in eine Fontäne aus Alienblut und Gewebe gehüllt. Überall warfen herannahende Krell und Mündungsfeuer verzerrte Schatten.

Im hellen Schein der Granate sah ich, dass die ganze Decke voller Krell war. Hunderte nisteten über uns. Viele waren schon auf dem Weg zur Raupe, noch mehr erwachten gerade aus dem Tiefschlaf.

»Flammenwerfer links«, rief Kaminski.

Jenkins drehte sich auf dem Absatz um und drückte ab. Ein Strahl aus brennbarer chemischer Flüssigkeit benetzte alles vor ihr und entzündete sich fast im selben Moment. Eine weitere Gruppe Aliens landete auf dem Boden der Höhle und krächzte Anweisungen an die Nachkommenden. Mit morbider Faszination sah ich zu, wie Jenkins den Flammenwerfer wieder und wieder zündete und sich weiß-oranges Feuer über die versammelten Körper ergoss.

Endlich hatten Kaminski und Jenkins die Luke erreicht.

»Mach auf!«, sagte Jenkins. Sie schlug mit der Hand gegen den Metallrahmen.

Ich rannte zum Türöffner und stolperte über mein immer stärker schmerzendes Bein. Der Höhlenboden rumpelte unter dem zunehmenden Sperrfeuer. Ich zwang mich vorwärts, griff nach der Luke und hebelte sie mit aller Kraft auf. Eine neue Welle des Gestanks traf mich, aber diesmal war es ein anderer: der penetrante Geruch von geröstetem Alienfleisch, der beißende, verbrannte Kunststoff der beschädigten Kampfanzüge. Der dichte Rauch von Jenkins' Flammenwerfer brannte in den Augen, und ich versuchte würgend, Luft zu holen.

Jenkins fiel durch die Luke in die Raupe. Sie war von Xeno-Blut bedeckt und feuerte immer noch ihren Flammenwerfer in die Masse der Aliens, die sich vor der Luke versammelt hatten.

Mit tränenden Augen sah ich nach draußen auf das Chaos. *Etwas* tauchte aus der Napalmwand auf, die Jenkins entfacht hatte – ein zerfetzter, brennender Schatten. Das Ding war schon tot, aber der Schwung trieb es weiter. Kaminski stolperte über einen anderen Körper …

Ich versuchte mir vorzustellen, was er in seinem Helm sah: das Visier von so vielen Markern eingefärbt, dass die automatische Zielerfassung wahrscheinlich gar nicht mehr wusste, was zuerst getötet werden musste …

Das brennende Krell taumelte mit erhobenen Klauen vorwärts. Es war eine Vogelscheuche; das Fleisch von Napalm zerschmolzen, geschwärzt und ausgedörrt. Da erst sah Kaminski es – das offene Maul, die unmöglich scharfen Klingenarme.

Das Alien war über ihm, und sein Gewehr verstummte. Ein Unterarm durchstach seinen Torso, ging glatt durch den Kampfanzug. Vier Lagen gehärteter, ablativer Kunststahl-Legierung – als wären sie gar nicht vorhanden. Der andere bohrte sich direkt ins Visier. Kaminski erschlaffte sofort, der Sim fest im Griff des Aliens. Sein Gewehr fiel scheppernd zu Boden und wurde von dem riesigen Angreifer zertrampelt.

»Den hat's erwischt«, sagte Jenkins ausdruckslos.

Ich stolperte entsetzt zurück, wollte das Gesehene nicht wahrhaben. So eine menschliche Reaktion, dermaßen lähmende Emotionen: Sie waren mir seit Jahren fremd gewesen, jetzt kamen sie in voller Stärke zurück.

Kein Sim hier, in dem ich mich verstecken könnte. Ich werde genauso enden.

Kaminski war ausradiert worden, einfach so. Da die Neuro-Verbindung gekappt worden war, würde er auf der Helios-Station aufwachen – wahrscheinlich schreiend vor Schmerzen. Ich kannte das nur zu gut. Aber wir hatten keine Zeit, um ihn zu trauern.

»Zurück!«, schrie Jenkins mich an, ohne sich umzudrehen.

Ich kroch von der Luke weg, und sie legte den nächsten Napalmteppich. Kaminski und das Alien verschwanden darin. Trotzdem sprangen in dem Moment noch zwei Krell aus ihren Verstecken durch die Flammen, um die Raupe zu erreichen. Eins griff nach dem Türrahmen; die Klauen schleiften kreischend über das Metall. Das andere versuchte, in die Raupe zu klettern. Ich fummelte nach meiner Pistole.

Jenkins schubste mich nach hinten und warf die Luke zu. Sie schlug die Alienkörper beiseite. Die Xenos blieben draußen und warfen sich frustriert gegen die Luke.

»Los, los!«, rief Jenkins Martinez zu. »In dreißig Sekunden geht der Sprengsatz hoch!«

Jenkins hatte ihr taktisches Visier. Sie wusste exakt und in Echtzeit, wann die Sprengladung detonieren würde.

Die Geschütztürme über uns feuerten immer noch unablässig und schüttelten das Fahrzeug durch. Zwei, drei oder noch mehr Krell waren mittlerweile auf dem Dach. Die Raupe schwankte bedrohlich.

»Die versuchen, uns umzuwerfen. Bring uns hier raus«, sagte ich, als ich mich an einer Handschlaufe in der Decke festklammerte, um aufrecht zu bleiben.

»Mit Vergnügen«, sagte Martinez.

Die Raupe fuhr dröhnend an. Die Scheinwerfer tauchten die Umgebung in helles Licht. Überall kamen unzählige Aliens von der Decke. Der Scanner schrillte unaufhörlich.

Ich zählte im Kopf ungleichmäßig die Sekunden. Hinter uns ertönte eine gedämpfte Explosion, es folgte ein Moment der Unsicherheit. Entweder schloss die Explosion uns mit den Dingern in dieser Höhle ein, oder sie würde sie daran hindern, uns weiter zu folgen.

Dann kam ein zweites, tieferes Rumpeln. Die Raupe schwankte unsicher. Martinez kämpfte mit der Lenkung und versuchte verzweifelt, uns gerade zu halten.

»Was ist los?«, schrie ich.

»Sieht aus, als ob ein Teil der Decke runterkommt«, sagte Martinez, der eine topografische 3D-Karte auf der Steuerkonsole begutachtete. »Diese Tunnel werden nicht halten …«

Etwas Großes traf die Raupe in die Seite. Ob es Krell waren oder nur Steine, war nicht zu erkennen. Dann traf uns noch etwas von oben. Das Dach der Raupe verformte sich unter dem Aufschlag.

Als die Raupe schlingerte, fiel ich zur Seite und schlug mit dem Kopf gegen einen Spind. Im Fallen sah ich die Frontscheibe. Da war kein Weg mehr, keine erkennbare Route. Nur eine Wand aus herabstürzendem Gestein, Wasser und Staub.

Wieder wurde ich zur Seite geschleudert, aber diesmal fing Jenkins mich auf. Sie hielt mich eng an ihren großen gepanzerten Körper gedrückt, während sie sich in einem anderen Spind verkrallte, um uns beide auf den Beinen zu halten.

Wir fielen und fielen …

»Alles in Ordnung«, flüsterte sie mir zu. »Alles wird gut.«

Falls da draußen Krell waren, wurden sie genauso begraben wie wir. Überall schien die Höhle einzustürzen, so laut, dass jedes andere Geräusch überlagert wurde. Ich war mir nicht einmal sicher, ob die Geschütztürme noch feuerten. Tod durch Krell, oder von der einstürzenden Höhle erschlagen: Das war für mich kein Unterschied, und in meinem echten Körper konnte es so einfach passieren.

Ein gebrochener Schädel, eine zerschmetterte Wirbelsäule.

Ich schloss die Augen.

Ich fuhr aus dem Schlaf und sah mich um.

»Im Himmel war Krieg. Das ist Jahrhunderte her, vielleicht auch Jahrtausende. So lange, dass es nichts mehr bedeutet. Es ist schwer, die Zeit in menschlichen Einheiten zu bemessen, wenn die Sterne ewig scheinen.«

Die Stimme war so verrauscht, dass es nicht möglich war, den Sprecher zu identifizieren.

Martinez hatte den Großteil seines Kampfanzugs ausgezogen. Nasser, frischer Schweiß glänzte auf seinem Rücken. Von meinem Platz aus – auf einen Sitz in der Kabine gestützt – hörte ich seinen abgehackten, keuchenden Atem. Wie ein Hund; wild und kaum zu bändigen.

Als er sprach, war seine Stimme rau und heiser. »Woher wissen Sie das? Was sind das für Dinger?«

Der Sprecher, der nur Kellerman sein konnte, fuhr mit seinem Monolog fort, als wäre keine der Fragen gestellt worden.

»Die Krell und die Tönernen sind alles, was von diesem Krieg übrig ist. Das Organische gegen das Mechanische. Der Krieg hat die ganze Galaxis zerrissen, und die wenigen Spezies, die stark genug waren, um zu überleben, haben nach den spärlichen Ressourcen gewühlt, die übrig blieben. Die Tönernen haben ein gutes Gedächtnis, auch wenn von ihnen nur Wracks und Staub übrig sind.«

»Ist das der Grund, warum sie unbedingt hierbleiben?«, fragte Martinez in leicht aggressivem Tonfall. »Antworten Sie, *padre!*«

Kellerman lachte. »Vielleicht ist das, was noch von den Tönernen bleibt, nur ein winziger Bruchteil des Ganzen. Der Geist dessen, was diese Spezies einst war, wenn Sie so wollen. Die Krell scheinen in weitaus besserer Verfassung zu sein. Sie haben den Krieg offenbar gewonnen.«

Martinez' Hände ballten sich zu Fäusten, und er hieb auf die Steuerkonsole. Bei jedem Schlag erzitterte die gesamte Raupe. Ich runzelte die Stirn und versuchte aufzustehen. Ich war mit Beinen und Rumpf unter einem Deckenbalken eingeklemmt.

Dann fiel mir auf, dass das Innere der Raupe völlig verwüstet war. Ausrüstung lag zerbrochen auf dem Boden verteilt. Kisten waren zerschlagen oder eingedellt. Ich versuchte noch verbissener, mich zu befreien.

– auf der Rückseite der Krankenstation hingen zwischen zerfetzten Speicherröhren und verdrehtem Metall Parodien meines echten Körpers –

Jenkins lag mir gegenüber, ihr Körper in einer seltsamen Pose – die Beine nach hinten gebogen, die Arme unter dem Rumpf zerdrückt. Ihr Kopf hing in einem unnatürlichen Winkel, das bleiche Gesicht von Haaren verklebt. Blut tropfte in dicken Fäden aus ihrem Mundwinkel. Die Brust war von einem Wrackteil durchstoßen worden – ein Stahlträger ragte aus ihrem Rücken.

– über mir hingen verformte Metallleisten, von der Stärke der Explosion geschwärzt. Schwer zu sagen, was die mal gewesen waren. Vielleicht ein Stück vom Fensterrahmen oder, der Riffelblech-Struktur nach, ein Teil der Bodenverschalung –

Ich schrie nach Martinez. Die Raupe schwankte immer noch. Meine Stimme klang fremd; wie von Rauschen verzerrt.

»Martinez! Komm hier rüber, und dreh die Antenne ab!«

– Von irgendwo außerhalb des Wracks ertönte laut und

deutlich eine Stimme: »Eine Ausgangssperre ist verhängt worden. Bitte kehren Sie in Ihre Wohnungen zurück. Eine Ausgangssperre ist verhängt worden. Soldaten der Allianzarmee sind zu Ihrem Schutz unterwegs« –

Martinez verlagerte seine Position und drehte den enormen, muskelbepackten Hals, um mich anzusehen. Sein Gesicht war von Keilschrift-Tattoos überzogen, die ihm aus den Augen strömten wie Jenkins das Blut aus dem Mund.

»Martinez, mach das Funkgerät aus!«

»Wenn du hier bist, willst du nichts anderes, als wieder da draußen zu sein!«

27

TOT GEBOREN

Ich wurde aus dem Schlaf gerissen und schrie nach Martinez. Das Heulen des Artefakts hielt meinen Geist immer noch umklammert und ließ nur widerwillig nach, als ich aufwachte.

Die Raupe hatte wieder festen Boden unter sich. Sie bewegte sich noch und fuhr weiter, aber nur sehr langsam. Irgendwo unter uns war ein regelmäßiges Knirschen zu hören – das Schleifen von Metall auf Metall.

Martinez brüllte – entweder aus Frust oder vor Begeisterung. Aber das Innere der Raupe war anders als in meiner Vision: Die Kabine war intakt. Ich schmiegte mich an Jenkins' gepanzerte Brust. Sie schälte mich ab und betrachtete mich sorgfältig. Sie starrte auf ihr Visier und prüfte meine Lebenszeichen auf ihrer Blickfeldanzeige. Ihr Gesicht war von den Hologrammen im Helm erleuchtet.

»Ich – ich bin ohnmächtig geworden«, stammelte ich.

»Du kommst durch«, verkündete Jenkins. »Keine inneren Verletzungen. Oder zumindest keine neuen.«

Ich stolperte von ihr weg. »Und du?«

Sie grinste. »Ich bin tot geboren.«

Ein Trio von Stacheln ragte aus ihrem linken Oberschenkel, aus dem bereits eine abstoßende schwarze

Flüssigkeit austrat. Die Munition hatte ihren Kampfanzug durchschlagen und den Blutkreislauf mit was auch immer für Giften verpestet, die dieses Krell-Kollektiv benutzte. Sie rupfte die Stacheln ohne das geringste Zögern aus dem Bein. Es schien ihr nicht einmal wehzutun, aber ich biss mir auf die Zähne. Sie musste die Verletzungen schon in der Höhle erlitten und sich einfach durchgekämpft haben.

»Danke für die Rettung.«

»Jederzeit«, sagte Jenkins.

»Die Raupe ist hin«, sagte Martinez. »Das Getriebe ist im Eimer.« Das Knirschen wurde immer lauter und unangenehmer. »Die Karte ist ziemlich dürftig, aber wir sind mittlerweile sehr weit unter der Erde. Unter diesen Bedingungen kann ich die Raupe auf keinen Fall reparieren.« Wir blieben abrupt stehen. Von draußen kam ein mechanisches Zischen – Hydraulik oder Lenkung, ganz egal. »Aber die Krell haben aufgegeben. Der Scanner ist leer.«

Dann war jetzt also der Moment der Wahrheit gekommen. Ich lauschte auf das Klingeln eines eingehenden Funkspruchs. Dann sah ich Martinez und Jenkins voller Erwartung an. Wenn Kellerman sie hinrichtete, würden sie in der Raupe einfach tot umfallen – die neurale Verbindung zwischen Sim und Lenker sofort gekappt. Ein paar Sekunden verstrichen: nichts. Jenkins sah mich stirnrunzelnd an und wunderte sich offenbar über mein Verhalten.

»Alles in Ordnung, Jenkins«, sagte ich. »Ich hab 'nen Plan, oder zumindest so was in der Art. Martinez, was macht die Antenne?«

Er überprüfte die Systeme der Raupe. »Außer Betrieb. Keine Verbindung zur Helios-Basis. Der Sendemast muss beim Angriff auch beschädigt worden sein.«

»Sehr gut. Was ist mit den Relais in den Anzügen?«

»Auch negativ. Die waren an die Antenne der Raupe angeschlossen. Ohne den Mast können sie nicht senden.«

»Also haben wir keine Verbindung mehr zur Station?«

»Nicht dass ich wüsste.«

Jenkins verschränkte die Arme vor der Brust. Es war ihr gutes Recht, misstrauisch zu sein. »Was soll das alles?«

»Ich musste dafür sorgen, dass wir außer Reichweite der Station sind. Ich wünschte, ich hätte euch das alles früher sagen können. Ich habe wichtige Neuigkeiten. Kellerman und Deacon arbeiten für das Direktorat. Und Kellerman hat ein Raumschiff.«

Jenkins starrte mich mit großen Augen an.

»Einen Abfangjäger. Neueste Technik, wahrscheinlich Direktorat-Geheimdienst.«

»Dieses Arschloch«, sagte Martinez und schlug mit der Faust auf den leeren Beifahrersitz.

Ich hob die Hand. »Ruhig Blut, Martinez. Das Schiff ist im Labortrakt verstaut. Sieht nagelneu aus und hat eine volle Batterie von Luft-Boden-Raketen.«

»Q-Antrieb?«, fragte Jenkins.

»Ja, Tyler hat ihn mir gezeigt.«

»Weiß sie, wie man das Ding fliegt? Funktioniert es?«, legte Jenkins los. »Können wir es benutzen, um von diesem Brocken runterzukommen?«

»Dreimal ja.«

»Wie geil ist das denn!«, sagte Martinez.

»Ihr müsst da irgendwie drankommen.«

»Was ist mit dir?«, fragte Jenkins. »Die Tunnel sind dicht. Wir können dich hier unten nicht rausholen.«

»Das Risiko bin ich eingegangen, Jenkins. Es war die einzige Möglichkeit, die Verbindung zur Basis zu unterbrechen. Im Moment denkt Kellerman wahrscheinlich noch, dass wir auf dem Weg zum Artefakt sind – dass ich seine Befehle ausführe. Solange er das glaubt, sind wir in Sicherheit, und das gilt hoffentlich auch für Kaminski und Tyler.

Ich kann Helios nicht ohne den Schlüssel verlassen. Im Tönernen-Wrack hat Kellerman mir eine Sternkarte gezeigt. Die Tönernen, was auch immer sie waren, kannten den Mahlstrom gut. Sie haben stabile Q-Sprungpunkte gefunden. Sie wussten, wie man den Sonnenstürmen ausweicht. Sämtliche Daten sind in dem Schlüssel.

Wir kommen hier weg. Und zwar folgendermaßen: Früher oder später werdet ihr beide extrahieren müssen. Sobald der Sturm so richtig wütet, werden diese Tunnel von Krell wimmeln. Sobald ihr raus seid, überwältigt ihr die Sicherheitsleute, verlasst die Basis und sammelt mich ein.«

Martinez lachte bitter. »Das hört sich so einfach an. Aber wo sollen wir dich retten, Cap? Die Tunnel sind zerstört. Ohne Sims können wir uns niemals durch diese Höhlen schlagen.«

»Ihr nehmt das Schiff. Lest mich irgendwo auf einer Anhöhe auf, wo ihr mich gut finden könnt.«

Martinez und Jenkins warfen sich einen Blick zu. Sie

hatten genau erraten, worauf mein Vorschlag hinauslief, und ihren Gesichtern nach zu urteilen gefiel ihnen die Idee nicht besonders. Martinez drückte ein paar Knöpfe an der Steuerkonsole und rief ein Gitterhologramm auf, das in fahlem Grün leuchtete.

»Ich bin mir ziemlich sicher, dass du nirgendwo in der Nähe einer Anhöhe sein willst, Captain«, sagte er finster. »Das solltest du besser komplett vermeiden.«

Das Holo rotierte und zeigte das Artefakt und die umliegende Landschaft. Wenn Kellermans Angaben über das Tunnelnetz stimmten, würde es uns – mich – direkt zum Fuß des Artefakts führen, auf eine Anhöhe oberhalb der Wüste.

Eine Wüste, die von Krell jeder erdenklichen Sorte übersät ist …

Ich nickte. »Vielleicht unter anderen Umständen, aber jetzt ist es das perfekte Versteck. Die Funkgeräte werden in der Gegend sicher nicht funktionieren. Ich habe den Schlüssel, und ihr könnt das Artefakt als Leuchtfeuer zum Navigieren nutzen.«

Ich gab mir Mühe, alles nett und einfach klingen zu lassen, als handle es sich um einen einfachen Bergungseinsatz. Die unmögliche Menge an Variablen ließ ich außen vor: ob das Team direkt nach der Extraktion umgebracht werden würde, ob sie es schaffen würden, die Wachen der Helios-Station auszuschalten, ob sie überhaupt in der Lage wären, den Abfangjäger im Sturm über Land zum Artefakt zu fliegen …

»Wenn alle Stricke reißen, bergt zumindest den Schlüssel. Übergebt ihn dem Stab, und sorgt dafür, dass sie eine Rettungsmission schicken – für Elena.«

»Nicht nötig. Dir passiert schon nichts«, sagte Jenkins. Sie wollte die Endgültigkeit unserer Lage einfach nicht wahrhaben.

Ich schüttelte den Kopf. »Es geht hier nicht mehr nur um mich.«

»Was ist mit Kellerman?«, fragte Martinez. »Glaubst du wirklich, dass er dich hier unten in Ruhe lässt? Kann gut sein, dass er dir Leute hinterher schickt.«

»Gut so; je mehr von denen er in die Wüste schickt, um nach mir zu suchen, desto weniger sind in der Basis, um euch zu bewachen, wenn ihr extrahiert. Ihr habt gesehen, wie wenig Leute er noch übrig hat. Zehn Wachen vielleicht? Ich glaube nicht, dass er irgendwen schicken wird. Er wird sich nicht in Gefahr bringen wollen, und soweit er weiß, tu ich immer noch genau das, was er mir befohlen hat. Lasst uns hoffen, dass Kaminski problemlos extrahiert hat.«

»Ich kann immer noch nicht fassen, dass wir ihn verloren haben«, sagte Jenkins kopfschüttelnd. »Aber da draußen waren einfach so viele.«

Dieses Mal gab es keine Einsatznachbesprechung.

Martinez schlug sich mit der Faust auf die Brust, und der schwere Handschuh donnerte gegen die ablative Panzerung. »Christo wache über ihn. Wir beten später noch ausführlicher.«

»Wir sehen uns auf der anderen Seite, 'Ski«, sagte Jenkins.

Das war mir nicht vergönnt, trotzdem hoffte ich, dass sie richtig lag. *Dank Kaminskis Tod bin ich einen Schritt näher dran, mich hier allein und ohne Sim durchkämpfen zu müssen.* Über kurz oder lang entwickelte jeder Lenker die gleiche Angst: im eigenen, unvollkommenen Körper kämpfen zu müssen. Vielleicht tat Kaminski gerade in der Basis genau das. Und ich sowieso, allerdings in den finsteren Tunneln unter der Wüste von Helios.

»Also gut, was machen wir jetzt?«, fragte Jenkins.

»Wir gehen einfach weiter. Wie weit ist es noch zum Artefakt?«

Martinez konsultierte das Hologramm. »Ein paar Kilometer. Aber die Tunnel hier sind nicht vollständig erfasst.«

Der Gedanke, mehrere Kilometer zu Fuß durch die Tunnel gehen zu müssen, erfüllte mich mit Furcht. Entschlossenheit und das Fehlen einer Alternative waren alles, was mich antrieb.

»Wir haben keine Wahl«, sagte ich. Ich hatte das Gefühl, mich erklären zu müssen. »Wenn ich hier unten bleibe, werden früher oder später die Krell kommen. Wenn ich hier rauskomme, bin ich zumindest in einer besseren Position, um evakuiert zu werden. Versteh mich nicht falsch, Martinez. Mir gefällt das alles auch nicht. Ich weiß, dass wir uns hier draußen auf nichts verlassen können.«

Sie schwiegen beide lange. Mir fiel einfach kein besserer Weg ein, und was auch immer passieren würde, ich konnte den Schlüssel nicht zurücklassen. Ich lechzte nach den Erkenntnissen, die er enthielt; es überlagerte sogar das Verlangen nach dem nächsten Übergang. Kein Risiko, kein Wagnis war groß genug, wenn auch nur die geringste Chance bestand, Helios mit den Sterndaten zu verlassen.

»Bist du dir absolut sicher, dass du das durchziehen willst?«, fragte Jenkins. »Es muss irgendeinen anderen Weg geben …«

»Nein, gibt es nicht. Wenn das hier klappt, kann ich mit dem Schlüssel fliehen – mit den Sterndaten. Wenn es nicht funktioniert, könnt ihr mit den Daten entkommen. Das ist im Moment alles, was zählt.«

»In Ordnung, Cap«, sagte Jenkins und nickte ernst. »Wenn du das sagst.«

Martinez seufzte und nickte ebenfalls.

»Dann packt euch Munition ein«, sagte ich. »Nehmt alles an Vorräten mit, was wir tragen können. Wir gehen zu Fuß. Die Höhle hinter uns wird nicht ewig geschlossen bleiben. Wir müssen uns beeilen.«

Ich entriegelte eine Munitionskiste und steckte Energiezellen für die Plasmapistole in die Riemen meines Schutzanzugs. Die anderen folgten meinem Beispiel. Jenkins schulterte die verbliebenen Sprengsätze und Napalmzellen. Martinez deckte sich mit Granaten ein.

Ich überprüfte ein letztes Mal unsere Vorräte, dann ging ich zu meinen Leuten. Sie standen unter Strom. Eine komische Mischung aus Erwartung und Widerwillen lag in der Luft.

Jenkins nahm eine mütterliche Überprüfung meines Schutzanzugs vor und stellte sicher, dass Sauerstofftank und Wasserversorgung in Ordnung waren. Ich war zu erschöpft, um mit ihr zu diskutieren. Ich biss mir auf die Zähne, als sie die Beinschienen abtastete. Die Berührung ihrer Hand durch das Gewebe hindurch reichte schon, um einen stechenden Schmerz durch meinen Körper zu jagen. Daraufhin überprüfte sie die Schlauchanschlüsse meiner Atemmaske. Fern von der staubigen Luft der Wüste fiel das Atmen leichter, aber bei unseren Waffen bestand Gefahr, die Atemluft zu vergiften. Jenkins' Flammenwerfer konnte eine ganze Höhle mit brennenden Partikeln verseuchen.

»Sieht alles gut aus«, sagte sie. »Setz bitte zur Sicherheit den Helm auf. Brauchst du noch Schmerzmittel, bevor wir aufbrechen?«

»Ich habe schon alles verbraucht, was Kellerman mir eingepackt hat«, sagte ich mit einer Geste in Richtung der leeren Spinde.

Fehlte nur noch der Schlüssel. Ich griff nach der Kiste, in der er lag, und ließ die Verschlüsse aufschnappen. Ich nahm ihn heraus und betrachtete ihn von allen Seiten. Er wirkte ungewöhnlich schwer und unnatürlich kalt. Ich steckte ihn in eine Werkzeugschlaufe am Gürtel des Anzugs.

Martinez entriegelte die Luke. Er ging vor, ich folgte. Jenkins bildete die Nachhut.

Die Raupe war völlig hinüber. Abgerissene Metallteile, verdreht und geborsten; große Löcher voller Gift, das sich in die Panzerung gebohrt hatte. Das Dach war mit Dornenstacheln gespickt. Aus den Geschütztürmen stiegen dicke schwarze Rauchfahnen.

»Ich werd das alte Luder vermissen«, sagte Martinez.

Wir durchquerten so schnell wie möglich eine Reihe schmaler Durchgänge. Im Gänsemarsch hielten wir die Waffen auf jeden Schatten und in jede Felsspalte. Bis auf das gelegentliche Aufblitzen einiger Insekten, die auf dem Boden umherkrabbelten, war es stockfinster. Martinez und Jenkins waren meine Augen. Ich stellte mir vor, was sie sahen: die komplette Sensorik eines Kampfanzugs zur Verfügung zu haben, unterstützt durch die bordeigene KI. Sie waren gezwungen gewesen, die Tarnvorrichtungen ihrer Anzüge auszuschalten, denn sonst wären sie für mich praktisch unsichtbar gewesen. Mein Schutzanzug hatte – direkt unter der Kamera – eine kleine, schwache Schulterlampe, die aber kaum mehr als zwei Meter vor mir erhellte. Ich sehnte mich nach einer Blickfeldanzeige, nach anständigen taktischen Daten.

Ich sah auf die Uhr, die in den Rand des Helms eingearbeitet war, sodass ich sie sehen konnte, ohne den Anzug öffnen zu müssen. Vierzehn Stunden waren vergangen, seit ich in der Raupe aufgewacht war. Unter anderen Umständen wäre das die Missionszeit. Jetzt hatte ich das Gefühl, dass jede weitere Sekunde nur eine Galgenfrist war. Mein Magen krümmte sich – vielleicht war es Angst, vielleicht auch nur Hunger. Ich hatte nichts mehr gegessen, seit wir die Station verlassen hatten. Ich hatte keinen Appetit gehabt, aber Kellerman hatte uns sowieso keine Rationen mit auf den Weg gegeben.

Du hast doch keinen Plan, flüsterte mir eine Stimme ins Ohr. *Du hast gar nichts. Gib einfach auf – es ist sinnlos, so weiterzumachen.*

Ich kraxelte über Steine, während Martinez und Jenkins leichtfüßig neben mir hergingen. Sie kannten weder Hunger noch Erschöpfung.

»Der Gang wird breiter«, sagte Martinez. »Die nächste große Höhle.«

Ich drehte die Audiosensoren des Anzugs auf und versuchte, anhand des Tropfens des Wassers in der Ferne die Größe der Höhle zu erahnen; die Feuchtigkeit kam von irgendwo weiter oben. Ich musste mich jetzt eher auf meine Ohren als auf die Augen verlassen.

Martinez hob eine Hand – ein vager Umriss vor mir. Er ging in die Hocke. Irgendwas hatte sich geändert; der Klang des Tropfens hatte gewechselt, war jetzt schärfer.

»Cap, das solltest du sehen«, murmelte er.

»Deckung geben, Jenkins. Rücken freihalten.«

»Verstanden, Captain«, antwortete sie. Ohne Worte: *»als würde uns das irgendwas bringen.«*

Ich stolperte zu Martinez nach vorne. Er kam mir entgegen und stützte mich am Ellbogen. Ich wollte ihn abschütteln, mich mit ihm streiten, dass ich kein Invalide war, aber ein Blick in die Dunkelheit belehrte mich eines Besseren.

Ich werde zu Kellerman. Wir sind beide gebrochen.

Ich kicherte vor mich hin. In seinem Büro hatte er mich gewarnt, dass wir mehr gemeinsam hatten, als ich wahrhaben wollte. Ich reagierte genau so, wie er es getan hätte.

»Lass mich, Martinez. Ich krieg das schon hin.«

»Alles klar. Ich mach uns Licht.«

Er nahm ein paar Leuchtfackeln aus seinem Kampfgeschirr. Er zündete eine nach der anderen und warf sie in die Höhle. Zischend erleuchteten sie die Umgebung in flackerndem Rot und Grün. Es war ziemlich verwirrend: Auf einmal konnte ich wieder sehen, obwohl die Höhle so groß war, dass ich nicht ausmachen konnte, wo sie endete. Ich blinzelte gegen das helle Licht an.

»Danke, Martinez. Was soll ich hier sehen?«

»Da drüben.« Martinez streckte die Hand aus.

Ungefähr hundert Meter von uns entfernt war der Boden von zerstörten Sandraupen übersät. Nicht wie der Transporter, mit dem wir hergefahren waren; es waren alles unmodifizierte Zivilmodelle, mittlerweile komplett ausgebrannte Wracks.

»Ich hab den Bioscanner laufen lassen«, sagte Martinez. »Keine Ausschläge.«

»Das müssen Kellermans Pioniere gewesen sein«, sagte ich leise. »Wir gehen zur nächsten Raupe. Ich will mir das ansehen.«

»Warum?«, fragte Martinez. »Das ist ein böser Ort. Voll von *espíritu malign.* Wir sollten weitergehen – unseren Vorsprung ausnutzen. Die Krell haben unsere Fährte sicher bald …«

»Stellst du meinen Befehl infrage, Matinez?« Plötzlich war es aus irgendeinem Grund sehr wichtig, dass ich die Raupe untersuchte.

Martinez zuckte mit den enormen Schultern.

Beide folgten mir tiefer in die Höhle zu der Raupe. Sie war flächendeckend geschwärzt – wahrscheinlich von Dröhnern. Aber anders als die meisten Raupen hier stand diese wenigstens noch aufrecht.

»Sieht aus, als wären die liegen geblieben«, sagte Martinez. »Sie müssen einen Umweg hier runter genommen haben.«

Sie haben die Tunnel kartografiert, genau wie Tyler gesagt hat.

Ein Geräusch – ein Kratzen wie von einem kleinen Tier, das sich zu befreien versucht – kam aus dem Inneren. Die Luke war von Feuer zugeschweißt worden, aber das Geräusch erklang laut genug, um es draußen zu hören. Über Felsen und durch brackige Tümpel kletterte ich auf die Raupe zu. Die Leuchtfackeln brannten immer noch hell und warfen tänzelnde Schatten über die geborstene Hülle.

»Ich geh rein.«

»Negativ, Cap«, sagte Jenkins. »Lass mich vorgehen …«

Ich musste unbedingt in die Raupe, obwohl ich nicht wusste, warum. Ich zerrte die Luke problemlos auf. Der Metallrahmen ächzte, als er nachgab. Es wäre gar nicht nötig gewesen, die Luke zu benutzen – in der Panzerung der Raupe waren überall Löcher; groß genug, um sich durchzuschlängeln, außerdem waren alle Fenster gesprungen.

»Dann lass mich wenigstens mitkommen«, sagte Jenkins und folgte mir. Sie schaltete ihre Scheinwerfer ein, um das Innere auszuleuchten. »Christo …«

Der Anblick war entsetzlich und trotzdem seltsam beruhigend.

Wir müssen alle sterben, flüsterte mir eine Stimme ins Ohr. *Selbst die, die das nicht wahrhaben wollen.*

Im Passagierabteil saßen sechs regungslose Gestalten, für immer angeschnallt. Sie trugen ähnliche Schutzanzüge wie ich, die Gesichter waren von Helmen verdeckt. Statt mitten beim Fluchtversuch zu sterben – im verzweifelten Versuch, der Raupe zu entkommen –, waren die Toten hier unglaublich friedvoll. Als hätten sie gewusst, wie die Sache enden würde, als die Raupe in Flammen aufging, und den Tod widerstandslos akzeptiert.

»Sie sind schon lange tot«, murmelte Jenkins.

»Die Raupe ist ausgebrannt«, sagte ich. »Die sind wahrscheinlich alle erstickt …«

Ich vermisse dich.

Ich drehte mich zu Jenkins um, obwohl es nicht nach ihrer Stimme geklungen hatte. Sie stand in der Luke und wollte die Raupe nicht betreten. Hinter dem Visier sah ich ihren finsteren Blick.

»Du hast irgendwas gesagt.«

»Nein«, sagte sie und schüttelte den Kopf. »Das musst du dir eingebildet haben, Cap.«

Ich legte meine Pistole auf dem Schoß der nächsten Leiche ab. Sie saß aufrecht auf ihrem Sitz und sah aus, als würde sie sich nur ausruhen. Die Hände auf den Knien. Durch das Feuer war der Helm komplett beschlagen und der ursprünglich weißgraue Anzug dreckig und schwarz vor Ruß.

»Sie haben sich angeschnallt, obwohl sie wussten, dass sie sterben würden«, murmelte ich.

»Das ist echt unheimliche Scheiße hier«, sagte Jenkins. »Wir sollten weitergehen.«

In dem Moment sah ich im Kegel ihrer Scheinwerfer eine Nachricht an der Innenwand. Ich winkte ihr, den Bereich auszuleuchten.

Drei einfache Wörter.

Drei vertraute Wörter.

VERGISS MICH NICHT

Ich schluckte und schreckte vor der Wand zurück.

Verliere ich den Verstand? Das kann doch nicht sein.

»Siehst du das?«, fragte ich Jenkins. Sie musste mein Prüfstein sein, der Lackmustest gegen meinen Wahnsinn.

»Jawohl. Sagt mir aber nichts.«

Natürlich tat es das nicht, aber mir sagte es was. Etwas, wovon Kellerman nichts wusste. *Das ist nur Einbildung,* behauptete ich.

»Irgendwer hat das geschrieben, bevor er gestorben ist«, sagte ich zu Jenkins.

»Sieht so aus.« Jenkins guckte unbeteiligt und wenig beeindruckt. »Wir sollten wirklich besser weitergehen – die Krell können jeden Moment hier sein …«

Aber ich konnte nicht auf sie hören. Dieser Ort war etwas Besonderes. Er musste etwas bedeuten. Niemand wusste von diesen Wörtern, niemand außer Elena. Ich musste die Raupe genau untersuchen, ob das Martinez und Jenkins passte oder nicht. Mit irrationaler Entschlossenheit griff ich nach dem Helm vor mir und nahm ihn ab …

Elenas Gesicht starrte mich an. Große, tote Augen. Den Mund zu einem Schrei geöffnet. Sie war schon seit Jahren tot. Das Gesicht deformiert und verwittert; von den extremen Temperaturen zu geschwärzten Knochen verkohlt. Die Haare klebten an ihrem Schädel.

Nein, Scheiße – sie kann doch nicht so gestorben sein! Sie war doch nie auf Helios …

Ich erschauderte und zog mich von der Leiche zurück.

Es war nicht Elenas Gesicht. Ich rieb über die Brust des Anzugs und suchte nach einer Möglichkeit, sie zu identifizieren. Auf einem eingenähten Schild stand ein Name: S. TYLER.

»Tylers Schwester. Also ist sie bis hierhergekommen.«

Mit einer Entschlossenheit, die ich mir nicht erklären konnte, riss ich das Namensschild ab. Jenkins beobachtete mich mit besorgter Miene, aber ich ignorierte sie. Ich stopfte das Schildchen in eine Tasche an meinem Gürtel.

Du wirst noch genauso verrückt wie Sara und ihre Leute. Nur eine Frage der Zeit.

»Cap, wir sollten wirklich los«, beschwor mich Jenkins.

»Das hat ihr auch nicht geholfen«, sagte ich mit einem letzten Blick durch die Kabine. »Wir müssen sie begraben oder irgendwas tun, um ihre Leiche zu segnen.«

Aber es gab nichts, was ich unter diesen Umständen tun konnte. *Ich komme wieder,* dachte ich, *und sorge dafür, dass sie gebührend geehrt wird. Sie sollte ein anständiges Begräbnis bekommen.* Als der Gedanke noch entstand, wusste ich bereits, dass das nicht passieren würde.

»Keine Zeit. Wir müssen weiter.«

»Bewegung da drinnen«, sagte Martinez über Funk. »Der Scanner zeigt Phantombilder.«

Martinez' Stimme brachte mich mit einem Schlag in die Realität zurück. Wir waren in feindlichem Gebiet und möglicherweise von Gegnern umgeben. Er und

Jenkins hatten recht – wir mussten weiter. Ich verhielt mich unvernünftig und wusste nicht, warum.

»Bestätige Ausrücken«, sagte ich endlich und nickte Jenkins zu. Sie sah erleichtert aus. »Lasst uns weitergehen.«

Wir kletterten aus der Raupe. Jenkins sprang als Erste, und ihre Stiefel wirbelten Staubfahnen auf. Ihr Kopf wippte, als sie die nahen Felsformationen und natürlichen Erhebungen im Höhlenboden nach Zielen absuchte. Als ich mir sicher war, dass keine Gefahr drohte, kletterte ich aus dem Transporter und folgte ihr. Martinez war weiter entfernt in Stellung gegangen. Er hatte noch ein paar Leuchtfackeln geworfen, sodass um die zerstörten Fahrzeuge herum ein Areal von mehreren hundert Metern erleuchtet war.

»Heiliger Christo«, murmelte ich.

In jeder Richtung lagen Leichen wie die in der Raupe. Viele lagen mit dem Gesicht nach unten auf dem Boden, und alle waren vor etwas davongekrochen. In die gleiche Richtung, wie mir auffiel: zurück dahin, woher wir gekommen waren.

»Das sind Anzüge von der Helios-Station«, sagte Martinez, der sich bückte, um eine der Leichen zu untersuchen.

Alle Schutzanzüge waren mit Mannschafts- und Stationsabzeichen des Außenpostens geschmückt. Hier unten lagen Hunderte, aber es sah nicht so aus, als wären sie alle gleichzeitig gestorben. Manche waren bröckelnde, alte Leichen, manche zwar auch schon älter, aber deutlich frischer.

»Das geht so noch eine Weile weiter«, sagte Martinez und zeigte in die Dunkelheit jenseits der Fackeln. »Sie müssen sich tapfer gewehrt haben. Wahrscheinlich sind sie vor irgendwas geflohen.«

»Aber sie hatten keine Chance«, sagte ich. »Guck dir die Verletzungen an.«

Es gab verschiedene Todesursachen. Manche Leichen waren von Krell-Waffen in Stücke gerissen worden – übersät von Dornenstacheln, aufgedunsen von Biotoxin und Dröhnern, verkohlt von Flammenwerfern. Jenkins stupste mehrere ausgetrocknete Leichen an; Knochen und Stoff zerfielen bei der Berührung.

»Fast alles Krell-Waffen, aber ein paar von ihnen sind mit normalen Waffen getötet worden«, sagte sie und richtete sich zu ihrer ganzen Größe auf. Ihr Gesicht war bleich. »Diese Einschusslöcher sehen nach Karabiner oder Pistole aus.«

»Sie haben sich gegenseitig umgebracht.« Zwischen den Leichen lagen auch einige menschliche Waffen; alles zivile Ausführungen, wie wir sie auch in der Basis gesehen hatten. »Entweder sind sie wahnsinnig geworden, oder sie haben entschieden, dass es besser ist, hier unten zu sterben, als weiterzugehen.«

Martinez bekreuzigte sich. Im Kampfanzug sah die Geste grotesk aus. *»La misericordia de Dios.«*

Dann fiel mir noch etwas auf. Ich kratzte mit dem Handschuh den Boden frei, wischte ein ganzes Zeitalter von Staub und kleinen Trümmern weg. Darunter war der Boden glatt und künstlich. Selbst im zuckenden Licht der Fackeln erkannte ich, dass er aus einer dunklen, metallischen Legierung bestand.

»Diese Höhlen sind nicht natürlich.«

»Das wird da vorne noch schlimmer«, sagte Martinez und zeigte in die Dunkelheit. »Da ist gar kein Fels mehr.«

Vorsichtig bahnte ich mir durch das Minenfeld der Leichen einen Weg zu Martinez. Ich gab mir Mühe, ihre ausgestreckten Arme nicht zu berühren, nicht in die grauenvollen Gesichter zu sehen.

Er hatte recht. Die Tunnel wurden immer schmaler, und die Felswände verwandelten sich zunehmend in das schwarze Metall.

»Befehle?«, fragte Martinez. Er stand direkt vor Jenkins und mir im hüpfenden Fackellicht: auf einer Seite rot, auf der anderen grün. »Ich sag das jetzt nur einmal: Ich finde, du solltest umkehren, *compadre.* Wir können das Schiff holen und zum Artefakt fliegen, und du wartest in der Zwischenzeit hier unten – oder gehst so lange vielleicht zur Raupe zurück …«

»Wir gehen durch die Tunnel weiter«, sagte ich. »Das ist die einzige Möglichkeit.«

Ich wusste, dass da draußen in der Dunkelheit Gefahren lauerten und Martinez' Vorschlag durchaus sinnvoll war. Aber *etwas* trieb mich weiter: etwas Unerklärliches, für das ich keine menschlichen Worte fand.

»Ausrücken.«

28

IN FRIEDEN

Missionszeit: fünfzehn Stunden.

Die Tunnel wurden schmaler. Niemals hätte die Raupe hier durchgepasst. *Das Artefakt ist ein fauler Zahn,* dachte ich mir. *Unterm Zahnfleisch ist die Wurzel riesig und entzündet.* Wir waren jetzt in der Wurzel, irgendwo unterhalb des fauligen Gebildes.

Mein Kopf fühlte sich an, als würde er bald explodieren. Ich musste mich konzentrieren, was Jenkins und Martinez zu mir sagten, ansonsten beherrschte das Signal des Artefakts schnell meinen Verstand. Die Unmöglichkeit meines Plans – des bloßen Gedankens, es bis nach oben zum Artefakt selbst zu schaffen – dämmerte mir auf dem Weg immer mehr.

Ich darf nicht aufgeben. Ich muss mich zusammenreißen.

So viele Leichen. Nicht genug, um alle zweitausend Leute zu erklären, die verschwunden waren, aber genug, um zu demonstrieren, dass die Tunnel der Schauplatz eines immensen Massakers gewesen waren. Wir hielten nicht einmal mehr an, um sie zu untersuchen.

»Ich hasse diesen Ort«, flüsterte ich. »Er hat mir so viel versprochen, aber alles genommen.«

»Was soll das heißen?«, fragte Jenkins, die den Tunnel hinter uns im Auge behielt. Als sie sich abwandte, überkam mich sofort Panik, und ich guckte verzweifelt nach vorn, um sicherzugehen, dass Martinez noch bei mir war.

»Elena. Er hat mir Elena versprochen.«

»Mach dir darüber jetzt keine Gedanken«, sagte Jenkins. In ihrer Stimme lag Mitleid. Es machte mich wütend; nicht nur auf sie, sondern auf Kellerman und den ganzen verdammten Kosmos. Ich war ziemlich erschöpft von all der Wut.

»Vor langer Zeit habe ich versucht, ihr zu folgen«, sagte ich. Es war einfacher, vergangenen Ruhm zu rezitieren, sich dessen zu erinnern, was schon passiert war, als darüber nachzudenken, was als Nächstes kommen würde. »Der Stab wollte die Mission nicht genehmigen. Zu teuer, zu riskant. Nicht ohne Sterndaten.«

Ich wollte immer weiterreden. Jenkins' Stimme war tröstend in der Finsternis, etwas Echtes mitten in diesem Albtraum.

»Und da habe ich den Fehler begangen. Ich habe Elena ziehen lassen. Ich hätte versuchen müssen, sie aufzuhalten, ihr sagen müssen, dass ich sie liebe.«

»Jeder muss Entscheidungen treffen«, sagte Jenkins. »Aber es sind nicht die guten oder einfachen, die uns ausmachen. Es sind die schlechten Entscheidungen, die harten.«

»Hinterher ist man immer klüger.«

»Schon möglich. Manchmal wird eine schlechte Entscheidung erst dann offensichtlich, wenn es zu spät ist.«

Jetzt litt ich unter dieser Entscheidung, unter dieser Wahl. Elena war hinaus in die kalten, hungrigen Sterne gezogen. Ich hatte sie ziehen lassen. Sie war allein gewesen, verzweifelt und vom Rest der menschlichen Rasse abgeschnitten – und ich jetzt auch.

»Ist schon komisch«, sagte ich. »Elena wollte immer, dass ich ein *echtes* Leben führe, die *unsimulierte* Realität genieße. Vor all den Jahren wusste ich nicht, wie.«

Vielleicht hatte sie sich Vorwürfe gemacht, mich ins Sim-Programm geholt zu haben. Vielleicht hatte sie geglaubt, das sei ihre schlechte Entscheidung gewesen. Doch das stimmte nicht; sie mochte mich eingezogen haben, aber ich war es, der abhängig geworden war. Immer wieder musste ich hinaus ins All, weil ich einfach nicht genug kriegen konnte.

Die Vorfreude auf den Übergang.

Der Rausch, einen frischen Sim zu besetzen.

Die Befriedigung, Dinge tun zu können, zu denen kein normaler Mensch in der Lage war.

Und ja, selbst der Horror der Extraktion. Selbst der Schmerz des Sterbens, immer und immer wieder, wurde für mich am Ende wie eine Droge.

»Elena hat gewusst, dass das alles nur Einbildung ist«, sagte ich kopfschüttelnd. »Sie hat versucht, mich vor der Sucht zu warnen. Davor, dass ich den Bezug zur Realität immer mehr verlor – und damit auch sie.«

»Erinnere dich einfach daran, wer du bist, Harris«, sagte Jenkins. »*Lazarus.* Du kommst immer zurück. Wir schaffen das schon.«

Sie klang absolut nicht überzeugt.

Die Tunnel wurden zunehmend runzlig und vernarbt mit uralten Inschriften. Konsolen aus Obsidian bedeckten die Wände. Als ich mich einer von ihnen näherte, leuchteten die Bedienelemente grün auf. Martinez und Jenkins versuchten es auch, aber bei ihnen blieb der Effekt aus.

Die Kopfschmerzen waren stärker als je zuvor. Selbst der Tod im Vakuum war angenehmer gewesen. Was auch immer Kellerman mir eingeflößt hatte, um die Folgen der Folter in der Basis zu lindern, war mittlerweile komplett verflogen. Ich rang mit einem heftigen chemischen Kater und schleppte mich vorwärts. Die Datenbuchsen brannten. So starke Schmerzen hatte ich noch nie in einem Sim erlebt, geschweige denn in meinem eigenen Körper.

Das Display meines Armcomputers leuchtete rot auf. Ich starrte die Meldung lange Zeit an. TRANSPONDERVERFOLGUNG AKTIV. *Also hat mich Kellerman selbst jetzt noch in seinen Fängen.*

Ich ersparte den anderen diese Erkenntnis.

Martinez' Bioscanner zirpte regelmäßig, um uns wissen zu lassen, dass da draußen in der Dunkelheit Feinde lauerten.

Er gab seit Stunden das gleiche Geräusch von sich.

Die Krell waren uns auf den Fersen.

Missionszeit: zwanzig Stunden.

»Der Tunnel steigt an«, sagte ich.

Martinez und Jenkins nickten. Der Anstieg war kaum merklich, aber der Tunnel schraubte sich langsam nach oben und brachte uns an die Oberfläche.

An den Entzündungsherd.

»Was glaubt ihr, wie weit es noch ist?«, fragte ich. Die Worte zu formulieren war unglaublich anstrengend.

»Höchstens ein paar Hundert Meter«, sagte Martinez. »Ist aber schwer zu sagen …«

Plötzlich fing Martinez' Bioscanner laut zu trällern an. Ich konnte mir vorstellen, wie es auf seinen Sensoren aussah: eine Menge schneller Feinde, die sich unserer Position näherten. Ein amorpher Signalklecks, grob umrissen und unmöglich zu quantifizieren. Neben mir fiel Jenkins auf die Knie und hob das Gewehr. Ich umklammerte meine Plasmapistole.

In der Dunkelheit machte Martinez auf dem Absatz kehrt, riss das Gewehr hoch und suchte nach Zielen. Mir lief ein Schauer den Rücken herunter. Die Krell waren hier, auch wenn ich sie noch nicht sehen konnte.

»Alle Wege absichern«, schrie ich. Meine Stimme hallte den Gang hinunter. »Rücken decken!«

»Konta …«, brachte Martinez noch heraus.

Etwas Großes fiel von der Decke, begleitet vom Kreischen von Klauen auf Metall. Es kam aus einem Schacht direkt über Martinez und hatte sich versteckt, um auf den richtigen Moment zu warten. Die Primärform versenkte ihre Unterarme in Martinez' Bauch. Beide Klingen traten durch den Kampfanzug und hoben ihn in die Luft. Alles passierte ungeheuer schnell – viel zu schnell für meine hilflosen Sinne, um es richtig zu verarbeiten, geschweige denn reagieren zu können. Das Alien ließ sich ganz fallen und schlug mit lautem Krachen auf dem Boden auf.

»Hilfe!«, brüllte Martinez.

»Jenkins!«, schrie ich. »Es hat Martinez!«

Und ich bin als Nächster dran …

Ich fing an, ungezielt und wutentbrannt zu schießen. Plasmaimpulse bohrten sich in den Körper, Alienblut spritzte gegen die Wände und auf den Boden. Das Biest schrie und scharrte auf dem glatten Boden nach Halt, die Unterarme immer noch in Martinez' zuckendem Körper vergraben. Es würde ihn nicht loslassen, egal, was ich tat.

Jenkins stimmte sofort mit ihren Schüssen ein. Es waren mehrere Schüsse aus ihrer M95 nötig, um das Vieh niederzustrecken – einen in den Rumpf, einen in den Kopf. Innereien und Hirnmasse tropften aus den kauterisierten Wunden, dann fielen beide Leichen in sich zusammen.

Martinez war tot. Der Körper zerknautscht, die Organe hingen aus den großen Wunden heraus. Das Visier war zerschmettert. Keine Aussicht auf Wiederbelebung: Extraktion vollzogen.

»Gute Reise, *compadre*«, murmelte ich.

Ich hoffte nur, dass er heil auf der Basis angekommen war. Und genau wie bei Kaminski war es unsicher, ob seiner Extraktion ein realer Tod folgen würde oder nicht.

»Ach du Scheiße!«, schrie ich.

Aus dem Schacht kam ein zweiter Xeno. Ich stolperte zurück, weg von dem Angreifer. Der landete auf den Beinen und stürzte sich sofort auf Jenkins.

Dann glitten noch zwei von der Decke. In der Richtung, aus der wir gekommen waren, sah ich nasse

Körper in der Dunkelheit schimmern. Dröhner und Stacheln bohrten sich in die Metallwände und den Boden.

»Runter!«, schrie Jenkins. Sie war die fleischgewordene Entschlossenheit hinter ihrem Visier: Augen aufgerissen, Lippen zusammengepresst.

Sie lud den Unterlauf-Granatwerfer durch. Ich senkte den Kopf und bedeckte mein Gesicht. Schlug mir sogar die Hände gegen die Ohren, obwohl ich einen Helm trug und mir das nichts nützen würde.

Eine Brandgranate segelte den Gang hinunter. Sie explodierte fast sofort – sternenhell verteilte sie Krell-Körperteile an den Wänden. Das war Jenkins nicht gut genug. Sie lud nach und feuerte eine weitere Granate ab. Auch diese explodierte. Es war unglaublich laut und wurde von den Metalloberflächen noch verstärkt.

Fuck, fuck! Das passiert alles wirklich.

Ich zitterte in meinem Anzug. Obwohl ich frischen Sauerstoff aus dem Tank atmete, konnte ich den Gestank von Schweiß und Angst im Rachen schmecken.

»Weiter den Gang runter«, blaffte Jenkins mich an. »Jetzt! Bleib hinter mir.«

Ich duckte mich hinter ihr. Ich war nicht in der Lage zu diskutieren; sie hatte jetzt das Sagen. Sie schoss wieder und wieder. Mit ihrer enormen Wendigkeit und Stärke säuberte sie jeden Bereich sorgfältig und mit Bedacht.

Sie ließen nicht locker, und diesmal kamen noch mehr. Wieder aus den Schächten über uns, aus Seitengängen ohne sichtbare Funktion. Jeder Schatten spuckte sie aus.

Eine Primärform warf sich auf Jenkins.

Erst: eine geballte Ladung Zähne und Klauen und Krallen und Muskeln.

Dann: ein verkohlter Haufen toten Gewebes.

Fast kroch ich hinter ihr her. Ich schoss, wann immer ich konnte – den Griff der Pistole mit beiden Händen umklammert. Die Schmerzen im Kopf waren überwältigend. Der Gesang des Artefakts war so hell, dass er mich lähmte.

»Bleib bei mir, Harris!«, rief Jenkins. Ihr Helm war abgerissen worden und in der Masse der Eindringlinge verschwunden.

Die Gänge wurden noch enger. Die Wände waren überall von Schrift bedeckt; die Zeichen liefen wie geschmolzenes Wachs über das Metall, tropften und flossen um uns herum. Ich legte eine Hand an die Wand, und die Symbole erwachten flammend zum Leben.

Aber auf einmal sah ich, dass auch am Ende des Tunnels Licht war. Erst bemerkte ich nur das Nachglühen von Jenkins' Mündung, die nach jedem Schuss hell leuchtete.

Jenkins kniete wieder und feuerte die nächste Granate ab. Der Gang schwankte bedenklich. Ich warf einen Blick zurück, woher wir gekommen waren.

Ich traute mich nicht, darüber nachzudenken, wie viele Krell jetzt dort auf einem Fleck versammelt waren. Kratzend und schreiend danach lechzten, Jenkins' gepanzerten Körper aufzubrechen und ihr die Innereien herauszureißen.

Und sobald es Jenkins erwischt, bin ich auch dran.

Dornenstacheln segelten über mich hinweg, bohrten sich in die Wände und hinterließen schartige Andenken.

Einer traf Jenkins direkt in die Brust und durchstieß sauber die Panzerung.

»Oh *fuck!*«, sagte sie und grunzte verblüfft. Sie drehte sich halb zu mir um: »Lauf! Verpiss dich von hier!«

Sie schaffte es, auf den Beinen zu bleiben; ihr Kampfanzug versuchte das Gift zu neutralisieren, das ihren Blutkreislauf überschwemmte. Ein einziges dieser vergifteten Bruchstücke würde reichen, um mich zu töten – meinem Körper alles Leben zu entziehen und das *echte* Herz in meiner Brust auszudörren.

Jenkins schnappte sich ihren Granatengurt und tastete mit den großen Händen nach einem Sprengsatz …

Sämtliche Seitengänge und Schächte waren vollgestopft mit Aliens. Den Tunnel, aus dem wir gekommen waren, hatten sie bereits komplett überrannt. Sie umzingelten uns – waren schon so nah, dass sie sich um uns drängten. Es gab keinen Weg zurück. Der einzige Ausweg war das Licht am Ende des Tunnels.

Eine Primärform löste sich vom Kollektiv und sprang Jenkins an. Sie richtete sich zu voller Größe auf und schlug wie eine Gottesanbeterin zu. Die messerbesetzten Unterarme bohrten sich in ihre Schultern.

»Jenkins!«, schrie ich und blieb wie angewurzelt stehen.

Noch mehr Angreifer warfen sich wie Haie auf sie, vom Geruch des Blutes erregt. In dem Gedränge konnte sie das Gewehr nicht zum Einsatz bringen und versuchte vergebens, sich aus den Klauen zu befreien.

Sie ist erledigt, dachte ich. *Ich kann nichts mehr für sie tun.*

»Lauf!«, brachte sie heraus. Ihre Stimme war feucht und brüchig, genau wie Blakes, bevor er in der Wüste gestorben war.

Ich war vor Schreck wie hypnotisiert und sah völlig teilnahmslos zu. Ich hatte das schon so oft beobachtet, hatte zugeschaut, wie die Krell Blake getötet hatten, Martinez, Kaminski. Selbst meinen eigenen Tod, aufgezeichnet von den Anzug-Kameras meiner Leute. Trotzdem war das hier etwas anderes. Die Krell schienen eine neue Bestimmung zu haben. Es hatte fast etwas Feierliches.

Wie rasende Piranhas bei der Fütterung nahmen die Krell Jenkins *auseinander.* Mit einem unmenschlichen Schrei, der ohrenbetäubend durch den engen Gang hallte, riss der erste Angreifer ihren Kampfanzug in der Mitte durch. Ihr Körper war in zwei Teile gespalten. Die anderen zerrten an ihrem Rumpf herum, rissen sämtliche Gliedmaßen ab. Künstliches Blut spritzte gegen die Wände und benetzte die Hornpanzer der Aliens. Die Reste von Jenkins' Sim verschwanden unter einer Flut von Krell.

In Sekundenbruchteilen war das Gemetzel vorbei. Die Krell verloren das Interesse an Jenkins und begannen mich einzukesseln. Jede bekannte Xenoform, alle denkbaren Gattungen. Ich spürte den heißen, nassen Atem der Aliens durch meinen Helm, so unmöglich das auch war. Ich war komplett umstellt.

So also endet es diesmal?

Eine große Xenoform beugte sich über mich. Fäden von Geifer, die ein Eigenleben zu haben schienen, trübten meine Sicht. Einfache Bewegungen wie das Heben der Waffe kosteten so viel Kraft, dass ich mich kaum konzentrieren konnte …

Man nennt mich Lazarus. Aber hier wird es keine Auferstehung geben.

… und der Gesang: so glorreich und schrecklich in meinem Kopf, so stark, dass ich die Zähne zusammenbiss, um es zu überstehen – bei jeder Note vibrierte mein Schädel …

Die Explosion im Zug. Dieselbe verschollene Melodie.

»Fick dich!«, schrie ich dem ganzen Universum entgegen.

Ich wurde von den sichelförmigen Klauen einer Führerform ergriffen und hochgehoben. Es war ein uraltes, vernarbtes Krell, von einer dicken Staubschicht bedeckt. Die Augen brannten wie dunkle Kohlen: ungeheuer fremd. Erkannte dieses Wesen – durch ein kollektives Rassengedächtnis, dass die gesamte Spezies teilte –, dass ich dafür verantwortlich war, so viele seiner Gattung umgebracht zu haben? Ich verspürte genau dieses Gefühl – obwohl ich es mir nicht erklären konnte und die menschliche Rasse es wohl nie verstehen würde.

Ich nestelte an meiner Pistole. Ich war fest entschlossen, bis zum bitteren Ende zu kämpfen. Auf keinen Fall würde ich mich wehrlos ergeben. Ich zielte unter den Brustkorb der Führerform, suchte mit den Fingern nach dem Abzug und biss die Zähne zusammen. Ich drückte ab, immer wieder.

Nichts passierte. Die Waffe reagierte nicht, es gab

keine physikalische Rückmeldung, warum sie nicht funktionierte.

Bitte nicht!

Die Energiezelle war längst leer, und auf dem LED-Display blinkte ein Warnhinweis. Wann war das passiert? Ich warf die Pistole auf die Führerform, und sie prallte harmlos an ihrem Panzer ab. Ich hatte beide Arme frei und klopfte meinen Anzug ab – suchte nach etwas, *irgendetwas*, das ich als Waffe verwenden konnte.

Es gibt hier draußen keine Hilfe. Es gab noch nie welche, und das hier ist das Ende.

Ich schloss die Augen. Schottete mich ab. Ich dachte an Elenas Gesicht. Die Farbe ihrer Haare. Den Geruch ihrer Haut. Ich wartete auf den endgültigen, unausweichlichen Todesstoß des Anführers.

Aber er kam nicht.

Lange Sekunden später öffnete ich die Augen. Ich befand mich noch immer im Klammergriff des Alienbastards, die Füße fast einen Meter über dem Boden. Der Anführer war regungslos. Kein Krell rührte sich. Von denen, die mir am nächsten standen, wichen einige langsam zurück. Sie bildeten langsam einen großen Kreis um mich.

Es war etwas anderes als der geplante, zielstrebige Rückzug auf der *Oregon*. Die Krell schreckten vor mir zurück. Sie hatten *Angst*.

Ich stellte fest, dass ich auf der Suche nach einer Waffe tatsächlich etwas gefunden hatte. *Den Schlüssel*. Ich umklammerte ihn wie einen Dolch. Unbewusst hatte ich ihn erhoben und den versammelten Krell das uralte Gerät präsentiert.

Mit einer Anmut und Behutsamkeit, die ich bei dieser Rasse noch nie gesehen hatte, setzte mich der Anführer wieder auf dem Boden ab. Sofort nahm ich Kampfhaltung ein und hielt ihnen das Tönernen-Relikt entgegen.

Der Anführer sah mich mit unverhohlener Neugier an. Er neigte den großen gepanzerten Kopf, um mich zu betrachten. In seinen Gesichtszügen lag fast etwas Schwermütiges.

Ich zitterte am ganzen Körper. Ich riss mir den Helm vom Kopf und nahm keuchend ein paar tiefe Züge der vergifteten Luft. Ich war in kalten Schweiß gebadet.

Wir starrten uns an: der Krell-Anführer und ich.

Ein tiefes, sonores Dröhnen erfüllte die Luft. Um mich herum fuhr etwas hoch und erwachte zum Leben.

Das Alien neigte den Kopf.

Einen Moment lang herrschte Frieden: eine Zeitkapsel, in der beide Spezies in Ehrfurcht vor der uralten Technologie erstarrt waren – was auch immer der Schlüssel der Tönernen wirklich war.

Dann riss mich der brutale Klang von Feuerstößen – menschlichen Schüssen – wieder in die Realität zurück, und der Anführer explodierte.

29

NIEMAND HAT ES JE SO WEIT GESCHAFFT

Ein Teil meines Gehirns, den ich fast vergessen hatte, erwachte plötzlich zum Leben.

Wessler-Heslake-Karabiner. Standardmäßige Zivilausführung. 9mm. Panzerbrechend.

Die Schießerei brach wild und erbittert los. Viele Krell wurden zerfetzt. Kugeln prallten vom Metall an Wänden und Boden ab. Um mich herum türmten sich Alienleichen auf.

Ich drückte mich an die gewölbte Wand. Durch reinen Zufall war ich nicht getroffen worden. Mit zitternden Händen nahm ich meine verbleibende Waffe aus dem Halfter – den alten Revolver meines Vaters – und hob sie, obwohl ich nicht wusste, auf wen oder was ich schießen sollte.

»Captain Harris!«, rief eine nur allzu bekannte Stimme über den Lärm hinweg. *Kellerman.* »Ergeben Sie sich!«

Der Klang seiner Stimme reichte, um mir die Galle hochzutreiben. Die Flut der Erinnerungen drohte mich zu überwältigen. Der Gesang des Artefakts schwoll gemeinsam mit meiner Wut an: ermutigte mich, es mit ihm aufzunehmen, ihn in Stücke zu reißen. In Gedanken sah ich seine Knochen wie Streichhölzer brechen, sah, wie sein Blut über den Boden des Tunnels strömte …

Reiß dich zusammen!

Die Schüsse verhallten. Wie Aale glitten die Krell zurück in die Schächte an Wänden und Decke.

Aus den Rauchschwaden kam Kellerman, der durch die Toten und Sterbenden watete. *Ist er wirklich hier, oder ist das nur ein Gespinst meines kranken Hirns?* Aber Geister trugen normalerweise keine Exoskelette, und Kellerman hatte seines angelegt. Er war für den Kampf gerüstet. Das Exoskelett war mit Teilen eines ausgeschlachteten Sim-Panzers aufwändig modifiziert worden. Rumpf und Gliedmaßen waren von Panzerplatten geschützt und neue Servomotoren an Beinen, Füßen und Händen zu sehen.

Deacon ging neben ihm und suchte mit dem Karabiner die Dunkelheit ab. Was noch von der Helios-Basis übrig war, folgte ihnen; Forscher mit den funkelnden Augen religiöser Fanatiker, mürrische Sicherheitsleute. Nicht mehr als zehn Leute.

Kellerman hatte eine Hand erhoben, aber in der anderen hielt er eine Waffe. Eine Klashov-45 – eine halbautomatische Pistole des Direktorats. Er versuchte im Zwielicht des Tunnels zu lächeln, brachte jedoch lediglich eine steife, leichenhafte Grimasse zustande.

»Steht dir nicht, Kellerman«, rief ich.

»Als die Verbindung zur Sandraupe unterbrochen wurde, haben wir das Schlimmste befürchtet«, sagte er. »Wir haben einen Fusions-Bohrkopf gebraucht, um durch die Lawine zu kommen. Zum Glück habe ich Ihre Anzüge mit Transpondern versehen – sobald wir in den Tunneln waren, war es ein Leichtes, Sie zu finden.«

Der Peilsender in meinem Armcomputer; so ein kleines Ding.

Kellermans Worte gaben mir eine Zuversicht, die er nicht beabsichtigt hatte. Er war mir hierher gefolgt und hatte die Basis unbewacht zurückgelassen. *Hat er Kaminski schon hingerichtet?* Jenkins war gerade erst gestorben – ihr Bewusstsein würde die Strecke zu ihrem echten Körper fast augenblicklich zurückgelegt haben. Und wenn man die Zeit mit einrechnete, die er gebraucht haben dürfte, um mich zu finden, musste Kellerman die Station längst verlassen haben, als sie zurückgekommen war. Er hatte einen Fusionsbohrer benutzt, um mich zu suchen, nicht den Abfangjäger.

»Wir sind gekommen, um zu helfen«, sagte Kellerman. »Geben Sie mir den Schlüssel.«

»Zurück!«, schrie ich. Ich hatte immer noch den Revolver erhoben. Ein Schuss aus dieser Entfernung würde reichen, um Kellerman ein Loch zu verpassen und seinem erbitterten Wahn ein Ende zu bereiten.

Deacon machte demonstrativ seinen Karabiner scharf; das *Klick* der Sicherung war wie eine Linie im Sand. Das Geräusch warf ein zwanzigfaches Echo und traf mich wie eine Kugel. Die Aussage war deutlich: *Wenn du ihn erschießt, erschieße ich dich.*

»Wer ist schneller, Deacon?«, fragte ich.

Der Sicherheitschef zuckte mit den Schultern. »Mal gucken. Du bist schwer verwundet und langsam. Ich glaub, ich krieg dich. Und ich bin mir verdammt sicher, dass ich es ausprobieren will.«

Deacon trug eine Armbinde über dem linken Bizeps. Ein schwarzer Fetzen, der die Abzeichen der Helios-Expedition und der Allianz verdeckte und durch das Hydra-und-Schwert-Symbol der Sonderkommandos des Direktorats ersetzte. Kellermans Leute trugen alle die gleiche Armbinde. Neue Rekruten, die er mit seinem verderbten wissenschaftlichen Idealismus formen konnte.

»Also keine Armee?«, fragte ich. »Keine Direktoratstruppen auf Helios? Nur Schläfer für die große Sache – Verräter.«

»Du hast keinen blassen Dunst«, kläffte Deacon mich an.

»Wen haben sie als Erstes rumgekriegt? Dich oder Deacon?«

Kellerman schob sich ein bisschen weiter vor. Sein Gesicht wurde immer noch von dem toten Grinsen beherrscht.

»Wir haben auf dem Weg hinunter ein paar Leute verloren, aber Sie haben die Tunnel fachmännisch gesäubert«, sagte er. Sein Tonfall war ruhig und kontrolliert.

»Bleib verdammt noch mal stehen!«, schrie ich mit zusammengebissenen Zähnen. »Was ist mit meinen Leuten passiert? Sind sie am Leben?«

Über Deacons Kopf spiegelte sich etwas. Zwei feuchte Augen, die ihn anstarrten. Die Krell hatten sich nicht weit zurückgezogen; sie warteten nur auf die Gelegenheit, um zurückzuschlagen. Ich fragte mich, ob hinter mir auch Xenos lauerten, ob ich durch eine Kugel oder eine Klaue sterben würde.

»Sie sind wohlauf. Man kümmert sich um sie.«

»Und Tyler?«

Kellermans Pistole hing starr an seiner Seite. Ich war mir sicher, dass er sie noch nicht benutzt hatte. Er hielt die mattschwarze Pistole an seinem Bein, der Unterarm bewegte sich nicht. *Kein ausgebildeter Schütze. Wird wahrscheinlich nicht mit dem Rückstoß rechnen, wenn er sie abfeuert.*

»Würde sagen, sie hat gekriegt, was sie verdient«, sagte Deacon und grinste dümmlich. »Schlampe.«

»Sie lebt«, warf Kellerman ein.

Er starrte mich an. Das Grinsen war aus seinem Gesicht verschwunden. Er tat noch einen kleinen Schritt vorwärts. War jetzt etwa zwanzig Meter entfernt. Sein Fuß zerquetschte einen Krell-Schädel. Aus den Leichen der Aliens stieg Rauch auf, der wie eine Absperrung zwischen uns lag.

Noch ein Lichtblitz im Schacht über Deacon: zwei, drei Augenpaare. Ich konnte den kaum gezügelten Blutdurst der Krell spüren.

»Ich hab gesagt: *Bleib verfickt noch mal stehen!*«, schrie ich.

»Ich habe keine Zeit für so was«, fauchte Kellerman und kam auf mich zu. Er ging direkt durch die Überreste von Jenkins' Sim. »Ich will den Schlüssel haben – jetzt! Deacon, schießen Sie, aber beschädigen Sie nicht den Schlüssel …«

Im nächsten Augenblick geschahen mehrere Sachen auf einmal. Trotz der minimalen Verzögerung spielte sich für meine normalen menschlichen Sinne alles gleichzeitig ab.

Ich schoss auf Kellerman.

Die Decke platzte vor Aktivität.

Mein Schuss ging daneben und pfiff an Kellermans Schulter vorbei. Der Rückschlag des Revolvers war übel, ganz anders als eine Energiewaffe. Die Kugel traf Deacon in die Brust und durchschlug seine Schutzweste. Die großkalibrige Patrone schleuderte ihn nach hinten.

Aber in dem Augenblick, in dem er getroffen wurde, schoss er auch schon selbst.

Und gerade als er schoss, war es um ihn geschehen.

Ich warf einen schnellen Blick zur Decke, und auch Deacon wusste, was kam. Auf seinem Gesicht lag blankes Entsetzen.

Eine Primärform sprang kopfüber aus dem Loch in der Decke und zerlegte ihn sauber mit ihren rasiermesserscharfen Klingen. Die Schussverletzung wurde zur Nebensache. Deacon hatte nicht einmal Zeit, dem Angriff auszuweichen; er stand einfach mit dem Gewehr in der Hand da.

Aber er schaffte es noch zu schießen, und die Aktion setzte sich im Todeskampf fort.

Deacons aufgeschlitzte Leiche sackte auf dem Boden zusammen, den Finger immer noch am Abzug. Er deckte den ganzen Tunnel mit Sperrfeuer ein. Karabinerkugeln beharkten die Wände und prallten überall ab.

Eine Sekunde später reagierte Kellerman – auf dem Schlachtfeld eine Ewigkeit zu spät – und fing ebenfalls an, auf mich zu schießen.

Die Verräter stürmten vor und brüllten Schlachtrufe

des Direktorats: verstümmeltes Chinesisch von Amerikanern, die in den Äußeren Kolonien aufgewachsen waren.

Das war alles, was die Krell an Einladung benötigten. Sie nahmen den Angriff wieder auf und strömten aus sämtlichen Schatten. Kellermans Leute wehrten sich tapfer, aber sie waren keine Simulaten. Als die Primärformen gehäuft zum Angriff übergingen, hallten Schreie durch den Gang. Trotz ihrer Hingabe waren es Amateure, weshalb es einen seltsamen Moment des Zögerns gab – ein paar von ihnen schossen ziellos in meine Richtung, andere versuchten, die Krell aufzuhalten.

Ihr Untergang war besiegelt, und ich wusste, dass es mir genauso gehen würde, wenn ich hierblieb. Dieser Kampf konnte nur ein Ende nehmen – und in dem ganzen Chaos konnte ich vielleicht entkommen. Ich jagte noch ein paar Schüsse ins Handgemenge, in der Hoffnung, Kellerman zu treffen, aber es war ein rein symbolischer Akt. Dann drehte ich mich um und rannte, so schnell mein geschundener Körper mich tragen konnte.

Die Gänge waren auf einmal hell von den fremdartigen Schriftzeichen erleuchtet. Symbole bildeten sich – blaue, weiße, unglaubliche Sternbilder –, während ich rannte. Fremde Spiralgalaxien. Welten über Welten. *Niemand hat es je so weit geschafft.*

Das Signal des Artefakts trieb mich an, als wäre ich von den Geistern der vor Urzeiten gestorbenen Erbauer dieses Gebildes besessen. Die Übertragung hallte von Wänden und Boden wider. Das ganze Bauwerk summte; das Metall fing zu schwingen an. Um mich herum baute sich ungeheure Kraft auf. Nicht die vorhersehbare, verhaltene Kraft menschlicher Technologie: Der ganze Ort schien eine lebendige, bösartige Aura zu haben.

Der Tunnel wurde wieder zu Fels. Ich stolperte über den unebenen Boden und gelangte zu einem einfachen Durchbruch in der Wand, vor dem ein Steinhaufen lag. Ich folgte dem Licht. Staub und Dreck sickerten durch die Öffnung. Trotz meiner Erschöpfung zerrte ich wie verrückt an den lockeren Steinen. Es dauerte nicht lange, bis die Öffnung groß genug war, um hindurchzuklettern.

Vor mir dräute das Artefakt in all seiner schrecklichen Herrlichkeit, wie das wütende Erbe längst vergessener Götter.

30

SO GUT WIE TOT

Um mich herum tobte ein Sturm.

Nicht nur ein Sturm: der Sturm aller Stürme.

Ich war auf der Stelle dem ganzen Zorn des Windes ausgesetzt. Der Regen war unheimlich hart und kam in großen, eisigen Fahnen herunter – eine donnernde Sintflut. Große Tropfen trafen meinen nackten Kopf und schlugen laut gegen die Polsterung des Anzugs. Der Himmel war finster und nur vom Knistern leuchtender Blitze durchbrochen. Über mir schraubten sich schwarze, prophetische Sturmwolken in die Höhe. Als würde Helios all seine aufgestaute elementare Kraft in einem Zug entfesseln. Die ganze Szenerie war unwirklich. Sogar die Luft hatte sich verändert: Sie war voller Ozon und so übersättigt, dass ich sie kaum noch atmen konnte.

Bestürmt von dem ungeheuren Wind umklammerte ich verzweifelt den Schlüssel in der einen und den Revolver in der anderen Hand.

»Wo seid ihr?«, schrie ich in den Sturm. »Jenkins! Kaminski! Martinez!«

Aber der Himmel war leer und nirgendwo ein Zeichen des Abfangjägers oder meiner Leute zu sehen. *Zeit, sich den Tatsachen zu stellen: Sie sind alle tot. Kellerman hat sie umgebracht.* Mit dem rechten Handrücken wollte ich mir das Wasser aus den Augen wischen. Als mein Arm nicht reagierte – oder zumindest nur starr und träge –, begriff ich, was passiert war. Ein dunkler Fleck hatte sich an der rechten Schulter gebildet, direkt über dem Schlüsselbein. Blut floss aus der offenen Wunde.

»Das ist nicht fair!«, schrie ich. Der Arm sackte herunter, und ich versuchte, den Schlüssel festzuhalten. Meine Kraft ließ schnell nach. »Ich will leben!«

Der Gesang des Artefakts war überwältigend. Ich stolperte nach vorn, schaffte es mit Mühe, auf den Beinen zu bleiben, und würgte in den Regen. Es war ein schmerzhaftes, trockenes Aufbäumen. Es kam nichts heraus.

Ich stand mitten im Zentrum der fremdartigen Ruinen. Rundherum bedeckten Gebilde der Tönernen wie Miniatur-Artefakte die Wüste. Uralte, pechschwarze Monolithen, nass vom Regen, die das Licht aus der Umgebung aufzehrten. Und da waren auch noch andere, unheilvollere Gebilde: finstere, scharfkantige Nadeln säumten den Weg, der vor mir lag.

Am Ende des Wegs stand das Artefakt und ragte aus der Wüste wie die Klinge eines nach oben gerichteten Dolchs, so groß, dass es den Himmel berührte. Ich konnte es nicht direkt anschauen, die Details des gigantischen Konstrukts nicht richtig erkennen. Kurz war es scharf und deutlich, dann lösten sich die Umrisse sofort auf.

Es will nicht gesehen werden. Es will nicht, dass man sich an es erinnert.

– tut so weh, pulsiert und trommelt im Schädel –

Ein *klick-klick-klickendes* Geräusch übertönte den Wind.

Ich fuhr herum und griff den Revolver fester.

Auf einmal brach Kellerman aus dem Tunnelausgang hervor und schleuderte in wilder Selbstvergessenheit Steine und Geröll zur Seite. Es war ein wiedergeborener Kellerman: mächtig und erneuert. Er rollte mit Leichtigkeit einen Felsen aus dem Weg, und das Exoskelett knisterte vor Energie – er hatte es übertaktet, und jetzt verstärkte es die Kraft seines wahnsinnigen Lenkers um das Zehnfache. Er hatte irgendwo in den Gängen seine Pistole verloren, aber das machte ihn nicht weniger tödlich.

»Sie können nicht entkommen«, schrie er. »Sie sind schon so gut wie tot.«

»Außer dir keiner mehr übrig?«, rief ich zurück und legte den Revolver an, um auf ihn zu schießen. Mein Arm – mein guter Arm – zitterte.

Ich sah Kellerman doppelt. Der strähnige Rest seiner Haare klebte ihm am Schädel, der Regen tropfte von seinem zerklüfteten Gesicht. Ein weiterer Blitz riss den Himmel auf und beleuchtete ihn von hinten. In dem Exo war er ein Skelett innerhalb eines Skeletts: ein schartiger Haufen Knochen.

»Niemand von denen ist wichtig«, antwortete Kellerman.

Keiner folgte ihm aus dem Tunnel, aber um uns herum war alles in Bewegung. Die Krell waren überall. Sie lauerten zwischen den Tönernen-Ruinen, hingen kopfüber von geborstenen Aufbauten. Sie genossen den Regen, während Lichtblitze über ihre nassen

Hornpanzer glitten. Aus dem Augenwinkel sah ich eine Artillerieform. Der Schlüssel schien sie abzuschrecken – aber wie lange noch?

Die Munitionsanzeige des Revolvers blinkte. Sie verspottete mich.

Eine Kugel übrig.

Eine verdammte Kugel noch.

Schreckliche Verzweiflung überkam mich. *Ich werde hier draußen sterben.* Was auch immer passierte, ich war geliefert. Ich würde wie Sara Tyler sterben, genau wie die anderen Forscher, die Kellermans Wahn verdammt hatte. Wie Elena, wie Blake, wie mein Vater. Ich überlegte kurz, mich selbst zu erschießen. Den Weg meines Vaters aus der Misere zu nehmen, den leichten Weg. *Was bedeutet ein Tod mehr einem Mann, der schon so viele erlebt hat?* Als hätte sie meine Gedanken gelesen und sei mit deren Inhalt nicht einverstanden, sah ich eine Primärform zwischen zwei Nadeln hindurchspringen. Sie kam näher.

Ich suchte den Horizont ab – nur ganz kurz – *bitte lass sie jetzt kommen!*

Mit der übernatürlichen Geschwindigkeit seiner Servomotoren *sprang* Kellerman auf mich zu. Meine Reaktionszeit war abgestumpft, außerdem hatte mich seine plötzliche Schnelligkeit unvorbereitet erwischt.

Ich feuerte.

Der Schuss ging weit an ihm vorbei und verlor sich im Wind.

Mit seiner ganzen Masse krachte Kellerman gegen mich. Die gepanzerte Schulter traf mich am Brustbein und raubte mir den Atem. Gemeinsam fielen wir hinterrücks um und landeten im Schlamm. Um uns herum spritzte Wasser auf.

Kellerman setzte seinen Angriff direkt fort, und ich hatte keine Zeit zu reagieren. Er hämmerte eine geballte Faust gegen meinen heilen Arm. Der Schlag jagte eine Schockwelle durch meinen Körper, und ich ließ die Waffe fallen.

Kellerman war jetzt über mir und hob beide Maschinenfäuste hinter den Kopf, um erneut zuzuschlagen. Sein Körper war riesig – doppelt so breit wie vorher.

»Elena, es tut mir leid«, flüsterte ich. Ich war mir nicht sicher, ob ich den Gedanken tatsächlich ausgesprochen hatte.

Kellerman stockte und schlug nicht direkt zu. Er saß rittlings auf meinem geschundenen Körper und packte mich am Kragen. Dann zog er mich nah an sein Gesicht heran.

»Ist sie es, die Sie hören, wenn das Artefakt nach Ihnen ruft?«, fragte Kellerman. »Elena – das war der Name. Wer ist das? Irgendeine drittklassige Nutte auf *Liberty Point?*«

Seine Haut war leichenblass. Feine blaue Adern zeichneten sich überall auf seinem Schädel ab.

Leeroy, der mich mit seinem verdammten Baseballschläger um die Häuser jagt …

»Du hast kein christoverdammtes Recht, ihren Namen überhaupt auszusprechen!«, schrie ich ihn an. Mein Schutzanzug war klitschnass – er wurde immer schwerer von all dem Wasser und Blut. Die Schussverletzung raubte mir zunehmend Kraft.

Kellerman nickte langsam und verständnisvoll, als

wüsste er genau, wovon ich redete. *Kann er die Krell überall um uns herum sehen?*, fragte ich mich. *Sind die überhaupt da?* Ein ganzes Kollektiv hatte sich versammelt und betrachtete unsere Auseinandersetzung. Ich hielt immer noch den Schlüssel fest. Er wurde immer wärmer und war mittlerweile heiß genug, um ihn durch die gefütterten Handschuhe hindurch zu spüren.

Ich schlug mit dem heilen Arm nach Kellerman – ein seitlicher Schlag ins Gesicht. Er zog den Kopf zurück und wich dem Schlag aus. Dann riss er mich auf die Beine, wobei die Finger des Exoskeletts das Gewebe meines Anzugs zerrissen.

Er schüttelte mich, und obwohl ich versuchte, mich zu wehren, fehlte mir die Kraft. Er war gewachsen, bis er das ganze Universum ausfüllte. Sein Gesicht verzog sich zu einem dämonischen Grinsen: die Augen brennende Glut, voll von rotem Licht. Er war lebendiger als je zuvor.

»Ist es nicht wundervoll?«, fragte er. Nicht mich, sondern den Kosmos als solchen; er zeigte auf das Artefakt, das über uns aufragte.

»Fick dich, Kellerman!«

Er warf mich gegen einen Pfeiler in der Nähe. Meine verletzte Schulter krachte gegen das Metall – ich fühlte noch etwas im Rücken oder Arm brechen. Ich konnte die Beine noch spüren, also war es nicht die Wirbelsäule.

So verdammt kalt. Innen und außen taub.

Ich schüttelte den Kopf; ich musste mich irgendwie konzentrieren. Das Signal des Artefakts war zu einem unerträglichen Donnern geworden. Die Luft um mich herum war erdrückend.

Kellerman tauchte über mir auf.

»Ich will Ihnen sagen, was ich höre«, sagte er. »Ich war auf Epsilon Ultris als Teil der Wissenschaftsabteilung im Einsatz, in einem Gebiet, das die Armee als *sicher* deklariert hatte. Die UAS *Santiago* hat meinen Aufenthaltsort mit Sperrfeuer belegt. Sechzehn meiner besten Leute sind mit einem Knopfdruck in die Luft gesprengt worden, weil irgendein idiotischer Techniker nicht nachgesehen hat, ob in der Gegend Verbündete sind. Der Generalstab hat es als Eigenbeschuss bezeichnet. *Eigenbeschuss!* Ich frage Sie als Soldaten, wie man seine eigenen Leute bei einem Plasmabombardement vergessen kann?«

Mein Herz schlug immer langsamer und unregelmäßiger. *Es wird eine Erleichterung sein,* dachte ich. Meine Gedanken waren durcheinander und unzusammenhängend. Ich hatte Mühe, mich zu entscheiden, welcher Schmerz schlimmer war. Obwohl ich eine Kugel abbekommen hatte und schwer gefoltert worden war, gewann mein Kopf den Wettstreit. Ich blinzelte Blut aus den Augen – obwohl ich mir nicht einmal mehr sicher war, woher es genau kam.

»Das ist das Geräusch, das ich höre: das Summen in dem Moment, bevor uns die Plasma-Artillerie getroffen hat. Der Himmel stand in Flammen, Harris – der verdammte Himmel! Ich habe weder davor noch danach je so etwas gehört. Der Klang des Todes, der Klang der Vernichtung. Das Ende aller Tage. Ich habe nur durch Zufall überlebt. Aber ich frage Sie: Was für ein Überleben *ist* das? Die Allianz hat mir das angetan. Als sie mir meine Beine genommen haben, dachte ich, mein Leben sei zu Ende. Dass ich nie wieder einen Fuß auf einen fremden Planeten setzen, nie wieder den Nervenkitzel einer neuen Entdeckung erleben würde. Und Sie sind nicht anders als ich: Sie könnten in Ihrem eigenen Körper niemals das tun, was Sie tun. Verletzt oder nicht.«

Einen Moment lang konnte ich hören, was Kellerman hörte: das elektrische Summen brennender Atmosphäre. Ich stellte mir vor, wie die Luft um uns herum knisterte, den netzhautzerstörenden Lichtblitz, als das Bombardement den Horizont einnahm …

»Nichts hab ich mit dir gemein«, brachte ich hervor. Ich nahm flache Atemzüge. *Scheiße – meine Rippen tun so weh.* »Und das werde ich auch nie.«

»Wir sind beide in diesen anfälligen Körpern gefangen. Beide dazu verdammt, unser Dasein in sterblichen Hüllen zu fristen, über die wir längst hinausgewachsen sind.«

»Niemals.«

Ich stand zitternd auf und schlug nach Kellerman – nur um ihn zu verfehlen und mich für einen Konter zu entblößen. Kellerman war kein Kämpfer, aber die Kraft war auf seiner Seite. Er duckte sich unter meiner Faust weg. Schlug mir mit dem Ellbogen mitten ins Gesicht. Knochen und Stahl trafen aufeinander: Irgendwas platzte in meinem Gesicht. Helles Blut spritzte mir aus der Nase.

Mit unendlicher Mühe versuchte ich, noch mal auf die Beine zu kommen. Der donnernde Ton in meinem Schädel war heller geworden und füllte alles aus. Es fühlte sich an, als würde das komplette Universum in sich zusammenstürzen.

»Das Direktorat will haben, was ich besitze«, fauchte Kellerman.

»Das ist Wahnsinn«, lallte ich. »Du hast keine Ahnung, was passiert, wenn du das Artefakt aktivierst. Du merkst doch, was es uns beiden antut. Du hast keinen Schimmer, womit du es zu tun hast. Sobald das Artefakt eingeschaltet ist, wird das Direktorat einen Dreck auf deine Forschung geben.«

»Das Direktorat kümmert mich nicht, aber ich hasse die Allianz. Wissen ist alles, was zählt. Ich werde die Tönernen herbeirufen. Können Sie sich vorstellen, was für Fortschritte uns eine solche Rasse bringen kann? Das Direktorat ist nur Mittel zum Zweck. Sie haben mir geholfen, ich helfe ihnen.«

Kellerman hob einen Fuß und trat mir hart in den Bauch. Ausgebrannt und geschlagen brach ich zusammen.

»Es ist vorbei. Das ist das Ende. Geben Sie mir den Schlüssel.«

Ich schüttelte den Kopf. Konnte nicht mehr reden: Das Atmen war zu anstrengend.

Kellerman trat mich wieder und wieder. Jeder Treffer eine eiserne Kugel in meinen Magen. Ich krümmte mich vor Schmerzen. Noch etwas brach in mir. Der Schlüssel fiel mir aus der Hand. Ich war zu schwach, um ihn noch festzuhalten.

Kellerman schritt an mir vorbei. Er war jetzt eine Naturgewalt, mehr als ein Mensch. Seine Schritte waren langsam und schwer, als er das Alien-Relikt aufhob.

Ich lag auf dem Boden im Dreck. Überall Regen. So kalt. Ich wurde immer schwächer.

Die Krell ergossen sich aus dem Tunnel und kesselten uns mit einer ganzen Armee ein. Sie hatten den Rest von Kellermans Leuten vernichtet, und jetzt waren wir hier draußen endgültig allein.

Ich konnte nicht mehr richtig sehen. Lähmender Schmerz hielt mich am Boden fest. Ich flehte um das Raumschiff – darum, dass Jenkins und meine Leute ihren Auftritt hätten. Aber obwohl ich es schaffte, die Augen gen Himmel zu richten, war von ihnen nichts zu sehen.

Immer mehr fremdartige Geräte und Gebäude wuchsen aus dem Sand. Die Konsolen fingen zu glühen an und pulsierten mit frischem Leben. Eine von ihnen – direkt am Fuß des Artefakts – strahlte besonders hell. Ich erkannte die Inschrift: dieselbe wie die Schrift auf dem Schlüssel. Kellerman taumelte auf sie zu.

Mein Schädel dröhnte dermaßen, dass ich nicht klar denken konnte. Ich wollte unbedingt leben – und ich wollte den Schlüssel. Ich suchte nach meinem Revolver – nach einem Stein, nach einer Waffe, nach irgendwas. Aber mein Kopf tat so unglaublich weh …

Muss.

Wach.

Bleiben.

Irgendwo weinte ein Kind. Das hohe Wimmern eines Säuglings. Eines Säuglings, den ich nie kennengelernt hatte.

– die Explosion –

– die UAS Santiago *hat den Feuerbefehl erhalten –*

– dieser Lärm: hohes Pfeifen – so laut, dass mein Kopf platzt –

– Blakes Gesicht, als ihn der Stachel trifft –

– Elena, als sie sich umdreht, um zu gehen –

Gevatter Tod lauert irgendwo in der Nähe. Nach all der Zeit ist er gekommen, um die Schulden einzutreiben. Der Dunkle Engel persönlich – er schlägt mit riesigen schwarzen Schwingen und schwebt über mir im Regen. Er wirft einen langen, zuckenden Schatten über Kellerman und mich.

Das Atmen tut so weh.

Bleib.

Wach.

Mein Vater, dem ein Teil des Kopfs fehlt, im Regen – er bewegt den Kiefer, um irgendwas in den Wind zu schreien; die Worte sind für immer verloren, genau wie Elena.

Blake – unverletzt, wie ich mich an ihn erinnern wollte – schreit mich an.

Elena, in dem schwarzen Kleid, das sie im Zug anhatte – die langen Haare vom Regen zerzaust, aber das Gesicht würdevoll. Auch sie schreit etwas.

»Es tut mir leid«, brüllte ich. »Ich habe euch alle im Stich gelassen.«

Kellerman stand mit dem Rücken zu mir und bediente die Konsole. Sie erstrahlte in neuem Licht – helles, einladendes Weiß und Blau, von dem Regen in eine Korona gehüllt. Vom Artefakt umrahmt hielt Kellerman den Schlüssel mit beiden Händen hoch: Der Hohepriester bringt den Göttern ein Opfer dar, die Konsole sein Altar.

Ich würgte wieder. Auch Kellerman war vergiftet – lange blutige Strähnen flossen aus seinem verrotteten Mund.

Ich wünschte nur, ich könnte verstehen, was Elena sagte. Ich hörte verzweifelt zu, kroch vom Rand des gähnenden Abgrunds zurück, aus dem es kein Zurück gab.

Und dann hörte ich auf einmal ganz deutlich, was sie mir zurief:

»Du kommst immer zurück.«

Sie nennen mich Lazarus.

Unter unsäglichen Qualen zog ich mich auf die Knie. Ich sah Rot, überall im Gesicht lief Blut aus verschiedenen Wunden. Jeder Atemzug, jeder Herzschlag war eine Schlacht.

Unter Tränen, mit zitterndem Blick – während meine Wirklichkeit zerbrach – schaute ich in den Himmel.

Nicht der Tod.

Etwas anderes.

Etwas weniger Vertrautes.

Da waren Lichter. Keine Blitze, sondern elektrische Lichter. Helle, engelsgleiche Lichter, die die Umgebung absuchten. Zwei Suchscheinwerfer vereinigt.

Die Lichter konzentrierten sich mit einem Schlag auf mich. Ein schwarzer Schatten tauchte über mir auf. Das Geräusch – dieses Donnern – war nicht mehr als ein Strahltriebwerk. Als der Umriss näher kam, sah ich Schiffsdüsen aufblitzen – sie feuerten in hellem Blau, als das Fahrzeug in der Luft stand. Durch das Miasma von Staub und Regen dauerte es einen Moment, bis ich begriffen hatte, was ich da sah.

Die kantige, mattschwarze Panzerung.

Die ausgeprägte Form des Bugs.

Diese bauchigen Triebwerke.

Der Direktorats-Abfangjäger *Pride of Ultris* schwebte neben dem Artefakt.

Der Sturm hatte ihn bis zuletzt verborgen. Aber jetzt war das Schiff dank der Senkrechtstarter-Triebwerke unmöglich zu ignorieren.

Hier kommt die gottverdammte Kavallerie.

31

AUF DIE EINFACHE ART

Kellerman war so in die Aktivierung der Alienmaschine vertieft, dass er das Schiff nicht einmal bemerkt hatte. Die Krell waren aufmerksamer. Wie ein Leib erhob das Kollektiv die Köpfe zum neuen Eindringling.

Die *Pride* beschrieb einen Bogen um das Artefakt. Der Klang des Antriebs veränderte sich, als sie manövrierte. Die Flugoperation war nicht ganz sauber ausgeführt, und sie krängte gefährlich, bevor sie zur nächsten Runde ansetzte. Der empfindliche Antigrav-Antrieb tat sich mit diesem Wetter schwer.

Ich legte eine Hand aufs Knie, zog das verwundete Bein nach und stand auf. Ich lehnte mich gegen Wind und Regen und schäumte vor Wut. Ich war wieder lebendig und hatte ein Ziel vor Augen. Kalte Rachsucht hatte mich ergriffen.

Kellerman stutzte und bemerkte auf einmal, was geschah. Er starrte böse zum Schiff hoch – seinem Schiff –, und die Haare, die der Sog des Abfangjägers erfasst hatte, peitschten ihm durchs Gesicht.

Sanft entfalteten sich die Waffenbatterien unter den Flügeln.

Die Wespe sticht gleich zu.

»Was zur Hölle?«, brachte er hervor.

Die *Pride of Ultris* eröffnete das Feuer.

Es gab ein lautes Überschallpfeifen, als ein Plasmatorpedo startete.

Die ganze Bergflanke ging in Flammen auf. Die *Pride* schoss mehrere Raketen in die versammelten Krell. Sie stoben auseinander. Die Kanone am Bug pulsierte unaufhörlich und säuberte das Gelände um Kellerman und mich. Die Krell schrien und tobten, sie rannten wild umher, um dem Gemetzel zu entfliehen.

Gluthitze fegte über mich hinweg und versengte Kopf und Nacken. Ich zuckte zusammen, als um uns herum Bauwerke einstürzten und der Wüste entgegenfielen. Die Luft war von heißer Asche erfüllt, überall stieg Rauch auf.

Und zum ersten Mal, seit ich ihn getroffen hatte, sah ich etwas Neues in Kellermans Augen.

Furcht.

Sein Mund stand offen; Fetzen von Blut und Speichel und Erbrochenem verteilten sich im Wind. Er war wieder auf Epsilon Ultris – und sah zu, wie die Welt um ihn herum in Flammen aufging.

Ich erkannte meine Gelegenheit.

Ich rannte auf ihn zu – jeder Schritt gab mir neue Kraft, ihn unbedingt stoppen zu wollen. Das war, wofür ich geboren war: egal, ob in diesem Körper oder einem anderen. Ich brauchte den Schlüssel, brauchte Elena.

Im letzten Moment drehte Kellerman sich um. Unsere Körper trafen aufeinander – meine Schulter in sein Kreuz, direkt zwischen die Panzerplatten. Ich warf ihn gegen die Konsole. Die verwackelten Suchscheinwerfer glitten über uns hinweg – kurz waren wir in helles Licht getaucht, dann wurde es wieder dunkel.

Immer wieder schlug ich mit der Faust zu. Sein Gesicht, seine Brust, sein Bauch – überallhin.

»Runter … von … mir!«, stammelte Kellerman.

Die Konsole pulsierte vor Enttäuschung darüber, dass die versprochene Aktivierung ausgeblieben war. Der Schrei des Artefakts hallte durch meinen Kopf, und mir wurde sofort wieder schlecht. Aber dieses Mal rang ich die Übelkeit nieder.

Wir kämpften um den Schlüssel – Kellerman hielt ihn immer noch umklammert und wich mit jedem neuen Schlag zurück. Dann hatten wir ihn beide in der Hand. Er war glühend heiß.

Der Schlüssel sah wirklich aus wie eine Klinge.

Langsam und unerbittlich drehte ich Kellerman die Klinge zu. Ich wusste genau, was ich zu tun hatte.

Mit aller Kraft, die ich noch aufbringen konnte, schob ich den Schlüssel weiter.

Bis er in Kellermans Bauch steckte. Direkt im Fleisch zwischen den Panzerplatten des Exoskeletts. Aus was für einem Material der Schlüssel auch immer bestand, es war hart genug, um das freiliegende Innenleben des Exoskeletts zu durchtrennen. Ich drückte den Schlüssel noch tiefer, die eine Hand am Heft, die andere auf seiner Schulter. Durch Gewebe und Organe, bis er auf Knochen stieß.

»Für Blake«, flüsterte ich und zog seinen Kopf an meinen Mund. »Für Elena.«

Dann ließ ich ihn los und stieß ihn sachte weg. Meine Hände waren voll von seinem Blut.

Er stand einfach da und starrte mich geschlagen an. Dann taumelte er zurück und ging zu Boden. Im orangen Licht des explodierenden Bergrückens sah er auf einmal wieder menschlich und anfällig aus. Wo sich der Schlüssel verhakt hatte, klaffte ein großes Loch voller Blut und Eingeweide. Kellerman nestelte daran herum und versuchte vergebens, alles festzuhalten.

Das Schiff über uns schwankte, und eine der seitlichen Luftschleusen öffnete sich. Ein willkommenes Gesicht tauchte auf – Jenkins, die von der beweglichen Plattform aus mit ihrem Plasmagewehr die Gegend absuchte. Nie hatte ich mich mehr gefreut, sie zu sehen. Neben ihr stand Kaminski an der Seilwinde. Das schwere Kabel landete neben mir. Sie waren es wirklich; weder Sims noch Phantome.

»Halt dich fest!«, rief Jenkins.

Eine aufblitzende Bewegung im Sturm: eine Primärform, die schnell durch Feuer und Rauch näher kam. Die Verwirrung durch die Plasma-Salve hatte nicht lange angehalten.

Wieder schwankte das Schiff bedrohlich, und die Triebwerke jaulten protestierend auf.

»Rein mit dir!«, schrie Jenkins.

Ich bückte mich vor Kellerman und nahm ihm den Schlüssel aus der schlaffen Hand. Er lag in einer Blutlache; es schien fast zu viel für einen einzigen Mann zu sein. Nicht weit entfernt lag etwas Metallisches auf dem Boden – der Revolver meines Vaters.

»Viel Glück«, rief ich und schubste ihn mit dem Fuß ein bisschen näher zu Kellerman. Ich warf ein Magazin daneben. Beides knapp außer Reichweite – er würde dafür kämpfen müssen.

»Ich befehle Ihnen, sofort zurückzukommen!«, sagte Kellerman. »Ich bin der Leiter der Helios-Station und damit weisungsbefugt für alle Truppen, die auf diesem Planeten stationiert sind!«

Der Tod spähte ihm bereits über die Schulter. *Wird er es auf die einfache Art machen?*, fragte ich mich. Es war mehr, als er verdient hatte, und mehr, als er wert war.

»Zehn Schuss, Kellerman. Mach das Beste draus.«

Das Kabel peitschte vor mir im Wind. Eine Hand nach der anderen, jede Bewegung eine Qual, zog ich mich nach oben. Als ich die Luke erreicht hatte, zogen mich freundliche Hände ins Innere. Ich brach auf dem Deck zusammen und rang nach Atem. Mir tat alles weh. Der Boden unter mir vibrierte sanft.

»Er ist drin«, schrie Jenkins die Schalttafel neben der Schleuse an. »Ärztliche Hilfe – sofort! Auto-Doc vorbereiten!«

»Christo, Jenkins! Das war verdammt knapp.«

»Wir mussten erst die Krell ausdünnen, bevor wir zu dir kommen konnten«, sagte sie. Sie grinste richtig dreckig. »Da waren einfach zu viele. Wir haben darauf geachtet, dich nicht zu treffen.«

»Wir haben *gehofft,* dass wir dich nicht treffen«, warf Kaminski ein.

»Ich lebe noch«, murmelte ich. Reden war zu anstrengend. »Ich lebe noch. Lasst uns einfach hier verschwinden.«

»Schließe die Luke!« Jenkins stemmte die Schleuse zu. »Bereit zur Evakuierung.«

Der Abfangjäger war klein. Von da aus, wo ich saß, konnte ich direkt bis auf die Brücke sehen. Vorne am Bug saß Tyler im Kommandosessel. Sie drehte sich zu mir um – ihr Gesicht war voller Blutergüsse und Schnittwunden Sie schnitt eine nervöse Grimasse.

»Die Steuerung spielt verrückt«, rief sie. »Vielleicht liegt es am Sturm, oder es ist etwas anderes. Ich kann uns kaum in der Luft halten. Irgendwas zieht uns nach unten.«

Genau in dem Moment sackte der Jäger gefährlich ab. Jenkins reichte mir eine Hand. Ich kam schwankend auf die Beine, und wir versammelten uns alle auf der Brücke.

Das Artefakt war so nah, dass es fast die ganze Frontscheibe einnahm. Blitze wanden sich um die Klinge, und mit jeder neuen Entladung spürte ich das Rauschen im Kopf anschwellen. Jenseits des Artefakts tobte der Sturm in allen Richtungen viele Kilometer weit über der Wüste. Der Abfangjäger schwankte unsicher, und durch ein Seitenfenster sah ich die riesige Krell-Armee, die sich in den Bergen versammelt hatte.

»Wir verlieren an Höhe«, rief Tyler.

Wieder jaulten die Triebwerke auf.

»Gütiger Chriso«, murmelte Kaminski. »Wenn wir hier abstürzen, ist alles aus.«

»Es ist das Artefakt«, brüllte ich. Nur Adrenalin und Entschlossenheit hielten mich noch auf den Beinen. »Wir müssen es zerstören. Torpedos.«

Jenkins und Kaminski fuhren die Waffensysteme wieder hoch.

Der Abfangjäger flog eine Haarnadelkurve. Die Steuerkonsole schlug an, und Warnlichter flammten auf. Auf der Frontscheibe erschien eine Zielvorrichtung. Fadenkreuze vereinigten sich über dem Artefakt.

»Hoffentlich klappt das«, schrie ich.

Kreischend lösten sich mehrere Torpedos unter den Tragflächen und überbrückten die Entfernung zum Artefakt fast augenblicklich. Die meisten trafen ihr Ziel – auf diese Entfernung war es so gut wie unmöglich, nicht zu treffen. Die Frontscheibe blinkte mit Symbolen und Mitteilungen auf, als die Einschläge bestätigt wurden. Helle Explosionen hüllten das Artefakt ein, von denen jede eine Kettenreaktion weiterer Detonationen hervorrief.

Ganz langsam sackte das enorme Gebilde in sich zusammen und neigte sich von der *Pride* weg. Eine riesige Rauchwolke stieg auf. Mit jeder Detonation ließen meine Kopfschmerzen ein wenig nach, bis sie schließlich ganz aufgehört hatten. Zum ersten Mal, seit wir auf Helios gelandet waren, war trotz all der anderen Verletzungen mein Kopf wieder klar.

Sofort richtete sich die *Pride of Ultris* auf. Tyler stieß einen langen Seufzer aus.

»Wir haben es zerstört«, sagte sie. »Die Scanner bestätigen, dass das Signal erloschen ist. Es ist weg!«

»Aber hallo!«, brüllte Kaminski.

Ich stellte die Sensoren so ein, dass ich die Gegend unter uns detailliert sehen konnte.

Da war Kellerman – und er war nicht allein. Das Kollektiv näherte sich durch die Trümmer des Artefakts, durch die Rauchwolken, die die Explosionen hinterlassen hatten. Kellerman lebte noch. Er schoss immer wieder in die nahende Horde. Selbst aus dieser Entfernung war offensichtlich, dass er auf verlorenem Posten stand.

Ganz kurz blickte er zur Kamera auf. *Wie viele Kugeln hat er noch?* Er zielte auf den Jäger und gab zwei Schüsse ab. Angesichts der Schiffspanzerung war es eine sinnlose Geste. Ich spürte noch nicht einmal einen Aufschlag.

»Sollen wir ihn aufsammeln?«, fragte Tyler und wandte sich im Pilotensessel zu mir um. Sie verharrte zögernd mit der Hand über der Steuerkonsole.

»Der ist auf sich allein gestellt«, sagte ich, ohne überhaupt darüber nachzudenken. Ich schaltete den Monitor aus.

Tyler nickte. »Weise Entscheidung, Captain.«

Die *Pride* gewann schnell an Höhe und neigte sich von der Bergkette weg. Die Triebwerke liefen jetzt ruhig. Alle Kontrolllampen leuchteten grün. Wir wurden schneller und verließen bereits das Schwerkraftfeld von Helios. Bald hatten wir die Atmosphäre hinter uns gelassen.

Es war geschafft.

Ich ließ mich aufs Deck sinken, schloss die Augen und nahm tiefe Züge der wiederaufbereiteten Luft. Nie hatte sie so gut getan. Kaminski und Martinez stießen dröhnend mit der Brust zusammen und stimmten ein triumphales Geschrei an. Ausnahmsweise war der Lärm willkommen: endlich wieder glückliche menschliche Stimmen zu hören. Sie waren verwundet und völlig verdreckt – Kaminskis Kiefer war angeschwollen, und Martinez hatte einen blutigen Schnitt auf der Stirn. Aber sie waren am Leben, und das war alles, was zählte.

»Jenkins!«, lallte ich. »Ich glaube, ärztliche Hilfe wär echt keine schlechte Idee.«

EPILOG

DER LANGE WEG NACH HAUSE

Seit drei langen Tagen waren wir schon im All.

Die Erinnerung an Helios verblasste bereits – es kam mir wie ein früheres Leben vor.

Ich verbrachte die meiste Zeit auf dem Aussichtsdeck. Es gab nur sehr wenige Orte auf der *Pride of Ultris,* an denen man etwas Ruhe hatte, und selbst mit unserer Rumpfmannschaft von fünf Leuten fühlte es sich beengt an. Überall auf dem Deck lag Notfallausrüstung herum – Raumanzüge, Sauerstofftanks –, aber weil sonst niemand hier hochkam, war das Aussichtsdeck der Ort für mich, an dem ich in Ruhe nachdenken konnte.

Und es gab so viel zu bedenken. Manches gut, manches nicht. Träume und Albträume; Hoffnung und Verzweiflung. Ich war so hin- und hergerissen, dass es mich zwischendurch beinahe erdrückte. Nachdenklichkeit war eigentlich nicht meine Sache, zumindest war ich davon immer überzeugt gewesen, aber die Erfahrungen hatten mich verändert.

Ich saß auf dem nackten Metallboden und betrachtete die fernen Sterne und Planeten durch die Aussichtskuppel über mir. Es als Aussichtsdeck zu bezeichnen war etwas übertrieben; es war eigentlich nicht mehr als eine Glaskugel am Heck des Schiffs, von der aus man in die Tiefen des Alls schauen konnte.

Ich hatte eine neue Sammlung von Trophäen vor mir ausgebreitet, Andenken an die Welt, die wir verlassen hatten.

Blakes Kennungsmarken. Ich würde ihm seinen letzten Wunsch erfüllen – dass seiner Familie zumindest irgendetwas von ihm übergeben wurde, damit sie sich an ihn erinnern konnten.

Sara Tylers ausgefranstes Namensschild. Das war für Tyler – und ich hatte vorgehabt, es ihr zu geben, seit wir Helios' Umlaufbahn verlassen hatten.

Der Schlüssel. Die einzig verbliebene Aufzeichnung der Sterndaten.

Er war zerkratzt und abgewetzt. Voller fremdartiger Schriftzeichen und von Kellermans Blut verkrustet. Ich hoffte aller Wahrscheinlichkeit zum Trotz, dass er noch funktionierte. In den dunkleren Stunden, seit wir Helios verlassen hatten, quälte mich der Gedanke, dass er beschädigt sein könnte. Die Daten könnten gelöscht oder fehlerhaft sein. Wäre die Wissenschaftsabteilung überhaupt in der Lage, die Sterndaten auszuwerten?

Trotzdem gab mir allein der Gedanke an das Gerät einen Hoffnungsschimmer, und ich musste mich anstrengen, ihn zu unterdrücken.

»Brauchst du ein bisschen Gesellschaft, Cap?«

Jenkins kam die Leiter in die Aussichtskugel hochgeklettert. Hier war kaum genug Platz für uns beide. Sie kroch in die andere Ecke und ließ sich zwischen zwei Kisten nieder.

»Ja, klar.«

»Was macht das Bein?«

Ich tastete das verwundete Bein ab. Die Berührung tat immer noch weh, aber die gründliche medizinische Versorgung durch den Auto-Doc des Schiffs hatte sehr geholfen. Der Schmerz im Knochen, der die ursprüngliche Verletzung begleitet hatte, war mittlerweile zurückgegangen: Die Injektion mit Nanorobotern hatte dafür gesorgt, dass ich keine bleibenden Schäden davontragen würde.

»Ich werd's überleben.«

»Und die Rippen?«, sagte sie und grinste. »Und die Schulter …?«

»Unverändert, seit du das letzte Mal gefragt hast.« Ich erwiderte ihr Lächeln.

»Das freut mich. Sobald wir wieder auf dem *Point* sind, kriegst du sowieso eine richtige Behandlung.«

Die Zeit heilt alle Wunden. Der Auto-Doc hatte die Kugel aus meiner Schulter entfernt – auch die lag vor mir auf dem Boden, neben den anderen gesammelten Reliquien.

»Tyler hat gesagt, da fliegen wir hin«, sagte Jenkins, »aber sie ist keine Pilotin.«

Ich lachte. »Dann nehmen wir wohl den langen Weg zurück nach Hause. Danke, dass ihr mich geholt habt. Ich war mir wirklich sicher, dass ich geliefert bin. Erzähl's mir noch mal – was ist in der Basis passiert?«

Jenkins hatte mir die Geschichte schon zehnmal erzählt. Ich war mir sicher, dass sie auch auf dem *Point* noch mal wiederholt werden würde – sowohl in den Kneipen im Viertel als auch vor dem Generalstab. Im besten Fall würde bei der Rückkehr eine lange Befragung auf uns warten; im schlimmsten ein Kriegsgericht. Ich hatte den Tod eines leitenden wissenschaftlichen Offiziers verschuldet. *Der ganz nebenbei auch ein Überläufer zum Direktorat war.* Bestimmt würde sich der militärische Geheimdienst sehr für unsere Geschichte interessieren.

Jenkins zog Luft durch die Zähne und legte los. »Die Krell hatten die Station überrannt. Als er extrahiert hat, ist Kaminski von Kellerman festgesetzt worden. Dein Plan mit dem Sprengsatz – er hat ihn rasend gemacht, und er ist uns in die Tunnel gefolgt.« Jetzt kam ihr Lieblingsteil der Geschichte. »Er hat nur ein paar Leute zum Schutz zurückgelassen und alle anderen mitgenommen. Als Martinez und ich extrahiert haben, konnten wir die Wachen ohne Probleme überwältigen. Dann haben wir uns das Schiff vom Direktorat geschnappt und sind dir hinterhergekommen.«

»Reife Leistung.« Ich konnte immer noch nicht fassen, dass der Plan tatsächlich funktioniert hatte.

»Vorher haben wir noch Tyler befreit. Da war schon niemand sonst mehr am Leben. Kellerman hatte Olsen erschossen, bevor wir extrahierten. Und der Rest ist Geschichte.«

Nicht alles war nach Plan verlaufen. Wir hatten immer noch keine Verbindung zu *Liberty Point.* Weder Kaminski noch Tyler konnten das Überlicht-Funkgerät der *Pride* bedienen. Und da auch die Helios-Station überrannt worden war, wusste also niemand, dass wir auf dem Weg nach Hause waren.

Jenkins' Lächeln gefror ein wenig, als sie die Sachen

betrachtete, die ich vor mir auf dem Boden ausgebreitet hatte.

»Glaubst du, dass es der Stab schafft, den Schlüssel zu benutzen?«

Ich seufzte. »Ich hoffe es. Vielleicht kann ich ihr dann folgen. Elena.«

Jenkins machte eine lange Pause und sagte schließlich: »Ich bin mir sicher, dass der Stab an den Sterndaten sehr interessiert sein wird, aber aus anderen Gründen. Das könnte alles verändern. Sie werden wieder Leute in den Mahlstrom schicken wollen.«

»Und ich werde bereit sein.«

»Ich hab das Gefühl, dass die Geschichte noch nicht vorbei ist«, sagte Jenkins. »Noch lange nicht.« Dann lachte sie und löste die Anspannung. »Wir haben alle nachgedacht.«

»Ihr alle? Sogar Kaminski?«

»*Sogar* Kaminski«, sagte Jenkins. »Wir sind der Meinung, dass es an der Zeit ist, dem Team einen richtigen Namen zu geben. Wenn wir wieder auf dem *Point* sind, werden wir Legenden sein.«

Falls wir zurückkommen, dachte ich.

»Wir brauchen irgendwas Griffiges. Vielleicht sollten wir uns nach dir benennen?«

»Und an was hast du gedacht?« Ich kannte Jenkins zu gut; sie hatte sich ganz offensichtlich bereits etwas zurechtgelegt.

Sie grinste. »Was hältst du von der Lazarus-Legion?«

Ich schüttelte den Kopf. »Weiß nicht. Muss ich drüber nachdenken. Wie läuft's mit den Flugvorbereitungen?«

»Martinez präpariert gerade die Tiefkühler. Wir nähern uns einem möglichen Q-Sprungpunkt; bald heißt es Schlafen gehen.«

Sie kletterte wieder die Leiter hinunter und überließ mich meinen Gedanken.

Ich starrte nach draußen ins All und betrachtete die dünne Linie von Sternen, die sich quer über die Kuppel spannte. Da lag der Mahlstrom, jenseits aller menschlichen Vorstellungskraft oder Logik. Helios war nicht mehr als eine leuchtende Stecknadel in der Dunkelheit.

Das Weltraum-Abenteuer geht weiter in:

JAMIE SAWYER

DIE LAZARUS-LEGION

DANKSAGUNG

Ich hätte dieses Buch auf keinen Fall ohne die Hilfe meiner Familie schreiben können.

Allen voran hat meine Frau Louise gewaltige Nachsicht bewiesen, als sie die vielen Entwürfe dieses Buchs gelesen und mich beim Schreiben immer wieder motiviert hat. Ich weiß, dass das anstrengender ist, als es aussieht! Danke, dass du es mit mir aushältst.

Außerdem möchte ich meinem Bruder danken, dass er das Manuskript gelesen hat (ich weiß ja, wie viel du vom Lesen hältst, Rich!).

Mein Agent Robert Dinsdale von der Dinsdale Imber Literary Agency hat mir unglaublich geholfen, das Buch Gestalt annehmen zu lassen. Ich verspreche, dass das zweite Buch weniger Arbeit wird …

Auch meine Lektorin, Anna Jackson von Orbit, war die ganze Zeit über eine große Hilfe und hat tolles Feedback gegeben.

Und schließlich auch Dank an Yesica Coronel Scull (sie hat die spanischen Übersetzungen für Martinez geliefert) und Stephen Deas (der freundlicherweise die wissenschaftlichen Aspekte überprüft hat – alle Fehler oder Auslassungen sind ganz allein meine Schuld und dienen dem Zweck, eine gute Geschichte zu erzählen!).